Für alle meine Mädels,
in denen ebenfalls
ein Piratenherz schlägt!

ÎLES DES ANTILLES
LA HABANA
CUBA
CABO CORRIENTES
LOS CAYOS
MAR
ÎLES CAIMANS
IAMAICA
WINDWARD PASSAGE
GOLFE DE HONDURAS
PORT ROYAL
PUERTO CABALLO
CABO GRACIAS A DIOS
SAN PEDRO
DEL
W
HONDURAS
ISLA DE LOS PINOS
NICARAGUA
COSTA RICA
GOLFE DE DARIEN
COLUMBIA
PANAMA

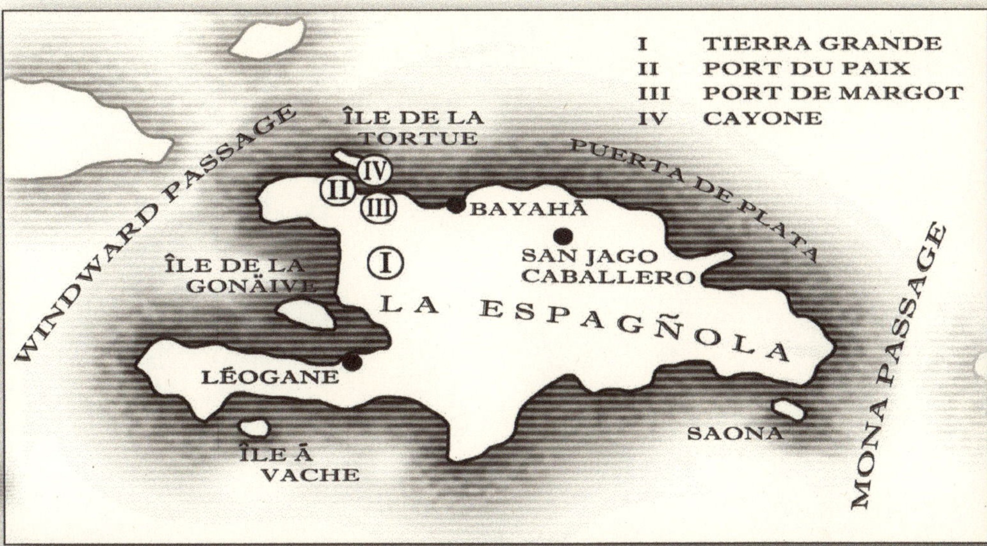
I TIERRA GRANDE
II PORT DU PAIX
III PORT DE MARGOT
IV CAYONE
ÎLE DE LA TORTUE
WINDWARD PASSAGE
PUERTA DE PLATA
BAYAHÃ
SAN JAGO CABALLERO
ÎLE DE LA GONÄIVE
LA ESPAGÑOLA
LÉOGANE
MONA PASSAGE
SAONA
ÎLE Ã VACHE

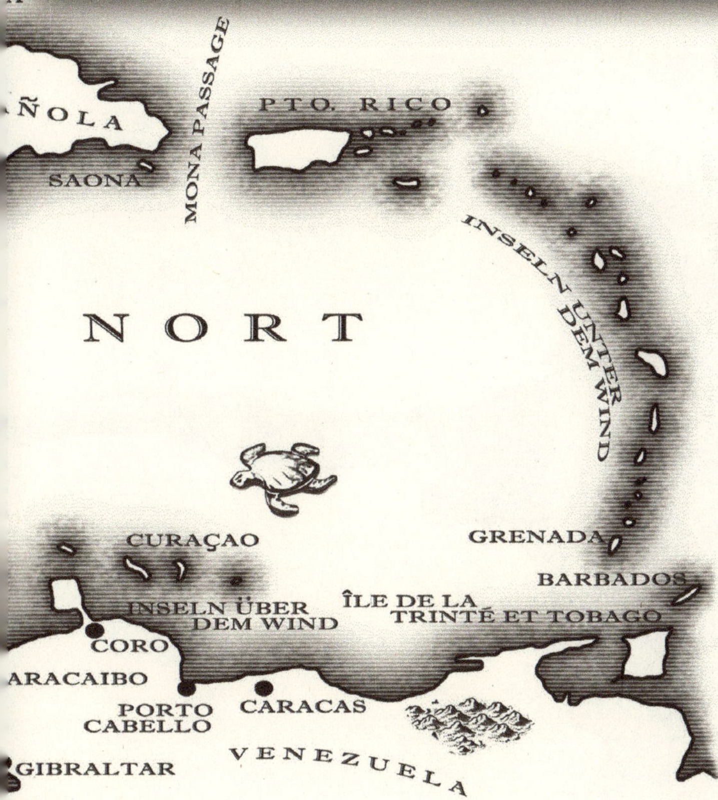
ÑOLA
SAONA
MONA PASSAGE
PTO. RICO
INSELN UNTER DEM WIND
NORT
CURAÇAO
GRENADA
BARBADOS
INSELN ÜBER DEM WIND
ÎLE DE LA TRINTÉ ET TOBAGO
CORO
ARACAIBO
PORTO CABELLO
CARACAS
VENEZUELA
GIBRALTAR

Geschichtlicher Hintergrund

Anfang des 17. Jahrhunderts lebten auf der Karibik-Insel La Española (heute: Haiti und Dominikanische Republik) vor allem Franzosen. Unter ihnen waren entflohene Sklaven, gescheiterte Plantagenbesitzer und politisch Verfolgte, die sich ihren Lebensunterhalt dadurch verdienten, dass sie die wilden Stiere und Schweine der Region einfingen.

Die Art, das erbeutete Fleisch zu räuchern, um es haltbar zu machen, brachte diesen Männern den Namen ›Bukaniere‹ ein.

Einige von ihnen wurden auch zu ›Flibustier‹, zu Kaperfahrern, die in kleinen Booten die Galeonen der Spanier angriffen.

Sie alle organisierten sich unter dem Zusammenschluss der sogenannten ›Bruderschaft der Küste‹, um sich gegenseitig Sicherheit zu geben.

Ihr Markenzeichen war die Joli Rouge, die rote Flagge, die stets dann gehisst wurde, wenn ein Überfall blutig enden sollte.

Es wird vermutet, dass dieser Begriff der Ursprung für die spätere Jolly Roger ist, die legendäre Totenkopfflagge der Piraten der Karibik.

Prolog

Windward Passage, Winter 1638

In Émile keimte der Wunsch auf, sich über Bord der Barke zu stürzen. Keine Sekunde, glaubte er, könnte er noch die Selbstbeherrschung aufbringen, um trotz Hunger und Durst auf der ihm bestimmten Position auszuharren. Doch er konnte nicht schwimmen und dieses Unvermögen verdammte ihn dazu, sich in sein Schicksal zu fügen, während sie in die Dunkelheit glitten. Kein einziges Wort kam über die Lippen der Männer. Seit Tagen schon waren sie den Gezeiten ausgeliefert und lauerten mit wachsender Ungeduld auf das Eintreffen der versprochenen Silbergaleonen.

Die Windward Passage oder *paso de los vientos*, wie sie die Spanier nannten, erstreckte sich zwischen La Española und der Ostküste der Insel Kuba. Sie war bekannt für ihre günstigen Winde, die die spanischen Schiffe im Winter in Richtung Festland führten. Einem Fluch gleich hatte sich jedoch eine Flaute über die verheißungsvolle Meerenge gelegt, und die knapp fünfzig Männer kauerten zusammengesunken im feuchten Bauch der Barke, den Blick auf die wortlosen Befehle ihres Kapitäns gerichtet.

Die Ruder machten schmatzende Geräusche, als sie aus dem schwarzen Wasser gezogen wurden, und verharrten in der Nacht. Émile fror vor Anstrengung und jeder Knochen tat ihm weh. Aufgewachsen am Meer, hatte er die See schon immer gefürchtet. Bevor er das französische Festland verließ, um in diesem Teil der Welt neu anzufangen, hatte er nicht gewusst, dass es Männer gab, die den Mut besaßen, vollbeladene Galeonen von Bord eines Ruderboots aus anzugreifen, das in seinen Augen bestenfalls Kanonenfutter für die schweren Geleitschiffe der Spanier darstellte. Hätte er nicht selbst gesehen, dass diese wagemutigen Aktionen von Erfolg gekrönt waren, hätte er keinen Fuß in das schaukelnde Gefährt gesetzt, das nach

Moder roch und dessen Zustand auch durch den Namen *La Foi*, Zuverlässigkeit, nicht vertrauenserweckender wirkte.

Der Wunsch nach Anerkennung und ein Anflug von Habgier hatten ihn dazu getrieben. In diesem Moment verabscheute er sich besonders dafür. Müde fragte er sich, wie er es schaffen sollte, an Bord eines turmhohen Schiffes zu gelangen, dessen Mannschaft aus über hundert Mann bestand. Wie sollte er, Émile Vigot aus der Normandie, sich gegen diese Übermacht durchsetzen? Seine Kühnheit holte ihn mit ganzer Härte ein, und er erschauerte. Das Salzwasser juckte auf der Haut. Er leckte sich die Lippen. Den Geschmack des Meeres kannte er bereits sein Leben lang, und obwohl er versucht hatte, vor seiner Vergangenheit zu fliehen, verfolgte ihn dieser Geschmack bis hierher und ließ unliebsame Erinnerungen aufsteigen.

Während sie warteten und über die Wellen schaukelten, sah er das Dorf seiner Kindheit vor sich. Die Häuser von La Haye du Puits waren aus schroffem Stein gebaut und sahen aus, als würden sie sich ducken, um nicht vom Wind erfasst zu werden. Er spürte den Hunger. Dieses verzehrende Gefühl, das ihm bereits morgens beim Aufwachen jede Lebensenergie raubte und die Gedanken verlangsamte.

Wenn Émile an seine Kindheit dachte, war es dieses Gefühl, das ihm einfiel. Neben seiner Mutter Alizée. Hätte er dem Hungergefühl eine Farbe geben müssen, wäre es Schwarz gewesen. Ein schwarzes Loch, das sein Leben bestimmte und ihn innerlich auffraß. Eine passende Farbe für seine Mutter wäre Rot, denn sie war das Licht in Émiles Leben. Ihre Haare leuchteten wie Herbstlaub und es war, als ob selbst an kalten Tagen eine beruhigende Wärme von ihr ausging. Émile umkreiste sie wie die Sonne, denn sie brachte ihn zum Lachen und überließ ihm das meiste der täglichen Mahlzeit, obwohl ihr eigener Körper bereits ausgezehrt war. Seinen Vater hatte Émile nie gekannt. Ob er fortging oder starb, blieb das Geheimnis seiner Mutter. Ebenso wie ihre Arbeit.

Sie wusste um die Wirkung von Kräutern, die sie tagsüber im sumpfigen Umland sammelte und in Büscheln entlang der rückwärtigen Hauswand trocknete, um sie anschließend zu zerreiben und zwischen gegerbten Tierhäuten aufzurollen. Diese Päckchen versteckte Alizée hinter lockeren Mauersteinen. Zurück blieb der würzige Duft, der jeden Winkel ihres winzigen Hauses erfüllte. So lebten sie zehn Jahre unbescholten in dem kleinen Ort. Bis zu jenem Tag im Frühjahr, als ein Pulk Menschen aus dem Dorf auftauchte und die Mutter der Hexerei beschuldigte. Bereits Tage vorher hatte jemand ein Zeichen an ihre Tür gemalt, das man den ‚Drudenfuß' nannte, wie Émile später erfuhr.

Die Erinnerungen an die Heimat katapultierten Émile zurück in die Gegenwart. Im Dunkeln spürte er Jérôme, seinen besten Freund und Gefolgsbruder, neben sich. Ungeduld ging von ihm aus, sowie der Wille, endlich in den Kampf zu ziehen. Émile fragte sich, wie lange sie noch ausharren mussten, bis Michel d'Artigny, ihr Kapitän, die Kaperfahrt abblies. Die schwarze See schien diesmal kein Glück zu bringen und Émile hoffte inständig, dass er bald zurück an Land durfte. Doch bisher deutete nichts darauf hin.

Die Wellen klatschten träge an den Bug der Barke und versetzten die Männer in einen tranceartigen Zustand. Selbst der seit einigen Stunden auffrischende Wind gab ihnen kaum Zuversicht. Schlimmer noch als eine aufgewühlte See, war eine mondlose Nacht in ruhigem Gewässer. Sie ließ den Gemütszustand der Mannschaft auf den Nullpunkt sinken und sie Dinge sehen und hören, die ihre müden Sinne ihnen vorgaukelten.

»Wenn ich nicht bald meinen Enterhaken benutzen und meinen Säbel in wertloses Spanierfleisch bohren kann, versenke ich eigenhändig dieses Stück Treibholz! Mögen wir mit ihm absaufen. Ohne Prise kein Anteil!«, knurrte Jérôme und verlagerte sein Gewicht, um die steifen Muskeln zu entlasten.

»Aye! Was ist los mit Michel, dem Basken? Verlässt ihn sein Glück?« Es waren die Brüder Lormel. Fast Kinder noch, der eine hübsch, jedoch von einem beängstigenden Geschwür unterhalb der Nase gekennzeichnet, der andere rebellisch und hart, standen sie Michel d'Artigny seit ihrer Ankunft in einer stürmischen Nacht stets zur Seite.

»Wo sind die Schiffe, die man uns versprochen hat?«, fragte Antoine Hantot.

»Wann dürfen wir kämpfen?«

Ein Dutzend Stimmen erhob sich, die der laue Wind in die Nacht trug.

»Schweigt!« Michels tiefe Stimme sorgte augenblicklich für Ruhe. »Ihr winselt wie feige Hunde und macht die Spanier auf uns aufmerksam. Wie könnt ihr es wagen, euch Bukaniere zu nennen und dann nicht zu bemerken, dass ihre Schiffe seit über einer Stunde backbord voraus an uns vorüberziehen? Wacht auf, Brüder, und erinnert euch an den Schwur. Die Zeit des Wartens ist nun vorüber. Macht euch bereit zum Kampf!«

Ein Ruck ging durch die Mannschaft. Tatsächlich, bei genauem Hinhören war das Knarren der Taue und das Schlagen der Segel auszumachen. Die spanischen Schiffe glitten wie geisterhafte Schatten durch die Meerenge. Sie hatten es eilig, denn sie nutzten jeden Lufthauch und segelten vor dem Wind mit Kurs gen Südosten. Michel vermutete, dass ihre Decks mit Silber gefüllt waren, das sie an die Küste von Caracas brachten. Er hatte der Mannschaft vor der Abfahrt erklärt, dass die sogenannten *galeones de la plata* keinen Geleitschutz benötigten, sondern derart bewaffnet waren, dass sie allen Widrigkeiten standhielten. Sie waren mit schweren Kanonen bestückt und machten sie untertags mit ihren geschickten Manövern uneinnehmbar gegen angreifende Schiffe, aber Michel war überzeugt, dass sie wehrlos gegen ein im Schutz der Nacht längsseits gehendes Ruderboot waren. Émile empfand diese Idee mit einem Mal als große Dummheit.

Doch um ihn herum klirrten bereits die Waffen seiner Kameraden, die wild darauf waren, ihre Taschen mit Silber zu füllen. Émiles Puls beschleunigte sich. Mehr noch als das Meer fürchtete er den Kampf. Sein Talent mit dem Säbel war leidlich und eine Muskete in der Hand versetzte ihn in Angst. Während sich die Männer ihre Zeit an Land oft mit Wettschießen auf Pomeranzenbäume vertrieben, bei denen derjenige gewann, der die meisten Früchte abschoss, ohne sie zu beschädigen, war es Émile genug, seine neue Heimat zu erkunden, ohne ihr Leid zuzufügen.

»Wenn wir auf dem Schiff sind, bleib an meiner Seite, Freund!«, raunte Jérôme und legte Émile die Hand auf den Arm.

Dieser nickte beklommen. Jérômes Augen glitzerten, und Émile glaubte, ein Grinsen in seinem Gesicht auszumachen.

»Sei unbesorgt! Du wirst bald zurück an der Küste sein. Diesmal nur mit einigen Achterstücken mehr und einer Sorge weniger.« Jérôme klang amüsiert, und Émile fragte sich, ob er sich über ihn lustig machte.

Eine herrische Geste von Michel, die sie mehr wahrnahmen, als dass sie sie sahen, brachte sie endgültig zum Schweigen. Die Männer griffen in die Ruder. Fast lautlos hielten sie Kurs auf eine Galeone, die hinter dem Tross zurückgeblieben war. Wie ein schwarzer Felsen ragte sie aus dem Wasser, während ihr mächtiger Leib beim Eintauchen in die Wogen gluckste.

Émile nahm den brackigen Geruch der Algen wahr und hörte den Anflug von Gesprächsfetzen an Bord. Mit der Arroganz eines lebendigen Wesens blickte die Galeone auf sie herab und spuckte verächtlich beim Anblick der kleinen Barke. Émile wischte sich das Salzwasser aus den Augen und versuchte, sein pochendes Herz unter Kontrolle zu bringen. Die Galeone war höher, als er erwartet hatte, und so imposant, dass er sich nicht vorstellen konnte, dass sie leicht einzunehmen war. Wenn überhaupt. Doch diesen Gedanken verdrängte er rasch wieder, denn jetzt gab es kein Zurück mehr.

Die Männer gingen in Position. Jeder kannte seinen Platz und wusste, was er zu tun hatte. Dies war nicht ihre erste Kaperfahrt und alle waren lüstern nach den verborgenen Schätzen im Laderaum. Kurz vor dem Entern waren sie besonders angespannt, denn in der bevorstehenden Schlacht war jeder auf sich allein gestellt, und selbst der sanftmütigste Mann wurde zu einer Bestie, wenn er Blut geleckt hatte. Doch noch wusste keiner, was sie erwartete.

Mit dem Werfen der Enterhaken stellten sie sich ihrem Schicksal. In weitem Bogen flogen die klauenförmigen Haken durch die Luft, bevor sie klirrend mittschiffs auf dem Deck landeten. Die Männer zogen straff an und verankerten sie im Holz. Dann erst schwangen sich Michel und die Mutigsten unter ihnen hinauf, gefolgt von ihren angespornten Kameraden.

Wie behände Affen erklommen sie mit Hilfe ihrer Äxte den gewölbten Rumpf, vorbei an den Kanonenluken und über die Reling, wo sie sofort die Waffen zückten. Während Émile noch am Seil baumelte und sich zwang, nicht nach unten zu sehen, hörte er die ersten Schreie und das Getrampel der aufgeschreckten Mannschaft. Schüsse zerrissen die Dunkelheit und erfüllten die Luft mit Pulverdampf.

Als Jérôme ihn an Deck zog, war der Kampf bereits in vollem Gange. Spärlich erhellt durch Öllampen und gedämpft durch den

Rauch, sah Émile nur schemenhafte Gestalten. Es war ihm unmöglich, seine Brüder von den spanischen Seeleuten zu unterscheiden. Jérôme schubste ihn umher, immer darauf bedacht, dass er nicht zwischen die Gegner geriet, und hielt die Angreifer mit seiner Pistole in Schach. Von überall her kam die Mannschaft der Galeone gelaufen, und spanische Befehle wurden über Deck gebrüllt.

Bald verlor Émile die Orientierung. Einzig die Enterhaken behielt er im Blick, um sich im Zweifel auf die Barke zurückziehen zu können. Jérôme, der mit Feuereifer bei der Sache war, sah aus wie der leibhaftige Teufel. Mit der linken Hand schwang er den Säbel, mit der rechten feuerte er die Pistole ab. Seine Schüsse waren präzise, seine Hiebe wirkungsvoll. Jeden Treffer quittierte er mit Gebrüll, Gnade kannte er keine.

Émile dagegen drosch den Säbel ziellos durch die Luft und tat sein Bestes, Jérôme den Rücken freizuhalten. Ein angreifender Matrose lief ihm genau in die Parade. Wie aus dem Nichts tauchte er auf, und die scharfe Klinge bohrte sich tief in seinen Hals. Gurgelnd griff er nach Émile und strauchelte mit erstauntem Blick, bevor er zu Boden sank.

Entsetzt wich Émile zurück und brachte Jérôme damit aus dem Gleichgewicht. Sie taumelten gegen die Reling. Nach Luft schnappend, fiel Émiles Blick auf die Barke, die er noch längsseits wähnte. Doch anstatt das Boot als letzte Rückzugsmöglichkeit an seinem Platz vorzufinden, sah er mit Entsetzen, dass es dabei war, mit Wasser vollzulaufen. Der Bug war bereits abgesackt und einzelne Ruder trieben auf den Wellen. Ungläubig verharrte er eine Sekunde zu lange, sodass auch Jérôme nach unten sah. Sein Fluchen verriet mehr als tausend Worte, und er zog Émile energisch mit sich fort.

»Das Boot sinkt!«, brüllte er seinen Kameraden zu, während er sich nach achtern durchkämpfte.

Émile stolperte hinterher und fand kaum noch Halt auf den von Blut glitschigen Planken. Wie ein Lauffeuer verbreitete sich die Nachricht, dass es keine Umkehr gab. Einem Donnern gleich erhoben sich die Stimmen der Männer über das Gemetzel, um sodann in barbarischem Geheul zu enden. Die Erkenntnis, dass sie entweder sterben oder bis zur endgültigen Kapitulation der Spanier kämpfen mussten, mobilisierte all ihre Kräfte.

Émile wurde übel. Die Schmerzensschreie der Verwundeten, der Gestank nach Eingeweiden und die fühlbare Klaue des Todes setzten ihm zu. Wie in Trance folgte er Jérôme, stieg über leblose Körper hinweg und hieb auf gesichtslose Feinde ein. Als Jérôme ihm eine Luke öffnete, die unter Deck führte, schwang er sich erleichtert hinein, ohne nachzudenken, was ihn im Inneren erwartete.

Schwer atmend sondierten sie die Lage. Die Luke sperrte den Pulverdampf aus und die Luft um sie herum wurde klarer. Jérôme legte den Zeigefinger an die Lippen und lauschte auf die Geräusche um sie herum.

Am Ende des Niedergangs befand sich ein langer Korridor, der mit einer massiven Holztür abschloss. Dahinter war das Geschrei mehrerer Personen auszumachen. Bevor sie an Rückzug denken konnten, wurde die Tür aufgerissen und Émile und Jérôme erstarrten. Einen Herzschlag lang glaubte Émile, ihr letztes Stündlein habe geschlagen. Eingepfercht zwischen den Decks, den Gegner im Angesicht, gab es nicht viel, was sie hätten tun können. Doch der dunkle Mann, der mit seiner Gefolgschaft durch die Tür stürmte, war niemand anderes als Michel.

Als er Émile und Jérôme bemerkte, nickte er kurz und wies sie an: »Da entlang! Seht zu, dass sich von unten niemand nähert, und haltet mir den Rücken frei!«

Während Michel in Richtung der Kapitänskajüte drängte, die über dem Oberdeck am Heck des Schiffes lag, steuerten Émile und Jérôme auf eine weitere Leiter zu, die sie zum nächsten Deck führte. Immer tiefer ging es in das Innere der Galeone hinein. Ein schweres Ächzen des Gebälks erweckte den Eindruck, als ob das Schiff unter dem überraschenden Angriff der Bukaniere aufstöhnte.

Jérôme übernahm die Führung. Zielsicher hastete er durch das Labyrinth von Gängen, durchschnitt einem wachhabenden Leutnant die Kehle, erschoss einen Matrosen und stürmte in einen mit Pulverfässern überfrachteten Laderaum. Gerade als sie der düsteren Kammer wieder den Rücken kehren wollten, vernahm Émile ein Wimmern. Er hielt Jérôme zurück und gab ihm ein Zeichen. Sie trennten sich und schlichen in entgegengesetzter Richtung um die Fässer herum. Stetiges Tropfen offenbarte die eindringende Feuchtigkeit unterhalb der Wasserlinie und übertönte ihre Schritte. Émile glaubte schon, seine

Sinne hätten ihm angesichts der Anspannung einen Streich gespielt, als er Jérômes leisen Pfiff hörte.

»Indioweiber!«, zischte er Émile zu und dieser eilte zu seinem Freund.

Dunkle Gesichter starrten sie an. Die beiden Frauen waren mit Seilen aneinander gefesselt und mit einem Tuch geknebelt worden. Ihre erschrockenen Blicke und verrenkten Gliedmaßen erweichten Émile auf der Stelle. Ähnlich wie der streunende Welpe, der ihn erst kürzlich derart in seinen Bann gezogen hatte, dass er ihm ein Heim gab. Sofort schickte er sich an, die Fesseln zu lösen, doch Jérôme trat ihm herrisch in die Seite.

»Komm jetzt! Um die kümmern wir uns später.« Er lachte lüstern, und Émile ließ sich von ihm fortziehen.

Sie durchkämmten das Schiff weiter auf der Suche nach wehrhaften Matrosen, aber die Mannschaft hatte sich offensichtlich geschlossen an Deck begeben, um den Angriff abzuwehren. Das zeigte, dass die Hinterlist und der damit verbundenen Überraschungseffekt, den Michel d'Artigny für sich nutzen wollte, aufgegangen waren.

In der Tat war der Kampf am Abflauen, als sie schließlich ans Oberdeck zurückkehrten. Michel war es gelungen, den Kapitän des Schiffes in seine Gewalt zu bringen und machte sich gerade daran, ihn an den Besanmast zu fesseln. Aufgebracht verfolgte die spanische Crew das Geschehen und wurde von den Bukanieren in Schach gehalten. Émile konnte es kaum glauben. Michel hatte es geschafft! Einen kurzen Moment glaubte er, ohnmächtig zu werden, so groß war die Erleichterung, noch am Leben und unversehrt zu sein.

Nicht allen Brüdern war das Glück derart hold gewesen. Als er sich umsah, bemerkte er viele von ihnen zwischen den Leichen der spanischen Seeleute, während andere aus klaffenden Wunden bluteten.

Im Verhältnis zu den Spaniern wirkte ihre Einheit lächerlich klein und plötzlicher Stolz erfasste Émile. Trotz seiner Besorgnis zu Beginn der Kaperfahrt, fühlte sich nun mehr denn je als vollwertiges Mitglied dieser Gruppe. Freudig bemerkte er, dass Jérôme ihm anerkennend auf die Schulter klopfte und lächelte dabei so strahlend, dass das getrocknete Blut von seinem Gesicht abbröckelte. Er war nicht länger Émile Vigot aus der Normandie! Zum ersten Mal fühlte er seinen neuen Namen, den er nach der Aufnahme in die Bruderschaft gewählt hatte, mit einer nie gekannten Intensität. Seine Vergangenheit lag endlich hinter ihm, vor ihm lag die strahlende Zukunft, in der er für alle Zeit der Bukanier Émile Delahaye, Émile aus dem Ort Haye, sein würde.

Er sah Jérôme an und bemerkte mit einem Mal eine Bewegung in seinen Augenwinkeln, die ihn misstrauisch werden ließ. Seine Nackenhaare stellten sich auf und er zog intuitiv den Säbel. Alle Sinne schärften sich und Émile nahm die Drehung seines Körpers bis ins Detail wahr. Sein Becken bog sich nach links, seine Oberarmmuskeln spannten sich, während er die Waffe nach oben riss, und sein Kopf folgte der Richtung, aus der er die Gefahr vermutete. Als er den Mund zu einem stummen Schrei öffnete, taumelte Jérôme seitwärts. Blut spritzte aus seiner rechten Schulter. Dann erst hörte Émile den Knall. Kurz darauf roch er es. Das verbrannte Pulver, das ihn husten ließ und ihm das Ziel vorgab. Endlich sah er ihn auch. Die dunkelblaue Samtjacke mit den roten Umschlägen und goldfarbenen Abnähern wies den Angreifer als Offizier aus. Sein Gesicht war zu einer Fratze verzerrt, und er hob eine zweite Pistole, während er losrannte.

Blitzschnell registrierte Émile, dass es der Spanier nicht auf Jérôme abgesehen hatte, sondern dass sein eigentliches Ziel Michel war. Der Offizier wollte seinem gefesselten Kapitän zu Hilfe eilen!

Émile sah die Köpfe der Brüder zucken, bemerkte die Verwirrung in ihren Gesichtern und die Unschlüssigkeit, ob sie es sich erlauben durften, ihre Aufmerksamkeit von den spanischen Seeleuten abzuziehen. Gleichzeitig erkannte Michel die Gefahr und tastete nach seiner Pistole. Bevor sie alle reagieren konnten, stach Émile zu. Nach einem kurzen Moment des Widerstands glitt die Klinge in den Bauch des Mannes. Mit einem pfeifenden Geräusch sog er Luft ein, und Émile ließ augenblicklich den Säbel los. Sekunden verharrte der Offizier völlig starr, während sich eine lähmende Stille über die Galeone senkte. Dann brach er röchelnd zusammen.

Émile schnürte es die Kehle zu und er trat von dem Sterbenden zurück. Die Welt normalisierte sich mit einem Schlag wieder. Sein Puls raste und Émile bemerkte Jérôme, der auf dem Boden lag und Verwünschungen ausstieß.

»Ich will verdammt sein und zur Hölle fahren! Unser kleiner Émile hat den Mistkerl tatsächlich erdolcht«, rief Michel in das Schweigen hinein und löste damit den Bann.

Erst lachten die Brüder vereinzelt, bis sie schließlich anfingen zu johlen und Émiles Namen riefen. Verlegen reichte dieser Jérôme die Hand und zog ihn auf die Beine. Er vermied es bewusst, den toten Offizier anzusehen, der in einer Blutlache neben ihm lag.

»Teufel auch«, lachte Jérôme und umarmte ihn. »Was bist du nur für ein verflixter Lump! Erst willst du die Weiber retten und dann spielst du den Helden.«

Auch Michel d'Artigny trat heran und hieb Émile derart auf die Schulter, dass er schwankte.

»Danke, Delahaye, ich schulde dir etwas«, sagte er. »Von welchen Weibern redet ihr?«

»Von denen unter Deck«, erklärte Jérôme. »Dort liegen zwei gefesselte Indioweiber. Sind uns zufällig in die Hände gefallen.«

Lachend schlug sich Michel auf den Oberschenkel.

»Habt ihr das gehört, Männer? Kein Wunder, dass die Spanier ins Verderben gesegelt sind und wir leichtes Spiel mit ihnen hatten. Sie haben Weiber an Bord!«

Er schritt auf den angeketteten Kapitän zu und griente: »Was sagt man dazu, du spanischer Prasser? Hast du die Weiber nur zu deiner eigenen Unterhaltung mitgebracht oder wurde deinen Offizieren dieselbe Ehre zuteil? Vielleicht sind eure Gesetze etwas milder, aber in unserer Bruderschaft droht demjenigen der Tod, der eine Frau, und sei es nur sein eigenes Eheweib, mit an Bord bringt. Du hast dir das Unglück höchstpersönlich aufs Schiff geholt und jetzt wirst du den Preis für diese Dummheit bezahlen. Dein Untergang und der deiner Mannschaft ist besiegelt!« Michel spuckte dem Kapitän ins Gesicht, was dieser mit einem unbewegten Gesichtsausdruck quittierte, und wandte sich an Émile.

»Holt die Frauen!«, befahl er. Die Männer jubelten.

Begleitet von Jérôme, machte sich Émile erneut auf den Weg in den Frachtraum. Ihm war unwohl zumute, denn er wollte nicht, dass den beiden Gefangenen etwas zuleide getan wurde. Zu sehr hatte ihn ihre ausweglose Lage berührt. Beseelt durch seinen unerwarteten Mut, bat er Jérôme mit stummem Blick um Gnade für die Frauen.

Verständnislos schüttelte sein Freund jedoch den Kopf, während er den am Boden Knienden die Fesseln durchschnitt.

»Pass auf, um was du bittest, Émile. Man mag dir deinen Wunsch aufgrund deiner Tat gewähren, aber sie werden dich bald wie diesen dummen Vogel schimpfen, den man ohne Gegenwehr fangen kann: feige Memme!« Er grinste. »Andererseits, wenn ich's recht bedenke, gehören sie zur Prise, und da man sie nicht gerecht aufteilen kann, bietet sich's an, dass man um sie würfelt.« Jérôme zog die Frauen auf die Beine, packte eine jede am Arm und schob sie vor sich zur Tür hinaus.

Émile folgte und konnte den Blick nicht von der kleineren der beiden lösen. Sie war wunderschön! Das pechschwarze Haar fiel ihr glatt über den Rücken und ihre üppige Figur war so angenehm anzusehen, dass Émile schluckte. Sie erinnerte ihn an seine Mutter Alizée, obwohl ihr Äußeres das genaue Gegenteil der Frau war, die er einst verloren hatte.

Zurück an Deck ließ sich Michel nicht zweimal bitten und unterzog die Frauen einer intensiven Betrachtung, bei der er spöttisch die Augenbrauen hochzog.

»Beim Thron des Teufels, das sind wahrlich zwei prächtige indianische Frauenzimmer!«, stellte er fest und zwang seine Männer mit einer nachdrücklichen Geste seines Säbels zurückzubleiben. Manchen von ihnen quollen bereits die Augen über, denn Frauen waren im Leben der Bukaniere eine Seltenheit. »Du hast dir hübsche Stuten an Bord geholt, Spanier. Sieh sie dir noch einmal genau an, bevor du stirbst. Waren sie die Nächte wert?« Er kniff der Größeren in die Brust. Sie schrie auf und Émile tat einen Schritt nach vorne. Michel bemerkte seine Reaktion.

»Was ist, Delahaye, gefallen sie dir?« Émile spürte Jérômes eisernen Griff um sein Handgelenk. Dennoch nickte er beherzt.

Das dröhnende Gelächter von Michel hallte in seinen Ohren wider.

»Verdammt, Delahaye, du wirst an einem einzigen Tag erwachsen! Erst schlachtest du einen Mann ab und rettest mir damit das Leben, und dann begehrst du eine Frau. Ich versprach dir, in deiner Schuld zu stehen, und mein Wort ist Gesetz an dieser Küste. Also wähle! Eine gehört dir. Das ist doch so, Männer?« Säbelrasseln und derbe Worte waren die Zustimmung der Brüder.

Émile deutete auf die Kleinere und Michel nickte.

»Gute Wahl«, meinte er beifällig und riss die Frauen voneinander los.

Ohne die tröstende Umarmung schluchzten sie auf. Michel zerrte die Auserwählte zu sich heran, drückte ihr einen Kuss auf die Lippen und schleuderte sie zu Émile. Dieser fing sie auf und empfand jähe Dankbarkeit. Eine Familie zu haben, war etwas, an das er in der Einsamkeit der neuen Heimat nicht mehr geglaubt hatte. Schützend legte er die Arme um das Mädchen und sie drängte sich schutzsuchend an ihn. Émile seufzte verzückt.

»*Balourd!*«, hörte er Jérôme hinter sich murmeln. »Du armer Trottel!«

Eins

Nordwestküste von La Española, Frühjahr 1656

Der Wind fegte die Wolken wie stolze Pferde über den Himmel, während Jacquotte landeinwärts ging. Die Männer waren losgezogen, um zu jagen, und sie wollte einen neuen *boucan* für ihren Vater herstellen; ein Holzgestell, auf dem das Fleisch getrocknet und geräuchert wurde. Die frischen Äste schlug sie von den Blutholzbäumen, die in großer Ansammlung unweit der Siedlung standen.

Der Pfad dorthin führte durch mannshohes Gestrüpp, und sie nutzte ihn stets, um mit ihrer Machete zu üben. Die Waffe wog schwer in ihrer Hand, aber sie ließ sie locker und ohne Zeichen der Anstrengung durch die Luft kreisen. Abrupt stach sie zu, drehte sich um die eigene Achse und bekämpfte imaginäre Angreifer. Sie war stolz auf ihre Geschicklichkeit und setzte jeden ihrer Schritte bedacht, damit sie nicht ins Straucheln geriet. Mit einem letzten kraftvollen Schlag zerteilte sie das Buschwerk, um freien Blick auf die Lichtung der rotbraunen Bäume zu haben, die sie gesucht hatte.

Ein Knacken im Unterholz ließ Jacquotte erstarren. Wachsam sah sie sich um. Ihre Nasenflügel bebten. Sie zwang sich, ruhig zu atmen, obwohl ihr das Herz in den Ohren pochte. Ihre Zehen gruben sich in die weiche Erde und sie war gespannt wie ein Bogen, bereit, sich zu verteidigen. Langsam drehte sie den Kopf in die Richtung, in der sie das Geräusch vermutete, und schob entschlossen ihr Kinn vor. Mit erhobener Machete machte sie einen Schritt nach vorne. Die Sehnen ihrer Arme spannten sich und sie spürte das Blut an ihrem Hals pulsieren.

In diesem Moment sprang ein schreiender Junge aus dem Dickicht, vollführte eine Reihe Purzelbäume und streckte Jacquotte schließlich die Zunge heraus. Der aufgewirbelte Staub tanzte durch die warme Luft und legte sich auf seine Haut, deren Farbe gleich der Bäume um sie herum war.

»Pierre! Zum Donnerkiel, du hast mich erschreckt!«, rief sie und drückte mit dem angestauten Atem auch ihre Anspannung aus den Lungen. Dann lachte sie, stützte ihre Hände auf die Knie und beugte den Rücken. Die hohe Luftfeuchtigkeit klebte ihr das Hemd an den Oberkörper, die Hose aus kratzigem Wollstoff juckte. Beim Aufrichten fuhr sie sich mit der Hand über Mund und Stirn und bemerkte einen metallischen Geschmack. Vor Aufregung hatte sie sich gebissen und leckte sich ärgerlich über die blutige Unterlippe.

Pierre schlenderte auf sie zu und grinste.

»Was tust du hier? Du willst doch nicht etwa langweilige Frauenarbeit verrichten?«

Jacquotte stemmte die Hände in die Hüften und sah gereizt zu ihm empor. »Hüte deine Zunge, wenn sie dir lieb ist! Weshalb bist du nicht mit den anderen auf der Jagd?«

Pierres Grinsen wurde breiter. Er hob seine Muskete auf, die gut viereinhalb Fuß maß, und schulterte sie mit jugendlicher Lässigkeit. Erst jetzt gesellte sich auch sein gefleckter Hund zu ihnen und beschnupperte Jacquotte freundlich.

»Durch den Wind sind die Moskitos nicht so blutrünstig wie sonst und ich dachte mir, wir könnten einen Ausflug zu unserer Höhle machen«, erwiderte er.

Sie tat desinteressiert, obwohl es ihr schmeichelte, dass Pierre von ihrer Höhle sprach. Das klang nach einer besonderen Verbundenheit, obwohl ihr bewusst war, dass er dort einfach gerne saß und die vorbeiziehenden Schiffe beobachtete. Als sie nicht sofort antwortete, knuffte Pierre sie in die Seite und ging in Abwehrhaltung, denn er wusste nur zu gut um ihre Reaktionen.

Sofort hielt sie ihm die Machete unter die Nase und sagte: »*D'accord*, ich gehe mit dir! Aber zuerst müssen wir Manuel holen. Und ich erwarte, dass du meinem Vater erklärst, warum ich ohne Holz für das *boucan* zurückkomme.«

»Dein Vater wird nichts sagen. Er ist sanftmütig wie eine Schildkröte. Erst vor Kurzem sah ich, dass er das verlassene Ei eines Buschhuhns fand, es mitnahm und den Haushühnern zum Bebrüten ins Nest legte. Dabei weiß doch jeder, dass das Küken wieder in den Busch läuft, sobald es das Geschrei seiner Sippe hört.«

»Er sorgt sich eben!« Jacquotte verteidigte ihren Vater, obwohl sie wusste, dass Pierre recht hatte.

Nebeneinander schlenderten sie zur Siedlung zurück. Dort angekommen, hörte man nur das Rascheln der Blätter im auflandigen Wind. Jacquottes Blick streifte die *ajoupas*, jene palmengedeckten Holzhütten, die großzügig verteilt in einer natürlichen Senke lagen. Limonenbäume spendeten Schatten und schützten die Gemeinschaft vor feindlichen Spähern. Vereinzelt sah man Hunde, die in der Kühle selbst gegrabener Mulden dösten. Ansonsten rührte sich nichts. Um diese Tageszeit hielten sich nur die alten oder verletzten Männer in der Siedlung auf.

Jacquottes Vater saß entspannt vor einer der Hütten und ging seiner Arbeit nach. Neben ihm lag einem Schatten gleich sein alter hellbrauner Hund, der ihn schon so lange begleitete, wie Jacquotte denken konnte. Er war grau im Gesicht, die Augen waren trüb, aber seine Nase funktionierte bestens und er bellte heiser auf. Sie hob die Hand zum Gruß.

Émile hielt inne und kniff die Augen zusammen. Er sah nicht gut auf die Distanz, aber die Gestalt seiner Tochter konnte er jederzeit ausmachen. Er war erfreut, sie zu sehen, und beobachtete ihr Näherkommen. Der Bronzeton der Haut, die hohen Wangenknochen, das schmale Becken und die kräftigen Waden waren eindeutig das Erbe ihrer Mutter Anani. Mit einer vertrauten Geste strich sie sich das lockige Haar hinter die Ohren und atmete tief durch.

An diesem Tag brachte der Wind salzige Meeresluft ins Landesinnere, die sich mit den herben Aromen der Limonen vermischte. Er wusste, dass dieser Geruch auf Regen hindeutete. Seiner Tochter war das ebenso bewusst. Sie war in der Natur aufgewachsen und verstand die Zeichen zu deuten. Ihre Beine waren durch die Dornen zerkratzt, die jeden Tag ihren Weg kreuzten. Verblassende Schrammen bildeten mit den neuen ein bizarres Muster auf ihrer Haut. Eine auffallend breite, gezackte Narbe schlängelte sich quer über ihren linken Arm und verschwand unter dem Ärmel ihres Hemdes. Sie war ein Mahnmal für Jacquottes Übermut, entstanden bei einem ihrer Scheinkämpfe, als sie stolperte und sich mit der Machete den Arm aufschnitt. Émile schüttelte lächelnd den Kopf. Seine Tochter war ein Wildfang, aber das liebte er so an ihr.

In diesem Moment brach die Sonne durch die Wolken und ließ Jacquottes dunkelrotes Haar aufleuchten. Die Männer sagten, es hätte das Blut aufgesogen, das die Mutter bei ihrer Geburt verloren hatte. Das Blut, mit dem Anani das Leben aus dem Körper geflossen war. Er wusste, dass niemand Schuld an ihrem Tod trug, aber die Sorgenfalten auf Jacquottes Stirn zeugten davon, dass hinter ihren großen Augen ein innerer Kampf tobte, den er nur erahnen konnte.

Als sie mit energischen Schritten auf ihn zuging, verbarg er sein Lächeln hinter dem buschigen Bart. Im Gegensatz zu ihrem ansehnlichen Äußeren gab sich seine heranwachsende Tochter ansonsten jungenhaft. Nicht das erste Mal brachte sie ihm so zu Bewusstsein, dass das mütterliche Element in ihrem Leben fehlte. Und so sehr er es sich auch wünschte, es war ihm unmöglich, ihr diese Seite ihres Seins nahezubringen. Sie war in der rauen Gesellschaft von Männern groß geworden, es war daher nicht verwunderlich, dass sie sich selbst wie einer benahm.

Jacquottes Begrüßung fiel aus, wie Émile es von ihr gewohnt war: Freundliche Worte und ein Nicken in seine Richtung waren alles, was er von ihr bekam. Gesten der Zuneigung, wie eine Umarmung oder ein Kuss, waren nichts, wofür sie etwas übrig hatte.

»Pierre geht zu den Pflanzern, um Fleisch gegen Tabak zu tauschen. Er bat mich um Hilfe, und wenn du einverstanden bist, werde ich ihn begleiten.«

Émile nickte zustimmend. Er konnte seiner Tochter nichts abschlagen, denn er wollte stets, dass es ihr gut ging. Außerdem war sie in Begleitung von Pierre unterwegs und das beruhigte ihn. Pierre war wie ein Sohn für ihn, und das lag nicht nur daran, dass seine Mutter ebenfalls viel zu früh verstorben war und Pierre die Härten des Lebens in einem Alter erfahren musste, in dem ein Junge noch nicht bereit dafür war.

»Danke, Papa!« Jacquotte schenkte Émile ein bezauberndes Lachen und er vergaß für einen Moment die Schmerzen in seinen geschwollenen Gliedmaßen.

Mit einem Seufzer beobachtete er, wie seine Tochter sich bückte und ins Innere der Hütte kroch, um Manuel aus seinem Joch zu befreien. Er hörte das Gekicher des Jungen, als er tollpatschig ins Licht krabbelte. Der Anblick seines Erstgeborenen brach Émile jedes Mal das Herz.

Manuels Kopf war zu schwammig für seinen Körper, und seine eng beieinanderliegenden Augen gaben ihm einen dümmlichen Ausdruck. Die meisten hielten ihn für verrückt und schenkten ihm kaum Beachtung. In der Gesellschaftsstruktur dieser Insel wurde ihm keine Überlebenschance eingeräumt. Wäre es nach Jérôme gegangen, dann hätte Manuel sein erstes Lebensjahr nicht erreicht. Eine Tatsache, die Émile seinem Freund nicht verzeihen konnte. Gleichzeitig bekannte er sich selbst schuldig, mit dem Sohn nichts anfangen zu können.

Nur Jacquotte wachte stets über Manuel und konnte es nicht ertragen, wenn man ihn zu seiner eigenen Sicherheit festband. Bewegte er sich frei, behielt sie ihn wie eine Glucke im Auge und ließ zu, dass er mit unsicheren Schritten den Schmetterlingen und Vögeln nachjagte.

Gerne hätte Émile seine Tochter noch länger um sich gehabt, doch nach einem kurzen Abschied entfernte sich das ungleiche Dreigespann wieder. Je mehr ihr Bild vor seinen Augen verschwamm, desto größer wurde seine Unruhe. Ihm war klar, dass sich seine Tochter langsam verselbstständigte. Sie begann, ihre eigenen Wege zu gehen, und die Angst rumorte in Émiles Magen wie eine roh verzehrte *patate*, jene wilde Kartoffel, die überall auf der Insel wuchs.

Das Großziehen von Jacquotte war das Erfüllendste gewesen, das Émile je erlebt hatte. Er genoss jeden einzelnen Tag mit seiner kleinen Sonne und es war, als böte ihm der Vater im Himmel eine Chance, um an Jacquotte gutzumachen, was bei Alizée verfehlt wurde. Zu deutlich verfolgte ihn noch das Bild seiner Mutter, die wegen des Aberglaubens einiger Leute ein unwürdiges Ende fand, vor dem er sie nicht hatte beschützen können.

Es verging kein Tag, an dem er nicht ihr Gesicht vor sich sah und sich fragte, warum sie so enden musste. Doch all das konnte er Jacquotte nicht anvertrauen. Er wollte der Held sein, den seine Tochter in ihm sah. Die Geschichten über die Rettung von Michel d'Artigny und die Befreiung von Anani waren das, was Jacquotte von klein auf über ihn gehört hatte. Die Dinge, die er als Émile Vigot in der Normandie erlebt hatte, gehörten nicht in ihre Welt. Émile versteckte sie tief in seinem Inneren. Und weil er nichts mehr an seiner Vergangenheit ändern konnte, sah er seine wichtigste Aufgabe als Vater darin, Jacquotte vor jeder Gefahr zu schützen.

Wenn ihre Zukunft eine glückliche war, konnte auch Émile wieder Ruhe finden. Seine Tochter besaß schon jetzt ein Selbstbewusstsein und einen Tatendrang, den er nur bewundern konnte, und er glaubte daran, dass sie ihr Leben gemeinsam mit Pierre meistern würde, wenn es so weit war.

Er wollte fortfahren, das grobe Salz zu mahlen, aber seine steifen Gelenke widersetzten sich. Die Zuversicht, dass sein Wille stärker als sein Gebrechen war und ihn noch eine Weile durchhalten ließ, schwand mit jedem Tag. Umso größer wurde dagegen die Furcht, seine Kinder ohne Vater zurückzulassen.

Jérôme scherzte oft, Émiles Schultern würden bald so weit herunterhängen, dass er mit den Fingern die Zehen berühren konnte, ohne sich zu bücken. Émile verzog das Gesicht vor Schmerz. Er wünschte sich, Jérôme würde sesshaft werden, auch wenn er daran zweifelte, dass sein Freund sich der Kinder im Falle seines Todes annahm. Dafür kannte Émile ihn zu gut.

Jérôme die Verantwortung einer Vaterrolle zu übertragen, war, als sperrte man die bei Nacht leuchtenden Glühkäfer in ein Gefäß: Ihr Licht erlosch augenblicklich. Jérôme war für das Meer gemacht, er war keine Landratte. Deshalb brachte Émile es nicht über sich, seinen Freund um diesen Gefallen zu bitten. Zu sehr stand er bereits in seiner Schuld. Unfähig, zu jagen oder auf sonstige Weise von Nutzen zu sein, war Émile in jeder Hinsicht auf seinen Gefolgsbruder angewiesen. Und Jérôme kam dieser Aufgabe pflichtbewusst nach.

In regelmäßigen Abständen brachte er Kleidung, Waffen, Zucker und Mehl vorbei. Er verweilte eine Zeit lang in der Siedlung, bis ihn die Sehnsucht zurück aufs Meer trieb. Émile hustete schwer und tätschelte seinem Hund das Fell. Zu lange war er den eigenen Gedanken nachgehangen, dabei musste er die Vorbereitungen für den Abend zu Ende bringen. Energisch sammelte er sich und ließ den Stein erneut über die Salzkristalle rollen.

Unterdessen spazierten Jacquotte und Pierre schweigend nebeneinander her. Der steinige Pfad schlängelte sich südwärts an imposanten Baumriesen vorbei und führte sie tief ins grüne Herz der Insel, die sie als La Española kannten. Je weiter sie vordrangen, desto mehr flaute der böige Wind zu einer leichten Brise ab, die von den Stimmen der Tiere überlagert wurde. Das Zirpen der Grillen um sie herum war ihnen so wohlbekannt wie das Schreien der blau-gelben Papageien in den Baumkronen.

Pierre peitschte spielerisch einen abgebrochenen Zweig durch die Luft, während Jacquotte Abstand zu ihm schuf. An diesem Tag bedrängte seine Anwesenheit sie, denn Pierre hatte angefangen, sich zu verändern. Seine Schultern wurden breiter, seine Stimme tiefer und seine Muskeln begannen sich stärker auszuprägen. Die meiste Zeit lief er mit nacktem Oberkörper herum, als wollte er allen von seiner Entwicklung kundtun. Neben der Wandlung an sich erschreckte Jacquotte aber vor allem die Tatsache, dass es ihr auffiel und sie ihn vermehrt beobachtete.

»Warum hast du deinen Vater belogen?« Pierre drehte den Kopf zur Seite und Jacquotte sah schnell in eine andere Richtung.

»Ich will nicht, dass er sich sorgt.«

»Aber er sorgt sich ständig um dich! Du hast wohl nie in sein Gesicht geblickt, wenn du frühmorgens die Hütte verlässt. Wenn er könnte, würde er dich wie Manuel anbinden.«

»Sei still!«

»Ich sag ja nur…«, murrte Pierre. »Vielleicht ginge es ihm besser, wenn er um deine Fähigkeiten wüsste.«

»Ganz bestimmt nicht! Als Jérôme ihm vorgeschlagen hat, mich zur eigenen Sicherheit an den Waffen zu unterrichten, da wurde er so bleich, als hätte er zu viele Landkrabben gegessen.«

Um Pierres Mundwinkel zuckte es. »Besucht euch Jérôme deswegen immer seltener? Was fürchtet er wohl mehr, den Hund deines Vaters oder seinen schnellen Säbel?«

»Noch ein Wort und du wirst den Tag verfluchen, an dem du mir die Machete in die Hand gegeben hast«, drohte Jacquotte. »Mein Vater ist ein guter Mann!«

»Gut darin, die Augen zu verschließen und zu glauben, dass die Spanier nie mehr über die Küste hereinbrechen werden. Warum verschweigst du ihm unsere Höhle?«

»Die Höhle ist unser Geheimnis!«, erwiderte Jacquotte brüsk und zeigte Manuel einen schwarz-weiß gestreiften Schmetterling am Wegesrand. Mit einem glücklichen Blubbern klatschte er in die Hände und verscheuchte das Insekt. Mit zackigem Flug erhob es sich und ließ einen enttäuschten Manuel zurück.

»Es gibt Hunderte Höhlen auf der Insel! Warum sprichst du niemals über unsere?« Pierre ließ nicht locker.

Jacquotte zuckte die Schultern. Natürlich wusste jeder von der Existenz dieser Höhlen. Besonders deshalb, weil sie ein gruseliges Erbe in sich bargen: Immer noch verrotteten in vielen von ihnen menschliche Gebeine im dunklen Inneren und verseuchten die Luft. Die Männer erzählten sich, dass die Insel einst von Indianer bevölkert gewesen war. Als die Spanier eintrafen, beanspruchten sie das Land jedoch für sich alleine. Deshalb töteten sie die Urbevölkerung. Besonders gerne hetzten sie die Indios mit ihren Hunden und warfen sie ihnen zum Fraß vor. Aus Furcht verbargen sich die Überlebenden in den einfachen Höhlen, wo sie meist vor Hunger zu Tode kamen, denn ihre Angst vor den Spaniern war größer als ihr körperliches Leiden.

Von Pierres aufforderndem Blick in die Enge gedrängt, entgegnete Jacquotte: »Stell dich nicht dumm, Pierre! Die Sicherheit der Höhle hat uns am Tag des spanischen Überfalls das Leben gerettet. Niemand soll wissen, wo sie liegt. Auch nicht mein Vater. Im Gegensatz zu ihm verschließe ich meine Augen nicht vor der Realität.«

Pierre schwieg und Jacquotte wusste, dass ihre Gedanken um dasselbe Erlebnis kreisten. An einem Nachmittag vor einigen Jahren hatten marodierende Spanier die Siedlung überfallen und viele Männer getötet. An diesem Tag zerbrach Jacquottes heile Welt, in der sie arglos durch die Wälder streifte. Mit eigenen Augen musste sie mit ansehen, wie aus ihrem friedlichen Alltag ein blutiges Massaker wurde, und wie jeder Einzelne um sein Überleben kämpfte.

Sie sah Nachbarn sterben und beobachtete, was die Spanier mit den Frauen ihrer Feinde taten. Beinahe wäre sie selbst zum Opfer geworden. Ein Spanier war über sie hergefallen und würgte sie beinahe bis zur Bewusstlosigkeit, während er versucht hatte, sie zu vergewaltigen. Ihr Entkommen verdankte sie einzig Pierre, der ihren Peiniger getötet hatte. Anschließend brachte er sie und Manuel zu einer Höhle, die er während eines Streifzugs entdeckt hatte. Auf Jacquottes heftiges Drängen hin lehrte er sie dort in den nachfolgenden Wochen den Umgang mit Machete, Säbel und Muskete. Niemals, das hatte

Jacquotte sich damals geschworen, sollte ein Mann je wieder derart Hand an sie legen.

»Solange ich an eurer Seite bin, könnt ihr unbesorgt sein!«, Pierre klopfte sich prahlerisch auf die Brust.

Jacquotte verdrängte die Erinnerungen und warf ihm ein Schneckenhaus an den Kopf, das sie gefunden hatte. »Deine Überheblichkeit wird dich noch in den Himmel wachsen lassen, wo dir die Raben deine schrecklichen Schlangenaugen rauspicken!«

Pierre zog eine Grimasse, stieß zischelnde Laute aus und lief hinter Manuel her, der kreischend das Weite suchte. Jacquotte musste lächeln und beobachtete das fröhliche Spiel. Sie war dem Freund dankbar, dass er sie tagtäglich von diesem schrecklichen Erlebnis ablenkte.

Gut gelaunt erreichten sie einige Zeit später die baumlose Ebene mit den Tabakfeldern der Pflanzer. Ihr Gelächter verstummte. Jacquotte fürchtete diese Männer. Die meisten zeigten unverhohlenen Hass auf die Bukaniere im Norden, die ihre tägliche Arbeit angeblich viel leichter verrichteten, indem sie auf Tiere schossen, anstatt sich körperlich zu verausgaben.

Die Pflanzer dagegen mussten Bäume fällen, Buschwerk roden und eine Reihe von Fruchtreihen anlegen, bevor der Boden genug Nährstoffe enthielt, damit Tabak auf ihm gedieh. Glücklicherweise lagen ihre Holzhütten, auf deren Dächern die Pflanzer schmackhafte Wurzeln trockneten, an diesem Tag verlassen zwischen den Fluren.

Pierre formte mit der rechten Hand einen Becher, den er zum Mund führte. Jacquotte nickte wissend. Vermutlich hatte der *wycou*, eine Art Bier, das die Pflanzer aus Maniok brauten, wieder ganze Arbeit geleistet. Lautlos bewegten sie sich vorwärts. Obwohl die Pflanzer auf den Handel mit Fleisch angewiesen waren, machten sie sich einen Spaß daraus, vorbeiziehenden Bukanieren aufzulauern und ihnen Angst einzujagen.

Jacquotte beobachtete die Felder ganz genau. Die brusthohen Pflanzen wogten im Wind und wenn man genau hinsah, konnte man fingerdicke Raupen auf ihren Blättern erkennen. Sie fuhr im Vorübergehen sachte über die feinen Härchen der Larven und folgte Pierre, der den Weg vorgab und Manuel abschirmte. Erst als sie wieder unter Bäumen waren und einen Bachlauf gekreuzt hatten, ließ ihre Anspannung nach.

Auf einer Anhöhe angelangt, verschnauften sie kurz. Sie hatten gutes Tempo vorgelegt. Jacquottes Blick schweifte über die Landschaft. Schlanke Palmen wechselten sich mit gewaltigen Acajou- und Mapou-Bäumen ab und schufen ein harmonisches Miteinander. Am Horizont konnte man ein Stück der Küstenlinie erkennen. Der Sand zog sich wie eine goldene Grenze durch das Reich der Pflanzen und trennte sie vom Ozean, der mit seinen rätselhaften Geschöpfen ein eigenes Imperium bildete.

Pierres Hund knurrte, als auf einer Schneise vor ihnen einige Pferde den Hügel querten. Die Tiere hoben schnaubend die Köpfe und ließen ihre Ohren spielen. Es waren gedrungene Kreaturen mit stämmigen Beinen und langen Hälsen. Verwilderte Verwandte ehemaliger spanischer Reitpferde, die inzwischen in großer Anzahl über die Insel wanderten. Die Jäger fingen sie bisweilen, um die Felle und das Fleisch ihrer Jagdbeute an die Küste zu transportieren.

Jacquotte hasste jedoch die brutale Art, mit der man die Pferde zähmte. Sie wurden mit Schlingen gefangen, die man auf ihren Trampelpfaden auslegte, und dann so lange geschlagen, bis ihr Wille gebrochen war und sie sich fügten. In ihrer natürlichen Umgebung aber besaßen sie einen ursprünglichen Stolz, der Jacquotte immer wieder aufs Neue staunen ließ. Auch dieses Mal konnte sie sich nur schwer von ihrem Anblick losreißen.

Kurze Zeit später erreichten die kleine Gruppe die abfallenden Felsen und Jacquotte hob Manuel auf Pierres Rücken. Sein Hund blieb als Wachposten zurück und legte den Kopf betrübt auf die Vorderpfoten.

Der Weg entlang der Felswand war tückisch und erforderte bei jedem Schritt Konzentration. Lose Steine konnten ins Rollen geraten und schwere Stürze zur Folge haben. Aber sie erreichten sicher ihr Ziel. Versteckt unter einem Vorsprung grub sich eine kleine Höhle mit natürlich geformten Sitzbänken in den Fels, die durch dichtes Gestrüpp vor einfallender Sonne geschützt wurde.

Eine Lücke im Buschwerk ermöglichte freien Blick aufs Meer, das sich viele Meter unter ihnen befand. Von den tief hängenden Ästen eines Baumes pflückte Jacquotte hühnereigroße Früchte, aus denen weißer Milchsaft quoll, wenn man hineinbiss, und die wunderbar schmeckten. Mit ihnen stillten sie den Durst, bevor sie von dem geräucherten Fleisch nahmen, das in Palmblätter gewickelt im hinteren Teil der Höhle lagerte. Dort lagen außerdem Muscheln, bunte Federn und Pfeilspitzen, die Manuel mitgebracht hatte, sowie frisches Wasser in Rinderblasen. Jacquotte überprüfte die Vorräte bei jedem Besuch und sorgte dafür, dass sie nicht zur Neige gingen.

Während Manuel mit seinen Schätzen spielte, setzte sie sich mit Pierre an den Rand der Höhle und ließ die Füße über den Überhang baumeln. Durch den Wind war die Sicht an diesem Tag so klar, dass die Île de la Tortue, die von den Spaniern auch Tortuga genannt wurde, zum Greifen nahe schien. Jacquotte erkannte den weißen Schaum, der auf den Wellen tanzte, wenn sie an den Klippen des schildkrötenförmigen Eilands zerschellten.

Zwei Schiffe glitten mit gebauschten Segeln über das Wasser und versuchten, gegen den Wind zu kreuzen, um in die geschützte Hafenbucht zu gelangen. Schwarze Fregattvögel, deren Geschrei von den Felsen widerhallte, flankierten sie. Die Île de la Tortue war eine sagenumwobene Insel, Zankapfel der großen Seefahrernationen, die ihre Kolonien provokant neben den spanischen Niederlassungen gründeten.

»Man mag den Hugenotten Le Vasseur nennen, wie man will, aber nur ihm verdanken wir, dass Tortue befestigt und über Jahre unangreifbar wurde.« Pierre reckte den Hals, als könnte er das Fort de Rocher an der Südseite der Île de la Tortue erkennen.

»Le Vasseur war grausam! Er sperrte Gefangene in kleine Käfige, in denen sie weder sitzen noch stehen konnten, und hat sie in der Sonne geröstet. Das klingt mir eher nach einem Mann, der Macht demonstrieren will und nicht nach einem Wohltäter. Ich denke, er wurde nicht umsonst ermordet.« Jacquotte, der besonders die blutrünstigen Erzählungen über den ersten Gouverneur von Tortuga im Gedächtnis geblieben waren, wollte Pierres Meinung nicht teilen.

»Du verstehst das nicht! Niemand vor ihm hat sich in solchem Maß für Tortue eingesetzt. Sieh dir bloß seinen Nachfolger an. De Fontenay hat sich von nur zwei spanischen Schiffen besiegen lassen und die Insel aufgegeben. Und was ist die Folge? Die niederträchtigen Spanier besetzen sie noch immer mit nur einer einzigen Garnison.«

»Und die großartige Bruderschaft lässt sich davon einschüchtern«, spottete Jacquotte.

»Sie lauern im Geheimen und formieren sich bereits. Noch fehlt es ihnen an Kanonen und Schiffen, weil der französische König sich aus solchen Angelegenheiten heraushält. Leider scheut er den Machtkampf mit Spanien in diesem Teil der Welt. Ein großer Fehler, wie ich finde.«

»Was geht es dich an?« Pierres Leidenschaft für die Küstenbrüder nagte an Jacquotte. Je mehr Zeit er mit den seefahrenden Männern verbrachte, desto mehr wurde ihre politische Gedankenwelt zu der seinen.

»Glaub mir, in nicht allzu ferner Zukunft werden sich die Brüder der Küste die Île de la Tortue zurückholen. Und ich werde dabei sein!«

»Aber du bist kein Mitglied der Bruderschaft! Warum kämpfst du ihren Kampf?« Jacquotte legte den Finger bewusst in die Wunde, die Pierre am meisten schmerzte.

Er biss die Zähne aufeinander und starrte gekränkt zu Boden. Das tat er immer, wenn er verärgert war, und sie schämte sich ein wenig, weil sie so garstig zu ihm war.

»Die Bruderschaft wird mich aufnehmen«, schwor er und musterte Jacquotte mit seinen eigentümlichen Augen. Sie waren dunkelbraun wie die ihren, aber in ihrem Inneren schien etwas zu lauern, das bei bestimmten Gemütslagen ein gelbes Leuchten hervorrief. Es erinnerte sie an das Funkeln der Golddublonen, die ihr Vater für Notfälle unter dem knorrigen Baum am Rand der Siedlung verborgen hielt.

»Was geben dir die Küstenbrüder, was du hier nicht findest?«, wollte sie wissen.

»Siehst du das nicht? Hier führen alle das ruhige Leben der Jäger. Tagein, tagaus dieselben Beschäftigungen. Ich aber will aufs Meer! Ich will dorthin, wo sich all die Brüder versammeln, die etwas bewegen wollen. Ich will gegen die Spanier kämpfen und Vergeltung üben für das, was sie unseren Müttern und ihrem Volk antaten.«

Jacquotte sank kaum merklich in sich zusammen. Sie verstand ihren Freund nur zu gut. Auch in ihr loderte die Sehnsucht nach einer Aufgabe im Leben, die Gier nach Abenteuern und der Rache für die Gräueltaten der Spanier. Aber anders als Pierre hatte sie Familie auf La Española und der Gedanke, ihren Vater und Manuel zurückzulassen, war unerträglicher als der Wunsch, gegen unbekannte Feinde zu kämpfen.

»Du machst unsere Mütter nicht wieder lebendig, indem du dein Leben aufs Spiel setzt!« Ihre Hilflosigkeit, Pierre nicht sagen zu können, was sie bewegte, ließ Jacquotte aufbrausend werden.

»*Mon dieu*, was bist du heute in schlechter Stimmung!« Er warf einen Stein in den Abgrund und lauschte, wie der Aufprall gegen die Felsen immer leiser wurde, bis der Stein schließlich kaum hörbar im Wasser landete.

Sie ignorierte ihn und zupfte an dem eng anliegenden Band aus gefärbter Baumwolle, das sich unterhalb ihres linken Knies befand. Es hatte einst ihrer Mutter gehört, der Frau, die man Anani nannte, und Jacquotte trug es als Anerkennung des Indio-Volkes, dessen Blut auch in ihren Adern floss.

»Sie wäre stolz auf dich gewesen«, hörte sie Pierre nach einiger Zeit murmeln, und das schlechte Gewissen schlug über ihr zusammen.

»Es tut mir leid«, presste sie hervor, da sie sich mit Entschuldigungen nicht besonders leichttat. »Der Sturm fegt heute durch meinen Kopf und wirbelt meine Gedanken durcheinander.«

»Hast du nicht immer den Sturm in deinem Kopf, *nanichi*?« Pierre versetzte ihr einen freundschaftlichen Stoß gegen die Schulter und hielt ihre Hände fest, damit sie sich nicht wehren konnte.

In Anbetracht ihres Spitznamens fragte Jacquotte zum wiederholten Male: »Sag mir endlich, was das bedeuten soll, Pierre! Du nennst mich womöglich eine Schlange hinter meinem Rücken, und ich weiß es nicht.«

»*Jujo* heißt Schlange, also sei unbesorgt.« Er griente spitzbübisch und tippte an ihre Stirn: »*Cimu'*«, sagte er. Dann zeigte er aufs Meer hinaus und sah sie fragend an.

Jacquotte zögerte. »*Bagua*?«

Pierre nickte anerkennend. Als Nächstes zeigte er auf sich und sie erwiderte sofort: »*I'ro*!«

Auch als er auf sie zeigte, folgte die Antwort prompt: »*I'naru*!«

»Sehr gut«, lobte Pierre. »Heute ist es windig. Kannst du dich an das Wort für Wind erinnern?«

»*Hura*?« Sie lächelte, als Pierre den Daumen hob.

»Sonne?«

»*Guey*!«

So ging es weiter. Was einst als Spiel zwischen ihr und Pierre begonnen hatte, nahm Jacquotte inzwischen sehr ernst. Die gutturale Sprache der Indios beschwor den Geist ihrer Mutter herauf. Es war tröstlich, wenigstens auf diese Art mit Anani verbunden zu sein.

Sie waren so konzentriert bei der Sache, dass sie nicht bemerkten, wie Manuel zu ihnen trat. Erst als er mit dem Fuß aufstampfte, drehte sich Jacquotte zu ihm um.

»Jawa«, forderte er, und das Wort war aufgrund seiner dicken Zunge kaum verständlich. »Jawa!«

»Ich glaube, er will die Geschichte von Yaya hören«, vermutete Jacquotte und zwinkerte Pierre zu.

Die Männer der Siedlung waren der Meinung, dass Manuel wegen seiner Andersartigkeit nichts von seiner Umwelt wahrnahm, aber sie wusste, dass das nicht stimmte. Manuel liebte es, wenn man ihm Geschichten erzählte.

Pierre begann mit übertrieben schauriger Stimme zu sprechen: »Lasst mich erzählen von Yaya, dessen Name kaum jemand in den Mund zu nehmen wagt. Er war ein bedeutender Kazike, dem seine Untertanen größte Ehre entgegenbrachten. Doch sein Sohn, Yayael, trachtete ihm aus Neid nach dem Leben. Als sein Vater von seinem Plan erfuhr, ächtete er den Sohn und verbannte Yayael aus seiner Heimat. Entwurzelt irrte Yayael umher und kehrte schließlich demütig in das Haus seines Vaters zurück. Yaya aber konnte in das Herz seines Sohnes blicken, sah dort immer noch böse Absichten und tötete ihn. Er verwahrte seine Gebeine in einer Kalebasse auf und hängte sie an die Decke seiner Hütte, wo sie eine Zeit lang unentdeckt blieben. Eines Tages jedoch drangen hungrige Diebe in Yayas Behausung ein und vermuteten Nahrungsmittel in der Kalebasse. In der Eile rutschte ihnen das Gefäß aus den Händen, fiel zu Boden und zerbrach. Doch anstatt der Gebeine kam Wasser aus der Kalebasse. Es floss so viel Wasser aus ihr heraus, dass es die Erde bedeckte und sich immer weiter ausbreitete. Und mit ihm kamen die Fische in so reicher Zahl, dass niemand mehr hungern musste. Auf diese Weise entstand unser Meer und Yayaels Tod hat allen Menschen etwas Gutes gebracht!«

Manuel verzog sein Gesicht. Nur wer ihn gut kannte, wusste, dass dies ein Ausdruck von Freude war. »Semmi«, rief er.

»Dein *cemi* passt immer auf dich auf«, bestätigte Jacquotte und berührte den Talisman, der um Manuels Hals hing.

Es war ein rötlicher Stein, dem durch regelmäßige Einkerbungen eine menschliche Gestalt verliehen worden war. Ursprünglich hatte sie ihn von ihrem Vater als Andenken an die Mutter bekommen, aber als Pierre ihr später die Bedeutung des Steins erklärte, gab sie ihn an Manuel weiter. Nach Pierres Aussage waren die cemi gute Götter, die ihre Träger vor Krankheiten, Naturkatastrophen und Kriegen beschützten, und Jacquotte war der Meinung, dass Manuel diesen Schutz nötiger hatte als sie selbst. Denn obwohl sie nie zugegeben hätte, abergläubisch zu sein, so war sie doch geneigt, der Geschichte zu vertrauen, die die Männer in der Siedlung erzählten. Demnach war ihre Mutter Anani vom sterbenden spanischen Kapitän der Galeone, auf der sie gefangen gehalten wurde, verflucht und deshalb mit einem Kind wie Manuel bestraft worden.

Jacquotte wusste, dass Pierre dieses Gerede für Unsinn hielt. In seinen Augen lebte ein guter Geist in Manuels deformiertem Körper. Pierre behauptete, dass dieser Geist sich nur den Menschen zeigte, die über Manuels Andersartigkeit hinweg sahen und ihm wohlgesonnen waren. Jacquotte beschlich nicht zum ersten Mal das Gefühl, dass sich Pierre das überlieferte Wissen seiner Indio-Mutter zunutze machte, um die Welt schöner darzustellen, als sie in Wirklichkeit war. Im Prinzip war es jedoch einerlei, denn seine Version beschrieb Manuel besser, als sie es je auszudrücken vermocht hätte.

»*Nanichi*?« Pierre sah sie an und Jacquotte hob schuldbewusst den Kopf. Sie wollte nicht träumerisch wirken. »Wollen wir aufbrechen?«

Sie nickte und ergriff seine ausgestreckte Hand. Als er sie hochzog, wurde sie sich mit einem Mal der Wärme seines Körpers bewusst und ihr Magen begann zu kribbeln, als hätte sie eine Handvoll Ameisen verschluckt. Erschrocken über ihre Empfindungen, hielt sie mitten in der Bewegung inne.

Sie sah die feinen Haare auf Pierres Brust und nahm seinen Geruch wahr. Obwohl so vertraut, wirkte der Freund in diesem Moment befremdlich, und Jacquotte spürte, wie ihr das Blut in die Wangen schoss. Sie wünschte sich, Pierre von ihren Gedanken erzählen zu können, von den Ängsten, die sie quälten und der eigenartigen

Sehnsucht in ihrem Herzen. Aber sie fand keine passenden Worte. Zu lange waren sie Kinder gewesen, doch je älter sie wurden, desto komplizierter wurde ihre Freundschaft. Die Unbeschwertheit von einst verflog wie der Morgennebel, der die Küste des Öfteren einhüllte, und ließ die Realität in jenem gleißenden Licht zurück, das kleinste Details offenbarte.

»Was ist?«, fragte Pierre und sah sie forschend an. »Ist dir nicht gut?«

Jacquotte stieß ihn von sich. »Es ist warm heute, das ist alles.«

Pierre hob die Hände und schüttelte den Kopf. »Deine Laune ist so wandelbar wie das Wetter. Erst ziehen graue Wolken über dein Haupt, dann zeigst du mir ein Lächeln, schöner als die Sonne, und jetzt ist wieder ein Gewitter im Anzug. Versteh einer die Frauen!« Er wandte sich ab.

Jacquotte horchte auf. »Was weißt du schon darüber? Seit dem Überfall der Spanier leben keine Frauen mehr in unserer Siedlung.«

»Ich kenne dich und du bist ja wohl zweifellos eine Frau. Noch dazu eine besonders nervtötende. Außerdem habe ich die Männer über die Frauen aus Frankreich reden gehört und finde, du stehst ihnen in nichts nach!« Pierre half Manuel dabei, auf seinen Rücken zu klettern.

»Was erzählt man sich über die Frauen aus Frankreich?« Jacquotte wurde neugierig.

»Sie sind launenhaft und selbstverliebt. Sie weinen ohne Grund, sind ängstlich und schnattern wie Papageien, wenn sie untereinander sind. Sie schlagen dir ins Gesicht, jammern aber, wenn man sie zu hart anpackt. Sie meckern und klagen, sind nie zufrieden und spucken dir ins Essen, wenn du nicht nach ihrer Pfeife tanzt.«

»Immerhin tun sie etwas«, murrte Jacquotte. »Ihr Männer sitzt nur herum, bohrt in der Nase, esst und furzt und erzählt von euren heldenhaften Taten, die mit jedem Mal besser werden.«

Pierre stapfte den engen Weg bergauf. Obwohl sie sein Gesicht nicht sah, spürte sie seinen Ärger deutlich.

»Deine spitze Zunge wird dir eines Tages zum Verhängnis werden«, hörte sie ihn sagen.

»Wer die Wahrheit meiner Worte nicht ertragen kann, sollte besser seine Ohren verschließen.«

»Hah!«, rief Pierre. »Und das aus dem Mund einer harmlosen Karotte, die vorgibt, eine beißende Zwiebel zu sein. Du solltest besser unter all den Schichten nach deiner eigenen Wahrheit suchen.«

»Im Gegensatz zu dir habe ich keine Angst, sie zu finden, du vaterloser Balg«, empörte sich Jacquotte.

»*Casse-pieds*! Wenn du keine Frau wärst, würde ich dir für diese Worte ein paar langen!« Pierres Nackenmuskeln spannten sich, und sie wusste, dass sie einen Schritt zu weit gegangen war. Trotzdem ließ sie nicht von ihm ab.

»Du traust dich wohl nicht, gegen mich zu kämpfen?«

»Ich scheue keinen Kampf, aber ich lege nicht Hand an meine eigene Schülerin und schon gar nicht gegen eine wehrlose Frau!«

»Verflucht sollst du sein, Schwarzaugen-Pierre!« Aufgebracht stieß Jacquotte ihm den Knauf ihrer Machete in die Kniekehle, was Pierre straucheln ließ. Für einen kurzen Moment löste er die Hand, mit der er Manuel hielt, um sich abzustützen. Doch dieser Augenblick reichte aus, Manuel abgleiten zu lassen.

Mit einem hilflosen Schrei rutschten die dicken Ärmchen von Pierres Hals und er fiel wie ein Sack nach hinten. Bevor Jacquotte reagieren konnte, traf sie sein Gewicht mit voller Wucht. Sie wurde zurückgeschleudert und keuchte erschrocken auf.

Geistesgegenwärtig versuchte sie sich an der Felswand einzukrallen. Die Wucht des Stoßes riss ihr jedoch lediglich die Fingerkuppen auf, ohne ihrem Fall Einhalt zu gebieten. Wie zwei balgende Welpen kullerten sie den Pfad hinunter, den sie gerade mühsam hinaufgeklettert waren. Jacquotte sah, dass sie immer näher an den Abgrund gerieten, und stemmte ihre Füße in den Boden, um zu bremsen. Auffliegender Staub brannte in ihren Augen.

Endlich stoppte ein Felsbrocken ihren Sturz. Der Aufprall raubte ihr den Atem und nahm ihr die Sinne. Als sie wieder zu sich kam, spürte sie den Schmerz, der alles andere überlagerte. Ihr Rücken brannte wie Feuer und in ihrem Kopf schien jemand gegen die Schädeldecke zu hämmern. Instinktiv tastete sie nach Manuel, doch ihre Hand griff ins Leere. Jacquotte blinzelte. Sie war unfähig, zu rufen oder sich zu bewegen. In ihren Ohren klang alles seltsam gedämpft, und außer einem hohen Sausen vernahm sie keine weiteren Geräusche.

Vorsichtig rollte sie sich auf Arme und Knie. Jeder Knochen in ihrem Leib fühlte sich an, als hätte er seine Position verändert. Nach einer Verschnaufpause richtete sie sich auf. Kurzzeitig wurde ihr schwarz vor Augen. Mit wackligen Schritten versuchte sie sich zu orientieren. Verschwommen erkannte sie Pierre, der mit einem weinenden Manuel im Arm an ihr vorbeiging. Sie hatte nicht bemerkt, dass er ihnen gefolgt war. Seine Schulter streifte sie barsch und der Blick, den er ihr zuwarf, sprach Bände.

Jacquotte nahm sich zusammen und schlich hinter ihm her. Jeder Schritt kostete sie Mühe, aber sie biss die Zähne zusammen. Um nichts in der Welt wollte sie sich vor Pierre die Blöße geben und ihn in seiner Meinung über Frauen bestätigen. Der Weg zum Plateau kam ihr endlos vor. Ihre stechenden Rippen ignorierend, setzte sie tapfer einen Fuß vor den anderen.

Oben angekommen, sprang Pierres Hund freudig an seinem Herrn hoch und leckte Manuels Gesicht, als dieser neben ihn auf den Boden gelegt wurde. Ihr Bruder hatte mehrere Wunden am Kopf, doch er setzte sofort zu einem Lachen an, das in glucksendem Schluckauf endete. Pierre kniff ihn sanft in die Wange, bevor er sich zu Jacquotte umdrehte.

Es kam ihr vor, als sähe sie sich mit seinen Augen. Ihr Leinenhemd war zerrissen, ihre Knie blutig. Nervös rieb sie die geschundenen Handflächen an ihrer Hose. Pierre war wütend und sie wartete, dass er etwas sagte. Sein Schweigen war schlimmer als jede Strafpredigt. Sie hielt die Augenlider gesenkt, weil sie fürchtete, seinem Blick zu begegnen. Als er weiter schwieg, ging sie auf ihn zu, blieb jedoch sofort stehen, als er einen Schritt zurückwich.

»Tut mir leid«, flüsterte sie und hob vorsichtig den Kopf.

Pierre ballte die Hände zu Fäusten. »Sprich nicht aus, was du nicht so meinst.«

»Es war ein Versehen.«

Er holte tief Luft, bevor es aus ihm herausbrach: »Bei den Hörnern des Teufels, dein Stolz wird dir eines Tages den Tod bringen! Aber wenn du ihn suchst, dann finde ihn für dich allein und spiele nicht mit dem Schicksal anderer. Ich habe dich nicht den Umgang mit den Waffen gelehrt, damit du sie gegen deine eigenen Leute einsetzt. Kein einziger Mann hier würde je seinen Säbel gegen einen seiner Brüder erheben oder ihn im Jähzorn herausfordern. Wenn du wie ein Mann behandelt werden willst, dann benimm dich auch wie einer!«

Pierre drehte sich um und zog Manuel im Vorbeigehen auf die Beine. Der Hund trabte voraus und Jacquotte blieb zurück. Sie sah ihren Freunden nach und kämpfte mit ihren widersprüchlichen Gefühlen.

Benimm dich wie ein Mann, hatte Pierre gesagt. Sie stampfte trotzig mit dem Fuß auf und verzog sofort das Gesicht vor Schmerz. Was sollte das bedeuten? Sie hatte nie gefordert, wie ein Mann behandelt zu werden. Dafür gab es keinen Grund. Sie konnte kämpfen und jagen, Tiere ausweiden und Leder gerben, Bäume fällen und schnitzen. Sie verrichtete dieselbe Arbeit wie alle anderen. Warum war es mit einem Mal so bedeutsam, dass sie eine Frau war?

»*Allez zou*, Jacquotte«, rief Pierre gereizt und drehte sich zu ihr um. »Komm endlich, es wird bald dunkel!«

Jacquotte setzte sich humpelnd in Bewegung und reihte sich kurz darauf in die Gruppe ein. Manuel lief schon wieder umher, als wäre nichts passiert, und Jacquotte fragte sich, wie sie ihrem Vater die Wunden des Bruders erklären sollte.

»Gibt es einen Grund, warum wir uns derart beeilen müssen?« Sie versuchte, flach zu atmen, um die Schmerzen in ihrem Brustkorb gering zu halten. Pierres Tempo setzte ihr zu.

»Heute kehren die Flibustier aus Port de Margot zurück. Es wird ein Fest in der Siedlung geben.«

Jacquotte blieb stehen. Das war in der Tat eine Überraschung, die weder ihr Vater noch Pierre erwähnt hatten. Dabei bedeutete die Heimkehr der Männer, die auf Kaperfahrt gingen, stets gutes Essen, reiche Beute und jede Menge Arbeit im Vorfeld.

»Ich hätte helfen müssen«, stellte sie fest und sah Pierre vorwurfsvoll an. »Warum hast du mich mitgenommen, wenn du bereits gewusst hast, dass ein *banquet* geplant ist?«

Pierre winkte ab. »Das Fest ist bereits vorbereitet. Die Männer haben das Holz für sämtliche *boucan* schon heute Morgen geschnitten, bevor sie zur Jagd aufbrachen.«

»Wieso…« Jacquotte brach ab, denn eine Ahnung machte sich in ihr breit. »Ihr wolltet mich nicht dabeihaben!«

Pierre warf ihr einen kurzen Seitenblick zu und sie spürte, dass die Wut unter ihrer Kopfhaut zu kribbeln begann.

»Die Männer waren in Eile.«

»Die Männer, die Männer ...«, ätzte sie. »Was ist es nur mit den Männern? Wir leben in einer Gemeinschaft. Jeder hat seine Aufgaben. Warum benimmst du dich mit einem Mal so eigenartig?«

»Weil es bei den Bukanieren und Flibustier allein um Männer geht! Siehst du das nicht?« Pierre gestikulierte wild. »Die Bruderschaft nimmt keine Frauen auf. Das steht in ihren Regeln. Und du bist nun mal eine ...« Er zögerte und sein Blick glitt über ihre Gestalt. »Eine Frau!«

»Was für Regeln?«, fragte Jacquotte.

»Die Regeln der Küstenbrüder!«

»Was weißt du schon über die Regeln?«

»Eine ganze Menge, wenn du es genau wissen willst. Mit jedem Tag mehr. Und den kompletten Kodex erlerne ich am Tag meiner Initiation.«

»Deiner Initiation?« Jacquotte verschlug es die Sprache. Konnte es sein, dass Pierre mehr Dinge vor ihr verheimlichte, als sie geglaubt hatte?

»Aber ich dachte ...« Sie stockte und sah ihn ungläubig an. Von Jérôme wusste sie, dass Frauen der Zutritt zur Bruderschaft verwehrt war, allerdings galt das ihm zufolge auch für Indianer und Pierre war ein Indianer.

Den Erzählungen nach, kam Pierres Mutter Mencia bereits schwanger auf die Insel. Angeblich trug sie das Kind längst unter ihrem Herzen, als die Spanier sie raubten. Die Geschichten besagten, dass ihr Bauch deutlich sichtbar war, als sie die Frau von Antoine Hantot wurde. Somit war Pierre kein *mestice*, wie man die Mischlingskinder von Weißen und Indianern nannte, sondern ein reiner Indio.

»Sie machen für mich eine Ausnahme.« Pierre verschränkte die Arme vor der Brust. »Antoine Hantot war ein anerkannter Mann unter den Flibustier, und er gilt offiziell als mein Vater. Niemand kann beweisen, wessen Sohn ich wirklich bin, und meine Mutter ist tot. Keiner kann sie mehr fragen.«

»Wie überaus praktisch für dich!« Jacquotte ging auf ihn zu, aber Pierre entzog sich ihr. Sie setzte ihm nach. Die Schmerzen waren wie weggeblasen. Bisher hatte sie geglaubt, dass ihnen beiden der Zutritt zur Bruderschaft verwehrt war. Diese Gegebenheit hatte sie auf besondere Weise verbunden. Doch nun hatte sich das Blatt gewendet, und wie es aussah, gab es im Lager der Ausgeschlossenen nur noch sie und Manuel. Jacquotte wurde immer wütender.

»Verräter«, beschimpfte sie Pierre. »Du wagst es, dich Freund zu nennen und mir dann nichts von alldem zu erzählen? Hinterhältiger Plankenwurm!«

Pierre beschleunigte sein Tempo. Einer seiner Schritte erforderte zwei von Jacquotte, aber sie ließ nicht von ihm ab.

»Was ist? Rede! Oder lässt du dir vom Kodex inzwischen den Mund verbieten?«

Pierre packte sie blitzschnell bei den Schultern und drückte sie gegen einen stämmigen Baum. Sie versuchte, ihn zu treten, aber er wich ihr geschickt aus. Die Rinde scheuerte an ihren Verletzungen, doch sie spürte nichts von alledem, denn Pierres Gesicht kam ihrem immer näher. Sie hielt den Atem an. Die befremdenden Gefühle bahnten sich erneut einen Weg an die Oberfläche.

»Der größte Fehler deines Vaters war es, dir keine Erziehung angedeihen zu lassen«, sagte Pierre in scharfem Tonfall. »Du kennst deine Grenzen nicht, Jacquotte! Die Bruderschaft ist eine ehrenwerte Sache für uns Männer. Du solltest als Frau nicht über Dinge urteilen, von denen du nichts verstehst.«

»Du wagst es…?« Sie stemmte sich gegen ihn, doch er war stärker. Je mehr sie sich unter ihm aufbäumte, desto härter wurde sein Griff. Mit einem Mal verengte er die Augen und küsste sie. Jacquotte erstarrte, denn es fühlte sich gut und beängstigend zugleich an. Ihre Gedanken überschlugen sich. Für einen kurzen Moment ließ sie ihn gewähren. Doch dann legte er seine Hände auf ihre Brüste.

Jacquotte hieb ihm intuitiv in den Magen, doch der Angriff brachte nicht den erwarteten Erfolg. Pierre griff nach ihrer Kehle, eine Handlung, die sie so nicht von ihm erwartet hatte und die sie aus der Haut fahren ließ. Instinktiv zückte sie das kleine Jagdmesser, das sie stets bei sich trug. Überrascht sprang er zurück, aber sie ließ ihn nicht entkommen und zog ihm das Messer quer über die Brust. Dann glitt sie zu Boden, rollte einmal um ihre eigene Achse und stand sofort wieder auf den Beinen, bevor Pierre reagieren konnte. Er fluchte derart, dass Manuel sich die Ohren zuhielt.

»Leg dich niemals mit Gegnern an, denen du nicht gewachsen bist«, rief Jacquotte triumphierend.

»Was ist nur mit dir los, du verrücktes Weib? Manchmal habe ich das Gefühl, ein ganzer *huraca'n* wütet in deinem Kopf. Verdammt!« Er fuhr sich mit den Fingern über seine Brust und betrachtete das Blut, das an ihnen haften blieb.

»Ich kenne dich nicht mehr«, schimpfte er und trat impulsiv gegen den Baum. »*Merde*!«

»Ich sollte es sein, die winselt«, stellte Jacquotte fest. »Ich bin jedem Mann in dieser Siedlung ebenbürtig, aber du erkennst das nicht!«

Bevor Pierre etwas erwidern konnte, vernahmen sie eine Stimme hinter sich: »Jedem Mann? Beim Namen Neptuns, welch eingebildetes Kind maßt sich an, solch lächerliche Behauptungen aufzustellen?«

Jacquotte wirbelte herum. »Jérôme!«

Sie war froh, ihn zu sehen, und lachte auf. Er war barfuß, trug wadenlange schwarze Hosen, ein helles Leinenhemd und darüber einen grauen Rock mit silbernen Knöpfen. Um seine Hüfte war ein leuchtend rotes Tuch geschlungen, ebenso um seinen Kopf, auf dem zusätzlich ein runder schwarzer Hut mit aufgeklappter Krempe thronte.

Er lehnte entspannt auf einer Muskete, deren Beschläge mit seinem üppigen Halsschmuck um die Wette funkelten, während Lachfältchen sein sonnengebräuntes Gesicht durchzogen. Aufmerksam ließ er den Blick erst über Jacquotte, dann Manuel und Pierre schweifen, bevor er wieder an Jacquotte hängen blieb.

»Hol mich einer Kiel, du bist wahrhaftig kein Kind mehr«, stellte er fest, trat näher und fasste sie am Kinn.

»Seid ihr überfallen worden?« Jérôme musterte die Schrammen in ihrem Gesicht und sie entzog sich ihm rasch. Als keiner etwas erwiderte, sah er Pierre an, der ein trotziges Gesicht zog: »Was ist? Hat man dir die Zunge herausgeschnitten, Pierre Hantot?«

Pierre schüttelte den Kopf und wechselte einen kurzen Blick mit Jacquotte. Jérôme bemerkte es, lachte schallend und hieb Pierre wohlwollend auf die Schulter.

»Wohl dem, der ein Geheimnis für sich behalten kann! Ich werde eure Heimlichkeiten nicht ausplaudern, wenn ihr mir schleunigst zur Siedlung folgt. Émile ist außer sich, weil sein Sonnenschein noch nicht zurück ist.« Er drehte sich wieder zu Jacquotte um und sah sie mahnend an. »Warum verschwindest du einfach am Tag meiner Heimkehr? Ich hätte deine Hilfe brauchen können.«

Sie konnte sich ein triumphierendes Lächeln in Pierres Richtung nicht verkneifen, als sie sich neben Jérôme stellte. »Wir waren bei den Pflanzern.«

»O-ho«, rief Jérôme. »Kein Wunder, dass ihr elend ausseht. Dann kommt, die Schweine liegen längst auf den Feuerstellen, und es würde mich nicht wundern, wenn die Männer sie bereits halb roh verzehren. Wir sind voll von Geschichten, aber leer in den Mägen.«

Er trieb Manuel spielerisch vor sich her, während Pierre mit düsterem Blick hintendrein schlich. Der Hund trottete mit hängenden Ohren neben ihm her und sah genauso bedauernswert aus wie sein Herr. Jacquotte versuchte beide zu ignorieren. Der impulsive Angriff auf den Freund war ihr unangenehm und sie verstand nicht, warum sie derart außer sich gewesen war.

Als sie wenig später die Siedlung erreichten, war das Fest bereits in vollem Gange. Erhellt vom *bois de chandelle*, dem Kerzenholz, das in großen Stümpfen rings um die Siedlung in Brand gesteckt worden war, lungerten die heimgekehrten Männer um riesige Holzfässer herum. Aus Erfahrung wusste Jacquotte, dass die Fässer randvoll mit Rum waren. Die Männer konnten tagelang feiern und die gesamte Prise, die sie über Monate erbeutet hatten, innerhalb von nur einer Woche restlos verprassen.

Der Geruch nach gebratenem Fleisch und Gewürzen hing in der Luft, als sie sich neben ihrem Vater niederließ. Émile hielt sich an den Palmwein, den er aus den verflochtenen, dicken Blättern der bauchigen Pflanze trank, deren Saft man zu Alkohol vergor und die darum den Namen *palmiste à vin* trug. Auch Jacquotte goss sich ausgiebig ein, schmeckte ihr der Wein doch bei Weitem besser als der scharfe Rum, den die Männer wie Wasser hinunterkippten.

Émiles seliger Blick verriet ihr, dass er dem Getränk bereits reichlich zugesprochen hatte, und sie war froh, dass ihr auf diese Weise unangenehme Fragen über die Kratzer in ihrem Gesicht erspart blieben. Entspannt lehnte sie sich zurück und stützte sich auf ihren Ellbogen ab. Gleich zehn Schweine brutzelten mit dem Bauch nach oben auf den Holzgestellen, die den Bewohnern der Region ihren Namen gegeben hatten.

Die *boucan* bestanden aus vier armdicken, gabelförmigen Ästen von etwa fünf Fuß Länge, die senkrecht in den Boden gerammt wurden und ein Rechteck bildeten. Jeweils zwei der Äste wurden durch die gabelförmigen Enden mit einem weiteren gleich dicken Ast verbunden und mit fingerdicken, rindenlosen Zweigen bedeckt, die man mit Lianen fixierte. So hatten es die ersten Bukaniere von den Indianern gelernt, erzählte man sich. Inzwischen war diese Kochvorrichtung nicht mehr aus dem Leben der Männer wegzudenken, lieferte sie doch geräuchertes Fleisch, das so schmackhaft und lange haltbar war, das es nicht nur von den Leuten geschätzt wurde, die hier lebten.

Jacquotte beobachtete Pierre, der aus den Blättern der Cachibou-Pflanze mithilfe dünner Rindenfasern geschickt ein Gefäß fertigte, das zum Abschöpfen der Soße diente, die sich im Bauch der Schweine sammelte. Üblicherweise würzte man sie reichlich mit Salz, Limonensaft, Piment und Unmengen an Chili, das einem Kehle und Magen ausbrannte.

Ein Berg grüner Bananen lag neben dem Feuer in der Mitte des Platzes. Sie dienten dazu, das Brennen des Chilis abzumildern und wurden zum Fleisch gereicht. Jacquotte lief das Wasser im Mund zusammen. Sie hatte den ganzen Tag noch nichts Vernünftiges zwischen die Zähne bekommen und freute sich auf das üppige Mahl.

Manuel hatte sich längst wieder in die Hütte zurückgezogen. Zu viele Menschen ängstigten ihn und Jacquotte nahm sich vor, ihm später etwas zu essen hineinzureichen. Im Gegensatz zu Manuel liebte sie Feste wie diese. Nachts würden die Männer um das Feuer tanzen und ihre Geschichten von den Kaperfahrten erzählen. Wenn sie in den Morgenstunden so viel Alkohol im Blut hatten, dass sie nicht mehr tanzen konnten, würden sie am Boden liegen und ihre blutrünstigen Seemannslieder grölen. Jacquotte grinste. Die Feier lenkte sie von den Ereignissen des Tages ab, die sie noch immer belasteten. Genüsslich nahm sie einen Schluck Wein und spürte, wie ihre Glieder schwer wurden.

Dann bemerkte sie den Tumult am Rand der Siedlung. Sie hörte einige Männer empört rufen, verstand aber deren Worte nicht. Neugierig geworden, stand sie auf, streckte ihre schmerzenden Muskeln und schlenderte quer über den Platz zu ihnen hinüber. Die Männer drehten ihr den Rücken zu, sodass Jacquotte sich auf die Zehenspitzen stellen musste, um zu erkennen, was in der Mitte des Kreises vorging.

»Ich sage, jeder soll sie haben«, forderte einer der Männer.

»Aye, Lafitte, aber ich steige zuerst über sie rüber«, lachte ein anderer.

»Du hast doch bereits jedes Schwein auf dieser Insel gehabt, Boisbrûlé. Lass deinen Brüdern diesmal den Vortritt.«

»Nichts da! Ich war's, der dem Knaben im Kampf das Hemd zerschnitt, auf dass sein Busen uns entgegenhüpfte. Das ist meine Beute.«

»Brüder teilen gerecht. Und deshalb wird sie jeder einmal vö...« Der feiste, rotbackige Mann verstummte sofort, als er Jacquotte entdeckte, die ihren Hals reckte, um einen Blick auf das Geschehen zu erhaschen.

Die Männer drehten sich um und machten die Sicht auf eine Gruppe von etwa einem Dutzend Menschen frei, die gefesselt vor ihnen standen. Jacquotte erkannte an ihrer tiefbraunen Haut und den Brandabzeichen auf ihren Hälsen, dass es sich um Sklaven handelte.

Außer verschlissenen Hosen trugen sie nichts am Leib, und ihre Oberkörper glänzten schweißnass im Schein der Fackeln. Zuerst konnte Jacquotte sich keinen Reim auf die Unterhaltung der Männer machen, erst als sie genauer hinsah, erkannte sie eine junge Frau unter den Gefangenen. Ihre kleinen Brüste hoben und senkten sich unübersehbar und ihr Blick aus dunklen Augen heftete sich flehentlich auf Jacquotte.

Sie wusste um die Sitte, Gefangene zu machen, die in der Siedlung als Knechte ihre Zeit abdienten und nach Gutdünken behandelt werden durften. Meist hielten sich besonders die Stierjäger solche Knechte, denn das Jagen der großen Tiere war eine zeitaufwendige und anstrengende Arbeit, die sie oft über Tage vom Dorf fernhielt. Dennoch war es bereits einige Zeit her, dass neue Gefangene in die Siedlung gebracht worden waren, und die ehemaligen waren mittlerweile Bestandteil der Bukanier-Gesellschaft geworden. Eine Frau jedoch war schon sehr lange nicht mehr dabei gewesen.

Jacquotte holte tief Luft. Das Bild der verängstigten Sklavin hatte sich in ihrem Kopf festgebrannt, und sie war nicht bereit, das armselige Geschöpf den lüsternen Männern zu überlassen. Aber bevor sie loslegen konnte, trat Jérôme dazwischen und zwang sie mit seinem breiten Körper zurück.

»Genug«, herrschte er die Männer an und warf Jacquotte einen Blick über die Schulter zu. »Der Rum vernebelt euch die Sinne.«

Er schubste einen der Männer zur Seite, während er vor die Gefangenen trat. »Die Regeln besagen, dass alles, was nicht zu gleichen Teilen an die Brüder gegeben werden kann, an einen einzigen Mann gehen muss. Und zwar an den, dem das Glück hold ist.« Er zog seinen Säbel und ritzte dem Mann neben sich leicht das Kinn. »Was heißt das, Boisbrûlé?«

»Dass wir um sie würfeln, Bruder«, jammerte dieser kleinlaut und wischte sich das Blut weg.

»So sei es«, befahl Jérôme. »Holt die Würfel!«

Die Männer verzogen sich murrend. Nur Jérôme und Jacquotte blieben zurück.

»Das wirst du nicht zulassen!« Sie hob herausfordernd ihr Kinn. Jérôme stand breitbeinig vor ihr. Der Säbel lag ruhig in seiner Hand, doch seine Körperspannung verriet, dass er Gehorsam von ihr verlangte.

»Wage es nicht, mir zu befehlen.« Seine Worte kamen aus einem finsteren Ort in seinem Inneren.

Sie war erstaunt. Auf diese Weise hatte er noch nie zu ihr gesprochen. Seine Zähne waren leicht entblößt und er fixierte sie auf eine Art, die ihr unheimlich war. Für einen kurzen Moment hielt sie seinem Blick stand, bevor sie verschämt die Augenlider niederschlug. Jérôme ging bedächtig an ihr vorbei und ließ die Klinge geschmeidig zurück in seine rote Schärpe gleiten.

»Du solltest sie nicht glauben lassen, dass du dich auf die Seite der Schwachen schlägst. Sie mögen dumm sein, aber nicht dumm genug, um beizeiten festzustellen, dass sie mit dir dasselbe tun können wie mit dem Negerweib«, knurrte er in ihrem Rücken.

Jacquotte wandte sich von den Gefangenen ab. Sie hatte nicht den Mut, der Sklavin noch einmal in die Augen zu blicken und ihre demütigende Situation wie einen Spiegel vorgehalten zu bekommen.

Bedrückt kehrte sie an den Platz neben ihrem Vater zurück und leerte ihren Becher Palmwein in einem Zug.

Als ihr Vater ihr den Rücken tätschelte, rutschte sie von ihm ab. Tränen kämpften sich an die Oberfläche, aber sie blinzelte sie fort. Dabei begegnete sie Pierres forschendem Blick und kroch zu Manuel ins Zelt. Das Fest ging weiter, doch es war, als hätte man sie ausgeschlossen. Zum ersten Mal in ihrem Leben fühlte sie sich nicht wohl in der Gesellschaft der Männer. Sie war eine Frau. Die Männer wussten das, und seit diesem Tag wusste es auch Jacquotte.

Zwei

Nordwestküste von La Española, Herbst 1658

Der Regen hatte aufgehört und Nebelschwaden krochen aus der dampfigen Erde empor, während Jacquotte begann, einen Baum zu fällen. Rasch fand sie ihr Arbeitstempo und lauschte auf den Takt der Schläge, die von den benachbarten Hügeln widerhallten.

Die zunehmende Hitze des Tages bremste sie ebenso wenig wie die Blasen an ihren Händen. Nachdem der Baum gefallen war, teilte sie ihn in gleichmäßige Stücke, entrindete Äste und sortierte sie, bis genug Material beisammen war, um die beiden Schweine zu räuchern, die sie am Morgen erlegt hatte. Erst dann gönnte sie sich eine kurze Rast, schnürte Holz und Zweige geschickt zu einem Bündel und warf es sich über die Schulter. Den Rest wollte sie in den nächsten Tagen holen kommen.

Es war bereits Nachmittag, als sie den Heimweg antrat. Pierres gefleckter Hund, der nicht mehr von ihrer Seite wich seit sein Herr fortgegangen war, bildete die Vorhut. Einzig seiner Witterung war es zu verdanken, dass Jacquotte überhaupt die entfernten Rufe bemerkte. Leise, dann immer lauter drängten sie sich zusehends in ihr Bewusstsein und sie blieb stehen.

Der Wald schluckte das Echo und es war beinahe unmöglich, die Richtung auszumachen, aus der die Laute kamen. Dann fielen Schüsse. Jacquotte zuckte zusammen. Sofort ging sie hinter einer Gruppe junger Bäume in Deckung. Wie eine Welle brandeten die Geräusche nun über sie herein. Schritte kamen näher. Äste knackten und scheuchten Buschhühner auf, die lärmend das Weite suchten. Der Hund bellte. Jacquotte zog ihre Machete.

Sie erkannte die Stimmen. Es waren Männer aus der Siedlung, die panisch durchs Unterholz brachen. Wie gehetzte Stiere hielten sie auf sie zu und Jacquotte verstand sie endlich. Spanier! Ein Überfall! Ihr

Herz setzte einen Schlag aus, bevor es heftig zu klopfen begann. Sie trat aus ihrem Versteck und stellte sich den drei Männern in den Weg. Fast hätten sie sie umgerannt. In ihren Gesichtern stand das Grauen, das sie bereits kannte, und ihre Vermutungen bestätigten sich.

»Fort von hier! Die Spanier! Sie greifen das Dorf an«, stammelte einer der Männer und warf ihr eine seiner Musketen zu. »Lauf, Mädchen!«

Jacquotte blieb, wo sie war. Verärgert drückte sie das Radschloss herunter und hielt dem Flüchtenden die Waffe an die Brust. »Gib mir gefälligst auch deinen Pulverbehälter und Kugeln!«

Der Mann fingerte an seinem Gürtel herum und warf ihr einen silbernen Behälter samt Ledersäckchen zu. Er starrte sie an.

»Bist du noch normal, Weib? Das sind spanische *lanceros*, gut fünf Dutzend an der Zahl, denen nicht nach Scherzen zumute ist. Ihre Lanzen sind doppelt so lang wie du!«

»Auch mir ist nicht zum Scherzen«, erwiderte Jacquotte und entkorkte den Behälter mit den Zähnen. »Und wenn ich nur einen verwünschten *lancero* in den Tod schicken kann, dann ist es mir die Sache wert.«

Geschickt füllte sie das Pulver in die kleine Öffnung, ließ das kugelförmige Projektil in den Lauf rollen und stopfte alles mit dem Ladestock, der sich in der Scheide unter dem Lauf befand, fest. Dann wies sie mit ihrem Kinn in Richtung Wald.

»Lauft weiter, ihr winselnden Hunde, und sorgt euch nicht um mich!«

Die Männer zögerten. Jacquotte bemerkte die Veränderung in ihren Gesichtern und grinste.

»Lauft nur«, wiederholte sie. »Ich werde keinem verraten, dass ihr eine Frau im Stich gelassen habt.«

Mit diesen Worten setzte sie sich in Bewegung und pirschte sich auf geheimen Pfaden an die Siedlung heran. Die Angst um ihren Vater und Manuel wurde übermächtig und sie rief sich zur Ruhe. Pierre hatte ihr einmal gesagt, dass man mit Furcht im Herzen ein schlechter Kämpfer war. Die Schritte in ihrem Rücken verrieten ihr, dass sie Begleitschutz hatte. Die Männer hatten sich anscheinend dazu entschlossen, ihr Heil nicht in der Flucht, sondern im Angriff zu suchen.

Je näher sie der Siedlung kamen, desto unruhiger wurden ihre Begleiter. Auch ohne Worte bemerkte sie die zunehmende Panik der

Männer. Selbst der Hund sträubte sein Nackenhaar. Als Jacquotte ihm beruhigend über den Kopf strich, knurrte er.

Sie schloss kurz die Augen, um ihre Sinne zu aktivieren. Durch ihren gleichmäßigen Atem hindurch hörte sie das Hufgetrappel und die Schreie der Menschen, sie roch das Pulver und schmeckte die Angst. Rasch schlug sie die Augen wieder auf. Durch die Sicherheit des Buschwerks sah sie die ersten Spanier mit ihren glänzenden Brustpanzern und den gebogenen Stahlhelmen.

Voll lächelnder Arroganz saßen sie in gelben Röcken und weißen Handschuhen auf ihren Pferden und trieben ihre mannshohen Lanzen in die Flüchtenden. Einige der Bukaniere hatten bereits mit der Verteidigung begonnen und schossen auf die Pferde, um die spanischen Angreifer zu Boden zu zwingen.

Jacquotte brachte es nicht über sich, auf die stolzen Tiere zu feuern, und legte gleich auf ihre Reiter an. Bereits der erste Schuss war ein Treffer und der unglückselige Mann rutschte aus dem Sattel und wurde von seinem flüchtenden Pferd mitgeschleift. Während sie ihre Muskete nachlud, legten die Männer neben ihr an und feuerten einer nach dem anderen ihre Salven ab. Der Beschuss löste Verwirrung in der Gruppe der *lanceros* aus und fegte ihnen die Überheblichkeit aus den spitzbärtigen Gesichtern. Roh zerrten sie an den Zügeln ihrer Rösser, um die Quelle des Widerstands ausfindig zu machen.

Jacquotte drückte sich in den schützenden Busch und gab den Männern mit einer Geste zu verstehen, dass sie sich ruhig zu verhalten hatten. Erst als die Spanier in dem entstandenen Chaos wieder hinter leichteren Opfern herjagten, schob sie die Mündung der Muskete erneut durch das Geäst. Mit präziser Sicherheit traf sie diesmal den Kopf eines Reiters, der in der Art der Pomeranzen zerbarst. Ein Schauer lief ihr über den Rücken. Bisher hatte sie nur auf Tiere, Bäume oder Früchte geschossen, und obwohl das Sterben in der Siedlung allgegenwärtig war, berührte es sie, einem Menschen, selbst wenn er ein Feind war, das Leben auszulöschen.

Sie spürte, wie ihr einer der Männer wohlwollend auf die Schulter klopfte, und schluckte ihren Ekel hinunter. Es galt, ihren Vater und Manuel zu finden, da waren weibische Gefühle fehl am Platz.

Sie drehte sich um und bemerkte, dass sich zwischenzeitlich weitere Bukaniere auf ihre Seite geschlagen hatten.

Rasch nickte sie ihnen zu und übernahm die Führung. Sie umkreisten die Siedlung in östlicher Richtung, wo sich einige spitz zulaufende Felsen aus dem dunklen Grün erhoben. Dahinter hatte bereits eine weitere Gruppe Männer Zuflucht gesucht. Sie starrten Jacquotte und ihre Begleiter an.

»Bei meinen wankenden Masten, wen haben wir denn hier?«, raunte ihr Anführer, ein hellhäutiger Mann, der unter dem Namen Bigford bekannt war und sich erst seit Kurzem unter den Bukanieren aufhielt. »Die rote Lady und ihre Charmeure.«

Jacquotte deutete eine spöttische Verbeugung in seine Richtung an, während sie an ihm vorübereilte. »Meine Hochachtung, Sir! Ihr englischer Mut hat Sie in ein vortreffliches Versteck geführt. Harren Sie weiter aus, wir geben Ihnen Zeichen, wenn wir die spanische Horde vertrieben haben!« Die Männer hinter ihrem Rücken kicherten und folgten ihr schleunigst.

Bigford straffte seine Schultern. Dieses Weib gehörte unter die Obhut eines Mannes, der ihr solche Unflätigkeiten austrieb, schoss es ihm durch den Kopf und er schnaubte. Das Grinsen in den Gesichtern der Brüder um ihn herum wurde immer breiter.

»Was ist?«, ging er sie an. »Setzt eure wertlosen Hinterteile in Bewegung und folgt ihr!«

Er zog seinen Säbel. Auf keinen Fall wollte er sich von einer Frau den Schneid abkaufen lassen! Sie rannten hinter Jacquotte her, deren Haare, einer Fahne gleich, im Wind wehten, während sie auf den Feind zuhielt.

Bigford musste unwillkürlich an die blutrote Flagge denken, die die Franzosen *joli rouge* nannten und die von den Flibustier gehisst wurde, wenn man keine Gefangenen machen wollte, sondern vorhatte, die gesamte Mannschaft zu töten. Er lachte barbarisch. So sei es, dachte er, diese Frau führt uns alle in den Tod, aber könnte er schöner sein?

Mit mörderischem Gebrüll stürzten sich die zwanzig Männer aus der Deckung der Felsen heraus in die Flanke der *lanceros*. Während Jacquotte ihnen aus einiger Entfernung den Rücken freischoss, rissen die Bukaniere das Feld auseinander, brachten Pferde zu Fall und stürzten sich auf gefallene Soldaten.

Ihr lärmender Mut lockte endlich auch andere Brüder aus den Verstecken oder trieb die Verstreuten, die sich noch auf der Jagd befanden, zurück in die Siedlung. Mit der aufflammenden Gegenwehr und dem gezielten Kugelhagel überfordert, galoppierten die Spanier von einer reißerischen Meute in die nächste, bis sie sich schließlich zerstreuten und das Weite suchten. Doch erst als die Männer jeden verwundeten Spanier, den sie auf ihrem Gebiet entdeckten, getötet hatten, erhoben sich erste Jubelschreie.

Jacquotte betrat das Schlachtfeld. Noch fehlte jede Spur von ihrem Vater und Manuel. Die Männer nickten ihr zu und Bigford salutierte aus der Ferne. Sie grüßte nicht zurück, zu groß war ihre Anspannung.

Eilig stieg sie über Tote, sammelte Waffen ein und erreichte endlich die *ajoupa* ihres Vaters. Erst jetzt bemerkte sie, dass Pierres Hund wieder bei ihr war. Er war unverletzt und sie kraulte ihn erleichtert hinter den Ohren. Vor dem Eingang der Hütte blieb sie stehen. Der Hund sprang um sie herum, schnupperte und schlug mit wedelndem Schwanz an.

Aus dem Inneren der Behausung war ein Gurgeln zu hören. Manuel! Jacquotte fiel auf die Knie und schlug die gegerbten Häute zur Seite. Ihr Bruder saß im einfallenden Lichtkegel und spielte mit bunten Kieseln. Das Seil war nicht gelöst worden; es saß noch um seine Hüfte, das Ende an einen Pfosten geknotet. Ihr Vater hatte offensichtlich keine Zeit gehabt, den Jungen zu befreien. Sie kroch ins Innere und band Manuel los. Froh, ihn zu sehen, drückte sie ihn fest an sich.

»Jacquotte!«

Sie horchte auf. Nein, es war nicht die Stimme von Émile. Rasch krabbelte sie aus der Hütte und zog Manuel mit sich. Draußen stand Bigford. Sie wollte abwinken und ihm erklären, dass sie nach ihrem Vater suchen musste, als sie etwas Unbehagliches in seinen Augen erkannte. Alarmiert schnellte sie in die Höhe.

»Ihr habt Émile gefunden«, stellte sie fest. Sie hatte es bereits gewusst, bevor es ihr gelang, es auszusprechen.

»Aye«, erwiderte Bigford. »Er liegt ein paar Schritte entfernt. Hat versucht zu flüchten. Sie haben ihn rücklings erwischt.«

Das Atmen fiel ihr plötzlich sehr schwer. Sie erkannte an Bigfords Blick, dass er darauf wartete, dass sie in Tränen ausbrach.

»Bringt mich zu ihm!« Sie sagte es wie ein Befehl.

Bigford nickte und ging voraus. Er wurde nicht schlau aus dieser Frau. Er kannte Männer, die beim Tod ihrer Kameraden hemmungslos heulten, aber dieses Weib blieb selbst beim Verlust ihres Vaters hart wie Stein. Wie musste sie erst im Bett sein, fragte er sich nicht zum ersten Mal. Vermutlich stieß man sich an ihr das Becken wund. Er grinste. Auf einen Versuch würde er es ankommen lassen. Vielleicht sollte er Jérôme bei nächster Gelegenheit um ihre Hand bitten? Eine Frau allein unter Männern, und das ohne Schutz, war auf Dauer kein tragbarer Zustand. Früher oder später musste sie sich einen Ehemann nehmen. Das wusste selbst Jérôme. Und wenn sie erst mit ihm verheiratet war, dann würde er ihr die Flausen schon austreiben. Schließlich gab es gefälligere Dinge, für die sie ihre flinke Zunge einsetzen konnte.

Vor lauter Fantasien wäre Bigford beinahe an dem Toten vorbeigegangen, doch um Émile hatten sich bereits mehrere Bukaniere versammelt, die Andacht hielten. In weiser Voraussicht hatte man ihm bereits die Lanze aus dem Rücken gezogen und ihn umgedreht, sodass seine Verwundungen nicht allzu schlimm aussahen.

Mit leblosen Augen blickte er in das grüne Blattwerk über sich. Jacquotte beugte sich zu ihrem Vater hinunter. Bigford schnippte zwei Achterstücke auf den Boden, die sie wortlos aufnahm und Émile damit die Augen schloss. Täuschte er sich, oder harrte sie ein wenig zu lange neben ihm aus? Bigford betrachtete sie prüfend. Vielleicht steckte doch so etwas wie Gefühl in ihr? Aber nein, als sie sich wieder erhob, wirkte sie so kühl wie eh und je.

»Begrabt ihn mit den anderen«, forderte sie auf diese selbstbewusste Weise, die keinen Widerspruch duldete und die meisten Brüder ohne nachzudenken handeln ließ. Bigford jedoch nicht. Er folgte ihr, als sie mit Manuel an der Hand zurück zur Siedlung lief.

»Was ist mit Euch? Seid Ihr gelangweilt, dass Ihr mir wie ein Hündchen folgt?«, fragte Jacquotte, ohne sich umzusehen.

»Mir ist, als bräuchtet Ihr eine tröstende Schulter.« Er verringerte den Abstand zwischen ihnen.

»Eine helfende Hand ist derzeit besser angebracht. Wir müssen aufräumen.«

»Ich kannte Euren Vater. Er war ein guter Mann. Ich bin mir sicher, er hätte nichts dagegen gehabt, mich in Eurer Nähe zu wissen.«

Jacquotte blieb so abrupt stehen, dass Bigford sie beinahe umstieß. Als sie sich zu ihm umdrehte, konnte er winzige Punkte auf ihrer Nase erkennen, die ihm vorher noch nicht aufgefallen waren. Die Erkenntnis, dass sie Sommersprossen wie ein kleines Mädchen hatte, ließ seine Lenden entflammen. Ihre Stimme dagegen wirkte wie Löschwasser.

»Seid versichert, Bigford, er hätte Einwände gehabt! Und nun kümmert Euch um Eure eigenen Angelegenheiten und lasst mich meine Arbeit verrichten.«

»Ihr schuldet mir etwas«, schmollte er. »Ich habe Euch die Münzen für den Fährmann gegeben, der euren Vater sicher ins Reich der Toten bringt.«

Ehe er sich versah, spürte er die Klinge einer Machete an seinem Hals und Jacquotte sah ihn drohend an.

»Ihr werdet sie zurückerhalten, Ihr habt mein Wort darauf. Und nun geht!« Der Hund an ihrer Seite fletschte die Zähne. Jacquotte zog die Machete zurück, jedoch nicht, ohne die Haut anzuritzen.

Bigford schnaubte verärgert. »Mein Schutz wäre nicht zu Eurem Nachteil gewesen.«

»Zu meinem Vorteil aber ebenso wenig.« Sie ließ ihn stehen und hielt auf die Hütte ihres Vaters zu. Er sah sich um und hoffte, dass die Brüder nichts von der Abfuhr mitbekommen hatten. Dieses Weib würde er zähmen! Sein Jagdinstinkt war erwacht.

Den Rest des Tages beobachtete er Jacquotte. Er war sich sicher, dass sie es mitbekam, aber genau das war sein Plan. Der Feind musste eingeschüchtert werden, bevor man ihn angriff. Als die Nacht anbrach und die Männer sich erschöpft von den Ereignissen des Tages in ihre Hütten zurückzogen, schritt Bigford zur Tat. Jacquottes wunder Punkt war der sonderbare Zwerg an ihrer Seite. Mit ihm in seiner Gewalt würde sie bald willig sein. Jérôme war nicht da, um sie zu schützen, und die anderen Männer würden sich ihm gewiss nicht entgegenstellen.

Leise schlich Bigford um die Hütten herum, aus denen aromatischer Qualm drang. Die Männer verbrannten Tabak, um die blutdurstigen

Moskitos abzuwehren und sich auf diese Weise einen ungestörten Schlaf zu sichern. Mit wachem Blick suchte er die Siedlung nach dem gefleckten Hund ab, der ihm bei seinem Vorhaben zum Verhängnis werden konnte, entdeckte ihn aber nirgends. Vermutlich streunt er durch den Wald und jagt wehrlose Ferkel, dachte Bigford.

Er näherte sich Émiles Hütte von der feuerabgewandten Seite, um mit seinem Schatten keine Aufmerksamkeit zu erregen. Alles war ruhig. Vermutlich schlief sie schon. Er hatte sie vor einer Stunde die Lederhäute zuklappen sehen. Immer wieder hielt er inne, um Jacquotte nicht aufzuschrecken. Doch dann war seine Ungeduld zu groß, und er riss mit einer einzigen Bewegung den Zugang frei.

In erwartungsvoller Erregung glitt er ins Innere und erstarrte. Die Hütte war leer. Er fluchte. Wie konnte das sein? Er hatte sie nicht einmal aus den Augen gelassen, und trotzdem war sie mitsamt dem nichtsnutzigen Balg verschwunden. Aufgebracht hetzte er zurück ins Freie. Wie hatte sie es geschafft, an den Wachen vorbeizukommen, die zum Schutz gegen weitere Angriffe aufgestellt worden waren? Er spuckte wütend aus. Sie hatte ihn zum Narren gehalten und das würde sie ihm büßen!

Zur gleichen Zeit kletterte Jacquotte den Abhang zu ihrer vertrauten Höhle hinab, während der Wind ihr die Geräusche der Île de la Tortue zutrug. Der Mond stand in voller Größe am Firmament und erhellte den Weg. Manuel war eingeschlafen und sie trug ihn auf ihrem Rücken den Pfad hinab. Als sie den sicheren Ort erreichte, ließ der Schmerz ein wenig nach, der sie seit dem Anblick ihres Vaters verfolgte. Behutsam bettete sie Manuel neben den Hund, der sich an der Wand niederlegte.

Sie lehnte sich gegen den Fels und verharrte eine Weile. Die Nachtluft kühlte ihren verschwitzten Körper. Doch ihre Gedanken kamen nicht zur Ruhe und schließlich setzte sie sich und bettete den Kopf in ihre Hände. Bisher hatte sie immer geglaubt, sie müsste die Höhle eines Tages als Zuflucht vor den Spaniern aufsuchen, aber wie sich herausstellte, waren die Spanier nicht ihr einziges Problem. Sie versuchte, Luft zu holen, doch ihre Kehle war wie zugeschnürt.

Èmile war tot! Ihr Vater, ihr einziger Vertrauter in der Siedlung, war umgebracht worden. In Gedanken sah sie ihn um seinen Hund weinen, den er im letzten Jahr beerdigen musste, und schämte sich, weil sie nicht fähig war, auf dieselbe Art um ihn zu trauern. Sie rieb sich die Augen, aber die Tränen wollten nicht fließen.

Nachdenklich blickte sie nach Tortue hinüber und fragte sich, ob Pierre wohl dort war. Er war gegangen, ohne sich zu verabschieden. Bisher war die Wut über sein Verschwinden groß genug gewesen, um ihm nicht nachzutrauern, doch das Ereignis dieses Nachmittags relativierte alles.

Zum ersten Mal wünschte sie seine Gegenwart herbei. Sie wollte ihn an ihrer Seite haben, damit sie nicht alleine entscheiden musste, was zu tun war. Aber er hatte es vorgezogen, sich davonzumachen und sie im Stich zu lassen. Er war der Bruderschaft beigetreten und seinen eigenen Weg gegangen, auf dem sie ihm nicht folgen konnte.

Der Knoten in ihrem Hals wurde durchgängiger. Die ersten Tränen flossen und Jacquotte wischte sie sich grob aus dem Gesicht. Obwohl es eine Erleichterung war, verachtete sie sich dafür, weil sie um Pierre anstatt um ihren Vater weinte. Wie ein schwaches Weib sehnte sie sich nach der Gesellschaft eines Mannes. Aber kaum brachen die Tränen Bahn, entzogen sie sich ihrer Kontrolle. Jacquotte schluchzte auf. Wohin sollten Manuel und sie jetzt gehen?

Sie blickte auf das Gesicht ihres Bruders, das vom Mondlicht erhellt wurde. Er war auf sie angewiesen. Mutlos schlang sie die Arme um ihre Knie und wiegte sich vor und zurück. In dieser Position verharrte sie die restliche Nacht.

In der Morgendämmerung begann es in den Blättern der Bäume über ihr zu rascheln. Sie spürte, wie der Wind sich drehte, und es war, als ob er das letzte Häufchen Asche, das vom lodernden Feuer ihrer Kindheit zurückgeblieben war, mit sich zur Île de la Tortue hinüber trug. Es war an der Zeit, dass sie erwachsen wurde. Lange starrte Jacquotte die Umrisse der sagenumwobenen Insel an, während sich in ihrem Kopf eine Idee festsetzte. Sie streckte sich und ging in den hinteren Teil der Höhle, um die Vorräte zu überprüfen.

Tage später, Manuel schlief noch, ließ Jacquotte frühmorgens den Hund bei ihm zurück und schlich im Schutz der Morgendämmerung in Richtung Siedlung. Sie war auf der Hut, denn sie wusste nicht, was zwischenzeitlich unter den Männern vorgefallen war. Ihr Verschwinden blieb gewiss nicht ohne Fragen, und sie fürchtete Bigford.

Sein Wort war nicht unbedeutend und auf den Schutz, den ihr der Stand ihres Vaters zugesichert hatte, durfte sie nicht mehr vertrauen. Sie war nicht länger die Tochter von Émile Delahaye, sie war nun die rote Jacquotte. In Ermangelung von Frauen kannte sie das Verlangen der Männer inzwischen und wusste, was Bigfords Absichten ihr gegenüber gewesen waren. Sie zweifelte nicht daran, dass sie sich zur Wehr setzen musste, wenn er sie zu fassen bekam.

Aus diesem Grund machte sie einen Bogen um die Tabakfelder und näherte sich der Siedlung nicht auf den üblichen Pfaden. Bisweilen hörte sie in der Ferne die Stimmen der Schweine- und Stierjäger, doch es gelang ihr, ihnen rechtzeitig aus dem Weg zu gehen. Selbst ihre Hunde nahmen keine Witterung auf. Unbehelligt erreichte sie bei Sonnenaufgang die verlassenen Hütten.

Fast erwartete sie, ihren Vater wie gewohnt vor der seinen sitzend vorzufinden, aber der Platz war verwaist und sie wandte den Blick ab. Vorsichtig sah sie sich um. Es war niemand zu sehen, und sie beschloss, Werkzeug und Waffen aus der *ajoupa* zu holen. Ohne diese Dinge war es ihr nicht möglich, auf die Jagd zu gehen, und die Vorräte in der Höhle gingen langsam zur Neige.

Sie hatte kaum zwei Schritte auf den Platz getan, als sie das Klicken einer Pistole hörte, deren Schloss gespannt wurde. Nervös blieb sie stehen.

»Was pirscht du dich wie Diebesgesindel heran?«, zerriss Jérômes markante Stimme die morgendliche Ruhe. Wieder das Klicken, diesmal jedoch, weil der Hahn zurückgelegt wurde. Jacquotte sah ihm entgegen, während er aus der Deckung einer Hütte auf sie zukam. Sein inzwischen völlig verfilzter Bart verlieh seinem Gesicht einen noch verschlageneren Ausdruck als sonst und seine Augen glichen zwei dunklen Höhlen.

»Wo warst du?«

»Ich dachte, es wäre besser, nach Vaters Tod nicht länger als nötig in der Siedlung zu bleiben.« Sie beobachtete ihn. Was hatte er vor?

»Ich habe von deiner tapferen Tat während des Angriffs gehört. Die Männer reden von nichts anderem.«

»Würfeln sie schon um mich?« Jacquotte suchte unauffällig nach Fluchtmöglichkeiten.

»Ich hacke ihnen ihre Arme ab, wenn sie es wagen!« Jérôme blieb in einigem Abstand vor ihr stehen. »Hat jemand Hand an dich gelegt?«

Sie schüttelte den Kopf und hielt seinem intensiven Blick stand. »Dafür müssen sie mich erst einmal erwischen.« Sie zog ihre Mundwinkel leicht nach oben.

»Besonders, da du besser schießt als ein Musketier.« Jérôme erwiderte ihr Lächeln und sein Gesicht wurde für einen Augenblick weich. »Du hast gut daran getan, zu verschwinden. Die Spanier kamen eine Nacht später zurück und metzelten weiter. Die Männer sind geflohen und haben ein neues Lager errichtet, etwa ein halbes Lieue südwestlich von hier. Wo versteckst du dich mit Manuel?«

»Das kann ich nicht sagen.« Jacquotte zögerte. Sie freute sich einerseits, Jérôme zu sehen, war andererseits aber auch misstrauisch, weil sie die Gesetze der Männer zu wenig kannte, um ihr Handeln zu verstehen.

Jérôme nickte. »Versprich mir, dass du mit Manuel in die Sicherheit der Siedlung zurückkehrst. Ich verbürge mich für euren Schutz. Die Spanier wollen uns aus dieser Gegend vertreiben. Wir sind ihnen schon lange ein Dorn im Auge und ich sehe es nicht gerne, wenn ihr in Zeiten wie diesen auf euch alleine gestellt seid.«

»Sind wir das nicht bereits?«

»Nur wenn du deinen Stolz über die Notwendigkeit einer Gemeinschaft stellst!« Er machte einen Schritt auf sie zu und sie spannte ihre Muskeln.

»Émile war mein Gefolgsbruder. Du brauchst mich nicht zu fürchten, du hast mein Wort darauf!« Jérôme streckte ihr die Hand entgegen.

Jacquotte sah sie argwöhnisch an. »Du erbst seine Hinterlassenschaften. Gehöre ich nicht dazu?«

Er schmunzelte. »Ich ziehe es vor, dieser Forderung nicht nachzukommen.«

»Dann versprich mir die gleichen Rechte wie den restlichen Brüdern«, forderte sie und machte keine Anstalten, seine Hand zu ergreifen.

»Verzeih, aber das steht nicht in meiner Macht. Die Bruderschaft folgt ihren eigenen Regeln.«

»Die mich nicht einschließen.«

»Aus gutem Grund.«

»Nenne ihn mir!«

Jérôme schnalzte missbilligend mit der Zunge und zog die Hand zurück. »Der Kodex der Küste ist nicht deine Bestimmung. Hör auf, ihn zu hinterfragen!«

»Dann werde ich deinem Wunsch nicht nachkommen.« Sie drückte sich an ihm vorbei. »Ich muss noch einige Dinge erledigen, bevor ich mich wieder auf den Rückweg mache.«

Jacquotte spürte, dass er nach ihr griff und entzog sich ihm flugs.

»Avast«, brüllte er zornig und benutzte damit den nautischen Befehl zum sofortigen Innehalten.

Sie blieb in einiger Entfernung stehen, drehte sich um und ahmte Jérômes tiefen Tonfall nach: »Wenn ihr mir eure Regeln vorenthaltet, dann ziehe ich es vor, nach meinen eigenen zu leben!«

Jérôme versuchte sich zu sammeln. Er beklagte innerlich den Tag, an dem Émile auf die unsinnige Idee gekommen war, Anani zu retten und sie mit nach Tierra Grande zu bringen. Seither war seine Welt aus den Fugen geraten. Frauen waren unberechenbare Wesen! Sie vermochten einem das Gehirn zu vernebeln und die Gedanken in ungewohnte Bahnen zu lenken.

Aufmerksam verfolgte er Jacquottes Rückzug. Sie vereinte all die Merkmale der zwei Menschen in sich, die er in seinem Leben am meisten geliebt hatte und für die er jederzeit in den Tod gegangen wäre. Deshalb war er froh, Jacquotte gesund und wohlauf anzutreffen. Als er von Émiles Tod gehört hatte, war er sofort nach Tierra Grande gesegelt, wo ihm die Männer mitgeteilt hatten, dass Jacquotte und Manuel spurlos verschwunden waren. Der Gedanke, dass er nicht nur Émile, sondern auch Jacquotte verloren hatte, ließ ihn fortan nicht mehr schlafen.

Langsam folgte er Jacquottes Spuren. Wenn sie glaubte, sie könnte ihn austricksen, dann war das reiner Irrglaube. Er war schon länger auf dieser Welt und hatte sich in Situationen behauptet, die sie sich in ihrer jugendlichen Unschuld nicht vorstellen konnte.

Fasziniert sah er, wie sie eins wurde mit dem Unterholz des Waldes. Nur ihre Haare leuchteten wie Signalfeuer in einem grünen Meer und erleichterten Jérôme die Verfolgung. Wie war es Émile nur gelungen, eine solche Sirene großzuziehen? Jérôme schnaubte. Es fiel ihm schwer, es zuzugeben, doch sie weckte ungewohnte Gefühle in ihm. Sie war zänkisch und unbeugsam wie er selbst. Ein Umstand, der ihn besonders nach Émiles Tod nachdenklich stimmte und den er nur zu gerne verdrängte.

Er konnte nicht sagen, ob Émile von seinen Gefühlen für Anani gewusst hatte. Sie waren so lange Kameraden, dass es normal erschien, dass der eine in Abwesenheit des anderen bei dessen Frau lag. Anani ließ ihn jedes Mal bereitwillig in ihr Lager. Was hätte er tun sollen?

Seit er Frankreich verlassen hatte, war der Anblick von Frauen so selten für ihn geworden, dass er nicht einmal mehr von ihnen träumte. Aber Anani war real. Gefolgsbrüder teilten alles, so stand es geschrieben. Daher wehrte Jérôme sich nicht, wenn sie ihn des Öfteren die harte Realität vergessen ließ. Bisweilen in den einsamen Nächten, die ihn seit geraumer Zeit begleiteten, beschlich ihn jedoch immer öfter der Gedanke, dass Jacquotte auch seine leibliche Tochter sein könnte.

Geschwind duckte er sich, als sie sich umdrehte und nach Verfolgern Ausschau hielt. Als er wieder aufstand, war sie verschwunden. Jérôme stutzte. Gerade eben hatte er sie noch fest im Blick gehabt und nun war sie nirgends mehr zu sehen. Er zerquetschte eines der kleinen Insekten, das sich an seinem Hals festgesaugt hatte. Er war nicht für das Leben an Land gemacht, obwohl er immer öfter den Gedanken hegte, sesshaft zu werden. Doch sollte er sich dazu entschließen, würde er sich in einer Stadt niederlassen, die frei von all dem krabbelnden Ungeziefer und geräuschvollen Geflügel war.

Er eilte über die Lichtung und verharrte unter der Wurzel eines gefallenen Baums. Kein Anzeichen von Jacquotte. Diese kleine Landratte! Konnte es sein, dass es ihr tatsächlich gelungen war, ihn abzuhängen? Jérôme harrte noch eine Zeit lang aus, um sicherzugehen, dass sie nicht mehr in der Nähe war, aber als die Übergriffe der schwarzen Blutsauger ihn beinahe um den Verstand brachten, beschloss er, zur Siedlung zurückzukehren, um seinen gemarterten Körper mit Palmwein zu stärken. Du wirst mich nicht noch einmal täuschen, schwor er sich verbissen, während er von dannen stampfte.

Mit ähnlichen Gedanken trug sich auch Bigford. Nachdem er die Umgebung der Siedlung tagelang erfolglos durchkämmt hatte, war er hocherfreut über Jérômes Ankunft gewesen. Er hoffte, dass Jacquotte nun freiwillig zurückkehrte oder Jérôme sie zumindest ausfindig machte. Aber seine Hoffnungen wurden enttäuscht. Jérômes Suche stand unter einem ebenso schlechten Stern wie die seine.

Als Jérôme jedoch an diesem Tag in die Siedlung eilte, war er griesgrämig und ungehalten. Bigford beobachtete ihn und kam zu dem Schluss, dass Jérôme gefunden hatte, wonach er gesucht hatte. Er rieb sich zuversichtlich die Hände. Bald würde die rote Jacquotte ihn kennenlernen. Er bekam immer, was er sich zum Ziel gesetzt hatte!

In Gedanken verglich sich Bigford gerne mit Oliver Cromwell, dessen umstrittene Politik ihn in diesen Teil der Welt verschlagen hatte. Um die spanischen Kolonien unter die Macht Englands zu stellen, war er als Leutnant auf der *Marston Moor* im Dezember 1654 von Portsmouth aufgebrochen und hatte an der Einnahme Jamaikas mitgewirkt. Er erinnerte sich gerne daran, denn die Durchsuchung der Häuser bescherte ihm einen wunderbaren Fang in Gestalt eines schwarzen Dienstmädchens. Niemals zuvor hatte er eine solch dunkelhäutige Frau gesehen, und es faszinierte ihn, dass sie keinen Laut über die Lippen brachte, gleichgültig, wie hart er sie nahm.

Die Faszination der neuen Welt war es auch, die ihn davon abhielt, zurück in die Heimat zu gehen. Bigford glaubte daran, beim Umbruch auf Jamaika mehr erreichen zu können als in England, das in seinen starren Strukturen zu ersticken drohte.

Und wahrlich, in den Wirren der ersten Tage, die geprägt waren von Hunger und aufständischen Soldaten, lernte Bigford Edward d'Oyley kennen, den späteren Gouverneur der Insel. Dieser glänzte durch die Vergabe von Kaperbriefen, was ihm zum einen die Verteidigung seiner noch unbefestigten Stadt zusicherte und zum anderen die spanischen Seewege schwächte. Die darauffolgende Ansiedlung von Freibeutern jeder Nationalität zeigte Bigford eine neue Perspektive auf, seinen Lebensunterhalt zu verdienen.

Besonders die Brüder der Küste, jene Gruppierung, die ihren Ursprung in den französischen Bukanieren auf La Española hatte, weckten sein Interesse. Den Spaniern zum Trotz hatten sie sich auf der entvölkerten Nordwestseite der Insel niedergelassen, die Tierra Grande genannt wurde. Dort lebten sie politisch unabhängig nach ihren eigenen Gesetzen, die sie als *coutumier* bezeichneten. Wohl wissend, dass es nicht in der Natur des britischen Empires lag, ein dauerhaftes Bündnis mit den Franzosen einzugehen, hielt es Bigford für klug, eine Zeit lang unter den Bukanieren zu leben und sie zu studieren, um sich später im Kampf einen Vorteil zu verschaffen. So war er nach Tierra Grande gekommen und sein Leben hatte sich verändert.

Zurückgezogen im Hinterland, lebten neben gescheiterten Plantagenbesitzern, ehemaligen Bediensteten und Kleinkriminellen, geflohene Sklaven und politisch Verfolgte. Es waren rohe Männer, die ihre Kleidung mit dem Blut der erlegten Tiere färbten, ihre Füße mit Lederlappen umwickelten und bis an die Zähne bewaffnet waren.

Die Natur, in der sie sich aufhielten, war von einer solchen Fülle an Früchten und Tieren, dass man sich bisweilen vorkam wie im Paradies. Es fehlte einzig an der Eva, die Bigford gefällig sein wollte. Man mochte es kaum glauben, aber unter all diesen Männern fand man lediglich eine einzige Frau, die unter dem Schutz ihres legendären Vaters stand, dessen Ruf sich Bigford nicht erklären konnte.

Es war an der Zeit, dass die rote Jacquotte einen würdigen Herrn fand, der ihr die Wildheit aus ihrem erblühenden Körper trieb. Kein Mann in England hätte es geduldet, dass eine Frau selbstständig für ihr Leben sorgte oder gar eine Waffe in die Hand nahm, um in den Kampf zu ziehen. Das war unnatürlich und ganz und gar inakzeptabel. Wie sollte das weitergehen? Wollte sie etwa erwägen, ein Schiff zu betreten, um in der Art der Flibustier zur See zu fahren? Bigford traute es ihr zu. Vermutlich würde sie sich wacker schlagen. Er kannte Männer, die verweichlichter waren als sie.

Dennoch, Weiber gehörten nicht auf ein Schiff! Außer zu den festgesetzten Vergnügungszeiten, wenn den Seeleuten, die vor dem Mast ihren Dienst taten, erlaubt wurde, Damen zu empfangen. Solche Stelldicheins verhinderten Meutereien und bildeten die einzige Ausnahme, bei der die englische Marine Frauen an Bord akzeptierte.

Bigford trommelte ungeduldig mit den Fingern auf seinen Oberschenkeln. Er musste diese rote Furie haben! Kein Weib vor ihr hatte solches Begehren in ihm hervorgerufen wie sie. Er würde Jérôme folgen, wenn er das nächste Mal auf die Pirsch ging. Und wenn er sie in die Finger bekam, würde er dafür sorgen, dass sie sich nicht mehr zur Wehr setzte!

Eine Woche später band Jacquotte Manuel schweren Herzens an einen nahe stehenden Baum. Sie durfte nicht zulassen, dass er sich von ihr entfernte, während sie das Fleisch vorbereitete. Der Hund verfolgte aufmerksam jeden ihrer Handgriffe und wartete auf seinen Anteil an der Hatz.

Wie sich herausstellte, war das Leben außerhalb der Gemeinschaft nicht so einfach, wie Jacquotte erwartet hatte. Die Jagd stellte sie vor die größte Herausforderung. Jeder Schuss war im Umkreis von mehreren Lieue zu hören und konnte die Aufmerksamkeit der Männer, die ebenfalls auf der Suche nach Wild durch die Wälder streiften, auf sie lenken. Des Nachts hatte sie die neue Siedlung ausspioniert. Sie lag noch tiefer im Unterholz verborgen, und die Männer stellten nun fortwährend Wachen auf, um nicht erneut von einem Angriff der Spanier überrascht zu werden. Die Wachposten riefen sich in regelmäßigen Abständen Parolen zu, um zu verhindern, dass der Schlaf sie übermannte. Es würde zukünftig schwierig sein, die Siedlung zu betreten.

Ein weiteres Problem stellte die wachsende Anzahl der streunenden Hunde dar, die von ihren Herren zurückgelassen wurden oder von den Siedlungen der Spanier herüberkamen. Sie verwilderten und bildeten Rudel, die die Schweine dezimierten und nicht davor zurückschreckten, Menschen anzugreifen. Jacquotte hatte gelernt, sie zu fürchten, und bewegte sich noch wachsamer als sonst.

Fast unlösbar war indes die Aufgabe des Räucherns. Um das erlegte Fleisch haltbar zu machen, musste sie es einige Stunden über niedrigem Feuer garen. Außerdem benötigte man für die Herstellung des köstlichen *viande boucannée* zusätzlich jene charakteristische Rauchentwicklung, die nur dann zustande kam, wenn man die Knochen des Tieres in die Glut warf. Doch genau diese Prozedur durfte sich Jacquotte nicht erlauben, denn der Qualm war weithin sichtbar und der Geruch wurde durch den Wind in die entlegensten Ecken getrieben. Sie besaß keine Räucherhütte und selbst wenn es ihr gelang, den Rauch mit Palmblättern in Grenzen zu halten, blieb immer noch die Feuerstelle zurück, die jedem verriet, welcher Tätigkeit sie nachgegangen war. Auch hatte sie versucht, das Fleisch zu trocknen, aber ohne Salz schmeckte das Ergebnis nicht zufriedenstellend und wurde in der dampfigen Luft schnell ranzig.

Eine Zeit lang hatte sie darüber nachgedacht, sich unter Jérômes Schutz zu stellen, die Idee aber rasch wieder verworfen. Ihre Situation machte sie vorsichtig. Es war, als ob mit dem Tod ihres Vaters alles Gewohnte in viele Teile zersprungen war, die es nun galt, neu zusammenzusetzen. Selbst Jérôme, Bestandteil ihres Lebens, seit sie klein war, bildete keine Ausnahme. Sie hatte nicht vor, ihr Leben von ihm bestimmen zu lassen.

Zielstrebig schnitt sie das Fleisch in ellenlange Streifen. Sie hatte Glück gehabt und eine Sau erlegt, die für gewöhnlich fetter war als ein Eber. Während es sich die Männer erlaubten, mehrere Schweine zu schießen und nur die besten nach Hause schafften, musste sich Jacquotte mit einem einzigen Schuss zufriedengeben.

Sie hoffte, genug Zeit zu finden, um die Sau komplett zu zerlegen, denn dafür musste sie an Ort und Stelle bleiben. Das schwere Tier an einen sicheren Ort zu schaffen, war ihr unmöglich. Um Manuel zu beruhigen, der verärgert gegen das Seil ankämpfte, begann Jacquotte zu singen. Sie kannte nur die Lieder der Flibustier und wählte spontan ein besonders blutrünstiges. Manuel klatschte sofort zum Rhythmus der Melodie.

Durch die schweißtreibende Arbeit und den Gesang nahm Jacquotte die Bewegungen, die sich in einer besonnenen Abfolge von Innehalten und Anpirschen in ihrem Rücken abspielten, zu spät wahr. Selbst der Hund, der sich gierig an den Innereien des Schweins labte, verpasste seinen Einsatz. Erst sein Aufheulen riss sie auf die Beine.

Mit dem blutigen Messer in der Hand fuhr sie herum. Der Hund lag still. Ein Pfeil steckte in seiner Brust. Manuel jammerte und versuchte sich loszureißen. Jacquotte sah sich entsetzt um. Ein gedrungener Mann trat bedächtig hinter den Bäumen hervor, eine Armbrust im Anschlag. Er lächelte. Bigford! Sein kantiges Gesicht mit der imposanten Nase war unverkennbar. Anstelle des üblichen dunkelblauen Rocks, trug er an diesem Tag ein weißes Hemd über der hellen Kniebundhose. Auf Schuhe und Strümpfe hatte er verzichtet und das mattblonde Haar, das er korrekt zu einem Pferdeschwanz gebunden hatte, klebte verschwitzt an seinen Schläfen.

»Ein Kompliment für Eure Jagdkunst«, sagte er und legte den Kopf schief. »Mir scheint, das Schwein musste nicht leiden.«

»Mein Hund ebenso wenig.« Jacquotte machte zwei Schritte in Manuels Richtung.

Bigford schüttelte bestimmt den Kopf und richtete die Waffe auf ihren Bruder.

»Das würde ich nicht versuchen, meine Liebe. Dein Hund war mir die Munition nicht wert, aber diese Missgeburt zu quälen, wird mir eine wahre Freude sein.«

»Was wollt Ihr?« Jacquotte suchte die Gegend nach Rückzugsmöglichkeiten ab. Sie wollte Manuels Leben nicht gefährden, sich aber auch nicht von Bigford in die Enge treiben lassen.

»Ihr kennt mein Verlangen. Wollt Ihr, dass ich es Euch ins Ohr flüstere?« Bigford kam näher. Er bewegte sich geschmeidig wie ein Raubtier und schien jede Minute seines Spiels zu genießen.

Jacquotte wich zurück und hielt den Atem an, als er die Armbrust spannte.

»Ihr solltet meine Drohungen ernst nehmen, rote Lady. Der kleine Kerl ist schneller tot, als Ihr laufen könnt. Überlasst Euch meinen erfahrenen Händen und es soll Euer Unglück nicht sein.«

»Beim Grab meines Vaters, Ihr werdet mich nicht anrühren, solange ich atme!«

Bigford lachte. »Ich denke, es steht nicht in Eurer Macht, mich davon abzuhalten.«

»Ich habe keine Angst, meinen Drohungen Taten folgen zu lassen!«

»Ihr erinnert mich an das Stutfohlen, das ich einst von meinem Vater zum Geburtstag geschenkt bekam. Ich liebte seinen Freiheitsdrang und das wilde Schnauben, als ich ihm zum ersten Mal den Sattel auflegte. Unglücklicherweise war es so ungestüm, dass es sich bei dem Versuch, mich abzuwerfen, das Bein brach. Ich musste es erschießen.«

»Mir scheint, Ihr erschießt einfach alles.« Jacquotte rückte noch näher an Manuel heran, während sie Bigford nicht aus den Augen ließ.

»Alles, was mir nicht zu Willen ist.«

»Dann werdet Ihr mich ebenfalls erschießen müssen!« Mit einem gewagten Sprung warf sie sich vor Manuel und sah Bigford herausfordernd an. Sie wusste, dass er ihr nichts tun würde. Seine Pläne für sie waren anderer Natur. Manuel war nur ein Druckmittel.

»Wenn Ihr nicht augenblicklich damit aufhört, Eure Späße mit mir zu treiben, dann werde ich Euch beide erschießen!« Er schritt auf sie zu und hielt ihr mit ausgestrecktem Arm die Waffe an die Kehle. »Ich könnte Euch mit nur einem einzigen Schuss zu Eurem seligen Vater befördern.«

»Dann bringt es hinter Euch, denn er fehlt mir überaus!« Jacquotte hielt seinem Blick stand. Eine kleine Ewigkeit verging, ehe Bigford blinzelte.

»Verflucht!« Er ließ die Armbrust sinken. »Ihr seid ein teuflisch mutiges Weib.«

»Und Ihr ein teuflisch dummer Engländer!« Jacquotte durchschnitt Manuels Seil mit einer kaum wahrnehmbaren Bewegung und schubste ihn hinter den Baum.

Bigford legte an. Diesen Moment nutzte Jacquotte, um sich auf ihn zu stürzen. Der Schuss ging los, verfehlte aber sein Ziel. Jacquotte sah Manuel davonlaufen und schlug Bigford mit aller Kraft die Armbrust aus der Hand, die mit einem dumpfen Laut zu Boden fiel. Sofort langte Bigford nach den verbliebenen Pfeilen im Köcher, um seine Angreiferin abzuwehren. Doch Jacquotte bemerkte seine Bewegung, sprang ihn an und bohrte ihm das Messer in den Arm. Bigford brüllte vor Schmerz und Jacquotte hechtete zur Seite.

Ehe sie jedoch entwischen konnte, spürte sie seine Hand in ihrem Haar, wo er sich festkrallte und sie mit sich zu Boden riss. Empört schlug sie um sich, doch seine Faust traf unerwartet ihr Gesicht. Ihr Kopf flog nach hinten und ihr schwindelte. Mit verschwommenem Blick sah sie, dass Bigford nach der Armbrust griff, doch das Blut, das ihm über die Hand lief, hinderte ihn daran, den gezückten Pfeil schnell genug einzulegen. Sie stieß erneut mit dem Messer zu, aber er sah es kommen und rollte zur Seite. Das Messer wühlte sich neben ihn in die Erde.

Sofort umklammerte Bigford ihr Handgelenk und hieb ihr den Ellbogen in die Rippen. Jacquotte stöhnte auf. Sie krümmte sich zusammen und tat, als wäre sie geschwächt. Kaum lockerte ihr Peiniger seinen Griff, trat sie ihm mit aller Kraft in den Unterleib. Er schrie erneut auf und nahm sie derart hart in den Schwitzkasten, dass es ihr nur mit Mühe gelang, nicht ohnmächtig zu werden. Ein weiteres Mal trat sie nach ihm, doch er war vorbereitet. Mit roher Gewalt zwang er ihr das Messer aus der Hand und warf sich auf sie. Sein Gesicht so nahe vor ihrem zu sehen und sein Gewicht zu spüren, widerte sie an. Sie wand sich unter ihm, aber er war stärker.

Mit siegessicherem Grinsen sah er auf sie hinab. »*Touché*!«

Jacquotte spuckte ihn an. »Englischer Rattenfresser! Mögen Pocken dein bleiches Gesicht zersetzen und sich Krähen an dem Wurm laben, den du für deine Männlichkeit hältst.«

»Ich finde dieses höfliche Geplauder sehr erfrischend, jedoch würde ich es vorziehen, wenn ab sofort nur noch unsere Körper miteinander plaudern.« Er zerrte an ihrem Hemd. Jacquotte wehrte sich, aber ihre Hände unterlagen seinem eisernen Griff. Begehrlich presste er sein Becken in ihren Schoss. Sie schrie auf.

In diesem Moment krachte ein Schuss. Bigford zuckte zusammen, und Jacquotte nutzte das Überraschungsmoment, um sich ihm zu entziehen. Sie krabbelte hastig drauflos, rappelte sich auf und rannte geradewegs in Jérômes Arme. Er hielt sie kurz, bevor er sie hinter sich schob.

»Bigford!« Jérôme steckte die Pistole ein, die er gerade abgefeuert hatte, und spannte den Hahn seiner beschlagenen Muskete. »Was genau treibt Ihr hier?«

»Das, was jeder andere Mann auf Española im Sinn hat«, knurrte Bigford und hielt sich den blutenden Arm.

»Vor mir liegt aber derzeit nur Ihr. Also erklärt Euch!«

»Ich brauche mich nicht zu erklären, Jérôme. Die Situation war mehr als eindeutig. Nehmt meine Entschuldigung an und sogleich meinen Antrag um ihre Hand. Der rote Teufel gehört vermählt, Ihr solltet das am besten wissen.« Bigford stand auf und klopfte sich den Schmutz aus den Kleidern.

»Ich werde über diesen Antrag nachdenken müssen.« Jérôme sagte es leichthin und Jacquotte schnappte nach Luft.

Bigford zog ungeduldig eine Augenbraue nach oben. »Denkt nach, denkt nach! Aber wartet nicht zu lange. Nächstes Mal wird es einem anderen gelingen, der weniger Gentleman ist als meine Wenigkeit, sie zu überwältigen.«

»Nach dem Verhalten eines Gentleman sah mir dieses Gerangel nicht aus«, murrte Jérôme, während Bigford angeschlagen an ihm vorbei wankte und Jacquotte verächtlich musterte.

Erst als er außer Sichtweite war, drehte Jérôme sich um. Jacquotte betastete ihre geschwollene Unterlippe und hob das Messer auf. Sie vermied bewusst jeden Blickkontakt.

»Ich sagte dir, du benötigst Schutz«, murmelte Jérôme in seinen Bart.

»Du sagtest es.« Sie lockerte ihre Muskeln. Dann wandte sie sich ab, um nach Manuel zu sehen, doch Jérôme packte sie am Arm.

»Manuel kann auf sich selbst aufpassen, Jacquotte. Spiel dich nicht dauernd als seine Beschützerin auf!«

»Und das sagt mir der Mann, dem es unmöglich war, meinen Vater zu verteidigen.« Aus den Augenwinkeln sah sie, wie Jérôme zusammenzuckte, als hätte sie ihn geschlagen.

»Ich verstehe. Lieber hättest du mich tot gesehen. Das Schicksal hat leider anders entschieden und uns beide zurückgelassen. Ich vermag das nicht zu ändern.« Jérôme zog sie zu sich heran.

Instinktiv stemmte sie ihre Hände gegen seine Brust und hielt ihn auf Abstand. Sie ärgerte sich über sich selbst. Der Angriff von Bigford hatte ihr zugesetzt, und sie warf sich vor, nicht vorsichtiger gewesen zu sein. Nun hatte sie Jérôme in seiner Meinung bestätigt. Ihr Blick fiel auf den toten Hund, der ihr ein treuerer Gefährte gewesen war als sein Herr, und Tränen schossen ihr in die Augen.

Jérôme lockerte seinen Griff. Forschend sah er ihr ins Gesicht. »Hat er dir wehgetan?«

Sie schüttelte den Kopf und blinzelte die Tränen fort.

»Ich bin hier, um dir einen Vorschlag zu machen, Jacquotte. Der französische König bringt sich vermehrt in die Belange der neuen Welt ein. Mir ist zu Ohren gekommen, dass er eine Freihandelszone zwischen den Kompanien der amerikanischen Inseln plant, um die spanische Macht zu schwächen.«

»Was interessiert mich die Politik Frankreichs?«

»Du bist Französin«, erwiderte Jérôme heftig. »Deine Zukunft wird von Louis XIV. bestimmt.«

»Mein Vater hat es versäumt, mir die Geschichte seines Lebens und seines Landes zu erzählen. Ich bin keine Französin, ich bin Bukanier!«

»Selbst als Bukanier bist du Spielball der Politik Frankreichs.«

»Ich kann dir nicht folgen, Jérôme.« Sie riss sich von ihm los. Das Rascheln der Blätter verriet ihr, dass Regen bevorstand. Mit resigniertem Blick betrachtete sie das Schwein, das sie schnellstens verarbeiten musste, bevor der Niederschlag zu viel Schaden anrichtete. Unschlüssig sah sie zu Jérôme, der keine Anstalten machte zu gehen.

»Das Rad der Zeit dreht sich, Jacquotte. Man sagt, der französische König sieht es nicht gerne, dass die Macht Frankreichs in diesem Teil der Welt von einem Haufen Männer repräsentiert wird, die in unchristlichen Verhältnissen leben. Er wird Frauen aus Frankreich schicken lassen.«

Jacquotte runzelte die Stirn. Jérôme sprach in Rätseln. Sie studierte sein Gesicht und bemerkte die tiefe Zornesfalte zwischen den Augen, die sich über die Jahre dort eingebrannt hatte. Er besaß eine Furcht einflößende Mimik, und sie fragte sich unwillkürlich, wie viele Männer er bereits in den Tod geschickt hatte. Den Erzählungen nach waren es unzählige. Gleichwohl hatte ihr Vater diesem Mann all die Jahre vertraut und war nie enttäuscht worden. Aber mit einem Mal wusste nicht mehr, was sie über ihn denken sollte.

»Man wird Gesetze einführen«, erklärte Jérôme. »Die Frauen werden legal verheiratet.«

»Heißt das, ihr würfelt nicht um sie?«, höhnte Jacquotte. Der Regen fiel jetzt regelmäßig und durchnässte ihre Kleidung.

»Sie werden ehrbare Ehefrauen.«

»So ehrbar, wie man mit Männern wie euch an der Seite nur sein kann!« Jacquotte konnte die Wut kaum noch zurückhalten. Sie spürte, wie sie in ihr hochkroch und einem Splitter gleich in ihrem Hals stecken blieb.

»Schweig«, wies Jérôme sie zurecht. »Du bist wie gewöhnlich zu einfältig, um die Bedeutung meiner Worte zu verstehen. Eine solche Heirat sichert dir den Schutz zu, den du hier niemals finden wirst.«

»Bei der Beständigkeit der Gezeiten, Jérôme, ich werde dich niemals heiraten!« Jacquotte schüttelte entschieden den Kopf und

Jérômes verblüffter Gesichtsausdruck verriet ihr, dass sie ihn gründlich missverstanden hatte. Er lachte.

»Mein liebes Kind, der Blitz möge mich augenblicklich treffen, wenn mir dieser Gedanke je gekommen wäre! Ich trage mich vielmehr mit der Idee, mich irgendwann an einem angenehmen Ort niederzulassen und mir eine verträgliche Ehefrau zu nehmen. Ich wollte eher vorschlagen, ob du mich nicht begleiten und selber nach einem Ehemann Ausschau halten willst.«

Der Splitter in Jacquottes Hals schwoll an. »Ehemann?«, flüsterte sie.

»Du bist schön, Jacquotte. Bedenke die Vorteile einer Ehe. Du müsstest nicht mehr kämpfen und dich behaupten und für Manuel wäre gesorgt.«

Sie zog die Stirn kraus. Der Begriff Schönheit war im Zusammenhang mit ihr noch nie gefallen und sie fühlte sich kurzfristig geschmeichelt, bevor Jérôme hinzufügte: »Das wäre auch Émiles Wunsch gewesen.«

Ihr Magen zog sich zusammen. Wütend stapfte sie ein Stück in den Wald, bevor sie sich umdrehte und Jérôme aufgebracht anfuhr: »Wage es nicht, solche Behauptungen aufzustellen und Émiles Namen für deine Ansichten zu missbrauchen! Du warst auf See, während er uns großgezogen hat. Du hast den Kaperfahrten gefrönt und bist als Held zurückgekehrt. Émile hat derlei Ruhm nicht nötig gehabt, er hat sich einzig für uns aufgeopfert. Er war ein wunderbarer Vater! Ich lasse nicht zu, dass du versuchst, sein Vermächtnis anzutreten und mir zu sagen, was ich zu tun und zu lassen habe.«

Überraschend schnell war Jérôme bei ihr und packte sie erneut am Arm. Sie standen beinahe Nase an Nase, als er sagte: »Émile war mein Leben! Hüte deine Zunge, denn du kanntest ihn am allerwenigsten. Ich war längst sein Freund, da war Émile noch viel zu blauäugig, um zu verstehen, wie viel Wert wahre Freundschaft haben kann. Er hat das Meer gehasst, deshalb ist er kaum zur See gefahren. Und er war kein Kämpfer, das steckte niemals in ihm. Hättest du deine Augen für ihn geöffnet, als er noch unter den Lebenden weilte, dann wüsstest du das auch.«

Jacquotte befreite ihren Arm mit einer ruckartigen Bewegung. Gelassen baute sich Jérôme vor ihr auf und versperrte ihr den Weg.

»Es war nicht Émiles Wille, dass ich heirate! Ihm lag daran, dass ich eigenständig bin und mich verteidigen kann!«

Jérômes Augen blickten hart. »Émile war geprägt von Ängsten. Er wollte dich durch seine Wünsche nicht verärgern. Du warst sein Licht. Er war ständig in Sorge um dich. Glaub mir, es war seine Hoffnung, dass du heiratest und ein behütetes Leben führst. All die Jahre wollte er, dass Pierre sich deiner annimmt!«

»Pierre!« Jacquotte spuckte den Namen förmlich aus. »Pierre ist ein elender Feigling! Er war kaum Mitglied der Bruderschaft, als er mit seinem Gefolgsbruder Remi das Weite suchte. In mir steckt mehr Mut, als Pierre je finden wird!« Sie spürte das Wasser, das ihr aus den Haaren über das Gesicht lief, während Jérôme und sie sich lauernd umkreisten.

»Es steht dir nicht zu, die Gebote der Natur ändern, Jacquotte. Eine Frau ist dazu bestimmt, Kinder in die Welt zu setzen, und du würdest gut daran tun, dieser Bestimmung zu folgen. Krieg, Blut und Muskete sind nicht die Welt der Frauen!«

»Ich wünschte, du würdest die Entschiedenheit, mit der du solche Behauptungen aufstellst, gleichermaßen nutzen, um deine Engstirnigkeit zu besiegen. Die Männer sind mir im Gefecht gegen die Spanier widerspruchslos gefolgt!« Jacquotte war verzweifelt. Sah er denn nicht, dass sie zu kämpfen vermochte?

»Wenn der Wald brennt, rennen die Hunde auch mit den Schweinen.«

»Die Männer werden mich ebenso wenig in die Finger bekommen wie du.«

»Du machst mich rasend, Weib.« Jérôme wurde immer ungehaltener. »Willst du dich auf ewig mit Manuel in den Wäldern verbergen? Immer auf der Hut vor den Männern dein Dasein fristen? Wohin willst du gehen, wenn die Spanier diesen Teil der Insel eines Tages zurückerobern? Dich interessiert die Politik nicht, aber, wie mir scheint, deine Zukunft ebenso wenig.«

»Die Männer werden lernen, mich zu dulden.« Jacquotte verfolgte jede seiner Bewegungen.

»Bei Gott, in ihren Betten werden sie dich dulden!« Er sprang sie an, ehe sie reagieren konnte. Während Jacquotte noch erschrocken

Luft holte, packte er sie an der Kehle und zwang ihr das Messer aus der Hand. Überrascht ließ sie die Waffe auf den von Wurzeln zerfurchten Boden fallen und starrte Jérôme an. Seine schwielige Hand drückte warnend zu. Jacquotte spürte den eigenen Herzschlag in ihren Ohren pulsieren und schluckte. Wie konnte er es wagen! Sein massiger Körper bezwang sie, und sie war unfähig, sich zu befreien.

»Lass mich dir eine Lehre erteilen«, flüsterte Jérôme mit rauer Stimme in ihr Ohr. »Das oberste Gesetz der Männer lautet wie folgt: Nur der Stärkere überlebt! Du hast keine Vorstellung, wie es außerhalb dieser Insel zugeht, Jacquotte. Glaub mir, du brauchst einen Beschützer.«

Jacquottes Gedanken schlugen Purzelbäume. Sie dachte an Pierre und seinen Verrat. An ihre Gefühle für ihn und die Eifersucht auf seinen Gefolgsbruder Remi. An ihren Vater, der für immer von ihr gegangen war. An Bigford und an Jérôme, die sie mit Gewalt dazu drängen wollten, sich ihrem Willen zu beugen.

Der Splitter in ihrem Hals wurde größer und hinderte sie am Atmen. Sie war es leid, von Männern enttäuscht und dominiert zu werden. Sie wollte kämpfen und frei sein, ihr Leben so zu bestimmen, wie sie es für richtig hielt! Mit einem Schrei bäumte sie sich auf und es war, als wenn der Splitter in ihrem Hals platzte. Sie sah Pierres Gesicht vor sich und schlug ihre Stirn mit voller Wucht dagegen. Sie wollte ihn verletzen so wie er sie verletzt hatte. Zu spät lichtete sich der Nebel ihrer Gedanken und sie registrierte, dass sie noch immer Jérôme gegenüberstand. Ihre Stirn traf seine Nase und sie hörte das Knirschen des empfindlichen Knorpels. Jérôme stöhnte auf, und Jacquotte entkam seinem eisernen Griff. Schnell schuf sie Abstand zwischen ihnen.

»Ich brauche keinen Beschützer, Jérôme!«, keuchte sie. »Und ich werde mich nicht an die Gesetze der Männer halten. Mir ist es nicht bestimmt zu heiraten und ich habe Mut genug, um die Gebote der Natur notfalls zu ändern. Ich habe bereits einen Plan, sei unbesorgt.« Sie raffte eilig das Fleisch zusammen, das neben dem erlegten Schwein lag.

Jérôme sah ihr dabei zu und wischte sich Blut und Regenwasser aus dem Gesicht. Er folgte ihr nicht, als sie zwischen den Bäumen verschwand.

Drei

Port de Margot, La Española, Winter 1658

Jacquotte stand auf einer Anhöhe und sah auf die halbmondförmige Bucht hinunter, die sich vor ihr ausbreitete.

Das Wasser war so klar, dass sie selbst aus der Entfernung Fischschwärme ausmachen konnte, die zwischen den ankernden Schiffen ihre Kreise zogen. Es war ein heißer Tag, der die Luft zum Flirren brachte und die Grillen ekstatisch zirpen ließ.

Ihre aufgesteckten Haare juckten unter dem straff gebundenen Tuch und der speckige Lederhut machte die Stirn taub, weil er zu eng auf ihrem Kopf saß. Sie fühlte, wie ihr Schweißperlen den Rücken hinabliefen und von dem Bund der weiten Hose geschluckt wurden, die sie mit einem Gürtel davon abhielt, ihr von den Hüften zu rutschen.

Einzig das Leinenhemd und die durchlöcherte schwarze Weste waren ihre eigenen Sachen. Die restlichen Kleidungsstücke hatte sie sich in den Nächten vor ihrem Aufbruch besorgt, und weil dies in aller Heimlichkeit geschehen war, durfte sie nicht wählerisch sein. Hätte man sie erwischt, wäre sie mit Sicherheit aufgeknüpft worden.

Diebstahl war verpönt unter den Brüdern. Schlösser fanden keine Verwendung, keine Kiste und keine Hütte wurde abgesperrt. Jede erbeutete Dublone wurde sofort auf den Kopf gehauen und alleiniges Eigentum an Sachen kannten die Männer nicht. Das Leben fand an dem Tag statt, der gerade andauerte, nicht an den darauf folgenden. Das war die Lebensweise der Bukaniere.

Alles kam der Gemeinschaft zugute. Gegenstände von Wert trug man am Körper mit sich, ebenso Waffen und Münzen. Besonders die Kleidung war den Männern heilig. Fuhren sie zur See, erkannte man sie an den schillernden Farben ihrer Garderobe. Glänzende Knöpfe oder Stiefel mit blank polierten Schnallen sowie purpurne Westen und Schärpen standen hoch im Kurs.

Die Jäger dagegen bevorzugten schlichte Gewänder. Jacquotte hatte nehmen müssen, was sich in Reichweite befand. Außer dem roten Tuch, das ihre Haare verbarg, sah sie wie ein gewöhnlicher Schweinejäger aus, der durch das Dickicht pirschte. Doch genau das war ihr Plan.

Als sie Manuel vor sechs Tagen kurz vor der Morgendämmerung an Jérômes Hütte gebunden hatte, war sie in dem Bewusstsein aufgebrochen, von nun an nicht mehr die rote Jacquotte, sondern Yanis le Jouteur zu sein. Yanis, der Kämpfer. Sie mochte ihren neuen Namen, doch ihr spontanes Abenteuer bereute sie so kurz vor ihrem Eintreffen in Port de Margot ein wenig.

Das grobe Leinen, das sie sich um die Brust gewickelt hatte, um ihren Busen verschwinden zu lassen, vermittelte ihr ein beklemmendes Gefühl und kratzte auf der empfindlichen Haut. Am liebsten hätte sie sich ihre Verkleidung vom Leib gerissen, um durchzuatmen und wieder sie selbst sein zu können. Ärgerlich krümmte sie die Zehen in den derben Schuhen, deren steife Nähte ihr bereits Blasen gerieben hatten.

Ein Lederbeutel hing schwer an ihrer Hüfte und erinnerte sie daran, dass sie Jérôme um sein Erbe an den Golddublonen erleichtert hatte, die Émile zu Lebzeiten unter einem Baum versteckt hielt. Vermutlich war das nach dem Kodex ebenfalls verboten, aber ihr Vater hatte sich nichts aus dem Geld gemacht und das Versteck einzig seiner Tochter anvertraut. Die Götter allein wussten, welche Absichten ihn zu dieser Tat getrieben hatten.

Den Schatz in der sicheren Dunkelheit auszugraben, hatte neben den wertvollen Münzen auch Erinnerungen an Émile zutage gefördert. Was hätte ihr Vater davon gehalten, sie als Mann verkleidet in eine selbstbestimmte Zukunft aufbrechen zu sehen? Jacquotte seufzte. Sie musste mit den Grübeleien aufhören! Wenn sie nicht an Manuel dachte, den sie zurückgelassen hatte, zerbrach sie sich den Kopf über ihren Vater oder Pierre. Doch keiner von ihnen konnte ihr dabei helfen, den Mut zusammenzunehmen und in die Stadt zu gehen, von der sie sich so viel erhoffte.

Port de Margot, Sammelpunkt der Bukaniere und Flibustier. Alle erwarteten dort die Ankunft von Jérémie Deschamps du Rausset, der von Louis XIV. zum Gouverneur und Generalleutnant der Île de la Tortue ernannt worden war. Große Hoffnungen lagen auf diesem Mann, der mit Gouverneur d'Oyley auf Jamaika eine Allianz zur Begründung der Freihandelszone zwischen den amerikanischen Inseln eingehen sollte. Laut Jérôme befand er sich bereits auf dem Weg nach Port de Margot, um Leute zur Wiederbesiedlung der Île de la Tortue anzuwerben, die sich seit einigen Jahren nicht mehr in französischer, sondern in spanischer Hand befand.

Jacquotte verstand die politischen Zusammenhänge nicht, aber sie wusste, dass sie in Port de Margot einflussreiche Männer treffen würde. Dieser Ort bot ihr die Möglichkeit, zu beweisen, dass sie würdig war, der Bruderschaft beizutreten. Sie wollte endlich die unsichtbaren Fesseln ihres Seins abstreifen, die man ihr neuerdings anlegte, nur weil sie eine Frau war.

Ihr Herz klopfte vor Nervosität. Seit einem Tag hielt sie sich auf der Anhöhe versteckt und beobachtete das Treiben. Bei Flut segelten die kleineren Schiffe flussaufwärts, um im Hafen von Port de Margot vor Anker zu gehen. Anfänglich hatte sie geglaubt, die Stadt läge direkt an der Küste, aber das stellte sich als Irrtum heraus. Zwar gab es eine Ansiedlung an der Flussmündung, aber sie war lediglich der Vorposten.

Die eigentliche Stadt lag im Landesinneren und bot ihren Bewohnern den Schutz des dichten Waldes. Sie hatte den lärmenden Trubel von der anderen Seite des Flusses ausgekundschaftet und scheute sich seitdem, die Stadt zu betreten. Zu groß war der Gegensatz zu ihrem bisherigen Leben und sie empfand Furcht vor all den Augen, die sie musterten. Vielleicht sahen sie, dass sich unter der zerlumpten Kleidung eine Frau verbarg? Jacquotte straffte ihre Schultern. Sie hatte nicht all die Strapazen auf sich genommen, um nun einen Rückzieher zu machen. Außerdem hatte sie Hunger und Durst.

Mit einem letzten Blick zurück in die Richtung, aus der sie gekommen war, setzte sie sich in Bewegung und schritt entschlossen die Anhöhe hinab.

Kurze Zeit später stand sie zum ersten Mal in ihrem Leben am Meer. Gewiss, sie kannte das Meer, überwiegend jedoch aus Erzählungen und den sehnsüchtigen Blicken aus der Sicherheit ihrer Höhle heraus. Im Angesicht mit den Wellen kam es ihr mit einem Mal lebendig vor. Sie spürte, wie der Wind ihr Gesicht mit der prickelnden Gischt benetzte, und roch den frischen Atem, den das Wasser freisetzte.

Wie ein Kind leckte sie an ihrem Finger und stellte fest, dass es salzig schmeckte. Sie lachte, als die kühlen Wellen im Sand ausliefen und ihre Füße umspülten. Noch nie zuvor hatte sie sich so belebt gefühlt. Der Ozean reichte bis zum Horizont und Jacquotte fragte sich, welche Länder es dort zu entdecken gab. Selbstvergessen ließ sie den Sand durch ihre Hände rieseln und erfreute sich am Anblick der Vögel mit den gebogenen Schnäbeln, die am Strand umherliefen und sich im Rhythmus der Wellen vor und zurück bewegten.

Fast hätte sie den Jungen übersehen, der auf sie zugeeilt kam. Seine blauen Augen leuchteten vorwitzig unter einem dichten rotblonden Haarschopf hervor, als er sie furchtlos ansprach: »He, Schweinehirte, was tuste hier?«

Jacquotte versuchte ihn böse anzusehen, doch es gelang ihr nicht. Vorsichtig hielt sie Ausschau nach weiteren Männern, aber der Junge schien alleine zu sein.

»Wer will das wissen?«

»Mein Name is' Jan. Bin Schiffsjunge bei Tête-de-Mort. Wer bist'n du?« Er fischte Ungeziefer aus seinem Ohr und zerquetschte es in der Handfläche.

»Ich bin Yanis le Jouteur.«

Der Junge musterte sie und zog die Nase kraus. »Das is'n verdammt großer Name für 'n kleinen Mann.«

Jacquotte verkniff sich ein Lachen. Jan schien nicht aufzufallen, dass sie eine Frau war, obwohl sie ihn für einen gewitzten Burschen hielt.

»Es ist stets besser, unterschätzt zu werden, als die Aufmerksamkeit aller auf sich zu lenken.« Sie nickte ihm freundlich zu und wandte sich zum Gehen. Wenn sie vor Einbruch der Dämmerung in Port de Margot sein wollte, dann musste sie sich beeilen.

»He, Schweinehirte«, rief der Junge ihr hinterher. »Wir könnt'n Hilfe brauchen. Tête-de-Mort lädt seine Prise auf 'ne Barke um, um sie nach Port de Margot zu schiffen. Vielleicht kannste ja nicht nur kämpfen, sondern auch zupacken?«

Jacquotte fuhr herum. »Mein Name ist Yanis! Wenn du dir das nicht merkst, wirst du schnell lernen, dass ich zupacken kann.«

Der Junge grinste und deutete mit dem Kinn in Richtung Fluss. »Dann folg' mir«, forderte er sie auf.

Sie zögerte. »Selbst Schweinehirten arbeiten nicht umsonst. Was ist für mich drin?«, wollte sie wissen.

»Wirst schon entlohnt werden. Tête-de-Mort kennt keinen Geiz. Und nun komm!«

Sie zuckte mit den Schultern und trottete hinter ihm her. Die Vorstellung, in der drückenden Hitze Kisten schleppen zu müssen, war ganz und gar nicht erbaulich. Aber vielleicht konnte sie bereits erste Kontakte knüpfen. Von Jan schien keine Gefahr auszugehen. Hoffentlich galt das auch für den Mann mit dem unheimlichen Namen, für den er arbeitete.

»Wo kommste her?«, wollte der Junge wissen.

»Aus den westlichen Wäldern.«

»Dann biste in der Tat 'n Schweinehirte, he?«

»Ich bin Bukanier.« Jacquotte verpasste ihm einen Nasenstüber.

»Sag ich's doch. Schweinehirte!«

Sie sah in seine frechen Augen. »Du solltest darum beten, dass dir nicht eines Tages jemand deinen vorwitzigen Kopf abschneidet.«

»Wer das versucht, muss erst an Tête-de-Mort vorbei.« Jan streckte ihr die Zunge heraus und rannte los.

Jacquotte vermochte nicht zu sagen, woher er in dieser glühenden Hitze die Energie dazu nahm, aber sie heftete sich verbissen an seine Fersen.

»Sag mir, woher hat Tête-de-Mort seinen Namen? Totenkopf genannt zu werden ist nicht alltäglich.« Sie versuchte, nicht nach Luft zu schnappen, als sie Jan einholte. Dieser schmunzelte.

»Sieh ihn dir an, wenn du's wagst.«

Jacquotte blickte auf das schwarze Schiff, das vor der Küste vor Anker lag. Ruderboote verkehrten emsig zwischen ihm und dem Festland. Der Zweimaster sah nicht besonders eindrucksvoll aus, wie er mit eingeholten Segeln in den Wellen schaukelte. Jan folgte ihrem Blick.

»Is' 'ne Brigantine«, erklärte er. »Rahsegel am Fockmast, Gaffel- und Rahsegel am Großmast. Segelt höher am Wind als 'ne Brigg.«

»Ich habe mir die Schiffe der Flibustier immer größer vorgestellt.«

Jan warf ihr einen abschätzenden Blick zu. »Bist 'ne Landratte, he? Je 'nen Fuß auf 'n Schiff gesetzt?«

Sie schüttelte den Kopf, worauf Jan wissend nickte. »Größere Schiffe benötigen viel Arbeit, 'ne größere Crew und das bedeutet weniger Prise für jeden von uns. Lohnt nicht. Wenn's dich interessiert, Tête-de-Mort sucht immer Leute. Selbst Schweinehirten.«

»Mit diesem Tête-de-Mort segelt man wohl nicht gerne?«, mutmaßte Jacquotte und war neugierig, wie der Kapitän aussah, der diesen schauerlichen Namen trug.

»Komm!« Jan sprang über einige Kisten und zog am Rockzipfel eines groß gewachsenen Mannes, der ganz in Schwarz gekleidet war und ihnen seinen imposanten Rücken zudrehte.

»Hab 'nen Dummen gefunden«, erklärte er dem Riesen und zwinkerte ihr zu. »Is 'n Schweinehirte aus'm Wald. Yanis is' sein Name.«

Der Mann drehte sich um und Jacquotte fiel vor Erstaunen die Kinnlade herunter. Vor ihr stand der widerwärtigste Mensch, den sie je gesehen hatte. Sein Gesicht war völlig zerfressen. Dort, wo einst die Nase gewesen war, prangte ein Loch und gab den Blick auf den dahinterliegenden Knorpel frei, der sich weiß aus dem fleischigen Narbengewebe erhob. Seine Oberlippe war ebenfalls verwachsen und zeigte die obere Zahnreihe. Es war, als wenn er die Zähne fletschte.

Ein wild wucherndes Geschwür fraß sich weiter über die linke Gesichtshälfte und hatte das gesunde Gewebe bereits bis zum Ohr zerstört. Einzig der rechte Teil ließ vermuten, dass er früher ein gut aussehender Mann gewesen sein musste. Er trug das schwarz gewellte Haar zu einem Zopf gebunden und war ordentlich rasiert, zumindest dort, wo es noch möglich war. Seine grünen Augen blickten lebhaft und standen damit im Gegensatz zum sonstigen Verfall in seinem Gesicht. Jacquotte konnte nicht aufhören, ihn anzustarren.

Herausfordernd hob er das Kinn. »Gefällt Euch, was Ihr seht?«, fragte er ruhig und tätschelte Jan den Kopf.

»Ihr tragt Euren Namen wahrlich nicht umsonst«, entfuhr es Jacquotte.

Tête-de-Mort lachte, was überaus makaber aussah. »Und Ihr tragt Euer Herz auf der Zunge. Ich weiß das zu schätzen, werter Yanis.« Er betonte ihren Namen und sie beschlich das unbehagliche Gefühl, als sehe er Dinge, die selbst ihr verborgen blieben. »Wohin führt Euch Euer Weg?«

»Ich möchte nach Port de Margot.«

»Und was sucht Ihr in dieser ehrenwerten Stadt?«

»Ich möchte der Bruderschaft beitreten.« Jacquotte wurde es unwohl zumute. Tête-de-Mort studierte aufmerksam ihr Gesicht und zeigte erneut sein schauerliches Grinsen. Sie fröstelte trotz der Hitze, die sie umgab.

»Sieh an, eine Landratte, die zur See fahren will. Genügt Euch das Leben als Schweinehirte nicht?«

»Das Leben auf See erscheint mir erstrebenswerter.«

»Ersehnt man nicht immer am meisten, was man nicht hat?« Er sah sie so eindringlich an, dass Jacquotte endlich den Blick senkte.

»Wenn Ihr es sagt«, murmelte sie.

Nach einem kurzen Moment des Schweigens schlug ihr Tête-de-Mort auf die Schulter. »Dann ist das unsere Abmachung: Ihr helft mir beim Verladen und ich nehme Euch mit nach Port de Margot!«

Sie schlug ein, und Tête-de-Mort hielt ihre Hand einen Atemzug länger fest als nötig, bevor er sich abwandte und Befehle über die Anlegestelle rief.

»Komm, komm!« Jan zerrte sie mit sich fort, und Jacquotte holte tief Luft.

Anscheinend hatte niemand ihr Spiel durchschaut. Sie war erleichtert und warf Tête-de-Mort einen letzten Blick über die Schulter zu. Er war bereits wieder vollauf mit dem Verladen seiner Beute beschäftigt. Was für ein unheimlicher Mann, schoss es ihr durch den Kopf, bevor ihr für weitere Überlegungen keine Zeit mehr blieb. Jan hatte es eilig. Er zeigte ihr die Fässer, die von der Mannschaft an den Strand gerollt wurden.

»Pack an«, forderte er sie auf und zeigte in Richtung Barke. »Da rüber!«

Flink hüpfte er zwischen den Männern hin und her, gab Anweisungen und schleppte Kisten, die für seine geringe Körpergröße viel zu groß und zu schwer waren. Aber wie sich herausstellte, besaß er eine Zähigkeit, die Jacquotte sehr bald zu bewundern lernte. Die Schwüle setzte ihm nicht im geringsten zu, und während sie mit einem tauben Rücken und einem knurrendem Magen kämpfte, wirbelte Jan eifrig wie ein Buschhuhn beim Nestbau über den Platz.

»He«, rief sie ihm nach geraumer Zeit zu. »Hast du keine weiteren Männer gefunden, die es wert waren zu helfen? So wie ich das sehe, bin ich hier der einzige Schweinehirte.«

Jan nickte emsig. »Aye! Tête-de-Mort hat nur nach dir verlangt.«

Jacquotte hielt inne. »Er hat nach mir verlangt?«

»Aye!« Jan schulterte einen Sack Zucker und trug ihn über den wackeligen Holzsteg zur Barke.

Sie starrte ihm nach. Was wollte der Bengel damit sagen?

»Wie kann er nach mir verlangen? Er kennt mich nicht«, bohrte sie nach, als Jan zurückkam, um sich des nächsten Sacks anzunehmen.

»Tête-de-Mort kennt jeden.« Er stapfte davon.

Jacquotte warf sich ebenfalls einen Sack über die Schulter und folgte ihm unbeirrt.

»Mich kennt er nicht«, rief sie ihm zu, als sich ihre Wege wieder kreuzten.

»Wenn du's sagst.«

Sie entledigte sich ihrer Last mit einem Stöhnen. Als sie sich aufrichtete, warf Jan bereits die nächste Ladung auf die Barke. Jacquotte schüttelte ungläubig den Kopf.

»Was zum Teufel geht hier vor?«, zischte sie ihm zu, damit die anderen nichts von der Unterhaltung mitbekamen.

»Wenn du das wissen willst, musst du Tête-de-Mort persönlich fragen.« Jan feixte und entzog sich ihr, bevor sie ihn zu fassen bekam. Sie biss sich auf die Unterlippe und begegnete den stechenden Augen des Kapitäns. Der entstellte Mann lehnte an einem Pfosten und überwachte das Geschehen. Eine Zigarre hing aus seinem Mundwinkel. Er blies den Rauch in die schwere Luft, während er den Horizont im Blick behielt, an dem dunkle Gewitterwolken aufzogen. Jacquotte wurde bewusst, dass sie ihn schon wieder anstarrte, doch bevor sie sich abwenden konnte, nickte er ihr zu, schnippte die Asche in den Sand und zog den schwarzen Dreispitz tiefer in die Stirn.

»Steh nicht rum und halt Maulaffen feil!«, raunte Jan und stieß ihr den Ellbogen in die Hüfte, bevor er den nächsten Sack ablud. »Oder willste gewuhlt werden?«

»Gewuhlt?« Sie folgte ihm.

»Aye! Tête-de-Mort bindet seine Opfer gerne an den Großmast, legt ein geknotetes Seil um ihre Stirn, windet es hinter dem Mast um einen Knebel und dreht so lange zu, bis die Augen aus dem Schädel hüpfen. Was 'ne Schweinerei.« Er kicherte.

Jacquotte verzog den Mund. »Kein Wunder, dass er dauernd neue Leute sucht.«

»Ne, wer mit ihm segelt, hat nichts zu befürchten. Aber sein Feind will ich nich' sein.« Jan warf ihr den letzten Sack zu. »Los, los! Wir legen gleich ab. Das Wetter wird schlecht.« Ein Grollen in der Ferne untermauerte seine Worte, und sie beeilte sich, mitsamt ihrem Ballast auf die Barke zu gelangen.

Auf ein Zeichen von Tête-de-Mort hin, ruderten einige der Männer zurück zum Schiff, während die anderen eilig an den Rudern der Barke Platz nahmen.

Jacquotte kämpfte mit dem Gleichgewicht, als Jan das Boot mit einem langen Holzpfosten vom Ufer abstieß und in Position brachte. Das trapezförmige Segel wurde entrollt und blähte sich im auffrischenden Wind. Sie blickte sich um. Alle Ruderplätze waren belegt, und Jan hatte sich zu Tête-de-Mort an den Bug gesellt, um das Boot durch die Sandbänke zu navigieren.

Jacquotte ging ans flache Heck des Schiffes und beobachtete, wie die Männer die etwa fünfundzwanzig Fuß lange Barke geschickt in den Fluss manövrierten. Das aufziehende Unwetter brachte sie rasch aus der baumlosen Uferzone in den Wald, der sich hinter ihnen schloss und den Wind abbremste.

Immer mehr übertönten die Vogelstimmen das Rauschen des Meeres, und sie bückte sich, um sich Wasser ins Gesicht zu spritzen.

Es war so klar, dass Jacquotte nicht widerstehen konnte und ihren Kopf immer tiefer beugte, um mit gierigen Schlucken zu trinken.

Mit einem Mal legte sich ein Schatten über sie und ein schwerer Stiefel hinderte sie am Fortfahren ihrer Tätigkeit. Verwirrt blinzelte sie in die schwächer werdende Sonne. Wie ein schwarzer Geist ragte Tête-de-Mort neben ihr auf und sah auf sie herab.

»Kennst du keine Kaimane, Junge? Diese Biester sind gefährlich in diesem Teil der Insel. Sei besser vorsichtig!« Er spähte über die Wasseroberfläche. »Meist treiben sie wie gefällte Bäume auf dem Fluss und fassen blitzschnell zu, wenn sie nahe genug heran sind. Wenn du Port de Margot mit heiler Haut erreichen willst, anstatt auf dem Grund dieses Gewässers den Tod zu finden, dann behalte Hände und Füße im Boot.« Er drehte sich um und ging.

Jacquotte wischte sich das Gesicht mit dem Ärmel ihres Hemdes ab und sah ihm verdutzt nach. Jan ließ sich mit gekreuzten Beinen neben sie plumpsen.

»Gibt's im Westen Kaimane?«, fragte er und betastete neugierig die Machete, die von ihrem Gürtel baumelte. Sie schlug seine Hand weg.

»Ich hörte von ihnen, habe aber nie welche gesehen«, gab sie zu und beobachtete Tête-de-Mort, der im Vorübergehen freundliche Worte mit seinen Männern wechselte. Dann blickte sie sehnsüchtig auf das wohltuende Wasser, das ihr nun verwehrt blieb.

»Die Eier dieser Biester schmecken gut«, redete Jan fröhlich weiter. »Haste Glück und findest ihre Hügelnester, dann kannste dich vollfressen. Die Eier haben eine raue Schale, sehen innen aber aus wie bei Vögeln. Bevor wir in See stechen, suchen wir danach, dann kannste selbst kosten.«

»Wie kommst du darauf, dass ich mit euch in See stechen will?« Jacquotte kratzte sich am Kopf. Das Jucken brachte sie fast um den Verstand.

»Tête-de-Mort hat's so gesagt.« Jan prüfte mit dem Daumen die Schärfe der Machete.

»Er will mich in die Mannschaft aufnehmen?«

»Vielleicht.«

»Aber warum?«

»Wer viel fragt, is' viel dumm.« Jan blies seine Backen auf und schnitt Grimassen.

»*Guaiba*«, erwiderte sie und verwendete bewusst ein indianisches Schimpfwort, um Jan zu ärgern. Dessen Augen wurden groß.

»Welche Sprache is' das? Bist du ein *mestice*?«

»Wer viel fragt, is' viel dumm.« Sie streckte ihm die Zunge raus und lachte auf, als Jan sie spielerisch in den Arm zwickte. Es tat gut, einen Freund gefunden zu haben.

Am Abend desselben Tages erreichte die Barke in strömendem Regen die spärlich beleuchtete Anlegestelle von Port de Margot. Wie die meisten Männer war auch Jacquotte damit beschäftigt, Wasser aus dem Boot zu schaufeln, während der andere Teil der Mannschaft sich mit aller Kraft in die Riemen legte.

Beim Losbrechen des Sturms hatten sie das Segel eingeholt und sich allein auf die Ruder verlassen. Tête-de-Mort trotzte dem Gewitter mit einer Entschlossenheit, die seine Männer beruhigte, und half instinktiv, wo Not am Mann war. Mit seiner eindrucksvollen Statur wirkte er wie ein starker Baum, und seine Stimme übertönte das Gewitter, wenn er Befehle brüllte und gegen den Wind anschrie.

Jacquotte hatte bereits einige Unwetter miterlebt, aber keines hatte derart an ihr gezehrt wie dieses. Das dunkle Wasser, das die Barke zu verschlingen drohte, ließ sie unweigerlich an die Kaimane denken. Außerdem schien sich das wogende Boot über ihren Gleichgewichtssinn lustig zu machen, und sie war froh, dass ihr Magen leer war.

So würgte und hustete sie nur trocken, bis ihr ganzer Körper ein einziger Krampf war. Um sich vor den anderen keine Blöße zu geben, rannte sie ständig umher und bemühte sich, kräftig mit anzupacken. Erst als Jan sie am Ärmel zupfte und ihre Aufmerksamkeit auf die verschwommenen Umrisse eines Landungsstegs richtete, ließ ihre Anspannung nach.

Erhellt von gleißenden Blitzen, betrat die Mannschaft die schlüpfrigen Bretter und begann mit dem Abladen der Barke. Bereits nach kurzer Zeit erschienen dunkelhäutige Männer mit Karren, um die Fracht unter der Aufsicht von Tête-de-Mort zu einem unbestimmten Ziel zu bringen.

Jacquotte schuftete beharrlich. Durch die Anstrengung war ihr Körper ausgelaugt und ihre Muskeln begannen zu zittern. Ihre Kleidung war vollgesogen und sie spürte, dass ihr das Wasser bis über die Knöchel in den Schuhen stand. Kaum fähig, einen klaren Gedanken zu fassen, folgte sie schließlich dem letzten Karren und stolperte in die pulsierende Stadt hinein.

Der Boden war so schlammig, dass sich die Räder des Gefährts festsaugten, und nur mit gemeinsamer Anstrengung gelang es ihnen, es frei zu bekommen. Als es sich mit einem Ruck wieder in Bewegung setzte, wäre sie fast gefallen, hätte Tête-de-Mort sie nicht im letzten Moment aufgefangen. Als wöge sie nicht mehr als eine Feder, hob er sie neben Jan auf den Wagen und trieb die Männer an. Jacquotte zog ihren Hut ins Gesicht, um sich vor dem prasselnden Regen und unliebsamen Blicken zu schützen.

Um einen großen Platz verteilt lagen lang gezogene Holzhäuser, deren Inneres schummrig mit Öllampen beleuchtet war. Vor ihnen brannten Feuer, die selbst der Regen nicht zu löschen vermochte. In ihrem Schein sammelten sich geräuschvolle Gruppen, die offensichtlich angetrunken waren. Sie heizten die Flammen mit Rum an und grölten, wenn die brennenden Fontänen in den Himmel schossen. Die ganze Stadt erschien Jacquotte laut, ungastlich und schmutzig. Sie lugte zu Jan hinüber, der selig strahlte. Für ihn war Port de Margot offenbar nichts Ungewohntes.

Mit einem letzten Rumpeln rollte der Karren in ein düsteres Lager, in dem die Männer bereits damit beschäftigt waren, die Kisten und Säcke zu stapeln. Sie sprang zu Boden und konnte gerade noch verhindern, dass die Knie unter ihr nachgaben. Mit letzter Kraft wuchtete sie die Säcke vom Wagen und reichte sie Jan, der sie wiederum dem nächsten Mann zuwarf.

Als der Karren endlich leer war, verschwanden die Männer einer nach dem anderen in der Dunkelheit und Jacquotte blieb zurück. Unsicher sah sie sich um. Ihr Magen knurrte und ihre Kehle war ausgedörrt. Zu gerne hätte sie sich etwas zu essen besorgt, aber sie wusste nicht, wohin sie gehen sollte. Während sie noch überlegte, betrat Tête-de-Mort das Lager. Er hielt den zappelnden Jan am Schlafittchen fest und sah sie verwundert an.

»Zum Donnerkiel, Yanis! Ich hatte erwartet, dass bereits alle unter den Rumfässern liegen.« Er warf Jan wie eine lästige Ratte auf den

Berg mit Säcken und musterte sie. »Pass auf, dass er sich nicht von der Stelle bewegt«, befahl er in einem Ton, der keinen Widerspruch duldete. Dann stapfte er zurück in den Regen.

Jacquotte ließ sich resigniert neben ihren neuen Freund fallen, der die Arme trotzig vor der Brust verschränkt hielt. Sie hatte die Hoffnung bereits aufgegeben, an diesem Tag noch etwas zwischen die Zähne zu bekommen.

»Das haste davon!« Jan war verdrießlicher Stimmung. »Den Letzten beißen die Hunde.«

Sie schwieg. Es war ein langer Tag gewesen und sie war müde. Um ein Haar wäre sie eingeschlafen, als Tête-de-Mort erneut ins Lager polterte. In jeder Hand hielt er eine Holzschüssel mit dampfendem Eintopf.

»*Salmigondis*«, seufzte Jan begeistert und nahm die Schüssel entgegen. »Mein Lieblingsgericht.«

Sofort schlürfte er gierig, fischte sich die heißen Fleischbrocken mit den Fingern heraus und schlang das stark gewürzte Gericht geräuschvoll hinunter. Jacquotte tat es ihm gleich, auch wenn sie sich vor Tête-de-Mort nicht wie ein hungriges Tier aufführen wollte. Die wohlige Wärme verteilte sich in ihrem Magen und ließ ihre Glieder matt werden. Tête-de-Mort beobachtete das Mahl wortlos und nahm die Schüsseln nach kurzer Zeit wieder an sich.

»Du bleibst bei ihm, Yanis, hast du verstanden? Hüte ihn wie deinen Augapfel«, wies er sie an und schenkte ihr einen letzten, warnenden Blick, bevor er endgültig in die Nacht entschwand.

Jan rollte sich auf den Säcken zusammen, rülpste und begann kurz darauf zu schnarchen. Jacquotte legte sich neben ihn und verschränkte die Hände hinter ihrem Kopf. Ohne dass sie sich dagegen wehren konnte, fielen ihre Augenlider zu und sie wurde in einen tiefen, traumlosen Schlaf gezogen.

Als sie am nächsten Morgen erwachte, hatte der Regen aufgehört und Sonnenstrahlen fielen durch die Ritzen der Bretterwand. Jacquotte blinzelte.

Erst langsam kehrten die Erinnerungen zurück, und ihr wurde bewusst, wo sie sich befand. Sie streckte sich und bemerkte, dass ihr jeder Muskel wehtat. Ihre Kleidung war feucht und fühlte sich unangenehm auf der Haut an. Träge erhob sie sich von ihrem Lager.

Über Port de Margot lag eine gespenstische Ruhe, obwohl der Tag schon fortgeschritten war. Jacquotte spähte über den Platz, aber es war keine Menschenseele zu sehen. Auch Jan war verschwunden.

Misstrauisch trat sie aus dem Schatten und genoss die wohlige Wärme auf der Haut. Erst als ihre Augen sich an das Licht gewöhnt hatten, erkannte sie, dass überall verstreut unter Bäumen, Sträuchern und Hauseingängen Männer lagen, die ihren Rausch ausschliefen. Sie grinste. Der Rhythmus der Stadt war offenbar ein anderer als in der vertrauten Siedlung, wo die Bukaniere bereits vor Sonnenaufgang ausschwärmten, um auf die Jagd zu gehen.

Gemächlich schlenderte sie an den letzten Häuserreihen vorbei in den Wald, hoffte sie doch, eine Stelle zu finden, um sich zu waschen und das leidige Kopftuch abzulegen. Aber kaum hatte sie die ersten Schritte ins Unterholz getan, kam ihr Jan entgegen. Über der Schulter trug er eine altertümliche Muskete, die größer war als er selbst, und in einem ledernen Beutel zeigte er ihr stolz seinen Fang.

»Die Tauben sind da«, erklärte er. »Kommen immer um diese Zeit. Sind erst auf Tortue, dann im Norden von Española. Man muss sie schießen, bevor sie von den bitteren Samen fressen und ihr Fleisch ungenießbar wird. Komm!«

Geschäftig ging er an ihr vorbei. Er hatte dem Dutzend Tauben präzise den Kopf abgeschossen. Jacquotte pfiff anerkennend durch die Zähne. Ihr Magen erinnerte sie daran, dass sie nicht abgeneigt war zu frühstücken, das Jucken auf der Kopfhaut ermahnte sie jedoch zu einem Bad. Sie seufzte, entschied sich dann aber, Jan zu folgen.

Wie sich herausstellte, war er nicht der Einzige, dem der Jagderfolg hold gewesen war. Die Stadt begann sich mit Männern zu füllen, die ebenfalls ihre gefiederte Beute am Fluss ausnahmen. Wie es schien, gab es auch hier fleißige Bukaniere. Feuer wurden in der noch warmen Glut entzündet, und bald schon lag der köstliche Duft nach gebratenem Fleisch in der Luft. Weitere Boote legten an und raubeinige Gesellen überschwemmten die Stadt. Jacquotte saß abseits und beobachtete die Szenerie, während sie mit Jan die Tauben verspeiste.

»Wer sind die?«, fragte sie schmatzend.

»Jean Lescouble und seine Mannschaft. Is' 'n mutiger Kämpfer.« Jan nagte an einem Knochen.

»Der andere ist Jaque de l'Isle, hinterlistiger Geselle, segelt aber als Einziger 'ne Fregatte, die *Bonaventure*. Hübsches Schiff. Achtzig Mann Mannschaft und vierzehn Neunpfünder an Bord. Macht gemeinsame Sache mit dem Gouverneur von Jamaika.«

Jacquotte beobachtete die auffällig gewandeten Männer, die Pfauen gleich durch den Ort stolzierten und die Lage sondierten. Sie kannte beide Kapitäne vom Namen her, hatte sie Jérôme doch bereits über sie reden gehört. Besonders Jaque de l'Isle war eine ansehnliche Erscheinung. Im Vergleich zu den meisten Männern wirkte er überaus gepflegt. Sein fein geschnittenes Gesicht hatte etwas Adliges, das durch den arroganten Zug um seinen Mund nur verstärkt wurde.

Konzentriert puhlte Jacquotte verkohlte Federkiele aus dem Fleisch, als sie mit einem Mal einen mattblonden Haarschopf in der Menge ausmachte. Überrascht holte sie Luft und verschluckte sich dabei. Jan hieb ihr auf den Rücken und sie senkte den Kopf. Bigford! Das hatte ihr gerade noch gefehlt. Eilends verbarg sie das Gesicht unter der Krempe ihres Huts.

»Willste nicht erkannt werden, he?« Jan grinste. »Wer isses?«

»Der Engländer im blauen Rock«, wisperte sie hinter vorgehaltener Hand.

»Verflucht will ich sein, haste Ärger mit dem steifen Furz?«

»Unstimmigkeiten«, sagte Jacquotte und erkannte ein interessiertes Funkeln in Jans Augen.

»Biste deshalb auf und davon?«

»Möglich.«

Jan schob sich eine Handvoll Fleisch in den Mund und verkündete fast unverständlich: »Dein Feind is' jetzt auch mein Feind!«

Sie schmunzelte und sah erleichtert, dass Bigford sich entfernte.

»Alle kommen her. Morgen Abend is' 'ne Versammlung der Brüder. Da kannste vorsprechen.«

Jacquotte schüttelte den Kopf. »Nicht, wenn Bigford anwesend ist.«

»Bigford heißt er also.« Jan kratzte sich nachdenklich am Kopf. »Soll ich Tête-de-Mort um Hilfe bitten?«

»Niemals!«

»Er is' nicht übel, weißte? Hat mich aus'm Wasser gefischt.«

»Was hast du im Wasser gemacht?« Sie warf die blanken Knochen ins Feuer und ließ Bigford nicht aus den Augen.

»War Schiffsjunge auf 'nem Ostindienfahrer. Meine Eltern haben mich verkauft. Gab vier Gulden Heuer im Monat, gutes Geld. Sollte der Kompanie zehn Jahre dienen, aber der Schipper war 'n brutaler Mann und hat uns geschlagen. Da bin ich des Nachts unbemerkt vor der Küste von Sint Eustatius ins Meer gesprungen.«

Jacquotte ließ von Bigford ab und starrte stattdessen Jan an. Wie alt er wohl war? Er war so viel jünger als sie selbst und wusste doch so unendlich viel mehr über Schiffe und das Leben der Flibustier. Sie hatte ihn innerhalb eines Tages zu schätzen gelernt.

»Kannst du denn schwimmen?«, wollte sie wissen.

»Kann ich wohl. War trotzdem fast am Absaufen, als Tête-de-Mort vorbeisegelte.«

»Wie lange bist du schon in seiner Mannschaft?«

»Drei Jahre werden's wohl sein. Is' anders als auf'm Handelsfahrer. Hab die Flibustier zu schätzen gelernt, weißte? Keine Hierachie, alle sind gleich. Vor jeder Fahrt wird festgelegt, was man von der Prise erhält. Sie nennen das *chasse-partie*. Es gibt extra Münze für die Verwundeten, und wenn man mit Kaperbrief für einen Gouverneur segelt, wie Jaque de l'Isle, geht ein Zehntel der Prise an ihn. Is' aber schwer zu kontrollieren. Hab de l'Isle schon auf der Île à Vache gesehen, wo er mit seiner Mannschaft die gesamte Beute geteilt hat ohne dem Gouverneur seinen Anteil zu geben.«

»Weshalb sollte ein Kaperbrief dann von Nutzen sein?«

»Willste nicht am Hanfstrick tanzen, brauchste Toleranzen.« Jan zwinkerte ihr zu. »Derzeit segeln alle gegen Spanien und lassen sich gegenseitig in Ruhe, aber wehe, die Bündnisse in der alten Welt ändern sich, dann is' Piraterie wieder strafbar und man wird aufgeknüpft. Manch einer hält es daher für ratsam, bereits jetzt das Protektorat eines Landes zu genießen und in seinem Namen zu plündern. Aber die Bruderschaft ist stark und nicht auf die Gunst eines Landes angewiesen.«

»Du bist nicht in der Bruderschaft«, stellte Jacquotte mit einem Blick auf seinen Unterarm fest, wo für gewöhnlich das sogenannte *tatau* prangte, das die Brüder als einen der ihren kennzeichnete.

»Ne, Tête-de-Mort sorgt für mich. Er lässt mich beitreten, wenn ich alt genug zum Saufen bin. Und wie du gestern gemerkt hast, bin ich's noch nicht!« Er zog die Nase kraus. »Du solltest heut' Abend schnell entwischen und zechen, sonst musste wieder auf mich aufpassen. Einen trifft's immer.«

Jacquotte wischte die Hände an ihrer Hose ab und stand auf. »Danke, dass du dein Essen mit mir geteilt hast! Ich werde mich jetzt umsehen. Die Sonne hat den Zenit bereits überschritten.« Sie nickte Jan zu, der Sand über das Feuer schippte, und folgte den Neuankömmlingen. Sie hatte nicht vor, sich von Bigford überraschen zu lassen. Besser war es, ihn selbst im Auge zu behalten.

Port de Margot erwachte zusehends zum Leben. Pierre lehnte schläfrig an einem Stein und beobachtete das Geschehen aus der Ferne. Sein Kopf dröhnte und erinnerte ihn daran, dass er letzte Nacht zu viel getrunken hatte. Vermutlich hatte Remi ihn hier abgeladen und war aufgebrochen, um etwas zu essen zu besorgen. Er war ein feiner Kerl.

Pierre versuchte den Kopf zu drehen, hielt jedoch inne, als sich alles zu drehen begann. Rum war ein Höllengesöff! Kein Wunder, dass ihn der Governeur von Jamaika ‚Teufelstod' schimpfte. Noch schlimmer war indes *bumboo*, eine Mischung aus Rum, Zucker und einem Gewürz, das sich Muskat nannte. Als Pierre es zum ersten Mal versucht hatte, übergab er sich anschließend einen halben Tag lang über die Achtersteven. Remi war es auch nicht besser bekommen, denn er kletterte nach sechs Bechern die Takelage hinauf und brauchte Stunden, um wieder herunterzukommen. Pierre kicherte. Nach Monaten, die er fast ausschließlich auf dem Schiff verbracht hatte, tat es gut, wieder Sand unter den Füßen zu spüren. Er hatte wahrlich das Gefühl, nach Hause zu kommen.

Seit seinem Aufbruch vor über einem Jahr hatte er La Española nicht wieder betreten. Stattdessen hatte er seine Heimat von Bord des Schiffes aus betrachtet und war erstaunt, wie weitläufig die Insel in Wirklichkeit war. Und nicht nur das. Sie war umgeben von weiteren Inseln, die in Größe, Form und Vegetation so vielfältig waren wie die

Fische, die um den Bug der Brigg kreisten, auf der er kreuzte. Es gab sogar Fische, die fliegen konnten. Er hatte zuerst geglaubt, dass ihm der Alkohol den Verstand vernebelte, aber inzwischen gehörten sie zu seinem Alltag wie Kämpfen, Plündern und Segel setzen. Es war erstaunlich, wie schnell die ungewohnten Dinge zu festen Bestandteilen seines neuen Lebens geworden waren.

Pierre mochte das Meer. Es war unberechenbar, und er schätzte die Abwechslung, die es brachte. Der Wind war ihr Taktgeber, der sie beständig die Routen der Spanier kreuzen ließ. Im Winter trieb er deren Handelsschiffe von Campeche nach Caracas, der Île de la Trinité oder Margarita, und Anfang des Sommers kehrten sie auf seinen Schwingen dorthin zurück. Doch trotz dieser Gegebenheit hatte Pierre lernen müssen, dass es nicht einfach war, die Schiffe auf den Weiten des Meeres ausfindig zu machen.

Der Kapitän hatte ihn den Umgang mit dem Astrolabium gelehrt, einem Gerät, mit dessen Hilfe es möglich war, die Breitengrade zu ermitteln. Er nannte es ‚die Sonne wiegen'. Die Messung musste zur Mittagszeit durchgeführt werden, wenn die Sonne ihren höchsten Stand erreicht hatte. Gemessen wurde stets beim Hauptmast, da das Schaukeln des Schiffes dort am geringsten war. Des Weiteren musste man eine ruhige Hand haben, weil bereits die kleinste Bewegung des Astrolabiums falsche Messwerte zur Folge haben konnte.

Das war einer der Gründe, warum der Kapitän Pierre zu seinem Gehilfen ernannt hatte. Trotz Alkohol, Hitze und Wellenbewegungen vermochte er als Einziger das Gleichgewicht zu halten und das flache Instrument so auszurichten, dass die Sonnenstrahlen exakt durch die zwei kleinen Löcher des waagrecht positionierten Astrolabiums auf das Schiffsdeck fielen. Anhand einer Skala und den durchgängigen Aufzeichnungen des Kapitäns nach Datum und Schaltjahren war es möglich, den Winkel der Sonne und somit den jeweiligen Breitengrad zu bestimmen. Man segelte stets mit den günstigsten Winden und hielt Kurs gen Norden oder Süden, bis man auf den Breitengrad seines Zielortes stieß, dem man dann in westlicher oder östlicher Richtung folgte. Nicht anders navigierten auch die Spanier.

Doch trotz seiner stetig wachsenden Erfahrung bevorzugte Pierre inzwischen Überfälle an Land. Zu misstrauisch waren die Spanier aufgrund des Krieges mit England, zu stark ihre Schiffskonvois, während ihre kleineren Ansiedlungen auf dem Festland selten gut befestigt waren. Es erforderte Mühe, sie auszukundschaften, aber es lohnte die Gefahr.

Ihre Kirchen boten prächtige Beute, und auch die Plantagen waren reich an Kakao, Tabak und Ingwer, deren Verkauf Pierre und seinen Männern das Überleben sicherte. Zwischendurch legten sie in verheißungsvollen Häfen an, wo die Mannschaft sich als Erstes nach Rum und Frauen umsah.

Als Flibustier war man nicht überall willkommen, aber es gab genügend Buchten, wo sie im Verborgenen ankern und sich zu Fuß zu den Lasterhöhlen durchschlagen konnten. Auf einem dieser Ausflüge hatten sie vor einigen Monaten ihren Kapitän verloren. Er war volltrunken über eine Klippe gestürzt und dabei vermutlich zu Tode gekommen. Zumindest war er nicht wieder aufgetaucht. Spontan hatte die Mannschaft den verlässlichen Pierre zum Nachfolger ernannt, und seither segelte er mit eigenem Schiff und seiner eigenen Mannschaft unter roter Flagge.

Pierre schloss die Augen und dachte an Point Cagway zurück, wo sie verweilt hatten, bevor sie nach Port de Margot aufgebrochen waren. Die illustre Hafenstadt, die die Engländer nach der Vertreibung der Spanier von der Insel Jamaika aufleben ließen, gewann immer mehr an Anziehungskraft. Noch war man den Flibustier dort wohlgesonnen und schätzte die Reichtümer, die sie in die erblühende Stadt auf der Halbinsel brachten. Es war ein Leichtes, die erbeutete Prise in den Spelunken zu verprassen und willige Gespielinnen für anderweitige Vergnügungen zu finden.

Das war auch der Grund für die Länge des Aufenthalts gewesen. Carys. Pierre glaubte sie noch auf seiner Zunge zu schmecken. Obwohl er bereits mehrere Frauen gehabt hatte, seit er von La Española fortgegangen war, war sie die aufregendste. Ihre milchig weiße Haut schimmerte rosig, wenn sie sich liebten, und er hatte noch nie zuvor so glänzende blonde Haare gesehen. Sie erinnerten ihn an frischen Dotter.

In der ersten Nacht, während Remi am Ende des Raums offensiv zur Tat schritt und das Mädchen mit den ausladenden Hüften hysterisch kicherte, hatte Carys gelangweilt drein geblickt und eine ihrer Locken um den Finger gewickelt. Sie war so bezaubernd, dass

Pierre zuerst nicht wusste, was er mit ihr anstellen sollte. Immer wieder schielte er über ihre Schulter zu Remi hinüber, dessen nackter Hintern bald in stetigem Rhythmus auf das Gesäß der Brünetten klatschte. Erst dieser Anblick regte etwas in Pierre. Wie konnte er untätig rumsitzen, während er das hübscheste Mädchen, das er je gesehen hatte, auf seinen Knien schaukelte?

Er knöpfte provokativ ihr Mieder auf und massierte ihre schweren Brüste. Das wischte ihr endlich die Langeweile aus dem niedlichen Gesicht und sie hob ihren Rock, um sich auf ihn zu setzen. Sie verstand etwas davon. Pierre überließ sich ihrer Führung, und der Takt der Vereinigung raubte ihm den Verstand. Viel zu schnell explodierten Sterne vor seinen Augen und er schrie auf. Als er die Lider öffnete, sah er Remi feixen und hörte die zwei Frauen schallend lachen. Das war der Moment, in dem er seine Hemmungen abwarf und Carys' Zimmer nur noch verließ, um sich zu erleichtern oder etwas zu essen.

Die Mannschaft genoss den verlängerten Aufenthalt, und als ihr Kapitän eine Woche später breitbeinig zurück auf das Schiff getorkelt kam, klatschten sie ihm Beifall. Seit diesem Tag hieß er Lanzen-Pierre, ein Spitzname, mit dem er sich gut abfinden konnte. Er hatte vor, Carys baldmöglichst einen erneuten Besuch abzustatten. Gewiss, für Geld war sie jedermanns Mädchen, aber von ihm hatte sie nicht den vollen Betrag an Achterstücken verlangt. Er fühlte sich geschmeichelt.

Mit einem genussvollen Ziehen in den Lenden öffnete Pierre die Augen und brachte sich zurück in die Gegenwart von Port de Margot. Spannung lag in der Luft. Er konnte es förmlich riechen. Das Eintreffen von Jaque de l'Isle löste Unruhe unter den Brüdern aus. De l'Isle wurde zusehends mächtiger und scharrte immer mehr Männer um sich. Sein Bündnis mit dem abtrünnigen Flibustier Philippe Lormel war hauptsächlich Michel le Basque ein Dorn in seinem herrschenden Auge. War er es doch, der den Rat der Brüder seit jeher leitete und bei Auseinandersetzungen Recht sprach. Pierre achtete ihn.

De l'Isle dagegen war ihm zuwider. Man erzählte sich, dass er das Schiff seines Gefolgsbruders auf einer Sandbank liegen ließ, um den Trupp spanischer Galeonen, den sie schon seit Tagen verfolgten, alleine anzugreifen. Dies war zum einen mutig, wenn auch größenwahnsinnig, zum anderen jedoch ganz und gar inakzeptabel, da de l'Isle nie wieder zu seinem Gefolgsbruder zurückkehrte, um ihm zu helfen. Damit verstieß er in vollem Umfang gegen den Kodex. Da er allerdings mit d'Oyley, dem Gouverneur von Jamaika, mauschelte, waren Michel le Basque die Hände gebunden. Zu gut wusste er um die Allianz zwischen England und Frankreich Bescheid, die ihn nun auf Jérémie du Rausset warten ließ, der im Laufe der nächsten Wochen erwartet wurde.

Es war an der Zeit, dass über der Île de la Tortue wieder die französische Flagge wehte. Schlimm genug, dass die Spanier ständig versuchten, sie von der Insel zu vertreiben, aber dass ein Engländer mutig genug gewesen war, mit einer Schaluppe von Jamaika aus überzusetzen, um die Insel nach Abzug der Spanier wieder zu besiedeln, nagte am Stolz der Brüder. Jérémie du Rausset war die Hoffnung aller, die Insel wieder mit hoch erhobenem Kopf betreten zu können.

Pierre rieb sich die Stirn. Das viele Denken bereitete ihm Kopfschmerzen. Er beobachtete, wie einige Männer aus de l'Isles Mannschaft anfingen zu pöbeln, und kniff angestrengt die Augen zusammen. Waren seine Leute ebenfalls in die Auseinandersetzung verwickelt? Es gelang ihm, Remi im Handgemenge auszumachen, und er seufzte. Als hätte er es geahnt!

Pierre sprang auf und glaubte, sein Kopf werde explodieren. Fluchend setzte er sich in Bewegung. Seinen Säbel fest umklammert, prüfte er die Lage, bevor er sich Remi zur Seite stellte. Die anwesenden Männer starrten sich kampfeslustig an. Immer mehr gesellten sich zu ihnen. Viele waren angetrunken und einer guten Prügelei nicht abgeneigt. Die prächtig gewandete Mannschaft von de l'Isle war leicht vom Rest der Männer auszumachen. Arrogant beleidigten sie die Umstehenden und protzten mit ihren Taten.

Es dauerte nicht lange, bis der Funke überflog, die Betroffenen Genugtuung forderten und ihre Fäuste sprechen ließen. Ehe er sich versah, steckte Pierre mitten im Getümmel. Bald schon ging es nicht mehr ausschließlich um die Mannschaft von de l'Isle, sondern schlicht um den Rausch des Kampfs. Beseelt vom Alkohol, droschen die Männer aufeinander ein, zückten mal Waffen oder benutzten ihre Zähne, um dem Gegner Schmerzen zuzufügen.

Pierre befreite sich mit Fußtritten von zwei Angreifern, während er drei weitere mit dem Säbel in Schach hielt. Hinter seinem Rücken hörte er Remi schmerzvoll aufschreien, konnte ihm aber nicht zu Hilfe kommen. Wütend, weil er um seine verdiente Ruhe gebracht worden war, zog er einem Mann die Klinge über das Gesicht und verletzte einen anderen am Ohr.

Das Zischen des Säbels, als er mit ihm die Luft durchschnitt, war Musik in seinen Ohren. Elegant führte er die Waffe allein durch Drehen des Handgelenks und schlug seine Angreifer rasch in die Flucht. Als er sich zu Remi umdrehte, rannten schon die Nächsten auf ihn zu. Er lachte. Die Bewegung tat ihm gut. Er genoss es, sich zu messen. Kaum einer beherrschte die Kunst des Säbelkampfs so gut wie er. Der Respekt in den Augen seiner Männer hatte ihm das bereits des Öfteren bestätigt.

Es war ein Leichtes, weitere Widersacher abzuwehren und Pierre sah sich nach einem würdigen Gegner um. In dem Schlagabtausch, in den inzwischen über hundert Männer verwickelt waren, wie Pierre schätzte, war es schwierig, einzelne Gestalten auszumachen. Doch sein geübtes Auge fiel schließlich auf einen jungen Kämpfer, der sich überraschend leichtfüßig zur Wehr setzte und seine Machete so spielerisch einsetzte, als würde er sich über seine Angreifer lustig machen.

Pierre ließ sich von der Menge in dessen Richtung treiben und amüsierte sich über den Kerl mit der roten Schärpe um den Kopf, der scheinbar sorglos gegen jeden antrat, der sich ihm in den Weg stellte. Als er kaum noch eine Armlänge von ihm entfernt war, hielt er inne. Er kannte diese Bewegungen, diese energischen Schritte und die lauernde Kopfhaltung. Pierre zog die Augenbrauen hoch. Eine Ahnung machte sich in ihm breit.

Er presste die Zähne aufeinander, als er auf den zarten Nacken des Kämpfers starrte und ein vertrautes Gefühl seinen Magen erwärmte. Es konnte nicht sein! Es durfte nicht sein!

Pierre spürte kaum, dass ihn jemand schubste und er den Haudegen von hinten anrempelte. Wie vorherzusehen war, fuhr der junge Kämpfer mit geschmeidiger Drehung herum. Und erstarrte mitten in der Bewegung.

Pierre war es, als ob ihm sämtliche Luft aus den Lungen gedrückt wurde. Nebel senkte sich über das lärmende Kampfgeschehen. Seine

Ahnung bestätigte sich. Er sah ihr Gesicht, ihre Augen, ihren Mund. Zum Teufel, der Kämpfer war niemand anderes als Jacquotte!

Das Herz klopfte ihm in den Ohren. Wie in Trance deutete er einen Schlag an, den sie augenblicklich parierte. Fast hätte er gelächelt. Er war ihr ein guter Lehrer gewesen. Geschickt dirigierte er sie aus dem Getümmel in Richtung Wald, wo sie sich bald keuchend mit erhobenen Waffen gegenüberstanden. Keiner von ihnen sagte ein Wort.

»Du hast mich erkannt«, brach Jacquotte endlich das Schweigen.

Pierre konnte nur nicken. Was hatte sie hier zu suchen?

Sie ließ die Machete sinken. »Was denkst du, gehe ich als Mann durch?«

»Nicht für mich, *nanichi*!«

»Bisher hat niemand Verdacht geschöpft.« Ihr Blick war stolz, und Pierre unterdrückte den spontanen Impuls, sie in seine Arme zu reißen.

»Du kannst von Glück reden, dass die meisten immerzu betrunken sind.«

»Dann ist es wohl der Alkohol, der sie dazu hinreißt, ihre Waffen gegen Brüder zu erheben?«, neckte sie ihn.

Pierre verstand ihre Anspielung und grinste schief. »Die Ehre der Bukaniere ist etwas, das die Flibustier nie verstehen werden.« Sie schwiegen erneut.

»Was zum Teufel tust du hier?«, murrte er schließlich.

»Vater ist tot. Die Spanier. Es war ein Überfall.«

Pierre war erschüttert. Émile war tot? Er konnte es nicht fassen. Warum hatte er nichts davon gehört? Unbewusst tat er einen Schritt auf Jacquotte zu, erkannte jedoch die Besorgnis in ihrem Blick. Sie wollte nicht, dass ihre Tarnung aufflog. Er verstand.

»Manuel und ich mussten fliehen. Nach dem Überfall hat sich vieles geändert. Wir versteckten uns in der Höhle. Dein Hund ...« Sie stockte. »Dein Hund ist auch tot.«

Es verwunderte ihn, dass sie der Tod seines Hundes so mitnahm. Prüfend sah er in ihre dunklen Augen und spürte das schlechte Gewissen. Wäre alles so gekommen, wenn er in der Siedlung geblieben wäre? Er würde es nie erfahren.

»Wo ist Manuel?« Er sah sich um.

»Bei Jérôme.«

»Jérôme?« Er war entsetzt. »Wie konntest du ihn bei Jérôme zurücklassen?«

»Hätte ich ihn vielleicht hierher bringen sollen?« Jacquotte machte eine ausladende Handbewegung.

»Du hättest dich besser selbst nicht hierher gebracht.« Pierre versuchte, seine Stimme unter Kontrolle zu bringen, um keine Aufmerksamkeit zu erregen.

»Ich musste schnell handeln, mir blieb keine Wahl. Jérôme wird gut für ihn sorgen.«

»Er wollte ihn als Kind im Meer ertränken! Wie konntest du Manuel das antun? Er braucht dich, Jacquotte!«

»Um Émiles willen wird Jérôme ihm nichts tun! Da bin ich mir ganz sicher. Und hüte deine Zunge, Pierre! Nenn mich nie wieder bei meinem richtigen Namen. Ich heiße jetzt Yanis le Jouteur.«

Er lachte leise und bemerkte, dass sie ihn dafür am liebsten geohrfeigt hätte. »Ein vortrefflicher Name«, spottete er. »Jeder wird herausfinden wollen, ob du ihn zu Recht trägst.«

»Ich werde es jedem beweisen, der mich herausfordert.«

»Immer noch der alte Heißsporn«, murmelte Pierre. »Ich hätte mir denken können, dass du dich irgendwann zu einer solchen Dummheit hinreißen lässt.«

»Ich nenne es keine Dummheit. Ich nenne es einen Plan!«

»Du verleugnest dich, musst fliehen und lässt Manuel im Stich. Das klingt mir nicht nach einem ehrenhaften Plan.«

»Dich von Ehrenhaftigkeit sprechen zu hören, finde ich amüsant. Warst du es nicht, der sich des Nachts davongeschlichen hat?« Sie stemmte die Hände in die Hüften. Die vertraute Geste rührte und erzürnte ihn zugleich.

»Ich musste gehen.« Er wusste nicht, was er sonst sagen sollte. Sie hatte recht. Er war wütend auf sie gewesen. Seine Gefühle für sie waren intensiv, doch aus einem Grund, den er sich nicht erklären konnte, hatte sie sich von ihm abgewandt. Sie wies seine Freundschaft und seine Entschuldigung zurück und besonders diese Ablehnung war es, die er nicht ertragen konnte. Auch dieses Mal drehte sie sich hastig um und verschwand im Wald. Pierre folgte ihr.

»Wovor hast du Angst?«, rief er ihr hinterher.

»Ich fürchte weder den Tod noch fürchte ich dich, Pierre Hantot! Es ist dein überhebliches Gesicht, das ich nicht länger ertragen kann. Du urteilst über mich und kannst deine Hände selbst nicht in Unschuld waschen.« Missmutig schlug sie sich mit der Machete den Weg frei.

»Beim Barte Neptuns, du hast mich mit dem Messer attackiert! Du bestehst immerzu darauf, selbstständig zu sein. Ich sah keinen Sinn darin, länger bei dir zu bleiben.«

»Warum auch bleiben, wenn man einen Gefolgsbruder hat?«

Pierre horchte auf. Täuschte er sich oder war sie eifersüchtig? Ein Hoffnungsschimmer machte sich in ihm breit.

Die Sitte der Gefolgsbruderschaft, auch *matelotage* genannt, hatte eine lange Tradition in der Bruderschaft. Aufgrund der Einsamkeit und den damit verbundenen Gefahren bildeten die Männer lebenslange Zweiergemeinschaften, in denen sie füreinander verantwortlich waren. Der eine beerbte den anderen und jeder profitierte gleichwertig von den erarbeiteten oder erbeuteten Reichtümern. Da es kaum Frauen gab, war es üblich, dass viele Paare mehr als nur die materiellen Dinge miteinander teilten. Diese Handlungen waren allgemein bekannt, wenngleich sie nicht ein jeder kundtat. Pierre war damit aufgewachsen und störte sich nicht daran.

»Ich wäre niemals mit Remi fortgegangen, wenn du…« Er sprach nicht weiter, denn sie warf die Hände in die Luft.

»Ihr verdient euch«, schrie sie ihn an.

»Du klingst wie ein zänkisches Eheweib.« Pierre ärgerte sich. Sie war so kratzbürstig wie eh und je.

»Wenn es nach Jérôme ginge, wäre ich bereits eins!«

»Er wollte dich vermählen?« Pierre beschleunigte seine Schritte. Es verstörte ihn, dass Jérôme solche Gedanken hegte. Eilig setzte er hinter Jacquotte her, die immer weiter ins Gebüsch vordrang.

»Er wollte sich selbst vermählen, ich sollte ihn zunächst nur begleiten. Trotzdem ließ er mich unmissverständlich wissen, dass das die einzig ehrbare Möglichkeit für mich ist.« Sie entdeckte eine Wasserstelle und riss sich Hut und Kopftuch herunter. Ihre roten Locken fielen ihr über die Schultern.

Pierre traf der Anblick wie ein Schlag in die Magengrube. Er war so damit beschäftigt gewesen, sein neues Leben zu genießen, dass er alle Gedanken an sie verdrängt hatte. Doch mit einem Mal war es, als sei er nie fort gewesen. Er dachte an den Tag zurück, als er sie geküsst hatte. Die Gefühle von einst übermannten ihn und ließen einen faden Nachgeschmack zurück. Sie war so unberechenbar und nach allem, was er in der Zwischenzeit über Frauen herausgefunden hatte, nicht im geringsten anschmiegsam und liebevoll. Sie verhielt sich wie ein Mann. Auch jetzt entkleidete sie sich ohne Scheu vor ihm.

»Was tust du?«, flüsterte er verständnislos und sah sich um.

»Ich brauche dringend ein Bad.« Sie nickte ihm auffordernd zu. »Gib Acht, dass keiner kommt.«

Pierre versuchte den Blick von ihren nackten Pobacken loszureißen. Es war einfach absurd! Wusste sie denn nicht, was sie in ihm auslöste?

»Wie lautet dein Plan?«, fragte er, um sich abzulenken, und beobachtete die Umgebung.

»Ich werde der Bruderschaft beitreten.«

»Das ist alles? Wie soll es dann weitergehen?«

»Ich werde auf Kaperfahrt gehen, Beute machen und mich um Manuel kümmern.«

»Du wirst monatelang auf See sein. Wie willst du dich da um Manuel kümmern? Und du wirst einen Gefolgsbruder wählen müssen.« Er sagte es leichthin, sah jedoch mit Genugtuung, dass Jacquotte zusammenzuckte.

»Ich habe nicht vor, mir einen Gefolgsbruder zu nehmen«, erwiderte sie.

»Wie du meinst.« Pierre warf ihr die achtlos verstreuten Kleidungsstücke zu, als sie aus dem Wasser stieg. Hätte er nicht um ihre Wehrhaftigkeit gewusst, dann wäre er über sie hergefallen. Er wollte verflucht sein, aber ihr Anblick erregte ihn aufs Äußerste.

Es war wahrhaft dumm von ihr, zu glauben, dass sie als Frau unter Männern in Sicherheit war. Selbst wenn sie mit der Verkleidung durchkam, wäre sie ständig in Gefahr. Weiber an Bord kamen einem Fluch gleich. Wer sie mitbrachte, wurde hingerichtet. Nicht auszudenken, was einer Frau zustoßen würde. Aufgeknüpft zu werden, war dann vermutlich noch das Geringste aller Übel.

»Ich verlange, dass du wieder zurückgehst«, forderte er und beobachtete, wie sie die rote Schärpe fest um ihren Kopf band.

Jacquotte starrte ihn an. Ihre Nasenflügel bebten. »Den Teufel werde ich tun, Pierre.«

»Um deiner eigenen Unversehrtheit und Manuel zuliebe flehe ich dich an: Geh nach Hause, Ja…« Er schluckte ihren Namen hinunter. »Yanis.«

Sie musterte ihn und Pierre wusste, dass sie einen Fremden sah. Er hatte sich verändert. Sein Atem roch nach Alkohol und seinen Hals zierte eine frische Narbe. Als er sich über das Kinn strich, spürte er den harten Bartwuchs, der erst seit Kurzem seine Wangen überzog. Gesicht, Arme und Beine waren sonnenverbrannt und die Haare verfilzt. Sein neues Leben hatte ihn bereits geprägt. Ihr Blick blieb an dem Goldkreuz hängen, das er um den Hals trug. Es verbarg die Narbe, die sie ihm mit dem Messer zugefügt hatte.

Sie deutete mit dem Kinn darauf. »Was ist das?«

»Hat einem spanischen Missionar gehört. Er hat die Indios auf Kuba den katholischen Glauben gelehrt, dabei aber mehr gemordet als unterrichtet. Mir war danach, ihm eine Lektion zu erteilen.«

Jacquotte nickte und er fragte sich, was hinter ihrer Stirn vor sich ging.

»Ich werde hierbleiben«, sagte sie bestimmt. Ihre Blicke trafen sich.

»Ich werde dich nicht dauernd beschützen können.« Der Gedanke setzte ihm zu und seine Stimme klang heiser. Es ärgerte ihn, welche Macht sie über ihn hatte.

Jacquotte lächelte flüchtig. »Dein Vertrauen in mich ist wirklich gering. Und Jérôme denkt ebenso.«

»Ich werde ihm sagen, wo du dich befindest.«

»Das wirst du nicht tun!«

»Oh doch, im Gedenken an Émile werde ich das! Du hörst nicht auf mich, vielleicht bist

du einsichtiger, wenn Jérôme dich an den Haaren nach Hause zerrt.« Es tat ihm leid, dass er sie erneut gegen sich aufbrachte, aber er wusste keinen anderen Ausweg. Er verstand nicht, warum sie derart uneinsichtig war.

»Du wagst es, mir derart in den Rücken zu fallen? Wo war denn all deine wahrhaftige Sorge um Manuel und mich seit deinem Aufbruch? Ich nehme an, der Wind hat sie ebenso wie dich auf und davon getragen. Du solltest besser zurück zu Remi gehen und dich dem Rum hingeben, als mir die Zeit mit deinen wertlosen Ratschlägen zu stehlen!«

Sie stapfte davon, blieb jedoch nach einigen Schritten nochmals stehen und drehte sich zu Pierre um.

»Sieh mich an«, rief sie ihm zu und breitete die Arme aus. »Sieht so ein Eheweib aus? Du verlangst von mir, in die Siedlung zurückzukehren, mich zu vermählen und auf ewig einem Mann zu dienen? Mach die Augen auf, Pierre, denn du kennst mich besser als mein eigener Vater. Du hast mich das Kämpfen gelehrt, jetzt entlasse mich in dasselbe Leben, das du erstrebst!«

»Dann geh und finde dein Schicksal«, knurrte er. Seine Stimmung verdüsterte sich zunehmend, als sie seinen Blicken entschwand. Er fluchte. Sie war anmaßend und leichtsinnig. Ihr Vater hätte besser daran getan, sie anzuleinen, anstatt sie mit allen Freiheiten großzuziehen. Noch dazu hatte er sich umbringen lassen und sie mit seinem Tod dazu verdammt, eigene Entscheidungen zu treffen. Er vermochte sich nicht auszudenken, wo das alles noch enden würde.

Ärgerlich ballte er die Hände zu Fäusten. Ab sofort war sie auf sich allein gestellt. Sie wollte seine Hilfe nicht, dann würde er sich auch nicht mehr anbiedern. Er berührte die Narbe unter dem goldenen Kreuz.

Seine Mutter Mencia hatte ihm stets eingebläut, auf ihr Herz, ihr *nanichi*, achtzugeben. Als zweites Kind ihrer Schwester Anani hatte Mencia das rothaarige Neugeborene mit ihrer Milch großgezogen, die noch durch Pierres Geburt in ihren Brüsten floss. *Guare* sollten sie fortan sein, Zwillinge, auf ewig verbunden.

Pierre schnaubte. Seine Mutter hatte keine Ahnung gehabt, mit welch schwerer Bürde sie ihn strafte, denn Jacquottes Herz pochte wilder und stärker, als Pierre es zu zähmen vermochte.

Vier

Île de la Tortue, Frühling 1659

»Ist es wahr, ist es wahr?« Der kleine Mann mit Namen Elias Watts kratzte sich das pockennarbige Gesicht und betrachtete kritisch sein Gegenüber. Die mottenzerfressene Perücke saß wie ein vom Sturm gepeitschtes Vogelnest auf seinem Kopf, und durch seine nach außen gewölbten Knie hätte ohne Mühe eine Kokosnuss gepasst.

Jaque de l'Isle stand mit gestrafften Schultern vor ihm, während Bigford sich ein Lachen verkniff.

»Ihr müsst wissen, Sir«, Bigford räusperte sich kurz, »das Anliegen von Gouverneur d'Oyley entspricht nicht seinem persönlichen Empfinden. Lediglich die Tatsache, dass Jérémie Deschamps du Rausset augenscheinlich über gute Kontakte in England verfügt, ließen ihn den Titel des Gouverneurs von Tortuga erlangen. Er weilt in dieser Minute bei d'Oyley, und es ist vermutlich nur noch eine Frage der Zeit, bis er sich mit neuen Siedlern hier einfinden wird.«

Gouverneur Watts trat an das geöffnete Fenster und blickte auf das weitreichende Hafenviertel hinunter. Bigford hatte gehört, dass er das zweistöckige Haus auf den Resten einer Wehranlage erbaut hatte. Der Ort, der sich mittlerweile um das neuentstandene Fort de Rocher bildete, hieß Cayone. Der geschützte Hafen vermochte gut siebzig Schiffe zu fassen und der helle Sandgrund war frei von störenden Riffen. Die *Bonaventure* schaukelte derzeit mit vier weiteren Seglern verlassen in der Bucht.

»Ich soll von einem Franzosen beerbt werden?« Watts seufzte und warf de l'Isle einen vorsichtigen Blick zu. »Meine Familie und ich haben diese Insel vor drei Jahren wieder besiedelt. Haben Sie eine Vorstellung davon, was für Mühen es gekostet hat, das alles wieder aufzubauen?« Er deutete durch das weiß getünchte Fenster, das die milde Seeluft hereinließ.

De l'Isle lächelte. »Mit Verlaub, Gouverneur, ich hörte, dass einige Bukaniere die Insel nie verlassen haben. Sie lebten im Hinterland, während die Spanier die Insel besetzt hielten, und machten weiter wie zuvor, als sie ablegten. Ihre Kolonie besteht nur zu einem Drittel aus Engländern und die Plantagen sind allesamt in französischer Hand.«

»Was wollt Ihr damit sagen? Dass wir Engländer hier nichts verloren haben?« Watts tat einen Schritt auf ihn zu und legte den Kopf in den Nacken.

Bigford hob die Augenbrauen. Elias Watts war eine lächerliche Kreatur und seines Amtes nicht würdig. Fast schämte er sich dafür, der gleichen Nationalität wie der Gouverneur anzugehören.

»Sir, der Vertrag von Paris macht unsere Länder zu Verbündeten«, versuchte er die Situation zu besänftigen, und stellte sich de l'Isle zur Seite.

Watts schnaubte. »Wie wahr! Nur frage ich mich, was uns Englands Unterstützung im Kampf Frankreichs gegen Flandern in diesem Teil der Welt nutzt? Offensichtlich sind hier andere Mächte im Spiel, die die Allianz unserer Nationen unterwandern.«

»England liegt im Krieg mit Spanien, Sir. Einzig diesen Feind gilt es zu vernichten. Wenn d'Oyley Anweisungen erhält, einen anderen Gouverneur einzusetzen, dann liegt das mitnichten an einem internen Kräftemessen zwischen Engländern und Franzosen.« Bigford konnte nicht glauben, was er da von sich gab, aber ihm gefiel das kleine Spiel, das de l'Isle eingefädelt hatte. Brachte es ihn doch endlich auf die sagenhafte Île de la Tortue, die die Bruderschaft so begehrte.

Watts starrte ihn an. »Ihr seid selbst Engländer und segelt mit den Franzosen?«

»Sehr wohl.« Bigford nickte. »Ich bin jedoch noch etwas mehr als das, ein Bruder der Küste nämlich und damit Bukanier oder Flibustier, je nachdem, welcher Beschäftigung ich nachkomme.« Es wunderte ihn selbst, mit welchem Stolz er das sagte.

Elias Watts kaute auf seiner Unterlippe. Bigford kam es vor, als dämmerte ihm langsam, was sie ihm versuchten kundzutun.

»Ich soll abgelöst werden«, sagte der Gouverneur prompt. »Wie kann d'Oyley es wagen? Er hat mich ermutigt, Tortuga unter englische Flagge zu bringen. Nur seiner Großzügigkeit ist es zu verdanken, dass ich hier mit meiner Familie Fuß fassen konnte.« Er riss die

Schublade seines Sekretärs auf und warf de l'Isle zwei abgegriffene Schriftstücke zu.

»Was ist das?«, knurrte de l'Isle. Bigford wusste, dass ihm der kleine Mann gehörig auf die Nerven ging. Seit einer Stunde hörten sie sich bereits sein Gejammer an und waren noch nicht einen Schritt weitergekommen. Dabei drängte die Zeit. Spätestens morgen mussten sie wieder in Port de Margot sein, um dem Rat ihren Plan vorzulegen.

»Diese Schriftstücke befanden sich zwischen den Ruinen der Wehranlage. Die Spanier haben sie zurückgelassen. Eins ist in ihrer Muttersprache verfasst, das andere in *sorrie english*. Lesen Sie's, wenn Sie können.«

De l'Isle warf Bigford einen verärgerten Blick zu und reichte ihm die Papiere.

»Mangelt es Euch an der Fähigkeit zu lesen oder an der Fähigkeit der englischen Sprache?«, erkundigte sich Watts spitz.

De l'Isle erwiderte nichts, doch Bigford spürte seine Wut. Rasch überflog er die Zeilen und kämpfte mit den schwer verständlichen Dokumenten.

»Wenn ich das richtig verstehe, droht uns ein gewisser Don Baltasar Calderón im Namen des Königs von Spanien. Er verweist auf die Vertreibungen der Franzosen und Engländer in den letzten Jahren und verbietet jedem, der das liest, die Wiederbesiedelung der Insel.« Bigford hob den Kopf und sah Watts ratlos an. »Weshalb gebt Ihr uns das?«

Elias Watts bekam einen roten Kopf. »Damit dieser Seigneur du Rausset weiß, worauf er sich einlässt«, brüllte er.

De l'Isle lachte und es klang wie ein Wiehern. Auch Bigford konnte nur noch mühsam an sich halten.

»Verzeiht mir, Sir, ich möchte nicht anmaßend sein, aber Eure Verteidigungsanlagen sind in einem solch desolaten Zustand, dass Ihr von Glück reden könnt, dass die Spanier derzeit anderweitig beschäftigt sind, denn sonst hätten sie Euch bereits überrannt.«

Watts zuckte mit den Schultern und murmelte: »Der himmlische Vater weist uns den Weg, wir gehen unbekleidet und in Armut, denn unser Herz preist seine Liebe!«

Bigford rollte die Augen. »Ihr seid Puritaner?«

»Der einzig wahre Glauben für jeden frommen Bürger Englands.«

Bigford wollte bereits ansetzen, etwas zu erwidern, als de l'Isle ihm ungeduldig ins Wort fiel.

»Genug jetzt«, sagte er. »Euer Glauben ändert nichts an der Lage, in der Ihr Euch befindet. Wir sind nicht als Vorhut von Deschamps gekommen, sondern um Euch einen Vorschlag zu machen.« Er nickte Bigford zu. Dieser verstand den Wink.

»Gouverneur Watts, als Brüder der Küste sind wir weder Edward d'Oyley noch Jérémie Deschamps weisungsgebunden. Wir haben unsere eigenen Gesetze und unsere eigenen Bestrebungen. Letztere haben uns zu Euch geführt. Jetzt, wo Ihr wisst, was die Zukunft Euch bringt, seid Ihr vielleicht an einem Geschäft interessiert.« Er hielt inne, um Watts' Reaktion abzuwarten.

Dieser kratzte sich am Kopf, was seine Perücke gehörig ins Wanken brachte. »Ein Geschäft?«, fragte Watts. »Welche Art von Geschäft?«

»Eines, das Euch nicht zum Nachteil gereichen soll«, lockte Bigford vorsichtig und wechselte einen Blick mit de l'Isle.

»Sprecht!« Watts nahm hinter seinem Sekretär Platz und ließ die Besucher nicht mehr aus den Augen.

»Sicher hörtet Ihr vom Untergang der *Marie Veinarde*? Die Spanier haben sie vor der Küste von Puerto Rico versenkt und mit ihr viele unserer Brüder. Wir beabsichtigen, diese Schmach zu sühnen, und planen einen Raubzug auf das spanische Festland von La Española.«

Watts nickte. »Weiter?«

»In Anbetracht der Situation würde Euch eine Beteiligung an diesem Raubzug eine erträgliche Summe einbringen, mit der Ihr Euch und Eurer Familie eine gesicherte Existenz aufbauen könntet.«

»Wohin sollten wir wohl gehen?« Watts sah ihn aufgebracht an, doch Bigford blieb ruhig.

»Wie ich hörte, zieht es viele Puritaner derzeit nach Neuengland. Ihr solltet diese Gegend in Erwägung ziehen, wenn Ihr über unseren Vorschlag nachdenkt.«

Watts wiegte seinen Kopf hin und her, während de l'Isle zusehends angespannter wurde. Bigford wusste, der Kapitän stand kurz vor einem zornigen Ausbruch, und konnte nur hoffen, dass er sich noch etwas in der Gewalt hatte.

»Was versteht Ihr unter einer Beteiligung?« Watts gab sich desinteressiert, doch seine Augen blitzten neugierig.

»Wir benötigen Euer Schiff, Waffen und Männer, wenn Ihr welche entbehren könnt. Und natürlich einen Kaperbrief.« De l'Isle antwortete direkt, bevor Bigford zu Wort kam.

»Mein Schiff?« Watts hustete. Hektische Flecken zeigten sich auf seinen Wangen. »Und einen Kaperbrief? Verzeiht, aber das steht nicht in meiner Befugnis!«

»*Mon dieu*«, murrte de l'Isle. »Seid Ihr nun Gouverneur von Tortue oder nicht? England steht im Krieg mit Spanien. Ihr setzt Euer Siegel somit unter eine Handlung im Sinne Eures Landes. Verweigert Ihr Euch, steht Euch im Übrigen kein Anteil an der Prise zu.«

Watts sank tiefer in seinen Stuhl. Bigford musste sich vorbeugen, um ihm ins Gesicht zu sehen.

»Was denkt Ihr?«, wollte er wissen.

»Nun, ich werde mein Schiff benötigen, um meine Familie von hier fortzubringen. Wer garantiert mir, dass ich es unbeschädigt zurückerhalte?«

»Ich werde Euer Schiff segeln, und Ihr habt mein Wort darauf, dass es unversehrt zu Euch zurückkehrt.«

»Verfügen die Brüder der Küste denn nicht über genügend Schiffe und Männer, um den Angriff alleine durchzuführen?« Watts' Augen wurden immer größer.

Bigford und de l'Isle sahen sich vielsagend an.

»Das sollte nicht Eure Sorge sein.« De l'Isle zückte einen Dolch und rammte ihn in den Sekretär. Der Ärmel von Watts' dunkelbraunem Rock wurde dabei durchbohrt, wodurch der überrascht aufschreiende Gouverneur festhing und seinen Arm nicht mehr zurückziehen konnte. De l'Isle streifte den goldenen Siegelring von Watts' Finger und hielt ihn ihm unter die Nase.

»Ihr tätet besser daran, endlich ein Papier aufzusetzen und es zu beglaubigen, als weiter einfältige Fragen zu stellen«, flüsterte er mit gefährlicher Stimme. »Stellt es auf Adam Bigford aus.«

Mit einer schnellen Bewegung zog er den Dolch aus der polierten Tischplatte und beobachtete Watts, der mit zitternden Fingern nach seinem Federkiel griff.

»Schreibt gefälligst leserlich«, brummte de l'Isle und trat ans Fenster.

Bigford rieb sich die Hände. Er würde als Kapitän eines Schiffes an seinem ersten Überfall teilnehmen. Da war die Abgabe eines Zehntels der Prise eine akzeptable Abmachung. Er hatte die *Tortuga Pride* bereits im Hafen liegen sehen. Wie Watts an diese ehemalige Galeone gekommen war, war selbst de l'Isle ein Rätsel. Fest stand, dass sie neben der *Bonaventure* das wehrhafteste Schiff war, das derzeit auf mehr oder weniger offiziellem Weg zu bekommen war.

Als Watts das Siegelwachs auf das Dokument aufbrachte, musste Bigford unwillkürlich an die rote Jacquotte denken. Er fragte sich, wo sie sich aufhielt. Fast hätte er geseufzt, als er an ihr letztes Zusammentreffen dachte, und verfluchte Jérôme, der aufgetaucht war, bevor er die Sache hatte zu Ende bringen können.

Es war ausgleichende Gerechtigkeit, dass er nun mit dem verkrüppelten Kerl geschlagen war, den ihm dieses verrückte Weib an die Hütte gebunden hatte. Obwohl Bigford sie noch begehrte, musste er zugeben, dass sie ihm Respekt abnötigte. Sie war schlauer und skrupelloser, als er angenommen hatte. Er wollte seine zukünftige Prise darauf verwetten, dass sie bereits als Mann verkleidet unter den Brüdern weilte. Sollte er sie entdecken, würde er sie nicht auffliegen lassen, sondern sein Wissen als Druckmittel einsetzen, um seiner Gier endlich Befriedigung zu verschaffen.

»Bigford!« De l'Isle riss ihn aus den Grübeleien. »Wir sollten aufbrechen.« Er deutete auf das zusammengerollte Dokument, das Watts ihnen entgegenhielt.

Bigford ergriff es, verbeugte sich kurz und sagte: »Ihr dürft uns in zwei Wochen zurückerwarten, Sir! Seid unbesorgt, bald befindet Ihr Euch mit Eurer Familie in der Sicherheit Neuenglands.«

Watts nickte zerstreut. »Gehabt Euch wohl. Ich werde für Euch und Euer Vorhaben beten!«

»Betet es sich nicht leichter, Sir, wenn es um den eigenen Gewinn geht?«, fragte de l'Isle und deutete eine fahrige Verbeugung in Watts' Richtung an, bevor er den Raum verließ.

Watts starrte ihm hinterher. »Ihr solltet ihm aus vielerlei Gründen nicht trauen«, murmelte er an Bigford gewandt und entließ ihn mit einer nervösen Handbewegung.

Bigford verbeugte sich nochmals und folgte de l'Isle auf dem Fuß. An der frischen Luft angekommen, atmete er durch und blickte hinüber zur *Tortuga Pride*. Er konnte es kaum erwarten, endlich die Segel zu setzen.

»Diesen einfältige Molch würde ich am liebsten über die Planken gehen lassen«, polterte de l'Isle. »Welch Schande für diese Insel, von solch einer Bilgenratte regiert zu werden.« Er spuckte auf den Boden. »Deschamps und le Basque sollten sich glücklich schätzen, dass ich ihnen den Weg geebnet habe. Tortue war einst pulsierendes Leben. Doch sieh dich nun um, mein Freund, alles ist friedlich, und nicht mal Huren haben sich niedergelassen. Es wird schwer werden, eine vernünftige Mannschaft zusammenzustellen. Unweit von hier, in La Montagne, wo die ersten Plantagen gegründet wurden, werden wir sicher fündig. Man sagte mir, dort seien noch zahlreiche Pflanzer und Bukaniere beheimatet.«

Er setzte sich in Bewegung und gab seinem Steuermann, der das Ruderboot an der Anlegestelle bewachte, ein Zeichen. »Jean-David! Halte die Mannschaft bei Einbruch der Dunkelheit bereit«, rief er. »Und halte nach Frauen Ausschau! Bevor wir ablegen, muss ich eine haben, sonst kann ich nicht denken.«

Sie durchquerten das geruhsame Hafenviertel mit den schmucken Häusern. Woher Watts seine Güter bezog und mit wem er Handel trieb, war unklar, aber den puritanischen Atem seiner Regierung konnte man an jeder Ecke spüren. Die Straßen waren sauber, die Hauseingänge gefegt und die kleine Kapelle frisch getüncht.

De l'Isle ignorierte die Idylle und ging zügig an den Ruinen des ehemaligen Forts vorbei. Sie querten gewaltige Aloepflanzen, eine jede so hoch, dass sie Bigford überragten, und ihm den Blick auf die Sandelholzwälder nahmen, die von den Franzosen Stockfischholz genannt wurden.

Ein würziger Geruch lag in der Luft, und er vermutete, dass zwischen den weißen Stämmen der Bäume allerlei Arzneikräuter wuchsen. Sein Wissen um Pflanzen war eher gering, aber er bewunderte die Fülle der Natur, die es ihm bereits auf La Española angetan hatte. Einen solchen Überfluss an Blumen und Tieren hatte er noch nie gesehen. Es war kein Wunder, dass die Bukaniere sich auf Tortue niedergelassen hatten. Wenn man von der bisweilen unerträglichen Schwüle absah, dann hatte er kaum je ein schöneres Fleckchen Erde zu Gesicht bekommen.

»Seid vorsichtig«, wies ihn de l'Isle an. »Hier gibt es viele Klippen. Die meisten sind von Gebüsch überwachsen, und man stürzt hinab, ehe man sich's versieht. Bleibt auf dem Pfad!«

Bigford sah sich um, konnte aber nichts Beunruhigendes erkennen. Zu den Sandelholzbäumen gesellte sich bald in großen Mengen Pockholz und spendete ihnen kühlenden Schatten. Auf ausgetretenen Wegen arbeiteten sie sich bergauf. Es trieb ihm den Schweiß auf die Stirn, aber er ließ sich seine Anstrengung nicht anmerken.

Er erhoffte sich viel von diesem Raubzug. Nie hätte er geglaubt, so viel Erfüllung bei den Brüdern der Küste zu finden. Als Marineleutnant im Dienste Englands war sein Dasein geprägt von Hierarchien und Abstammung gewesen. Doch jenseits dieser Welt erlebte er Unternehmungsgeist und unbezwingbaren Mut. Gewiss, die Bukaniere verübten Gräueltaten an jenen, die ihnen im Weg standen, und waren zumeist in keinerlei Hinsicht gebildet, aber sie sorgten für ihresgleichen.

Dieses Leben schmeckte so viel besser als alles, was Bigford bisher kosten durfte. Der kleine Funke Neugier, mit dem er der Bruderschaft beigetreten war, hatte ein gewaltiges Feuer an Emotionen entzündet. Unabhängig von jeglicher Stellung oder bedeutendem Rang, konnte er einen Beitrag zum Gelingen ganzer Raubzüge leisten und selber reichlich Münze dabei machen.

Als sich die Wälder endlich lichteten, befanden sie sich auf einem Hochplateau, auf dem die Pflanzer, ähnlich wie auf La Española, ihre ausgedehnten Tabakfelder angelegt hatten. De l'Isle winkte einige düster dreinblickende Männer zu sich heran, die auf den Feldern ihrer Arbeit nachgingen, und erklärte ihnen ihren Plan. Die Männer nickten eifrig, schielten zu Bigford hinüber und verschwanden, um de l'Isles Anliegen unter ihren Gefährten zu verbreiten.

In kurzer Zeit waren sie von einer Gruppe Neugieriger umringt, die sie musterten. Auch Bukaniere gesellten sich zu ihnen, und Bigford bewunderte einmal mehr ihre gepflegten Waffen. Der Aufruf zu einer Kaperfahrt hatte das Gehör der Männer schon seit langer Zeit nicht mehr erreicht. Um das aufgeregte Stimmengewirr zu unterbrechen, hob de l'Isle die Hand.

»Brüder, hört mir zu! Mein Name ist Jaque de l'Isle«, rief er den Umstehenden zu. »Ich trage eine Kaperfahrt an euch heran, um den Untergang der *Marie Veinarde* zu rächen.«

Geflüster war zu vernehmen. Der spanische Hinterhalt auf das Schiff der Brüder hatte bereits die Runde gemacht, und die Männer verurteilten diese Tat zutiefst.

»Ich rufe euch auf, uns im Kampf gegen die Spanier zu folgen und an dem Beutezug auf die Stadt San Jago Caballero teilzunehmen!« De l'Isle wartete, bis die Jubelrufe verebbten, bevor er fortfuhr: »Gouverneur Watts überlässt uns die *Tortuga Pride*, was uns gemeinsam mit der *Bonaventure* zu einer schlagkräftigen Formation macht. Morgen Abend werden wir unser Vorhaben dem Rat der Brüder in Port de Margot vortragen, und ich gehe fest davon aus, dass sich weitere Kapitäne unserem Vorhaben anschließen werden. Wie sieht es aus? Seid ihr zu Landratten geworden oder juckt es euch, übers Meer zu ziehen?«

»Wie sieht es mit der *chasse-partie* aus?«, fragte ein übel riechender Geselle, dessen Zähne wie schwarze Baumstümpfe aus seinem Mund lugten.

»Ihr bringt die Waffen. Befördert alles an Bord, was ihr zu eurer Verteidigung benötigt. Da Watts zehn Prozent der Prise erhält und ihm das Schiff gehört, gehen zwei Mannsteile an Kapitän Bigford, ein Mannsteil an jeden von euch, zuzüglich sechshundert Achterstücke für den Verlust des rechten Arms oder eine Wunde im Leib, fünfhundert für den linken Arm oder das rechte Bein, vierhundert für das linke Bein, hundert für ein Auge oder einen Finger. Aber seid unbesorgt, wir werden die Spanier überrennen und ihr werdet ausreichend Gewinn machen. San Jago verfügt über beachtliche Reichtümer.«

Die Männer sahen einander an und grinsten. Die meisten von ihnen machten nicht den Eindruck, als wenn sie es überhaupt bis zum Schiff schaffen würden. Bigford aber wusste, dass sie zähe Hunde waren, die die Aussicht auf Beute zum Leben erweckte, so wie einen fast vertrockneten Fisch, den man zurück ins Wasser warf.

»Ich war einst Steuermann«, erklärte der Mann mit den Fäulnisausdünstungen und trat an Bigford heran, dem es prompt den Atem verschlug.

»Willkommen an Bord«, presste er hervor, bevor ihn weitere Männer bedrängten, um sich für die Kaperfahrt zu verbürgen.

De l'Isle schlug Bigford auf die Schulter. »*Mes félicitations*, mein englischer Bruder, das war einfacher, als ich dachte. Wir können ablegen!«

Als Bigford am nächsten Tag in Port de Margot an Land ging, fühlte er sich so glücklich wie selten zuvor. Nie hätte er es für möglich gehalten, mit dieser bunten Mischung an Männern unterschiedlichsten Alters und fragwürdiger Konstitution ein Schiff wie die *Tortuga Pride* sicher nach La Española zu segeln. Doch jeder von ihnen wusste auch ohne Anweisungen, was zu tun war und folgte widerspruchslos seinen Befehlen. Er war beeindruckt. Als er backbord der *Bonaventure* vor Anker ging, glaubte er, vor Stolz ein wenig zu wachsen. Er war Kapitän!

Mit einem Lächeln beobachtete er, wie seine Mannschaft in Port de Margot ausschwärmte und sich den Umtriebigkeiten hingab, die auf der Île de la Tortue nicht zu finden waren. Vermutlich musste die schwarze Hure mit ihren Mädchen wieder im Akkord arbeiten, um all den Neuankömmlingen gerecht zu werden. Zum Glück hatte de l'Isle sich vor dem Segelsetzen noch ein irisches Dienstmädchen geschnappt, sonst wäre er nun übler Stimmung gewesen. Er vergötterte die schwarze Metze und belegte sie mit Beschlag, wenn er in Port de Margot vor Anker lag.

Bigford sah sich nach Rum um. Seine Hochstimmung sollte nicht durch den kurzen Genuss einer billigen Frau geschmälert werden. Es konnte aber nicht schaden, die Zunge zu lockern, bevor er gemeinsam mit de l'Isle dem Basken gegenübertrat.

Der Anführer der Brüder hielt nichts von Überfällen auf das Festland. Sein Ansehen beruhte auf dem legendären Angriff auf eine Silbergaleone, bei dem er mit seinen Männern mehr Beute gemacht hatte, als es jemals wieder einem anderen Mann gelungen war.

Vor einem der lang gestreckten Häuser wurden bereits Fackeln entzündet. Das bedeutete, dass le Basque bald mit der Versammlung begann. Zu Beginn einer derartigen *réunion* wurden dringende Anliegen vorgebracht, Streitigkeiten geschlichtet und wichtige Vorhaben besprochen, bevor man anschließend neue Brüder in den erlauchten Kreis aufnahm.

Bigford fuhr über sein wulstiges *tatau*, das nach der Initiation mit scharfen Messern in den Arm geritzt wurde. In die entstandene Wunde rieb man Schießpulver, das in der Haut verblieb, wenn sie vernarbte. Auf diese Weise kam es zu dem Erkennungszeichen, das die Brüder stets wissen ließ, wem sie vertrauen konnten. Nur wer die Umrisse von Tortue mit den ineinander verschlungenen Buchstaben GDLC, *gens de la côte*, auf seinem rechten Unterarm vorweisen konnte, war ein wahrer Bruder der Küste. Aus diesem Grund trug Bigford das *tatau* mit Stolz, war es doch ein unverkennbares Merkmal für sein neues Leben. Daneben erhob sich provozierend die Narbe, die ihm die rote Jacquotte zugefügt hatte. Sie erinnerte ihn täglich daran, was er dem Weib antun wollte.

In Windeseile kippte er an einem frei zugänglichen Fass drei Becher Rum hinunter, bevor er sich dem Tross von de l'Isle anschloss. Der niedrige Raum war zum Bersten gefüllt, und durch das flackernde Licht wirkten die Schatten der Männer wie geisterhafte Erscheinungen. Das Gefühl des Alkohols ließ Bigford vergnügt Stellung beziehen. Ihm war nicht länger unwohl, dem großen Basken gegenüberzutreten. Er war Kapitän der *Tortuga Pride*, und wenn er es recht bedachte, hatte er keine Lust, Watts das Schiff nach dem geplanten Überfall zurückzugeben.

Die Zeiten des englischen Gentleman, dessen Wort bei seinesgleichen Bestand hatte, waren vorüber. Leutnant Adam Bigford gab es nicht mehr. Stattdessen gab es nun Bigford, den Küstenbruder. Er lächelte. Nie hätte er geglaubt, dass ihn das Ablegen seines Dienstgrades derart euphorisch stimmen könnte. Allmählich begriff er, warum Namen unter den Brüdern von solcher Bedeutung waren.

Manche gaben sich neue, um ihre Vergangenheit abzulegen oder ihre Herkunft zu verbergen. Andere trugen ihre Familiennamen mit Stolz und bewiesen Mut, indem sie sich nicht vor Strafe fürchteten. Manch einer verdiente sich gar durch seine Leistungen einen besonderen Namen, und wieder andere änderten ihn immerzu, bis sie endlich einen gefunden hatten, der zu ihnen passte.

Während Bigford noch in Gedanken versunken war, betrat Michel le Basque den Raum. Er war eine eindrucksvolle Erscheinung, bei der zuerst die knotige Narbe auffiel, die sich quer über das linke Auge bis hinunter zum Mundwinkel zog. Sein kurzer Hals saß auf einem muskulösen Oberkörper, der den mit Brokat verzierten weinroten Rock zu sprengen drohte. Seine durchstochenen Ohrläppchen baumelten ihm aufgrund der goldenen Ringe fast bis auf die Schultern hinab und seine schmale Nase wirkte vornehm in dem grobschlächtigen Gesicht. Dunkle Tränensäcke hingen Gewichten gleich unter den listigen Augen, mit denen er die Anwesenden musterte. Am markantesten war seine Stimme, die wie Donner durch den Raum hallte und sofortige Ruhe zur Folge hatte.

»Brüder«, sprach er. »Ich begrüße euch in Port de Margot!«

»Aye, großer Baske«, erwiderten die Männer im Chor und hoben ihre Arme, um die *tataus* zu präsentieren.

Michel le Basque sah sich um, nickte Einzelnen zu und nahm an einem erhöht stehenden Tisch Platz.

»Was sind die Anliegen der heutigen Versammlung?«, fragte er. »Tretet vor und sprecht, wenn ihr etwas zu berichten habt.«

Noch ehe der Satz verklungen war, trat de l'Isle in die Mitte der Umstehenden. Le Basque musterte ihn kritisch und ohne Sympathien.

»Jaque de l'Isle, Freund der Engländer, was ist Euer Begehren?«, erkundigte er sich in argwöhnischem Tonfall.

»Großer Baske«, begann de l'Isle überschwänglich. »Ich habe Neuigkeiten zu berichten. Mein Bruder Bigford und ich sind gerade von der Île de la Tortue zurückgekehrt, wo wir ein angenehmes Gespräch mit Gouverneur Watts geführt haben.«

Le Basque hob die buschigen Augenbrauen. »Hat er Euch einen Kaperbrief ausgestellt?«, wollte er süffisant wissen.

De l'Isle hielt inne und winkte Bigford heran. Dieser trat in den von Fackeln erhellten Kreis.

»Nun, vielmehr gelang es Bigford hier, Elias Watts davon zu überzeugen, uns sein Schiff zu überlassen«, fuhr de l'Isle fort. Einige der Brüder kicherten.

Auch le Basque schlug sich grinsend auf sein Knie. »Dieser Watts scheint mir dumm wie eine Sumpfschnepfe zu sein. Doch sagt mir, de l'Isle, wozu benötigen wir sein Schiff?«

»Wie immer trefft Ihr genau den Punkt, den ich heute vor den Rat tragen wollte, großer Baske. Ich bin der Ansicht, wir sollten im Gedenken an unsere Brüder, die durch den Untergang der *Marie Veinarde* ein feuchtes Grab fanden, gegen die Spanier ziehen.«

»Hört, hört!« Michel le Basque trommelte mit den Fingern auf den wackligen Tisch. »Welchen Vorteil zieht Ihr daraus? Wir alle kennen Eure Machenschaften mit Philippe Lormel, dem Kapitän der *Marie Veinarde*. Geht es Euch einzig um Rache? Edelmut zählt, wie jeder weiß, nicht zu Euren herausragenden Eigenschaften. Wäre er anwesend, so könnte Euer Gefolgsbruder sicher ein Lied davon singen.«

De l'Isle sah sich sorgfältig um. Vermutlich, um sicherzustellen, dass der Besagte nicht doch unter ihnen weilte. Dann erwiderte er schmeichlerisch: »Ihr solltet mir nicht auf Dauer mein einmaliges Unvermögen vorhalten, großer Baske. Bedenkt, dass ich nicht nur zu meinem alleinigen Wohl handele, sondern auch zu dem meiner Mannschaft. Ein jeder von ihnen weiß zu berichten, dass ich mich stets großzügig verhalte.«

»Wenn Ihr es sagt.« Der Baske nickte. »Fahrt fort.«

»Die Stadt San Jago Caballero befindet sich im Nordwesten von La Española, etwa auf der Höhe vom neunzehnten Grad nördlicher Breite. Sie besitzt keine Mauern und ist daher einfach einzunehmen. Die Einwohner sind Jäger und Pflanzer, und es gibt keine Soldaten dort. Wenn wir des Nachts an der Küste von Puerta de Plata vor Anker gehen, können wir uns unbemerkt durch die Wälder anschleichen und einige Tage später im Morgengrauen zuschlagen. In der Kirche befinden sich Glocken aus purem Gold, wie ich hörte, und für den Gouverneur der Stadt könnte man sicher ein hübsches Sümmchen Lösegeld erpressen.« De l'Isle bremste seine Begeisterung, als aufkeimende Wut im Gesicht von Michel le Basque deutlich wurde.

»Ihr beabsichtigt, eine spanische Siedlung auf dieser Insel anzugreifen?«

»Aye, das ist unser Bestreben!«

»Diese Siedlung befindet sich mitten im spanischen Hoheitsgebiet. Wenn der Feind Euch entdeckt, ist es ihm ein Leichtes, Eure Schiffe zu versenken. Und bedenkt erst die Rache der Spanier. Sie werden ihre Angriffe auf unsere Siedlungen verstärken. Die Bukaniere im Tierra Grande verfügen über keinerlei Schutz. Habt Ihr das bedacht? Die Île de la Tortue ist durch den Umbruch ebenso ungeschützt, und unser derzeitiger Stützpunkt Port de Margot darf unter keinen Umständen in ihre Hände fallen!« Michel le Basque verzog verdrießlich den Mund.

»Noch sind die Winde auf unserer Seite«, versuchte de l'Isle zu erklären. »Wir können die Küste von Puerta de Plata innerhalb kurzer Zeit erreichen, so passieren wir keine der üblichen Handelsrouten. Im Schutz der Dunkelheit vermag man uns nicht auszumachen, und die *Tortuga Pride* ist eine ehemalige spanische Galeone. Wenn wir sie als äußerstes Schiff ankern lassen und die spanische Flagge hissen, wird kein Verdacht aufkommen. Mit sechsunddreißig Kanonen ist sie wehrhafter als die *Bonaventure*, aber ich gelobe Euch, dass wir in keinerlei Seegefecht verwickelt werden. Bevor die Kunde von dem Überfall bis nach Santo Domingo durchdringt, sind wir bereits auf dem Heimweg. Bedenkt die Schmach der Spanier. Bisher haben wir ihnen hauptsächlich auf dem Wasser zugesetzt, aber nun sind sie auch an Land nicht mehr vor uns sicher.«

»Ihr meint, Ihr kennt die Spanier, de l'Isle? Ich glaube eher, Ihr benutzt sie, um Euer Ansehen zu stärken. Ich verurteile dieses Verhalten nicht, zumal Euer Plan von gewisser Überlegung zeugt. Aber lasst mich Euch eins über die Spanier erzählen, die ich seit über zwanzig Jahren meine Feinde nenne: Man darf sie nicht unterschätzen, und einen derartigen Angriff in das Herz dieser Insel werden sie nicht ungesühnt lassen. Bereits jetzt beginnen sie mit dem Abschuss der wilden Stiere und Schweine auf La Española, um uns auszuhungern. Nicht auszudenken, was ihnen als Antwort auf diesen Angriff einfallen könnte!«

»Höre ich gar Furcht aus dem Mund des großen Basken?« De l'Isle lächelte, und Bigford hielt vor Schreck den Atem an. Prompt sprang Michel le Basque auf und warf seinen Stuhl in die Menge. Die Brüder gingen hurtig in Deckung und der Stuhl zerbarst an der Wand.

»Ich werde Euch Furcht lehren, Jaque de l'Isle«, brüllte er. »Ihr wagt viel an diesem Tag. Seid Ihr es nicht, der im Schutze Englands gegen Spanien segelt? Aus Furcht vor einem langen Hals schützt Ihr Euch durch ein Bündnis mit d'Oyley. Doch während Ihr nur Euer eigenes Wohlergehen im Sinn habt, denke ich allein an die Bruderschaft!«

»Wäre das Euer einziges Anliegen, dann solltet Ihr in Betracht ziehen, dass ich Euch und Jérémie Deschamps den Weg bereitet habe, die Île de la Tortue widerstandslos einzunehmen. Wir ließen Watts wissen, dass Deschamps bei d'Oyley weilt, um seine Absendung als Gouverneur zu besprechen. Das war der Grund, warum er uns sein Schiff überließ. Mit dem Anteil an der Prise wird er mit seiner Familie nach Neuengland übersetzen, und Deschamps kann ohne Widerstände seinen Aufgaben nachkommen.«

»Verlangt Ihr etwa Lob für Eure selbst auferlegte Tat? Ihr segelt nach Tortue und trefft Abmachungen jenseits der Bruderschaft, und das nur, um unter einem Vorwand einen Überfall zu planen. Deschamps und ich waren uns handelseinig. Wie erkläre ich mich nun?« Der Baske hieb auf den Tisch. Schweigen senkte sich über die Anwesenden, während Bigford spürte, dass die Blicke des Anführers ihn durchbohrten.

Erst nach einer Weile ergriff le Basque wieder das Wort: »Ihr erwartet von mir zu Recht eine Antwort auf Euer Vorhaben, daher schenkt mir nun Eure Aufmerksamkeit. Ich heiße diesen Überfall nicht gut! Aber es steht ebenso wenig in meiner Macht, den Brüdern ihren Anteil an der Prise zu verwehren. Jeder von euch hat meine Worte gehört. Wer de l'Isle begleiten möchte, der soll jetzt vortreten und sich im Namen seiner Mannschaft verbürgen!«

Einzig das Knistern der Fackeln war zu hören. De l'Isle und Bigford standen Rücken an Rücken und warteten auf Unterstützung, doch die Männer traten unschlüssig auf der Stelle. Es lag auf der Hand, dass keiner von ihnen bereit war, Michel le Basque die Stirn zu bieten.

»Was ist?«, rief de l'Isle. »Seid ihr nicht an einem einträglichen Beutezug interessiert? Die *Bonaventure* und die *Tortuga Pride* können gemeinsam über zweihundert Mann aufnehmen. Mit nur zwei weiteren Kapitänen können wir bereits morgen Segel setzen.«

Bigford sah sich um. Nur ein Mann trat zögerlich in den Kreis.

»Jean Lescouble verbürgt sich zu diesem Beutezug«, sagte er. »Ihm folgen fünfundachtzig Mann Besatzung auf der *Voyage*.«

De l'Isle schlug ihm auf die Schulter, und die Umstehenden begannen zu flüstern. Michel le Basque nickte mit unbewegter Miene.

»Tête-de-Mort verbürgt sich ebenfalls«, hörte man eine dunkle Stimme, bevor sich ein Schatten aus der Menge löste und zu den drei Männern in den Kreis trat. »Ihm folgen sechzig Mann Besatzung auf der *Fortune Noire*.«

Bigford erstarrte. Er hatte bereits von Tête-de-Mort gehört, wollte die schauerlichen Geschichten aber nicht glauben. Ein Mann mit einem derart zugerichteten Gesicht, so meinte er, konnte unmöglich noch unter den Lebenden weilen. Aber er musste feststellen, dass er sich getäuscht hatte.

Der Anblick des gefürchteten Kapitäns löste Erschrecken in ihm aus. Es war ihm kaum möglich, seine Hand zu ergreifen, so sehr graute ihm vor dem, was er sah. Die grünen Augen streiften ihn nur kurz und doch war es Bigford, als hätte er in das Gesicht des Todes gesehen.

Tête-de-Mort und Michel le Basque wechselten einen Blick, bevor der Anführer den Kopf senkte und Tête-de-Mort eine elegante Verbeugung vollführte, die nicht zu seinem Aussehen passen wollte.

»Dann steht es fest. Diese vier Kapitäne brechen in den nächsten Tagen nach San Jago Caballero auf. Mögen die Winde Ihre Verbündeten sein und die Gezeiten Ihre Komplizen!« Le Basque hob die Hand und die Brüder teilten sich, um die Kapitäne zu den anstehenden Besprechungen zu entlassen.

Bigford hörte das aufflammende Geraune, als de l'Isle wütend ins Freie eilte. Das Ergebnis der Versammlung war ernüchternd. Mit nur zwei weiteren Kapitänen an ihrer Seite lagen sie weit hinter ihren Erwartungen. Gedankenversunken begegnete er einem dunklen Augenpaar, das er zu kennen glaubte. Er zwinkerte, drehte sich um, konnte in der Menschenmenge aber niemanden ausmachen. Kopfschüttelnd ging er weiter.

Jacquotte drückte sich derweil zwischen die Anwesenden. Jan versuchte, sie abzuschirmen, was ihm aber aufgrund seiner geringen Körpergröße schlicht unmöglich war.

»Er is' weg«, flüsterte er. »Der englische Furz hat sich davongemacht. Tête-de-Mort wird ihn im Auge behalten!«

Jacquotte linste zum Ausgang, aber die Männer drängten sich bereits wieder zusammen und versperrten ihr die Sicht.

»Was hat Tête-de-Mort mit de l'Isle zu schaffen?«

»Er hat seine Gründe.« Jan sah sie verschwörerisch an. »Die hat er immer.«

Jacquotte glaubte ihm aufs Wort. Tête-de-Mort kam ihr vor, als sei er der Unterwelt entstiegen. Sie ging ihm aus dem Weg, auch wenn sie nicht behaupten konnte, dass er ein unangenehmer Zeitgenosse war. Was immer er vorhatte, er würde sich nicht einmal vom Teufel selbst davon abbringen lassen.

»Das heißt, ich komme mit euch?«, fragte sie aufgeregt. »Ich darf mit nach San Jago Caballero?«

»Aye!« Jan lachte. »Aber zuerst musst du der Bruderschaft beitreten, so wie du's vorhattest.« Er reckte den Hals, war aber zu klein, um etwas zu sehen, und stampfte ärgerlich mit dem Fuß auf.

Jacquotte verspürte mit einem Mal Nervosität. Bisher hatte sie sich aus vielerlei Gründen vor der Initiation gedrückt, obwohl sie bereits seit zwei Monaten in Port de Margot ausharrte. So erschreckend ihr die Stadt zu Anfang vorgekommen war, so heimisch fühlte sie sich inzwischen in ihr.

Die Männer aus der Mannschaft von Tête-de-Mort behandelten sie freundlich, nahmen sie mit auf die Jagd, zechten mit ihr und gaben ihr ein Gefühl von Zugehörigkeit, das sie belebte wie ein Bad an einem heißen Tag. Nach dem letzten Überfall auf ein spanisches Handelsschiff hatten sie es nicht eilig, in See zu stechen, und verprassten ihre Beute in glückseligem Müßiggang, der Jacquotte Zeit gab, ihren Platz unter ihnen zu finden.

Durch ihre hitzige Art erkämpfte sie sich Respekt und lernte rasch, wem man vertrauen konnte und wem man besser aus dem Weg ging. Mit einigen Golddublonen ihres Vaters hatte sie sich Waffen besorgt, die nun aufsehenerregend an ihrem Gürtel baumelten und viele Männer davon abhielten, sich ihr zu nähern.

Tête-de-Mort wachte wie ein unsichtbarer Geist über alle, und nur Jan schien stets zu wissen, wo ihr Kapitän zu finden war. Er lebte zurückgezogen und Jacquotte war froh, seine Anwesenheit nicht täglich ertragen zu müssen. Ebenso wenig wie die von Pierre, der es kaum hatte erwarten können, nach ihrem Streit die Segel zu setzen. Er hatte noch die Ankunft von Jérémie Deschamps abgewartet, war aber sofort nach dessen Aufbruch mit unbekanntem Ziel entflohen. Vermutlich würde sie ihn so bald nicht wiedersehen und bemühte sich, keine Gedanken an ihn zu verschwenden.

Doch manchmal in den langen Nächten, wenn die Stadt nicht schlafen wollte und sie alleine in der Dunkelheit lag, drängten die Erinnerungen heran. Wochenlang hatte sie gebangt, Jérôme könnte auftauchen und ihr Vorhaben zunichtemachen. Aber er blieb aus und mit ihm die Kunde, ob es Manuel gut ging. Sie hatte einige Zeit versucht, ihre vielschichtigen Gefühle mit Rum hinunterzuspülen. Aber der tückische Alkohol schwemmte sie umso heftiger wieder an die Oberfläche, sodass Jacquotte zwischenzeitlich vorsichtiger mit dem goldbraunen Fusel umging, den die Männer hier bereits zum Frühstück genossen.

Michel le Basque trat in die Mitte des Kreises, und Jacquotte richtete ihre Aufmerksamkeit auf ihn.

»Tretet vor, ihr tapferen Männer, die ihr es wagt, Brüder der Küste zu werden! Schwört auf den Kodex und reiht euch ein in die Geschichte all jener, die durch ihren Mut und ihren Glauben die Stärke unserer Gemeinschaft geformt haben. Unter der Sicherheit der Bruderschaft werdet ihr allzeit mit Stolz auf den Weiten des Meeres segeln und euch gewiss sein, dass ihr im Kampf gegen die Spanier stets für all das eintretet, was ihr im Herzen tragt und auf das ihr am heutigen Tag geschworen habt: *La coutume de la côte*!«

Jan gab Jacquotte einen aufmunternden Schubs, und sie bahnte sich ihren Weg durch die eng beisammenstehenden Brüder. Fast zeitgleich mit ihr trafen noch fünf weitere Gesellen ein und blieben verunsichert stehen. Zu legendär war der Ruf von Michel le Basque, zu imposant sein Körperbau. Ihm gegenüberzustehen, gab einem das Gefühl, klein und nichtig zu sein, selbst wenn man sich nicht zu verstecken brauchte.

Jacquotte musste den Kopf in den Nacken legen, um zu dem Anführer aufzuschauen. Ihr Vater hatte ihn nie derartig beschrieben.

Dabei hatte sie die Geschichten über ihn geliebt. Niemals hätte sie zu hoffen gewagt, diesem Mann eines Tages gegenüberzustehen. Mit klopfendem Herzen wartete sie auf die bevorstehende Initiation, die sie endlich zu einem Mitglied der Bruderschaft machen sollte. Ihr Plan, der sie ein bitteres Opfer hatte bringen lassen, war im Begriff aufzugehen. Jacquotte konnte es kaum glauben. Was würde Pierre sagen, wenn er sie jetzt sehen könnte?

Sie blickte erwartungsvoll in die Gesichter der Männer, aber das einzig ersehnte war nicht darunter. Rasch rief sie sich zur Ruhe und lauschte aufmerksam den Worten des Basken, der die Regeln der Bruderschaft verlas: »Hört die Artikel des Kodex und seid euch bewusst, dass Verstöße, die mir zu Ohren kommen, entsprechend bestraft werden.«

Er schritt an den sechs vor ihm aufgereihten Burschen vorbei und entrollte ein verblichenes Schriftstück mit bräunlichen Rändern. Jacquotte betrachtete die unverständlichen Zeichen und fragte sich, ob Michel le Basque den Kodex eigenhändig niedergeschrieben hatte. Niemand, den sie bisher gekannt hatte, war des Schreibens oder Lesens mächtig gewesen.

»Wiederholt, was ich euch sage«, brummte der Baske und begann: »Die Brüder haben sich gegenseitig zu achten und sollen sich jederzeit zur Seite stehen. Die Befehle des Kapitäns sind allzeit zu befolgen.«

Jacquotte und die anderen wiederholten seine Worte in gedämpftem Tonfall.

»Jedem Bruder gebührt Stimmrecht in allen Angelegenheiten und freier Zugang zu jeglichen Nahrungsmitteln und Alkohol, es sei denn, es besteht die Notwendigkeit einer Kürzung zum Wohle der Gemeinschaft!«

Erneut wurde der Artikel von den Burschen wiedergegeben. Und so ging es fort.

»Jedem Bruder steht sein vereinbarter Anteil der *chasse-partie* zu, die vor Auslaufen festgesetzt wird. Aber: keine Prise, keine Bezahlung! Was nicht geteilt werden kann, wird innerhalb der Mannschaft erwürfelt. Jegliche Beute, die dem Steuermann nicht innerhalb eines Tages ausgehändigt wird, ist ergaunert. Dies wird bestraft. Die Strafe setzt der Kapitän gemeinsam mit der Mannschaft fest.«

»Verletzungen müssen in Münzen oder Sklaven abgegolten werden!«

»Keine Auseinandersetzungen unter Brüdern an Bord eines Schiffes! Kämpfe unter Brüdern dürfen nur an Land stattfinden und nicht zum Tode führen. Verlierer ist der, dessen Blut zuerst fließt.«

»Frauen, Indianern und Mohren ist der Zugang zur Bruderschaft verwehrt! Wer heimlich Frauen an Bord bringt, ist des Todes. Den Tod findet ebenso, wer seine Brüder im Gefecht im Stich lässt, konspirative Sache mit dem Feind macht, einen Bruder absichtlich bestiehlt oder in den Tod schickt.«

Jacquotte schluckte und sah zu Boden. Der erste Teil dieses Artikels kam ihr nur widerwillig über die Lippen. Dennoch wiederholte sie jedes Wort und atmete tief durch, als Michel le Basque das Schriftstück aufrollte.

»Als Brüdern der Küste ist es euch überlassen, welchen Tätigkeiten ihr nachgehen wollt«, fuhr der Baske fort. »Die Pflanzer und Bukaniere sorgen durch Anbau und Jagd für den wichtigen Nachschub an Nahrung und Handelsware, während sich die Flibustier den Gefahren des Meeres aussetzen und Nahrung und Handelsware erbeuten. Ein jeder soll nach seiner *façon* leben. Dennoch, Tod und Verstümmelung treffen selbst die Tapfersten. Seid euch bewusst, dass jeder eurer Atemzüge auch euer letzter sein könnte und wählt euch einen Gefolgsbruder zur Seite, der für euch sorgt, wenn ihr dazu nicht mehr in der Lage seid. Selbiges schwört ihr auch ihm. Jegliche Last trägt sich zu zweit leichter. *Hoy por mi, mañana por ti*, wie unsere Feinde zu sagen pflegen. Heute nehme ich für mich, morgen gebe ich für dich.«

Michel le Basque blieb vor einem der Burschen stehen.

»Wie ist Euer Name?«

»Man nennt mich Clostrée, großer Baske.«

»Ihr wisst, dass es von Vorteil ist, einen Namen zu wählen, der nicht auf Eure wahre Identität schließen lässt?«

»Aye, großer Baske, das ist mir bewusst.«

»So sei es, Clostrée. Wen wählt Ihr zu Eurem Gefolgsbruder?«

»Tape-Cul hier zu meiner Linken.« Der Bursche deutete auf einen dürren Lockenkopf, dessen Arme dünn wie Schilfrohr waren.

»Gebt mir eure rechte Hand«, forderte Michel le Basque und ritzte den Burschen die Handballen mit einem Messer. »Nun schwört, dass ihr euch zur Seite stehen werdet! Euer Blut vereint euch und nur durch Blut kann eure Verbindung wieder getrennt werden. Willkommen in der Bruderschaft!«

Die Burschen sahen sich in die Augen und sprachen dem Basken nach. Jacquotte wurde mulmig. Sie würde als Nächste gefragt werden und einen Gefolgsbruder wollte sie auf keinen Fall wählen.

Michel le Basque trat zu ihr. Sie hob den Kopf und sah ihm fest in die Augen.

»Wie ist Euer Name?«

»Mein Name ist Yanis le Jouteur.«

Der Baske hob eine Augenbraue. Um seine Mundwinkel zuckte es. »Wen wählt Ihr zu Eurem Gefolgsbruder, Yanis le Jouteur?«

Jacquotte reckte ihr Kinn. »Darf ich Euch eine Frage stellen?«

»Aye!« Er musterte sie. »Sprecht!«

»Ist das Wählen eines Gefolgsbruders Bestandteil des Kodex?« Sie glaubte, an ihren eigenen Worten zu ersticken, so angespannt war sie.

Michel le Basque lachte überrascht auf. »Gewissermaßen!«

»Nun«, sie suchte nach passenden Worten, um den Basken nicht zu erzürnen, »Ihr habt nichts dergleichen verlesen, und es liegt nicht in meinem Bestreben, mir einen Gefolgsbruder zu wählen.«

Das einsetzende Gemurmel wurde zu einem Crescendo. Michel le Basque sorgte mit einer einzigen Handbewegung für Ruhe. Argwöhnisch beugte er sich zu Jacquotte hinunter.

»Wer seid Ihr, Yanis le Jouteur? Kenne ich Euren Vater?« Er kam ihr so nahe, dass sie eine Laus über seine Schläfe huschen sah.

Sie hielt seinem forschenden Blick stand. »Ich denke nicht. Er fuhr nie zur See und war sein Leben lang Bukanier in den Wäldern von Tierra Grande. Meine Mutter kenne ich nicht, sie starb bei meiner Geburt. Mein Vater ist inzwischen ebenfalls tot.«

Michel le Basque richtete sich wieder auf. »Kein Wunder, dass solch ein vorlauter Bursche aus Euch geworden ist«, konstatierte er. »Ihr solltet wissen, Einsamkeit setzt einem Mann schlimmer zu als jede Wunde, denn sie schwächt die Seele. Bedenkt das, bevor Ihr vorschnelle Entscheidungen trefft.«

»Ich habe das bedacht.«

»Dann nennt mir jetzt erneut Eure Entscheidung!«

»Ich schwöre auf den Kodex, dass ich mich in Zukunft jedem vorgetragenen Artikel unterwerfen werde«, sagte sie in selbstbewusstem Tonfall. »Aber bei meiner schwarzen Seele, ich verlange nicht nach Gesellschaft. Der Tod ist mir Gefährte genug. Lasst mich für die Bruderschaft kämpfen und ich teile meine Prise mit jedem, der es nötig hat!«

Vereinzelte Pfiffe ertönten. Von Jan hatte Jacquotte bereits gehört, dass man das Wort nur gegen den Anführer erhob, wenn man Todessehnsucht hatte. Mit einer schnellen Bewegung zückte der Baske sein Messer. Fast musste sie lächeln. Wie vorhersehbar die Männer doch waren! Fühlten sie sich in ihrer Ehre gekränkt, griffen sie sofort zu den Waffen. Mit drei wendigen Schritten war sie hinter ihm. Einige Männer lachten.

»Ruhe«, brüllte Michel le Basque. Ihm war anzusehen, dass er es nicht schätzte, die Kontrolle zu verlieren. Jacquotte verübelte es ihm nicht. Erst begehrte de l'Isle öffentlich gegen ihn auf und jetzt ein Neuling. Gehorsam kehrte sie an ihren Platz zurück.

»Ihr wagt es?« Der Baske baute sich vor ihr auf.

Furchtlos drückte sie den Hals gegen die ausgestreckte Klinge. »Ihr könnt mir meine Worte glauben. Schickt mich zu meinem Gefährten, und es wird mir ein Vergnügen sein, ihm gegenüberzutreten!«

Michel le Basque zögerte. »Ihr seid nicht normal«, knurrte er.

»Ganz recht.« Jacquotte erlaubte sich ein Grinsen. Die Männer in ihrem Rücken kicherten ebenfalls, und der Baske stimmte ein. Zaghaft zuerst, dann immer lauter schallte sein Gelächter durch den Raum.

»Obwohl Ihr mir keinen Respekt entgegenbringt, nötigt Ihr mir welchen ab, Yanis le Jouteur. Die Sorglosigkeit der Jugend ist eine Eigenschaft, die inzwischen nur noch selten zu finden ist«, erklärte er und wischte sich eine Träne aus dem Augenwinkel. Die Männer stampften mit den Füßen, und Michel le Basque bedeutete ihnen, ruhig zu sein.

»Schon gut«, gab er nach. »Ich nehme Euch in die Bruderschaft auf, Yanis, der Kämpfer. Aber versprecht mir eins: Findet erst das Leben, bevor Ihr den Tod findet!« Er hieb ihr auf die Schulter, während der Jubel um sie herum anschwoll.

Jacquotte sah Jan in der ersten Reihe stehen und applaudieren. Verstohlen zwinkerte sie ihm zu und spürte, wie Stolz und Erleichterung ihre Nervosität ablösten. Sie hatte es geschafft! Gelöst blickte sie Michel le Basque hinterher, der lächelnd zum nächsten Burschen trat, und dachte an ihren Vater. Du hast ihm das Leben gerettet und jetzt hat er meins gerettet, sprach sie zu Émile und sah ihn vor seiner Hütte sitzen, wo es ihm stets am besten gefallen hatte.

Den Rest der Zeremonie bekam sie nur am Rande mit. Ungeduldig erwartete sie das Ende. Als es so weit war, ging der Tumult erst richtig los. Michel le Basque entließ die Burschen in den Kreis der Brüder, und Jacquotte wurde sofort von unzähligen Männern umringt. Man drückte ihr randvoll mit Rum gefüllte Becher in die Hand, prostete ihr zu und scherzte mit ihr.

Der Name Yanis le Jouteur und seine kühne Tat verbreiteten sich wie ein Lauffeuer in Port de Margot. Jan wich ihr nicht mehr von der Seite und plapperte ohne Unterlass, aber sie konnte die neuen Eindrücke und Empfindungen kaum verarbeiten.

Wie in Trance leerte sie Becher um Becher, bis ihr mulmig wurde, gab ruppige Sprüche von sich und brachte die Männer damit zum Lachen. Jeder versuchte, einen Blick auf sie zu erhaschen. Bald verlor sie die Orientierung. Zum Glück war Jan da, der sie zu einem feisten Mann zerrte, der mit blutigem Messer auf sie wartete. Jacquotte kippte noch einen Schluck Rum, bevor sie ihm ergeben den rechten Arm hinstreckte, damit er mit seiner Arbeit beginnen konnte.

Dank des Alkohols war der Schmerz erträglich, und die drängelnden Männer lenkten sie vom Einritzen des *tataus* ab. Doch als ihr schließlich das Schwarzpulver in die nässende Wunde gerieben wurde, überkam sie plötzliche Übelkeit. Nur mit Mühe gelang es ihr, den Rum bei sich zu behalten, und sie stürzte eilig davon.

Außerhalb der Menge kam sie endlich zu Atem und sog die klare Nachtluft ein. Ihr Kopf fühlte sich federleicht an, während ihr Magen rumorte und ihr Arm schmerzhaft pochte. Jacquotte versuchte, ihre Beine unter Kontrolle zu bringen, die ihr nicht mehr gehorchen wollten, und kicherte dabei. Wo zum Teufel war Jan? Sie sah sich um, doch die Welt schien mit einem Mal zu wanken. Ganz so wie auf der Barke von Tête-de-Mort. Sie strauchelte und hielt es für ratsam, erst einmal stehen zu bleiben. Unsicher hielt sie die Balance.

Aus ihrem verzerrten Gesichtsfeld heraus sah sie Bigford auf sich zuhalten. Sie stöhnte auf. Das durfte nicht wahr sein! Wie gelang es ihm immer wieder, sie zu finden? Mit drei unsicheren Schritten taumelte sie nach rechts und wäre beinahe gestolpert.

Sie wollte nach Jan rufen, aber ihre Zunge verweigerte ihr den Dienst. Unverständliche Worte kamen aus ihrem Mund, was sie erneut zum Lachen brachte. Einem leckgeschlagenen Schiff gleich wankte sie orientierungslos über den Platz, stieß gegen andere trunkene Männer und ruderte mit den Armen, um nicht hinzufallen. Wo sollte sie sich verstecken? Jacquotte versuchte, den Schleier aus ihrem Blickfeld zu blinzeln und hielt auf eine Holztür zu, aus der gerade ein grinsender Bruder trat. Noch ehe sie eintreten konnte, wurde sie am Arm gepackt.

»Halt ein, du kurzbeiniger Krake! Was soll denn das?«, herrschte ein aufgebrachter Koloss mit geflochtenem Bart sie an. »Wir warten hier schon länger als du, Suffkopf! Halt gefälligst deine Tentakel im Zaum!«

Jacquotte schwankte und versuchte den Mann zu fixieren. Doch ihre Augen rollten unkontrolliert auseinander, unfähig, ihrer Aufgabe nachzukommen.

»In deinem Zustand solltest du das besser lassen.« Der Bärtige stützte sie und feixte.

»He, Mann, das ist dieser Yanis«, raunte ihm sein Kamerad zu, der hinter ihm stand und die Szene beobachtete.

»Das Milchgesicht soll Yanis le Jouteur sein?«

»Aye, wenn ich's dir sage. Hab' ihn selbst gesehen. Der kommt gerade vom Ritzen, sieh dir nur seinen Arm an.«

»Der ist betrunken wie'n Schiff voll Indianer! Was will der bei Morelle? Der findet ihre Höhle in dem Zustand doch gar nicht.« Die Männer grölten.

Jacquotte verstand nicht, wovon sie sprachen und deutete nur auf die verschlossene Tür. Sie hatte keine Ahnung, ob Bigford ihr gefolgt war und fürchtete, er könnte sie jeden Augenblick mit sich fortzerren.

»Lass ihn gehen, Mann! Der Kerl hat Mumm in den Knochen. Soll er seinen Anker in der schwarzen See versenken.«

»Und wer kümmert sich um meinen Anker? Wenn ich ihn nicht bald zu Wasser lasse, dann wird die Kette morsch«, maulte der Bärtige. Die Männer lachten und klopften ihm aufmunternd den Rücken.

»In seinem Zustand is' er schnell fertig, Marquand!«

»Aye, Marquand, sei ein guter Bruder und lass unserem Neuling den Vortritt. Wer weiß, wie lange er sich noch auf den Beinen halten kann.«

»Denk' an deine eigene Initiation. Damals gab's noch keine Frauen.«

»Arrrh!« Marquand lockerte seinen Griff, ballte die Hände zu Fäusten und nickte Jacquotte zu. »*Amuse-toi*«, bellte er und trat zur Seite.

Sie bedankte sich und stolperte in Richtung Hauseingang. Mit ausgestreckten Armen versuchte sie sich abzustützen, doch die Tür gab nach und Jacquotte fiel der Länge nach in den dahinterliegenden Raum.

Sie hörte die Männer johlen, bevor die Tür geschlossen wurde und die Geräusche verstummten. Sie wollte sich aufrichten, schaffte es aber nicht. Ihre Gliedmaßen schienen nicht mehr zu ihrem Körper zu gehören. Sie roch würzigen Rauch. Es erinnerte sie an die Siedlung in Tierra Grande und plötzliches Heimweh erfasste sie.

»Ich hatte nicht geglaubt, dass du dich hierher verirren würdest.« Jemand zog sie hoch und setzte sie auf ein grob gezimmertes Bett. Während sich Jacquotte den Kopf hielt, bewegte sich die Gestalt mit raschelnden Gewändern durch den Raum. Der Boden begann sich zu drehen, und sie verlor jegliches Gefühl für Zeit. Nach einer Weile wurde ihr ein Becher mit dampfender Flüssigkeit gereicht.

»Trink das. Es wird deinen Magen besänftigen.«

Jacquotte nahm einen Schluck und verzog das Gesicht.

»Nein, du musst trinken! Es ist bitter, aber es wirkt.« Energische Hände zwangen den Becher an ihre Lippen, und sie würgte das herbe Getränk hinunter. Hustend reichte sie das Gefäß zurück und musterte im schummrigen Licht das Gesicht einer Frau mit krausem Haar. Langsam lichtete sich der Nebel in ihrem Kopf.

»Ich habe eure Sprache gelernt.« Die Frau zeigte eine Reihe ungleichmäßiger Zähne, die in ihrem dunklen Gesicht aufleuchteten. Ihr schlanker Hals war gebrandmarkt. Jacquotte erinnerte sich.

»Du bist …«, murmelte sie. Mehr brachte sie nicht heraus.

»Die Männer nennen mich Morelle.« Die Frau verzog den Mund. »Du bist eine Freundin, du musst mich Fayola nennen, das ist mein richtiger Name.«

Jacquotte glaubte, ihre Gedärme würden durcheinandergewirbelt und sie hielt sich den Bauch.

»Es wird gleich besser gehen«, versicherte Fayola und erleichterte sie von Hut und Kopftuch. Unfähig, sich zu wehren, ließ sie zu, dass Fayola ihr die Haare glättete. Sie seufzte. Ihr Magen beruhigte sich ein wenig und der Schwindel ließ nach. In Fayolas Hütte fühlte sie sich seltsam geborgen.

»Ich wusste sofort, dass du Yanis le Jouteur bist«, erklärte Fayola. Sie betonte die Worte stets am Ende, was ihre Sätze wie eine Melodie klingen ließ.

»Ich hoffe, du hast es niemandem verraten.«

»Keine Sorge.« Fayola strich ihr beruhigend übers Haar. »Frauen sehen die Dinge mit anderen Augen als Männer. Ich vertraue keinem Mann. Dein Geheimnis ist bei mir sicher.«

»Was tust du hier?« Jacquotte entspannte sich. Die Krämpfe ließen allmählich nach.

Fayola schüttelte nachsichtig den Kopf. »Was denkst du? Ich bin den Männern zu Willen. Lafitte, der Mann, der mich damals beim Würfeln gewann, ist tot. Sein Gefolgsbruder ebenso. Dies hier ist die einzige Verwendung, die es für mich gibt.«

Jacquotte starrte sie mit offenem Mund an. All die Männer, die vor der Tür Schlange standen, wollten in dieser Nacht noch zu Fayola? Sie konnte es kaum glauben.

»Du bist erstaunt?« Fayola stand auf. Sie bewegte sich anmutig. An ihren Fußgelenken hingen Bänder mit kleinen Glöckchen, die jeden ihrer Schritte untermalten. Ihr Körper war von einem bunten Tuch verhüllt, das mehr preisgab, als es verdeckte. Jacquotte beobachtete sie schweigend. Als Fayola sich wieder zu ihr setzte und ihr bedeutete, den Becher auszutrinken, fiel es Jacquotte leichter, den bitteren Tee zu schlucken.

»Mein ganzes Leben schon bestimmen die Männer über mich. Bevor man mich gefangen nahm, ersehnte ich mir das freie Leben, das du erstrebst.« Fayola senkte den Kopf. »Aber es ist mir nicht bestimmt, frei zu sein. Das ist mein *orí*, mein Schicksal. Jeder Mensch hat eine Aufgabe zu erfüllen.«

»Du könntest fortlaufen«, stellte Jacquotte fest. Ihre Stimme kam ihr seltsam fremd vor und dröhnte in ihren Ohren.

Fayola warf ihr einen erbosten Blick zu. »Das ist ein dummer Vorschlag. Ich besitze zwei Eigenschaften, die mir niemals die Freiheit schenken werden: Ich bin schwarz und ich bin eine Frau. Selbst bei meinem eigenen Volk bin ich ohne Stimme. Wohin sollte ich gehen?«

»Aber du hast gekämpft. Ich hörte die Männer davon reden.«

»Aye. Ich war noch nicht zur Frau geworden, da kamen weiße Männer in das Dorf, in dem ich lebte. Sie töteten, sie brannten Hütten nieder und sie machten Gefangene. Mein Bruder und ich waren darunter. Was meinen Eltern geschehen ist, kann ich nicht sagen. Ich sah sie nie wieder. Die weißen Männer brachten uns über das große Wasser auf die Insel, die ihr Barbados nennt. Viele Angehörige meines Volkes haben die Reise nicht überlebt. Wir lagen übereinander im Bauch eines Schiffes, und der Gestank war abstoßend. Aber ich war zäh, ich habe gekämpft. Auch gegen die Matrosen auf dem Schiff, die mich haben wollten. Manchmal habe ich gewonnen. Auf Barbados verkaufte man uns, und ich wurde von meinem Bruder getrennt. Ich kam auf eine Plantage. Wusstest du, dass die Engländer ihre eigenen Leute versklaven? Mit uns arbeiteten Menschen, die sich Iren nannten. Sie waren so hellhäutig wie die Plantagenbesitzer. Die meisten hatten rote Haare wie du.« Fayola betrachtete eine von Jacquottes Haarsträhnen im Schein des Feuers.

»Ich bin Französin«, sagte sie und wunderte sich, dass sie sich zum ersten Mal zum Volk ihres Vaters bekannte.

Fayola zuckte mit den Schultern. »Ich kenne mich damit nicht aus. Ich kann dir nicht sagen, woher ich stamme. Selbst wenn ich wollte, ich würde meine Heimat nicht mehr finden. Auf Barbados gab es viel Grausamkeit. Dann eines Tages taten sich einige Männer zusammen, von meinem Volk und dem der Iren. Sie flohen von der Plantage, und ich schloss mich ihnen an. Damals war ich wie du. Man hielt mich für einen Mann. Keiner hätte mich sonst mitgenommen. Ich kämpfte. Ich lebte. Für einen kurzen Moment musste ich mich keinem Mann hingeben. Das war die Freiheit, von der man mir erzählt hatte. Wir hatten sogar ein eigenes Schiff. Einer der Iren war der Kapitän. Aber dann kamen Männer und überfielen uns. Dabei durchschnitt man mir das Hemd und alle konnten sehen, wer ich war. Fayola. Kein Mann. Keiner von ihnen. Sie nahmen uns das Schiff, unseren Besitz, alles. Sie töteten die Iren und brachten mein Volk auf diese Insel. Die Insel, die deine

Heimat ist. Es ist schön, dass wir uns wiedersehen. Du hast ein tapferes Herz.« Fayola lächelte traurig.

Jacquotte schluckte schwer. Jérôme! Er hatte ihr Schiff überfallen. Es waren seine Männer gewesen, die Fayola enttarnt hatten. Sie erinnerte sich an den Abend vor einigen Jahren und fühlte Scham. Damals hatte sie sich nicht getraut, Fayola in die Augen zu sehen, weil sie ihr nicht hatte helfen können. An diesem Abend ging es ihr ebenso.

»Ich bin jetzt Mitglied der Bruderschaft«, lenkte sie ab und hob ihren malträtierten Arm, dessen Zeichen bis zur Unkenntlichkeit verschmiert waren.

»Die Männer reden bisweilen von der Bruderschaft, wenn sie bei mir sind«, antwortete Fayola. »Ich verstehe nichts davon. Sie reden auch von der Sache, die sie Politik nennen. Ich glaubte, in der Bruderschaft kämpfen alle für ein Ziel, aber es ist schwierig, denn mir scheint, sie wollen alle etwas anderes. So sind Männer. Du solltest vorsichtig sein. Es gibt einen Mann, der Anführer werden will. Er kommt oft zu mir. Er nennt sich Jaque de l'Isle. Geh ihm aus dem Weg. Er ist kein guter Mann.«

»Ich kenne ihn. Er wird die Kaperfahrt nach San Jago Caballero anführen.«

»Er wird sterben.« Fayola sah ihr in die Augen.

»Woher willst du das wissen?« Jacquotte erschrak über den ernsten Gesichtsausdruck der jungen Frau.

»Ich habe es gesehen. Sein Tod macht den Weg frei für seinen Gefolgsbruder, einen Mann, der sich Jean-David Nau nennt. Er ist voller Hass und er wird dein *orí* beeinflussen.«

»Was redest du da?« Jacquotte hatte aufgrund des Alkohols noch immer Probleme, sich zu konzentrieren. Das Gerede von Fayola erschien ihr absurd.

»Denk an meine Worte. Jaque wird bald sterben. Ich weiß nicht, wann und wo, aber es wird passieren. Ab dann solltest du auf der Hut sein.« Fayola kramte vier braune Nüsse unter ihrem Bett hervor.

»Sieh her«, sagte sie. »Das sind *obì àbàtà*, die Früchte eines Baums aus meiner Heimat. Wenn ich sie werfe, dann beantworten sie dir drei Fragen mit Ja oder Nein. Hast du Mut?« Sie sah Jacquotte herausfordernd an.

»Gewiss!«

»Dann los!«

»Werde ich im Kampf um San Jago umkommen?«, fragte Jacquotte.

Fayola schüttelte die Nüsse und warf sie in die Luft. »*Okana*!«, rief sie, als die Nüsse gefallen waren. »Nein, du wirst nicht sterben.«

Jacquotte spürte, dass sie die Luft angehalten hatte, und atmete aus. »Werden wir bei dem Überfall Erfolg haben?«, wollte sie wissen.

Fayola warf die Nüsse erneut. »*Ejife*! Das bedeutet: Mit großer Wahrscheinlichkeit.«

»Dann will ich jetzt wissen, ob ich von der Bruderschaft als Frau anerkannt werde, um in ihrem Namen zu kämpfen.«

Fayola hielt inne. »Aber du bist als Mann verkleidet.«

»Das bin ich«, gab Jacquotte ihr recht. »Aber durch die Initiation bin ich nun gleichfalls ein Bruder der Küste. Ich will mir einen Namen machen, um den Männern nach einiger Zeit zu beweisen, dass eine Frau ebenso würdig ist, der Bruderschaft beizutreten. Das ist mein Plan.« Sie stand auf und verschränkte die Arme vor der Brust. Fayola sah sie lange an.

»Wirf«, forderte Jacquotte ungeduldig.

Fayola senkte den Blick. Mit leisem Klacken rollten die Nüsse über den gestampften Boden.

»*Okana*«, flüsterte sie. »Die Antwort lautet Nein!«

Fünf

Küste von Puerta de Plata, La Española, Frühling 1659

Die Nacht umhüllte die vier Schiffe wie eine schützende Decke. Der Mond stand als schmale Sichel am Firmament und die Sterne glitzerten schwach. Bereits vor Stunden waren die Hecklaternen gelöscht worden. In der Dunkelheit vernahm Jacquotte das Schaukeln des Schiffes überdeutlich und ihr schwindelte. Heftig atmend krallte sie sich in das feuchte Holz der Reling. Das Ufer war nicht erkennbar, obwohl die Geräusche der nachtaktiven Tiere deutlich durch das Rauschen der brechenden Wellen drangen.

»Heute ist Palmsonntag«, sagte eine gedämpfte Stimme neben ihr. Sie zuckte zusammen. Tête-de-Mort! Er kam ihr wie ein Tier der Finsternis vor, tauchte er meist unverhofft und völlig geräuschlos auf. In diesem Moment war sie erleichtert, dass er neben ihr stand. Seine Anwesenheit lenkte sie von ihrem revoltierenden Magen ab, der sie quälte, seit sie Port de Margot verlassen hatten.

»Was heißt das?«

»Es ist der Sonntag vor Ostern. Am Palmsonntag zog Jesus Christus in Jerusalem ein.«

Jacquotte verstand nicht. Sie hatte niemals weder von Jesus noch von Jerusalem oder Ostern gehört. Weil sie nicht wollte, dass Tête-de-Mort sie für dumm hielt, erwiderte sie: »Wir werden in den nächsten Tagen in San Jago einziehen.«

Sie freute sich auf den bevorstehenden Kampf. Noch mehr sehnte sie sich jedoch danach, wieder an Land zu gehen, um ihren geschundenen Körper ins Gleichgewicht und die zehrende Feuchtigkeit aus ihrer Kleidung zu bekommen.

Ein leises Kichern erhob sich in die Luft. »Der große Kämpfer kennt Jesus nich'«, scherzte Jan, der ebenso unbemerkt wie Tête-de-Mort an sie herangetreten war.

»*Tais-toi*«, murrte Jacquotte. »Halt die Klappe!«

»Jesus war auch ein Kämpfer«, erwiderte Tête-de-Mort. »Allerdings waren seine Waffen einzig die Worte, die er seinen Feinden entgegensetzte.«

»Er hatte keine Machete oder eine andere Waffe? Das kann ich nicht glauben.«

Tête-de-Mort und Jan lachten verhalten.

»Nein, aber er konnte über das Wasser laufen. Oder Blinde heilen. Ganz so, wie es ihm beliebte«, erklärte Jan vorlaut.

»Kein Mensch kann das«, protestierte Jacquotte. »Das ist Unsinn!«

»Doch, Jesus schon! Er is' der Sohn Gottes!«

»Welches Gottes?« Sie überlegte. Hatte Pierre ihr nicht von mehreren Göttern erzählt?

»Halt ein, Jan!« Tête-de-Mort unterbrach ihren Streit. »Darüber zanken sich bereits ganze Nationen. Als Brüder der Küste glauben wir an uns selbst, und das soll genug sein.«

»Aye«, gab Jan augenblicklich nach, und Jacquotte war erleichtert. Sie neigte ihren Kopf in die Richtung, in der sie Tête-de-Mort vermutete, und hatte das unheimliche Gefühl, dass er sie ansah, während ihre Augen blind waren.

»Das Unwohlsein vergeht mit der Zeit«, murmelte er. Sein Atem streifte ihr Gesicht und sie erschauerte. Er stand näher bei ihr, als sie vermutet hatte. Sie roch das warme Leder seines Hutes, die salzigen Ausdünstungen von Schweiß und etwas, das sie nicht einzuordnen vermochte. Es war angenehm. Herb. Fast wie die Blüten der Limonenbäume in den Wäldern von Tierra Grande.

»Nimm das!« Er griff nach ihrer Hand, und sie konnte gerade noch verhindern, dass sie sie zurückzog. »Das sind Eppichsamen. Wenn man sie kaut, wird es einem wohler.«

Körner rieselten in ihre Handfläche. Die Haut des Kapitäns war kühl, und die ungewohnte Nähe ließ ihr Herz klopfen. In der anonymen Dunkelheit empfand Jacquotte mit einem Mal keine Furcht mehr vor Tête-de-Mort. Vielmehr machte sich ein ungeahntes Gefühl der Vertrautheit in ihr breit, das sie verunsicherte.

»Danke«, flüsterte sie, aber der Schatten hatte sich bereits von ihr entfernt.

»Seht«, wisperte Jan. »Das Zeichen!« Sie spürte den Lufthauch, als sein dünner Arm an ihr vorbeischoss, und ihr Blick folgte der Richtung.

An Deck des vordersten Schiffes, der *Bonaventure*, wurde eine Fackel geschwenkt. Das war das Kommando für die anderen Schiffe, ihre Boote zu Wasser zu lassen und gen Festland zu rudern. Jacquotte spannte die Muskeln. Es ging los!

»Reißt den Mistkerlen ihre spanischen Därme raus«, rief Jan den Männern zu, und sie wankte hinter ihm her. Verstohlen schob sie einige der Samen in den Mund und zerkaute sie. Sie schmeckten süßlich, und das intensive Aroma stieg ihr sofort in die Nase.

»Du musst mir alles berichten.« Jan zog aufgeregt an ihrem Hemd. »Eine Schande, dass ich nich' mitdarf.«

»Neben den wachhabenden Männern brauche ich einen fähigen Mann an Bord der *Fortune Noire.* Wem außer dir könnte ich meine Liebste anvertrauen?« Tête-de-Mort hob ihn neben das Steuerrad. »Gib gut auf sie acht«, fügte er warnend hinzu.

»Aye, Kapitän!« Jan salutierte im Schein der soeben entzündeten Fackel. Sie sollte de l'Isle signalisieren, dass die Mannschaft von Tête-de-Mort im Begriff war, von Bord zu gehen.

Der Kapitän nickte und stellte sich vor seine Mannschaft. »Brüder, hört mich an! Kämpft mit Eifer und bewegt euch mit Besonnenheit an Land, ganz so, wie ich es von euch gewohnt bin. Möget ihr alle wohlbehalten auf dieses Schiff zurückkehren. Und vergesst vor allem nicht, reichlich Beute zu machen!«

Die Männer lachten, und Jacquotte musterte den entstellten Mann, der den Blick väterlich über seine angetretene Mannschaft schweifen ließ. Sie war stolz, Bestandteil der Besatzung zu sein, und gierig darauf, endlich loszuziehen. In den vergangenen Tagen auf See hatte sie den Zusammenhalt der Männer kennengelernt. Es herrschte ein rauer Ton an Bord, der widerspruchslos hingenommen wurde.

Die Mannschaft unterstellte sich für jede Fahrt erneut den Befehlen ihres frei gewählten Kapitäns und erwartete Mut und Entschlossenheit von ihm. Es war nicht unüblich, so erzählte ihr Jan, dass ein Skipper, der sich als Feigling herausstellte, von seinen Männern verstoßen wurde. Doch auf der *Fortune Noire* herrschte ein friedliches Miteinander, das niemanden seine Aufgaben hinterfragen ließ.

Die Männer scheuten selbst vor schwersten Arbeiten nicht zurück und zollten ihrem Kapitän Demut, wenn sie einmal am Tag gemeinsam ihre Mahlzeit mit ihm einnahmen und er über seine Pläne sprach. Jeder durfte sich zu Wort melden, keinem blieb das Stimmrecht verwehrt.

»Boote klarmachen«, befahl Tête-de-Mort, und die Männer stoben auseinander. Jacquotte sah ihnen nach. Die Welt der Seefahrt war neu für sie. Bisher war sie Jan auf Schritt und Tritt gefolgt, um all die fremdartigen Begriffe und Dinge, die es an Bord eines Schiffes gab, besser verstehen zu können. Trotzdem fühlte sie sich ausgeschlossen, wenn die Männer ihrer Arbeit nachgingen und sie noch nicht wusste, was zu tun war.

»Deinem Charakter entsprechend hast du keinen Gefolgsbruder gewählt«, stellte Tête-de-Mort in diesem Augenblick fest. »Ich wünsche daher, dass du in diesem ersten Kampf an meiner Seite bleibst, Yanis!« Seine Stimme duldete keinen Widerspruch, und sie drehte sich zu ihm um.

Jan schnitt hinter seinem Rücken Grimassen, und Jacquotte versuchte, nicht zu lachen.

»Nimm diese Muskete«, Tête-de-Mort warf ihr eine mit Messing beschlagene Büchse zu. »Sie kann dir im Gefecht von Vorteil sein.«

»Aye, Kapitän«, antwortete Jacquotte und versuchte, in Jans Art zu salutieren.

»*Mon dieu, Yanis*!« Tête-de-Mort schüttelte gutmütig den Kopf. »Tu besser das, was du kannst und kämpfe. *Et zou*!« Er schritt an ihr vorbei zu den Männern, die bereits die Beiboote längsseits geholt hatten und die Strickleitern herabließen.

Jan pfiff durch die Zähne. »Das is' eine von seinen Musketen. Von Brachie aus Dieppe. Stellen die besten her.«

Jacquotte prüfte beeindruckt das Gewicht der Waffe in ihrer Hand, nickte Jan kurz zum Abschied zu und folgte dem Kapitän nach Backbord. Anfangs hatte sie der Gedanke, allein mit Tête-de-Mort und seinen Männern in den Kampf zu ziehen, verängstigt, aber inzwischen kannte sie ihren Platz und fühlte sich auch ohne Jan an der Seite bereit für ihre Aufgabe.

Behände kletterten die Männer in die beiden schaukelnden Beiboote. Sie würden des Öfteren zwischen dem Schiff und dem Festland verkehren müssen, bis endlich der Großteil der Mannschaft an die Küste gebracht worden war.

Jacquotte wartete auf ein Zeichen von Tête-de-Mort, bevor sie sich an der wackligen Leiter in die Tiefe hangelte. Das Meer war unruhig und ließ das Beiboot heftig wanken. Fast wäre Jacquotte ins Wasser gefallen und war erleichtert, als sie auf dem rutschigen Holz Halt fand.

Die nachfolgende Überfahrt war ein Tanz auf den schwarzen Wellen. Sie kaute beständig auf den Samen, aber ihr überreizter Magen kannte keine Gnade. Fast überschlug sich das Boot, als es mit einem eindrucksvollen Brecher an den Strand gespült wurde. Doch sie nahm den feinen Sand nicht wahr, den sie ersehnt hatte. Nach einigen Schritten stolperte sie, fiel auf die Knie und übergab sich.

Die vorbeiziehenden Männer quittierten die eindeutigen Geräusche mit vorwitzigen Bemerkungen und halfen Jacquotte, schnell wieder auf die Beine zu kommen. Hustend stapfte sie in Richtung des schützenden Waldes und fuhr sich ärgerlich mit dem Ärmel ihres Hemdes über das verschwitzte Gesicht. Sie durfte keine Schwäche zeigen!

Ein Stück landeinwärts kämpften sich die Mannschaften der vier Schiffe durch das modrige Brackwasser, das sich unter den verschlungenen Wurzeln der Küstenvegetation sammelte. Fliegen schwirrten um ihre Köpfe und machten das Vorankommen zu einer qualvollen Angelegenheit. Doch keiner gab einen Mucks von sich, denn alle wussten, was auf dem Spiel stand.

Kaum waren sie außerhalb des Sumpfs angelangt, wurde ein mitgebrachtes Rumfass aufgeschlagen und die Männer bedienten sich großzügig, um Kraft für das bevorstehende Unterfangen zu tanken. Auch Jacquotte langte zu. Der Rum brannte in ihrem Magen, bevor er eine wohltuende Wärme entsandte, die sich ausbreitete und sie belebte. Sie rülpste. Allmählich kehrten ihre Kräfte zurück.

Aufmerksam sah sie sich um. Bigford hatte es geschafft, sich zum Kapitän eines Schiffes aufzuschwingen, und musste irgendwo unter ihnen weilen. Sie konnte nicht mit Sicherheit sagen, ob er sie erkannt hatte, aber sie wollte kein Risiko eingehen. Nach einigem Suchen entdeckte sie ihn. Die vier Kapitäne der Mission berieten sich, während sie auf das Eintreffen ihrer Männer warteten. Jacquotte pirschte sich heran.

»San Jago liegt etwa sechsundzwanzig Lieue von hier in südöstlicher Richtung. Wenn wir heute losmarschieren, in den Tagesstunden vermehrt rasten und dafür die Nächte durchlaufen, sollten wir Mittwoch in der Stadt ankommen«, hörte sie die Stimme von de l'Isle.

»In meiner Mannschaft sind drei Männer, die sich in dieser Gegend auskennen. Sie bilden die Vorhut. Die Ebene um die Stadt ist baumlos, die Spanier haben dort ihre Viehweiden. Aber es heißt, dass es etwa ein halbes Lieue vor der Stadt einen guten Platz gibt, an dem wir uns sammeln und die Nacht abwarten können«, erwiderte Lescouble.

»Wir sollten vor dem Morgengrauen zuschlagen und den Gouverneur in seinem Bett überraschen. Haben wir ihn, haben wir die ganze Stadt.« Das war die Stimme von Bigford. Sein englischer Akzent war unverkennbar.

»Das wäre zu einfach, aber es ist ein Anfang«, sagte Tête-de-Mort. »Wir müssen besonders die Südseite der Stadt abschirmen. Dort liegt in etwa einem Lieue das Dorf El Cotui. Die Bevölkerung darf nicht dorthin fliehen, um Hilfe zu holen.«

»Vortreffliche Idee«, lobte de l'Isle. »Wir werden dennoch nicht verhindern können, dass Einwohner flüchten und sich zu den umliegenden Ortschaften durchschlagen. Daher muss unser Ziel sein, die bedeutenden Leute der Stadt als Geiseln zu nehmen und die Häuser schnellstmöglich zu plündern. Innerhalb eines Tages müssen wir uns wieder auf den Rückweg machen. Haltet eure Männer an, sich in der Stadt ausgiebig zu stärken, denn wir werden durchmarschieren, und das wird mit all der Beute kein leichtes Unterfangen werden.«

»Aye«, hörte man einvernehmlich von den anderen.

»Dann lasst uns die Brüder sammeln und aufbrechen. Es sind noch etwa vier Stunden bis Tagesanbruch und die sollten wir nutzen!« De l'Isle ging davon, und Jacquotte versuchte sich im Dickicht zu verbergen.

»Du brauchst deine Ohren nicht mehr lang zu machen, Yanis, die Versammlung ist vorbei«, raunte ihr Tête-de-Mort im Vorübergehen zu. Sie zog ärgerlich die Stirn kraus. Diesem Mann entging nichts. Er musste die Sinne einer Eule haben, mit denen er selbst des Nachts seinen Weg fand. Sie ging ihm nach, nicht jedoch, ohne sich vorher zu vergewissern, dass Bigford in eine andere Richtung lief.

Kurze Zeit später brachen die Mannschaften auf. De l'Isle und Lescouble bildeten die Vorhut, Bigford trieb die Männer in der Mitte an, Tête-de-Mort folgte als Nachhut und gab acht, dass niemand zurückblieb oder sich unerwünschte Verfolger an ihre Fersen hefteten.

Als sie endlich die Sumpfpflanzen hinter sich ließen, die Jacquotte wegen des Fiebers fürchtete, das man sich dort holen konnte, begann sie den Marsch durch den dichten Wald zu genießen. Mit der Morgendämmerung erkannte sie, dass dieser Teil von La Española nicht so hügelig wie die Westküste war und die Vegetation hauptsächlich von hohen Palmen geprägt wurde, unter denen dichtes Gestrüpp wuchs, das der Stoßtrupp kappte, um das Vorankommen der Männer zu erleichtern.

Sie füllte ihre Lungen mit der schweren Luft und lauschte verzückt den Stimmen der Tiere, die immer lauter wurden, je mehr Licht durch das Blätterdach drang. Dicke Lianen wanden sich um die knorrigen Stämme und waren kaum von den braunen Schlangen zu unterscheiden, die sich zwischen ihnen tarnten und auf Beute lauerten. Jacquotte kannte sie von Tierra Grande. Mit wachsamem Blick verfolgte sie die witternden Bewegungen ihrer Zungen und sorgte dafür, dass ihnen niemand zu nahe kam. Denn obwohl sie ihre Beute zu Tode würgten, waren ihre Bisse nicht zu unterschätzen. Niemand wusste besser als sie, welche Gefahren auf der Insel lauerten.

»Hütet euch vor dieser Pflanze«, ließ sie die Brüder in ihrer Umgebung wissen. »Das ist ein Manzanillabaum. Brecht keine Zweige ab, denn er ist sehr giftig und verursacht Blasen auf eurer Haut.«

»Was ist mit dem hier?«

»Keine Sorge, das ist ein Icacos. Die Früchte schmecken sehr gut.« Jacquotte pflückte ein paar und schob sie sich demonstrativ in den Mund. Die Männer taten es ihr gleich.

»Was ist das für ein Tier, Yanis?« Die Männer zeigten auf ein hellbraunes Geschöpf mit lang gestrecktem Kopf und winzigen Knopfaugen, das eilends Schutz in einem verwitterten Baumstumpf suchte.

»Ein Nasenrüssler. Seid vorsichtig! Wenn er euch beißt, schwellen eure Gliedmaßen an. Ich habe ihn einst einen Welpen töten sehen, der mit ihm gespielt hat.«

»Du machst einen deiner Scherze, Yanis!«

Jacquotte lachte fröhlich. »Nein, ich schwöre es euch.« Sie genoss das Geplänkel mit den Männern. Nicht mehr seit ihrer Kindheit hatte sie sich derart ungezwungen geben können. Ihr Wissen über die Pflanzen und Tiere machte sie zu einem geschätzten Mitglied der Gruppe, und Jacquotte gab bereitwillig Auskunft.

»Ist es nicht seltsam«, fragte Tête-de-Mort aus einiger Entfernung, »dass ein solch unscheinbares Wesen andere derartig zu täuschen vermag, dass sie es nahe genug an sich heranlassen, um gebissen zu werden?« Seine Augen flackerten kurz auf, als er an Jacquotte vorüberging.

»Wer zu neugierig ist, muss damit rechnen, gebissen zu werden«, rief sie ihm hinterher, und die Männer lachten.

Nach einer weiteren Stunde, in der alle unter den hungrigen Moskitos zu leiden hatten, die besonders in den Morgenstunden umherschwirrten, kam die Gruppe zum Stillstand, um zu rasten. Auserwählte schwärmten aus, um Nahrung zu besorgen, und Jacquotte zeigte den Männern essbare Früchte, bevor sie sich abseits an einem Baum niederließ, um zu ruhen. Fast wäre sie in der Wärme des jungen Tages eingeschlafen, als ein Schatten ihre Aufmerksamkeit forderte.

»Wie ich hörte, seid Ihr bewandert in der Welt der Pflanzen, Yanis le Jouteur«, vernahm sie Bigfords Stimme.

Jacquotte tastete nach ihrer Machete und öffnete die Augen. Ihr Puls verselbstständigte sich.

»Wie ich hörte, seid Ihr der Engländer, der einem Landsmann sein Schiff unter scheinheiligen Versprechungen abgenommen hat und sich nun Kapitän schimpft.« Sie blieb am Boden liegen und machte keine Anstalten aufzustehen. Bigford schenkte ihr einen herablassenden Blick.

»Ihr habt die gleiche spitze Zunge wie jemand, den ich kenne«, bemerkte er und sondierte die Umgebung.

»Bei Eurem Ehrgeiz kennt ihr zweifellos viele Menschen, die ihre spitze Zunge gegen Euch einsetzen.« Sie beobachtete ihn und fragte sich, was er vorhatte. Übertrieben entspannt lehnte sich Bigford an den Baum, unter dem Jacquotte ihr Lager hatte. Seine helle Haut war in den letzten Tagen auf See von der unbarmherzigen Sonne gebissen worden und ließ ihn wie eine sich häutende Schlange aussehen.

»Man sagte mir, Ihr kommt aus den Wäldern von Tierra Grande«, nahm er die Fährte auf. »Ich lebte dort selbst eine Zeit lang, aber ein Yanis le Jouteur ist mir niemals untergekommen.«

»Die Wälder sind groß.«

»Aber nicht groß genug, um die Kunde von einem solch mutigen Kämpfer zu verpassen, wie ich meine.« Er legte den Kopf schief. »Kennt Ihr einen Mann namens Jérôme?«

»Verzeiht mir ...« Jacquotte hielt kurz inne. »Bigford war Euer Name? Nun, Bigford, Eure englische Abstammung mag Euch vergessen lassen, dass es einige Männer an der Küste gibt, die diesen französischen Namen tragen.«

»Ich meine den Jérôme, der besonders unter den Flibustier bekannt ist.«

Sie starrte ihn an. Er spielte mit ihr und das machte sie ungehalten.

Bigford lächelte. »Wenn Ihr ihn nicht kennt, dann ist meine Botschaft ohne Bedeutung. Doch ich hörte, dass er sich zur Ruhe gesetzt hat. Zwar musste er sich erst des eigentümlichen Jungen entledigen, der ihm zugelaufen war, aber inzwischen soll er in Port de Paix darauf warten, dass Jérémie Deschamps die Geschicke auf der Île de la Tortue übernimmt, um sich dort anzusiedeln.«

Jacquotte stockte der Atem und Bigford nickte bestätigend. »Ich dachte mir, dass Euch das interessieren würde«, flüsterte er.

Am liebsten hätte sie ihre Machete gezückt und den verhassten Engländer an Ort und Stelle umgebracht, aber sie musste vorsichtig sein. Der Kodex band sie an die Bruderschaft, und Bigfords Tod war es nicht wert, das eigene Ende in Kauf zu nehmen. Sie zog ihre Hand vom Griff der Waffe zurück.

»Weshalb sagt Ihr nicht, was Euch auf Eurer hinterhältigen Seele brennt?«

»Hatte ich also doch recht? Nun, seid unbesorgt, ich werde Euer Geheimnis nicht ausplaudern. Wie Ihr wisst, sollen sich Brüder zur Seite stehen. Ich gehe davon aus, dass wir eine Übereinkunft finden werden.« Bigford trat einen Schritt zurück, verbeugte sich übertrieben und schlenderte mit siegessicherer Körperhaltung davon.

Kaum war er außer Sichtweite, sprang Jacquotte auf und machte ihrem Ärger Luft. In blinder Wut schlug sie so lange gegen den vor ihr aufragenden Baumstamm ein, bis ihr die Haut an den Fäusten aufplatzte. Erst als der Schmerz ihren Hass überlagerte und das Blut ihren Kummer wegspülte, hielt sie inne.

Tränen brannten in ihren Augen, aber sie blinzelte sie fort. Manuel! Es durfte nicht sein! Jacquotte legte die Stirn gegen das rissige Holz und atmete tief durch. Sie hatte Jérôme vertraut! Wie konnte er so grausam sein? Der Stachel, den sie im Herzen trug, seit sie Manuel zurückgelassen hatte, machte sich heftiger als jemals zuvor bemerkbar. Sie hatte ihn geopfert, um ihren Weg zu gehen. Pierre hatte versucht, sie zu warnen, aber sie hatte seine Worte selbstgefällig in den Wind geschlagen. Hilflos hieb sie erneut auf den Stamm ein. Aber all die Schläge vermochten die erdrückende Schuld nicht zu lindern, die sie wie ein eiserner Kokon umhüllte.

Verbittert stieß sie sich vom Baum ab und sammelte ihre Waffen ein. Sie durfte nicht aufgeben! Sie würde den Brüdern zeigen, was in ihr steckte, und sich offenbaren, wenn es an der Zeit war. Dann hatte auch Bigford endgültig kein Druckmittel mehr gegen sie. Manuels Tod durfte nicht umsonst gewesen sein!

Entschlossen gesellte sie sich wieder zu den übrigen Männern und vermied es, Tête-de-Morts Blick zu begegnen. Sie glaubte, er könnte den Verrat sehen, den sie an ihrem leiblichen Bruder begangen hatte und für den sie sich so sehr schämte, dass sie kaum noch Luft bekam. Die Wärme in ihrem Nacken verriet ihr jedoch, dass sie ihm nicht entkommen konnte und er sie bereits beobachtete. Er schien stets zu ahnen, was in ihr vorging. Doch noch war sie nicht bereit für seine Nähe und drehte ihm entschieden den Rücken zu.

Am späten Nachmittag, nachdem die Männer ausgiebig geruht hatten, kam Bewegung in die Truppe. Die Kunde, dass de l'Isle zum Aufbruch drängte, erreichte die Mannschaft von Tête-de-Mort als Letzte.

Eilig wurden Feuer ausgetreten, Sachen zusammengesammelt und übrig gebliebenes Fleisch eingepackt, bevor die Gruppe aufschloss. Jacquotte fühlte eine nervöse Unruhe. Während die Männer um sie herum geschnarcht hatten, war sie selbst hellwach gewesen. Den Hut tief ins Gesicht gezogen, hatte sie Manuel betrauert, ohne eine einzige Träne zu vergießen. Sie beschwor sein Lachen herauf, bevor sie es tief in ihrem Inneren begrub, an jenem Ort, an dem ihr Vater vor seiner Hütte saß und es Unmengen von Schmetterlingen gab, denen Manuel hinterherjagen konnte. Der Ort, an den sie stets zurückkehrte, wenn sie sich einsam fühlte und Frieden suchte. Nun gab es dort nicht nur ihren Vater, ihre gesichtslose Mutter und die Hunde, die sie in ihrem Leben begleitet hatten, sondern auch ihren wundersamen Bruder, der für sie stets etwas Besonderes gewesen war. Jacquotte wusste, dass sie jenen Ort niemals mehr ohne schlechtes Gewissen würde besuchen können, aber es tat gut zu wissen, dass es ihn gab. Nachdem sie auf diese Weise stillen Abschied genommen hatte, war Jacquotte froh, wieder marschieren zu können, und legte Tempo vor.

»Du musst dich nicht beeilen, Yanis, der Kampf wird nicht ohne dich stattfinden«, neckten die Männer sie nach einer Weile, doch Jacquotte hörte nicht auf sie. Ihre Beine wollten laufen und sie ließ ihnen den Willen. Sie wollte etwas fühlen, gleich, was es war, und als mit der Abenddämmerung endlich ihre Muskeln ermüdeten, kehrte sie zur Mannschaft von Tête-de-Mort zurück.

»Yanis! Hast du den Feind bereits ausgespäht?«

»Wie geht es de l'Isle dort vorne?«

»Läuft die Vorhut schon durch die Nacht?«

Die Männer zogen Jacquotte auf, und sie nahm es gelassen hin.

»Aye! Die da vorne rasten bereits wieder. Faule Hunde«, scherzte sie, und die Männer nahmen die Aussage nur zu gerne auf, um de l'Isle ausgiebig zu verhöhnen.

Das Stimmengewirr verlor sich im Geschrei der Vögel, die sich in den Wipfeln ihre Schlafplätze erkämpften. Bald schon umschloss die Gruppe sie, und Jacquotte spürte, wie die nagende Unruhe von ihr abfiel. Unweigerlich hielt sie nach Tête-de-Mort Ausschau.

Als sie ihn sah, verhakten sich ihre Blicke für einen kurzen Moment ineinander, und Jacquotte spürte den Schmerz über den Verlust ihres Bruders überdeutlich. Sie ließ sich langsam zurückfallen. An Tête-de-Morts Seite angelangt, fühlte sie Trost, obwohl der Kapitän sie kaum beachtete. Konzentriert erfasste er sein Umfeld. Keine Bewegung entging ihm. Er starrte geradeaus und wandte ihr sein rechtes Profil zu, das außer der fehlenden Nase gesund aussah. Jacquotte wagte es, ihn erneut anzusehen und wartete darauf, dass er etwas sagen würde. Aber er schwieg. Im gleichen Rhythmus setzten sie nebeneinander ihren Weg in die hereinbrechende Nacht fort.

Erst als sie zwei Tage später kurz vor San Jago Caballero anhielten, um sich zu sammeln, richtete Tête-de-Mort wieder das Wort an sie.

»Weißt du noch, was ich dir vor unserem Aufbruch gesagt habe, Yanis?«

Jacquotte, die am Boden saß und gerade dabei war, ihre Waffen zu überprüfen, sah überrascht auf. Eine Augenbraue fragend nach oben gezogen, warf sie ihm ein Ledersäckchen mit Pistolenkugeln zu. Er fing es geschickt auf, entnahm die Hälfte und bückte sich, um es ihr zurückzugeben. Sie band es an ihren Gürtel und sah ihn an.

»Du wirst an meiner Seite kämpfen«, erklärte er bestimmt. »Wenn du dich auch nur eine Armlänge von mir entfernst, dann lasse ich dich an Bord so lange das Deck schrubben, bis du auf den blanken Knochen deiner Knie über die Planken kriechst.«

»Aye.«

»Du bist Mitglied meiner Mannschaft. Der Kodex eint die Brüder, ein Schiff jedoch eint die Männer, die auf ihm segeln. Dieser Bund ist sehr viel enger als der Kodex. Wir sind loyal bis in den Tod. Das solltest du nie vergessen.«

Sie nickte. Die letzten zwei Tage war Tête-de-Mort schweigsam gewesen. Das gab ihr Zeit, sich zu sammeln und ihre widersprüchlichen Gefühle für ihn zu ordnen. Seit Pierre fortgegangen und ihr Vater gestorben war, hatte sie geglaubt, niemanden mehr in ihrem Leben zu brauchen, dem sie vertrauen konnte. Doch dann war dieser entstellte Mann aufgetaucht, den alle fürchteten.

Sie konnte es nicht verstehen. Da waren Abscheu und Vorsicht, Neugier und Zuneigung, Furcht und Unbehagen, aber auch immer mehr Respekt und ein Gefühl der Verbundenheit. Tête-de-Mort war anders. Genau wie sie selbst. In gewisser Weise kämpften sie beide gegen Dinge, die das Schicksal ihnen auferlegt hatte.

»Sieh zu, dass du nicht verwundet wirst! Wir haben keinen Wundarzt an Bord.«

»Aye.« Sie grinste.

Verärgert über ihre sorglose Reaktion kniff er die Augen zusammen und Jacquotte senkte den Blick. »Sei unbesorgt, Morelles Orakel hat prophezeit, dass ich in diesem Kampf nicht sterben werde und wir siegreich daraus hervorgehen.« Sie befestigte Säbel, Messer, Machete und die dicke Pistole an ihrem Gürtel und versicherte sich, dass sie festen Halt hatten. Dann schulterte sie die Muskete.

Tête-de-Mort schüttelte den Kopf. »Gott steh uns bei«, murmelte er und verschwand zwischen seinen Männern.

Die Mannschaften waren unruhig. Der Wind fuhr über die Ebene, die vor ihnen lag, während Vogelgezwitscher den bevorstehenden Tag ankündigte. Die Dämmerung stand kurz bevor. Auf den Weiden lag das Vieh und muhte. Es hatte die Angreifer längst bemerkt. Im nahen Dorf jaulten die Wachhunde.

Ansonsten war nur das Flüstern der Brüder zu hören, die auf das Zeichen ihrer vier Kapitäne warteten. Jacquotte trat ungeduldig auf der Stelle. Ihre Arme und Beine waren klebrig von dem Talg, den sie sich in die Haut gerieben hatte, um die Moskitos auf ihrem Marsch durch die Nacht fernzuhalten. Verschont geblieben war sie dennoch nicht, und die Stiche begannen bereits zu jucken. Ein Raunen ging durch die Gruppe.

»Es geht los!« Der Ruf verbreitete sich bis zu Jacquotte, und sie zwang sich, sich auf den Überfall zu konzentrieren.

Die Männer setzten sich in Bewegung. Es galt, sich sachte an das noch schlafende Dorf heranzuschleichen. Jedes Geräusch, jedes aufgeschreckte Tier konnte ihren Angriff vereiteln. Sie setzte vorsichtig einen Fuß vor den anderen und verließ sich allein auf ihre Ohren und ihre Intuition, denn noch war das Licht zu schwach, um sich ausreichend zu orientieren. Graue Schatten deuteten die Zäune an, entlang derer sie in Richtung Dorf pirschten. Auf ein kaum wahrnehmbares Kommando hin teilte sich die Gruppe, um von zwei Flanken aus zuzuschlagen.

»Wir greifen von Süden aus an und halten dort die Stellung.« Tête-de-Mort war an Jacquottes Seite zurückgekehrt und sprach in gedämpftem Tonfall zu seinen Männern.

»De l'Isle und Lescouble dringen direkt in die Häuser ein und machen Gefangene, und Bigford hält die Stadt in nördlicher Richtung. Sobald wir alles unter Kontrolle haben, wird geplündert!«

»De l'Isle und Lescouble werden die besten Sachen für sich behalten«, schimpfte einer der Männer.

»Aye! Bevor wir die Stadt betreten, haben sie bereits einträglichste Beute gemacht!«

»Ruhe«, knurrte Tête-de-Mort. »Das Lösegeld für die Geiseln wird geteilt. So will es die Abmachung. Alles andere steht euch frei. Auf mein Zeichen lauft ihr los. Blair-Moche, Levache, Crochu und Yanis, ihr bleibt bei mir und sichert den Rückzug. Ihr anderen haltet euch an die Kirche. Nehmt an Figuren, Gefäßen und Ornamenten mit, was ihr tragen könnt. De l'Isle und Lescouble sind gierig, sie werden die Glocken herunterholen. Das wird Zeit und Männer in Anspruch nehmen. Währenddessen sichert euch, was ihr begehrt. Wenn die Nacht hereinbricht, müssen wir abziehen!«

»Aye!« Die Gesichter der Brüder wirkten fahl im ersten Licht des Tages. Jacquotte war ungehalten. Warum durfte sie nicht an der Plünderung teilnehmen?

»Deine Zeit wird kommen.« Tête-de-Mort bemerkte ihren Stimmungswechsel und deutete ihn richtig.

»Wann?«

»Du hast die Angriffe der Spanier in Tierra Grande erlebt. Dieses Mal sind wir die Angreifer. Die Taten bleiben dieselben.« Er ließ sie stehen, um die Führung zu übernehmen.

Einige Hunde witterten nun die Eindringlinge und bellten aufgebracht. Nach und nach verstummten ihre Stimmen, bis kein Winseln mehr zu hören war. De l'Isle und Lescouble hatten das Dorf erreicht. Tête-de-Mort und seine Männer bezogen Stellung hinter den äußeren Häusern, deren steinerne Wände weiß geschlämmt waren. Jacquotte hatte nie zuvor solch stabil gebaute Behausungen gesehen und bewunderte die schmucken, eingefassten Fenster und soliden Dachziegel aus Ton.

Eine tückische Ruhe lag über dem Ort, in dessen schmale Gassen sich die Flibustier einer bedrohlichen Flut gleich ergossen. Tête-de-Mort zog witternd die Luft ein. In der aufgehenden Sonne glich sein Gesicht den zerfurchten Äckern der Pflanzer, die in den heißen Monaten für die Aussaat vorbereitet wurden. Er versammelte mit stummen Gesten die Männer um sich, die bei ihm bleiben sollten, und bedeutete den anderen, sich ruhig zu verhalten. Erste Schreie waren zu hören. Worte in der zischenden Sprache, die Jacquotte nicht verstand, hallten durch die milde Morgenluft.

»*Cornudos ladrones*«, erscholl es aus jeder Ecke.

Die Brüder duckten sich in ihrem Versteck. Die Stimmen nahmen zu. Vereinzelt Flüchtende rannten über die Weiden und wurden von Bigfords Truppe niedergemetzelt. Die Rinder kamen in Bewegung und flohen an den Zäunen entlang. Scheuende Pferde galoppierten mit aufgestellten Schweifen und fliegenden Mähnen aus dem Ort.

Der Lärm in der Stadt schwoll an. Immer mehr Menschen hasteten aus ihren Häusern, um nachzusehen, was der Aufruhr sollte. Die meisten von ihnen fanden ein rasches Ende. Andere schrien ihre Furcht heraus und liefen panisch durch die Gassen. Jacquotte verfolgte das Geschehen mit gemischten Gefühlen. Der zu lange unterdrückte Sinn nach Rache und der lachende Hochmut, auf der Seite derjenigen zu sein, die sich im Vorteil befanden, kämpften mit dem Mitgefühl für die Verfolgten.

Nachdem sich zunächst nur Männer aus den Häusern gewagt hatten, drängten nun vermehrt Frauen und Kinder hintendrein. Die Flibustier hatten genau darauf gewartet. Wie Spinnen schossen sie aus ihren Verstecken, ergriffen die Frauen und vergingen sich an ihnen, während andere die zu Hilfe eilenden Ehemänner ermordeten. Ihre Schreie und das Geheul der verwirrten Kinder zehrten an Jacquotte.

Sie wandte sich ab und wechselte einen kurzen Blick mit Tête-de-Mort. Zu deutlich hatte sie seine Worte im Ohr. Die Taten blieben dieselben. Sie verstand. In diesem Moment erklangen die Glocken der Kirche.

»Lauft, Brüder«, brüllte er. »Das ist unser Signal. Der Sturm beginnt!«

Die Männer hatten nur auf diesen Befehl gewartet und stürzten sich mitten ins Getümmel. Chaos brach aus. Die Menschen von San Jago Caballero kämpften um ihr Überleben. Man roch den Angstschweiß, der durch die Straßen waberte.

Tête-de-Mort stellte Flüchtende und durchbohrte sie mit seinem Säbel. Auf einer der hinteren Weiden erkannte Jacquotte, dass die

Männer von De l'Isle Geiseln zusammentrieben. Offenbar war es ihnen gelungen, den Gouverneur in seinem Bett zu überraschen. Aber ihr blieb keine Zeit, den Brüdern davon zu berichten. Der Ansturm der Bewohner nahm überhand. Teils bewaffnet, teils kopflos fliehend, drängten sie durch den südlichen Ortsausgang.

Jacquotte zog Säbel und Machete. Unfähig, Wehrlose anzugreifen, nahm sie sich die mit Stöcken und Messern gerüsteten Männer vor. In ihrem Rücken spürte sie Tête-de-Mort, der sich mit gezielten Hieben seines Säbels gegen die Überzahl der verschreckten Menschen durchsetzte. Bald fielen Schüsse und berittene Spanier versuchten die Flibustier in die Flucht zu schlagen. Geschwind wurden sie von ihren Pferden geholt und zu Tode gemeuchelt.

Die Sonne hatte noch nicht den Zenit erreicht, als die Brüder die Lage in der Stadt unter Kontrolle hatten. Man trieb die letzten Spanier aus ihren Verstecken, verschonte ihr Leben und brachte sie zu den übrigen Geiseln. Einzelne Frauen steckte man in das Haus des Gouverneurs, wo sie den Männern zur Verfügung stehen mussten, bis diese abzogen. Die Leichen der Einwohner ließ man achtlos liegen oder durchsuchte sie nach wertvollen Gegenständen. Jetzt begann der ersehnte Teil des Überfalls.

Nach einem kurzen *Te Deum* in der Kapelle, bei dem die Flibustier Gott dankten, der ihre Leben verschont hatte, stürmten sie die Häuser, rissen herunter, was an den Wänden hing, durchwühlten Schlafstätten, Schränke und Behältnisse. Sie wüteten in der Kirche und auf dem Friedhof, schleppten Kreuze fort und öffneten frische Gräber, in der Hoffnung, edle Beigaben zu finden. Sie labten sich an den Vorräten der Menschen, schossen Rinder auf den Weiden und bereiteten ein Fest, um ihren Sieg zu feiern.

Währenddessen lehnte Jacquotte an der Rückwand eines Hauses und ließ die Plünderungen an sich abprallen. Die Aufregung des Morgens hatte ihre Glieder ermatteten lassen, und der Duft nach gebratenem Fleisch brachte ihren Magen zum Knurren. Die Männer von Tête-de-Mort schleppten unaufhörlich Beute heran, und Jacquotte musterte sie interessiert. Levache, der Steuermann, überwachte das Geschehen. Er stellte sicher, dass die Mannschaft alles abgab und auf dem Rückweg zum Schiff nichts verloren ging.

Ein goldenes Kreuz in der Art, wie Pierre es bei ihrem letzten Treffen um den Hals getragen hatte, erregte ihre Aufmerksamkeit und sie griff danach. Schwer lag es in ihrer Hand. Fremdartige Schriftzeichen rankten sich über seine Mitte, und funkelnde Steine begrenzten die Ränder. Es war auf seltsame Art faszinierend.

»Die Spanier haben einen Sinn für das Schöne«, ließ Levache vernehmen und zwinkerte Jacquotte zu. »Du solltest ihre Weiber sehen! Sie haben viele Kinder mit Mohrinnen. Diese Mulattendirnen sind eine Pracht. Eine Schande, dass uns der Kapitän hier festhält. Wenn wir in See stechen, wird es Wochen dauern, bis wir wieder welche zu Gesicht bekommen.«

Jacquotte winkte ab und legte das Kreuz zurück. Sie wollte nicht an all die geschändeten Frauen denken. Stattdessen schlenderte sie zu Tête-de-Mort hinüber, der die umliegenden Felder im Auge behielt. In der flimmernden Mittagshitze rührte sich nichts.

»Du hast dich beachtenswert geschlagen«, entgegnete er, als sie sich zu ihm gesellte.

»Noch ist es nicht vorüber.«

»In der Tat. Ich schätze diese endlosen Gelage nicht. Je länger wir ausharren, desto mehr Zeit geben wir den Spaniern, um sich zum Gegenschlag zu sammeln.« Er zog den Dreispitz tiefer in die Stirn, eine für ihn typische Geste.

Jacquotte sah zu den Geiseln hinüber, die gefesselt im Kreis saßen und von ihren Bewachern mit brennenden Scheiten gepeinigt wurden.

»Du plünderst nicht mit den anderen«, stellte sie fest, ohne ihn anzusehen. »Die Geschichten über dich erzählen von einem grausamen Monster, das seinen Feinden die Köpfe spaltet.«

Tête-de-Mort grunzte. Es klang amüsiert. »Über mich gibt es viele Geschichten. Die Männer sehen gerne, was sie sehen wollen. Jeder, der der Bruderschaft beitritt, hat eine Vergangenheit. Doch in den Wäldern oder an Bord der Schiffe schreibt ein jeder seine Geschichte neu. Ich bin dem Tod bereits näher als dem Leben, und man tut gut daran, mich zu fürchten, denn ich habe nichts mehr zu verlieren.«

Jacquotte hatte das Gefühl, als wenn er ihr bis in die Tiefen ihres rastlosen Herzens sah, als er heiser hinzufügte: »Du schreibst deine

Geschichte auch gerade neu, Yanis. Dein Mut ehrt dich. Ich hoffe, er geht weit genug, um deine eigene Bestimmung zu finden.«

»Ich sehe kein Monster in dir«, versicherte sie und glaubte, einen gequälten Ausdruck zu erkennen, der über sein Gesicht huschte. »Keiner hat mich je so respektvoll behandelt wie du. Ich hoffe, ich erweise mich als würdig in deiner Mannschaft.«

»Dann solltest du besser wieder auf deinen Posten zurückkehren.« Er wandte sich ab und fuhr Levache an: »Sieh zu, dass man uns Rum und etwas zu essen bringt!«

»Aye-aye, Kapitän«, erwiderte dieser schleunigst und schnappte sich den nächsten Mann, der vorüberkam, um den Befehl weiterzugeben. Jacquotte kehrte zu ihrem Platz an der Hauswand zurück und behielt das Geschehen im Ort im Auge. Bisweilen wagte sie jedoch, zu dem schwarz gekleideten Mann hinüberzusehen, der befremdliche Empfindungen in ihr weckte.

Auch Bigford beobachtete Tête-de-Mort verstohlen von der gegenüberliegenden Wiese.

Diese Kreatur war abstoßend, befand er und spuckte angewidert auf den Boden. Es war beinahe ein Hohn, dass sich die rote Jacquotte auf sein Schiff gestohlen hatte. Er dachte an ihre letzte Zusammenkunft. Die Botschaft über Jérôme und den grässlichen Zwerg hatte ihr zweifelsohne weibische Gefühle entlockt. Und diese waren vermutlich von derselben Art, die sie zu diesem Ungeheuer getrieben hatten. Mitleid machte die Menschen verwundbar.

Bigford wusste um diese Schwäche. Man konnte sie meisterhaft zum eigenen Vorteil nutzen. Es ärgerte ihn einzig, dass Tête-de-Mort zwischen ihm und dem roten Liebchen stand, das er mit jedem Tag mehr begehrte. Nächtelang hatte er sich den Kopf darüber zerbrochen, wie es ihm gelingen konnte, sie zu überwältigen, kaum dass er Sicherheit darüber erlangt hatte, um wen es sich bei Yanis le Jouteur in Wahrheit handelte. Stolz darauf, die richtige Ahnung gehabt zu haben, geriet sein Vorhaben dennoch ins Stocken. Obwohl er sie bereits einmal alleine angetroffen hatte, war es ihm kein zweites Mal vergönnt gewesen. Der Totenkopf wachte über sie. Keinen Schritt tat sie mehr ohne ihn.

Nicht zum ersten Mal fragte er sich, welche Absichten Tête-de-Mort ihr gegenüber hegte. Wusste er um Jacquottes Geheimnis? Er war nicht einfältig, so viel stand fest. Seine Worte waren durchdacht und seine Sprache zeugte von Bildung. Dennoch war es schwierig, etwas über diesen mysteriösen Mann herauszufinden.

Sicher, die Brüder erzählten Geschichten über die Foltermethoden, mit denen er Gefangene zu quälen verstand, aber diese Erzählungen hafteten allen großen Kapitänen an. Es hieß, er sympathisiere mit den Hugenotten und hatte gemeinsam mit seinem Bruder die Heimat verlassen. Doch selbst das war nichts Ungewöhnliches. Beeindruckend war indes die Loyalität seiner Mannschaft.

Bigford hatte einige von ihnen in ein Gespräch verwickelt, musste jedoch feststellen, dass sie nur lobende Worte für ihren Kapitän übrig hatten. Sie erzählten, er wähle seine Männer mit Bedacht aus. Die meisten von ihnen waren von ihm angesprochen worden, anstatt von sich aus bei ihm anzuheuern. Es war möglich, dass er Männer ablehnte, denen er kein Vertrauen entgegenbrachte. All das ließ in Bigfords Kopf das Bild eines durchtriebenen Mannes entstehen, der, wie er vermutete, etwas zu verbergen hatte. Ausgerechnet diese Verschlagenheit, für die er sich selbst gerne lobte, stand ihm nun im Weg. Ihm würde etwas einfallen müssen, um die rote Jacquotte den Fängen von Tête-de-Mort zu entreißen. Das Schicksal wollte es, dass sich ihre Wege beständig kreuzten. Es war ihm bestimmt, sie zu besitzen! Mit einem letzten Blick auf seinen Widersacher wandte Bigford sich ab.

Jacquotte bemerkte, dass Tête-de-Mort unruhig wurde. Wie ein eingesperrtes Tier lief er umher und ließ den Horizont nicht aus den Augen, während das Treiben um sie herum an Intensität gewann. Trunken vom Wein der Spanier und satt von den Bergen an Fleisch, das über offenen Feuern garte, frönten die Flibustier jeglichem Laster, dessen sie habhaft werden konnten. Gefangene wurden ausgiebig gefoltert, und ihre schaurigen Schreie erhoben sich in den Abendhimmel, der das Blut der Gemarterten aufzunehmen schien und sich bedächtig rot verfärbte.

»Er riecht das Unheil«, murmelte Levache. »Ist auf'm Meer genauso. Er vermag Stürme vorherzusagen und zu umsegeln.«

»Aye«, bestätigte ein anderer mit Unbehagen. »Wir sollten besser losziehen.«

Mit scharfem Blick beobachtete Levache das Martyrium der Gefangenen.

»Wenn sie so weitermachen, gibt's bald kein Lösegeld mehr zu erpressen«, murrte er. »Dieser Jean-David ist ein Teufel! Es bereitet ihm Freude, andere zu quälen. De l'Isle lässt ihn foltern, dafür gewährt der ihm zuweilen eine Frau. Wenn du mich fragst, ist er krank im Kopf.«

Jacquotte zog fragend die Augenbrauen hoch. Levache bemerkte es und erklärte: »Jean-David Nau ist der Steuermann von de l'Isle. Man sagt, sie verbindet ein wenig mehr als nur innige Freundschaft.« Er grinste anzüglich. »Wie dem auch sei, sein Hass auf die Spanier ist gewaltig. Kaum bekommt er einen zwischen die Finger, fehlt dem auch schon die Haut.«

Jacquotte wusste, von wem er sprach. Sie hatte den jungen Mann bereits während des Tages beobachtet. Sein angenehmes Gesicht täuschte über die Brutalität hinweg, mit der er gegen die Spanier vorging. Sie glaubte gar ein beglücktes Lächeln auf seinen Lippen zu erkennen, wenn es ihm gelang, einen zu erwischen, um ihn sodann langsam und qualvoll in den Tod zu schicken. Ein kurzer Schauer lief ihr über den Rücken, als sie sich daran erinnerte, dass Fayolas Prophezeihung ihr Schicksal ausgerechnet mit dem von Jean-David Nau verknüpfte.

»Bei meinen wankenden Masten«, tobte Tête-de-Mort, und die Männer zuckten zusammen. »Ich werde mir das nicht länger mit ansehen! Wir haben mehr Beute gemacht, als wir tragen können. De l'Isle sollte zum Aufbruch drängen, anstatt sich zu amüsieren!« Wütend stapfte er davon.

Obwohl die Kapitäne sich kurz darauf berieten, dauerte es noch bis in die Nacht, bis de l'Isle sich endlich entschloss, abzuziehen. Schwer beladen setzten sich die knapp vierhundert Männer in Bewegung und hielten auf die Küste zu. Das Wimmern der Verwundeten, die man zurückgelassen hatte, folgte ihnen dabei wie ein Fluch.

»Es wird zum Kampf kommen«, schwor Tête-de-Mort seine Mannschaft ein, während sie vorsichtig über die verknoteten Wurzeln stiegen, die ihren Marsch behinderten. »Bleibt eng beieinander, entfernt euch nicht von der Gruppe und bildet einen Kreis um die Beute. Die Spanier werden uns gewiss nicht während der Nacht zusetzen, aber seid aufmerksam, wenn der Tag anbricht!«

Jacquotte umklammerte den dicken Ast, der auf ihrer Schulter ruhte. Jeweils zwei Männer trugen gemeinsam eine Stange, an der die Säcke mit den wertvollen Gegenständen befestigt waren. Es erforderte Geschicklichkeit, sie in der Dunkelheit zwischen den Bäumen hindurch zu balancieren, und man hörte die Brüder in einem fort fluchen. Beeinträchtigt durch ihre Last, kamen sie nur schwerfällig voran.

Als der Morgen nahte, zog sich eine kalte Taubheit durch Jacquottes Arm, und sie hatte das Gefühl, tagelang marschiert zu sein. Aber de l'Isle kannte keine Gnade und ließ die Kunde verbreiten, dass sie erst gegen Mittag rasten würden. Die Brüder murrten. Der Tag versprach, heiß zu werden. In der dampfigen Luft des anbrechenden Tages waren sie wehrlose Opfer für die Stechfliegen, die ihre Beine und Arme bald wie einen Teppich bedeckten.

Doch die Verwünschungen der Brüder wurden kurz darauf vom Geschrei und dem Getrampel Hunderter Spanier übertönt. Durch die Worte von Tête-de-Mort zur Vorsicht gemahnt, gab es kein Zögern unter seinen Männern. Mit wenigen Handgriffen häuften sie die Beute auf und griffen zu den Waffen. Jacquotte empfand keine Furcht, als sie ihre Muskete lud. Müdigkeit, Hunger und Alkohol halfen ihr dabei, sich auf das Wesentliche zu konzentrieren. Tête-de-Mort zog sie an seine Seite.

»Schickt ihre verfluchten Seelen auf direktem Weg in die Hölle«, brüllte er und hob seinen Säbel, der das Sonnenlicht auffing und aussah, als glühe er.

Die Männer erhoben ihre Stimmen und stemmten sich wie ein Bollwerk gegen das auseinanderbrechende Gebüsch. Erste spanische Angreifer stürzten mit gezückten *navajas*, säbelförmigen Messern, auf die vordere Front zu. Die Flibustier hielten stand. Sie verstanden es, ihre Musketen in unterschiedlichen Salven nachzuladen und abzufeuern. Anstatt sich des Ladestocks zu bedienen, donnerten sie den Knauf der Waffe auf den Boden und sorgten so dafür, dass sich die Kugel gegen das eingefüllte Pulver drückte.

Noch effizienter ging Tête-de-Mort vor, der seine angerostete Muskete derart präpariert hatte, dass er kein Schwarzpulver auf die Zündpfanne aufbringen musste, sondern dieses direkt durch das Aufschlagen des Knaufs durch die verbreiterte Öffnung von selbst in die Pfanne fiel. Dadurch vergeudete er kaum Zeit beim Nachladen und war in der Lage, sechs Schuss abzugeben, während die Gegenseite nur zwei entgegenzusetzen hatte.

Jacquotte erledigte erste Angreifer mit ihrer Muskete, bevor ihre Anzahl zunahm und sie zu Säbel und Machete griff, um sich zu verteidigen. Im Strudel der Kampfhandlungen war es bald schwierig, die eigenen Leute von den Spaniern zu unterscheiden. Zu rasant erfolgten die Paraden auf die niederprasselnden Hiebe, zu impulsiv waren die Reaktionen auf schemenhaft wahrnehmbare Bedrohungen. Jacquotte spürte kaum, dass ihr der Oberarm aufgeritzt wurde. Lediglich das feuchte Blut, das ihr über die Hand lief, behinderte ihre Fertigkeit.

Sie knurrte verärgert und durchschnitt dem anmaßenden Spanier mit nur einer einzigen Bewegung die Kehle. Er war noch nicht zu Boden gefallen, als bereits der nächste Widersacher auf sie zuhielt. Rasch zückte sie ihre Pistole und schickte den Höllenhund, begleitet vom zischenden Funkenregen, zu seinem seligen Kameraden. In dem Durcheinander, das nun vermehrt durch den Rauch der abgefeuerten Waffen getrübt wurde, wirbelte sie herum.

Tête-de-Mort zermürbte die Feinde mit unmenschlichem Gebrüll und einer grausam verzerrten Fratze. Mit eleganten Schlägen drängte er die Überraschten in die Defensive und tötete sie rasch und präzise. Jacquotte suchte kurz Deckung hinter seinem Rücken und wischte die blutverschmierte Hand an ihrer Hose ab. Durch eine weitere Welle vorstoßender Spanier zurückgedrängt, stieß Tête-de-Mort gegen sie und ließ sie ihr Gleichgewicht verlieren.

Sie strauchelte und der Hut flog ihr vom Kopf. Bevor sie reagieren konnte, packte eine Hand sie an der Kehle, und Jacquotte sah in das aschgraue Gesicht des Feindes, dessen Herannahen ihr entgangen war. Für eine kurze Sekunde registrierte sie jedes Detail an ihm. Von dem gestutzten schwarzen Bart bis hin zu den gelben Zähnen und der schiefen Nase.

»*Hijo de puta*«, zischte er und spuckte sie an.

Mit einer Drehung ihres Körpers versuchte sie sich aus seiner schmerzhaften Umklammerung zu befreien. Doch der Bärtige zerrte sie zurück und sie sah seinen freien Arm nach vorne schießen. Sie wand sich geschickt. Der gezückte Dolch verfehlte sie um Haaresbreite, und Jacquotte spannte ihre Muskeln.

Während er zum nächsten Stich ausholte, hieb sie ihm die Faust gegen das Kinn. Sein Kopf bewegte sich kaum, doch am Zucken seiner Augen erkannte sie, dass er kurzzeitig orientierungslos war. Eilig fingerte sie an ihrem Gürtel, aber der Druck um ihre Kehle verstärkte sich. Sie würgte.

Betäubt nahm sie wahr, dass Tête-de-Mort sich zu ihr umdrehte. Er hielt auf sie zu und sie warf sich mit aller Kraft gegen den Spanier. Die Wucht schleuderte ihn rücklings in Tête-de-Morts ausgestreckten Säbel. Sie spürte, dass die scharfe Klinge auch sie streifte. Kurzzeitig wurde ihr schwarz vor Augen. Endlich lockerte ihr Peiniger seinen Griff und Jacquotte schnappte nach Luft. Eilig wollte sie sich ihm entziehen, doch er langte erneut nach ihr und bekam ihre Haare mitsamt Kopftuch zu fassen. Als er mit blutleeren Lippen zusammensank, riss er sie mit sich.

Sie schlug hart auf dem Boden auf. Die Beine der Kämpfenden kamen ihr gefährlich nahe und Jacquotte trat entsetzt um sich. Schließlich gelang es ihr, sich aus der erstarrten Faust des Spaniers zu befreien, und sie sprang auf die Füße. Heftig atmend nickte sie Tête-de-Mort zu, der mitten im Getümmel den Säbel sinken ließ. Jacquotte sah einen bestürzten Ausdruck in den ansonsten undurchdringlichen Augen. Doch bevor sie realisierte, was ihn bewegte, wurden sie erneut von Angreifern eingekeilt. Rücken an Rücken wehrten sie sich gegen die Offensive, bevor sie verharrten.

Eine unerwartete Ruhe legte sich über den Wald und der Angriff der Spanier ebbte ab. Die Männer begannen, sich zu sammeln. Jacquotte wollte ihren verlorenen Hut aufheben, als ihr mit einem Mal bewusst wurde, dass ihr die Haare schwer auf die Schultern fielen und an ihrer schweißnassen Stirn klebten. Mit einer hektischen Handbewegung bestätigte sie ihre Ahnung. Alarmiert fuhr sie herum und starrte in die verblüfften Gesichter der Brüder.

»Das ist 'ne Frau«, hörte man nach einigen Augenblicken des Schweigens.

»Yanis ist 'ne Frau!« Die Stimmen wurden lauter, bis sich Tête-de-Mort zwischen Jacquotte und den Rest seiner Mannschaft stellte und die Männer damit zum Schweigen brachte.

Sein Blick wanderte über ihren blutenden Arm, den massakrierten Hals und die offenen Haare. Jacquotte wand sich. Die Sicherheit, die sie durch das Kopftuch erlangt hatte, verflog wie der Pulverdampf um sie herum. Dem Gerede der Männer ausgeliefert, wünschte sie sich, im Kampf tödlich verwundet worden zu sein, um die Worte nicht hören zu müssen, die unweigerlich folgen würden.

Was sie Michel le Basque gesagt hatte, entsprach der Wahrheit. Sie hatte keine Angst vor dem Tod. Aber sie fürchtete das Urteil der Brüder, deren Gesellschaft sie schätzte und deren Gemeinschaft zu ihrer Familie geworden war. Mit erhobenem Kinn erwiderte sie die forschenden Blicke.

»Wie ist dein Name?«, fragte Tête-de-Mort. Er sah dabei weder sie noch seine Mannschaft an.

»Ich werde von den Bukanieren in Tierra Grande die rote Jacquotte genannt.«

Ihr Name flog von Mund zu Mund. Es war offensichtlich, dass die Brüder nicht glauben konnten, Seite an Seite mit einer Frau gekämpft zu haben. Sie schluckte. Ihre Finger spielten nervös mit dem Hut in ihren Händen. Tête-de-Mort trat vor sie und verneigte sich. »Ich verdanke dir mein Leben, Jacquotte. Du hast mir im Kampf den Rücken gedeckt. Einen besseren Gefährten hätte ich mir nicht wünschen können.«

Die Männer flüsterten aufgeregt miteinander.

»Es war mir eine Ehre, mit Euch zu kämpfen«, erwiderte sie mit kratziger Stimme. Ihr Hals schwoll an und schmerzte. Ebenso wie ihr Herz.

Tête-de-Mort drehte sich zu seinen Männern um, bevor er sprach: »Bedenkt, was ihr in Yanis le Jouteur gesehen habt, als ihr ihn in die Mannschaft aufgenommen habt, und fragt euch, ob seine Taten im Antlitz der Wahrheit nun weniger wert sind!«

»Er hat uns getäuscht«, rief einer.

»Aus gutem Grund.« Tête-de-Mort winkte ab.

»Frauen gehören nicht in die Bruderschaft!« Die Männer starrten Jacquotte aufgebracht an.

»Das ist mir bewusst«, erwiderte Tête-de-Mort. »Und dennoch, wer kann ein anderes Argument gegen ihn vorbringen als diese Tatsache?« Keiner meldete sich zu Wort.

Tête-de-Mort schritt an den Brüdern vorbei und sah jedem ins Gesicht. »Dann gibt es Wichtigeres zu tun, als hier herumzustehen und zu gaffen! Wir benötigen jede wehrhafte Hand im Kampf gegen die Spanier!« Er kehrte um und schritt mitten durch seine Mannschaft. Jacquotte sah ihn entschwinden und setzte den Hut auf, ohne ihre Haare darunter verschwinden zu lassen. Dann wandte sie sich von der Gruppe ab, deren Blicke ärger brannte als die Wunden, die sie im Kampf erlitten hatte.

Bigford kam die Nachricht über Jacquottes Enttarnung erst spät zu Ohren. Zwar fiel ihm auf, dass seine Männer tuschelten, während sie ihre toten Kumpanen begruben und die Beute sicherten, aber aufgrund der Erschöpfung durch das Gefecht schenkte er ihnen kaum Beachtung. Erst als er seinen ersten Maat zu weiteren Besprechungen aufsuchte, hörte er von Umstehenden, dass eine Frau unter ihnen weilte, die in Verkleidung als Yanis le Jouteur der Bruderschaft beigetreten war. Er konnte es nicht glauben.

Während sein Maat ihn darüber informierte, dass de l'Isle den Spaniern drohte, dem Gouverneur und seiner Familie die Kehle durchzuschneiden, wenn man sie nicht ziehen ließe, war Bigford in Gedanken bereits bei der roten Jacquotte. Er musste sie mit eigenen Augen sehen. Ohne den weiteren Ausführungen zu lauschen, ging er davon. Es war nicht schwer, sie zu finden. Die Kapitäne und unzählige Brüder hatten sich bereits in ihrer Nähe versammelt.

De l'Isle trat an Tête-de-Mort heran. »Euch ist nichts aufgefallen?«, fragte er. »Wie ist es ihr gelungen, sich an Bord des Schiffes zu erleichtern?«

Tête-de-Mort entblößte seine Zähne. »Schimpft Ihr mich einen Dummkopf?«

»Mitnichten!« De l'Isle schuf eilig Abstand zwischen sich und dem Totenkopf. »Ich selbst war nicht in der Lage, den Betrug zu erkennen.« Er lächelte. »Was für ein Prachtweib! So viel vergeudeter Mut verdient Anerkennung. Ich sollte sie zur Frau nehmen!«

Bigford entging nicht der schwelende Blick von Jean-David Nau, der neben de l'Isle stand. Kein Wunder, dass es dich grämt, dachte er, selbst ich bin von Sinnen, dass nun andere hinter ihr her sind. Er schnaubte.

Lescouble grinste. »Ihr seid Euch bewusst, dass Ihr sie vor den Rat bringen müsst?«, flüsterte er an Tête-de-Mort gewandt. »Aber vielleicht könnt Ihr Euch die Rückfahrt mit dieser unfügsamen Roten versüßen. Ich würde es tun. Was soll sie schon vorbringen?«

»Aye«, fiel de l'Isle ein. »Im Übrigen denke ich, dass Ihr Euch damit nicht belasten solltet. Als Anführer dieser Kaperfahrt werde ich die Gefangenen auf meinem Schiff überführen. Diese Frau gehört fraglos dazu.« Er machte einen Schritt auf Jacquotte zu, bevor ihn ein Klirren innehalten ließ. Bigford sah, dass manche der Umstehenden ihre Säbel gezogen hatten.

»Was soll das? Wollt ihr gegen den Kodex verstoßen und mich angreifen?«

Tête-de-Mort gesellte sich zu seiner Mannschaft. »Yanis le Jouteur segelt auf der *Fortune Noire*, und als Mitglied derselbigen wird er auch wieder nach Port de Margot zurückkehren«, erklärte er. Seine Männer bauten sich hinter ihm auf und versperrten Bigford den Blick auf Jacquotte.

»Ich verstehe.« De l'Isle schnaubte verärgert. »Ihr dürft sie zuerst haben. Aber sie steht nicht mehr unter Eurem Schutz, wenn sie das Schiff verlassen hat!«

»Michel le Basque obliegt es, über sie zu richten!«

Bigford kam es vor, als wenn der Teufel selbst aus Tête-de-Mort sprach. Seine Stimme ließ ihm die Nackenhaare zu Berge stehen, und seine abscheuliche Gestalt unterstrich dieses Gefühl noch. Tête-de-Mort hisste nicht zu Unrecht eine schwarze Flagge mit weißem Totenkopf neben der üblichen *joli rouge*. War es möglich, dass er eigene Pläne mit der roten Jacquotte verfolgte?, sinnierte Bigford.

Die Männer zerstreuten sich. Das Spektakel hatte seinen Höhepunkt erreicht und keiner wollte sich mit dem grausigen Kapitän anlegen, den man selbst innerhalb der Bruderschaft fürchtete. Er war nicht für seine Duldsamkeit bekannt und wer einmal bei ihm angeheuert hatte, verließ das Schiff erst wieder, wenn seine Glieder erkaltet waren. Üblicherweise segelte er alleine, und es war verwunderlich, dass er an dieser Kaperfahrt teilgenommen hatte. Die Mannschaften der anderen Schiffe gingen ihm und seinen Männern aus dem Weg. Wer aussah wie der Tod, vermochte einen leicht selbigem auszuliefern.

Dasselbe dachte auch de l'Isle, während er die erschöpften Geiseln vorantrieb. Er konnte von Glück sagen, dass die angreifenden Spanier dem Gouverneur von San Jago derart zugetan waren, dass sie der Lösegeldforderung von sechzigtausend Achterstücken nachgegeben hatten und sich zurückzogen, bevor Jean-David hatte zuschlagen können. Die Übergabe des Geldes sollte an der Küste stattfinden.

Er warf seinem Steuermann einen kurzen Seitenblick zu. Die Kaperfahrt war in dessen Sinn gewesen. Was seinen unbegreiflichen Hass auf die Spanier schürte, konnte er nicht sagen. Der Junge war schweigsam. Woher er kam, blieb sein Geheimnis. Es wurde spekuliert, er sei in Les Sables d'Olonne, einer Stadt an der Atlantikküste von Frankreich, geboren worden, weshalb ihn eine Reihe Männer auch l'Olonnais nannte.

Für de l'Isle blieb er der ergebene Jean-David. Dennoch blieben Zweifel, wie es um seine Zuneigung bestellt war. De l'Isle hatte ihn als Knecht in Léogane vor einem grausamen Herrn bewahrt. Seitdem trieb ihn sein immenser Ehrgeiz nicht nur in das Bett von de l'Isle, sondern auch stetig nach oben. De l'Isle wusste, er würde ihn in seinem Kampf um die Macht bald fürchten müssen. Vielleicht war es an der Zeit, den Platz an seiner Seite neu zu besetzen und Jean-David freizugeben, auf dass er sich ein eigenes Wirkungsfeld schaffen konnte. In sicherer Entfernung vermochte man ihn besser zu kontrollieren als in direkter Nähe, wo er möglicherweise bereits Pläne schmiedete, Kapitän der *Bonaventure* zu werden.

De l’Isle dachte an die rote Jacquotte. Ein solches Weib war seiner würdig! Er könnte sie an seine Seite holen und bräuchte trotzdem nicht zu fürchten, dass sie ihm seinen Platz streitig machte. So zugetan er Jean-David auch war, ein wohlgeformtes Hinterteil besaß auch das rothaarige Weib.

Frauen waren rar in diesem Teil der Welt und gab es dennoch welche, so musste man sie immerzu mit anderen teilen. Er würde Michel le Basque einen Teil seiner Prise anbieten, damit er wohlwollend entschied. Zweifellos waren Frauen unerwünscht in der Bruderschaft, aber das waren Indianer und Mohren ebenso. Trotzdem segelten sie unter der roten Flagge und hielten sich bewusst von Michel le Basque fern. De l’Isle wusste, dass der Kodex nur so konform war wie die Brüder, die in seinem Namen kämpften.

Von diesen Gedanken beflügelt, begab sich de l’Isle zu Michel le Basque, kaum dass sie eine Woche später im Hafen von Port de Margot anlegten. Ungünstige Winde hatten ihre Heimreise behindert, und de l’Isle verging vor Ungeduld. Kaum auszudenken, wie viel Freude sich der Totenkopf mit der roten Jacquotte bereitet hatte, während er den mürrischen Blick seines Steuermanns hatte ertragen müssen. Hektisch eilte er durch die Ansammlung von Holzhäusern, bis er den Basken schließlich am östlichen Trockendock fand, wo er die Behandlung seines Schiffes gegen den Holzwurm überwachte. Das auf die Seite gelegte Schiff wurde hierbei mit brennendem Buschwerk abgeflammt, bis die äußere Plankenlage an der Oberfläche verkohlt war. Der beißende Rauch ließ de l’Isle husten.

»Zum Donnerkiel«, polterte Michel le Basque. »Wenn ihr nicht sorgsam arbeitet, dann fackelt ihr sie noch ab!« Er drehte sich um und herrschte de l’Isle an: »Was tut Ihr hier? Ich hätte Euch eher auf der Île à Vache vermutet, wo Ihr für gewöhnlich Eure Beute teilt.«

De l’Isle senkte ergeben den Kopf und biss sich auf die Lippen, um nichts Unbedachtes zu erwidern. Mit ruhigen Worten erzählte er von dem Überfall und der beschämenden Niederlage der Spanier. Die eigene Demütigung, die ihn am letzten Tag vor ihrer Abfahrt ereilt hatte, verschwieg er vorsorglich. Michel le Basque würde früh genug davon erfahren, und sein Hohn war für die folgende Angelegenheit nicht förderlich.

»Ich möchte ein Anliegen an Euch herantragen, über das Ihr richten müsst«, begann er und war sich der Aufmerksamkeit des Basken schnell sicher.

»Ihr bittet mich um Hilfe?« Michel le Basque zog eine der buschigen Augenbrauen nach oben.

»Aye! Vielleicht erinnert Ihr Euch an Yanis le Jouteur? Ihr habt ihn in die Bruderschaft aufgenommen. An dem Tag, bevor wir Segel in Richtung San Jago setzten.«

»Hm«, brummte Michel le Basque. »Ein Teufelsbraten. Was ist mit ihm? Fand er gar den Tod, nach dem er sich sehnte?«

»Nun«, de l'Isle ließ sich die Worte auf der Zunge zergehen, »Yanis le Jouteur ist in der Tat gestorben.«

»Das ist tragisch«, seufzte der Baske. »Eine mutige Seele weniger, die unter uns weilt.« Er bekreuzigte sich. »Aber ich verstehe Euer Anliegen nicht. Hat ihn einer der Brüder auf dem Gewissen?«

»Yanis le Jouteur ist tot, denn in Wahrheit ist er ein Weib, wie sich im Kampf herausstellte. Es nennt sich die rote Jacquotte, und sie ließ Euch und alle in der Bruderschaft in dem Glauben, sie sei ein Mann!«

Die Augen des Basken wurden groß wie Pomeranzen. Fast hätte sich de l'Isle über seinen ungläubigen Gesichtsausdruck amüsiert, aber er ließ es wohlweislich bleiben.

»Was wollt Ihr mir damit sagen, de l'Isle? Dass ich mich von diesem Bilgenschwein habe täuschen lassen?«, schrie er und trat gegen ein randvoll mit Pech gefülltes Fass. Die heiße Flüssigkeit schwappte über und lief ihm über die Schuhe. Michel le Basque brüllte auf. »Bei allen Höllenhunden! Wo ist dieses Weib? Ich werde ihr zeigen, was es heißt, den großen Basken zu blenden!« Er stürmte los und schüttelte sich im Laufen die Schuhe von den Füßen. In weitem Bogen warf er sie ins Gebüsch.

De l'Isle hastete hinter ihm her. Er ärgerte sich, nicht umsichtiger vorgegangen zu sein, wusste er doch um den Jähzorn des Basken. Nun war er zu übellaunig, um ihm den Vorschlag zu unterbreiten, die rote Jacquotte gegen einen Großteil der Prise freizugeben.

»Haltet ein«, rief er dem Anführer der Bruderschaft nach. »Ihr solltet mich erst anhören, bevor Ihr Euer Urteil fällt!«

»Euch anhören?«, tobte Michel le Basque und stieß einige entgegenkommende Männer zur Seite. »Ich verzichte auf Eure klärenden Worte, de l'Isle. Zweifelsohne bereitet Euch meine Verfehlung Freude!«

Er rannte auf den Hauptplatz von Port de Margot und verpasste dem erstbesten Mann, den er antraf, einen solch gewaltigen Kinnhaken, dass dieser besinnungslos zu Boden ging.

»Wo ist sie?«, schrie er. Sämtliche Anwesenden duckten sich, als er seinen Säbel zückte.

De l'Isle bemerkte den Blick von Jean-David, der auf der gegenüberliegenden Seite stand und abfällig den Mund verzog. Wusste er um sein Vorhaben? De l'Isle starrte ihn an und sein Steuermann verengte die Augen.

Völlig außer sich, hieb der Baske auf die Pfosten eines Hauses ein, während der Platz sich leerte.

»Bringt mir die rote Jacquotte«, hallte seine Stimme durch die Stadt.

»Ich bin hier!« Ihr Erscheinen ließ den wütenden Anführer innehalten. Die Männer streckten ihre Köpfe aus den Verstecken.

»Du!« Mit drohend vorgestrecktem Säbel schritt er auf sie zu. Tête-de-Mort stand in ihrem Rücken, und Michel le Basque fixierte ihn herausfordernd.

»Ihr schützt sie?«, fragte er.

»Ich geleite sie zu Euch. Auf dass Ihr Eure Weisheit dazu einsetzt, gerecht zu urteilen.« Tête-de-Mort senkte seinen Säbel.

Michel le Basque schnaubte, und de l'Isle glaubte zu sehen, wie seine Wut unter den wachsamen Augen des Totenkopfs verrauchte. Ärgerlich ballte er die Hände zu Fäusten. Er hasste diese arrogante Missgeburt für seinen Einfluss auf den Basken!

»Bringt sie in mein Haus«, befahl der Baske. »Ich wünsche mit ihr allein zu sprechen.«

De l'Isle wollte protestieren, aber Jean-David, der sich an seine Seite geschlichen hatte, hielt ihn zurück.

»Du willst sie für dich«, sagte er mit glasigen Augen und de l'Isle war erschrocken über den unverhohlenen Hass in seinem Blick.

»Was geht es dich an?«, entgegnete er ruppig, um die Furcht zu verbergen, die ihn überkam.

»Du schuldest mir etwas«, stellte Jean-David fest. »Du hast die Geiseln freigelassen, als das Lösegeld ausblieb. Dabei hätten wir Zeit gehabt, sie zu Tode zu foltern. Nur ein Feigling handelt wie du!«

Sein Gesicht verzog sich bösartig, und de l'Isle hielt inne. Jean-David war seit jeher eigentümlich gewesen, doch was er nun in ihm sah, bestürzte ihn. Sein kaltes, tückisches Wesen richtete er bisher gegen die Spanier. Es gegen sich selbst gerichtet zu sehen, jagte de l'Isle einen eisigen Schauer über den Rücken.

Mit unbehaglichem Gefühl verfolgte er, wie Tête-de-Mort mit der roten Jacquotte in dem vordersten Holzgebäude verschwand, an dessen rechter Seite eine morsche Treppe hinauf in den ersten Stock führte.

Diese Treppe behielt auch Jacquotte im Auge und fragte sich, ob sie ihr im Zweifel eine Fluchtmöglichkeit bieten würde.

Mit pochendem Herzen betrat sie den düsteren Raum, der nach Tabak und modrigem Holz roch. Zwischen den schweren Holzbalken wanden sich Schlingpflanzen ins Innere, die der Hausherr bisweilen abbrannte, wie die geschwärzten Enden vermuten ließen. Teppiche mit filigranen Mustern lagen auf dem gestampften Boden und machten saugende Geräusche unter den Füßen, die von der Feuchtigkeit herrührten, die sie aus der Luft und der Erde aufnahmen.

Ein wuchtiger Sekretär aus rötlich schimmerndem Holz stand in der Mitte des Raums. Über seine linke Seite ergoss sich ein Wasserfall aus gestocktem Wachs, der den Kerzen entsprang, die die Arbeitsfläche regelmäßig erhellten. Zumindest zeugte der Berg an Büchern von einem reichen Wissensdurst. Daneben aufgereiht lagen Tonpfeifen in diversen Formen und Größen sowie ein Tintenfass und ein langer Federkiel. An den Wänden stapelten sich Musketen, Säbel und Lanzen, wie sie Jacquotte noch von den grausamen *lanceros* kannte, sowie ein gutes Dutzend Eichenfässer.

Jacquotte spürte die Wärme von Tête-de-Mort in ihrem Rücken und dachte an seine Worte, bevor sie das Schiff verlassen hatten. Die

Regeln der Bruderschaft sprechen für sich, hatte er gesagt. Sie verstand nicht, was er damit meinte, und das machte ihr Angst. Den gesamten Rückweg hatte er sich von ihr distanziert. Sie war Bestandteil seiner Mannschaft, verrichtete ihre Arbeit und wurde nicht als Gefangene angesehen, aber der Kapitän wich ihren Blicken aus und kam nie in ihre Nähe. Jan dagegen folgte ihr wie ein ergebener Hund und schien bei Tête-de-Mort darum zu betteln, sie nicht an Michel le Basque auszuliefern. Aber sein Flehen war vergebens, denn Tête-de-Mort hatte unbeeindruckt den Hafen von Port de Margot angesteuert.

»Lasst uns allein!« Mit seiner Statur füllte der Baske den Eingang des Hauses komplett aus und verdunkelte den Raum zusätzlich. Tête-de-Mort trat einen Schritt zurück, und Jacquotte warf ihm einen bangen Blick zu. Er nickte ihr zu und verschwand gebückt ins Freie.

Mit bebenden Nasenflügeln umkreiste der Anführer der Bruderschaft sie. Dabei duckte er sich wie ein sprungbereites Tier. Jacquotte verfolgte angespannt jede seiner Bewegungen und machte sich bereit zum Kampf. Tête-de-Mort hatte ihr die Waffen abgenommen. Einzig ein Messer steckte noch im Schaft ihres Stiefels. Sie konnte es spüren, wenn sie die Muskeln anspannte. Doch Michel le Basque ließ von ihr ab.

»Setz dich«, sagte er und deutete auf einen massiven Stuhl, dessen Lehne leicht nach hinten gebogen war.

Jacquotte nahm Platz, ohne ihn aus den Augen zu lassen.

»Man verlangt von mir, dass ich über dich richte.« Er musterte sie von oben bis unten. »Ich habe dir den Kodex verlesen. Was hat dich dazu getrieben, dich meinen Worten zu widersetzen?«

»Ich wollte Euch beweisen, dass ich jedem Mann in der Bruderschaft ebenbürtig bin.«

Michel le Basque verzog keine Miene, aber seine Stimme wurde sanfter, als er sagte: »Ich weile nicht erst seit Kurzem auf dieser Welt, und ich habe viel gesehen. Ich segelte in fast unentdeckten Gefilden, in den Gewässern, die man Südsee nennt. Es gibt dort viel Einsamkeit und Menschen, deren Körper über und über mit *tataus* verziert sind. Ich segelte auf französischen Schiffen und auf holländischen. Ich diente in jeder Position an Bord eines Schiffes. Doch in all der Zeit ist mir kein Weib untergekommen, das derart begehrlich darauf war, den Weg eines Mannes zu beschreiten.«

»Vielleicht wart Ihr nicht aufmerksam genug. Nur weil Euch keine Frauen aufgefallen sind, mag das nicht heißen, dass es keine gab.«

Der Baske hieb so heftig auf den Sekretär, dass die Tonpfeifen klirrten. »Du wagst es erneut, gegen mich aufzubegehren? Was ist mit dir, Weib?«

Jacquotte wurde ärgerlich. »Ich mag nicht über die Meere gesegelt sein, aber ich habe mein Leben in den Wäldern zugebracht. Wenn die Hunde ein Schwein stellen, dann ist es gleichgültig, ob es ein Eber oder eine Bache ist, beide kämpfen mit dem gleichen Willen und der gleichen Härte gegen die Hunde an. Einzig der Mensch unterscheidet in diesem Maß über die Geschlechter!«

Michel le Basque lachte auf. »Du bist spitzfindig, meine Liebe! Ich sagte dir bereits, dass du mir Respekt abnötigst, auch wenn ich damals von anderen Voraussetzungen ausging.« Er kratzte nachdenklich sein Kinn und beobachtete sie.

»Ich bin die Bruderschaft«, erklärte er nach einer Weile. »Ich schätze deine Tapferkeit, aber die Männer verlangen Härte von mir. Wenn ich öffentlich über dich richte, darf ich dich nicht verschonen. Dein Schicksal liegt in meiner Hand. Deshalb schlage ich dir einen Handel vor, den du besser annimmst, wenn dir dein Leben lieb ist.«

Jacquotte starrte ihn an und es war, als wenn sie Jérôme zu sich sprechen hörte, als Michel le Basque fortfuhr: »Das Leben einer Frau ist nicht der Kampf! Ganz gleich, was du dir wünschst, ich werde dich nicht in der Bruderschaft dulden.«

Sie sprang auf, und der Baske war mit einem Satz bei ihr.

»Zwing mich nicht, Gewalt gegen dich anzuwenden!«

Angewidert sah sie ihn an. »Ihr würdet mich angreifen, obwohl ich unbewaffnet bin?«

Michel le Basque lächelte. »Es wäre mir eine Freude.«

Jacquotte ließ sich zurück in den Stuhl fallen und der Baske fuhr fort: »Ich habe Reichtümer, und ich habe genug von der Welt gesehen. Jérémie Deschamps bot mir den Posten des Majors auf der Île de la Tortue an. Ich werde diesen annehmen und dich als mein Eheweib dorthin mitnehmen. Dies sichert dir freies Geleit zu, wo immer du dich befindest, und den angesehenen Namen der Bruderschaft. Du empfängst keine Strafe und sitzt in der ersten Reihe, wenn ich Recht spreche. Wenn du dich angemessen verhältst, dann sichere ich dir sogar ein Mitspracherecht zu. Das ist mehr, als sich jede andere Frau in diesem Teil der Welt erhoffen kann.« Er beugte sich zu ihr hinunter. »Was sagst du dazu?«

Jacquotte warf sich intuitiv gegen die schwere Lehne des Stuhls und brachte ihn damit zum Kippen. Der Aufprall schmerzte, aber sie wusste ihn abzufedern. Mit einer geschickten Drehung rollte sie rückwärts und stand kurz darauf wieder auf den Füßen.

»Niemals!« Rasch zog sie das Messer aus dem Stiefel. Michel le Basque blinzelte verwirrt.

»Das ist keine Bitte, sondern ein Befehl«, brüllte er, als er sich wieder fing und hinter ihr hersetzte.

»Ich werde niemals einen Mann heiraten, der über mich befiehlt«, schmetterte Jacquotte ihm entgegen. »Genauso wenig wie ich jemals einen Mann heiraten werde, über den ich zu befehlen vermag.«

Sie versuchte durch die Türöffnung zu entkommen, aber der Baske griff eine zusammengerollte Peitsche, die an der Wand hing, und holte geübt aus. Mit einem Schnalzen legte sich das Ende schmerzvoll um Jacquottes Handgelenk. Sie wehrte sich, aber Michel le Basque zerrte sie grob zu sich heran, bevor er ihr das Messer aus der Hand zwang.

»Sind das deine letzten Worte?«, flüsterte er so nah an ihrem Ohr, dass sie seinen sauren Atem riechen konnte.

»Und ob sie das sind«, spie sie ihm entgegen.

Er schlug ihr ins Gesicht. »Dann ist dein Schicksal besiegelt«, flüsterte er und schleifte sie an den Haaren hinter sich her.

Sechs

Port Royal, Jamaika, Frühling 1662

Pierre hob die ballonförmige Flasche vor sein Gesicht und beobachtete das Ende der Auktion durch das dunkle Glas hindurch.

Die Kerze war fast erloschen, und wenn er seine Hand nicht hob, bevor die Flamme ausging, war er nicht der Höchstbietende für die zum Verkauf stehende Fregatte.

Die Engländer praktizierten gerne diese Art des Handels, den sie *sale by inch of candle* nannten. Er rülpste. Das fahle Sonnenlicht, das durch das offene Fenster schräg auf die leere Flasche fiel, warf zuckende Strahlen auf das Gesicht des Auktionators. Pierre grinste. Wenn er es recht bedachte, wollte er das Schiff ohnehin nicht. Er hatte sich nur zu der Versteigerung eingefunden, weil ihm ansonsten nichts Besseres eingefallen war, was er mit dem Tag hätte anstellen können.

Mühsam erhob er sich mit den anderen von den aufgestellten Bänken. Die Kerze war abgebrannt, das letzte Gebot bekam somit den Zuschlag und die Auktion war vorüber. Die Männer begannen sich zu zerstreuen.

Gähnend trat Pierre auf die belebte Straße. Das Viertel der Warenlager und Vorratsspeicher lag im nördlichen Teil der Stadt, direkt am weitläufigen Hafen, wo die Handelsschiffe ihre Ladung löschten. Er konnte kaum glauben, mit welch enormer Entschlossenheit sich die einstige Ansiedlung Point Cagway zum gegenwärtigen Port Royal gewandelt hatte. Er schätzte, dass sich die Anzahl der Häuser in den letzten zwei Jahren verdreifacht haben musste. Jeden Tag strömten mehr Marketender herbei und eröffneten neue Läden. Es konnte passieren, dass man wenige Tage fort war und das Gesicht der Stadt bei der Rückkehr nicht wiedererkannte.Pierre mochte diese Kurzweil. Sie hielt ihn davon ab, seinen Gedanken nachzuhängen.

Gemächlich schlenderte er in Richtung High Street und ließ die Ansammlung der schmalen Häuser an sich vorüberziehen. Die meisten waren zweistöckig und teilweise aus massiven Backsteinen erbaut, deren Nachschub jedoch zu wünschen übrig ließ. Die zahlreichen Handelsschiffe orderten Ziegel als Ballast, die sie zur Stabilität benötigten, wenn sie mit leichter Fracht segelten. Daher wirkten die neuerbauten Häuser in Port Royal wie einzelne Achterstücke, deren Teile stetig zusammengetragen wurden, bis sie endlich ein Ganzes ergaben.

Gegen die Hitze schützte man sich mit Vorbauten aus Holz, unter denen die Anwohner flanieren und die ausgestellten Waren begutachten konnten. Die Spelunken lockten mit bunten Schildern in ihr verheißungsvolles Inneres, und mittlerweile zeigten sich sogar die leichten Mädchen auf den Straßen und verkauften ihre Dienste an zahlungskräftige Kunden, an denen es zu keiner Tageszeit mangelte. D'Oyleys Politik hatte der Kolonie auf Jamaika florierenden Handel eingebracht.

Doch unter der idyllischen Oberfläche brodelte es. Da es sich inzwischen als besonders lukrativ erwies, in Kommission für Gouverneur d'Oyley zu segeln, fehlte es den Plantagen im Landesinneren sowie den Handelsschiffen an Arbeitskräften. Eine Proklamation des Gouverneurs, nach der kein Freibeuterschiff mehr Männer in Port Royal anheuern durfte, zeigte keinerlei Wirkung. Da die Verteidigungsanlagen weit davon entfernt waren, Port Royal im Ernstfall effektiv schützen zu können, war d'Oyley auf die Gunst der Freibeuter und ihrer wehrhaften Schiffe angewiesen, und Pierre glaubte, dass es selbst ihm schwerfallen musste, genau zu definieren, wo Freibeuterei aufhörte und Piraterie begann.

Es hatte Fälle gegeben, in denen englische Handelsschiffe überfallen worden waren. Ob dies aufgrund von Verwechslungen oder schlicht aus Habgier geschah, vermochte keiner so genau zu sagen. Die Verantwortlichen saßen mittlerweile im steinernen Turm von Fort Charles, dem ehemaligen Fort Cromwell, und es wurde gemunkelt, sie erhielten ihre Kaperbriefe nach Verbüßung der Strafe zurück. Offiziell befanden sich inzwischen sowohl Frankreich als auch England im Frieden mit Spanien, doch die Welt der Westindischen Inseln folgte wie so oft ihren eigenen Regeln, die es Pierre schwer machten, seinen Platz in ihr zu finden.

Mit alkoholgeschwängertem Blick stolperte er in das ›Three Tuns‹ und hielt inne, bis sich seine Augen an das dämmrige Licht gewöhnt hatten. Die Luft war zum Schneiden dick, und obwohl es noch nicht Abend war, lagen einige Gäste bereits schnarchend unter den Tischen.

Pierre suchte den Raum nach Remi ab. Das ‚Three Tuns' war ihr Sammelpunkt. Sie saßen jeden Tag hier, wenn sie in Port Royal vor Anker gingen. Der Wirt machte keinen Unterschied zwischen Seeleuten und der übrigen Bevölkerung, so wie es viele Schankwirte inzwischen taten. Sie unterteilten ihre Taverne in zwei Räume und schenkten in einem nur die besten Weine, Brandys und Whiskeys aus England an betuchte Händler und Plantagenbesitzer aus, während im zweiten Raum ausschließlich lokal gebrautes Bier und Rum, der über Bleirohre destilliert wurde, an die Fischer, Matrosen und Dirnen über den Tresen wanderte. Pierre hielt nichts von derlei Ungleichbehandlung und setzte nie einen Fuß in diese Spelunken. Das ‚Three Tuns' verkaufte zwar nicht den besten Alkohol, aber man bekam auch kein Bauchgrimmen von ihm.

Als er Remi erblickte, presste Pierre die Zähne aufeinander. Er hatte ihn inmitten der Mannschaft sitzend erwartet, doch stattdessen kauerte er abseits vor einem Becher mit schalem Bier und lauschte aufmerksam den Worten eines gut aussehenden Mannes mit Spitzbart. Pierre bahnte sich den Weg durch die verschwitzten Gäste und starrte den Fremden herausfordernd an.

»Ihr seid?«, fragte er und übersah absichtlich Remis amüsierten Gesichtsausdruck. Der Unbekannte drehte den Kopf und musterte ihn abschätzend.

»François l'Olonnais.« Er bedeutete Pierre, sich zu ihnen zu gesellen. Sein Mund lächelte, doch die hellbraunen Augen blieben kalt und abweisend. Der Name sagte Pierre etwas, aber er war unfähig, sich zu erinnern. Schwerfällig setzte er sich.

»Ihr seid der Kapitän der *Belle Rouge*?« Der Fremde beobachtete ihn.

Pierre nickte. In seinem Kopf drehte sich alles, und er war müde. Wie so oft in letzter Zeit. Remi stieß ihm den Ellbogen in die Rippen.

»Hör dir an, was er uns zu sagen hat«, wisperte er.

Pierre konnte seine Augen nur mühsam offen halten, und Remi schob ihm bereitwillig sein Bier herüber. Pierre leerte es mit wenigen Schlucken.

»Ihr habt uns etwas zu sagen?«, erkundigte er sich höflich und versuchte, seine Aufmerksamkeit auf den Mann zu richten, der ihm gegenübersaß.

Dieser trug ein hochgeschlossenes Hemd unter einer eng anliegenden, kurzen Jacke aus dunkelblauem Canvas, die mit einer Schleife unter dem Hals zusammengehalten wurde. Seine gebogene Nase verlieh ihm das Aussehen eines Greifvogels, und die nach unten gezwirbelten Spitzen seines Barts folgten den tiefen Linien der herabhängenden Mundwinkel. Feine Augenbrauen betonten die unnatürlich langen Wimpern, die, ebenso wie seine ebenmäßige Haut, manche Frau hätten vor Neid erblassen lassen. Selbst seine Hände waren zart wie die einer Dame.

Einzig seine tiefbraune Gesichtsfarbe unter den gebleichten Haaren, die ihm ölig auf die Schultern herabhingen, ließ vermuten, dass er auf dem Meer zuhause war und nicht in einem öffentlichen Amt stand. Pierre misstraute ihm. Es gab keinen ersichtlichen Grund, aber er verspürte Abneigung.

Der Fremde beugte sich vor und fixierte ihn. »Segelt Ihr für Gouverneur d'Oyley?« Seine Stimme war unnatürlich hoch für einen Mann. »Dafür, dass Ihr ihm keinen Anteil schuldet, weilt Ihr überaus oft in dieser Stadt.«

»Ich wüsste nicht, was es Euch angeht.« Pierre gab dem Wirt ein Zeichen. Seine Kehle war ausgedörrt.

»Als Bruder der Küste solltet Ihr Eure Aufmerksamkeit denen zollen, denen Ihr verbunden seid. Euer Schiff lag bereits lange Zeit nicht mehr im Hafen von Cayone.«

Pierre musterte ihn abschätzend. Wer war dieser Kerl, dass er es wagte, derart anmaßend zu sein?

»Hält sich die Bruderschaft neuerdings Spione?«

»Es liegt mir nicht daran, Euch zu verstimmen, Pierre Hantot. Vielmehr will ich Euch für die Bruderschaft zurückgewinnen. Die Machtverhältnisse sind dabei, sich zu verändern. Ich dachte mir, Ihr wollt unter Umständen Anteil daran nehmen.«

Pierre missfiel die Vertrautheit, mit der l'Olonnais seinen Namen aussprach, und er kippte den beigebrachten Rum hinunter, bevor der Wirt ihn auf den Tisch stellen konnte.

»Sprecht gefälligst direkt! Es geht Euch nicht um mein Wohl und das meiner Mannschaft. Was ist der wahre Grund für Euren überraschenden Besuch?«

L'Olonnais kräuselte die Lippen. »Ihr begreift schnell. Ich weiß das zu schätzen! Ihr wisst um das Verhältnis zwischen d'Oyley und Jérémie Deschamps?«

Pierre nickte. »Deschamps gab vor, ein Bündnis mit d'Oyley einzugehen, hatte jedoch bereits die Zusage des Königs von Frankreich, die Île de la Tortue unter französisches Territorium zu stellen. Als Deschamps begann, Kaperbriefe auszustellen, fürchtete d'Oyley, er könne für die verübten Taten zur Rechenschaft gezogen werden, denn Tortue befand sich zu diesem Zeitpunkt noch unter der englischen Vorherrschaft Jamaikas. Gleichzeitig war der Friedensvertrag zwischen England und Spanien aber längst unterzeichnet. Als er Deschamps rügte, verkündete dieser offiziell die Anweisungen von Louis XIV. und hisste die französische Flagge. D'Oyley hatte aufgrund der veränderten politischen Lage in England noch keine beglaubigte Machtbefugnis durch Charles II. erhalten, womit ihm die Hände gebunden waren. Er schickte eine inoffizielle Gesandtschaft nach Tortue, um Deschamps verhaften und nach Jamaika bringen zu lassen. Die Mission scheiterte. Seitdem steht es um das Verhältnis zwischen Port Royal und Cayone nicht zum Besten.«

L'Olonnais klatschte übertrieben. »*Chapeau*«, erwiderte er. »Man sagte mir, der Alkohol hätte Euch den Verstand vernebelt, aber Ihr seid wacher, als ich dachte.«

»Und wehrhafter, als Ihr vermutet«, fügte Pierre hinzu. »Haltet Euch mit Eurer Meinung über mich zurück, oder Ihr werdet nie bekommen, was Ihr von mir wollt. Was immer es ist.«

L'Olonnais neigte den Kopf. »Ich suche Verbündete. Keine Feinde«, beschwichtigte er und fuhr in ruhigem Tonfall fort: »Unglücklicherweise zwang sein Gesundheitszustand Jérémie Deschamps dazu, nach Frankreich zurückzukehren. Die Geschicke von Tortue lenkt derzeit sein Neffe, Frédéric Deschamps de la Place. Er ist ein ambitionierter junger Mann, wenngleich er nicht über dieselben politischen Beziehungen verfügt wie sein Onkel. Dennoch, er denkt im Sinne Frankreichs und scharrt gemeinsam mit Michel le Basque die großen Kapitäne der Bruderschaft um sich, um sich ihrer zu versichern.«

Pierre schwieg. Noch immer war ihm nicht klar, was l'Olonnais von ihm erwartete. Er verschränkte abwartend die Arme vor der

Brust. Der Olonnaise belauerte ihn, während der Lärm der zechenden Menschen um sie herum anschwoll. Der einsetzende Regen spülte alle von den lehmigen Straßen in den Schankraum und ließ ihn zum Bersten anschwellen. Der Geruch von feuchter Kleidung vermischte sich mit den Ausdünstungen von Alkohol, Tabakrauch und ungewaschenen Körpern. Pierre verzog keine Miene und erwiderte den Blick seines Gegenübers herausfordernd. L'Olonnais säuberte seine Schneidezähne mit dem kleinen Finger und schnippte die Essensreste gelangweilt in den Raum.

»Ihr seid hartnäckig«, stellte er mürrisch fest. »Was missfällt Euch?«

Pierre ließ ihn nicht aus den Augen. »Ihr glaubt, Ihr könnt mir schmeicheln, indem Ihr mich mit der Aussage lockt, zu den großen Kapitänen zu zählen. Nichts beeindruckt mich weniger. Verlangt der Baske in der Tat nach mir oder sind Eure Motive anderer Natur?«

»Nun gut, Hantot, Ihr verlangt Ehrlichkeit. Euer Ruf ist nicht der beste. Ihr seid bekannt dafür, im *contrabando* Handel aktiv zu sein. Ihr schmuggelt englische Waren nach Santo Domingo und überfallt auf Eurem Rückweg spanische Siedlungen, um die erbeuteten Waren in Port Royal gegen all das zu tauschen, was die Spanier begehren, um sie ihnen gewinnbringend wieder zu verkaufen. Ihr begebt Euch damit nicht nur in Gefahr, von den Engländern oder den Spaniern aufgeknüpft zu werden, sollte die Sache auffliegen, sondern Ihr bringt die Bruderschaft um wertvolle Einnahmen, wenn Ihr es bevorzugt, ausschließlich in Port Royal Eure Geschäfte abzuwickeln.«

Pierre zuckte mit den Schultern. »Ich kann mich nicht entsinnen, dass die Bruderschaft mir vorschreibt, mit wem und wo ich Handel treiben darf.«

Das linke Auge von l'Olonnais begann zu zucken. »Ihr seid Franzose«, sagte er gepresst. »Habt Ihr keinen Stolz?«

»Ich stamme von Tierra Grande und habe kaum Vorstellung von der alten Welt. Woher soll ich wissen, welche Nation die bessere ist? Für mich tragen sie alle Schuld an der Ausbeutung der Inseln und dem Aussterben der einheimischen Völker. Durch den Dreieckshandel befriedige ich lediglich ihre Habgier und fülle die Mägen meiner Männer.«

»Dann ist es wahr? Ihr seid indianischer Abstammung?« L'Olonnais' Verachtung war nicht zu übersehen.

»Ich bin Flibustier und das sollte Euch genügen.« Pierre spannte die Muskeln. Seine Stimmung war auf dem Tiefpunkt.

»Wenn Ihr Euch als solcher seht, dann frage ich mich, warum Ihr der Bruderschaft so wenig entgegenkommt. Ist es nicht genug, dass Ihr den Engländern Münzen in ihren gierigen Rachen werft, müsst Ihr auch noch gemeinsame Sache mit den widerwärtigen spanischen Hunden machen?«

Mit einem Mal erinnerte sich Pierre. Vor ihm saß der Mann, dessen unbeschreiblicher Hass und brutale Foltermethoden ihm den Namen *fléau des espagnols*, die Geißel der Spanier, eingebracht hatten. Er war bekannt dafür, jedes spanische Schiff anzugreifen, das ihm vor den Bug kam, gleichgültig, ob er dabei Beute machte oder nicht.

»Wie könnt Ihr über mich richten, wenn es derzeit nicht einmal der französische König zu tun vermag?«, fragte Pierre herausfordernd. »Wie ich hörte, herrscht Frieden zwischen allen Nationen.«

»Und Ihr glaubt, dass das so bleibt?«, zischte l'Olonnais ungehalten. »Die Zeit von Gouverneur d'Oyley ist abgelaufen. Meine Quellen besagen, dass ein gewisser Lord Windsor ihn in seiner Funktion ablösen wird. Keiner kann sagen, wie seine Politik aussehen wird, aber nur ein Dummkopf mag glauben, dass die Engländer nicht alles tun werden, um ihre Macht zu festigen. Die wahren Reichtümer dieser Inseln haben sich die Spanier bereits einverleibt. Nur durch Angriffe auf ihre Städte wird man ihr Monopol auf Dauer in die Knie zwingen. Frieden hin, Frieden her, ich denke, jeder sollte sich rasch entscheiden, auf welcher Seite er zu kämpfen gedenkt!«

»Ihr wollt den Engländern zuvorkommen?«, mutmaßte Pierre.

L'Olonnais legte seine Fingerspitzen aneinander. »In der Tat! Ihr scheint zu begreifen, Hantot. Das Durcheinander in England und d'Oyleys Fehler, seinen besten Mann wegen Befehlsverweigerung und Bereicherung zu suspendieren und nach London zu schicken, machen der Bruderschaft den Weg frei.«

»Ihr sprecht von Christoper Myngs?«

»Aye! Mit nur drei Fregatten hat er von Cumana die gesamte Küste westwärts bis Puerto Cabello und Coro geplündert und eine Prise von dreihunderttausend Pfund nach Port Royal gebracht. Die Spanier sind geschwächt und die Engländer mit anderen Dingen beschäftigt. Schließt Euch uns an! Segelt wieder im Namen der Bruderschaft, wie

Ihr es einst geschworen habt, und helft uns mit Eurem einzigartigen Wissen über die Spanier und ihre Siedlungen. Eure Kenntnisse sind wichtig für den Basken. Port Royal wird Euch Eure Taten nicht danken, aber die Île de la Tortue wartet bereits auf Euch!«

Pierre runzelte die Stirn. »Ich werde darüber nachdenken«, brummte er und spürte erneut Remis Ellbogen in seiner Seite.

L'Olonnais zog angewidert die Oberlippe hoch. »Ich hatte den Basken vor Euch gewarnt, aber er hält Euch für überaus scharfsinnig. Denkt nach, doch lasst Euch nicht zu lange Zeit!« Er stand abrupt auf, warf Pierre einen letzten Blick zu und entschwand in der Menschenmenge.

Pierre legte den Kopf in den Nacken und schloss die Augen. »Bilgenratte«, murmelte er, doch Remi schnaubte.

»Verflucht, Pierre! Was ist nur in dich gefahren? Die Bruderschaft kommt angekrochen und erbittet deine Dienste und du verweigerst dich!« Er rüttelte ihn an der Schulter.

»Lass mich in Ruhe.« Pierre schlug Remis Hand weg. »Es geht nicht um die Bruderschaft! Wie immer sind es nur Einzelne, die sich im Namen der Bruderschaft bereichern wollen.«

»Und wenn schon?«, fuhr Remi ihn an. »Seit Monaten kreuzen wir zwischen Cuba, Jamaika und Santo Domingo. Es ist langweilig, hörst du? Die Mannschaft zerfällt vor deinen Augen, aber du siehst es nicht. Wenn du nicht aufpasst, setzen sie dich ab! Was hält dich fern von Tortue? Ist sie es?«

Pierre hörte die Verbitterung in der Stimme seines Gefolgsbruders und sein Magen revoltierte. Er hatte keine Lust, darüber zu sprechen.

»Es ist mein Schiff und mein Kommando«, erwiderte er und leerte einen weiteren Becher Rum.

»Sieh dich an! Du säufst mit jedem Tag mehr und das macht dich sorglos. Du weißt, was mit dem ersten Kapitän passiert ist. Willst du ebenfalls so enden?«

»Es wäre ehrbarer als unter falschen Absichten zu segeln.« Pierre erhob sich schwankend.

Remi sah zu ihm auf. »Du hast Verantwortung für deine Mannschaft! Setz sie endlich über deinen verdammten Stolz und sei der Kapitän, den wir verdienen«, rief er ihm hinterher, doch Pierre hob abwehrend die Hand.

Mit schwerem Kopf wankte er in die verregnete Nacht hinaus. Eigentlich hatte er Carys einen Besuch abstatten wollen, aber die Laune war ihm nun gehörig vergangen. Ziellos ließ er sich in das tröstende Dunkel hineinziehen und tauchte gedankenverloren in der quirligen Stadt unter.

Als er fünf Tage später in Richtung Tortue ablegte, war er noch immer betrunken. Er redete sich ein, dass ihn nur der Alkohol davon abhielt, unnötige Gedanken daran zu verschwenden, was er auf Tortue vorfand. Oder wer ihm begegnen würde.

Aufmerksam stand er am Bug und beobachtete die Wellentäler, die sich vor ihnen auftaten, um die Brigg hinabzureißen, nur um sie kurze Zeit später wieder in die Höhe schnellen zu lassen. Die Winde waren unerwartet günstig, und wenn sie anhielten, dann erreichten sie Tortue schneller, als es Pierre lieb war.

Er war der Insel nicht umsonst derart lange ferngeblieben. Besonders die Geschichten trieben ihn von ihr fort. Geschichten über die rote Jacquotte. Er ballte die Hände derart zu Fäusten, dass er sich mit den Fingernägeln die Haut aufriss. Dreieinhalb Jahre hatte er versucht, ihren Namen und die Erinnerungen an sie aus seinem Kopf zu bekommen. Doch je weniger ihn das Leben auf See befriedigte, umso mehr dachte er an Tierra Grande und die Bukaniere zurück und damit zwangsläufig auch an sie. Sie war wie ein roter Fluch, der sich in seinem Kopf festgesetzt hatte und den ihm der Rum nicht auszutreiben vermochte.

Seit sie es geschafft hatte, als Frau an Bord eines Schiffes geduldet zu werden, war sie in aller Munde. Man erzählte sich, der große Baske hatte über sie gerichtet. Er war unbarmherzig gewesen und wollte sie hängen, aber als das Wort an Jacquotte ging, gelang es ihr mühelos, sich zu verteidigen. Da sie aufgrund des *tataus* als Mitglied der Bruderschaft galt, bestand sie darauf, auch wie eines behandelt und verurteilt zu werden.

Anhand des Kodex richtete sie über sich selbst und erklärte, dass nur niedergeschrieben wäre, dass eine Frau nicht der Bruderschaft beitreten dürfe, nicht aber, dass man der Bruderschaft verwiesen werde, weil man eine Frau sei. Demzufolge war ihr ein Vergehen nicht nachzuweisen. Diesem Argument konnte sich Michel le Basque unter den Augen seiner Männer nicht verschließen. Immerhin war er es gewesen, der den Kodex aufgeschrieben hatte.

Um nicht wie ein Dilettant dazustehen, zog er seinen letzten Trumpf mit den Worten: »Du magst Mitglied der Bruderschaft sein, Weib, aber kein Mann wird es wagen, dich an Bord seines Schiffes zu holen, denn das bedeutet, er ist des Todes! So besagt es der Kodex.«

Pierre konnte nicht sagen, ob sich die Dinge wirklich so abgespielt hatten, aber die Männer wurden nicht müde zu berichten, dass der Tod persönlich in den Kreis der Umstehenden trat und sprach: »Ihr solltet den Kodex besser kennen, großer Baske! Bestraft wird, wer heimlich eine Frau an Bord bringt. In diesem Fall bestehe ich darauf, dass sie ganz offiziell mein Schiff betritt!«

Pierre wusste freilich, dass es nicht der Tod war, der auf der Versammlung erschienen war, sondern ein Mann, der wegen seines grausam entstellten Gesichts als Tête-de-Mort bekannt war. Dennoch, die daraus entstandenen Geschichten und Lieder erzählten davon, dass die rote Jacquotte den Tod als Gefährten wählte, um fortan mit ihm über das Meer zu segeln.

Pierre schnaubte. Er wollte sich nicht vorstellen, was es hieß, auf dem Totenkopf-Schiff unterwegs zu sein. Der Einfluss dunkler Mächte brachte auch Jacquotte auf ungehörige Einfälle. In den Tavernen von Port Royal machte sie seit Neuestem unter dem Namen ‚rote Peitsche' von sich reden. Hatte er sie nicht den Umgang mit vernünftigen Waffen gelehrt? Warum musste es eine Peitsche sein, derer sie sich im Kampf bediente?

Die lange Zeit der Trennung hatte sie ihm entfremdet. Diese Erkenntnis schmerzte am meisten. In den unbeschwerten Tagen ihrer Jugend hatte er sie besser gekannt als jeder andere, inzwischen war sie ihm so fern wie die Kindheit selbst. Einzig die derben Verse der Schanklieder, die ihre Heldentaten rühmten, ließen ihn ahnen, dass sie noch dieselbe war. Er überlegte, ob es ihr abseits der Kämpfe bisweilen so erging wie ihm. Saß sie auch schlaflos an Deck, während die Crew um sie herum schnarchte, und betrachtete mit einem Anflug von Einsamkeit die Weiten des Firmaments? Prägte sie sich ebenfalls den Lauf des Mondes am dunklen Nachthimmel ein und fragte sich, warum sie das Leben auf Tierra Grande gegen das feuchte Dasein auf einem Schiff eingetauscht hatte? Lauschte sie auf all den Inseln, die sie erkundete, auf die Sprache der Einheimischen in sehnsüchtiger Erwartung, vertraute Worte ihrer Mutter wiederzuerkennen?

Pierre richtete den Blick auf den Horizont. Je näher sie seiner Heimat kamen, umso mehr überkamen ihn die Erinnerungen. Er sah zu den Schiffsjungen empor, die in der Takelage hingen, und erkannte an ihren Signalen, dass Land in Sicht war. La Española lag mit Kurs Nord-Nordost vor ihnen.

Er konnte nicht verhindern, dass sein Herz schneller schlug, während die vertrauten Umrisse der Insel im Dunst der aufgewühlten See sichtbar wurden. Oft hatte er auf den Klippen gestanden, um die vorbeisegelnden Schiffe zu beobachten. Jetzt war er es selbst, der in der Windward Passage kreuzte. Viel Zeit war seit seinem Fortgang ins Land gegangen.

Der Anblick der wohlbekannten Küste weckte ihn aus der Ohnmacht. Remi hatte recht: Er war zu oft betrunken und schwermütig. In der Absicht, seinen Männern ein sicheres Leben zu bieten, hatte er von Überfällen zu Wasser und zu Land Abstand genommen. Er war nicht bereit, die vielen Toten in Kauf zu nehmen, die sie forderten. Außerdem zermürbte ihn die sprunghafte Politik der Inseln. Doch obwohl er es zuerst nicht wahrhaben wollte, rüttelte ihn der Besuch von François l'Olonnais auf. Zu lange hatte er sich dem Glauben hingegeben, er könnte alleine etwas bewirken und seine Ideale über die Bruderschaft stellen.

Mit einem Mal wusste er jedoch wieder, was zu tun war. Seine Heimat war hier, er fühlte es deutlich. Tierra Grande war der einzige Ort, für den es sich zu kämpfen lohnte. Die Bukaniere und Flibustier waren seine Familie und sie verdienten es, dass er sich wieder zu ihnen bekannte. Selbst wenn diese Entscheidung bedeutete, dass er seine Männer ins Gefecht schicken musste.

Der zögerliche Pierre Hantot, der mehr Energie darauf verschwendet hatte, das Volk seiner Mutter zu finden, als darauf, die Veränderungen in der Welt wahrzunehmen, musste verschwinden. Die Zeit verlangte nach Entschlossenheit und einem neuen Namen.

Einer spontanen Eingebung folgend, entschied er, sich zu den Ursprüngen des Mannes zu bekennen, dessen Einfluss ihm den Beitritt zur Bruderschaft erst ermöglicht hatte: Antoine Hantot, den man für seinen Vater hielt. Pierre wusste wenig über ihn, doch wenn er es richtig in Erinnerung hatte, dann stammte Antoine aus einer Region des entfernten Frankreichs, die man Picardie nannte. Er wollte nicht weiter nach seinen Wurzeln suchen, denn seine Bestimmung hatte ihn längst gefunden. Das Volk seiner Mutter war verschwunden, so viel hatte er herausgefunden, aber für das Volk seines vermeintlichen Vaters, dessen Sprache ihm in die Wiege gelegt worden war, konnte er kämpfen!

Während die steile Küste von La Española steuerbord an ihm vorüberzog, legte Pierre seinen alten Namen ab, um die Île de la Tortue als Pierre le Picard zu betreten und sich und seiner Mannschaft zu signalisieren, dass die Jahre des *contrabando* Handels vorüber waren. Er war bereit, ein neues Kapitel in seinem Leben aufzuschlagen!

Als sie in den Hafen von Cayone einliefen, überraschte es Pierre, welch große Anzahl Schiffe in der geschützten Bucht vor Anker lag. Er hatte die Entwicklung von Port Royal miterlebt und stellte fest, dass sich Cayone nicht zu verstecken brauchte. Unzählige Häuser schmiegten sich an die sanften Hügel um das Hafenviertel und drängten die wuchernde Natur in den Hintergrund.

Das Fort war ausgebaut worden und richtete seine wuchtigen Kanonen gegen das offene Meer. Um die zahlreichen Warenlager am Kai tobte das Leben. Karren verkehrten eifrig zwischen ihnen und dem florierenden Marktplatz. Aus den Spelunken, die man vom Schiff aus sah, erscholl derselbe beschwingte Lärm, den Pierre aus Port Royal kannte. Remi trat an ihn heran und schlug ihm kameradschaftlich auf die Schulter.

»Willkommen daheim«, raunte er ihm zu, und seine Stimme ging im Rasseln der Kette unter, als die *Belle Rouge* ihren Anker warf.

Pierre drehte sich zu seinen Männern um und sah ein freudiges Leuchten in ihren Gesichtern, das er die letzten Monate über vermisst hatte. Ihn überkam ein schlechtes Gewissen, denn zum ersten Mal wurde ihm bewusst, dass er durch seine eigenmächtigen Entscheidungen die gesamte Mannschaft von dem Ort ferngehalten hatte, der auch ihre Heimat war.

Ungeduldig schielten die Brüder von ihm zur Stadt hinüber. Um sie nicht länger als nötig von ihr fernzuhalten, teilte Pierre die erste Schicht der Wachhabenden ein, bevor er sich gemeinsam mit Remi und den Übrigen in die Riemen legte und den kurzen Sund zur Anlegestelle überquerte.

Während einige Männer zurückruderten, um den Rest der Mannschaft einzusammeln, verharrte Pierre an einem der Stege und blickte nach La Española, die wegen des Dunstes kaum zu erkennen war. Er brauchte diesen Moment. Anschließend folgte er den anderen in das Getümmel. Es war, als wenn die Stadt von ihm Besitz ergriff. Pierre ließ sich treiben und nahm das Sprachengewirr und die Vielzahl der Menschen in sich auf. Der Wind trug ihm den Geruch von Gewürzen und frisch geschlagenem Holz zu. Er atmete ein und fühlte die Insel in seinem Inneren. Er war heimgekehrt.

Seine Schritte wurden leichtfüßiger, sein Kopf freier. Wie von einer fremden Macht getrieben, überquerte er den belebten Marktplatz, folgte den Gassen bergauf und fand sich nach einer Weile auf Höhe der alten Wehranlage wieder, wo sich ein felsenartiger Überhang aus einem Meer bunter Blumen erhob. Das Summen unzähliger Insekten hüllte ihn ein, während er stehen blieb und versonnen die türkis schillernde Bucht betrachtete, die sich unter ihm ausbreitete. Die Sonne brachte das Wasser derart zum Glitzern, dass es unmöglich war, die *Belle Rouge* unter all den Schiffen auszumachen. Pierre schirmte seine Augen mit der Hand ab und ließ den Blick über die Umgebung schweifen. Er hatte vergessen, wie schön die Insel war.

Als ein glucksendes Lachen an sein Ohr drang, sah er sich irritiert um. Ein Schmetterling umflatterte ihn. Er verscheuchte ihn achtlos. Ein erneutes Kichern ließ ihn in der Bewegung innehalten. Er drehte sich um. Im mannshohen Gestrüpp zu seiner Linken raschelte es verdächtig, und eine Wolke gelber Falter erhob sich in die Lüfte. Pierre wollte nicht glauben, was er sah. Ein übergroßer Kopf spähte durch das Dickicht. Er ging in die Knie und verengte seine Augen.

»Manuel?«, flüsterte er fassungslos, und der deformierte Junge krabbelte auf ihn zu. Er hatte geahnt, dass er in Cayone mit seiner Vergangenheit konfrontiert werden würde, doch dass sie ihn so schnell einholte, hatte er nicht geglaubt.

»Manuel!« Pierre fing das ungeschickte Kerlchen auf und wirbelte ihn lachend herum. Er hatte nicht zu hoffen gewagt, dass es Manuel gut ging, er gar am Leben war. Vorsichtig setzte er den Jungen ab.

»Jawa«, krächzte dieser, und Pierre nickte ungläubig. Der *cemi* hing um Manuels Hals und hatte augenscheinlich gute Dienste geleistet. Der Junge sprang wie ein Welpe um ihn herum und brabbelte Unverständliches.

Pierre sah auf und bemerkte ein Paar dunkler Augen. Eine Frau mit olivbrauner Haut und tiefschwarzen Haaren näherte sich. Sie war klein gewachsen und erinnerte ihn in ihren Bewegungen so schmerzlich an seine Mutter, dass er schlucken musste. Unsicher nickte sie ihm zu und nahm Manuels Hand. Pierre blieb zurück, während sie den Jungen fortzog. Manuel schrie, doch die rundliche Frau hatte ihn fest im Griff. Pierre erwachte aus seiner Betäubung und eilte hinter ihr her.

»Wer seid Ihr?«, fragte er, aber sie reagierte nicht. Je näher er ihr kam, desto schneller wurden ihre Schritte.

»Ich kenne Manuel.« Er trabte neben ihr her und bemerkte das verängstigte Gesicht.

»*Datiao*! Ich bin ein Freund«, versuchte er es in der fast vergessenen Sprache seiner Mutter.

Sie sah ihn nicht an, verlangsamte aber ihr Tempo und erlaubte ihm, ihr zu folgen. Pierre heftete sich an ihre Fersen. Durch Aloepflanzen und gerodete Ebenen folgte er ihr vorbei an sprießenden Tabakfeldern, zerklüfteten Felsen und Wäldern aus Stockfischholz. Vor einem kleinen Haus, das beinahe völlig unter den großflächigen Blättern eines verkrüppelten Baums verschwand, hielt sie an und bedeutete ihm zu warten. Pierre betrachtete die Umgebung. Auf der nahen Veranda standen ein Schaukelstuhl sowie eine aus Ästen geflochtene Wiege, in der ein Säugling schlief.

»Pierre Hantot!« Bei der Erwähnung seines Namens horchte er auf und erkannte den Mann, der aus dem Haus trat.

»Jérôme!« Pierre runzelte die Stirn. Mit Verwunderung stellte er fest, dass sich das Äußere des Flibustiers im Gegensatz zu seiner Stimme merklich verändert hatte. Das einst muskulöse Vorbild seiner Jugend war zu einem drallen Mann mit Doppelkinn geworden, der einen beachtlichen Wanst vor sich hertrug. Seine Haut glich gegerbtem Leder, durch das zahlreiche Kämpfe ihre Furchen gezogen hatten. Vergeblich suchte Pierre nach der Leichtfüßigkeit vergangener Tage. Er konnte sich ein Grinsen nicht verkneifen, als er in die freundlichen Augen sah, die in dem fülligen Gesicht nahezu untergingen.

»Ich weiß, was du denkst.« Jérôme schlug ihm zur Begrüßung auf die Schulter. Seine Kraft war nicht verflogen, Pierre ging beinahe in die Knie.

Er rieb sich das Kinn, bevor er Jérômes Aufforderung folgte und sich neben ihn auf die Holzstufen der Veranda setzte. Unsicher, was der Flibustier im Gegenzug über sein verwahrlostes Äußeres denken mochte, stützte er die Arme auf den Oberschenkeln ab, und gab sich entspannt. Lange Zeit sprachen sie kein Wort, sondern beobachteten Manuel, der den Boden nach bunten Steinen absuchte.

»Ich dachte, er sei tot«, sagte Pierre schließlich.

»Aye.« Jérôme zupfte an seinem Ohr. »Er war nahe dran.«

»Ich habe sie davor gewarnt, ihn bei dir zurückzulassen!« Er wollte Jacquottes Namen nicht aussprechen und hoffte, dass Jérôme verstand.

»Sie hatte schon immer mehr Mut als Vernunft in sich.« Dieser neigte den Kopf. »Ganz wie ihr Vater.«

»Émile?«

»Wer sonst?« Jérôme sah ihm in die Augen und Pierre senkte den Blick.

»Erst Cajaya brachte Glück in Manuels Leben. Wie auch in meines«, fuhr er fort und schenkte der Frau, die gerade mit zwei Bechern aus dem Haus trat, einen solch liebevollen Blick, dass Pierre sich abwenden musste.

Ein seltsames Gefühl überkam ihn. Er beobachtete, wie die Frau sich niederkniete, um ihnen die Getränke zu reichen. Ihre kräftigen Arme waren übersät von knotigen Wundmalen. Sie lächelte ihn scheu an, bevor sie sich wieder erhob und einem schmächtigen Jungen, der hinter ihr hertapste und Jérôme wie aus dem Gesicht geschnitten war, die Hand auf den wilden Haarschopf legte. Der Bub lutschte am Daumen und sah Pierre aus großen Augen an. Seine Nase lief, und Fliegen krabbelten ihm über die Mundwinkel.

»*Daca-ababa*«, sagte Jérôme und gab dem Jungen einen Nasenstüber.

Pierre war erstaunt. »Ich bin Vater«, übersetzte er die Worte. »Du sprichst die Sprache meiner Mutter?«

»Aye, das tue ich. Anani lehrte sie mir einst.«

»Dann ist Cajaya vom gleichen Volk?« Pierre unterdrückte seine Aufregung. »Woher stammt sie?« Er drehte sich um und sah die Frau gerade noch im Haus verschwinden.

Jérôme schüttelte den Kopf. »Ich weiß es nicht. Sie spricht einen Dialekt. Manche Worte ähneln sich, andere nicht. Ein Schiff brachte eine Ladung Sklaven nach Port de Paix. Cajaya war eine von ihnen. Ich zahlte mehr als nötig für sie und brachte sie einige Monate später hierher. Sie hatte viele Verletzungen, Gott weiß woher, aber sie kümmerte sich von Anfang an fürsorglich um Manuel. Mir scheint, sie sieht dieselben Dinge in ihm wie einst Jacquotte.«

Pierre biss die Zähne aufeinander, kaum dass der Name ausgesprochen war. »Wo ist sie? Hast du sie gesehen?« Die Frage blieb ihm fast im Hals stecken.

Jérôme nahm einen Schluck aus seinem Becher. »Nein, ich habe sie nicht wiedergesehen, seit sie losgezogen ist, um ihre Freiheit zu suchen. Bei unserer letzten Begegnung war sie voll Zorn. Ich denke nicht, dass sie erfreut wäre, erneut auf mich zu treffen. Jeder muss seinen eigenen Platz im Leben finden. Meiner ist nun hier auf dieser Plantage und bei meiner Familie.«

Pierre nippte an dem erfrischenden Getränk. Palmwein. Er hatte ihn sehr lange nicht mehr getrunken, und sein Magen kribbelte in Erinnerung an Tierra Grande.

»Aber es heißt, Cayone sei ihr Heimathafen.«

»Der Totenkopf kommt nur auf die Île de la Tortue, wenn der Bauch seines Schiffes aus den Nähten platzt. Er schätzt das Meer und die Einsamkeit.«

»Du kennst ihn?«

Jérôme schmunzelte. »Kein Grund, ungehalten zu werden, Hantot! Von all den Kapitänen, die im Namen der Bruderschaft unterwegs sind, besitzt er den gleichen übertriebenen Sinn für Gerechtigkeit wie du. Aber um deine Frage zu beantworten: Aye, ich kenne ihn. Und ich schätze ihn. Seit sie bei ihm an Bord ist, ist er noch vorsichtiger geworden. Ich denke, er fürchtet Rache aus den Reihen der Bruderschaft. Ein umsichtiger Geselle.«

»Wer sinnt nach Rache?«

Jérôme schnalzte mit der Zunge. »Der große Baske. Angetrieben von diesem l'Olonnais, der jede Schwäche nutzt, um einen Vorteil daraus zu schlagen. Dem neuen Gouverneur de la Place hat er bereits ein Schiff abgeschwatzt.«

»L'Olonnais hat mir in Port Royal einen Besuch abgestattet, um mich darauf hinzuweisen, dass ich besser daran täte, der Bruderschaft Einnahmen zu verschaffen, anstatt den Geldsack der Engländer zu füllen.«

Jérôme lachte. »Ein Argument, das ich durchaus teile. Dennoch schätze ich die Taktik nicht, derer sich der Baske neuerdings bedient. Er nutzt sein Amt als Major dazu, sich in politische Angelegenheiten einzumischen. Die Bruderschaft kämpfte stets für ihre eigenen Ziele. Doch inzwischen ist sie zu einem Werkzeug geworden, um Befehlsgewalt zu demonstrieren.«

»Euch missfällt die Idee, spanische Kolonien auf dem Festland anzugreifen?«

»Ich richte nicht über diese Angriffe. Das spanische Gold und Silber haben mir den Reichtum eingebracht, der mir einen ruhigen Lebensabend erlaubt. Ich maße mir jedoch an zu sagen, dass François l'Olonnais kein Mann vom Format eines Christopher Myngs ist. Und der Antrieb eines Michel le Basque einzig darauf beruht, seine Macht zu festigen, anstatt der Bruderschaft einen Dienst zu erweisen.«

Pierre leerte gierig seinen Becher. Er war durstig und fragte sich, ob es noch mehr Palmwein gab. Jérôme musterte ihn aus zusammengekniffenen Augen.

»Ich bin nicht der geeignete Mann, um dir zur Mäßigung zu raten, aber erhalte dir deine Fähigkeit zu urteilen, Hantot!«

Pierre wischte sich mit dem Handrücken über den Mund und schwieg. Er wollte keine Auseinandersetzung mit Jérôme, aber es ärgerte ihn, von ihm gemaßregelt zu werden.

»Ich bin mir sehr wohl darüber im Klaren, warum ich sie gehen ließ, aber sag mir, was waren deine Beweggründe?« Jérôme senkte die Stimme.

Unschlüssig drehte Pierre den leeren Becher in seinen Händen. Am liebsten wäre er aufgesprungen und gegangen, aber Manuels Anblick hielt ihn zurück.

»Beehre unseren Tisch heute mit deiner Anwesenheit«, brummte Jérôme nun, um das Schweigen zu brechen. »Cajaya bereitet ein vorzügliches *boucan de tortue* vor.«

Pierre lief bei den Worten das Wasser im Mund zusammen. Diese Art der Zubereitung der grünen Meeresschildkröte kannte er noch von seiner Mutter. Während die Engländer hauptsächlich das *calipee*, das knorpelartige Fleisch der Unterseite des Schildkrötenpanzers, mit Kräutern und Gewürzen als eine Art Stew servierten, wurde beim *boucan de tortue* das gesamte Tier im Panzer auf glühenden Kohlen unter dem Sand gegart und mit scharfem Pfeffer gewürzt. Pierre hatte dieses Gericht lange Zeit nicht mehr kosten dürfen und nickte Jérôme dankbar zu.

Dann räusperte er sich. »Sie gehen zu lassen, war eine Qual, sie zu vergessen, lediglich ein Versuch und von ihr zu hören, ein stetiges Martyrium. Wenn ich sie wiedersehe, wird es mein Untergang sein, denn es ist mir unmöglich, sie zu halten«, murmelte er, während er sich von den Stufen abstieß, um wieder auf die Beine zu kommen.

»Und doch liebst du sie«, hörte er Jérôme hinter sich. Er sprach so leise, dass Pierre ihn kaum verstand.

»Aye, beim Leben unserer Mütter. Es bringt mich fast um.« Er bückte sich zu Manuel, um seine gesammelten Steine zu begutachten.

Die Stufen knarzten, als Jérôme sich erhob und über die Veranda ins Innere des Hauses schritt. Erst als er verschwunden war, richtete Pierre sich auf, um seine Lungen mit Luft zu füllen. Angestrengt starrte er in den Himmel und schluckte die Gefühle hinunter, die er heraufbeschworen hatte, indem er sie zum ersten Mal aussprach. Sein Bart juckte, und er schwor sich, baldmöglichst einen Barbier aufzusuchen. Er hoffte, dass er ihm mit den Flöhen auch die unangenehmen Gedanken vertreiben konnte, die ihn zwickten.

Als er zwei Tage später gemeinsam mit Remi seinen Antrittsbesuch bei Michel le Basque absolvierte, war er frisch rasiert und neu eingekleidet. Aus dem zerlumpten Pierre Hantot war ein ansehnlicher Kapitän le Picard geworden. Im Gegensatz zu den Flöhen setzten ihm die störenden Gedanken noch immer zu.

Das Haus von Michel le Basque lag eindrucksvoll jenseits des Hafens und besaß elfenbeinverzierte Türgriffe. Ein schwarzes Dienstmädchen, dessen Haare ordentlich von einer weißen Haube verdeckt wurden, öffnete ihnen die schwere Eingangstür. Pierre warf Remi einen vielsagenden Blick zu und folgte dem Mädchen in das kühle Innere.

Ein glänzender Steinfußboden ließ jeden ihrer Schritte in dem hohen Raum widerhallen. Im Gegensatz zu Port de Margot residierte der Baske inzwischen sehr opulent. Pierre fand diese Veränderung befremdlich. Auch Remi runzelte die Stirn. Durch einen weiteren Raum, der von einem offenen Kamin beherrscht wurde, gelangten sie schließlich in den hinteren Teil des Hauses und traten durch eine geöffnete Flügeltür in einen prächtigen Garten. Eine gepflegte Rasenfläche wurde von blühenden Rosenstöcken umrahmt, die zwischen Guaven- und Papaya-Bäumen emporrankten. Inmitten ihrer ebenmäßigen Äste war in der Ferne das Meer zu erkennen.

Das Geschrei einer brütenden Vogelkolonie überlagerte das Gespräch der drei Herren, die im hinteren Teil des Gartens Zigarren rauchten und ein bernsteinfarbenes Getränk aus kunstvoll geschliffenen Gläsern zu sich nahmen. Als Pierre und Remi auf sie zugingen, drehten sie ihnen erwartungsvoll die Köpfe zu und nickten freundlich.

»Pierre Hantot«, rief Michel le Basque und winkte dem Dienstmädchen. »Sherry für die beiden Herren«, befahl er, bevor er sich wieder seinen Gästen zuwandte.

»Pierre le Picard«, verbesserte Pierre höflich.

Der Baske horchte auf. »Ein neuer Name? Und noch dazu einer, der an die alte Welt angelehnt ist. Wie kommt Ihr dazu?«

Pierre bemerkte den spöttischen Blick von François l'Olonnais, der neben dem Basken stand. Er erwiderte ihn ungerührt und antwortete: »Neue Zeiten verlangen nach einem neuen Namen!«

»Hört, hört!« Der Baske lachte. »Ich bin froh, dass Ihr das Anbrechen des neuen Zeitalters der Flibustier ebenfalls vernommen habt. Ihr dientet den Engländern nun wahrlich lange genug.« Er brach ab und klopfte dem Mann zu seiner Rechten kurz auf den Rücken. »Verzeiht, mein englischer Freund. Ihr seid nun schon so lange in der Bruderschaft, dass ich stets vergesse, woher Ihr stammt.«

Der Angesprochene, der Pierre aufgrund der stark geröteten Haut und den wässrigen Augen an einen Molch erinnerte, verzog keine Miene. Stattdessen streckte er die Hand aus und sagte: »Ich diene der Bruderschaft mit allem, was mein kaltes englisches Herz zu bieten hat. Gestatten, Bigford.« Pierre ergriff die ihm dargebotene Hand und schüttelte sie. Er musterte Bigford und versuchte sich zu erinnern, ob er seinen Namen bereits zuvor gehört hatte.

Das Dienstmädchen servierte den Sherry auf einem Silbertablett. Pierre und Remi ergriffen die Gläser und stießen mit den Männern an. Nur mühsam gelang es Pierre, den süßlichen Tropfen nicht auf einmal hinunterzukippen. Michel le Basque reichte ihnen Zigarren. Als sie genüsslich pafften, richtete er das Wort an Pierre: »Sagt mir, le Picard, wie steht es um Euer Wissen bezüglich Maracaibo?«

Pierre blies den milden Rauch durch die Nase aus und wechselte einen kurzen Blick mit Remi. »Die Bucht von Maracaibo befindet sich auf zwölf Grad und einigen Minuten nördlicher Breite und reicht etwa zwanzig Meilen in das Festland von Nueva Venezuela hinein. Schiffe verkehren von dort nach Campeche oder über Cabo Corrientes nach La Habana.«

»Wir sind nicht an den Schiffen interessiert«, erläuterte Michel le Basque. »Vielmehr geht es uns um die Stadt selbst.«

Remi pfiff durch die Zähne, während Pierre den Mund verzog. »Ein Angriff auf die Stadt ist unmöglich«, befand er nach kurzem Grübeln. »Die Stadt wurde bereits vor einigen Jahren von einer Gruppe Flibustier heimgesucht. Die Bewohner sind wachsam geworden. In der Bucht liegen zwei Inseln. Die östliche heißt Isla de la Vigia. Auf ihr steht ein Haus, in dem Tag und Nacht ein Wächter Ausschau nach verdächtigen Schiffen hält. Sobald er eines erblickt, entzündet er eine Fackel, die das Kastell auf der gegenüberliegenden Insel, der Isla de las Palomas, warnt. Dieses Kastell macht eine Einfahrt für fremde Schiffe unmöglich, denn es ist mit reichlich Kanonen bestückt. Man segelt unmittelbar unter ihm vorbei, wenn man in den dahinterliegenden See gelangen will, an dessen Westufer in etwa sechs Meilen Entfernung die Stadt Maracaibo liegt.«

»Ihr wart bereits dort?« L'Olonnais trat näher an ihn heran.

Pierre fixierte ihn kurz, bevor er erwiderte: »Aye, das war ich. Allerdings nur ein einziges Mal.«

»Sagt mir, wie ist es in Maracaibo?« L'Olonnais strich sich die fettigen Haare aus dem Gesicht, die der Wind ihm in die Augen trieb.

»Es ist eine eindrucksvolle Stadt. Die Häuser stehen längs des Wassers. Sie sind solide gebaut und reich verziert. Es lebt eine Unmenge an Menschen dort, und ich sah eine große Kirche, diverse Klöster und sogar ein Krankenhaus. Der Handel im Hafen blüht, und es gibt eine große Schiffszimmerei. Um Maracaibo selbst werden Rinder gehalten. Da es aber sehr trocken ist, ist die Stadt auf die Versorgung mit Obst und Gemüse angewiesen. Daher kommen jeden Tag Barken aus Gibraltar, einer Stadt, die vierzig Meilen südöstlich von Maracaibo am Ende des Sees liegt, wie ich hörte. Dort wächst der Kakao, mit dem die Spanier ihren Handel betreiben.«

»Wie sieht es mit Soldaten aus?« Michel le Basque rieb sich das Kinn.

»Es gibt einige in der Stadt.« Pierre warf jedem der Männer einen intensiven Blick zu. »Ich sagte bereits, es ist unmöglich, Maracaibo einzunehmen!«

»Ihr wart zu lange im *contrabando* Handel aktiv«, bemerkte l'Olonnais. »Das hat Eurer Tapferkeit geschadet!«

»Ein derartiger Überfall bedarf großen Weitblicks. Schlichter Hass und blanke Geldgier führen Euch nicht zum Ziel«, schoss Pierre zurück. L'Olonnais starrte ihn an, doch Pierre fürchtete sich nicht und straffte seine Schultern, sodass er größer wirkte und der Olonnaise zu ihm aufblicken musste.

Michel le Basque brummte beruhigend. »Ich sehe Eure Einwände, le Picard, aber vielleicht habt Ihr einen Einfall, wie man diesen Weitblick schärfen könnte?«

»Ihr benötigt Männer, die sich in und um Maracaibo auskennen. Die um die Beschaffenheit und Schwächen des Kastells wissen und die sich in den Städten um den See herum auskennen. Es wäre dumm, nur an Maracaibo zu denken, wenn es noch weitere Schätze gibt, die man heben kann.«

»Ihr meint Männer wie Euch?«, fragte der Baske.

Pierre schüttelte den Kopf. »Ich meine spanische Gefangene.« Er sah l'Olonnais an. »Lebende spanische Gefangene. Macht sie zu Euren Verbündeten!«

Der Baske grinste. »Was ist Euer Vorschlag?«

»Überfallt Schiffe, die unter spanischer Flagge nach Maracaibo fahren. Lasst die Mannschaft wissen, dass leben darf, wer bereit ist, Auskünfte zu erteilen. Befragt sie getrennt. Übereinstimmenden Aussagen könnt ihr trauen. Behaltet, wen Ihr für glaubwürdig erachtet, und umgarnt sie, um sie zu Verbündeten zu machen. Tötet die anderen, um zu verhindern, dass sie Kunde zum Gouverneur von Caracas tragen. Maracaibo steht unter seinem Schutz und nichts wäre fataler, als wenn er die Armee in der Stadt aus Vorsicht aufstocken ließe.«

Michel le Basque nickte anerkennend. »Ich sagte Euch, dass er ein fähiger Kopf ist«, erklärte er an l'Olonnais gewandt, doch dieser drehte dem Anführer brüsk den Rücken zu.

»So sei es«, überging der Baske das ungebührliche Verhalten. »Kapitän l'Olonnais segelt an die Küste von Neuspanien und macht Gefangene. De la Place hat ihm ein gutes Schiff zur Verfügung gestellt, das sollte zu einem raschen Erfolg beitragen.«

Der Angesprochene verzog abfällig den Mund. »Es wird mir ein Vergnügen sein«, nahm er den Befehl entgegen.

Bigford beobachtete das Machtspiel zwischen dem Anführer und dessen Günstling. Ihm war nicht wohl in seiner Haut und er hoffte, der Olonnaise werde ihn nicht auffordern, ihn bei seinem persönlichen Kreuzzug zur Seite zu stehen. Es war nicht so, dass er in Furcht lebte, seit Jaque de l'Isle ums Leben gekommen war, aber er ließ stete Vorsicht walten. Zu sonderbar verhielten sich die Ereignisse, die mit dem Verschwinden von de l'Isle einhergingen.

Um seine Schmach wiedergutzumachen, die ihm seit dem Überfall auf San Jago Caballero anhaftete, hatte er einen Plan ausgeheckt, um seine Mannschaft über das entgangene Lösegeld hinwegzutrösten. Er wollte als Passagier an Bord eines englischen Handelsschiffes gehen, das Waren in die Heimat transportierte. Jean-David sollte ihm auf der *Bonaventure* in unauffälligem Abstand folgen. Auf offener See wollte de l'Isle dann den Kapitän überwältigen und das Schiff von seinen Männern einnehmen lassen, um sich der Ladung zu bemächtigen.

Was immer während dieses Überfalls genau geschah, war ungewiss, aber es forderte das Leben von Jaque de l'Isle und machte l'Olonnais zum Kapitän der *Bonaventure*. Mit ihr beging er im Anschluss zahlreiche Überfälle auf spanische Schiffe, bis eine wehrhafte Flotte sie schließlich auf den Meeresgrund bombte.

Doch wie eine streunende Katze auf Londons Straßen, besaß auch l'Olonnais sieben Leben und kehrte unversehrt, wenn auch nur mit wenigen Männern, nach Cayone zurück. Bigford konnte darüber nur staunen und verhielt sich seitdem wachsam gegenüber dem launenhaften Zeitgenossen. Es war die Kombination aus übermächtigem Ehrgeiz und maßloser Wut, die l'Olonnais zu einem schwer kontrollierbaren Verbündeten machte. Alles, was er tat, tat er, ohne zu überlegen und fernab jeglicher Reue. Er folterte derart ausschweifend, dass Bigford übel davon wurde.

Vor seinem Jähzorn blieben auch die Brüder nicht verschont, und er tötete selbst Männer aus seiner eigenen Mannschaft, die es sich erlaubten, ihm zu widersprechen. Das verstieß gegen den Kodex, doch niemand wagte, den Olonnaisen anzuprangern. Warum Michel le Basque gemeinsame Sache mit ihm machte, konnte sich Bigford nur durch den Argwohn erklären, der den Basken jedes Mal packte, wenn er nach Port Royal blickte und die zunehmende Stärke des englischen Empires witterte.

Die Zeiten, in denen die Flibustier frei und unbehelligt von jeglicher Staatszugehörigkeit in der Inselwelt kreuzten, neigten sich unaufhaltsam ihrem Ende entgegen. Die Bruderschaft geriet zwischen die Fronten der politischen Mächte Europas. Einst vereint im Sinne einer gemeinsamen Sache, begannen nun Einzelne aus den Reihen auszuscheren und im Dienste der Könige beziehungsweise derer Repräsentanten zu segeln. Der Baske fühlte sich übergangen und bangte um seine Macht, die er nur glaubte halten zu können, wenn er ebensolche Erfolge vorzuweisen hatte, wie es d'Oyley bereits gelungen war.

Bigford spürte angesichts dieser Veränderungen stets eine gewisse Enttäuschung in sich aufsteigen. Hatte er sich doch einst bewusst gegen ein Leben in der englischen Marine entschieden, um eigenhändig zu bestimmen, wohin der Wind ihn trieb. Aber die aufkeimenden Feindschaften, die vor der Bruderschaft keinen Halt machten, und der zunehmende Druck, den die alte Welt auf die neuen Kolonien ausübte, zermürbten Bigford immer mehr. Wie lange der König von Spanien noch zuließ, dass andere Nationen sich an seiner Brust nährten, war nur eine Frage der Zeit. An einem Tag herrschte Frieden, am anderen Krieg. Bigford kannte die Spielchen der Mächtigen. Dennoch blieb er den Flibustier treu und hegte die Hoffnung, dass der Geist der Bruderschaft trotz der Wirren nicht verloren ging.

Außerdem dachte er nach wie vor an die rote Jacquotte. Obwohl er sich eingestand, dass Tête-de-Mort in erster Instanz gegen ihn gewonnen hatte, war er nicht bereit, aufzugeben. Er war geduldig. Beunruhigend war indes die Energie, mit der Michel le Basque gegen sie vorzugehen gedachte. Die erlittene Schmach, die sie ihm zugefügt hatte, saß tief, und er benahm sich wie ein Indianer auf dem Kriegspfad. L'Olonnais, der eine generelle Abneigung gegen Frauen hatte, stand ihm in dieser Angelegenheit zur Seite, und beide wurden nicht müde, das rote Weib zu verteufeln und Pläne für ihr Ableben zu schmieden.

Bigford missfiel dieser Hass. Tot nutzte sie ihm nichts. Er wollte sie besitzen und sie sich untertan machen. Daher war er wachsam, wenn der Baske sich nach ihr erkundigte. Auch jetzt spitzte er die Ohren, als Michel le Basque sich unumwunden an Pierre le Picard wandte.

»Habt Ihr Kunde darüber, wo sich die rote Jacquotte aufhält?« fragte er.

Pierre zuckte kaum merklich zusammen, doch Bigford bemerkte es und schenkte ihm unverzüglich seine Aufmerksamkeit.

»Ihr befragt den falschen Mann.«

»Nun«, Michel le Basque machte eine fahrige Handbewegung, »ich befrage, wen ich antreffe. Ihr seid viel herumgekommen, daher dachte ich, Ihr wüsstet etwas, das meine Ohren bisher noch nicht erreicht hat.«

Pierre schüttelte den Kopf. »Der Wind weht sie in unbekannte Gewässer.«

»Er wird sie nach Cayone wehen, und ich werde zu ihrem Empfang bereitstehen«, murmelte l'Olonnais und spuckte auf den Boden.

»Sachte«, wies Michel le Basque ihn zurecht. »Es gilt, den Kodex zu wahren. Ihr seid zu ungeduldig!«

L'Olonnais bedachte den Anführer mit einem finsteren Blick, und Bigford war erstaunt, wie offensichtlich er seine Abneigung kundtat. Viel interessanter erschien ihm jedoch Pierre le Picard. In seinen tief liegenden Augen war etwas aufgeflackert, als der Baske die rote Jacquotte erwähnte. Auch sein Begleiter, dieser Remi, wirkte mit einem

Mal verändert. Angespannt. War er eifersüchtig? Bigford suchte nach weiteren Hinweisen. Le Picard schnippte die Asche der Zigarre in eine der blankpolierten Muschelschalen.

»Wenn Ihr meine Dienste nicht länger benötigt, würde ich mich gerne zurückziehen«, sagte er.

Bigford fühlte sich bestätigt. Das Thema war le Picard unangenehm. Entweder, weil er mehr wusste, als er bereit war, kundzutun, oder weil er in Sorge um das rote Weib war. Das Motiv war einerlei, wichtig war für Bigford nur eins: Er hatte einen Spürhund gefunden! Er jubelte innerlich. Eine lange Zeit war sie für ihn unerreichbar gewesen, doch mit dem Eintreffen von Pierre le Picard konnte sich das Blatt wenden. In freudiger Erwartung blickte er hinter dem schneidigen Kapitän her, der eilig das Haus des Basken verließ.

»Ich traue ihm nicht«, murrte l'Olonnais.

»Ihr traut niemandem!« Michel le Basque starrte aufs Meer. »Dabei solltet Ihr besser zuhören. Le Picard hat mich auf eine Idee gebracht, wie wir die rote Peitsche erledigen können.« Er zog einen Mundwinkel nach oben.

Einige Tage später, Pierre saß mit Remi und anderen Männern aus seiner Mannschaft zusammen, um die nächsten Überfälle zu planen, erreichte ihn die Botschaft, dass sich die *Fortune Noire* auf dem Weg nach Cayone befand. Ein Schiff hatte sie in der Nähe der Île de la Gonaïve vor Anker liegend gesichtet und berichtete, dass die Brüder danach lechzten, die enorme Prise zu verprassen, die sie eingefahren hatten.

Pierre hielt inne, um das Geplapper seiner Männer nicht zu unterbrechen, bevor er ungerührt mit den Vorbereitungen fortfuhr und Berechnungen über die Verpflegung und die Waffen anstellte, die sie mit an Bord nehmen mussten. Erst als diese Eckpunkte geklärt waren, entließ er seine Mannschaft in die umliegenden Spelunken. Remi blieb zurück.

»Du musst sie dir endgültig aus dem Kopf schlagen, Mann«, bemerkte er verdrossen. Pierre ignorierte ihn. »Sie hat erreicht, was sie wollte. Du kannst sie nicht beschützen.«

»Wer sagt, dass ich das will? Im Übrigen habe ich nicht um deine Meinung gebeten!« Pierre rollte die Seekarte zusammen und steckte sie behutsam in den dafür vorgesehen Köcher. Remi packte ihn am Arm und er erstarrte.

»Wenn du nicht sofort damit aufhörst, dich in meine Angelegenheiten zu mischen, dann waren wir die längste Zeit Gefolgsbrüder!«

Remi ließ die Hand sinken. »Nur Blut kann unsere Verbindung lösen.«

»Wenn es sein muss, dann werde ich dafür sorgen, dass dein Blut fließt.« Pierre ballte die Hände zu Fäusten. Er konnte nicht leugnen, dass ihn die Nachricht über Jacquottes Eintreffen in Cayone verunsicherte, und es ärgerte ihn, dass Remi ihn durchschaute.

»Nach all dem, was wir geteilt und miteinander erlebt haben, gibst du ihr immer noch den Vorzug!«

»Hör auf zu jammern, Mann!« Pierre wandte sich ab. »Geh zu den anderen und bring deine letzten Achterstücke unters Volk, bevor wir Segel setzen.« Er ließ Remi stehen und hielt auf den oberen Teil der Stadt zu.

Mit energischen Schritten ging er durch die Gassen und schlug den altbekannten Weg ein, bis er den Felsvorsprung erreichte, an dem er Manuel wiedergetroffen hatte. Schwer atmend hielt er an und starrte in den wolkenverhangenen Himmel. Er hatte gehofft und gebangt, ihre Rückkehr gleichzeitig verflucht und ersehnt und nun sollte ihr Schiff eintreffen, bevor er in See stechen konnte. Es war absurd. Er fürchtete sich vor einem Wiedersehen mit ihr. Kein Spanier, kein feindliches Schiff oder Unwetter hatten in ihm jemals dieses Unbehagen freigesetzt, das er auf einmal empfand. Er wollte sie vor Michel le Basque warnen, wusste aber, sie würde nicht auf ihn hören. Weil sie das noch nie getan hatte. Er seufzte. Es war feige, sich vor ihr zu verstecken, und dennoch stand er hier oben, beobachtete den Hafen und schwor sich, erst wieder in die Stadt hinunterzugehen, wenn es an der Zeit war, die Segel der *Belle Rouge* zu setzen.

Währenddessen bezog l'Olonnais Position hinter einem der Warenhäuser, von wo er einen hervorragenden Blick auf den gesamten Hafen hatte. Angewidert stieg er über den Unrat, der, wie überall in der Stadt, in uneinsehbaren Ecken angehäuft wurde und in der warmen Luft üble Gerüche freisetzte.

Der Drang, die rote Jacquotte endlich in die Finger zu bekommen, war übermächtig. Ihretwegen hatte er sich gegen seinen Mentor und geliebten Freund Jaque de l'Isle gewendet. Sie hatte ihm derartig den Kopf verdreht, dass er sogar bei Michel le Basque vorsprach, um ihr Wohl zu sichern. Aber er, l'Olonnais, hatte die Absichten von de l'Isle sofort durchschaut. Immerhin hatte er ihn besser gekannt als jeder andere. Wer das Bett mit einem Menschen teilte, konnte die tiefsten Sehnsüchte in ihm stillen, aber auch erwecken.

De l'Isles Hunger nach Macht war unersättlich gewesen. Bedauerlicherweise auch sein Hunger auf Frauen. Diesen Drang vermochte l'Olonnais nicht zu stillen, lediglich zu kontrollieren. Doch als das rote Weib aufgetaucht war, spürte er seinen Einfluss schwinden. Das nahm ihm die Möglichkeit, an der Seite von de l'Isle über die Brüder zu herrschen und die Spanier für alle Zeit auszulöschen. Die Wut darüber, seiner Chance und seines Geliebten beraubt worden zu sein, wuchs mit jedem Tag.

De l'Isle rücklings das Messer in den schönen Körper zu jagen, war Befriedigung und Qual zugleich gewesen. Nie würde er die widersprüchlichen Gefühle vergessen, die er empfunden hatte, als sich de l'Isle zu ihm umgedreht hatte. Die Erkenntnis in seinen sterbenden Augen kam einer Anklage gleich, die l'Olonnais nicht bereit war hinzunehmen. Wie im Rausch stach er auf ihn ein. Später leckte er sich das Blut von den Händen. Sein Blut.

Sie waren Brüder im Herzen gewesen, und durch den Tod wurde de l'Isle zu einem Teil von ihm. Das war ein Triumph und er hatte ihn verzückt ausgekostet. Erst wenn es ihm vergönnt war, in die sterbenden Augen der roten Jacquotte zu blicken, würde er Genugtuung erfahren. Ihr Blut würde ihn noch stärker und unbesiegbarer machen. Er wusste, dass keiner der Toten sühnen konnte, was er einst verloren hatte, doch das war einerlei. Er hatte Gefallen an der Jagd gefunden, er tötete aus Leidenschaft.

Mit Stolz rühmte er sich des Namens, den man ihm gegeben hatte. Als Geißel der Spanier verbreitete er Schrecken auf den Meeren, und nur die rote Jacquotte wurde in mehr Liedern gepriesen als er. Er würde dafür sorgen, dass man in Zukunft einzig ihm huldigte. Der Plan des Basken war der eines Feiglings. Nur entschlossenes Handeln gereichte einem Mann zur Ehre. Vor Anspannung summend, verfolgte er, wie das schwarze Schiff in den Hafen einlief. Zischend sog er die Luft ein. Er würde Michel le Basque zuvorkommen!

An Deck der *Fortune Noire* beobachtete Jacquotte das Näherkommen des Ufers. Die Segel flatterten über ihrem Kopf, als der Wind in der Hafenbucht abgebremst wurde und die Männer damit begannen, sie einzuholen. Mit knarrenden Tauen glitt das Schiff in das kristallklare Wasser vor Cayone. Fischschwärme schossen vor dem Bug davon. Möwen zogen ihre Kreise über den ankernden Schiffen und lauerten auf Abfälle oder über Bord gefallene Ratten und Kakerlaken.

Für Jacquotte hatte die zerklüftete Insel ihren einstigen Zauber verloren. Der Lärm der wachsenden Stadt, die sichtbare Abholzung der Wälder und die ausschweifenden Bewohner missfielen ihr. Die Insel unterschied sich nicht mehr von all den anderen, denen eine Besiedlung aufgezwungen worden war. Dennoch freute sie sich jedes Mal darauf, zurückzukehren. So sehr sie das Gefühl von Freiheit schätzte, das ihr nur das Meer und die Weite des Horizonts geben konnten, so sehr sehnte sie sich nach geraumer Zeit an Land zurück. Ihr Herz gehörte Tierra Grande, aber der Rückzugsort der Flibustier blieb Cayone. Hier trafen sich alle, die Rang und Namen hatten, und die Männer verlangten nach den Tavernen und Bordellen. Aus diesem Grund hatte Tête-de-Mort Befehl erteilt, die Île de la Tortue anzusteuern.

Sie sah zu ihm hinüber. Er stand am Steuerrad und lenkte die *Fortune Noire* mit präziser Genauigkeit in den Hafen. Sein Gesicht wurde von einem schwarzen Seidentuch verdeckt, das einzig seine Augen freiließ. Der Tumor hatte sich über die Zeit weiter ausgebreitet, und das Tuch schützte das empfindliche Fleisch vor Sonne und Salzwasser. Jacquotte lächelte ihm zu, aber er beachtete sie nicht. Sie wusste, ihm war nicht wohl, dass sie in Cayone an Land gehen wollte. Zwar versuchte er, nicht zu viel Vorsicht walten zu lassen und sie wie jeden anderen Mann aus der Mannschaft zu behandeln, aber seine Blicke sprachen eine andere Sprache. Eine von der Art, die keinem verborgen blieb, der ihn kannte.

»Gib acht, dass er dich nicht einsperrt«, bemerkte Jan und grinste.

Jacquotte boxte ihn in den sehnigen Oberarm. Seine Haare waren ausgeblichen und verfilzt und standen wie die Stacheln eines Seeigels von seinem Kopf ab. Im letzten Jahr war er derart in die Höhe geschossen, dass er sie inzwischen um mehr als einen Kopf überragte. Seine Hose endete knapp über den Knien, weil er seine Prise meist schneller los war, als ihm der Gedanke kam, sich neu einzukleiden. Sein Glück war, dass er nicht an Gewicht zulegte. So wanderten seine Achterstücke weiterhin in die Ausschnitte diverser Liebchen, die er in all den Häfen hatte, sowie in den Hals der einzigen Geliebten, der er treu war, dem Glücksspiel. Neben Tête-de-Mort war er der beste Freund, den sie sich vorstellen konnte.

»Ich kann auf mich selbst aufpassen«, erwiderte Jacquotte.

»Das wissen wir und du wirst nicht müde, es ständig zu beweisen.« Jan blies die Backen auf. »Hey-ho, die rote Jacquotte, die schnalzt mit der Peitsche und holt dich vom Pott. Hey-ho, die rote Jacquotte, lauf los und wehr dich oder tritt vor Gott«, stimmte er eines der Schanklieder an.

Sie rollte mit den Augen, als die Männer in ihrem Rücken mit einstimmten.

»Hey-ho, hey-ho, hey-ho, trink aus, Bruder, und greif ins Ruder, das schwarze Schiff ist schon im Riff, der Tod ganz nah, drum sei gewahr, die rote Jacquotte, sie handelt flott, drum trink aus, Bruder, und greif ins Ruder! Hey-ho, hey-ho, hey-ho!«

Sie sah in die fröhlichen Gesichter der Männer, die ihr so vertraut geworden waren. Mit einer flinken Bewegung entrollte sie die Peitsche, die an ihrer Hüfte hing, und sprang auf die Reling.

»Zieht los und verbreitet das Lied in den Spelunken, auf dass alle wissen, wen sie zu fürchten haben«, rief sie. Die Männer jubelten, während sie ihre Fertigkeiten demonstrierte.

»Anker werfen«, befahl Tête-de-Mort, und die Mannschaft stob auseinander.

Mit finsterem Blick trat er zu ihr. Jacquotte schwang sich zurück an Deck und wickelte das Ende der Peitsche um ihr Handgelenk.

»Deine Ankunft erwarten zu viele. Du solltest sie nicht noch darauf aufmerksam machen.«

»Habe ich dir nicht zum wiederholten Male bewiesen, dass deine Sorge unbegründet ist? In all der Zeit hat es die Bruderschaft nicht gewagt, etwas zu unternehmen. Sie fürchten uns.«

»Ich fürchte mich vor deinen Ansichten!« Er sah verärgert aus. »Habe ich dich nicht Umsicht gelehrt?«

»Aye! Und ich bin umsichtig genug, um dich nicht weiter mit meiner stinkenden Garderobe zu quälen. Ich brauche ein Bad. Und ich will an Land, um in etwas anderem als einer Hängematte zu nächtigen.« Sie wagte es, ihn in die Seite zu knuffen und entrang ihm damit ein Schmunzeln. Sie erkannte es an den Fältchen, die sich um seine Augen bildeten.

»Dann ist es wohl zu viel verlangt, dich zur Vorsicht zu mahnen?«

»Wie viel Vorsicht muss man walten lassen, wenn man stets von zwei Wachhunden umgeben ist, die einem überallhin folgen?«, fragte sie keck und zwinkerte Jan zu, der abseits stand. Die beiden Männer wechselten einen bedeutungsvollen Blick und Tête-de-Mort seufzte.

»Sorgt euch nicht, ich weiß mich zu schützen«, bekräftigte Jacquotte und stützte die Hände in die Hüften.

»Die Hoffnung ist schwach, hoffen wir trotzdem«, murmelte Tête-de-Mort, bevor er sie mit einer Handbewegung entließ.

In Hochstimmung ließen die Männer die Beiboote zu Wasser und es dauerte nicht lange, bis ein Teil der Mannschaft gen Festland ruderte. Jacquotte legte sich gemeinsam mit den anderen in die Riemen, während sich die Brüder gegenseitig mit Ankündigungen überboten, wie viel Rum und Frauen sie in den nächsten Tagen gedachten, zu sich zu nehmen. Sie grinste. Ihr war gleichfalls nach Feiern zumute. Die letzten Monate waren erfolgreich gewesen, und sie wollte im Kreis der Männer sitzen und andere an ihren Taten teilhaben lassen.

Sie war stolz auf ihren Erfolg und hatte Fayolas Orakel eines Besseren belehrt. Sie wünschte sich, die Freundin wiederzusehen. Vielleicht wäre ihr Mut Anreiz für das schöne schwarze Mädchen, aus ihrem Joch auszubrechen und selbst über ihr Leben zu bestimmen. Jacquotte nahm sich vor, Tête-de-Mort darum zu bitten, auf ihrer nächsten Fahrt in Port de Margot haltzumachen. Obwohl sie wusste, dass die Stadt kaum noch besiedelt war, seit Cayone zur Basis der Flibustier geworden war, hoffte sie dennoch, Fayola dort anzutreffen.

Wie immer schien der Boden unter ihr zu wanken, als sie den Landungssteg betrat. Unsicher wie ein Albatros an Land, hielt sie sich an Jan fest, bis sie ihr Gleichgewicht wiederfand. Die Ankunft in einem Hafen war jedes Mal aufregend. Die nächsten Tage würden angefüllt sein mit Essen und Trinken, der Pflege der Waffen und dem Erkunden der Stadt.

Der Sack mit Achterstücken klimperte versteckt unter ihrem weiten Hemd. Wenn sie Cayone verließen, würde von all dem erbeuteten Geld nichts mehr übrig sein. Neugierig spähte sie in die Tavernen, wich geschickt einem volltrunkenen Mann aus, der seine Waffe auf Einzelne richtete und damit drohte zu schießen, wenn man nicht gewillt war, mit ihm zu trinken, und hielt Ausschau nach Gasthäusern.

Ihr Körper war bereits wund von der Kleidung, die sie Tag und Nacht trug und die sie nur gelegentlich zu waschen wagte, wenn sie sich unbeobachtet wähnte. Anders als die Männer, die nackt in den Seen und Flüssen badeten, die ihren Weg kreuzten, hatte Jacquotte gelernt, der Mannschaft ihre Weiblichkeit nicht offenkundig zu präsentieren. Sie akzeptierten sie. Aber es waren nur Männer. Jacquotte hatte sich mit dieser Tatsache abgefunden. Dennoch zog es sie in jedem Hafen in die Herbergen, wo sie Stunden im Badezuber zubrachte, bevor sie sich zu den Brüdern gesellte, um mit ihnen zu zechen.

Außer Tête-de-Mort und Jan, die ihr folgten, ahnte niemand etwas von dieser Vorliebe. Ein Übermaß an Pflege war den Männern unangenehm. Es verschreckte die Läuse, die sie sich aus den Haaren zogen und auf deren Anzahl sie Wetten abschlossen, wenn sie tagelang auf See waren und es außer den üblichen Tätigkeiten nicht viel zu tun gab.

Jacquotte steuerte zielstrebig ein Gasthaus an, das sich in einer der schmalen Seitengassen befand. Die Sonnenstrahlen erreichten kaum den Boden, so dicht drängten sich die Gebäude aneinander. Sie bedeutete Tête-de-Mort und Jan, was sie vorhatte, und wollte gerade durch die geöffnete Tür ins Innere treten, als sie eine vertraute Gestalt in der Menge erblickte. Remi!

Ihr stockte der Atem. Sie hatte ihn schmächtiger in Erinnerung. Das Meer hatte einen derben Kerl aus ihm gemacht, dessen kräftige

Pranken ihm nun den Weg freiräumten. Die Stupsnase wirkte nicht länger niedlich in dem herangereiften Gesicht, und seine hohe Stirn zeugte von Eigensinn. Er sah nicht in ihre Richtung und schien es eilig zu haben. Grob drückte er sich durch die lärmenden Menschen.

Jacquotte sah ihm nach. Ihr Herz schlug heftig. Wenn sich Remi in Cayone befand, war Pierre nicht weit. Die Möglichkeit, ihm zu begegnen, versetzte sie in Aufregung. Sie beobachtete die Umgebung. Jan hatte offensichtlich den Auftrag bekommen, Wache zu halten und lehnte gelangweilt an der Hausmauer gegenüber dem Gasthaus. Mit sehnsuchtsvollen Blicken schielte er in Richtung der nächstgelegenen Spelunke.

Jacquotte duckte sich und ließ sich vom Strom der Vorüberziehenden mitreißen. Der spontane Entschluss trieb ihr das Blut in die Wangen. Wenn Pierre hier war, musste sie ihn sehen! Man sagte, er trieb Handel mit den Spaniern. Etwas, das besonderes Missfallen unter den Flibustier hervorrief. Kein ehrenvoller Bruder machte Geschäfte mit dem Feind, gleichgültig, ob man nun in Frieden mit ihm lebte oder nicht. Pierres Verhalten erschien ihr fragwürdig. Hatte er sich tatsächlich von der Bruderschaft losgesagt? Seit Ewigkeiten hatte man ihn nicht mehr in diesen Gewässern gesehen.

»Willkommen in Cayone«, flüsterte eine nicht weniger vertraute Stimme plötzlich in ihr Ohr. Er musste sich im Gedränge an sie herangeschlichen haben. Jacquotte griff nach ihrer Pistole.

»Bigford! Ihr findet mich unter all diesen Menschen. Ich muss sagen, Ihr habt wahrlich den Spürsinn eines Schweins. Und das ist nicht die einzige Eigenschaft, die Euch mit diesem Tier verbindet.« Sie schob die Pistole unter ihrem Arm durch und setzte sie dem Mann, der neben ihr ging, an die Rippen.

»Und ich muss sagen, Ihr seid offensichtlich noch niemandem begegnet, der Euch zu zähmen vermochte!« Unbeeindruckt von ihrer Drohgebärde schob er sich näher heran.

»Ich hatte gehofft, Neptun werde Euch mit seinem Dreizack aufspießen und in die Unterwelt zerren.«

»Eure Komplimente sind liebenswert wie eh und je«, erwiderte Bigford. »Darf ich Euch auf ein Wort bitten?«

»Habt Ihr je gebeten?« Jacquotte drückte die Pistole noch fester gegen seinen Leib.

»Ich tue es in der Tat zum ersten Mal, denn Ihr seid offenkundig in Gefahr!«

Sie sah ihn flüchtig an. »Gefahr? Ich hielt Euch niemals für gefährlich!«

»Nun, ich spreche auch nicht von meiner Person. Ich spreche von Michel le Basque.«

»Ich fürchte den Basken ebenso wenig!« Sie blieb stehen. Remi war kaum noch zu sehen.

»Sucht Ihr le Picard? Pierre le Picard. Ihr kennt ihn vermutlich noch als Pierre Hantot. Zufällig weiß ich von dem Plan, den der Baske gegen Euch im Schilde führt. Und welche Rolle Euer Freund dabei spielt.«

Jacquotte horchte auf. Sie hätte sich denken können, dass Bigford ihr nichts Angenehmes zu berichten hatte. Wütend fuhr sie ihn an: »Wenn es Euch derart auf der Seele brennt, dann erzählt mir davon. Ansonsten geht und beehrt andere mit Eurer ermüdenden Anwesenheit!«

»Ihr solltet besser zuhören, als Euch darüber lustig zu machen! Ich bin ein Vertrauter des Basken. Ich kann Euch helfen.«

»Zu welchem Preis?« Sie hatte Remi aus den Augen verloren. Ihr Groll wuchs.

»Der sollte Euch wie immer bekannt sein.« Bigford fuhr sich mit der Zunge über die Lippen.

»Ebenso, wie meine Antwort Euch bekannt sein sollte.« Jacquotte sah ihn angewidert an. »Geht mir aus den Augen, Bigford! Ihr seid wie ein Sandwurm, der seinen schleimigen Körper immer dann aus seinem Loch streckt, wenn gerade keine Gefahr droht.«

»Das werdet Ihr bereuen!«, drohte er, als sie sich umdrehte und in die entgegengesetzte Richtung ging.

»Le Picard gab dem Basken die Idee zu seinem Plan«, rief er ihr hinterher. »Es gibt nicht viele Leute, denen Ihr trauen könnt. Ihr solltet mich nicht derart unbedacht abweisen!«

Die Worte verhallten in ihrem Rücken und Jacquotte tauchte erneut im Gewirr der Gassen unter. Die Zusammenkunft mit Bigford war einmal mehr unerfreulich gewesen. Sie verachtete ihn, und doch gelang es ihm jedes Mal aufs Neue, sie zu treffen. Es war, als pflanze er Gift in ihren Ohren, das sich tückisch seinen Weg in ihr Innerstes bahnte. Warum segelte Pierre unter neuem

Namen? Was hatte er mit Michel le Basque zu schaffen? Gab es eine Verschwörung gegen sie, und hatte Pierre dabei wirklich seine Hand im Spiel?

Ihr schwirrte der Kopf. Das Glücksgefühl, Pierre in der Stadt zu wissen, war Argwohn gewichen. Konnte es sein, dass ihr Freund von einst inzwischen zu ihrem Feind geworden war?

Ziellos wanderte sie durch die Stadt, um nachzudenken. Mit einsetzender Dämmerung wurden ihre Schritte schließlich langsamer. Sie war traurig. Ihr Vater, Manuel, Jérôme und nun auch noch Pierre. Es gab kein einziges Bindeglied mehr zu ihrer Vergangenheit. Sie konnte nicht glauben, dass sie sich in Pierre ebenso getäuscht hatte wie in Jérôme. Der Rauch der Fackeln brannte in ihren Augen und vernebelte ihr die Sicht. Jacquotte blieb stehen.

Den heimtückischen Stich in die Seite bemerkte sie nicht sofort. Erst das heiße Pochen und ein schmerzhaftes Ziehen durchbrachen einem Blitz gleich das Dunkel ihrer Gedanken. Instinktiv erfühlte sie mit der Hand die Herkunft des Schmerzes. Während sie noch realisierte, dass sie verwundet worden war, durchfuhr sie ein neuerlicher Blitz. Sie keuchte auf und stellte sich rücklings zur Wand. Die vorbeiziehenden Menschen verschwammen zu einer einheitlichen Masse. Das Gelächter klang hohl in ihren Ohren, und kalter Schweiß trat auf ihre Stirn.

Fassungslos starrte sie auf das Blut an ihren Fingern. Ihr Blick wanderte weiter auf das Hemd, auf dem sich zwei dunkle Flecken ausbreiteten. Ihr Puls raste und sie glaubte, keine Luft mehr zu bekommen. Als der Schmerz sich in die Realität drängte, wurde ihre Sicht klarer. Sie drückte sich an der Hauswand entlang und bemühte sich, Gesichter in der flirrenden Menge auszumachen. Die Hand, mit der sie die Pistole zückte, zitterte derart, dass sie beinahe den Abzug gedrückt hätte. Jacquotte wurde schwindelig. Die Lichter der Fackeln zogen unregelmäßige Kreise und zerflossen, wenn sie versuchte, sie zu fixieren. Sie glaubte, ihre Beine würden wegknicken, aber sie bot all ihren Willen auf, um sich aufrecht zu halten.

Ärgerlich bemerkte sie, dass sie völlig die Orientierung verloren hatte. Die Betrunkenen rempelten sie an, und ihre Gliedmaßen waren mit einem Mal eiskalt. Wie im Nebel sah sie Bigfords aufgerissene Augen und zielte auf ihn. Der hinterhältige Schweinehund sollte ihr nicht mehr zu nahe kommen!

Der Schuss ging in dem Tumult um sie herum beinahe unter. Weitere Schüsse Unbeteiligter waren die Antwort. Eine Kugel schlug direkt neben ihr in die Mauer ein und hinterließ ein schwelendes Loch. Jacquotte schloss für einen kurzen Moment die Augen. Als sie sie wieder öffnete, war Bigford verschwunden. Sie hielt sich die Seite. Der Schmerz war so präsent, dass er ihr Denken überlagerte. Unheilvoll breitete er sich aus und sandte ein Meer züngelnder Flammen in ihren Unterleib. Sie wusste, sie war in Gefahr, wenn sie blieb, wo sie war, aber ihr Körper versagte ihr den Dienst.

»Euer Blut schmeckt delikat«, vernahm sie plötzlich ein Flüstern zu ihrer Rechten. Die Stimme war ihr unbekannt, doch dieses Gesicht hatte sie bereits gesehen. Mühsam versuchte sie, sich zu konzentrieren. Der Mann leckte die Klinge eines Dolchs ab, und seine Augen weiteten sich. Er lachte.

»Man sagt, Ihr segelt mit dem Tod. Wie gefällt es Euch, wenn Ihr ihm heute die Hand reichen könnt?« Das Messer zuckte im Schein der Fackeln.

»Jean-David Nau.«

»Ebendieser.«

»Was wollt Ihr?«

»Das, was viele wollen. Euer Ableben.«

»Ich segle im Namen der Bruderschaft!« Jacquotte versagte die Stimme.

»Glaubt weiter daran, wenn Ihr wollt. Ich tue nur, was bereits geplant ist. Seht es als Ehre an, durch meine Hand zu sterben!« L'Olonnais zog die Oberlippe hoch und schnupperte. »Es ist bald so weit. Das Leben entrinnt Euch. Ich kann es riechen!«

»Das ist das Salzwasser in meinen Gewändern, du moderiger Haufen Schildkrötenscheiße!« Jacquotte spuckte ihm ins Gesicht, zückte ihre Machete und stach zu.

Der Schwindel nahm ihr die Geschicklichkeit und die Waffe glitt am Hüftknochen des Olonnaisen ab. Mit einem Ruck schoss die Klinge nach oben, zerschnitt ihm das Hemd, ritzte ihm Bauch und Brust auf und blieb in seinem Hals stecken. Mit entsetztem Gurgeln taumelte er rückwärts. Die Waffe fiel zu Boden und Jacquotte sank hintendrein. Sie zitterte und ihr war, als erhoben sich wirbelnde Schatten, um sie zu umarmen.

Schwer atmend rang sie um ihr Bewusstsein. Aus den Augenwinkeln sah sie, dass l'Olonnais sich an die Kehle griff. Blut tropfte über seine Hose zu Boden. Er fluchte, bevor er in der Menge untertauchte. Jacquotte atmete aus. Unendliche Mattigkeit senkte sich über sie. Der Lärm der Straße wurde leiser, und sie hatte das Gefühl zu schweben.

»Zum Donnerkiel!«, hörte sie mit einem Mal Tête-de-Mort brüllen.

Sie blinzelte und sah, dass er einige Männer niederschlug, um zu ihr zu gelangen. Seine Anwesenheit brachte das Gedränge zum Stillstand. Knurrend zog er sich das Tuch vom Gesicht und die Menschen erstarrten.

Jacquotte krümmte sich. Die Schmerzen waren kaum mehr auszuhalten. Ein wissendes Flüstern erhob sich, als Tête-de-Mort sich über sie beugte. Seine Augen blickten besorgt. Sie griff nach seiner Hand und bemerkte Jan, der hintendrein stolperte und die blutige Machete aufhob. Grimmig ließ er sie durch die Luft kreisen und fixierte die Umstehenden. Levache und Crochu stellten sich ihm zur Seite. Jacquotte war erleichtert. Die Männer waren da, um ihr zu helfen. Sie schloss die Augen.

Pierre kämpfte sich durch die feiernden Menschen und verfluchte sich selbst, dass er trotz seiner Vorbehalte in die Stadt zurückgekehrt war. Doch eine innere Unruhe raubte ihm den Schlaf und trieb ihn schließlich in die lärmenden Gassen. Nach einigen Bechern Rum fühlte er sich belebter, aber die Ruhelosigkeit blieb.

Als er aus dem dritten Schankraum taumelte, den er an diesem Abend beehrt hatte, wankte François l'Olonnais mit entrücktem Blick an ihm vorbei. Seine Jacke war blutdurchtränkt und er murmelte fanatisch vor sich hin. Pierre hielt sich am Türrahmen fest und sah ihm nach. In seinem Nacken begann es zu kribbeln. Irgendetwas war geschehen. Er spürte es.

Hastig ging er in die Richtung, aus der l'Olonnais gekommen war, doch ein Vorankommen war beinahe unmöglich. Die Betrunkenen stolperten übereinander, fielen hin, verkeilten sich, schliefen mitten im Getümmel ein oder prügelten sich. Becher mit Rum wurden durch die Luft geworfen und halb nackte Frauen über die Arme der Männer weitergereicht. Pierre verschaffte sich mit seinem Säbel Respekt und schlug sich Stück um Stück den Weg frei. Die ersten Rufe ereilten ihn, als er fast am Hafen angelangt war.

»Der Tod holt die rote Jacquotte! Sie stirbt«, erhoben sich die Stimmen.

Eine eiserne Faust zerquetschte ihm die Brust. Seine Augen versuchten sich in der Dunkelheit zurechtzufinden. In der Nähe der Schiffe und Warenhäuser war kein offenes Feuer erlaubt, und das machte ihm die Orientierung schwer. Huschende Schatten erinnerten ihn zugleich daran, dass sich das Gesindel besonders nachts im Hafenviertel umhertrieb, und er mahnte sich zur Vorsicht.

»Hier entlang! Holt den Wundarzt und bringt ihn umgehend aufs Schiff!«

Eine Gruppe lief in Richtung des Landungsstegs. Ihr Anführer trug eine Fackel mit sich und Pierre folgte dem Licht. Unter ihm gluckerte das Wasser in der nachtschwarzen See, als er über den Holzsteg rannte. Er vernahm das Klirren von Waffen. Die Männer waren auf ihn aufmerksam geworden.

»Einen Schritt weiter und er führt dich ins Jenseits, Fremder«, zischte eine Stimme. Pierre blieb stehen. Sein Herz schlug so heftig in seiner Brust, dass er glaubte, es wolle sich selbst befreien.

»Ich bin ein Freund«, besänftigte er. »Ist Jacquotte bei euch?«

»Wer will das wissen?« Die Fackel näherte sich ihm. Glühende Funken trafen sein Gesicht, als sie ihm dicht vor die Nase gehalten wurde.

»Pierre le Picard!« Er blinzelte in die züngelnden Flammen.

»Der Name sagt uns nichts! Verschwindet!« Die Fackel drängte ihn zurück. Er roch verbrannte Haare und realisierte, dass es seine eigenen waren. Wütend hob er den Säbel.

»Ich will sie sehen«, forderte er.

»Pierre?«

Es war ihre Stimme! Er drängte den vordersten Mann zur Seite und machte zwei Schritte auf den riesenhaften Kerl zu, der sich vor ihm aufbaute. Der Schein des Feuers fiel auf sein zerfressenes Gesicht. Pierre zuckte zurück. Tête-de-Mort, fuhr es ihm durch den Kopf.

Jacquotte lag in seinen Armen. Er hielt sie ohne Anstrengung. Ihre Wangen waren eingefallen, ihr Gesicht leuchtete bleich. Sie war verletzt. Blutflecke auf ihrer Kleidung kündeten von ihren Wunden. Pierre wollte sie aus den Armen des Todes reißen, aber dann bemerkte er es. Die Art, wie ihr Retter sie ansah. Sein Gesicht vermochte aufgrund der Entstellung keine Regung mehr zu zeigen, dafür sprachen seine Augen.

Pierre schwankte unter der Erkenntnis. Tête-de-Mort starrte ihn an und es war, als wenn sie wortlos den Kampf um die Frau ausfochten, die sich mit ihrer draufgängerischen Art in ihren Herzen festgesetzt hatte. Pierre verspürte den Wunsch, sein Gegenüber zu töten, um Konkurrent und Tod in einem zu besiegen. Seine Hand umklammerte den Säbel. Es wäre ein Leichtes, Tête-de-Mort seinen grausigen Schädel abzuschlagen, dachte er. Er würde sie nicht loslassen. Das würde er niemals tun.

»Pierre«, vernahm er ihre Stimme und wollte die Worte nicht glauben: »Geh! Sofort!« Ihre Augen schimmerten im Schein der Fackel, aber ihr Gesichtsausdruck war aufsässig, wie er es von ihr gewohnt war.

»Ich bin bei meiner Mannschaft. Geh und verkünde in der Stadt, dass ich nicht daran denke, zu sterben.« Sie verzog kurz das Gesicht, bevor sie Tête-de-Mort ansah und ihm vertraut zunickte. Dieser wirbelte herum und bestieg das Beiboot. Die Männer folgten ihm. Pierre sah, dass der Totenkopf sie vorsichtig in seine Arme bettete. Ihm kam die Galle hoch.

Als das Boot in das undurchdringliche Dunkel schaukelte, war es Pierre, als wenn es seine Selbstachtung mit sich nahm. Sie hatte ihm einen Befehl erteilt. Je weiter sich das Boot von ihm entfernte, desto mehr erfüllte ihn ein dumpfes Grollen. Nach all den Jahren war das alles, was sie ihm zu sagen gehabt hatte! Das Klatschen der Ruder verhallte langsam und Pierre wandte sich ernüchtert ab.

Sieben

Îles Caïmans, südlich von Kuba, Sommer 1662

Gebt ihm Rum!«, forderte der Mann mit der rot geäderten Nase in scharfem Tonfall. Seine teigigen Hände steckten im Mund von Levache, der aus Leibeskräften schrie. Blut lief über dessen Kinn und tropfte ihm auf die verschwitzte Brust.

Jan schüttelte den Kopf. »Seit dieser Wundarzt bei uns an Bord is', vergeht kein Tag ohne Gemetzel! Es is' schlimmer als im Krieg.«

Er warf Jacquotte einen kurzen Blick zu und betastete vorsichtig seine Schneidezähne. »Wackeln nur n' bisschen«, stellte er fest.

»Vor fünf Tagen hat er ihm zermahlene Regenwürmer in den Zahn gestopft und mit Wachs versiegelt. Er sagte, der Zahn würde dann von selber ausfallen.« Crochu schnaubte verächtlich, denn offensichtlich hatte diese Methode keinerlei Wirkung gezeigt.

Jacquotte grinste und lehnte sich gegen die mit Tabak gefüllten Säcke, die wegen der Feuchtigkeit im Bauch des Schiffes im vorderen Teil des Decks gelagert wurden. Ihre Wunden zuckten beim Anblick des gequälten Levache.

Die vergangenen beiden Wochen waren die Ersten gewesen, die sie mit nur wenigen Schlucken Rum am Tag überstanden hatte. Der Wundarzt, der sich sein fragwürdiges Können angeblich in der Nähe von Nantes angeeignet hatte, wurde nicht müde, faules Fleisch aus ihr herauszuschneiden. Eine Prozedur, die sie nur im berauschten Zustand bereit war zu ertragen. Auch wenn es sie selbst dann an die Grenzen dessen brachte, was sie auszuhalten vermochte, ohne das Bewusstsein zu verlieren. Einzig den Aderlass hatte Tête-de-Mort verboten, und Jacquotte war ihm dankbar dafür. Besonders, wenn sie die scharfen Lanzetten sah, die denen in die Arme getrieben wurden, die über schwache Lungen oder fieberhafte Geschwüre klagten.

Es folgte ein schmatzendes Geräusch, untermalt von einem markerschütternden Schrei, und der Zahn von Levache kullerte über das Deck. Er sah wie ein bräunlicher Stein aus und wurde sofort von den drei Schweinen inspiziert, die als lebender Proviant über das Schiff spazierten. Der Wundarzt, der sich selbst Ambroise nannte, zog geräuschvoll die Nase hoch und ließ sich zufrieden neben seinen Patienten sinken.

»Wer ist der Nächste?«, rief er, doch ehe sich Jacquotte versah, war sie die Einzige, die es nicht geschafft hatte, sich von Bord zu machen. Ambroise lachte und präsentierte die wenigen Zähne, die nach diversen Selbstbehandlungen in seinem Mund verblieben waren. Jacquotte erhob sich und blickte den Männern hinterher, die lautstark an Land wateten.

Die *Fortune Noire* ankerte in seichtem Gewässer. Bei Ebbe saß sie auf einer Sandbank auf, die der Mannschaft als Trockendock diente und dazu genutzt wurde, das Schiff zu reparieren sowie seine Unterseite von Muscheln und dem gefürchteten Holzwurm zu befreien. Jacquotte mochte die Îles Caïmans. Tête-de-Mort kam stets in den Sommermonaten her, um Schildkröten zu jagen.

Die gewichtigen Tiere schleppten sich dann jede Nacht an Land, um in dem feinen Sand ihre Eier abzulegen. Waren sie einmal auf den Rücken gedreht, konnten sie nicht mehr entkommen und man hatte Zeit, sie zu zerlegen und einzusalzen. Das sicherte ihnen über den Rest des Jahres einen Teil der Verpflegung. Trotz des guten Geschmacks musste man darauf achten, nicht zu viel von dem Fleisch zu essen, da es sehr ölig war und einem mit der Zeit die Glieder schmerzen ließ. Gegen Ende des Winters wurde es obendrein tranig und konnte nur noch mit großen Mengen Alkohol genossen werden.

In der Nähe ankerten weitere Schiffe, um ebenfalls Schildkröten zu erlegen. Jeden Abend feierten die Mannschaften an dem palmengesäumten Strand. Über dem Feuer briet man die blauschillernden Echsen, die überall auf den Inseln zu finden waren, ebenso wie die prachtvollen Flamingos, deren Zungen besonders geschätzt wurden. Die berüchtigten Kaimane, die den Inseln ihren Namen gegeben hatten, waren Jacquotte noch nie unter die Augen gekommen.

Erschöpft stützte sie sich an der Reling ab. Das heiße Wetter setzte ihr zu. Sie verzehrte sich nach Rum, wusste aber, dass Tête-de-Mort wie ein Geier über die verbliebenen Fässer wachte. Die tröstende Flucht ins Vergessen war erstrebenswerter als weiterhin ihren Gedanken ausgesetzt zu sein, die sie quälten, wenn sie das Bewusstsein zurückerlangte. Sie beobachtete, wie die Sonne im Meer versank und glaubte, es müsse zischen, wenn sie das Wasser berührte. Schwerfällig ließ sie sich zurück auf die Säcke sinken. Einige vorwitzige Papageien trieben ihre Spiele in der Takelage, während sich die Schweine backbord zur Ruhe begaben. Ambroise hangelte sich ungeschickt an einer der herabgelassenen Leitern von Bord und folgte der Mannschaft an Land.

Als sich mit dem dunkelblauen Dunst Stille über das Schiff legte, hörte sie seine Schritte. Es war zu einem Ritual geworden. Er reichte ihr einen Becher mit Cidre, den er dem Kapitän, der steuerbord von ihnen vor Anker lag, im Tausch gegen Tabak abgeschwatzt hatte. Jacquotte stürzte das säuerliche Getränk hinunter. Seit ihr die Verletzungen zugefügt worden waren, gelang es ihr kaum, ihren unbändigen Durst zu stillen. Tête-de-Mort setzte sich neben sie. Es hatte keine Nacht gegeben, an der er nicht an ihrer Seite wachte. Seine Blicke trösteten sie, wenn sich die Wolken der Schmerzen und des Alkohols verzogen.

»Wenn wir ablegen, werden wir diesen Wundarzt auf der Insel zurücklassen«, murmelte Tête-de-Mort. »Er zerstückelt meine Männer.«

»Du magst ihn nicht?« Jacquotte konnte sich ein Lächeln nicht verkneifen.

»Beim Verfall meiner Gebeine, nein! Weder ihn noch all die anderen Knochenflicker. Einer von ihnen versuchte mich einst mit *orviétan* zu kurieren, einem grauenhaft schmeckenden Allheilmittel. Er glaubte, Körpergifte würden aus meinem Gehirn austreten und mein Gesicht zerstören.«

Jacquottes Lachen schwand. Sie schätzte die allabendlichen Gespräche mit Tête-de-Mort, die mit jedem Mal vertrauter wurden. Auch wenn sie oftmals den Eindruck gewann, dass er gewisse Themen so geschickt zu umschiffen wusste wie einen Hurrikan. Sein Aussehen hatte er noch nie zur Sprache gebracht. Er verließ damit das bekannte Terrain und segelte in unerforschte Gewässer.

»Bisher hat er noch niemanden umgebracht«, beschwichtigte sie ihn.

»Jeder stirbt, wenn man ihn oft genug zur Ader lässt«, knurrte Tête-de-Mort und brachte Jacquotte damit zum Schweigen. Der

Grund für seine Verstimmung war ihr unbekannt, und sie wagte nicht, ihn danach zu fragen.

Doch Tête-de-Mort fuhr unbeirrt fort und seine raue Stimme vermischte sich mit dem Geschrei der feiernden Männer am Strand. »Ich war noch ein kleiner Junge, als meine Mutter Marie ihr viertes Kind erwartete. Unser Vater war Mitglied an der St. Côme, der Hochschule für Medizin in Paris. Gemeinsam mit seinem Assistenten ließ er meine Mutter regelmäßig aus Vorsorgegründen zur Ader. Das letzte Mal, als sie kurz vor der Niederkunft stand. Sie überlebte es nicht. Mit ihr starb unsere ungeborene Schwester, die man ihr aus dem Bauch schnitt, um sie zu beerdigen, wie man uns erzählte. Später erfuhr ich zufällig, dass sie auf den Tischen der Studenten endete, bevor man sie verscharrte. Aus diesem Grund kam ich in die Neue Welt, kaum dass meine Krankheit entdeckt worden war. Ich wollte kein Versuchsobjekt meines Vaters werden.«

Jacquotte starrte in den Himmel, wo die ersten Sterne aufleuchteten. Die Worte von Tête-de-Mort stimmten sie nachdenklich. Ihr war nie die Idee gekommen, dass auch er eine Familie hatte. Eine Vergangenheit. Mit einem Mal vermisste sie Manuel. Das schlechte Gewissen, das stets mit den Erinnerungen an ihn verbunden war, wurde übermächtig.

»Ich habe meinen Bruder verraten«, entfuhr es ihr. »Er war anders, er hätte meine Hilfe benötigt, aber ich ließ ihn im Stich.«

Tête-de-Mort schwieg, doch sie wusste, dass er sie verstand. Erst nach einer Weile begann er wieder zu sprechen, und es war kaum mehr als ein Flüstern: »Ich heiße Nicolas Lormel. Ich möchte, dass du meinen wahren Namen kennst. Mein Bruder war Philippe Lormel, der Kapitän der gesunkenen *Marie Veinarde*.«

Jacquotte drehte ihm interessiert den Kopf zu und er fuhr fort: »Ich dachte, ich müsse seinen Tod rächen, deshalb folgte ich de l'Isle nach San Jago. Inzwischen weiß ich, dass es mein schlechtes Gewissen war, das mich dorthin trieb. Wir hatten uns bereits vor Jahren entzweit.« Er machte eine kurze Pause, bevor er fortfuhr: »Wir kämpften einst an der Seite von Michel le Basque. Sein Schiff war unser Zuhause. Doch als mein Bruder älter wurde, rebellierte er gegen ihn. Eines Tages dümpelten wir unweit des Rio de la

Hache auf dem Meer und lauerten auf eine Flotte aus Cartagena, die jedes Jahr mit einigen Barken und einem großen Begleitschiff zu einer Perlenbank segelte, um dort nach Muscheln zu tauchen. Michel le Basque wollte die Barken des Nachts überfallen, doch mein Bruder schlug vor, sie tagsüber anzugreifen. Die dreißig Männer unserer Schaluppe waren seit Tagen der unbarmherzigen Sonne ausgeliefert und wollten endlich etwas tun. Sie überstimmten den Basken. So kam es, dass mein Bruder und ich zu den Barken schwammen und zwei davon erfolgreich in unsere Gewalt brachten. Bevor das Geleitschiff, das wegen seines Tiefgangs vor dem Riff ankern musste, es überhaupt bemerkte, kamen die anderen Brüder angeschwommen. Innerhalb kurzer Zeit befanden sich alle zehn Barken unter unserem Kommando. Wir setzten Segel und machten uns aus dem Staub. Es war die größte Prise, die ich je erbeutet hatte. Ich war voller Euphorie. Doch mein Bruder traf nie am vereinbarten Treffpunkt auf der Île à Vache ein. Ich glaubte lange, er sei tot.«

Jacquotte beobachtete, wie die Nacht sich über das Schiff legte und spürte die Wärme, die von Tête-de-Mort ausging. Es war ein beruhigendes Gefühl.

»Manchmal offenbart sich einem das Gesicht der Wahrheit erst nach einer Weile.« Er senkte den Kopf.

»Dein Bruder war nicht tot«, stellte sie fest. »Weshalb ist er nicht zu dir zurückgekehrt?«

»Was fragst du mich aus, zum Teufel?« Die Stimmung war umgeschlagen.

Überrascht über seine Reaktion, rückte sie von ihm ab. »Ich werde zu den Männern gehen und sehen, ob ihnen meine Gesellschaft mehr zusagt als dir.« Sie wollte sich erheben, als er seine Hand um ihren Unterarm legte. Die Berührung ließ sie erstarren.

»Jeder von uns bringt Opfer. Du hattest gute Gründe, deinen Bruder zu verlassen!«

»Mein Bruder fand den Tod. Manchmal denke ich, ich verdiene ihn ebenfalls.«

Tête-de-Mort lachte. Der Druck seiner Hand ließ nach, und Jacquotte entspannte sich.

»Was ist daran so lustig?«

»All die Jahre war ich einzig für mich allein verantwortlich. Ich habe den Tod besiegt und wurde selber zum Sinnbild des Todes. Doch dann kamst du und hast mich daran erinnert, dass ich nicht über seine Macht verfüge. Er riss dich beinahe an sich und ich konnte nur dabei zusehen. Es wird der Tag kommen, an dem er auch über mich richtet, und ich frage mich, wer dann der Tod auf Erden sein wird, der über dich wacht.«

»Ich werde weiter unter deiner Flagge segeln«, erklärte Jacquotte bestimmt und sprach zum ersten Mal aus, wonach sie sich seit Langem sehnte: ein eigenes Schiff!

Tête-de-Morts Lachen erstarb. »Ich sagte dir einst, dass ein jeder seine Geschichte an Bord eines Schiffes neu schreibt. Du hast das getan und mittlerweile gehört uns beiden bereits ein Stück der Vergangenheit. Aber hör mich an, denn ich werde es dir nur ein einziges Mal sagen: Wenn ich sterbe, dann wird dich die Mannschaft nicht als Kapitän der *Fortune Noire* anerkennen! Michel le Basque ist einflussreich und sein Handlanger l'Olonnais ein unberechenbarer Gegner. Die wenigsten Männer sind klug genug, um zu begreifen, dass ein durchtriebener Anführer nicht gleichzeitig ein guter Anführer ist. L'Olonnais sät den Wind. Ich hoffe, es ist mir vergönnt zu erleben, dass er den Sturm erntet. Du stehst unter meinem Schutz. Wenn ich nicht mehr bin …« Er stockte.

Jacquotte hielt den Atem an, ihre Wangen glühten. Diese Aussage hatte sie nicht von ihm erwartet.

»Trotz deines viel gerühmten Schutzes wäre ich beinahe auf die andere Seite gegangen«, entfuhr es ihr. »Ich habe dich nicht darum gebeten, auf mich aufzupassen. Stirb unbesorgt, ich werde meinen Weg auch ohne dich gehen!«

Sie wollte die unbedachten Worte am liebsten in dem Augenblick zurücknehmen, in dem sie sie aussprach. Tête-de-Mort hatte ihr ein Stück seiner Vergangenheit offenbart und ihr seinen Namen anvertraut. Oftmals wussten nicht einmal Gefolgsbrüder die früheren Namen des jeweils anderen. Was war nur in sie gefahren?

»Du wirst nicht sterben«, murrte sie versöhnlich, doch seine abweisende Haltung blieb. Mit wenigen Schlucken leerte er den Becher.

Es war nicht der erste an diesem Tag, und Jacquotte dämmerte, dass sie nicht die Einzige war, die ihre Schmerzen im Alkohol ertränkte. Erschrocken über die Erkenntnis, griff sie nach seiner Hand.

»Wie lange quälst du dich schon?«, wollte sie wissen.

»Es wird mit jedem Tag schlimmer.«

»Du wirst nicht sterben«, wiederholte sie und diesmal klang es wie ein Befehl.

Tête-de-Mort sprang auf die Beine, ihre Verbindung zerriss. Unwillkürlich hob sie ihren Arm. Sie wollte nicht, dass er ging. Aber obwohl sie gerade mehr miteinander geteilt hatten, als Jacquotte jemals zuvor einem Menschen anvertraut hatte, fehlten ihr die Worte, es ihm zu sagen. Er wandte sich ab. Bevor er als Schatten über die dunkle Reling entschwand, flüsterte er heiser: »Wenn es einen Grund gibt, der mich davon abhält zu sterben, dann bist du es!«

Am nächsten Morgen erwachte Jacquotte mit einem quälenden Pochen hinter den Schläfen. Ihre Augen waren geschwollen, als hätte sie Tränen vergossen, aber sie konnte sich an nichts erinnern. Ächzend rollte sie sich aus der Sonne, die über der Reling aufging, und spuckte aus. Ihre Zunge war pelzig, und die Bewegung ihrer verspannten Glieder brachte die Wunden dazu, heftig zu klopfen. Unbewusst stieß sie die leere Buddel um, die neben ihr stand, und das Klirren rief ihr ins Gedächtnis, dass sie getrunken hatte und vor allem, warum.

»Hat dich Ambroise in die Finger bekommen?«, hörte sie Jans Stimme.

Sie schüttelte schwerfällig den Kopf. Er stellte einen Holzkübel frischen Wassers neben ihr ab und ging in die Knie. Unschlüssig kaute er auf seinen schwarzen Fingernägeln.

»Habt ihr euch gezankt?«

Jacquotte brummte und bedeutete ihm zu gehen, aber Jan ließ nicht locker: »Es hat ihn getroffen, dass du verwundet wurdest. Is' nicht mehr der Alte seitdem. Trinkt zu viel. 'S passt mir nicht, dass es ihm schlecht geht. Is' nicht gut für die Mannschaft. Und nicht gut fürs Schiff. Denke, der Kodex will genau das damit sagen, wenn er keine Frauen an Bord duldet.«

Sie setzte sich auf, und Jan schnellte augenblicklich zurück auf die Beine.

»Behalt deine weisen Sprüche für dich, du holländische Sprotte, sonst machst du noch die restlichen Männer scheu!« Sie blinzelte gegen die Sonne an. »Seit wann hast du solche Ideen?«

Jan sah auf seine Füße. »Die Mannschaften der anderen Schiffe reden nachts an den Feuern.«

»Was reden sie?«

»Dass eine Frau auf'm Schiff kein Glück bringt. Is' wie ein Fluch. Soll einem Schiff den Untergang bringen.«

Jacquotte schöpfte Wasser aus dem Eimer und klatschte es sich ins Gesicht.

»Welches Unglück habe ich heraufbeschworen?«, wollte sie wissen, doch ihr Freund schwieg und trat verlegen von einem Bein aufs andere. »Rede gefälligst!«

»Die Bruderschaft …«, begann er, aber sie wollte es nicht hören.

»Immer wieder die Bruderschaft«, fiel sie ihm ins Wort. »Michel le Basque ist die Bruderschaft! Er ist verantwortlich für den Unfrieden. Sieh dich um, Jan, welches Unglück habe ich über euch gebracht, seit ich auf der *Fortune Noire* bin?«

Sie sprang auf. »Mangelt es euch an Nahrungsmitteln?« Sie deutete auf die Männer am Strand, die damit beschäftigt waren, die Unmengen an Schildkrötenpanzer zu knacken, die sie während der Nacht gesammelt hatten.

»Mangelt es euch an Achterstücken?« Sie griff in das Säckchen an ihrer Hüfte und warf einige der Münzen in die Luft.

»Mangelt es euch an Alkohol?« Sie schleuderte die leere Flasche über Bord. »Was ist es?«

Jan starrte sie an. Dann grinste er und fuhr sich durch die strubbligen Haare. »Nichts von alledem«, gab er zu. »Trotzdem is' der Kapitän mehr damit beschäftigt, auf dich achtzugeben, als auf sich und seine Männer. Wir brauchen ihn aber. Das is' das Problem.«

Jacquotte biss sich zornig auf die Unterlippe. Wie konnte es sein, dass sie irgendwann stets dieselben Dinge von den Menschen in ihrem Leben zu hören bekam?

»Ich wollte nie, dass er auf mich achtgibt«, verteidigte sie sich.

»Ich weiß, du kannst selbst auf dich aufpassen«, knurrte Jan, und sie horchte auf. Diesen Tonfall kannte sie nicht an ihm.

Von ihrem herausfordernden Blick gereizt, fuhr er fort: »Kannste eben nicht! Du kämpfst wie ein Mann, du trinkst wie ein Mann und du fluchst wie ein Mann. Und doch kannste dich nicht wie ein Mann unter uns bewegen. Crochu juckt's regelmäßig in der Hose, wenn der Wind dir das Hemd an den Leib presst. Und er is' damit sicher nicht allein. Einzig wegen deiner Verletzungen sitzen wir hier länger fest als sonst. Jeden anderen hätte Tête-de-Mort mitsamt dem schaurigen Wundarzt in Cayone zurückgelassen. Nur dich nicht. Er stellt dich über die Mannschaft. Es is' eben so.«

»Es is' eben so«, äffte Jacquotte ihn nach, doch Jan blieb gelassen.

»Ich sag's wie es ist. Hab ich schon immer getan.« Er zuckte mit den Schultern.

Aufgewühlt sah sie ihm nach, als er mit hängendem Kopf davontrottete. Um sich Luft zu machen, schlug sie gegen einen der Tabaksäcke. Alles, was sie wollte, war ihre Freiheit! Ihre Wut vermischte sich mit Resignation. Sie war eine Frau. Jan hatte es ihr wieder einmal vor Augen geführt. Man feierte und pries sie in Liedern, aber am Ende des Tages war sie nur unter dem Schutz eines Mannes in Sicherheit. Was musste sie tun, um anerkannt zu werden und ebenbürtig unter den Brüdern zu leben?

»Heirate«, beantwortete sie die eigene Frage und schürte zusätzlich ihre Wut.

Stöhnend hielt sie sich die Seite. Die ruckartigen Bewegungen hatten ihre verheilenden Wunden geweckt, die ihr nun die Hitze ins Gesicht trieben. Entschlossen begab sie sich zur Reling, um der Mannschaft bei ihrer schweißtreibenden Arbeit zur Hand zu gehen. Sie benötigte Ablenkung! Das ständige Herumsitzen tat ihr nicht gut.

Sie hangelte sich an der Leiter hinunter und glitt in die leichte Strömung. Das scharfe Salzwasser ließ sie heftig die Luft einziehen, aber sie kämpfte sich tapfer ans Ufer vor. Dort angekommen, bedachte Ambroise sie mit einem strafenden Blick. Meerwasser war nicht gut für den Heilungsprozess. Jacquotte wusste das, doch als die Mannschaft sie fröhlich willkommen hieß, fühlte sie sich augenblicklich besser. Vermutlich hat Jan das Gerede zu ernst genommen, dachte sie hoffnungsvoll und fing ein rostiges Messer auf, das Crochu ihr zuwarf.

Mit geschulten Bewegungen zerteilte sie das Fleisch und trennte es von der *carapace*, der Oberseite des Schildkrötenpanzers, wo es von einer grünen, gallertartigen Substanz geschützt wurde, aus der man, zusammen mit den ausgegrabenen Eiern, eine delikate Suppe zubereiten konnte. Die einzelnen Stücke warf sie denjenigen zu, die den Proviant in grobmaschigen Netzen sammelten, um ihn später an Bord der *Fortune Noire* zu bringen. Dort wanderten die Fleischstücke in Holzfässer, die anschließend bis zum Rand mit Salz aufgefüllt und fest verschlossen wurden.

Während sie arbeitete, fing sie wiederholt den Blick von Tête-de-Mort auf, der die Reparaturen am Schiff überwachte. Ihre Gedanken kreisten um das Gespräch mit Jan. Sie wollte nicht, dass Tête-de-Mort sie beschützte. Wie es schien, hatte er es sich jedoch zur Aufgabe gemacht. Sie schleppte das Fleisch in den Schatten und dachte an den Tag zurück, als sie Jan zum ersten Mal begegnet war. Jeden anderen hätte Tête-de-Mort zurückgelassen, waren die Worte ihres Freundes gewesen. In diesem Moment kam ihr eine Idee. Damals hatte er sie ebenso wenig zurückgelassen!

Die Männer arbeiteten den ganzen Tag. Jacquotte gab ihr Bestes, um mitzuhalten. Erst als der Abend hereinbrach und die Mannschaft sich den angenehmeren Dingen zuwandte, hielt sie es nicht mehr aus. Ihre schmerzenden Wunden entflammten ihre Wut zusätzlich und trieben sie zu Tête-de-Mort. Unauffällig entzogen sie sich den neugierigen Blicken, die ihr mit einem Mal bewusst wurden. Aufgebracht schnitt sie ihm den Weg ab, kaum dass sie außer Sichtweite waren: »Du hast es gewusst, als ich an Bord der Barke kam!«

Sein Schweigen war Antwort genug. Sie verschränkte die Arme vor der Brust und fixierte ihn herausfordernd.

»Als ich dich am Strand stehen und aufs Meer blicken sah, hattest du denselben ehrfürchtigen Ausdruck in deinem Gesicht, den auch ich hatte, als ich mich einst den Flibustier anschloss. Ich ahnte, dass du eine Frau bist, das ist wahr«, erwiderte er nach einer Weile.

»Ich war als Mann verkleidet!«

»Es mag sein, dass du andere täuschen konntest, aber mich nicht. Die meisten Brüder rechnen nicht damit, einer Frau außerhalb eines

Freudenhauses zu begegnen. Das macht sie blind für offensichtliche Attribute. Ich bin dir nicht aufgesessen. Deine Bewegungen, deine Augen, deine glatten Wangen. Du warst so sauber im Gegensatz zu meiner Mannschaft und allen Schweinejägern, die mir je begegnet sind.«

Sie starrten einander an und Jacquotte stampfte mit dem Fuß auf.

»Was macht dich wütend?« Tête-de-Mort legte die Stirn in Falten.

»Die Tatsache, dass ich glaubte, mir meinen Platz auf der *Fortune Noire* gerecht erkämpft zu haben. Als einer von euch. Aber nun muss ich feststellen, dass du von Anfang an deine Klauen um mich gelegt und mich in deine Richtung geführt hast!«

»Dich zu führen, ist ein Ding der Unmöglichkeit!«

»Mein Weg wäre ein anderer gewesen. Dein Schutz lastet wie ein Fluch auf mir und bringt die Männer gegen mich auf!«

Tête-de-Mort schüttelte energisch den Kopf, als wolle er ihr widersprechen, und seine Augen verengten sich. Jacquotte fühlte sich von ihm provoziert.

»Ich habe meinen Bruder verlassen und ihm den Tod beschert, um meine Freiheit zu finden. Ich bin es leid, Schutz zu benötigen, um so zu leben, wie ich es für richtig halte! Nur durch meine Worte war der Baske gezwungen, mich gehen zu lassen. Ich kenne den Kodex. Deshalb verdiene ich es, gleichberechtigt behandelt zu werden. Ich verdiene es, Kapitän eines Schiffes zu sein!« Sie schrie ihn an, um den Druck in ihrer Brust zu verringern, der sie bereits den ganzen Tag quälte.

»Was du dir wünschst, ist unerheblich in dieser Welt, denn es gibt Mächte, die über dir stehen. Begreif das endlich!« Er ergriff ihre Schultern und sagte eindringlich: »Auch ich verriet meinen Bruder. Es hat mir nicht das eingebracht, was ich mir erhoffte. Ich habe dich nie gehalten. Was du als Fluch verurteilst, war nur gut gemeint.«

Sie stieß ihn von sich. »Das hilft mir nicht. Die Männer reden längst.«

»Es steht dir jederzeit frei zu gehen.«

Jacquotte horchte auf. »Du würdest mich gehen lassen?«

Seine grünen Augen waren kalt wie Stein. »Aye! Mir ist es genug, als Tod über das Meer zu segeln. Dein Fluch will ich nicht sein.«

Sie beobachtete ihn misstrauisch, während in ihrem Inneren widersprüchliche Gefühle miteinander kämpften. Die *Fortune Noire* war ihr ans Herz gewachsen. Sie kannte jeden Winkel in ihrem dicken

Bauch, wusste, wo man seine Hängematte am besten aufhängte, um bei schwerem Seegang nicht unnötig herumgeworfen zu werden, und konnte am Geräusch erkennen, ob es Rah- oder Gaffelsegel waren, die beim Kreuzen im Wind flatterten.

Sie mochte die Männer an Bord, schätzte den redseligen Levache ebenso wie den einfältigen Crochu oder den groben Blair-Moche. Doch ganz besonders hing sie an Jan. Und mehr noch an Tête-de-Mort. Sie hatte ihn verletzt, und dieser Schmerz überlagerte selbst den ihrer Wunden, aber sie erkannte auch, dass sie zu kurzsichtig gewesen war. Jan hatte recht. Ihre Anwesenheit würde über kurz oder lang Tête-de-Morts Ansehen schaden und es bestand die Gefahr, dass die Mannschaft ihn absetzte. Wenn sie einen Funken Mut in sich hatte, dann musste sie gehen. Es war die einzige Möglichkeit, den Brüdern und dem Schiff ihren Kapitän wiederzugeben und sich zu beweisen, dass sie stark genug war, um alleine in der Welt der Bruderschaft zurechtzukommen. Sie würde den Tod ziehen lassen und von vorne beginnen.

»Wenn wir das nächste Mal in Cayone einlaufen, werde ich nach dem Landgang nicht wieder auf die *Fortune Noire* zurückkehren«, erklärte Jacquotte bestimmt und wartete auf eine Reaktion. Tête-de-Mort nickte bedächtig und Schweigen breitete sich zwischen ihnen aus.

»Abgemacht«, murmelte Jacquotte nach einer Weile und stapfte davon.

Sie spürte seinen Blick in ihrem Nacken, aber entgegen ihrer Erwartung ließ er sie wortlos ziehen. Rasch überlagerte Unsicherheit ihre spontane Entscheidung. Zu deutlich hatte sie seine Verabschiedung von vergangener Nacht im Ohr. Sie zögerte. Ein Teil von ihr wollte sich umdrehen und ihm all das sagen, was sie vor langer Zeit um ihrer selbst willen gelernt hatte zu unterdrücken, aber der andere Teil zwang sie vorwärts, bis nur noch ihre Fußabdrücke im Sand als Zeichen ihres inneren Kampfes zurückblieben, der sie von ihm fort trieb.

Als sie einige Tage später die Îles Caïmans hinter sich ließen, kündeten die dunklen Wolken am Horizont bereits von den bevorstehenden Stürmen, die sich über der Île de la Tortue zusammenbrauten.

»Jérôme, mein alter Freund!« Michel le Basque schlug dem Vorbeieilenden auf die Schulter. »Wie geht es Frau und Kindern?«

Jérôme nickte erfreut und blieb stehen. »Vortrefflich. Ich habe meinem Jüngsten gerade ein Pferdchen gekauft. Er wird vor Begeisterung jauchzen.« Er hielt dem Basken eine aus Elfenbein geschnitzte, handtellergroße Figur hin, deren Mähne derart filigran gearbeitet war, dass man glaubte, der Wind würde durch sie hindurchfahren. Michel le Basque rümpfte die Nase.

»Dein Ruhestand bekommt dir«, rief er aus und klopfte Jérôme kameradschaftlich auf den voluminösen Bauch. Dieser bemühte sich zu lachen. Längst hatte er den vertraulichen Tonfall des Basken bemerkt und war vorsichtig.

»Du erinnerst dich an die Gebrüder Lormel?«, fragte Michel le Basque prompt.

Jérôme sah ihn aufmerksam an. Der Anführer kam schnell zur Sache. Misstrauisch erwiderte er: »Aye! Wie könnte ich deine besten Kämpfer vergessen?«

»Schließt deine Erinnerung den Überfall bei den Perlenfischern mit ein?«

»Aye!«

»Gut, denn ich brauche deine Unterstützung.«

Jérôme neigte den Kopf. »Meine Tage als Flibustier sind vorüber.«

»Das sehe ich wohl«, klagte sein Gegenüber. »Dennoch wüsste ich es zu schätzen, wenn du unsere Freundschaft über deine Trägheit stellst.«

Jérôme verschränkte die Arme vor der Brust. »Was sind deine Pläne?«

Michel le Basque lächelte verschlagen. »Mir liegt daran, mein Ansehen zu stärken. Die Brüder beginnen sich zu verselbstständigen. Der Kodex muss wieder in ihrem Gedächtnis verankert werden. Doch dieses rote Weib segelt nach wie vor unbescholten auf einem Schiff der Bruderschaft und zeigt ihnen, dass sie keine Konsequenzen zu fürchten haben. Durch ihre Hand erlitt l'Olonnais die Verletzungen, die ihn davon abhielten, in Richtung Süden zu segeln. Unsere Mission verzögert sich deutlich, und das macht Frédéric Deschamps de la Place ein wenig ungehalten. Er zählt auf mich als seinen Major. Ohne nachweisbare Erfolge werden immer mehr Männer in eigener Sache losziehen, und der Kodex wird zu einem bloßen Gedanken verkommen, der an ruhmreiche Tage erinnert.«

»Du fürchtest um deine Macht«, stellte Jérôme fest.

Der Baske funkelte ihn an. »Aye! Ohne mich wird die Bruderschaft zu Staub zerfallen. Ich werde nicht dabei zusehen, wie ein Weib all das zerstört, was ich über die Jahre aufgebaut habe. Und du wirst das ebenso wenig zulassen. Wir haben zu hart für all das gekämpft, Jérôme!«

»Was hast du vor?«

»Ich werde sie auslöschen!«

»Zu welchem Zweck?« Jérôme unterdrückte seinen aufkeimenden Zorn.

Michel le Basque musterte ihn. »Rührt das Weib dein Herz? Kennst du sie etwa?«

Jérôme schüttelte den Kopf und sah zu Boden.

»Gut.« Der Baske nickte versöhnlich. »Es ist an der Zeit, ein deutliches Zeichen zu setzen. Sie hat mich vor meinen Männern bloßgestellt. Ich habe schon zu lange gewartet, um ihr diese Tat heimzuzahlen. Stünde sie nicht unter dem Schutz des Totenkopfs, wäre die Sache längst erledigt.«

»Sie ist Mitglied der Bruderschaft. Wie willst du ihren Tod anhand des Kodex rechtfertigen?«

»Erzähl mir nichts über den Kodex! Er ist zum Großteil mein Verdienst. Doch er muss wieder an Stärke gewinnen. Im Übrigen werde ich sie weder selbst töten noch werde ich es wie eine Bluttat aussehen lassen. Wie Pierre le Picard gesagt hat, ich werde den Mann gewinnen, der um ihre Schwächen weiß, und ihn zu einem Verbündeten machen. Sie wird im Kampf sterben.«

Jérôme runzelte die Stirn. »Pierre le Picard gab dir diesen Hinweis?«

»Aye!« Der Baske wirkte gedankenverloren. »Der Untergang der *Fortune Noire* wird Sinnbild für all jene werden, die es wagen, sich gegen den Kodex zu stellen! Frauen an Bord bringen Unglück. So steht es geschrieben, nicht wahr, mein Freund?«

Jérôme schwieg. All die Jahre hatte er geahnt, dass Jacquotte mit ihrer ungehörigen Idee von einem freien Leben scheitern würde. Dass er nun in die Pläne für ihren Tod hineingezogen wurde, missfiel ihm.

»Was ist los?«, murrte der Baske. »Bist du bereits ein derart braver Ehemann geworden, dass du Intrigen abgeschworen hast?«

»Ich kann es nicht gutheißen, dass du Brüder opferst, um die rote Jacquotte auszuschalten. Das hat nichts mehr mit der Bruderschaft zu tun, der ich einst beigetreten bin!«

»Sieh an, Jérômes Herz ist weich geworden.« Michel le Basque entblößte seine Schneidezähne und grinste unheilvoll. »Sei nicht besorgt, alter Freund, sie wird die Einzige sein, die in den Tiefen des Meeres ihr seliges Grab findet. Tête-de-Mort steht in meiner Pflicht. Du weißt es und ich weiß es. Geh und überzeuge ihn davon, dass er mir einen Gefallen schuldet. Es soll euer beider Schaden nicht sein. Die *Fortune Noire* ist nur noch schwimmendes Altholz. Wen kümmert es, wenn sie in tausend Stücke gesprengt wird? Der Totenkopf und seine Mannschaft werden ein neues Schiff erhalten. Das gelobe ich, so wahr ich der Anführer der Bruderschaft bin!«

»Warum betraust du mich mit dieser Aufgabe?«

»Nach allem, was passiert ist, wird dir der Totenkopf mehr vertrauen als mir. Der alten Zeiten wegen wird er dir zuhören, und wenn er erkennt, dass du nach wie vor hinter mir und dem Kodex stehst, wird er auf meinen Vorschlag eingehen und verstehen, dass es nur eine ehrbare Möglichkeit für ihn gibt. Überzeuge ihn!«

Jérôme starrte zu Boden. Sein Leben lang war er ein pflichtbewusster Flibustier gewesen. Er hatte im Namen der Küstenbrüder geraubt und getötet. Doch es war nicht mehr seine Welt, von der der Baske sprach. Trotzig schob er das Kinn vor.

»Wenn dir deine Familie lieb ist, dann tust du, was ich dir sage!« Es war, als ahnte der Baske seinen unausgesprochenen Widerstand.

Jérôme zuckte zurück, als sei er geschlagen worden. Michel le Basque, den er stets als Freund und nicht als Anführer angesehen hatte, drohte ihm offen. Die Demütigung machte ihn rasend. Er wollte nach seinem Messer greifen, bis ihm einfiel, dass er unbewaffnet in die Stadt gekommen war. Zornig ballte er die Hände zu Fäusten und spürte mit einem Mal das Pferdchen, das er immer noch hielt. Er sammelte sich. Seine Söhne, Cajaya, Manuel. Der Gedanke, dass ihnen etwas zustoßen könnte, setzte ihm zu. Er atmete aus, um sich zu beruhigen.

»Wenn das dein Wille ist«, murmelte er schließlich und erstickte beinahe an den eigenen Worten. Der Baske nickte wohlwollend.

»Aye! Allein dieser Wille hält uns zusammen. Wir können nicht dulden, dass die Engländer innerhalb der Inseln zusehends an Macht gewinnen. Wir sind die Bruderschaft. Das ist unsere Welt. Nun geh! Ich erwarte Nachricht, sobald du mit Tête-de-Mort in Kontakt getreten bist.« Michel le Basque drehte sich um und ließ Jérôme in der Seitengasse zurück, in der er ihm begegnet war.

Sachte kratzte sich Jérôme die schuppige Haut unterhalb seines Barts, bevor er mit gewaltigen Schritten davonstapfte. An diesem Morgen war er gutgelaunt in die Stadt gekommen, doch nun spürte er die unregelmäßigen Schläge seines Herzens und fragte sich, ob sie von der Anstrengung herrührten oder dem Gespräch mit Michel le Basque. Sein Brustkorb hob und senkte sich in der warmen Luft und er glaubte, den Weg nach Hause nicht mehr zu schaffen.

Ärger und Sorge vermischten sich und erschwerten ihm das Atmen. Seine Gedanken kreisten. Nie hätte er geglaubt, dass ihn die Vergangenheit mit einem Schlag wieder einholte, und dass es dabei ausgerechnet um die Gebrüder Lormel gehen würde. Er seufzte. Es waren tragische Figuren. Als Halbwüchsige trafen sie in der Neuen Welt ein, und wären sie nicht auf den Basken getroffen, hätten sie sich vermutlich als Knechte verdingen müssen. Was das bedeutete, wusste Jérôme nur zu gut. Nicht wenige Herren misshandelten ihre Untergebenen derart, dass diese den erlösenden Freitod als einzigen Ausweg aus ihrer misslichen Lage wählten. Doch Nicolas und Philippe Lormel wurden zu Brüdern der Küste. Ihr Mut war sagenhaft. Sie kämpften brutaler als jeder andere, wenn es darum ging, sich trotz ihrer damals geringen Größe gegen kräftigere Gegner zu behaupten.

Dennoch hätten sie verschiedener nicht sein können. Während Nicolas ein schweigsamer und zäher Knabe war, der sich außer gegen Feinde vor allem gegen ein gefräßiges Geschwür unterhalb der Nase zur Wehr setzte, war Philippe bereits in jungen Jahren ein Kerl im Format von Michel le Basque. Standen sie Rücken an Rücken, traute sich nicht der kühnste Bootsmann an sie heran. Es war nur eine Frage der Zeit, bis sie mit ihren Dickschädeln aneinandergerieten. Der Überfall auf die Perlenfischer brachte den endgültigen Eklat. Philippe blieb über Wochen mitsamt der erbeuteten Prise verschollen. Vermutungen wurden laut, die Spanier hätten ihn erwischt, was Nicolas in tiefe Trauer stürzte.

Erst zwei Monate später erfuhr Michel le Basque, dass Philippe sich nach Kuba zurückgezogen hatte, wo er nahe der Stadt Los Cayos sein Unwesen trieb. Weshalb er der Bruderschaft entsagt und dafür seinen jüngeren Bruder im Stich gelassen hatte, blieb ein Geheimnis. Der erzürnte Baske verlangte Genugtuung von Nicolas und ließ ihn tagelang an einen Baum binden. Peitschenhiebe sollten ihn gefügig machen. Nie würde Jérôme den Anblick des gemarterten Jungen vergessen, der mehr tot als lebendig zu Boden fiel, als man ihm die Fesseln durchschnitt. In diesem Zustand schwor er dem Basken ungebrochene Treue und lebenslangen Gehorsam. Philippe Lormel wurde gebannt und Michel le Basque verkündete, dass er ihn nie wieder auf der Île de la Tortue zu sehen wünsche.

In den darauffolgenden Jahren kamen die Geschwister nicht wieder zusammen. Philippe trieb Handel mit den Holländern, scharrte abtrünnige Brüder um sich, um gegen den Basken zu intrigieren, und machte die Inseln über dem Winde zu seinem Refugium. Nicolas dagegen wählte unbekannte Routen und Ziele, kam jedoch stets mit reicher Beute zurück und wurde über die Jahre zu jener düsteren Gestalt, der er seinen Namen verdankte: Tête-de-Mort.

Jérôme rieb sich die Stirn. Die Erinnerungen ermüdeten ihn. Er musste handeln! Das Leben von Jacquotte war in Gefahr, und er durfte nicht zulassen, dass ihr etwas zustieß. Gleichgültig, wie sehr er ihren Eigensinn verabscheute, sie blieb Émiles Kind. Gefolgsbrüder bis in den Tod. Er würde diesen Schwur nicht brechen. Doch er wusste nicht mehr, wem er vertrauen konnte. Wäre Pierre vor Ort gewesen, hätte er sich den Burschen sofort zur Brust genommen, um herauszufinden, ob die Worte des Basken der Wahrheit entsprachen. Aber Pierre war anstelle von François l'Olonnais nach Nueva Venezuela gesegelt, um vor der Küste spanische Gefangene zu machen.

Jérôme grübelte. Es war in der Tat merkwürdig, ihn derart eilig aufbrechen zu sehen, obwohl die Kunde herumging, die rote Jacquotte läge im Sterben. Hatte der Junge etwas mit der Verschwörung zu tun? Jérôme presste die Zähne aufeinander. Wie vertrauenswürdig war im Gegenzug Tête-de-Mort? Er würde jemanden bestechen müssen, um rechtzeitig zu erfahren, wenn die *Fortune Noire* Kurs auf Cayone nahm. Bis zu ihrem Eintreffen musste er entscheiden, wem er sein Vertrauen entgegenbrachte. Das Wohl seiner Familie hing davon ab.

François l'Olonnais hielt Abstand zu dem beleibten Mann, der sich keuchend die Straßen bergauf kämpfte. Seine Gier nach Rache war um vieles größer als die des Basken, den er derart verachtete, dass es all seine Reserven freisetzte. Er wäre Jérôme ohnehin gefolgt, selbst wenn ihm der Baske nicht den Auftrag dazu erteilt hätte. Doch auf diese Weise konnte er sein Vorhaben besser umsetzen.

Er gab vor, die Befehle zu befolgen und handelte ausschließlich im Eigeninteresse. Denn im Gegensatz zu Michel le Basque verfügte er über Wissen, welches ihm einen unschätzbaren Vorteil einbrachte. L'Olonnais lächelte. Der Baske glaubte, er sei sein Handlanger, aber in Wahrheit zog er im Hintergrund die Fäden. Dafür würde er Remi stets dankbar sein. Der gut gebaute Mann war ihm zum richtigen Zeitpunkt in die Arme gelaufen.

L'Olonnais kannte die Krankheit des Herzens, die ganz offensichtlich auch in Pierre le Picards Gefolgsbruder schlummerte. Remi stammte von Tierra Grande. Er hatte unter den Bukanieren gelebt und verfügte über wertvolles Wissen. L'Olonnais hatte ihm bei ihren amourösen Treffen all die Informationen entlockt, die er benötigte, um entsprechend zu handeln. Und Remi war so ein aufmerksamer Liebhaber! L'Olonnais leckte sich in wollüstiger Erinnerung die Lippen.

Wenn der Baske nur wüsste, wen er da um einen Gefallen bat! Jérôme und Jacquottes Vater waren Gefolgsbrüder gewesen. Er hatte für die rote Peitsche gesorgt und kannte sie seit ihrer Kindheit. Es war folglich nur eine Frage der Zeit, bis Jérôme sich mit dem roten Weib traf, um sie zu warnen.

L'Olonnais rieb sich die Hände. Der Gedanke an die bevorstehende Rache erregte ihn noch mehr. Dieses Mal musste er sich in Acht nehmen. Mit einem Schuss aus dem Hinterhalt würde er den roten Teufel an der Flucht hindern. Anschließend wollte er sie mit Messern traktieren, bis sie sich wie ein Wurm wand und ihn um Gnade anflehte. Die Vorstellung ließ ihn erzittern. Seine Narbe am Hals pulsierte, und der Schmerz erinnerte ihn daran, welche Schmach sie ihm zugefügt hatte.

Seit er unter dem Namen l'Olonnais bekannt war, war es niemandem mehr gelungen, ihn derart zu verwunden. Die Heilung war noch nicht abgeschlossen und hatte ihn viel wertvolle Energie gekostet. Der Plan des Basken würde ihn um das Vergnügen bringen, die rote Jacquotte sterben zu sehen und sich durch ihren Tod endgültig zu regenerieren. Das konnte er nicht zulassen!

Die Bruderschaft war bedeutungslos für ihn. Ebenso wie die Engländer, die der Baske so fürchtete. Hatte er erst das Weib erledigt, war er wieder in der Lage, in See zu stechen und den Überfall auf Maracaibo voranzutreiben. Er wollte dem Basken beweisen, dass es auch ohne Einhaltung des Kodex einen Zusammenhalt der Flibustier gab. Solange sie Angst vor ihm hatten, würden sie ihm folgen!

Bedrohliche Wolkenberge türmten sich am Himmel auf, als die *Fortune Noire* zwei Tage später in den Hafen von Cayone einlief. Die Mannschaft war unruhig.

»Er is' noch nie einem Unwetter entgegengesegelt«, murmelte Jan mit besorgtem Blick.

»Noch nie nicht«, wiederholte Blair-Moche beklommen, und Jan nickte bestätigend.

»Wenn das mal kein schlechtes Omen ist!« Crochu spuckte über die Schulter, während Blair-Moche eine Münze über Bord warf, um Duppy, den Geist, der die Seelen auf den Meeresgrund zog, zu besänftigen. Jan indes bekreuzigte sich dreimal.

Jacquotte hielt bei ihrer Arbeit inne und beobachtete die Schaumkronen auf den Wellen. Im trüben Licht wirkte die geschützte Hafenbucht wenig einladend. Starke Böen peitschten die ufernahe Vegetation und einzig Möwen und Fregattvögel genossen es, ihre Schwingen auszubreiten und akrobatische Flugmanöver zu vollführen. Die Mannschaft kämpfte beim Bergen der Segel mit den

Einholern, und ein Mann fiel bei dem Versuch, ein verklemmtes Segel freizubekommen, beinahe vom Bugspriet.

»Ich versteh' nicht, warum er Tortue anläuft«, murmelte Jan und sah Jacquotte aus zusammengekniffenen Augen an. »'S gibt nichts zu verprassen oder umzusetzen.«

Er beobachtete die drei Schweine, die unsicher über das Deck taumelten. Sie verstand seinen unausgesprochenen Vorwurf. Kein Schiff kehrte ohne volle Taschen und leere Mägen in den Heimathafen zurück. Sie ignorierte ihn, während sie gemeinsam mit Crochu das verklemmte Rahsegel einholte. Sie würde diese alltäglichen Arbeiten vermissen. Bewusst versuchte sie, sich nichts anmerken zu lassen, obwohl es ihr dabei nicht gut ging. Weder sie noch Tête-de-Mort hatten den Männern bislang offenbart, dass dies ihr letzter Tag auf der *Fortune Noire* war.

Mit bangem Blick sah sie nach Cayone hinüber und fragte sich, ob l'Olonnais sie bereits erwartete. Sie hoffte, dass ihm seine Verletzungen ebenso zusetzten wie ihr und er keinen neuerlichen Versuch wagte, sie anzugreifen. Gleichwohl beschlich sie ein unbehagliches Gefühl. Zum ersten Mal fragte sie sich, ob die Worte von Tête-de-Mort, Jérôme und Pierre nicht nur Gerede, sondern ernst zu nehmende Ratschläge gewesen waren. Brauchte sie Schutz?

Jacquotte reckte ihr Kinn. Unsinn, schalt sie sich selbst, sie war die rote Peitsche! Es war ihr nicht bestimmt, vor den Männern zu kuschen. Dennoch empfand sie Furcht, als die *Fortune Noire* Anker warf und die Beiboote längsseits geholt wurden. Während die Ersten eilig die Strickleitern hinabließen, um vor dem Losbrechen des Sturms das sichere Land zu erreichen, verharrte Tête-de-Mort breitbeinig am Ruder und brüllte den Befehl über Deck, das Schiff unbewacht zurückzulassen.

Der Wind zerrte an seiner Kleidung und löste das Haarband, sodass ihm die schwarzen Locken um den Kopf flogen. Mit der linken Hand drückte er sich den Dreispitz gegen die Brust, während die rechte das Steuerrad hielt. Er sah aus wie ein rachsüchtiges Meeresungeheuer. Jacquotte starrte ihn an. Seit ihrem Streit hatten sie kaum miteinander gesprochen, und mehr denn je fehlten ihr die Worte, um ihm zu sagen, wie schwer es ihr fiel, die *Fortune Noire* zu verlassen. Ihn zu verlassen.

Als die Wolken ihre Schleusen öffneten, war es, als wenn der Himmel für sie die Tränen vergoss, die ihr nicht vergönnt waren. Sie beobachtete die Beiboote, die sich durch die Regenwand kämpften und im undurchsichtigen Grau verschwanden. Ein Blitz erhellte die Umgebung für kurze Zeit, und sie erkannte, dass Tête-de-Mort sich den Dreispitz aufsetzte und mit langen Schritten auf sie zuhielt. Trotz der Schaukelbewegungen des Schiffs überquerte er die Distanz zwischen Quarterdeck und Fockmast ohne ein Zeichen von Unsicherheit. Er blieb eine Armlänge vor ihr entfernt stehen, und das Prasseln des Regens übertönte nahezu seine Stimme.

»Es steht mir nicht zu, deine Entscheidung zu verurteilen«, rief er, »aber solltest du je Hilfe benötigen, hinterlass mir eine Nachricht unter der gefallenen Palme auf der Nordseite der Île de la Gonaïve!«

Jacquotte lächelte trotz ihres Kummers. »Du weißt, ich kann nicht schreiben«, antwortete sie, und der Donner grollte über ihren Köpfen, als wollte er sie verspotten.

Tête-de-Morts Schultern zuckten kurz. Dann griff er unter sein Hemd und riss etwas von seinem Hals. Beim nächsten Blitz erkannte sie, dass er ihr eine Kette reichte. Sie fasste nach dem schweren Anhänger, der noch warm von seinem Körper war. Weitere Blitze offenbarten ihr ein sternenförmiges Kreuz, an dessen Ende eine goldene Taube hing, deren Schnabel im Sturzflug nach unten zeigte.

»Leg das unter die Palme«, erklärte er ihr. Die Berührung seiner Hand brannte wie Feuer, und Jacquotte glaubte, es müsse eine Narbe zurückbleiben.

»Woher weißt du, wo ich zu finden bin?« Sie ließ zu, dass er ihr die Kette um den Hals legte und sich dabei vorbeugte, um das Lederband im Nacken zu verknoten. Ihre Wangen streiften sich. Sie registrierte das nasse Seidentuch, das sein Geschwür verbarg.

»Ich werde dich finden.« Seine Finger bewegten sich über ihre Haut, während er das Band straffte.

Jacquotte sog die Luft ein. Der Regen kühlte ihren Körper aus, doch ihr Innerstes glühte. Sie ergriff seinen Unterarm und zwang ihn so, zu verharren. Ihre Blicke trafen sich. Sachte umfasste er ihr Gesicht. Sie presste sich an ihn, spürte die Muskeln unter seinem Hemd und das Pochen seines Herzens. Seine Arme umschlossen sie fordernd.

Vorsichtig barg sie ihren Kopf an seiner Schulter, atmete seine feuchte Haut und genoss die unerwartete Nähe. Ihre Hände krallten sich in seinen Rücken. Sie küsste scheu seinen Hals, hörte sein zustimmendes Brummen und fühlte seine Hände gleichsam auf ihrem eigenen Körper, wobei er sorgsam darauf bedacht war, ihre Verletzungen nicht zu berühren. Mutig fuhr sie unter sein Hemd. Sie spürte wulstige Narben und weiches Brusthaar. Sein Atem an ihrem Ohr brachte ihren Unterleib in Wallung. Sie wollte mehr, so unendlich viel mehr!

Sie wollte, dass er all die Dinge mit ihr tat, die nur ein Mann einer Frau antun konnte. Ihre Gedanken überschlugen sich. Was war nur mit ihr los? Sie wünschte sich, anerkannt zu werden und benahm sich wie eine Dirne! Die Erkenntnis lähmte sie. Für einen Moment hielt sie inne. Doch dieser reichte aus, um Tête-de-Mort die Umarmung lösen zu lassen. Der Regen füllte die Lücke, die zwischen ihnen entstand. Je weiter er von ihr abrückte, desto größer wurde die Leere in ihrem Herzen. Sie drehte hilflos die Handflächen nach oben und sah ihn an. Seine Augen lächelten wissend.

»Geh jetzt«, sagte er und brachte sie damit in die Realität zurück.

Der Donner krachte, und sie fuhr herum. Das Wellental, in dem sie sich gerade befanden, ließ die herannahenden Beiboote beinahe über die Reling schießen. Blitze schossen aus den tiefhängenden Wolken, und die Männer zogen instinktiv ihre Köpfe ein. Jan und Levache umklammerten mit aller Kraft die Seile, die ihnen die Ruderer zuwarfen.

»Alle Mann in die Boote«, schrie Jan in das Heulen des Windes hinein. »*Zo vlug mogelijk*!«

»Männer, 's wird ernst, er redet holländisch«, scherzte Levache trotz der Anstrengung und stemmte seine Beine routiniert gegen die Balustrade.

Die Männer drängten heran. Zu gewaltig waren die Wassermassen, die in den Hafen drückten, zu unheimlich das Schauspiel über ihren Köpfen. Jacquotte fiel in eines der Beiboote, bevor eine mächtige Welle darüber hinwegschwappte.

Hustend klammerte sie sich mit einer Hand fest, während sie mit der anderen zupackte, um weitere Männer in das schaukelnde Gefährt zu ziehen. An Deck der *Fortune Noire* glaubte sie, Tête-de-Morts Schatten auszumachen. Sie spürte das Gewicht der Kette um ihren Hals und blinzelte Wasser aus den Augen. Das Boot tanzte auf seinem Weg zum Hafen über die Wogen, und die *Fortune Noire* verschwand im tosenden Dunst aus ihrem Blickfeld. Jacquotte umfasste das Kreuz. Ihr Schicksal lag nicht länger in seiner Hand.

Währenddessen rutschte Jérôme unsicher über die aufgeweichten Straßen. Das Unwetter nahm stetig an Stärke zu, und er verachtete sich dafür, dass er im Auftrag des Basken in sämtlichen Spelunken nach Tête-de-Mort Ausschau hielt, anstatt sich daheim um seine Familie zu kümmern. Ihm war bewusst, dass Cajaya im Zweifel besser als er darüber Bescheid wusste, wie man sich bei einem Hurrikan zu verhalten hatte, schließlich stammte sie von den Inseln. Aber sein Jüngster weinte, wenn es donnerte, und Jérôme sehnte sich nach seinem bequemen Schaukelstuhl, auf dem er für gewöhnlich saß, um seinen Sohn in den Schlaf zu wiegen.

Der Donner hallte durch die Gassen. Sturzbäche ergossen sich von den Dächern und spülten allerlei Unrat zwischen seine Beine. Entschlossen zog er den Mantel fester um sich, um seine Pistolen vor der Feuchtigkeit zu schützen. Er fluchte. Was hatte den Totenkopf bei diesem Wetter bloß auf die Insel getrieben? Jeder, der über Verstand verfügte, wäre vor dem Sturm davongesegelt, anstatt mitten hinein zu fahren.

Sein Späher berichtete, dass Tête-de-Mort direkt von den Îles Caïmans kam, wo er auf Schildkrötenfang gewesen war. Umso mehr erstaunte es Jérôme, dass er nicht in südlichere Gefilde aufgebrochen war, um Beute zu machen, sondern auf die Île de la Tortue zurückkehrte. Er hatte erst in einigen Wochen mit dem Eintreffen des Totenkopfschiffes gerechnet. Sein plötzliches Auftauchen brachte ihn in eine unangenehme Situation. Er hatte sich gewünscht, mit Pierre sprechen zu können, um seine Bedenken gegen ihn auszuräumen und ihn um Rat zu bitten. Stattdessen befand er sich weiterhin im Ungewissen und war um des Wohls seiner Familie willen gezwungen, Tête-de-Mort zu finden.

Wütend stieß er die Tür zum ‚Antre Borgne' auf und ein Schwall übler Luft schlug ihm entgegen. Sämtliche Einwohner von Cayone schienen sich in der größten Spelunke im Ort verschanzt zu haben.

Über offenem Feuer trockneten nicht nur nasse Gewänder, sondern brutzelten auch Schweinehälften und schlecht gerupfte Buschhühner. Durch das morsche Holz der Fenster drang Wasser ein und weichte den gestampften Boden auf. Dicht an dicht drängten sich die Männer um die Tische, lehnten an den Wänden oder schnarchten bereits zwischen den Stühlen. Frauen mit blutroten Lippen lockten diejenigen, die nicht zu betrunken waren, in die oberen Stockwerke.

Über allem wachte der Wirt, der keinen besonderen Ruf genoss. Er war bekannt dafür, jenen guten Kredit zu gewähren, die wiederum bekannt dafür waren, ihn nicht zurückzahlen zu können. Seine Schuldner verkaufte er skrupellos als Knechte. Jérôme betrat das ‚Antre Borgne' so gut wie nie, doch da er Tête-de-Mort in den anderen Spelunken nicht vorgefunden hatte, war es seine letzte Hoffnung.

Er sah sich um. Der Raum war zu voll, um einzelne Gesichter zu erkennen. Grob packte er einen der Umstehenden am Kragen und fragte nach dem Totenkopf. Der Angesprochene deutete mit dem Kinn in eine düstere Ecke. Jérôme ließ ihn los, besorgte sich zwei Becher Rum und kämpfte sich ins Dunkel vor.

Eine heruntergebrannte Kerze flackerte auf dem Tisch und warf tanzende Schatten auf die Gestalt von Tête-de-Mort. Der Knochen, der die offene Höhle umrandete, die einst seine Nase gewesen war, leuchtete bleich im Schein des Feuers. Wie erstarrte Wellen runzelte sich seine Haut zu den Ohren hin, als fliehe sie vor dem schwarzen Tumorgewebe, das sich unaufhaltsam ausbreitete. Er bot keinen angenehmen Anblick, aber Jérôme musterte ihn aufmerksam, um jede Gemütsregung mitzubekommen.

Der Totenkopf war mit seinen Gedanken weit weg. Er umklammerte eine Flasche, die vor ihm auf dem Tisch lag und deren Inhalt bedächtig die kleine Lache füllte, die sich neben ihr gebildet hatte. Das Tuch, mit er für gewöhnlich sein Gesicht schützte, lag zerknüllt in seiner Hand. Sein Blick war trüb. Kein Gast wagte sich in die Nähe des unheimlichen Mannes, und so war der Stuhl ihm gegenüber als einziger frei. Jérôme zog ihn zum Tisch heran und setzte sich. Tête-de-Mort reagierte nicht.

»Nicolas?« Jérôme sprach ihn bewusst mit dem Namen seiner Kindheit an und hatte damit Erfolg. Die grünen Augen fixierten ihn, und am erstaunten Zwinkern erkannte er, dass der Totenkopf in die Wirklichkeit zurückkehrte.

»Wir sehen nicht mehr aus wie einst«, bemerkte er und schob ihm einen Becher hin.

»Jérôme.« Tête-de-Mort nickte müde. »Was treibt dich an diesen verfluchten Ort?«

»Nicht mein freier Wille, so viel steht fest«, murrte er und sah sich misstrauisch um.

»Das verbindet uns. Du bist auf der Île de la Tortue ansässig?«

»Aye! Mir gehört eine Tabakplantage in der Nähe von Le Ringot. Habe Frau und Kinder dort.«

Jérôme glaubte, ein kurzes Funkeln in Tête-de-Morts Augen zu erkennen, doch es war so schnell wieder verschwunden, dass er nicht zu sagen vermochte, ob es Einbildung gewesen war.

»Dann frage ich mich, was dich bei diesem Wetter hierher verschlägt. Du solltest bei deiner Familie sein.«

»Aye.« Jérôme beobachtete ihn. Er war sich nicht sicher, ob er ihm trauen konnte. »Ich komme nicht freiwillig.«

Tête-de-Mort kniff die Augen zusammen. »Michel le Basque?«

»Aye.«

Der Totenkopf nickte. »Ich habe mich schon gefragt, wann er an meinen Gehorsam appellieren will. Nenn mir seine Forderung!«

Jérôme trommelte mit den Fingern auf den Tisch. Er war nervös.

»Der Baske war sehr vage, was die Details angeht, aber er braucht deine Hilfe bei der Vernichtung der roten Jacquotte.«

Tête-de-Mort blieb ungerührt. »Was waren seine genauen Worte?«

Jérôme rang nach Atem. Die Luft im Schankraum war zäh wie Honig und verklebte ihm die Lungen.

»Sein Plan ist es, die *Fortune Noire* zu versenken. Offenbar will er euch in einen Hinterhalt locken, um es nach einem spanischen Überfall aussehen zu lassen. Während der Kampfhandlungen soll die rote Jacquotte sterben und dein Schiff auf den Meeresgrund gebombt werden.«

Tête-de-Mort lachte auf. »Nur ein Narr kann so einen Plan aushecken! Will er in Zukunft auch alle Schiffe versenken, auf denen Indianer und Mohren unterwegs sind? Der Kodex ist tot und Michel le Basque ist sein Mörder! Das, woran wir einst glaubten, hat er beerdigt, um seine Autorität zu festigen. Wann wurde das letzte Mal ein Mann wegen Totschlags an einem Bruder erschossen? Der Baske richtet nicht mehr über die, die ihm von Vorteil sind, sonst wären die Tage von l'Olonnais längst gezählt!« Er schnaubte und sah Jérôme argwöhnisch an. »Unterstützt du seinen Plan?«

Jérôme hielt seinem Blick länger stand als nötig. »Du erinnerst dich an Émile Delahaye, meinen Gefolgsbruder?«, fragte er statt einer Antwort.

Tête-de-Mort nickte und Jérôme holte Luft. Er riskierte viel.

»Émile Delahaye ist Jacquottes Vater. Ihre Mutter war die Indianerfrau, die ihm Michel bei dem Überfall auf die spanische Silbergaleone zugestand.«

Tête-de-Mort senkte den Blick. Es war unmöglich zu sagen, was hinter seiner entstellten Miene vor sich ging. Jérômes Nervosität nahm zu.

»Der Baske weiß nichts davon«, stellte Tête-de-Mort nach einer Weile fest. »Er hat dich in der Hand. Bedroht er deine Familie?«

Jérôme schwieg. Er wusste, dass ihm die Angst um seine Frau und seine Kinder ins Gesicht geschrieben stand.

»Zu welch verruchtem Teufel ist der Baske nur geworden? Ich will verdammt sein, aber hätte ich gewusst, zu welchen Taten er fähig ist, wäre ich nie in diesen Hafen zurückgekehrt.« Tête-de-Mort trank den Rum aus und Jérôme schob ihm den zweiten Becher hin, der noch völlig unberührt vor ihm stand. Tête-de-Mort ergriff ihn hastig.

»Mein Bruder wollte nach seinen eigenen Regeln spielen. Des Basken war er überdrüssig, Ehre kannte er nicht. Gemeinsam mit De l'Isle wollte er ihn in die Knie zwingen. Er verdiente das Geschwür, ich muss es tragen. Dem Basken mein Wort zu geben, damit er Philippe verschont, war der größte Fehler meines Lebens.« Tête-de-Mort kippte den zweiten Becher hinunter. »Ich danke dir für dein Vertrauen. Geh zum Basken und lass ihn wissen, dass du mit mir gesprochen hast. Ich werde ihn die nächsten Tage aufsuchen, um mit ihm zu verhandeln. Sei unbesorgt, deine Familie ist in Sicherheit.«

»Sie gehört ebenfalls zu meiner Familie. Ich will sie schützen!«

»Das will ich ebenso«, entgegnete Tête-de-Mort. »Dennoch hat sie heute mein Schiff verlassen. Ihre Eigenwilligkeit entzieht sich jeder Kontrolle.«

Jérôme lächelte. »Ich bin erleichtert zu hören, dass sie noch dieselbe ist.«

»Aye.« Die Augen des Totenkopfs wurden sanft.

Jérôme bemerkte es und wusste mit einem Mal, dass er seinem Kamerad trauen konnte. Er stand auf und schlug Tête-de-Mort dankbar auf die Schulter. Vielleicht lag es am Unwetter, aber an diesem Abend spürte er sein Alter.

»Sag mir eins: Wo ist sie in diesem Augenblick? Ich möchte sie sehen. Wer weiß, ob sich unsere Wege noch einmal kreuzen.«

»Ich denke, sie nimmt ein Bad.«

»Ein Bad?«, wiederholte Jérôme ungläubig.

»Aye.« Sie sahen einander an.

Ihr nachfolgendes Gelächter erregte die Aufmerksamkeit der Gäste. Jérôme schüttelte amüsiert den Kopf. Es war beruhigend zu wissen, dass der rote Heißsporn einen Beschützer hatte.

Jacquotte knöpfte ihr Leinenhemd zu und griff nach der Weste. Beinahe hätte sie die rußende Öllampe umgestoßen, die dunkle Schlieren an der Mauer hinterließ und dadurch die Stockflecken überlagerte, die sich von der Decke bis zum Boden zogen. Die Luft war feucht, obwohl die Magd den Badezuber längst entfernt hatte. Am liebsten hätte sie das Fenster aufgerissen, aber die Windläden waren von außen geschlossen worden, um das Eindringen von Wasser zu verhindern.

Sie hörte, wie der Sturm an ihnen rüttelte. Der nasse Stoff verursachte Gänsehaut auf ihrem Körper. Für das Trocknen der Kleidung wollte die Wirtin extra Münze sehen, doch Jacquotte hatte abgelehnt. Sie wusste nicht, wie lange sie mit der Handvoll Achterstücke zurechtkommen musste, die sie bei sich trug. Ein Großteil ihrer Prise war an den Wundarzt gegangen, der in diesem Moment vermutlich in einer Taverne saß, sich volllaufen ließ und darauf wartete, dass eine Kaperfahrt an ihn herangetragen wurde. War er von Anfang an dabei, so stand ihm ein Teil der Beute zu, wenn er im Gegenzug die Mannschaft wieder zusammenflickte. Eine Fahrt wie die mit Tête-de-Mort, bei der jeder für sich den Wundarzt bezahlte, brachte ihm vergleichsweise wenig ein.

Jacquotte lief im Zimmer auf und ab. Sie fragte sich, bei welchem Kapitän sie anheuern sollte. Nur wenige Schiffe lagen derzeit im Hafen. Wenn sie Glück hatte, nahm sie ein Handelsfahrer mit. Sie überlegte, ob es ratsam war, Cayone den Rücken zu kehren und in Port Royal, fernab des Einflusses von Michel le Basque, neue Kontakte zu knüpfen. Pierre hatte es gewagt und war erfolgreich gewesen. Doch dann schüttelte sie den Kopf und verdrängte den Gedanken an ihren Jugendfreund. Er war ihr kein Vorbild. Sie musste ihren eigenen Weg finden.

Entschlossen hielt sie auf die Tür zu, vergewisserte sich, dass ihre Waffen geladen und einsatzbereit an ihrem Gürtel saßen, und betrat den Flur. Sie hörte das Prasseln des Regens und bemerkte, dass die Tür im unteren Stockwerk offen stand. Ein Mann sprach gedämpft zu der Magd mit den üppigen Hüften. Jacquotte hielt inne. Die geschwungenen Gitterstäbe des Treppengeländers zogen Schatten über seinen imposanten Rücken.

Ein plötzlicher Windzug schlug die Tür ihres Zimmers ins Schloss und sie erstarrte. Der Besucher drehte sich um und sah zu ihr empor. Jérôme! Ihr stockte der Atem. Sie trat zwei Schritte zurück, bis die Wand ihren Rückzug abbremste. Ihre Finger krallten sich in den groben Stein. Sie hörte das Ächzen der hölzernen Treppe und sah sich hektisch um. Es gab keine Fluchtmöglichkeit. Als er den Treppenabsatz erreichte, wandte sie ihm das Gesicht zu und entrollte die Peitsche.

»Beim Barte Neptuns«, stieß Jérôme hervor. »Du hast dich wahrlich verändert. Sie dich an! Émile wäre stolz auf dich.«

Sie spannte ihre Muskeln, bereit, gegen ihn anzutreten. »Du hast dich auch verändert. Deine Frau füttert dich zu gut«, bemerkte sie mit Blick auf seinen Bauchumfang.

Jérôme grinste. »Aye! Dafür habe ich sie.« Er stockte. »Dann ist die Kunde, dass ich Frau und Kinder habe, bereits bis zu dir vorgedrungen?«

»Ich hörte davon.«

Sie belauerte seine Bewegungen, registrierte das Keuchen und die Hand, mit der er sich am Geländer abstützte. Er ist kein ernsthafter Gegner mehr für mich, stellte sie fest. Die Tatsache beschwichtigte sie. Bedächtig ließ sie die Peitsche sinken, wickelte die Enden um ihre Handgelenke und zog sie straff, sodass sie wie ein schützendes Schild vor ihrer Hüfte ruhte. Jérôme zwinkerte. Feuchtigkeit tropfte aus seinen Haaren und lief ihm übers Gesicht.

»Ich bin nicht mehr der Jüngste«, bekannte er. »Das ist der Grund, weshalb ich dich aufgesucht habe.«

»Wer hat dir gesagt, wo ich zu finden bin?« Sie reckte das Kinn, um in den unteren Raum zu spähen. Die Tür stand noch offen und das Wasser der Straße schwappte hinein. Von der Magd fehlte jede Spur. Jacquotte beschlich ein ungutes Gefühl.

»Tête-de-Mort.« Jérôme hob die Hände, als er ihren Blick bemerkte. »Du hast nichts zu befürchten!«

Sie schnaubte. »Seit ich weiß, dass du Manuel ermordet hast, habe ich kein Vertrauen mehr zu dir.«

Jérôme verengte die Augen. »Manuel ermordet? Nicht doch! Ihm geht es gut. Er lebt bei mir, meiner Frau und meinen beiden Söhnen.«

Jacquotte sah ihn an. Es dauerte, bis seine Worte in ihr Bewusstsein drangen. Dann schossen Tränen in ihre Augen und sie schluckte, bis der Kloß in ihrem Hals kleiner wurde.

»Er lebt?«

»Manuel ist wohlauf, so wahr ich hier stehe!«

Jacquotte machte einen Schritt auf ihn zu. All die Jahre war sie einem Irrtum erlegen. Erleichtert erwiderte sie Jérômes Lächeln.

»Dass ich ihn verschont habe, heißt nicht, dass ich begeistert von deiner Flucht war«, murrte er. »Aber hol mich einer Kiel, du hast dir deinen Weg erkämpft!« Stolz schwang in seiner Stimme mit und brachte sie aus der Fassung. Betreten sah sie zu Boden.

»Jetzt, wo ich dein Ohr habe, lass mich dir etwas sagen.« Jérôme senkte die Stimme, sah sich um und beugte sich zu ihr. »Michel le Basque drängte mich beim Leben meiner Familie um einen Gefallen. Er will dich töten, Jacquotte.« Die direkten Worte katapultierten sie in die Realität zurück und ließen sie aufhorchen. »Er schickte mich, um Tête-de-Mort davon zu überzeugen, ihm bei seinem Plan zur Seite zu stehen.«

»Ich verstehe nicht.« Sie fühlte sich wie betäubt. Zu lange hatte sie Jérôme nicht mehr gesehen, und nun offenbarte er sich ihr.

»Ich weiß nicht, wo ich beginnen soll. Dein Vater hätte nicht alles von dir fernhalten dürfen.«

Jacquotte machte einen weiteren Schritt auf ihn zu. »Erzähl du es mir! Erzähl mir von Émile.«

Doch Jérôme war unruhig, sie sah es ihm an. Er spürte ebenfalls, dass etwas nicht in Ordnung war, doch im Eingangsbereich des Gasthauses blieb alles ruhig. Sie nickte ihm auffordernd zu.

»Dein Vater wurde als Émile Vigot in La Haye du Puits in der Normandie geboren. Seine Mutter endete als Hexe auf dem Scheiterhaufen. Alle nannten Émile das Teufelskind. Ich entdeckte ihn ausgehungert, fast erfroren und verängstigt im Wald. Ich brachte ihm ab und zu Essen. Als ich von daheim fortlief, nahm ich ihn mit. Sein Leid rührte mich. Ohne mich wäre er gestorben. Wir landeten in Cherbourg. Dort verdingte ich uns als Schiffsjungen auf einem Schoner der Kompanie der amerikanischen Inseln, der Schießpulver nach St. Christopher transportierte. Die Überfahrt war das Schlimmste für Émile, er war ständig krank. Man setzte ihm hart zu, und wenn ich nicht Michel d'Artigny kennengelernt hätte, der als Kanonier Dienst tat, dann wäre er vermutlich über Bord geworfen worden. Michel war ein Kämpfer und meine Freundschaft mit ihm sicherte Émile den nötigen Schutz zu, den ich ihm allein nicht hätte geben können. Aus Verbundenheit versprach ich Michel unsere Dienste. Nach der Ankunft in St. Christopher machten wir uns heimlich vom Schiff und folgten Michel. Er brachte uns nach La Española, an den Teil der Küste, der bis heute als Tierra Grande bekannt ist. So kam es, dass dein Vater und ich der Bruderschaft beitraten und Gefolgsbrüder wurden.«

»Mein Vater war ein Feigling?«, fragte Jacquotte ungläubig.

Jérôme schüttelte den Kopf. »*Mais non*! Émile war Émile. Er hatte ein mutiges Herz, aber ihm fehlte der Wille, es einzusetzen. Aufgrund seiner Vergangenheit wusste er zu schätzen, was ein voller Bauch und ein sicherer Schlafplatz bedeuten. Er verstand es, Schweine zu jagen, die Jagd auf die Spanier war nicht seine Welt. Als deine Mutter, Anani, zu ihm kam, verließ er Tierra Grande nicht mehr. Er war der fleißigste Bukanier, den du dir vorstellen kannst, und trieb stets Handel mit den Holländern.«

Jacquotte lächelte. »Aye, das war er. Wie war meine Mutter?«

Jérôme wich ihrem Blick aus. »Sie war eine wunderschöne Frau. Du siehst ihr ähnlich. Émile war vernarrt in sie.«

»Erzähl mir mehr von Michel le Basque. Weshalb hasst er mich derart?«

»Dafür musst du seine Geschichte kennen. Das Leben damals war anders als heute. Alles begann, kurz bevor Émile und ich auf die Inseln kamen. Die Männer lebten in unorganisierten Gruppen zusammen. Es waren Schiffbrüchige, geflohene Gefangene, spanische Deserteure. Der Baske entdeckte diese Männer zufällig, als das Schiff, auf dem er seinen Dienst verrichtete, im Sturm vor La Española auf eine Sandbank geriet. Er lebte bei ihnen und schwang sich über die Zeit zu ihrem Anführer auf. Er schrieb Regeln nieder, die bis dahin nur mündlich unter den Männern galten.

Durch seine Reisen war er bewandert in der Kunst der *tataus* und einte die Männer mit den Zeichen, die wir nur zu gut kennen. Es war eine kleine Flamme, die er entzündete und die innerhalb kurzer Zeit die gesamte Inselwelt in Brand steckte. Freiwillige folgten dem Ruf der Küstenbrüder, jeder kam mit anderen Sehnsüchten. Der Baske war klug und nutzte das aus. Er lockte die Männer zuerst mit der Aussicht auf ausreichend Nahrung, später mit der Aussicht auf Reichtum. Seine Strategie war einfach. Die Spanier fühlten sich sicher in ihren Gewässern und waren zu arrogant, um zu glauben, dass sie von Ruderbooten eingenommen werden könnten. Der Baske belehrte sie eines Besseren. Je mutiger und einfältiger die Männer waren, die er um sich scharte, umso größer war die Aussicht auf Erfolg.

Wir waren nicht viele damals. Ein Boot fasste kaum mehr als dreißig bis vierzig Mann. Bisweilen trieben wir tagelang auf offener See, ohne etwas zu essen und mit nur wenig Wasservorräten. Es kommt der Punkt, an dem man nichts mehr zu verlieren hat und sich unerbittlich dem Feind stellt, weil es anschließend nur besser werden kann. Das war unser Leben. Wir waren Gefährten des Kampfes. Michel, Antoine Hantot, Émile, die Gebrüder Lormel, ich und noch viele andere, deren Namen heute keiner mehr erwähnt. Wir sind der Beginn der Bruderschaft.«

Jacquotte senkte den Kopf. »Ich wusste nicht …« Sie brach ab. »Émile rettete dem Basken einst das Leben.«

»Er weiß nicht, dass du Émiles Tochter bist, und es würde mittlerweile auch keinen Unterschied machen. Du bist Sinnbild für all die Mächte, gegen die der Baske ankämpft. Die Welt befindet sich im Umbruch. Die Länder jenseits des Atlantiks interessieren sich mit einem Mal für die Westindischen Inseln. Die Machtstrukturen verändern sich und alte Herrscher greifen nach der Neuen Welt. Der Baske kämpft weiter, obwohl sich seine Gefährten längst verabschiedet haben. Er fordert zurück, was nicht mehr zu ändern ist.«

Das Heulen des Sturms gewann an Intensität.

»Wo wird mein Platz in dieser Welt sein?« Sie begegnete Jérômes Blick. Er streckte seine Hand aus und berührte ihre Wange.

»Das kann ich dir nicht sagen, *nanichi.*«

Der vertraute Klang ihres Spitznamens ließ Erinnerungen wach werden.

»Weißt du, wo sich Pierre aufhält?«, wollte sie in einem Anflug von Wehmut wissen.

Jérômes Gesichtsausdruck war undurchdringlich. »Ich bin mir nicht sicher, ob man ihm noch trauen kann«, erwiderte er, und Jacquotte nickte betroffen.

Ein Schatten zuckte an der Wand neben ihnen. Jemand befand sich im unteren Teil des Hauses! Jacquotte drehte den Kopf, während Jérôme sie an den Schultern packte und herumriss. Funken sprühten, ein lauter Knall folgte. Sie spürte, wie Jérôme zusammenzuckte. Dann verdeckte seine Brust ihr Blickfeld. Seine Hände krallten sich schmerzhaft in ihre Oberarme. Er stöhnte. Heftig zog er sie zu sich heran.

»Tête-de-Mort«, wisperte er. »Vertrau ihm!«

Jacquotte strauchelte. Jérômes Gewicht lastete schwer auf ihr. Sie versuchte sich zu befreien, doch sein mächtiger Körper drückte sie beinahe zu Boden. Nur mühsam hielt sie sich aufrecht. Sein rasselnder Atem kam stoßweise. Mit der rechten Hand griff er nach seiner Pistole. Sie bemerkte Blut auf ihrem Hemd und sah ihn erschrocken an. Seine Augen flackerten. Er war getroffen worden!

»Kämpfe«, hustete er und wirbelte mit ihr herum.

Instinktiv zog sie Pistole und Säbel und versuchte den Feind auszumachen. Jérôme feuerte und schubste sie mit aller Kraft in Richtung Treppe. Im Flug registrierte sie, dass er eine weitere Pistole zückte und erneut schoss.

Jacquotte prallte gegen die Wand und stürzte die Treppe hinab. Wie ein hilfloser Käfer schlitterte sie rücklings über die morschen

Dielen. Bei dem Versuch, ihren Kopf zu schützen, verlor sie ihre Waffen. Sie fluchte und erkannte aus den Augenwinkeln Jean-David Nau, der in der Deckung des Geländers seine Pistole lud. Er erwiderte das Feuer, bevor sie etwas tun konnte. Hart schlug sie auf dem Steinboden auf. Kurzzeitig wurde ihr schwarz vor Augen.

Als sie wieder zu sich kam, sah sie, dass Jérôme in sich zusammensackte. Jacquotte schrie auf. Jean-David wandte sich um, lächelte und kam auf sie zu. Seine Schritte hallten in ihren Ohren wider. Mit einer schnellen Bewegung zog er ein rostiges Messer. Ein weiterer Schuss überlagerte das Getöse des Unwetters.

Jean-David wirbelte herum und hielt sich den Oberarm. Keuchend rappelte sich Jacquotte auf. Jérôme hatte sich am Geländer hochgezogen. Blut lief aus seinen Mundwinkeln. Ihre Blicke trafen sich. Er nickte ermutigend. Jacquotte schnürte es die Kehle zu. Hastig humpelte sie zur geöffneten Tür. Der Sturm peitschte den Regen fast waagerecht durch die Gasse. Sie warf einen letzten Blick über ihre Schulter. Jean-David legte an und feuerte. Sie stürzte ins Freie.

Zunächst rannte sie, dann wanderte sie ziellos umher. Ihre Kleidung hing schwer an ihrem Körper, und ihre Tränen vermischten sich mit dem Regen. Jérôme! Sie hatte ihn verflucht, und nun weinte sie um ihn. Ihr Kampf, ihr Aufbegehren gegen ihn war sinnlos gewesen. Michel le Basque war die Bruderschaft, er war es seit jeher. Alles, was sie sich je erträumt hatte, wurde mit dem Sturm aus ihrem Kopf gefegt. Sie würde niemals als Frau in der Bruderschaft segeln. Nicht, solange es Michel le Basque gab. Nicht, solange es Jean-David Nau gab. Nicht, solange es Männer wie Bigford gab. Sie war machtlos gegen ihre Intrigen und wehrlos gegen ihren Hass. Ihr Einfluss reichte zu weit, ihre Demütigungen saßen zu tief, als dass sie allein dagegen anzukämpfen vermochte.

Jacquotte schluchzte auf. Sie war eine Hexe wie ihre Großmutter und verdammt dazu, unterzugehen. Ginge es einzig um sie allein, würde sie lieber kämpfen und dem Gegner ins Gesicht sehen, als ständig auf der Hut zu sein. Doch Jérôme hatte ihr von Manuel erzählt. Er war wohlauf. Wie froh sie darüber war! Er war ihr Bruder, ihr kleiner Schmetterling. Sie würde nichts tun, was ihn in Gefahr brachte. Das war sie ihm schuldig. Bei Jérômes Frau war er in Sicherheit und so sollte es auch bleiben. Keiner durfte je herausfinden, dass er ihre schwache Stelle war. Keiner sollte sie je mit ihm erpressen, wie Bigford es einst versucht hatte.

Als sie den Hafen erreichte, blies ihr der Sturm beinahe die Füße unter dem Körper weg und nahm ihr den Atem. Wütend stellte sie sich ihm entgegen. Die Wellen schossen über die Kaimauer und streckten ihre gierigen Finger nach ihr aus. Jacquotte ging näher heran. Crochu hatte ihr von den Sirenen erzählt, die die Männer mit ihrem Gesang ins Wasser lockten, und sie fragte sich, was sie erwartete, wenn sie sich von den Wassermassen hinabziehen ließ. Duppy? Neptun? Ein unbekanntes Wesen? Sie erschauerte.

Eine Hand legte sich auf ihre Schulter und hielt sie zurück. Sie erwartete, ihrem Tod in Gestalt von Jean-David Nau ins Gesicht zu sehen, aber es war Tête-de-Mort! Sie warf sich in seine Arme.

»Du hast gewählt«, sagte er.

»Jérôme…« Sie zitterte und konnte nicht damit aufhören. »Jean-David hat auf ihn geschossen. Wo soll ich hin, Nicolas? Wo ist mein Platz?«

Er hielt sie fest. »Dein Platz ist bei mir. Die rote Jacquotte und der Tod. So war es schon die ganze Zeit.«

Sie lehnte sich erschöpft an ihn, aber er schob sie von sich.

»Er ist dir auf den Fersen«, bemerkte er angespannt und nahm ihre Hand.

Gemeinsam stemmten sie sich gegen den Wind und bestiegen ein Beiboot. Das Meer riss an den Rudern, doch Tête-de-Mort gelang es, sie vom Ufer fortzubringen. Vereint legten sie ihre Kraft in die Riemen. Jacquotte kam es vor, als verharrten sie auf der Stelle. Die Wellen drückten sie beinahe unter Wasser. Herausfordernd reckte sie ihr Gesicht dem Himmel entgegen und starrte die Blitze an. Die rote Jacquotte und der Tod. Das war ihr Schicksal.

François l'Olonnais sah ihnen hinterher. Er konnte nicht glauben, was geschah. Nicht die Tatsache, dass sie ihm erneut entkommen war, zerrte an seinen Nerven, sondern dass sie offensichtlich mehr Mut besaß als jeder, den er kannte. Bei diesem Wetter auf das offene Meer hinauszusegeln, kam einem Selbstmord gleich!

Reglos verfolgte er das Setzen der Gaffelsegel. Fast geisterhaft durchschnitt das schwarze Schiff die Wogen. Noch schützte das vorgelagerte Riff seine Reise. L'Olonnais wischte sich das Wasser aus den Augen. Gewaltige Brecher markierten das Ende der Hafenbucht. Mit gebauschten Segeln hielt die *Fortune Noire* darauf zu. L'Olonnais hielt sich schützend die Hände vors Gesicht. Um ihn herum kreischte der Hurrikan. Palmenblätter, Äste, Bretter und heruntergerissene Kokosnüsse fegten über den menschenleeren Steg und wurden von den Wellen aufgefangen.

Das Schiff verschwamm vor seinen Augen. Es bäumte sich auf, stellte sich seinem natürlichen Feind. Der Großmast brach unter der Wucht der schlagenden Takelage und die Segel zerrissen. Mit unmenschlichem Gebrüll fiel das hungrige Meer über die *Fortune Noire* her. Sie wehrte sich, kam wieder hoch und rollte zur Seite. Doch der Feind war da. Er zog an ihr und riss ihr die Planken auf. Ein letztes Mal zeigte sich der Bug, dann gab sie endlich auf. Eine mächtige Woge rollte heran, umarmte sie und zog sie mit sich. L'Olonnais spuckte aus. Es war vorüber.

Acht

Île de la Tortue, Frühling 1666

Die Blätter der umliegenden Bäume raschelten, als eine milde Brise durch sie hindurchfuhr. Die ersten Strahlen der Morgensonne trockneten den Tau, der die jungen Tabakpflanzen wie Edelsteine bedeckte. Aus dem nahe gelegenen Wald war Kinderlachen zu hören.

Pierre atmete die würzige Luft ein und beobachtete Cajaya, die dabei war, Fagioli-Bohnen zu ernten. Ihre Bewegungen waren fließend, ihre Handgriffe geübt. Er sah ihr gerne bei ihren gewohnten Tätigkeiten zu. Später würde sie die Bohnen mit Fleisch und frischen Eiern so lange kochen, bis eine schmackhafte Suppe entstand, die sie am frühen Abend aßen, wenn es nicht mehr so heiß war.

Pierre lehnte sich entspannt im Schaukelstuhl zurück und genoss den Rhythmus des Tages. Wenn die Sonne den Zenit erreichte, musste er in die Stadt hinuntergehen, aber noch war es nicht so weit. Er schloss die Augen. Mit gedämpften Schritten huschte Cajaya mehrmals an ihm vorbei, um ihre Ernte ins Haus zu bringen, bevor sie Pierre einen Becher mit *maby* reichte.

Er dankte ihr stumm und schlürfte das handwarme Getränk. Cajaya verstand sich auf die Rezepte ihres Volkes und braute den säuerlichen Trank genau so, wie ihre Mutter es ihr einst beigebracht hatte. Rohe *patatas* wurden dazu kleingeschnitten und mit Wasser übergossen, bevor man das Gemisch durch ein Tuch in hohe Gefäße abseihte und es mehrere Tage lang gären ließ. Das Ergebnis war ein nahrhafter Trunk, den nicht nur Pierre zu schätzen wusste.

Mit lautem Gebrüll jagten die Kinder auf das Haus zu. Allen voran rannte Arijua, Jérômes ältester Sohn. Bis auf eine ausgefranste Hose war er nackt und zog das zahme Schwein, das er einst als Ferkel im Unterholz entdeckt hatte, an einem Strick hinter sich her. Bajacu, der Zweitgeborene, schlug dem Schwein kreischend mit einem Zweig auf das kräftige Hinterteil, um es anzutreiben. Das Tier grunzte verdrießlich, was seine runde Schnauze heftig vibrieren ließ. Manuel, der als Letzter folgte und dem vor Anstrengung Speichel aus dem Mund lief, lachte über das ganze Gesicht.

Pierre sah den drei Kindern entgegen, die atemlos die Stufen erklommen, erschöpft auf die Veranda plumpsten und nach ihren Bechern mit *maby* griffen. Das Schwein labte sich derweil an Cajayas Kräutern, bis sie es schimpfend davonscheuchte. Pierre seufzte zufrieden. Es hatte Zeit gebraucht, bis sich ihm das Glück offenbarte, das eine Familie zu geben vermochte. Trotzdem war ihm bewusst, dass er sich nicht an dem Punkt befand, den Jérôme erreicht hatte, bevor er erschossen wurde.

Jérôme. Pierre schluckte. Sein Verlust saß tief. Nie hätte er geglaubt, dass ihn der Tod des Flibustiers derart treffen würde. Um genau zu sein, wusste er nicht einmal, ob er mehr um ihn trauerte oder um Jacquotte. Die Gefühle gehörten zusammen. Ähnlich wie die Nachricht, die er nach seiner Rückkehr erhalten hatte. Beide waren während des Sturms ums Leben gekommen, wenn auch jeder von ihnen auf eine andere Weise. Pierre hatte tagelang getrauert und tat es bis zum heutigen Tag. Zwar ließ er es sich nicht anmerken, fuhr zur See, diente der Bruderschaft und übernahm die Fürsorge für Jérômes Familie, die ohne einen Beschützer jeglicher Willkür ausgeliefert gewesen wäre.

Aber etwas in ihm war mit Jacquotte untergegangen und mit Jérôme verblutet. Pierre hatte sich verändert, lebte das Leben eines anderen. Tagtäglich sah er Jérômes Kinder aufwachsen und lag bei dessen Frau, auch wenn es für beide mehr Trost als Begehren war. Abrupt stand er auf. Ließ er zu, dass sich seine Gedanken verselbstständigten, verlor er obendrein seine Beherrschung. Unfähig, seine Trauer zu verarbeiten, überlagerte er diese Erkenntnis nicht selten mit Wut.

»Ruhe«, herrschte er die Kinder an, und das Gelächter verstummte.

Überrascht richteten sie ihre Blicke auf ihn, und Pierre überkamen Schuldgefühle. Dennoch brachte er kein Lächeln zustande. Sein Gesicht war erstarrt, ebenso wie sein Herz, das sich anfühlte, als läge es blutleer in seiner Brust. Cajaya eilte herbei, warf ihm einen vorwurfsvollen Blick zu und brachte die Jungen außer Sichtweite. Pierre sank erschöpft zurück in den knarrenden Schaukelstuhl und barg das Gesicht in den Händen. Sein Kopf schmerzte. Was war er nur für ein Mensch geworden?

Einige Stunden später machte er sich auf den Weg nach Cayone. Er folgte dem schmalen Pfad in Richtung Stadt und spürte, dass die Kopfschmerzen nicht gewichen waren. Im Gegenteil, die intensive Sonne verstärkte das Pulsieren hinter seinen Schläfen und machte den Spaziergang zu einer regelrechten Qual.

Unterwegs begegnete er Moïse Vauquelin, einem ruhigen Gesellen aus der Normandie, den Pierre zu schätzen gelernt hatte. Obwohl er sich bereits seit über zehn Jahren im Gebiet der Westindischen Inseln aufhielt, hatte Vauquelin erst vor Kurzem beschlossen, sich auf der Île de la Tortue anzusiedeln. Mit ihm kamen weitere französische Siedler auf die Insel, die dem verlockenden Ruf von Bertrand d'Ogeron, dem neuen Gouverneur der Île de la Tortue, gefolgt waren, um eine *fille du roi* zu ehelichen. Diese sogenannten Töchter des Königs waren Frauen der unteren Schichten Frankreichs, nicht selten Waisen, die aufgrund ihrer Armut keine andere Möglichkeit sahen, als sich dem Aufruf ihres Landesvaters zu stellen. Für eine Mitgift von 50 Livres und der Übernahme der Kosten für die Schiffspassage brachen sie auf, um ihren Beitrag zur Besiedlung der Kolonien zu leisten.

D'Ogeron verstand es wie kein Gouverneur vor ihm, der Insel ein Ansehen zu verleihen, das selbst der französische König nicht übersehen konnte. Es war mittlerweile keine Seltenheit mehr, dass Frauen und Kinder das Straßenbild von Cayone prägten. Eine Tatsache, an die sich Pierre erst langsam gewöhnte. Mit einer Entschlossenheit, die ihn staunen ließ, baute d'Ogeron die Insel zu einer Kolonie aus, die der neu gegründeten Handelskompanie, der *compagnie des indes occidentales*, unterstellt war und nur einem einzigen Zweck diente: dem Handel mit Frankreich.

Moïse Vauquelin nickte Pierre freundlich zu, und sie schlenderten nebeneinander her. Als Kapitän eines Handelsschiffes war Vauquelin weit gereist. Er galt als bescheiden, überaus bewandert in der Navigation und war mit einem umfangreichen Wissen über die Häfen der Spanier gesegnet. Nicht umsonst war er rasch zu einem Vertrauten von Bertrand d'Ogeron geworden.

Pierre wusste seine Begleitung zu schätzen. Angeregt plaudernd folgten sie dem breiter werdenden Pfad hinunter zu den ersten Ansiedlungen, die sich mit jedem Jahr weiter ins Landesinnere fraßen. Viele der hohen Aloepflanzen hatten bereits neuen Gebäuden weichen müssen. Pierre beobachtete diese Veränderungen mit Unmut.

Als sie auf das Haus von Bertrand d'Ogeron zuhielten, nickte er den Kapitänen zu, die er bereits von vorangegangenen Treffen kannte, und folgte Vauquelin ins Innere des zweistöckigen Anwesens, das mit seiner Fensterfront den Hafen überblickte. Bertrand d'Ogeron hatte es von seinem Vorgänger übernommen und nur minimale Umbauten vornehmen lassen. Im Vergleich zu sehr viel opulenteren Gebäuden, die mittlerweile in der Nähe des Hafens errichtet worden waren, wirkte es bescheiden.

Pierre wusste, das gehörte zum Ruf, den der neue Gouverneur pflegte. Es schien, als wäre es ihm lieber, von den Männern unterschätzt zu werden. Nach außen gab er sich als zurückhaltendes Oberhaupt der Stadt, doch Pierre glaubte, dass er einen unbezwingbaren Willen hatte, der in einem Geist voll fortschrittlicher Ideen hauste. Er konnte d'Ogeron gut leiden, obwohl er es nicht gerne sah, dass sich seine Heimat in Abhängigkeit zu Frankreich begab.

Doch d'Ogeron regierte weise und holte die wichtigen Kapitäne von Cayone regelmäßig an seinen Tisch. Er teilte seine Pläne mit ihnen, hörte sich ihre Sorgen an und sicherte sich jedes Mal aufs Neue ihre Gefolgschaft zu. Ein derartiges Mitspracherecht gab es auf keiner anderen Insel. Die meisten rechneten ihm dieses Vertrauen hoch an und entlohnten es ihm, indem sie keinerlei Geschäfte hinter seinem Rücken tätigten. Pierre ließ den Blick flüchtig über die Anwesenden schweifen. Es waren keine Neuankömmlinge dabei. Er setzte sich.

Bigford musterte ihn von der gegenüberliegenden Seite. Pierre le Picards eigentümliche Augen waren an diesem Tag tiefschwarz. Seine

Haare hatte er notdürftig zu einem Zopf gebunden, und die hohen Wangenknochen betonten seine eingefallenen Wangen, die auch der gestutzte Bart nicht verbergen konnte. Schatten lagen unter seinen Augen und zeugten davon, dass er nicht viel Schlaf fand. Den Mund umspannte ein brutaler Zug, der jeden davon abhielt, ihn anzusprechen. Er war angemessen gekleidet und vermittelte damit umso mehr den Eindruck eines wilden Tieres, dem man Fesseln angelegt hatte, um es zu zähmen. Die Nasenflügel bebten kurz, als er ihn ansah. Hätte er es nicht besser gewusst, hätte Bigford geglaubt, er nehme Witterung auf. Doch mittlerweile wusste er Pierre le Picard einzuschätzen.

Der Tod der roten Jacquotte hatte ihn gebrochen. Er nahm zwar an jedem Treffen teil, das Bertrand d'Ogeron in seinem Haus abhielt, aber er war zu einem einsamen Wolf geworden, der sein Rudel verlassen hatte. Bigford kannte diese Tiere aus den Wäldern Englands. Sie waren stets die Gefährlichsten. Vor Picard fürchtete er sich jedoch nicht. Der angesehene Kapitän redete nicht viel, doch wenn er sprach, dann sprach er Bigford aus der Seele. Selbst wenn er schwieg, teilten sie einen gemeinsamen Kummer, ohne dass Picard davon wusste. Sie fixierten sich kurz, bevor sein Gegenüber kaum merklich nickte und den Blick abwandte.

Bigford trommelte mit den Fingern auf den Holztisch mit den markanten Wurmlöchern. Es war derselbe Raum, in dem er einst mit Jaque de l'Isle gestanden hatte, um Elias Watts sein Schiff abzuschwatzen. Es war viel geschehen seit jener Zeit.

Er sah zu Michel le Basque hinüber, der darauf bestand, gegenüber von d'Ogeron am Kopfende des Tisches Platz zu nehmen. Er war alt geworden. Graue Strähnen durchzogen seine nachtschwarzen Haare und den dichten Bart. Schwerfällig sackte er in den Stuhl und blies die Luft durch seine verfärbten Zähne. Obwohl seine Augen freundlich blickten, wusste Bigford, dass aus jeder seiner Poren der Widerstand quoll. Bertrand d'Ogeron durchkreuzte die Pläne des Basken und steuerte die Männer der Bruderschaft mittlerweile auf seine ganz eigene Weise.

Cayone war ein begehrter Hafen für Flibustier jeder Nation geworden und das einzig, weil d'Ogeron die unentschlossene Politik von Sir Thomas Modyford, dem derzeitigen Gouverneur von Jamaika, für seine Zwecke zu nutzen verstand. Obwohl im Frieden mit Spanien und dem damit einhergehenden Verbot, Kaperbriefe auszustellen, erlaubte Modyford ab und an Kommissionsfahrten, um die nicht weniger werdende Anzahl an Männern, die offen der Piraterie nachgingen, in seinem Hafen zu halten. Ein Handel mit Spanien war trotz eifriger Bemühungen aufgrund der anhaltenden Angriffe auf ihre Schiffe und Städte niemals zustande gekommen, und Modyford sah die Einnahmen von Port Royal gefährdet.

Doch die vereinzelten Ausnahmen boten jenen, die unter der *joli rouge* segelten, nur wenig Umsatzmöglichkeiten. Die meisten liefen daher die Île de la Tortue an, um ihre illegale Ladung zu löschen, wo d'Ogeron sie mit offenen Armen empfing. Diese Taktik brachte ihm nicht nur jede Menge Reichtümer ein, sondern auch wertvolle Informationen über die Politik des Empires, und viele englische Kapitäne starteten ihre Raubzüge inzwischen von Cayone aus.

Bigford gefiel dieses Vorgehen. Es zeugte von einer beeindruckenden Klugheit, die d'Ogeron mit einem gewissen Kalkül paarte, wenn er mit den unterschiedlichen Männern der Bruderschaft zusammenkam. Bigford lauschte gerne seinen Worten und genoss die Zusammentreffen stets aufs Äußerste.

Vorsichtig schielte er zu François l'Olonnais hinüber, der sich neben den Basken setzte und verstohlen mit ihm flüsterte. Bigford verachtete ihn für den hinterlistigen Angriff auf die rote Jacquotte. Nicht zum ersten Mal fragte er sich, ob der Olonnaise etwas mit dem Untergang der *Fortune Noire* zu tun gehabt hatte, auch wenn er wusste, dass der Plan des Basken ein anderer gewesen war. Es entbehrte jeder Logik, ein Schiff lediglich zu zweit und mit Vorsatz in einen derartigen Sturm zu segeln, während der Rest der Mannschaft unwissend in den Schenken der Stadt herumsaß. Hatte der Totenkopf gar gemeinsame Sache mit dem Olonnaisen gemacht?

Es gab viele Geschichten über den Untergang der *Fortune Noire* und keine war wie die andere. Dennoch, der Ruhm der roten Peitsche war ungebrochen. Ihre Lieder wurden allabendlich in den Spelunken angestimmt, und etliche Kapitäne hissten ihr zu Ehren inzwischen schwarze Flaggen mit Totenköpfen oder gekreuzten Knochen neben der üblichen *joli rouge*, um wie sie mit dem Tod zu segeln. Bigford hielt nichts von dieser Verehrung, wäre es ihm doch lieber gewesen,

Jacquotte am Leben zu wissen. Ihren Mut besaßen die wenigsten Männer an diesem Tisch, und keine Frau, die er je kennenlernen durfte, vermochte ihr das Wasser zu reichen.

Schon gar nicht seine eigene. Anfangs noch mit einem lieblichen Wesen und einer straffen Figur ausgestattet, hatte sie sich in den letzten beiden Jahren zusehends in ein übellauniges Fass verwandelt, dem er nach längerer Abwesenheit erst wieder zeigen musste, wer der Herr im Haus war. Zugegeben, ihr Becken wurde einladender, je weicher es wurde, aber ihre rotblonden Haare litten unter der Sonne und erinnerten ihn inzwischen mehr an reife Weizenfelder als an das Fuchsrot, das er so begehrt hatte, dass er sich dazu hinreißen ließ, eine Ehefrau mit irischer Abstammung zu wählen.

Bigford kratzte sich gedankenverloren im Schritt und richtete seine Aufmerksamkeit auf Bertrand d'Ogeron, der in diesem Augenblick den Raum betrat. Er trug eine eng anliegende, kurzärmelige Jacke aus dunkelgrünem Canvas, darunter ein weißes Hemd mit verkürztem Kragen über weiten Kniebundhosen, deren Saum mit einer grün schillernden Borte abgesetzt war. Das Leder seiner hohen Stiefel war abgewetzt und fleckig.

Entgegen der üblichen Mode, die Regenten und höheres Volk vom Rest der Bevölkerung unterschied, schmückte sich Bertrand d'Ogeron nicht mit einer Perücke. Seine hellbraunen lockigen Haare fielen ihm geordnet auf die Schultern, und seine aufmerksamen Augen blitzten unter flaumigen Brauen hervor. Kräftige rote Backen umrahmten einen schmalen Mund, dessen Mundwinkel stets nach oben zeigten. An diesem Tag kräuselte er kurz die Nase, als er die Männer erblickte, und offenbarte seine schiefen Vorderzähne.

»*Salut vous tous*«, begrüßte er sie ungezwungen und setzte sich ans Kopfende. »Es freut mich, euch wiederzusehen!«

Bigford bemerkte, wie Michel le Basque unwillig die Stirn runzelte. Für ihn zählten nur Männer, die ihm durch ihre Art Respekt abnötigten. Bertrand d'Ogeron gehörte offensichtlich nicht dazu.

»Unser Plan, England und Spanien weiter zu entzweien, trägt erste Früchte«, begann d'Ogeron die Versammlung, und Bigford wusste, wovon er sprach. Die Brüder waren angewiesen worden, bei Überfällen auf spanische Schiffe und Siedlungen die englische Flagge zu hissen, um Unmut zwischen beiden Ländern zu schüren.

»England gerät zunehmend unter Druck. Der Ausbruch der Pest und das große Feuer in London zwingen die Regierung zu handeln, um den Krieg mit Holland zu finanzieren. Ihre Marine kann die Soldaten inzwischen nur noch mit Schuldverschreibungen bezahlen, doch davon kann man keine hungrigen Mäuler stopfen. Es desertieren immer mehr und kommen in die Neue Welt, um als Freibeuter ihren Lebensunterhalt zu verdienen. Portugal stellt großzügig Kaperbriefe aus, um seinem alten Feind Spanien zuzusetzen, und durch das Bündnis Frankreichs mit Holland und Dänemark nehmen wir die Prise der Schiffe nur zu gerne auf. Die Investoren der neugegründeten Französischen Westindienkompanie sind entzückt über die Einnahmen, die seit ihrem kurzen Bestehen bereits eingefahren wurden. Wir sind auf dem richtigen Weg, Männer. Lasst uns über weitere Missionen sprechen!«

»Sollten wir unseren holländischen Verbündeten nicht zur Seite stehen? Immerhin trieben sie mit uns Handel, als der französische König noch gar nicht wusste, dass sich in diesem Teil der Welt Landsleute von ihm aufhielten«, meldete sich Picard mit düsterer Stimme zu Wort.

D'Ogeron nickte zustimmend. »Ich hatte dieselben Gedanken, aber wie sich zeigt, sind die Holländer gegen die stümperhaften Angriffe der englischen Schiffe bestens gewappnet. Ihre *fluyts* laufen unseren Hafen stets gut gefüllt an, und wie ich hörte, hat England einen schweren Fehler begangen, indem es Kapitän Edward Mansfield mit einer Mission gegen Holland betraute.«

»Aye«, stimmte Jan Willems zu, ein junger holländischer Kapitän, der einst mit Tête-de-Mort gesegelt war, wie Bigford vernommen hatte. »Modyford wollte Curaçao einnehmen und beauftragte Mansfield mit dieser Aufgabe. Die ausgesandten Schiffe verschonten Curaçao jedoch und brachen eigenmächtig in Richtung Providence auf. Sie nahmen die Insel ein und machten sie zum Stützpunkt für weitere Angriffe auf das spanische Festland. Zum Glück für Modyford genehmigte das Council in England die Besetzung der Insel Providence im Nachhinein.« Willems grinste. »Was Modyford nicht weiß, ist, dass Edwards Nachname nicht Mansfield ist, sondern Mansvelt. Er ist Holländer. Er würde niemals seine eigenen Landsleute angreifen.«

Die Männer lachten und d'Ogeron schlug sich gut gelaunt auf den Oberschenkel.

»Modyford ist dumm und voller Angst. Er fühlt sich von England im Stich gelassen und fürchtet Konsequenzen, wenn er die Freibeuter unterstützt. Dabei sollte er sich bewusst machen, dass nur die Unterstützung der Küstenbrüder ihm auf lange Sicht einen Vorteil bringen wird! Sie verstehen diese Welt viel besser, als er es je tun wird. Spaniens Stern sinkt. Er sollte diese Tatsache ausnutzen, anstatt sich von den Vorgaben seines Königs leiten zu lassen. Aber was rede ich? Seine Schwäche wird immer mehr zu unserer Stärke. Lasst sie uns nutzen, Männer!« Er sah sich interessiert um. »Was sind eure Pläne?«

François l'Olonnais knurrte kurz, bevor er das Wort ergriff: »Wir planen seit langer Zeit den Angriff auf Maracaibo.« Er starrte Picard an, der den Blick frostig erwiderte.

Den meisten Anwesenden war klar, dass es niemand anderem außer l'Olonnais selbst zuzuschreiben war, dass diese Mission ins Hintertreffen geraten war. Sein nicht zu zügelnder Hass trieb ihn kontinuierlich abseits der geplanten Routen, und er gefährdete das Vorankommen der Mission einzig durch seine impulsiven Alleingänge. Dabei erinnerte er Bigford einmal mehr an eine Katze mit sprichwörtlich sieben Leben, denn er schien unverwüstlich zu sein.

Zuerst war sein Schiff vor der Küste von Campeche in einem Sturm gesunken, bei dem er sich jedoch mit einem Teil der Mannschaft an Land retten konnte. Als wäre das nicht genug, lauerten ihnen spanische Soldaten am Strand auf, die den Großteil der erschöpften Männer, denen es gelang, das Ufer zu erreichen, erschlugen. L'Olonnais beschmierte sich mit Blut und Sand, um sich unter seinen toten Kameraden zu verstecken, bis die Spanier abzogen. Daraufhin schlug er sich mit den wenigen Überlebenden in die nächste Stadt durch, stahl ein Kanu und setzte damit nach Cayone über. Dort besorgte er sich mithilfe von Michel le Basque ein neues Schiff, heuerte Männer an und segelte nach Kuba.

Doch der Bevölkerung war er schon längst kein Unbekannter mehr, und als man ihn vor der Küste erblickte, informierte man den Gouverneur von La Habana. Dieser schickte ein Kriegsschiff, um die Geißel der Spanier ein für alle Mal zu vernichten. Darauf hatte l'Olonnais gewartet. Er passte die Galeone ab, wartete, bis sie die

Mündung des Flusses Estera erreichte, und begann in den Morgenstunden das Bombardement. Der Überraschungsangriff ging auf.

Nach der Kapitulation des Schiffes brachte er den gesamten Tag damit zu, einen Spanier nach dem anderen zu foltern und schließlich zu enthaupten. Bigford hatte gehört, die Haie wären bis in die flacheren Teile des Strands geschwommen, um sich die umhertreibenden Köpfe zu holen. Nach diesem Vergnügen verschonte l'Olonnais den letzten Mann und schickte ihn mit einem Brief zum Gouverneur von La Habana, um ihm und allen anderen Einwohnern denselben grausamen Tod anzudrohen, wie er den Soldaten zugefügt hatte. Anschließend kehrte er auf der eingenommenen Galeone zurück nach Cayone.

Bigford war dieses Verhalten unverständlich. Es kam so gut wie nie vor, dass l'Olonnais mit einer Prise zurückkehrte. Einzig spanisches Blut war es, wonach er sich sehnte. Dass er den Angriff auf Maracaibo erwähnte, war albern. Glaubte doch kaum jemand an das Gelingen dieser Mission. Auch d'Ogeron zog die Augenbrauen nach oben, als er die Worte des Olonnaisen vernahm.

»Ich hörte von Eurem Plan«, sagte er vorsichtig. »Und ich heiße ihn gut. Selbst die Engländer haben bisher noch keinen Vorstoß nach Maracaibo gewagt, und ich denke, es gibt dort große Schätze zu heben. Die Spanier stehen durch die ständigen Angriffe auf ihre Küste unter Druck. Wir sollten bald handeln.« Er sah l'Olonnais fragend an. »Wann gedenkt Ihr aufzubrechen?«

Keiner der Männer wagte es zu schmunzeln, aber in ihren Gesichtern stand der Hohn. Im Bewusstsein, vorgeführt zu werden, zog l'Olonnais ärgerlich die Oberlippe hoch.

»Sobald ich genügend Männer gefunden habe, die sich mir anschließen.«

Stille senkte sich über den Raum. Niemand wollte dem jähzornigen Mann folgen, der bereits so vielen Brüdern den Tod gebracht und seinen eigenen stets zu verhindern gewusst hatte.

D'Ogeron versuchte zu vermitteln: »Wir können Geschichte schreiben, Männer! Lasst nicht zu, dass die Engländer als Einzige in der Lage sind, eine stattliche Streitmacht gegen die Spanier zu führen. Als Brüder der Küste seid ihr eine unschlagbare Einheit.«

Er wechselte einen bedeutenden Blick mit Michel le Basque und überließ ihm das Wort.

Der Baske wirkte erstaunt, und Bigford lobte d'Ogeron in Gedanken für diesen diplomatischen Schachzug. Der Gouverneur maß sich nicht an, ein Bruder der Küste zu sein, sondern stellte den Mann in die Verantwortung, der der Bruderschaft vorstand.

Michel le Basque zwinkerte sich den Schweiß aus den Augen. »Aye«, sagte er. »Wir verfügen mittlerweile über zwei spanische Informanten, die bereits seit Längerem auf der Île de la Tortue weilen. Ich halte sie für vertrauenswürdig. Sie stammen aus Maracaibo, und für einen entsprechenden Anteil an der Prise sind sie bereit, uns den besten Weg zu zeigen, um das Fort El Fuerte de la Barra zu erstürmen und uns auf diese Weise die Einfahrt in den See und zur Stadt Maracaibo zu ermöglichen.«

Einige Kapitäne nickten interessiert.

»Werdet Ihr selbst an diesem Angriff teilnehmen?«, fragte Jan Willems herausfordernd und sprach damit aus, was sich in den Köpfen der übrigen Brüder bereits festgesetzt hatte. François l'Olonnais war kein verlässlicher Anführer. Mit Worten würde man niemanden mehr davon überzeugen können, ihm zu folgen. Die Bruderschaft wollte Taten sehen. Michel le Basque starrte in die Runde und Bigford erwartete seine Aussage mit Spannung.

»Zweifelt Ihr an meinen Aussagen?«, ging er die Männer an. Gemurmel machte sich breit. D'Ogeron lehnte sich zurück. Offensichtlich wusste er, dass es nicht der richtige Zeitpunkt war, um sich einzumischen.

»Ihr seid es nicht, an dem wir zweifeln«, bemerkte Pierre le Picard und einige Männer brummten zustimmend. L'Olonnais verengte die Augen, doch der Baske brachte ihn mit nur einem einzigen Blick dazu, sich zu beherrschen.

»Ich habe nicht vor, mich meiner Verantwortung zu entziehen«, erwiderte er. »Wenn ihr mich um meine Unterstützung bittet, dann werde ich diese Mission anführen.« Er sah zu d'Ogeron hinüber. »Als Major dieser Insel stehe ich in Euren Diensten, *monsieur*. Stellt Ihr mich frei?«

D'Ogeron nickte erfreut.

Michel le Basques knotige Narbe, die sich über sein linkes Auge zog, zuckte merklich, als er sprach: »Abgemacht! Ich werde das Magazinschiff befehligen sowie die Gefechte an Land. François l'Olonnais obliegt der Befehl der Schiffe auf See.«

Bigford staunte. Der Baske gab sich mit der geringeren Position zufrieden und überließ l'Olonnais das Kommando. Was hatte das zu bedeuten? Sein entschlossener Gesichtsausdruck deutete darauf hin, dass diese Tatsache nicht weiter verhandelbar war. Die Männer sahen sich an.

»Hervorragend«, sagte d'Ogeron eilig und fügte an l'Olonnais gewandt hinzu: »Erlaubt mir, Euch Moïse Vauquelin als Vizeadmiral zur Seite zu stellen. Er wird ein Schiff aus meiner Flotte befehligen, welches neunzig Mann fasst und mit zehn Kanonen bestückt ist. Er segelt mit einem portugiesischen Kaperbrief, der Euer Unternehmen legalisiert.«

D'Ogeron und der Baske verhakten ihre Blicke ineinander. Bigford unterdrückte ein Grinsen. Der Gouverneur war verschlagen. Man sah es ihm nicht an, aber er wusste stets, was er tat. Einen Vertrauten mit seinem eigenem Schiff nach Maracaibo zu entsenden, sicherte ihm sowohl einen Großteil der Prise als auch wichtige Informationen über den Überfall zu und hielt den Olonnaisen davon ab, eigenmächtige Entscheidungen zu treffen. Eine vortreffliche Idee, befand Bigford und wollte sich diese Mission unter keinen Umständen entgehen lassen. Das Gemurmel nahm zu.

D'Ogeron hob beschwichtigend die Hände. »Ein jeder ist willkommen, seine Meinung kundzutun«, besänftigte er die Männer. »Ich befürworte das Vorhaben von François l'Olonnais und Michel le Basque. Meldet euer Interesse einer nach dem anderen!«

Bigford hob die Hand. »Ich werde diese Unternehmung gleichfalls unterstützen. Die *Tortuga Pride* segelt derzeit mit einer Besatzung von siebzig Mann.«

Jan Willems folgte: »Ihr könnt auf mich zählen! Die *Souvenance* fasst fünfzig Mann, und wir sind jederzeit bereit, Segel zu setzen!«

»Aye! Auch die *Fontaine D'Or* steht Euch zur Seite und bringt ihre vierzig Mann Besatzung ein«, stimmte Kapitän Aymé zu.

Die Männer sahen verstohlen zu Pierre le Picard, der sich bisher nicht zu dem Unternehmen geäußert hatte. Sein stechender Blick hielten ihrem entgegen. Bigford verspürte ein wenig Neid, dass er unter den Brüdern derart angesehen war. Sie vertrauten ihm. Selbst der Baske hob fragend die Augenbrauen. Picard nickte kurz.

»Die *Belle Rouge* folgt Euch mit vierzig Mann Besatzung«, gab er nach. Die Männer wirkten erleichtert.

D'Ogeron war zufrieden. »Sieben Schiffe sind mehr, als ich zu hoffen wagte«, bekannte er. »Ich entlasse euch für eure Unterredungen, *messieurs*! Ihr habt meine Unterstützung, wenn ihr Waffen oder Proviant benötigt. Lasst mich wissen, wann ihr gedenkt abzulegen!«

Er erhob sich und mit ihm alle Anwesenden. Bigford sah sich um. Die Männer redeten miteinander und schlugen sich zuversichtlich auf die Schultern. Einzig l'Olonnais zeigte keinerlei Regung. Auf seinem Gesicht lag ein Ausdruck, den Bigford nicht zu deuten wusste.

»Trefft uns morgen Abend im ›Antre Borgne‹«, befahl Michel le Basque den Umstehenden, bevor er davonstürmte. L'Olonnais folgte ihm entschlossen. Bigford sah, dass die beiden einen kurzen Disput auf der Straße hatten, ehe sich ihre Wege trennten. Er rieb sich nachdenklich das Kinn.

Bleich vor Wut eilte l'Olonnais durch die belebten Gassen. Schwere Karren behinderten sein Vorankommen und er fluchte. Frauen in weiten Röcken mit geschnürten Oberteilen, über die Leibchen mit Hängeärmeln und Spitzkragen fielen, schritten an ihm vorüber. Manche verbargen ihre Haare unter sittsamen Hauben, andere schützten es mit Filzhüten vor der Sonne und einige trugen es einfach nur hochgesteckt. In ihren Armen lagen Körbe mit Obst und Gemüse. Es war Markttag und die neuen Bürgerinnen von Cayone gingen ihren täglichen Arbeiten nach.

L'Olonnais hasste sie. Er verachtete alles Weibliche, verdammte ihr Geschwätz mit den Händlern und erzürnte sich an ihren hohen Stimmen. Am liebsten hätte er jeder Einzelnen von ihnen die Hände um den zarten Hals gelegt und zugedrückt, bis sie nie wieder einen Laut von sich gab. Das Eintreffen dieser unnützen Weiber war der Grund, warum l'Olonnais den neuen Gouverneur so hasste. Er verweichlichte die Gesellschaft der Insel, brachte die Männer dazu, sesshaft zu werden und kuschte vor dem Feind.

All das waren Dinge, die l'Olonnais nicht zu dulden bereit war. Spanien war ihr Widersacher. Vermochte das denn niemand zu begreifen? Es erforderte jeden Mann, um diese Fäulnis aus der Inselwelt zu verdrängen. Die spanische Existenz war eine Geschwulst, welche das Antlitz dieser Welt quälte, und man musste sie vernichten! L'Olonnais schnaubte. Er wusste, dass die meisten Männer daran zweifelten, dass er siegreich aus Maracaibo zurückkehrte, aber er würde sie eines Besseren belehren.

Aufmerksam hielt er Ausschau nach Antoine du Puits. Sein Steuermann war der Einzige, den er in diesem Augenblick ertragen konnte. Er hatte ihn vor zwei Jahren in Port Royal kennengelernt und sofort gewusst, dass sie dieselben Ziele verfolgten. Antoine war ein kleiner, glatzköpfiger Mann, der denselben Hass in sich trug, der auch l'Olonnais zu eigen war. Er war ein mürrischer Einzelgänger, aber ein guter Zuhörer, und er verstand sich darauf, Ratschläge zu erteilen. Über die Zeit war er zu seinem engsten Vertrauten geworden. Obwohl ungepflegt und launisch, fühlte sich l'Olonnais magisch zu ihm hingezogen, was ihm seit dem Tod von de l'Isle nicht mehr widerfahren war. Er konnte es kaum erwarten, Antoine von dem unerfreulichen Treffen zu berichten.

Nach kurzer Suche fand er ihn auf einer Klippe jenseits des Hafens, wo er auf einer Guave kaute und die Kerne lautstark ins Meer spuckte. An dem Messer, das an seiner Hüfte hing, haftete getrocknetes Blut und ein Schwarm grün schillernder Fliegen umkreiste es. Antoines blanker Kopf schimmerte in der Sonne und an Armen und Beinen klebten Sand- und Erdreste.

L'Olonnais fragte sich, wo er sich herumgetrieben hatte, aber er sprach es nicht an. Antoine war aufbrausend. Er hasste Fragen zu seiner Person im selben Maß, wie l'Olonnais die Spanier hasste, und l'Olonnais akzeptierte dieses Verhalten. Aus seiner Sicht zeugte es von einer leidenschaftlichen Gesinnung und genau solche Männer brauchte er in seinem Leben. Erschöpft ließ er sich neben ihn sinken. Antoine beachtete ihn nicht, sondern grunzte lediglich zur Begrüßung.

»Wir werden nach Maracaibo aufbrechen«, verkündete l'Olonnais. »D'Ogeron stellt mir Moïse Vauquelin als Vizeadmiral zur Seite. Er misstraut mir.«

Antoine grunzte erneut. Diesmal klang es amüsiert. Nach kurzem Schweigen sah er den Olonnaisen an. Seine Augen blickten abweisend.

»Was ist mit dem Basken?«, fragte er.

L'Olonnais hob die Schultern. »Er überlässt mir das Kommando der Schiffe. Ganz so, wie wir es besprochen haben.«

Antoine nickte. »Er steht in deiner Schuld«, bemerkte er.

»Aye«, bekräftigte L'Olonnais. »Ohne mich wäre er nie dahintergekommen, dass ihn zwei seiner ältesten Freunde hintergingen. Einzig durch mein Handeln haben sich seine Probleme in einer Nacht gelöst.« Er spuckte aus. »Er sollte dankbarer sein, verflucht! Aber er behandelt mich wie ein unmündiges Kind. Du hättest ihn auf der Versammlung sehen sollen. Er beugt sein Haupt vor d'Ogeron und all den anderen. Es ist widerwärtig!«

»Er wird schwächer. Maracaibo wird dir Ansehen bringen.« Antoine blickte wieder hinaus aufs Meer. »Was ist mit meinem Schiff?«

L'Olonnais starrte auf Antoines Nacken. Er wollte ihn berühren, unterließ es aber. Keiner zückte sein Messer schneller als Antoine, und ihm war nicht nach Streit zumute. Noch nicht.

»Du wirst dein Schiff erhalten«, versprach l'Olonnais. Er wusste um Antoines Begehren. Er wollte Kapitän eines Schiffes werden. Sobald er den nächsten spanischen Handelsfahrer hochnahm, würde er Antoine für seine Treue entlohnen. Ihm lag viel an der Loyalität seines Steuermannes.

»Die Kapitäne treffen sich morgen Abend im ‚Antre Borgne'«, bemerkte er und bemühte sich, nicht zu fordernd zu klingen. »Ich möchte, dass du mich begleitest.«

Antoines Rücken zuckte flüchtig. »*D'accord*«, sagte er. »Der Rum ist dort so gut wie anderswo.«

Als sich die Kapitäne einen Tag später zusammenfanden, war die Luft dampfig. Am Himmel ballten sich gelbe Wolken, die die letzten Sonnenstrahlen abfingen und sie sternförmig in den blassen

Abendhimmel sandten. Die Grillen überboten sich mit ihrem Geschrei, und die Möwen waren an diesem Tag besonders aggressiv und schossen in andauernden Sturzflügen über die Gassen, um aufwirbelnden Unrat aufzufangen.

Pierre hatte seinen Hut tief ins Gesicht gezogen, als er mit forschen Schritten durch Cayone ging. In der Luft hing der Geruch von abgestandenem Wasser und den verrottenden Überresten des Marktes. Er war dem Aufruf von Michel le Basque nur ungern gefolgt. Zu groß war sein Misstrauen gegenüber l'Olonnais. Er verstand nicht, warum der Baske nach wie vor hinter diesem Mann stand. Es war leichtsinnig, dem Olonnaisen das Kommando über die Maracaibo-Mission zu überlassen. Seine unbedachten Handlungen konnten alle gefährden. Was dachte sich Michel le Basque dabei? Selbst wenn er sich mit dem Gedanken trug, in absehbarer Zeit zurückzutreten, konnte es nicht in seiner Absicht liegen, dass l'Olonnais ihn beerbte. Die Kapitäne verachteten ihn.

Pierre rieb sich die Stirn. Gab der Baske auf? Es war kein Geheimnis, dass die Männer, die neuerdings in die Inselwelt strömten, nicht selten verbittert waren. Über ihr unglückliches Schicksal, die Obrigkeiten in Europa oder schlicht ihr eigenes Unvermögen, etwas zu verändern. Sie kamen zu Hunderten als Deserteure, politisch Verfolgte, Verarmte oder Sträflinge und versuchten, irgendwie zu überleben. L'Olonnais wusste sie zu lenken. Spanien war stets ein annehmbarer Feind.

Doch die Vermischung unterschiedlicher Gesinnungen war gefährlich. Warum erkannte das niemand? Selbst d'Ogeron ließ den Olonnaisen walten. Pierre war es oft schwergefallen, die politischen Machenschaften der Gouverneure zu verstehen. Mal handelten sie im Sinne ihres Landes, mal in ihrem eigenen Sinn. Als Junge hatte er an den Kodex geglaubt und war davon überzeugt gewesen, dass die Brüder füreinander einstanden. Als Mann glaubte er nur noch an sich selbst. Er würde l'Olonnais auf dieser Fahrt zur Seite stehen, weil es d'Ogeron guthieß. Sein Schiff stand ohnehin bereit und die letzte Prise war verprasst. Was danach kam, konnte er nicht sagen. Aber er hatte nicht vor, sich dauerhaft dem Olonnaisen zu unterstellen.

Von Port Royal hatte er Kunde erhalten, dass Henry Morgan, der Neffe von Colonel Edward Morgan, dabei war, sich Gehör unter den

Brüdern zu verschaffen. Viele Flibustier beschrieben ihn als charismatischen Mann und dachten darüber nach, sich ihm anzuschließen, obwohl er englischer Abstammung war. Er verstand es, die Männer zu einen. So wie es einst dem Basken gelungen war. Pierre wollte sich so bald wie möglich selbst ein Bild davon machen. Auch wenn er wusste, dass Remi alles andere als erfreut darüber sein würde. Um ihr Verhältnis war es seit einigen Jahren ohnehin nicht zum Besten bestellt. Sie sahen sich nur noch auf dem Schiff, wo Remi in zuverlässiger Manier seinen Aufgaben nachkam. Doch Worte der Freundschaft fielen nicht mehr zwischen ihnen. Nicht mehr seit dem Tag ihrer Auseinandersetzung wegen des Eintreffens der *Fortune Noire*.

Pierre wusste nicht, was Remi derart verändert hatte, aber sein Blick blieb unstet. Er konnte Pierre nicht mehr in die Augen sehen und ging ihm aus dem Weg. Zunächst erbost über seine Worte, später zu sehr mit dem Verlust von Jérôme und Jacquotte beschäftigt, hatte Pierre dieses Verhalten nie hinterfragt. Er fand sich damit ab. Wie mit so vielem in seinem Leben.

Energisch trat er über die Schwelle des ‚Antre Borgne'. Er blinzelte. Seine Augen mussten sich erst an das Dunkel der Spelunke gewöhnen. Das Stimmengewirr der Männer wurde vom übertriebenen Gelächter der Mädchen unterbrochen, die aufreizend durch den Raum schritten. Pierre kannte die meisten. Er kam gelegentlich vorbei, wenn er sich einsam fühlte, und stillte den Hunger in seinen Lenden. Doch als sich eine von ihnen mit raschelnden Gewändern näherte, stieß er sie zur Seite. Ihr aufdringliches Parfüm, das wie eine Welle vor ihr her wogte, verursachte ihm Übelkeit in der stickigen Luft.

Michel le Basque und die anderen saßen bereits im hinteren Teil der Schenke. Er trat heran und nickte ihnen zu. Es waren die bekannten Gesichter von Moïse Vauquelin, Bigford, Jan Willems, Kapitän Aymé sowie François l'Olonnais in Begleitung eines finster dreinblickenden Fremden mit Glatze, den Pierre noch nie zuvor gesehen hatte. Er vermutete, dass es sich bei dem Mann um Antoine du Puits handelte, den Schatten des Olonnaisen. Man munkelte, er würde nicht nur das Schiff seines Kapitäns steuern, sondern auch dessen Handeln.

Pierre musterte ihn. Ein zerschlissener, dunkelroter Umhang verdeckte nur ansatzweise die zahlreichen Waffen, die an einem grob gegerbten Gürtel baumelten. Hose und Stiefel waren steif vom Salzwasser und die sonnengegerbte Haut spröde und rissig. Der Schweiß, der ihm in dünnen Rinnsalen über das Gesicht lief, hinterließ helle Spuren auf seinen Wangen. Mit einer zackigen Bewegung kippte er den Rum hinunter. Er schluckte kaum merklich und verzog nur kurz die Lippen. Als er Pierres Blick bemerkte, taxierte er ihn zuerst aus den Augenwinkeln, bevor er ihm gemächlich das Gesicht zuwandte und seine dunklen Augen feindselig auf ihn richtete. Pierre hielt seinem Blick stand. Erst nach einer Weile wandte er sich ab und setzte sich. Ihm war mit einem Mal unwohl zumute.

»Lasst uns beginnen«, ergriff der Baske das Wort. »Ihr habt gehört, was der Gouverneur gesagt hat. Maracaibo heißt unser Ziel. Um die Winde auszunutzen, müssen wir bald aufbrechen.«

Er blickte in die Runde, um ein bestätigendes Kopfnicken der Brüder einzufordern, bevor er fortfuhr: »Viele von euch segeln mit minimaler Mannschaft. Ich kenne dieses Problem. Je weniger Männer, umso größer die Prise für jeden Einzelnen. Doch seid versichert, der Überfall auf Maracaibo wird zahllose gierige Hände füllen. Wir werden darum zunächst Bayahá anlaufen, um Proviant und weitere Brüder auf unsere Schiffe zu holen. Der Kampf um Maracaibo wird uns auszehren und wir brauchen dringend Unterstützung. Die Bukaniere entkommen ihrem einfachen Dasein gerne für einige Wochen und werden uns willig folgen. Es gilt die übliche *chasse-partie*. Danach durchfahren wir die Mona Passage und segeln östlich der Insel Saona mit Kurs Süd-Südwest gen Nueva Venezuela.«

Die Männer beugten sich über eine zerknitterte Seekarte, die Jan Willems auf dem Tisch ausgerollt hatte, und murmelten zustimmend.

»Wie ist Euer Plan nach Ankunft im Golf von Maracaibo?« Moïse Vauquelin fuhr mit seinem Finger die stiefelförmige Bucht nach, an deren Spitze sich einem Tropfen gleich der See anschloss, an dem das verheißungsvolle Maracaibo lag.

»Wir verharren außer Sichtweite der Isla de la Vigia, bis die Dunkelheit anbricht. Erst dann segeln wir weiter. Des Nachts sieht der Wächter unsere Schiffe nicht, und man sagte mir, dass es mit seinem Gehör nicht zum Besten bestellt ist. Es ist unwahrscheinlich, dass er eine Warnung abgibt. An der Mündung des Sees gibt es eine Untiefe, die etwa vierzehn Fuß Wasser führt. Dort werden wir am nächsten Morgen auf Seite des Forts Anker werfen. Ein Teil der Männer wird an Land gehen, um das Fort einzunehmen. Unsere spanischen Informanten ließen uns wissen, dass die sechzehn Kanonen lediglich von einigen Wällen und Schanzkörben umgeben sind, in denen sich die Soldaten verstecken. Es sollte ein Leichtes sein, sie außer Gefecht zu setzen und das Fort zu erstürmen. Insbesondere, wenn wir uns vom Landesinneren nähern, denn sie halten ihre Augen stets auf das Meer gerichtet. Haben wir das Fort genommen, ist der Weg in den See frei.

Hütet euch vor einer weiteren Untiefe in etwa einer Meile Entfernung von der ersten. Sie führt nur zehn Fuß Wasser, und ihr müsst sie backbord umschiffen. Dahinter erschließt sich offenes Gewässer bis zu acht Faden Tiefe. Wir werden die Stadt in Schlachtformation anlaufen und einige Salven abfeuern, bevor wir auch nur einen Fuß an Land setzen. Macht euch auf erbitterten Widerstand gefasst. Maracaibo ist reich. Die Einwohner werden ihre Besitztümer nicht wehrlos aufgeben. Die große Kirche wird unser Befehlslager. Schafft sämtliche Wertgegenstände sowie alle Gefangenen dorthin. Es wird etliche Tage dauern, um die gesamte Stadt zu plündern.«

Die Männer tauschten habgierige Blicke, und Pierres starrte erneut Antoine du Puits an. Sein Gesicht zeigte keinerlei Regung. François l'Olonnais saß dicht neben ihm und ihre Arme berührten sich.

»Was ist mit Gibraltar?«, fragte Pierre und riss sich von Antoines Anblick los.

»Aye, darüber haben wir bereits nachgedacht.« Michel le Basque nickte zustimmend und sah François l'Olonnais an. Dieser kräuselte kurz die Lippen, bevor er sprach: »Wir werden die Männer aufteilen. Die eine Hälfte verbleibt in Maracaibo, um die Stadt zu halten, die andere Hälfte wird sich mit mir unter Segel begeben und nach Gibraltar übersetzen.«

Der Baske übernahm wieder das Wort: »Unsere Informanten sagten uns, die Stadt beherberge fünfzehnhundert Menschen. Davon sind schätzungsweise vierhundert wehrhafte Männer. Die meisten davon Krämer oder Handwerksleute, keine Soldaten. Wir sollten kaum Probleme mit ihnen bekommen. Rings um das Dorf befinden sich Kakao- und Zuckerrohrplantagen. Dort können wir Sklaven erbeuten. Ebenso gibt es Tabakplantagen, die stattliche Mengen an virginischem Tabak produzieren. Nehmt an Säcken mit, so viel ihr tragen könnt. Gibraltar ist eine Handelsstadt. Die meisten Waren kommen mit Mauleseln über die Berge. Besonders in den Sommermonaten ist der Handel rege. Ich bin guten Mutes, dass wir reichlich Beute machen werden!«

Der Wirt brachte neue Becher mit Rum, und die Männer stießen an.

»*Vive les gens de la côte*«, sprachen sie gleichzeitig und leerten die Becher in einem Zug. Wieder streifte Pierres Blick den von Antoine. Diesmal bemerkte es François l'Olonnais und hob die Augenbrauen.

»Habt Ihr etwa Bedenken, Picard?«, fragte er mit drohendem Unterton.

Pierre hob herausfordernd sein Kinn. »Vielleicht sollte ich Euch diese Frage stellen«, erwiderte er. »Ihr führt diese Offensive an und dennoch ergreift Ihr kaum das Wort. Stattdessen kommt Ihr in Begleitung, während alle anderen Kapitäne Manns genug sind, um alleine dieser Unterredung beizuwohnen.«

Stille senkte sich über den Tisch, während François l'Olonnais blitzschnell nach seinem Messer griff. Pierre sprang auf und verfolgte jede seiner Bewegungen. Ein Lächeln legte sich auf die geröteten Wangen des Olonnaisen, doch er zögerte. Pierre bemerkte Antoines Hand, die dieser selbstbewusst hob, um ihnen Einhalt zu gebieten.

»Wie könnt ihr auf die Bruderschaft trinken und dann derart gegeneinander vorgehen?«, knurrte er. »Ich wusste nicht, dass es einzig den Kapitänen vorbehalten ist, den Hergang des Überfalls zu erfahren. Besagt der Kodex nicht, dass jedem Bruder Stimmrecht in allen Angelegenheiten gebührt? Welches Stimmrecht gesteht Ihr Eurer Mannschaft zu, Picard?«

Der Baske lachte auf. »Bei Gott! Ich hatte den Glauben schon beinahe aufgegeben, dass heutzutage noch jemand den Kodex ehrt!« Er langte über den Tisch und hieb Antoine du Puits erfreut auf die Schulter. »Lasst uns trinken, Brüder!«

Er bedeutete Pierre und l'Olonnais, sich zu setzen, bevor er dem Wirt ein Handzeichen gab. Pierre tat wie ihm geheißen, blieb jedoch wachsam. Er bemerkte die Beunruhigung der anderen Männer. Nichts war schlimmer als Spannungen im Vorfeld einer Kaperfahrt.

Bei all den Gefahren, die auf sie lauerten, war es von großer Bedeutung, dass man sich auf seine Brüder verlassen konnte. Selbst wenn sie alle Zweifel gegenüber François l'Olonnais hegten, war es wichtig, Einigkeit zu demonstrieren. Der Baske allein war dafür verantwortlich, ihn in seine Schranken zu weisen. Pierre wusste das. Dennoch hatte er l'Olonnais offen herausgefordert und war sich bewusst, dass der Olonnaise diesen Affront nicht ungesühnt lassen würde. Der Wirt brachte mehr Rum.

»*Et rebelote! Vive les gens de la côte*«, sprachen die Brüder, hoben ihre Becher und leerten sie.

»Wann legen wir ab?«, fragte Pierre.

»Eure Schiffe müssen in drei Tagen bereitstehen. Am Sonntag setzen wir Segel.« Der Baske nickte ihm zu und Pierre neigte leicht den Kopf.

»Aye! Meine Mannschaft steht zu Euren Diensten«, versprach er und sah dabei nur den Basken an. Dann nickte er den anderen Kapitänen zu.

»*Vive les gens de la côte*«, murmelten diese.

Pierres Blick verharrte kurz bei Antoine du Puits, bevor er l'Olonnais fixierte. Die Männer verstummten, als hielte jeder von ihnen den Atem an.

»Zu Euren Diensten«, sprach Pierre und deutete ein Nicken an.

»*Vive les gens de la côte*«, wiederholte l'Olonnais finster. Es war, als löse sich die Anspannung der Gruppe. Pierre straffte die Schultern und verließ eilig den Schankraum.

Einige Stunden später erwachte er vom heftigen Grollen eines Gewitters. Er lag still und lauschte auf das Prasseln des Regens, der auf das Holzhaus niederging. Cajaya schlief dicht neben ihm. Die Schlafstätte war schmal, und für gewöhnlich lag sie mit den Kindern darin, während Pierre die Hängematte auf der Rückseite des Hauses nutzte. Aber an diesem Abend war er zu ihr gekommen. Sie wies ihn niemals ab, und er hatte es ausgenutzt. Sein Trieb war stark gewesen, und er fragte sich, ob er ihr wehgetan hatte. Ihre nackte Haut schimmerte sanft, und als der Blitz den Raum erhellte, warf er die Schatten der wogenden Äste vor dem Fenster auf ihren Rücken.

Pierre wollte ihre Haut streicheln, zog die Hand aber wieder zurück. Stattdessen stand er auf. Eine innere Unruhe trieb ihn aus dem Bett. Bedacht stieg er über die schlafenden Kinder und Manuel, die wie ein Rudel Welpen ineinander verschlungen auf dem Boden lagen. Der Donner ließ das Haus erzittern. Pierre öffnete die Tür und betrat die Veranda.

Regen schlug ihm ins Gesicht und er strich sich die verschwitzten Haare aus der Stirn. Der Geruch der nassen Erde beruhigte ihn ein wenig. Sein Schlaf war erfüllt von rätselhaften Träumen gewesen. Er versuchte sich zu erinnern, doch alles, was er sah, waren die Augen von Antoine du Puits. Ihm lief ein Schauer über den Rücken. Es war unmöglich, dass er etwas für diesen widerlichen Kerl empfand. Seine Regungen mussten ihm einen Streich spielen!

Er trat in den Regen und hob den Kopf zum Himmel empor. Die Blitze zogen unruhige Bahnen am schwarzen Firmament und hüllten die Umgebung in ein unwirkliches Licht. Pierres Zehen gruben sich in den Schlamm unter seinen Füßen. Er war immer noch erregt und überlegte, ob er zurück ins ‚Antre Borgne' gehen sollte, um sich mit den Dirnen zu vergnügen. Diese Augen! Er fluchte.

Außer Remi hatte er bislang ausschließlich Frauen begehrt und er fragte sich, was diese Gefühlsregung zu bedeuten hatte. Antoine war ein abstoßender Mann. Er kam ihm vor wie ein Hai, dessen leblose Augen das Wasser nach Beute absuchten. Dennoch berührte er ihn auf eine Art, die Pierre verloren geglaubt hatte. Er öffnete den Mund und schmeckte den Regen. Das Gewitter war direkt über ihm. Blitz und Donner folgten unmittelbar aufeinander, und die Härchen auf seinen Armen stellten sich auf, so energiegeladen war die Luft.

Mit entschlossenen Schritten ging er zurück ins Haus, querte den Wohnbereich und betrat Cajayas Schlafstätte. Wasser lief aus seinen Haaren. Er spürte, wie es sich in der ausgeprägten Kerbe seines Schlüsselbeins sammelte, bevor es über die Brust zu Boden lief. Rasch streifte er die nasse Hose ab und glitt geschmeidig neben sie.

Seine Bewegungen waren bestimmt und verlangend. Er küsste ihren Nacken, formte die Linie ihrer Wirbelsäule bis hinunter zu ihren Pobacken mit dem Handballen nach, umschlang ihren runden Bauch und drehte sie zu sich herum. Ihre dunklen Augen blickten ihm entgegen.

Sie war wach. Pierre konnte nicht länger warten. Gierig umschloss er ihren Mund, während er seine Männlichkeit gegen ihre Hüfte presste. Mit beiden Händen umfasste er ihre Brüste und senkte seinen Kopf, um die Brustwarzen zu liebkosen, bis sie sich ihm entgegenstreckten.

Er hörte ihren Atem an seinem Ohr und glaubte, er müsse zerspringen. Seine Hand glitt weiter nach unten, bis er das flaumige Dreieck zwischen ihren Schenkeln spürte. Er zwang ihre Beine auseinander und erfühlte das feuchte Innere. Draußen grollte der Donner und überlagerte Cajayas Stöhnen. Pierre rollte sich auf sie. Stürmisch drang er in sie ein und spürte ihre Hitze. Seine Lenden prickelten. Er sah auf sie hinab und genoss die rhythmischen Bewegungen ihrer kleinen Brüste. Ihre Hände griffen nach ihm, aber er packte ihre zarten Gelenke und hielt ihr die Arme über dem Kopf fest. Unsicher suchte ihr Blick den seinen, doch er mochte sie nicht ansehen. Er sah Antoines Augen. Sie umgarnten ihn.

Pierre stieß härter zu, steigerte den Takt der Vereinigung, bis er glaubte, er würde es nicht länger aushalten. Er spannte seine Muskeln an. Welcher Dämon verfolgte ihn nur? Er wollte ihn bezwingen, ihm entkommen. Der Blitz zeigte ihm Cajayas Gesicht, und er stöhnte gequält auf. Er hatte sich nicht mehr unter Kontrolle. Er bezwang sie, drückte ihr mit einer Hand die Arme hinunter und mit der anderen den Oberschenkel. Seine Stöße kamen schnell. Ein befreiendes Kribbeln kündigte den Höhepunkt an. Wieder sah er die Augen und bäumte sich auf.

Ein Schrei entrang sich seiner Kehle, als seine Lenden unbeherrscht zuckten. Hinter seinen Lidern sah er den Blitz und diesmal war es, als ob er seine Gedanken erhellte. Die Augen schwebten mit einem Mal frei im Raum und die Erkenntnis schwächte ihn. Sie gehörten nicht zu Antoine du Puits, sondern zu Jacquotte! Pierre sackte in sich zusammen und presste seine Stirn gegen Cajayas Hals. Der Donner hüllte sie ein, und Cajaya entzog sich ihm eilig. Er hielt sie nicht zurück. Betäubt blieb er liegen und lauschte den Schritten, die sich von ihm entfernten.

Als er am nächsten Morgen erwachte, hatte sich das Unwetter verzogen und der Lärm der Papageien überlagerte das Getrampel der Kinder, die auf der Veranda herumtollten. Pierre drehte sich erschöpft auf den Rücken und versuchte, seine Gedanken zu ordnen. Er fühlte sich, als hätte man ihn kielgeholt. Seine Muskeln schmerzten und sein Kopf schien seltsam hohl.

Pierre setzte sich auf. Er biss in seine Faust, bevor er wütend gegen den Bettpfosten schlug. Der Schmerz tat gut. Er schlug noch einmal zu. Der Pfosten ächzte. Wenn er sich nicht täuschte und es sich bei Antoine du Puits in der Tat um Jacquotte handelte, dann fragte er sich, welche Pläne sie verfolgte. Gott, wie sehr hatte er um sie getrauert!

Pierre sprang auf. Er glaubte, Erleichterung spüren zu müssen, doch alles, was er empfand, waren Enttäuschung und ein bohrendes Gefühl von Verrat. Sie waren *guare*, Zwillinge, auf ewig verbunden. Wie konnte sie ihn nur derart hintergehen?

Zornig schlüpfte er in seine Hose und griff im Laufen nach seinem Hemd. Der Gedanke ließ ihn nicht mehr los. Wortlos eilte er an Cajaya und den Kindern vorbei, die ihn erstaunt anstarrten. Er beachtete sie nicht und stürmte in Richtung Stadt. Seine Gefühle überschlugen sich. Er musste sich vergewissern, dass der Verdacht zutraf. Er wollte sie zur Rede stellen, und sollte sie es wagen, ihn zu belügen, dann würde er die Worte aus ihr herausprügeln! Sie verdiente eine Strafe, und es war nur gerecht, dass sie seinen Schmerz spürte.

Er hätte für sie sorgen können. Ihr war es bestimmt, in seinem Bett zu liegen, nicht Cajaya. Er schluckte die aufkeimenden Schuldgefühle, die ihn bei diesem Gedanken überfielen, rasch herunter und rannte weiter. Der aufgestaute Groll ließ ihn das Tempo stetig steigern. Die Bewegung war befreiend. Als er in Cayone ankam, warfen ihm die Menschen befremdliche Blicke zu. Er war sich bewusst, dass sie sein ungebändigtes Aussehen ängstigte, aber es störte ihn nicht.

Zügig begab er sich zum Hafen, wo die Vorbereitungen der sieben Schiffe in vollem Gange waren. Decks wurden geschrubbt, Segel geflickt, Masten geschmiert und Schwarzpulver sorgfältig neben dem Ballast verstaut. Die Männer standen am Kai herum, lachten und schwatzten und bedienten sich an den aufgestellten Rumfässern. Auf der *Belle Rouge* erblickte er Remi und winkte ihm zu. Wie er ihn kannte, hatte sein Gefolgsbruder die Details der Mission bereits von den anderen Brüdern erfahren und traf selbstständig die ersten Maßnahmen. Sie mochten sich nicht mehr viel zu sagen haben, aber sie waren über die Jahre ein eingespieltes Gespann geworden.

Remi erwiderte den Gruß, und Pierre lief suchend weiter. Das Schiff von l'Olonnais lag unübersehbar direkt am Kai. Unter dem Schatten des Poopdecks hielt Pierre Ausschau nach Antoine du Puits. Sein Herz klopfte. Hier hatte er Jacquotte zum letzten Mal gesehen, als der Totenkopf sie verletzt in den Armen gehalten hatte.

Seine Augen erfassten das rege Treiben der Männer um ihn herum. Die Hitze des Tages nahm zu, und der Schweiß lief ihm unangenehm über den Rücken. Mit einem Mal erspähte er das glänzende, haarlose Haupt von Antoine. Pierre hielt den Atem an.

Mit geübten Bewegungen schnitt Antoine einen Streifen von dem gesalzenen Fleisch herunter, das ein Schiffsjunge auf seinen Schultern trug, schob ihn sich in den Mund und nickte zustimmend. Erst dann balancierte der Junge mitsamt seiner schweren Last über den wankenden Balken an Deck des Schiffes. Antoine prüfte sogleich die nächste Ladung. Pierre starrte ihn an. Keine seiner Bewegungen erinnerten an Jacquotte. Er war plump, ging ein wenig gebückt und kratzte sich bei jeder Gelegenheit am Hintern.

Pierre begann an seiner Ahnung zu zweifeln, aber er ließ Antoine nicht aus den Augen. Nach einiger Zeit begab sich dieser zu einem der Rumfässer, wechselte ein paar Worte mit den Umstehenden und entfernte sich schließlich. Pierre folgte ihm unauffällig. Antoine querte die Warenhäuser, zog an den Spelunken vorbei und hielt auf die Klippen zu. Die Menschen um sie herum wurden immer weniger, und Pierre ließ sich zurückfallen. Er wollte nicht, dass Antoine ihn bemerkte.

Nach einer kurzen Biegung verlor er ihn aus den Augen. Pierre ging weiter. Der Pfad endete unterhalb der Felsen. Er starrte auf die Klippen, an deren Sockel das Meer toste. Fontänen schossen empor, wenn die Wellen an ihnen abprallten. Er erklomm die rutschige Wand. Auf einem Vorsprung stoben große Seekrabben auseinander, als er mit seinen Füßen einige Steine löste, die auf sie hinabregneten. Pierre musste zum ersten Mal seit langer Zeit lächeln, denn sein Wagnis erinnerte ihn an die Tage seiner Kindheit, in denen er auf der Suche nach Verstecken stundenlang in den Felsen umhergeklettert war.

Auf einer Anhöhe hielt er inne und genoss den Blick auf die Küste von Tierra Grande, die an diesem Tag besonders gut zu sehen war. Klar zeichneten sich die Umrisse der Bäume gegen den blauen Himmel ab. Pierre spürte, wie die Welt von der gegenüberliegenden Seite der Insel aussah. Es war, als betrachtete er sich selbst.

Ein Geräusch ließ ihn herumfahren. Antoine du Puits stand schräg über ihm und zielte mit einer Pistole auf ihn. Pierre ärgerte sich, dass er derart sorglos gewesen war. Reglos verharrte er für einige Augenblicke in seiner Position. Dann hob er die Hände.

»Ihr verfolgt mich?« Antoines Stimme war schneidend.

Pierre versuchte eine vertraute Nuance herauszuhören, doch er wurde enttäuscht. Bedächtig trat er aus der Deckung der Felsen hervor. Antoine tat einen misstrauischen Schritt zurück und spannte das Schloss. Pierre versuchte seine Augen zu erkennen, aber die Kette, die Antoine um den Hals trug, blendete ihn. Es war eine goldene Taube, die zu Boden stürzte und ihn dabei warnend anfunkelte. Vorsichtig zog er sich am nächstgelegenen Felsen hoch, um näher an Antoine heranzukommen.

»Ihr könnt heute sterben oder Euer Leben erst in Maracaibo verlieren. Entscheidet selbst!«, drohte dieser und ließ ein Wurfmesser in seiner Hand aufblitzen.

Pierre ignorierte die Waffen. Wenn es Jacquotte war, würde sie ihn nicht töten. Behutsam stellte er seinen Fuß auf das Plateau und erhaschte dabei einen Blick auf die gezackte Narbe, die sich über Antoines linken Arm zog. Sein Herz setzte einen Schlag aus. Diese Narbe war ihm so vertraut wie Tierra Grande.

»Keinen Schritt weiter!« Antoine ließ das Messer spielerisch kreisen. Pierre behielt es achtsam im Auge, während er den zweiten Fuß nachzog. Doch er hatte seinen Gegner unterschätzt. Mit einer kaum wahrnehmbaren Bewegung warf Antoine das Messer, und Pierre spürte einen brennenden Schmerz im Oberschenkel. Fluchend sackte er zusammen, bevor er das Messer instinktiv aus dem Muskel zog. Blut durchtränkte augenblicklich seine Hose und schwärzte seinen Blick. Eilig sprang er zurück auf die Beine.

»Euer Können ist beachtlich. Warum habt Ihr mich nicht getötet? Es wäre Euch zweifelsfrei gelungen.« Er fand die Augen, die ihn bis in seine Träume verfolgt hatten, und biss sich auf die Zähne. Es gab keinen Zweifel. Er kannte die Augen, auch wenn ihm der Mann fremd war.

Die Blicke ineinander verschlungen, standen sie sich gegenüber. Pierre sah das Mädchen, das ungezwungen mit ihm scherzte, die junge Frau, die verbissen mit ihrer Machete übte, und die rote Peitsche, die stolz an der Seite des Totenkopfs segelte. Er konnte es nicht fassen. Seine Vermutung traf zu. Sie war nie mit der *Fortune Noire* untergegangen. Er hatte sie umsonst betrauert!

Die Verbitterung wurde übermächtig. Das Blut seiner Wunde tropfte zu Boden und schwächte ihn. Er war unfähig, sich zu bewegen. Auch Antoine rührte sich nicht, und Pierre glaubte, die Pistole einen kurzen Moment zittern zu sehen. Er wollte gerade ansetzen, etwas zu sagen, als Antoine kaum merklich den Kopf schüttelte.

»Ihr seid ein Dummkopf, Picard«, sprach er. »Ihr macht Euch die falschen Leute zu Feinden. Geht und macht Euer Schiff seeklar oder Ihr werdet zu Fischfutter.« Antoine legte das Schloss der Pistole zurück und steckte sie in den Gürtel. Hinter seinem Rücken tauchte l'Olonnais auf. Er zog die Oberlippe hoch, als er das Blut an Pierres Bein bemerkte, und kam näher.

»Hat Euch mein Wachhund in Eure Schranken gewiesen, Picard? Ihr solltet in Zukunft vorsichtiger sein. Eure Worte und Taten sprechen gegen Euer Bündnis mit mir. Es wäre schade, wenn Euer Schiff den Golf von Maracaibo nicht erreichen würde.«

Er lachte unheilvoll. Mit einer schnellen Bewegung stieß er Pierre den Knauf seiner Pistole in den verwundeten Oberschenkel und sprang behände den Felsen hinab, bevor sein Gegenüber reagieren konnte. Pierre stöhnte auf, als der Schmerz in sein Bewusstsein drang.

»Ihr ehrt den Kodex und folgt diesem Mann?«, flüsterte er gepresst. Antoine, der zurückgeblieben war, sah ihn teilnahmslos an.

»Ich folge nur mir allein«, entgegnete er, bevor er sich dem Olonnaisen anschloss. Pierre sank zu Boden und starrte ihm nach, doch Antoine drehte sich nicht mehr zu ihm um.

Als die sieben Schiffe einige Tage später in See stachen, pochte Pierres Wunde am Oberschenkel noch und meißelte ihm Antoines letzten Satz beharrlich ins Gedächtnis. Er hatte einen Wundarzt angeheuert und ihm zweihundert Achterstücke zusätzlich versprochen, wenn er den Schmerz zu lindern vermochte, aber die Künste des Arztes waren gering, und Pierre hatte vermehrt den Verdacht, dass es weniger die Wunde war, die ihm zusetzte, als vielmehr die Erkenntnis, die in ihm heranreifte wie eine pralle Pomeranze. Jacquotte lebte, doch sie war eine andere geworden.

Er ertappte sich bei dem Gedanken, dass er sie lieber in Erinnerung behalten hätte, wie er sie einst gekannt hatte, als mitzuerleben, welche Kreatur die Vergangenheit aus ihr geformt hatte.

Ihre Haare! Sie hatte sich den Schädel rasiert, um ihr untrügliches Erkennungsmerkmal loszuwerden. Und sie wusch sich offensichtlich nur noch selten, um ihre Gesichtszüge und die charakteristischen Sommersprossen durch Dreck und Schmutz unkenntlich zu machen. Pierre verstand ihre Taktik, auch wenn ihm ihre Beweggründe fremd blieben.

Er stierte auf die *La Poudrière*, das wuchtige Schiff des Olonnaisen, das backbord voraus das Geschwader anführte. Er hatte l'Olonnais an jenem Abend gesehen, als Jacquotte verwundet worden war. Die Narbe an seinem Hals zeugte bis heute von einer Auseinandersetzung. Aus Furcht vor dem Olonnaisen wurde in der Bruderschaft wenig über deren Herkunft spekuliert. Pierre glaubte jedoch zu wissen, was geschehen war. Aus diesem Grund quälte ihn inzwischen eine Frage mehr als alle anderen: Was trieb Jacquotte ausgerechnet an die Seite ihres Feindes?

Er gab Befehl, die restlichen Segel zu hissen, als sie die Hafenbucht querten. Die Stagsegel der Brigg blähten sich im Wind und ließen die Taue knarren. Mit ungestümem Vorwärtsdrang tauchte die *Belle Rouge* in die Wellen ein und stellte sich raumschots zum Wind, als sie Kurs in Richtung Osten nahmen. Steuerbord zog die Küste von Tierra Grande an ihnen vorbei. Pierre ignorierte sie. Zu stark erinnerte sie ihn an die unbeschwerten Tage seines Lebens.

Aufgebracht ging er unter Deck, überprüfte den sicheren Stand der Kanonen sowie der Kugeln und der Schwarzpulverfässer. Gesalzenes Fleisch lagerte auf dem Ballast, doch es ließ noch Raum für weitere Vorräte, die sie in Bayahá aufnehmen wollten. Die Rumfässer waren sorgfältig verschlossen worden und ruhten auf beiden Seiten des Rumpfs, ebenso wie die Tonnen mit eingelegtem Fisch, den die Engländer *albicore* nannten.

In der Krippe hinter der Ankerklüse hörte man die Tauben gurren, die als lebender Proviant mitgeführt wurden. Die Dunkelheit beruhigte sie, während die Hühner Licht benötigten, um die begehrten Eier zu legen. Daher hielt man sie in Holzverschlägen an der Reling des Achterdecks. Von den Bukanieren würden sie Räucherfleisch und einige Schweine an Bord nehmen, die sich frei an Deck bewegen durften. Pierre wusste, dass er seine Männer vor einem derartigen Kampf bei guter Gesundheit halten musste. Eine durch Fieber geschwächte Mannschaft brachte zu viele Verluste mit sich. Außerdem waren die Schweine stets hilfreiche Wetterboten. Ruhten sie schwerfällig in ihren bevorzugten Ecken, deutete das auf abflauenden Wind hin. Spielten sie dagegen fröhlich miteinander und jagten sich gegenseitig, dann war ein Sturm im Anzug.

Pierre ging zurück an Deck. Remi stand am Steuerrad und hielt das Schiff in angemessenen Abstand zur Küste. Sie segelten knapp unter dem Horizont, sodass sie vom Ufer aus kaum auszumachen waren. In fremden Gewässern holten sie zusätzlich die oberen Segel ein, um nicht Gefahr zu laufen, von den Spaniern erkannt zu werden. Doch die Nordwestküste von La Española befand sich mittlerweile vollständig in französischer Hand.

Pierre beobachtete seine Männer. Es war unerlässlich, dass jeder Handgriff saß und alle wussten, was zu tun war. Besonders, da noch mehr Männer an Bord kommen würden, die sich in den Ablauf einzufügen hatten. Seinem versierten Blick entging nichts, aber er stellte rasch fest, dass seine Mannschaft gut vorbereitet war. Beruhigt trat er zu Remi.

Nach Minuten des Schweigens fragte er ihn: »Was weißt du über diesen Antoine du Puits?«

Remi sah ihn überrascht an. »Nicht mehr als jeder andere«, erwiderte er zögerlich. »Weshalb interessierst du dich für ihn?«

Pierre zuckte mit den Schultern. »Ich mißtraue l'Olonnais. Und ich bevorzuge es, meine Gegner zu kennen. Antoine ist sein Vertrauter. Erzähl mir von ihm.«

Remi zog die Stirn kraus. »Es heißt, er stamme aus Nantes. Angeblich segelte er in Kommission für Gouverneur d'Oyley, als l'Olonnais ihn traf. Niemand kennt ihn wirklich, obwohl er Mitglied der Bruderschaft ist und das *tatau* trägt.«

»Wer ist sein Gefolgsbruder?«

»Mir ist keiner bekannt. Aber das mag nichts bedeuten. Die Sitte der Gefolgsbruderschaft wird nicht mehr in dem Maße gelebt, wie es einst üblich war.« Remi hob den Blick vom Kompass und korrigierte den Kurs. Pierre bemerkte das Spiel der Muskeln unter den sehnigen Armen.

»Du nimmst dir keine Frau?«, fragte er und verfolgte die Flugkünste der Fregattvögel über dem offenen Meer.

Remi schnaubte. »Dein Weg muss nicht zwangsläufig auch der meine sein.« Sie schwiegen erneut. Die Fregattvögel tauchten ins Wasser ein.

»Kann ich dir noch vertrauen?« Pierre sagte es beiläufig.

»Es ist traurig, dass du je damit aufgehört hast!« Remi blinzelte zweimal, als er Pierres forschendem Blick begegnete.

»Ich brauche dich auf dieser Fahrt!«

»Ich bin wie immer an deiner Seite.«

»Steht etwas zwischen uns?«

Remi wandte den Kopf ab, bevor er antwortete: »Die einzige Sache, die je zwischen uns stand, ist mit der *Fortune Noire* untergegangen.«

Pierre erstarrte, nickte Remi aber freundlich zu. »Ich danke dir für deine Offenheit«, murmelte er. Dann trat er zurück, um die Mannschaft von einer erhöhten Position aus im Auge zu behalten.

Die Schiffe legten in den Abendstunden in der geschützten Bucht von Bayahá an. Der Himmel glühte in einem hellen Rot, und die Ruderboote glitten beinahe geräuschlos durch das glatte Wasser der Bucht. Bayahá hatte Port de Margot als Umschlagplatz für Fleisch, Leder und Holz abgelöst. Als Teil eines weitläufigen Naturhafens konnte es von sehr vielen Schiffen gleichzeitig angelaufen werden, und eine mühsame Anfahrt über den Fluss entfiel. Das machte Bayahá auch für schwere, tiefgängige Schiffe zu einem attraktiven Ort.

Pierre erkannte mehrere holländische und englische Segler, die gerade dabei waren, Fracht aufzunehmen. Als sie an Land gingen, wies er Remi an, sich um die Anwerbung zusätzlicher Männer zu kümmern, und sein Gefolgsbruder nickte folgsam. Pierre setzte seinen Weg alleine fort und schlenderte durch die belebte Stadt.

Entlang der unebenen Straßen, die sternförmig vom Hafen abgingen, folgten Ansammlungen von Warenlagern, Spelunken, Gerbereien und Holz verarbeitendem Gewerbe. Die Bukaniere begannen vermehrt, die Blutholzbäume zu fällen, aus denen ein Stoff gewonnen wurde, der die Kleidung schwarz färbte. Pierre kannte die Bäume mit den sonderbaren Stämmen aus seiner Kindheit. Befreite man das Gehölz von der Rinde, besaß es eine natürliche braunrote Farbe. Es war sehr hart und schwer zu spalten. Einzelne Splitter wurden an der Luft, besonders in Verbindung mit Wasser, unverzüglich blutrot. Ein Phänomen, das dem Baum seinen Namen gegeben hatte. Der Witterung ausgesetzt, verfärbte sich das Holz nach und nach immer mehr, bis es schließlich nahezu schwarz war. Diesen Vorgang machte man sich zunutze, raspelte die Stämme und ließ die Späne an der Luft fermentieren, bis sie die richtige Tönung erreichten. Dann wurden sie verpackt und säckeweise veräußert. Doch aufgrund des langwierigen Verfahrens gingen die Bukaniere inzwischen dazu über, einzig die Baumstämme zu verkaufen. Abnehmer fanden sich ausreichend. Besonders Jamaika entsandte regelmäßig Schiffe, um das begehrte Holz zu erwerben.

Pierre ließ den Blick über die kahlgerodeten Flächen schweifen, die Bayahá umgaben, und atmete den Duft ein, den die Stadt freisetzte. Der Geruch frisch gefällter Bäume vermischte sich mit den fauligen Ausdünstungen der Gerbereien und den Raucharomen, die von den Holzgestellen der Bukaniere herüberwehten.

Pierre stopfte seine Tonpfeife und nahm mehrere genüssliche Züge, bevor er seinen Weg fortsetzte. Er begegnete einigen Kapitänen, die er kannte, und wechselte ein paar Worte mit ihnen. Die Hoffnung, Antoine du Puits zu begegnen, trieb ihn jedoch voran. Als der Abend voranschritt, gab Pierre auf. Resigniert ließ er sich in eine Taverne drängen, bestellte Rum und Cidre sowie in Essig eingelegten Barrakuda mit spanischem Pfeffer und Zwiebeln. Er aß alleine, saß vornübergebeugt und hing seinen Gedanken nach. Als eine dunkelhäutige Frau zu ihm trat, winkte er mürrisch ab. Ihm war nicht nach Gesellschaft zumute.

»Mein Name ist Morelle«, sagte die Mohrin mit wohlklingender Stimme, und Pierre blickte auf.

»Kein Interesse!«

»Ihr seid Pierre le Picard?«, fragte sie. Es klang wie eine Feststellung.

Pierre schnippte ihr einen Escudo zu und machte eine abwehrende Handbewegung. »Geht und vergeudet Eure Zeit mit einem anderen!«

Morelle fing das Geldstück auf. »Ihr seid großzügig«, gurrte sie, warf die Münze geschickt in die Luft und ließ sie zugedeckt auf ihr Handgelenk fallen. »Kreuz oder Zahl?«, forderte sie ihn heraus. »Wählt ihr die richtige Seite, lasse ich Euch gehen, wählt ihr die falsche, kommt Ihr mit mir!«

Pierre hob die Augenbrauen. Sein Blick wanderte über ihre schlanke Figur. Sie war in die Jahre gekommen und nicht sein Typ, aber ihre furchtlose Art reizte ihn. Er verzog den Mund zu einem Lächeln.

»*D'accord*«, sagte er müde. »Ich wähle das Kreuz.«

Sie sahen sich herausfordernd in die Augen, während Morelle ihre rechte Hand hob und Pierre die goldene Münze präsentierte, die matt im Licht der Öllampen schimmerte.

»Hol mich der Teufel!« Pierre grinste. Zahl, er hatte verloren. Morelle sah ihn einladend an. Er nickte. Es war bereits Nacht. Früher oder später hätte er sich ohnehin überlegen müssen, wo er abzusteigen gedachte.

Er erhob sich bedächtig, legte dem Wirt die abgezählten Achterstücke auf die Theke und folgte Morelles wiegenden Hüften ins Freie. Die Luft war kühl, und sein Kopf fühlte sich angenehm leicht an. Wenn das Weib so versessen darauf war, ihre Arbeit zu verrichten, dann würde er sie nicht daran hindern. Eine erregende Wärme strömte durch seinen Bauch, während er Morelles selbstbewusstem Schritt über mehrere Gassen standhielt. Als die Beleuchtung zunehmend nachließ, schlich sich plötzlich Misstrauen in seine wollüstigen Gedanken.

»Wo führt Ihr mich hin?«, fragte er und blieb stehen.

Morelle hob einen Finger an ihre Lippen und schenkte ihm ein solch liebliches Lächeln, dass er schwach wurde. Zögerlich ging er weiter und beobachtete, wie Morelle auffallend zufällig der Träger ihres Kleides von der Schulter rutschte. Er streckte die Hand aus, um danach zu greifen, doch sie war darauf vorbereitet und entzog sich ihm flugs.

Kichernd trieb sie ihn voran. Vor einem verlassenen Haus, dessen Dach beinahe eingefallen war, drehte sie sich schließlich zu ihm um, löste ihr Mieder und ließ ihr Kleid bis auf die Hüften herabrutschen. Pierre war sofort bei ihr. Sie hatte ihr Spielchen zu weit getrieben, und er war nicht bereit, länger zu warten. Ungeduldig packte er sie, schob ihr den Rock hoch und drückte sie gegen die Hauswand. Bevor es ihm gelang, seine Hose aufzuknöpfen, glitt Morelle geschmeidig unter ihm weg, stieß die Tür des Hauses auf, verpasste Pierre einen gezielten Fußtritt, der ihn ins Innere stolpern ließ, und zog die Tür flink hinter sich zu.

Tiefste Finsternis hüllte Pierre ein und er unterdrückte einen ärgerlichen Fluch. Instinktiv griff er nach seinen Waffen und lauschte. Draußen hörte er Morelles Schritte, die sich entfernten, ansonsten war kein Geräusch zu vernehmen. Er blinzelte angestrengt in die Dunkelheit. Seine Sinne sagten ihm, dass er nicht alleine war, und er suchte Schutz an der Wand, um sich den Rücken freizuhalten. In beiden Händen hielt er seine Säbel bereit und zog sie warnend durch die Luft. Wer immer hier auf ihn wartete, musste sich auf einen erbitterten Kampf gefasst machen. Er atmete flach, um keinen Laut zu verpassen.

Minuten vergingen und Pierres Muskeln begannen vor Anspannung zu zittern. Vorsichtig schlich er in Richtung Tür. Er konnte sich nicht erinnern, ob sie verschlossen worden war, und wollte sich selbst davon überzeugen. Gerade als er den Riegel ertastete, hörte er eine Stimme: »Schmerzt deine Wunde, Picard?« Die Worte verhallten im Dunkel.

Er hielt inne. Antoine. War er alleine oder steckte l'Olonnais hinter dem Hinterhalt? Misstrauisch schwieg er und zog am Schieber. Er vernahm dumpfe Schritte, die sich auf ihn zubewegten. Ein Lufthauch streifte sein Gesicht und er parierte geistesgegenwärtig die Klinge, die ihn beinahe gestreift hätte.

Erstaunt von der Kraft, die von dem abrupten Angriff ausging, ließ er sich durch den Raum treiben. Die Waffen, die in der Dunkelheit nicht präzise geführt wurden, glitten aneinander ab, klirrten und verhakten sich schließlich ineinander. Pierres Atem ging ruckartig. Er war bestürzt, dass Antoine ihn erneut angegriffen hatte. Mit letzter Anstrengung stemmte er sein Bein gegen ihn und beförderte den Gegner mit einem Tritt außer Reichweite.

»Was soll das?«, keuchte er und zog sich wieder an die Wand zurück, wo er drohend die Säbel schwang.

»Verräter«, hörte er die Stimme am anderen Ende des Raumes flüstern.

»Jacquotte!« Er musste ihren Namen aussprechen, auch wenn der vertraute Klang ihn beinahe um den Verstand brachte.

»Ich bin Antoine du Puits«, kam die trotzige Antwort und entrang Pierre ein Lächeln. Er war froh, dass die Nacht seine Gefühlsregung verbarg.

»Du magst dich anders nennen, aber ich erkenne dich. Das habe ich bereits einmal getan und das werde ich immer wieder tun, *nanichi*!«

Ein unheilvolles Schweigen breitete sich aus. Er fragte sich für einen Moment, ob sie gegangen war, als ein wütendes Schnauben an sein Ohr drang.

»Jetzt versteckst du dich in der Dunkelheit und tagsüber versteckst du dich hinter einem kahlen Kopf und einem neuen Namen. Aber ich sehe dich«, forderte er sie heraus und trat einen Schritt nach vorne.

»Wenn du dich noch einmal in meine Nähe wagst, bringe ich dich um.« Die Stimme war kaum mehr als ein Flüstern und erschwerte ihm die Orientierung.

»Ich habe dich betrauert«, brauste er auf und kämpfte gegen ihre Teilnahmslosigkeit an. »Du hast mich mit auf den Meeresgrund gezogen! Dein Tod hat mich schwerer verletzt, als es dein Messer je könnte. Was hat der Totenkopf nur aus dir gemacht?«

Seine Worte prallten an der Schwärze des Raumes ab, und er wagte noch einen weiteren Schritt in die Richtung, in der er sie vermutete. Vor seinem inneren Auge sah er ihre lockigen roten Haare vor sich, die ihn stets so fasziniert hatten.

»Bei den Hörnern des Teufels! Du hast mich in dem Glauben gelassen, du seist tot. Vier Jahre lang habe ich mich jeden Tag von dir verabschiedet und mich gefragt, warum dir ein derartiges Ende beschert war. Ich werde mir nichts mehr von dir befehlen lassen! Wenn du willst, dass ich mich dir nie wieder nähere, dann musst du deine Worte wahr machen und mich töten«, murrte er und ließ seine

Säbel demonstrativ zurück in die Schärpe gleiten. Er war wehrlos und ihm war mit einem Mal unwohl zumute. Niemals zuvor hatte er ihr so wenig vertraut wie in diesem Augenblick.

»Als Verräter verdienst du den Tod«, entgegnete sie kalt.

»Verräter? Verdammt will ich sein, aber ich hätte mein Leben für dich gegeben!« Pierres Brust hob und senkte sich vor aufgestauter Wut.

»Du hast mit Michel le Basque eine Verschwörung gegen mich geplant! Nicht einmal Jérôme vertraute dir mehr!«

Pierre zögerte und versuchte, seine Gedanken zu ordnen. Weshalb hätte Jérôme ihm misstrauen sollen? Er konnte sich keinen Reim auf ihren Vorwurf machen. Geschwind tat er einen weiteren Schritt nach vorne und lief direkt in ihre ausgestreckte Klinge, die sich schmerzhaft in seine Brust bohrte.

»Ich weiß nichts von einer Verschwörung!« Er spürte, wie der Druck der Klinge erhöht wurde, und unterdrückte den Impuls, zurückzuweichen.

»Denk nach«, flüsterte er eindringlich. »Jérôme war mein Freund. Ich sorge seit seinem Tod für seine Familie und für Manuel. Ist das die Tat eines Verräters?«

Bei der Erwähnung von Manuels Namen bemerkte er, dass die Klinge sich leicht bewegte.

»Sei still«, zischte sie.

Pierres Wut kehrte mit aller Macht zurück.

»Der einzige Verräter in diesem Raum bist du«, machte er sich Luft. »Du hast Manuel vor vielen Jahren im Stich gelassen, nur um deinen dummen Ideen zu folgen. Keiner deiner Pläne ging auf und alles, was du den Menschen, die sich um dich sorgten, gebracht hast, sind Kummer und Leid.« Er stockte kurz, weil er das eigene Blut warm über seine Brust laufen fühlte. »Was ist nur aus dir geworden?«

»Siehst du es nicht? Ich bin Blut, Wind und Meer und ich atme die Freiheit. Ich bin ein Bruder der Küste.« Sie zog die Waffe zurück und entfernte sich in der Dunkelheit.

»Vielleicht hast du es noch nicht bemerkt, aber wir sind alle dem Untergang geweiht.« Pierre spuckte aus.

»*Han-ha'n catu*«, murmelte sie heiser. »So sei es.«

Pierre verharrte mit hängenden Armen. Nichts an ihr war ihm noch vertraut. Und doch, sie hatte ihm in der Sprache ihrer Mütter geantwortet. Irgendwo in ihrem Inneren musste etwas von dem Mädchen stecken, mit dem er aufgewachsen war. Seine Wut verrauchte.

»Dann sind wir von nun an Fremde?«, fragte er.

»Wir sind bereits Fremde, seit du Tierra Grande verlassen hast. Bleib fern von mir!« Ihre Stimme vermischte sich mit der Finsternis, in die sie sich zurückzog.

Er bewegte sich rückwärts in Richtung Tür. Die kurze Distanz erschien ihm so endlos wie ein windstiller Tag auf hoher See. Er hatte bereits den Riegel in der Hand, als er innehielt. Er wollte sie nicht gehen lassen.

»Denkst du manchmal an die Geschichte von Yaya?« Er wartete einen Moment, bevor er hinzufügte: »Yayaels Tod hat den Menschen etwas Gutes gebracht. Vergiss das nie.«

Er wusste nicht, ob Jacquotte ihn hörte oder bereits auf und davon war. Doch er hoffte, dass der Wind, der durch ein geöffnetes Fenster im hinteren Teil des Raums zu ihm hinüberwehte, nicht das Einzige war, das von ihrer Begegnung übrig geblieben war.

Neun

Mona Passage, Frühling 1666

In die Wanten!« Antoines Stimme hallte über das Deck. Es klang wie ein Echo, denn die die Befehle zur Wachablösung erschollen zur selben Zeit auf allen anderen Schiffen. Die milde Luft trug sie über das Wasser.

Der Trupp passierte in dieser Nacht die Mona Passage, die sich zwischen La Española und der Westküste von Puerto Rico erstreckte. Die Kapitäne wollten die Meerenge schnellstmöglich hinter sich lassen, um auf die offene See zu gelangen. Die Möglichkeit, von Spaniern entdeckt zu werden, war in dieser Region besonders hoch.

L'Olonnais überwachte den Rückzug der Männer, die sich unter seinem Kommando befanden. Gerade eben war die zweite Hundswache zu Ende gegangen und er hatte vier Stunden Zeit, zu ruhen, während die Steuerbord-Gruppe, die unter Antoines Befehl stand, ihren Dienst verrichtete. Erst um Mitternacht würden die Männer der Backbord-Gruppe zur Mittelwache antreten müssen.

Das Anwachsen der Mannschaft hatte bislang zu keinerlei Problemen geführt. Obwohl man die hinzugekommenen Bukaniere an ihren rauen Kniebundhosen, schlecht gegerbten Schuhen und den typischen Hüten mit der tiefgezogenen Krempe erkannte, fügten sie sich nahtlos in die bestehende Besatzung ein. L'Olonnais gähnte und beobachtete seinen Maat.

Eine tiefe Zornesfalte zeigte sich seit ihrem Aufbruch aus Bayahá auf dessen Stirn, und l'Olonnais fragte sich, ob es an der schwarzen Hure lag, die seinerzeit bereits de l'Isle den Kopf verdreht hatte. Er hatte sie und Antoine zusammen gesehen, und schluckte den anschwellenden Knoten der Eifersucht hinunter, der sich in seinem Hals ausbreitete. Wären sie länger geblieben, hätte er der Dirne einen Besuch abgestattet, um ihrem unnützen Dasein auf dieser Erde ein jähes Ende zu bereiten. Er war nicht gewillt, Antoine die gleichen Freiheiten zu gewähren, wie er sie einst de l'Isle zugestanden hatte. Er konnte nicht dulden, dass auch Antoine ihm entglitt. Es war an der Zeit, dem Maat seine Gefühle zu offenbaren. L'Olonnais leckte sich gierig die Lippen.

Antoine war ein gefestigter Charakter, und es würde ihm Freude machen, ihn zu formen. Die Überfahrt nach Maracaibo war ein günstiger Zeitpunkt für eine derartige Annäherung. Sie kannten sich lange genug, als dass l'Olonnais' Gesinnung Antoine allzu unerwartet treffen würde, und vielleicht gefiel ihm sogar, was er sich für ihn ausgedacht hatte. Er zog erregt die Oberlippe hoch und pirschte sich an seinen ersten Maat heran. Die Hecklaterne warf unruhige Schatten auf Antoines Gesicht. L'Olonnais schnupperte. Das Meer war ruhig, der Wind zu schwach, als dass das Schiff die volle Aufmerksamkeit seines Freundes benötigte. Er stellte sich neben ihn.

»Ich weiß deine Treue mir gegenüber zu schätzen«, schmeichelte er und schielte auf die zarte Stelle hinter Antoines Ohren, an der sein Blut pulsierte. Er spielte mit dem Messer in seiner Hand und mit dem fixen Gedanken in seinem Kopf. Lüstern rieb er sich den Schritt.

Als er eine kalte Klinge an seinem Hals spürte, dachte er im ersten Augenblick an einen Überfall, doch Antoines schneidende Stimme belehrte ihn eines Besseren: »Nimm Abstand, Bruder! Deine Aufmerksamkeit ehrt mich. Aber es gibt willigere Opfer auf diesem Schiff!«

L'Olonnais taumelte einen Schritt zurück, bevor er sich fing und das Gesicht verzog. »Ich bin dein Gönner«, fauchte er und versuchte sich seine Überraschung über die Reaktion seines Maats nicht anmerken zu lassen.

»Und ich stehe in deinen Diensten.« Antoine neigte leicht den Kopf.

»Du hast die schwarze Hure besucht«, stellte l'Olonnais fest.

»Welcher Seemann lässt sich diese Gelegenheit entgehen, bevor er wochenlang auf dem Meer ist?« Antoines Ruhe verärgerte ihn, und er versuchte das Messer auszumachen, dessen Schärfe noch am zarten Fleisch seiner Narbe nachhallte. Doch Antoine war geschickt. Beide Hände ruhten pflichtbewusst am Steuerrad, als hätten sie nie etwas anderes getan. L'Olonnais grunzte amüsiert.

»Du hast Talent«, gab er unumwunden zu. »Schenk mir dein Vertrauen, Antoine, und ich zeige dir, wie du dein Talent bei mir einsetzen kannst.«

Die Augen seines Maats funkelten ihn stumm im Schein der Laterne an. L'Olonnais verschränkte die Arme. Er war es nicht gewohnt, zu bitten.

»Mein Vertrauen verlor ich vor langer Zeit. Im Übrigen fehlt es mir schlicht an der Neigung«, entgegnete Antoine bestimmt.

»Die Neigung folgt dem Tun.« L'Olonnais ertappte sich bei einigen ungehörigen Gedanken. Ihm wurde heiß.

»Ich wäre geneigter, über das Tun nachzudenken, wenn du endlich deinem Versprechen nachkommst.«

»Du stellst ständig Forderungen!« L'Olonnais warf einen Handschuh nach ihm, den sein Maat intuitiv auffing, ohne den Blick von ihm abzuwenden. L'Olonnais blinzelte erstaunt.

»Die stellst du ebenso.« Antoine hielt ihm gelassen den Handschuh entgegen.

»*Touché.*« Er ergriff ihn und atmete gierig den Duft ein, der dem Kleidungsstück anhaftete. »Du wirst dein Schiff erhalten!«

Sie starrten einander an. Antoines Gesichtsausdruck veränderte sich, als er erwiderte: »Ich werde ein hervorragender Kapitän sein, François!«

»Aye! Und du bist so viel mehr als das.« L'Olonnais' Augen verengten sich, während er seinen Maat betrachtete. Er wusste, dass sich seine Wünsche in dieser Nacht nicht erfüllen würden. Abrupt wandte er sich ab. Seine Lust war ihm deswegen nicht vergangen. Er nahm die Treppen in einem Satz, packte im Vorübergehen einen der Schiffsjungen und zerrte den überrascht Aufschreienden mit sich unter Deck.

Einige Stunden später wurde l'Olonnais von seinem Kanonier wachgerüttelt. Er brummte unwirsch und erhob sich schlaftrunken von seiner Pritsche. Der Schiffsjunge saß wimmernd in einer Ecke, und l'Olonnais scheuchte ihn mitsamt dem Kanonier vor die Tür.

Erschöpft hielt er sich am Türrahmen fest. Er fühlte sich unpässlich. Die Träume hatten ihn wiederholt verfolgt und ihn in die leblosen Augen seiner Mutter blicken lassen. Fiebrige Schauer erfassten seinen Körper.

Bedächtig rollte er die Peitsche zusammen, die neben dem Bett lag. Seine Brust war von den wehrhaften Fingern des Jungen zerkratzt und an seinen Händen klebte Blut. L'Olonnais knöpfte sich das Hemd zu.

Die Befriedigung, die er stets verspürte, wenn er seine Spielchen mit wehrlosen Opfern trieb, stellte sich nicht ein. Die Erinnerungen waren zu übermächtig, und der bekannte Hass zerfraß sein Herz. Er konnte spüren, wie er seine Reißzähne in das rohe Fleisch grub und Fetzen aus ihm herausriss. L'Olonnais legte eine Hand auf die Brust, um das gequälte Pochen zu besänftigen, das ihm beinahe die Luft abschnürte.

Seine Mutter hatte nach ihm gegriffen. Sie bekam ihn nicht zu fassen, aber sie versuchte es. Jede Nacht. In dieser hatte sie sogar ihre bleichen Lippen geöffnet und ihn um Hilfe angefleht. Er würgte und erbrach sich auf den Boden.

Wütend fuhr er mit der Faust über den Mund, bevor er den faden Geschmack mit Rum hinunterspülte. Er würde ihr nicht erlauben, dass sie solch einen Einfluss auf ihn hatte! Sie war tot. Er fühlte keine Reue, ihr nicht zur Seite gestanden zu haben. Ihr Leben lang war sie schwach gewesen, dem Vater ausgeliefert. Ein wimmerndes, betendes Wesen, das seine Situation beklagte. Er verübelte ihr, dass sie sich nie gewehrt, sondern die Schläge und Misshandlungen hingenommen hatte, bis ihr der Vater eines Tages das Genick brach.

L'Olonnais schnaubte. Sie hatte es nicht anders verdient, denn es war ihr nie gelungen, ihn zu beschützen. Er war dem Vater nur entkommen, indem er sich als Knecht für drei Jahre bei einem Pflanzer namens Créole verdingte, der ihn an die Westküste von La Española brachte, wo er ihn auf seiner Tabakplantage schuften ließ. Dort lernte er, dass er als Knecht noch unter den Mohren stand und die Grausamkeiten seines Vaters nichts gegen die Dominanz des Pflanzers waren.

Créole hatte ihm und den anderen Jungen, die sich verdingt hatten, erklärt, dass die Mohren ihm ein ganzes Leben lang dienten, weshalb man sie schonte, die Knechte jedoch nur eine kurze Zeit. Aus diesem Grund traktierte er sie derart, dass bereits innerhalb weniger Wochen zwei Knechte an den Folgen der Schindereien verendeten. Der eine lief fort, wurde von seinem Herrn aufgegriffen, an einen Baum gebunden und so lange ausgepeitscht, bis ihm der Rücken in Fetzen hing. Daraufhin rieb Créole eine Salbe aus Limettensaft und Salz in die Wunden und ließ den Ohnmächtigen einen Tag in der prallen Sonne hängen, bevor er ihn erneut auspeitschte. Der Junge verstarb während dieser Prozedur.

Der andere begehrte gegen den Pflanzer auf und musste die Arbeit ohne schützendes Hemd verrichten, bis seine Haut aufplatzte. Er bekam weder Wasser noch Nahrung und brach nach drei Tagen auf dem Feld zusammen, wo er liegen blieb, bis er krepierte. L'Olonnais schüttelte den Kopf, um die Erinnerungen loszuwerden, und trat entschlossen an Deck. Der Anblick von Antoine vertrieb die Geister der Vergangenheit, und er bezog neben ihm Stellung.

Sein Maat musterte ihn. »Du siehst krank aus. Ist dir nicht gut?«

L'Olonnais war erstaunt. »Deine Sorge freut mich. Ich hatte dunkle Träume, das ist alles.«

Antoine nickte und wollte sich zurückziehen, als l'Olonnais ihn spontan am Arm packte.

»Bleib«, flehte er und sein Freund hob die Augenbrauen. L'Olonnais lockerte seinen Griff, um ihn nicht zu erschrecken. »Ich weiß, du hast dein Vertrauen verloren, Antoine. Aber das habe ich auch. Ich möchte dir davon erzählen.«

Kaum ließ er ihn los, schuf sein Maat Abstand zwischen ihnen.

»Setz dich«, forderte l'Olonnais strenger als beabsichtigt und fügte etwas milder hinzu: »Du musst müde sein.«

Antoine schüttelte den Kopf. L'Olonnais sah ihn an. Die Sehnsucht nach einem Kameraden war niemals stärker gewesen.

»Um meine Stimmung stand es vorhin nicht zum Besten«, gab er zu. »Ich wollte dich nicht drängen.«

Antoine zeigte keinerlei Reaktion, weshalb er fortfuhr: »Du erinnerst mich an jemanden. Sein Name war Louis.«

Er bemerkte, dass sein Maat abgelenkt war, und folgte seinem Blick. Durch eine Böe hatten die Segel ihre Ausrichtung verloren. Ihr Flattern übertönte die aufgeschreckten Rufe der Männer.

»Sieh mich an«, forderte l'Olonnais und gab dem Steuermann ein Zeichen. Kurze Zeit später stand die *La Poudrière* wieder am Wind. Er bohrte seinen Blick in die Augen von Antoine.

»Er war dir sehr ähnlich. Ich lernte ihn auf der Plantage kennen, auf der ich drei Jahre meinen Dienst verrichtete. Es war entbehrungsreich, aber Louis war mutig. Er lehrte mich, dass Schwäche gleichbedeutend mit dem Tod ist und man nur überleben kann, wenn man Härte zeigt. Gegen sich selbst und gegen den Rest der Welt.«

»Eine gesunde Einstellung«, pflichtete Antoine bei. L'Olonnais nickte beifällig. Er fühlte, dass er auf dem richtigen Weg war, den Maat für sich einzunehmen. Die Erkenntnis aktivierte seine Sinne. Er nahm die Ausdünstungen des Schiffs in sich auf. Der Geruch der modrigen Holzplanken paarte sich mit der Würze des Meeres, dessen Rauschen eins wurde mit dem schweren Wind, der sie umfing und ihre Haut befeuchtete.

»Louis und ich standen uns sehr nah. Wir schützten einander des Tags und trösteten uns des Nachts. Eine wahrhaft bereichernde Beziehung. Er war ein Engel.« L'Olonnais entfuhr ein Seufzer. Es war, als fühlte er den Kameraden in seinen Erinnerungen. Antoine war der Einzige, der die Lücke zu füllen vermochte, die ihn seit dem Verlust quälte.

»Er starb bei einem Überfall in den Morgenstunden. Die Spanier fingen die Mohren ein und metzelten meinen Herrn und die Knechte nieder. Louis wehrte sich noch, als er bereits aus mehreren Wunden blutete. Er sah aus wie der heilige Sebastian. Nur durch ihn gelang mir die Flucht ins Unterholz. Niemand außer mir überlebte.« L'Olonnais hob den Kopf. Die Erinnerungen waren nun übermächtig.

»Ich danke dir für dein Vertrauen.« Antoine setzte an, sich zu erheben.

»Wage es nicht«, knurrte l'Olonnais. »Du bist anmaßend wie de l'Isle, auch wenn er nicht von deinem Kaliber war. Zwar rettete er mich vor dem nächsten Pflanzer, der mich seiner Plantage einverleiben wollte, aber Jaque ging es vorrangig um sein eigenes Vergnügen.«

»Was passierte mit Jaque de l'Isle?« Der Maat beugte sich vor. L'Olonnais verärgerte die Frage. Neugier war unangebracht und völlig untypisch für Antoine.

»Die rote Jacquotte nahm ihn mir!«, spie er dem Freund entgegen. »Das einfältige Weib, das Jaques Triebe derart fesselte, dass er mit dem Gedanken spielte, sie auf unser Schiff zu holen. Er wollte den Basken bestechen, damit er sie ihm überließ! Und das nach Jahren meiner Hingabe, in dem ich ihm all die Dirnen verzieh, die er sich nahm. Mit Füßen trat er meine Zuneigung. Diese rote Metze entriss ihn mir innerhalb eines Tages. Er sah sie und er begehrte sie. Mehr, als er mich je begehrt hatte. Ich konnte das nicht zulassen!«

L'Olonnais hob gedankenversunken die Hand, als führte er ein imaginäres Messer. »Er starb durch meine Hand. Aber es war ihre Schuld. Wir hätten etwas Großartiges werden können, Jaque und ich. Er besaß politisches Gespür. Vereint mit meiner Gier nach Rache gäbe es die Spanier längst nicht mehr in dieser Inselwelt. Wir wären herausragende Anführer der Bruderschaft geworden.« Er hörte sich selbst lachen und wartete darauf, dass der Schmerz über die erlittene Demütigung nachließ.

»Ich war kurz davor, sie zu töten. Doch sie entkam mir. Der Tod nahm sie mit sich.« Er kicherte und konnte nicht damit aufhören.

Antoine starrte ihn an. »Eine Frau hat dir das angetan?«, fragte er und deutete auf die Narbe.

L'Olonnais brüllte auf wie ein verwundetes Tier. »Aye! Ich spüre meine Schmach jeden Tag.«

Der Maat nickte. »Du redest von der roten Peitsche?«

L'Olonnais konnte nicht fassen, dass er es wagte, den Namen an Bord seines Schiffes zu erwähnen. Aufgebracht sprang er ihn an und legte ihm die Hand um den Hals.

»Noch ein Wort, Antoine, und ich vergelte an dir, was mir bei ihr verwehrt blieb!« Er spürte den Druck eines Messers an seinem Bauch und hob die Arme. Seine Wut verrauchte.

»Antoine, Antoine«, murmelte er. »Mein wehrhafter Racheengel.« Er trat zurück. Ein kurzes Aufblitzen verriet ihm, dass der Maat das Messer geschickt in seinem Ärmel verschwinden ließ. L'Olonnais atmete schwer. Die Gefühle übermannten ihn oftmals mit einer solchen Heftigkeit, dass er die Kontrolle verlor.

»Erwähne ihren Namen nie wieder«, sagte er. »Das beleidigt mich.«

»Ich verstehe.«

L'Olonnais nickte. »Deshalb fühle ich mich zu dir hingezogen. Du erlaubst mir, erneut an Verbundenheit zu glauben.«

Er hatte gehofft, dass sein Freund ihm zustimmte, aber Antoine schwieg. L'Olonnais zog die Luft durch die Zähne ein. Er war enttäuscht und setzte nach: »Ich habe mich dir offenbart, weil du mir teuer bist. Nun weißt du, was ich zu geben bereit bin. Ich will dich, Antoine. Du sollst mein Gefährte sein, meine nächtliche Freude und mein Vertrauter.«

»Zuerst will ich mein Schiff.« Antoine sah ihm in die Augen.

»Das weiß ich.« Er erwiderte den Blick. »Du kennst jetzt den Preis dafür.«

Antoine reckte unbeeindruckt sein Kinn, bevor er aufstand und das Poopdeck verließ. Der Wind frischte auf und wehte l'Olonnais die Haare aus dem Gesicht. Er lächelte. Bald würde Antoine sich seinem Willen beugen. Er musste es einfach tun!

Als sich einige Stunden später der Morgendunst lichtete, kam Leben in die Mannschaft. Antoine, der seine Waffen in sicherer Entfernung zum Kapitän gereinigt hatte, horchte auf.

»*Voile, voile á bord de nous*«, erklang die glockenklare Stimme eines Schiffsjungen durch die rosige Dämmerung, und Antoine sah, dass l'Olonnais augenblicklich Stellung bezog, sein Fernrohr im Anschlag. Er gesellte sich zu ihm und hob den Blick in die Takelage, um die Richtung auszumachen, in die der Schiffsjunge deutete.

»Ein Schiff. Backbord voraus«, murmelte l'Olonnais. »Zweimaster. Ich kann die Flagge nicht erkennen, unter der sie segeln. Es hält Kurs nach Neuspanien. Kommt vermutlich von der Küste von Puerto Rico.« Er kratzte sich nachdenklich den Bart. »Ich verwette die *La Poudrière*, dass es Spanier sind. Wir werden angreifen!«

Antoine nickte. Er konnte das Segel am Horizont kaum ausmachen, aber es lag auf der Hand, dass l'Olonnais den vermeintlichen Spanier nicht würde ziehen lassen.

»Manche Wünsche erfüllen sich schneller, als man denkt. Ist es nicht so?« L'Olonnais lächelte ihn an. »Gib den anderen Schiffen Befehl, auf die Insel Saona zurückzukehren. Sie sollen dort auf unsere Rückkehr warten. Der spanische Kapitän darf nicht Lunte riechen, dass wir im Konvoi in Richtung Nueva Venezuela segeln.«

»Aye-aye!« Antoine eilte davon und ließ Zeichen zu Moïse Vauquelin geben, der sich auf gleicher Höhe steuerbord von ihnen befand. Träge nahm sein Schiff Kurs auf die *La Poudrière*, bis es nahe genug heran war, dass Antoine sich mithilfe eines Seils hinüberschwingen konnte.

Moïse Vauquelin trat zu ihm heran. Er war hochgewachsen, und Antoine missfiel es, dass er höhnisch auf ihn herabblickte.

»Ich bringe Nachricht von Kapitän l'Olonnais.«

»Sprecht!« Moïse Vauquelin musterte ihn abschätzend.

»Backbord voraus segelt ein spanischer Händler. Kapitän l'Olonnais will ihn hochnehmen, um unsere Flotte zu vergrößern.«

Moïse Vauquelin schnaubte. »Zu vergrößern, seid Ihr sicher? Ich denke, l'Olonnais will nur wieder meucheln. Was sind die Befehle für seinen Vizeadmiral?«

Antoine hielt dem herausfordernden Blick stand. »Er möchte, dass die anderen Schiffe unter Eurem Kommando zur Insel Saona segeln, um ihn dort siegreich in Empfang zu nehmen.«

Moïse Vauquelin verzog spöttisch den Mund und heftete seinen Blick auf das weit entfernte Schiff, dessen Verfolgung l'Olonnais aufnehmen wollte. Beinahe glaubte Antoine, er hätte seine Anwesenheit vergessen, und war kurz davor, sich zu räuspern, als Vauquelin erwiderte: »Ich gebe ihm einen Tag Zeit, um zur Insel Saona zurückzukehren. Verzögert sich seine Ankunft, breche ich morgen in Richtung Maracaibo auf! Mit ihm oder ohne ihn.«

Antoine salutierte und schwang sich zurück auf die *La Poudrière*. Als er sich umdrehte, sah er, dass das Schiff von Moïse Vauquelin abdrehte. Er blickte zu l'Olonnais hinüber und nickte ihm zu. Die Schlacht konnte beginnen.

L'Olonnais ließ alle Segel setzen und brachte die *La Poudrière* vor den Wind, der warm aus nordwestlicher Richtung wehte. Der Bug tauchte tief ins Wasser, als sie die Verfolgung aufnahm und sich ächzend zur Seite neigte. Die Mannschaft hisste die *pavillon de bourgogne*, das burgunderrote Kreuz auf weißem Grund, die Flagge der spanischen Handelsschiffe. Währenddessen ging Antoine über das Deck und gab Anweisungen. Es war ungewiss, wie gut der Handelsfahrer bewaffnet war und ob er die *La Poudrière* nahe genug an sich herankommen ließ, um einen Überraschungsangriff zu starten. Daher galt es, sich für den Ernstfall zu rüsten.

»Schiff klarmachen zum Kampf!«, brüllte Antoine. »Kisten unter Deck, Hängematten abhängen, räumt die Wege im Zwischendeck frei.« Er scheuchte die Besatzung auf ihre Positionen. »Bringt alle Schusswaffen aufs Achterdeck. Ladet die Musketen. Jeder Mann auf seinen Posten!«

Unter Aufsicht des Kanoniers begaben sich die ersten Männer an die Kanonen und überprüften, ob die Ladung trocken war. Sie zerrten an den Seilen, mit denen die Kanonen festgezurrt waren, und kontrollierten ihren Halt. Später würden sie sie lösen, um die Geschütze in Position zu bringen. Pulverhörner, Zündschnüre, Wisch- und Ladestöcke wurden verteilt.

Mittschiffs inmitten von jeweils vier Kanonen richtete die Mannschaft mit Wasser gefüllte Wannen aus, in deren Mitte man beim Angriff die Zündeisen mit den brennenden Lunten steckte. Antoine zählte im Pulverraum die Kartuschen ab und teilte die Schiffsjungen für ihren Dienst ein. Im Falle einer Offensive würden sie die Kartuschen vom Pulverraum zu den Kanonen bringen und leere Kartuschen mit losem Pulver auffüllen. Die Engländer nannten sie darum *powder monkeys*. Für l'Olonnais waren sie schlicht die Pulverratten, das Unterste, was dieses Schiff zu bieten hatte.

Antoine strich den Jungen über die zerzausten Köpfe. Ihre Gesichter überzog schwarzer Staub und ihre zerschlissenen Hemden entblößten dünne Gliedmaßen. Die meisten von ihnen zählten nicht mehr als zwölf Lenze, und er hoffte, dass sie ihrer Aufgabe gewachsen waren.

»Wischt den Boden, so oft ihr Gelegenheit dazu habt. Wenn sich verstreutes Pulver entzündet, dann jagen wir unser eigenes Schiff in die Luft!«, bläute er den Burschen ein und ging zurück an Deck.

Der Bootsmann war dabei, alle Vorbereitungen zu treffen, um die Segel in Kampfformation zu hissen, sodass es nur wenige Männer benötigte, um das Schiff zu manövrieren, und den Übrigen die Möglichkeit gab, zu kämpfen. Der Schiffszimmermann bereitete Pfropfen und Tafelblei vor, um Einschusslöcher zu stopfen, und vergewisserte sich, dass die Fracht im Laderaum von den Wänden geräumt worden war, damit er ungehindert hindurchgehen und Schäden beseitigen konnte. Er hatte ein plattes Gesicht mit Knopfaugen und erinnerte Antoine stets an eine Natter, wenn er in den dunklen Ecken umherschlich und seiner Arbeit nachging.

»Schotten dicht!«, befahl Antoine, als der Zimmermann ihm ein Zeichen gab.

Daraufhin verbolzte dieser sämtliche Luken und Gitter, um die Männer daran zu hindern, im Kampf ihre Posten zu verlassen und Schutz unter Deck zu suchen. Der Zimmermann selbst verblieb mit seinem Assistenten im Bauch des Schiffes. Einzig der Weg in den Pulverraum und zur Kapitänskajüte blieb frei zugänglich. In letzterer hatte der Arzt Stellung bezogen und breitete seine Instrumente aus.

Ein Fass Rum stand bereit, aus dem er sich großzügig bediente. Antoine versuchte den Schauer zu ignorieren, der ihm beim Anblick der feinen Lanzen und Skalpelle über den Rücken lief, und wandte sich ab.

Angespannt kehrte er auf das Achterdeck zurück und bemerkte l'Olonnais' Gesichtsausdruck. Offensichtlich hatte er die Flagge des Handelsfahrers ausgemacht. Ihre Blicke kreuzten sich, bevor Antoine das feindliche Schiff beobachtete, das seinen Kurs beständig hielt. Das sprach dafür, dass es sich der Bedrohung nicht bewusst war, die sich in seinem Kielwasser näherte. Als Galeone unter spanischer Flagge wirkte die *La Poudrière* nicht verdächtig. Zweifelsohne war ihr Näherkommen erkannt worden, doch die Mona Passage war eine übliche Route und wurde von spanischem Hoheitsgebiet flankiert. Antoine vermutete, dass sich in der nächsten Stunde zeigen würde, was der Händler vorhatte.

Registrierte er die feindliche Annäherung, blieben ihm drei Möglichkeiten: Entweder er drehte bei und verhandelte, er versuchte zu fliehen oder er stellte sich und focht bis zum Untergang. Antoine bevorzugte die letzte Variante. Verfolgungen waren zermürbend, und Verhandlungen endeten bei l'Olonnais mit ausschweifenden Folterungen, die keinem Bruder Ehre erwiesen. Den Tod im Kampf zu finden, war etwas, das jeder Flibustier als sein Schicksal anerkannte und dem er sich stets zu stellen bereit war.

Antoine unterzog seine Waffen einer eingehenden Untersuchung. Säbel und Machete hatte er erst geschliffen und poliert. Seine Messer saßen an den gewohnten Stellen und waren einsatzbereit. Routiniert befüllte er die beiden Pistolen mit Pulver und Kugeln und zog das schwarze Seidentuch aus seiner Tasche. Es flatterte im Wind, und Antoine ließ es gedankenverloren durch die Finger gleiten. Dann knotete er an jedes Ende eine Pistole und legte sich das Tuch um den Hals, sodass die Griffe auf Höhe seiner Ellbogen baumelten. Auf diese Art hatte er beim Entern die Hände frei und die Waffen dennoch jederzeit griffbereit.

Er hörte Gelächter und sah überrascht auf. Die Mannschaft der *La Poudrière* scherzte niemals. Genauso wenig, wie sie ihren Kapitän jemals aus den Augen ließ. Sie fürchtete seinen Zorn und seine Unberechenbarkeit, die sich bei jeder Gelegenheit auch gegen sie richten konnte.

Aus leidvoller Erfahrung wussten die Männer, dass Fehler etwas waren, das man sich an Bord der *La Poudrière* nicht erlauben durfte. Diese Erkenntnis hatten die etwa dreißig Bukaniere noch nicht gemacht, deren Aufgabe es war, das feindliche Deck vor dem Entern von Angreifern zu säubern. Jeder von ihnen nannte drei bis vier Musketen sein Eigen, die nun in fröhlicher Runde gereinigt und geladen wurden. Zwischen den Bukanieren hasteten die Pulverratten herum und wischten das verschüttete Schwarzpulver auf. Antoine lächelte zufrieden. Die Mannschaft war bereit. Sein eigenes Schiff war zum Greifen nahe.

Ohne Hast bezog Antoine Position neben dem Kapitän auf dem Poopdeck. Drei Männer standen hinter ihm. Sie waren abgestellt worden, um das Steuerrad im Notfall zu übernehmen. Es war bekannt, dass das Feuer zuerst auf den Steuermann eröffnet wurde, um das Schiff manövrierunfähig zu machen. Der Bootsmann und seine Gehilfen kümmerten sich um das Backdeck und bedienten die Großbrassen. Im Ernstfall würden sie auch dafür zuständig sein, beschädigte Segel oder Takelage zu reparieren. Ebenso wie weitere Männer, die ihre Plätze im Ausguck des Haupt- und Besanmasts bezogen hatten und regelmäßig Meldung über den verfolgten Handelsfahrer abgaben.

»Er ändert den Kurs!«, erscholl der Ruf.

»Er ist verunsichert.« L'Olonnais lachte leise. »Kurs beibehalten!«, befahl er. »Wir wollen ihm keinen Grund geben, bereits jetzt an Flucht zu denken.«

Antoine ahnte, was im Kopf des Olonnaisen vorging. Die *La Poudrière* war mit leichtem Ballast unterwegs. Sie machte am meisten Fahrt, wenn sie vor dem Wind segelte. Kreuzte sie, wie es der Handelsfahrer tat, verlor sie Geschwindigkeit und Zeit. Beides war zu wertvoll, um es so früh zu verschenken.

Die Mannschaft verfolgte aufmerksam das Manöver des Handelsschiffes, das in westliche Richtung abdrehte. Sie waren nahe genug, um vage Gestalten zu erkennen. L'Olonnais zog scharf die Luft ein.

»Er weicht zu weit vom Kurs ab!« Nervös hob er sein Fernrohr. Antoine spannte die Muskeln. Der Tag war noch jung, und sie liefen nicht Gefahr, die Beute im Schutz der Nacht zu verlieren oder gar im undurchsichtigen Grau eines plötzlich aufziehenden Nachmittagsnebels.

»Er hat uns erkannt.« L'Olonnais verschränkte seine Arme vor der Brust. »Fiert die Schoten und folgt ihm! Kurs Süd-Südwest!«, ordnete er an. Die Mannschaft reagierte augenblicklich. Taue knarrten und Segel killten im Wind. Das Schiff stöhnte empört auf und stellte sich den Wellen.

»Hisst die *joli rouge*! Wir werden diesen spanischen Hunden das Winseln lehren!« Er kniff die Augen zusammen und summte ungeduldig. Antoine beobachtete ihn aus den Augenwinkeln. Wenn l'Olonnais spanisches Blut witterte, gingen seine Sinne mit ihm durch. Er hoffte, dass sein Wahnsinn ihn diesmal nicht erneut um das ersehnte Schiff brachte.

»Er nutzt den Wind nicht optimal. Wenn wir ihn achtern kreuzen, können wir ihn von der Luvseite einnehmen. Er müsste gegen den Wind ankreuzen, um den Abstand zu uns zu verringern. Das wagt er nicht!« L'Olonnais schritt angespannt auf und ab. »Bringt mich an ihn heran, ihr Landratten! Wenn er auf das Festland zuhält und wir ihn verlieren, erschlage ich jeden Einzelnen von euch!«, brüllte er aufgebracht.

Antoine beobachtete das Treiben und ging gerade rechtzeitig in Deckung, als l'Olonnais den Steuermann niederschlug, um selbst das Ruder zu übernehmen. Unruhe breitete sich aus. Die Stimmung des Kapitäns übertrug sich auf die Mannschaft und machte die Männer aggressiv. Erste Pöbeleien waren die Folge. Ein Schiffsjunge, der dem Bootsmann im Weg stand, wurde grob über das Deck geprügelt. Antoine sprang augenblicklich dazwischen.

»Keine Auseinandersetzungen unter Brüdern an Bord eines Schiffes!«, erklärte er bestimmt und hielt dem Verantwortlichen den Säbel an sein rundliches Kinn. »Habt Ihr den Kodex vergessen? Entweder wir kämpfen Seite an Seite oder wir sterben Seite an Seite!« Die Männer sahen von Antoine zu l'Olonnais, der breitbeinig am Steuerrad stand und sie anstarrte.

»Im Gefecht gegen den spanischen Händler zählt jeder Mann«, fuhr Antoine fort. »Ihr kämpft für dieses Schiff und ihr kämpft für euch!«

In den Augen der Männer flackerte Argwohn auf. Derartige Worte waren ihnen fremd. Wer auf der *La Poudrière* anheuerte, unterstellte sich vorbehaltlos dem Kapitän. Er war Herr über Leben und Tod.

»Antoine!« L'Olonnais' Stimme klang gefährlich. Die Männer zuckten zusammen. Antoine bedachte sie mit einem letzten Blick, bevor er auf das Poopdeck zurückkehrte.

Der Olonnaise musterte ihn. »Was sollte das? Das ist mein Schiff und der Kodex ist für mich ohne Bedeutung. Begreif das endlich!«

Antoine nickte. Sein Eingreifen war spontan gewesen. Er bereute es nicht.

»Übernimm das Ruder«, befahl l'Olonnais, und Antoine gehorchte. Kaum umfasste er das gewaltige Steuerrad, drückte sich der Kapitän vertraulich gegen ihn.

»Beim nächsten Ungehorsam wird das deine Position sein«, zischte er. »Dann endest du als Munitionsfutter.«

»Ich lasse nicht zu, dass ich auf diese unwürdige Art sterbe. Du wirst mich wegen Befehlsverweigerung erschießen müssen, denn ich werde dir stets in den Kampf folgen.«

L'Olonnais spuckte aus und lachte. »Bei meinen wankenden Masten! Mit dir an meiner Seite kann ich den Teufel selbst besiegen!« Er zog den Säbel und schrie: »Auf Gefechtsposition, Männer!«

Die Stimmen der Brüder erhoben sich zu einem ungestümen Crescendo, das mittlerweile auch dem fliehenden Spanier nicht mehr entgehen konnte. Ihr Gebrüll löste die Spannung, die in der Luft lag, und ersetzte das zermürbende Warten durch hektische Betriebsamkeit. Die *La Poudrière* blieb hart am Kurs. Ihr wogender Bug schob sich immer näher an ihr Opfer heran. Die Gischt benetzte das Deck, als sie es achtern kreuzte und sich luvseits näherte. Erste Schüsse waren zu hören.

L'Olonnais griente. »Wir sind noch nicht in Schussweite, doch er feuert bereits. Die Angst sitzt ihm in den Planken.«

»Er ist voll beladen und hat zu viel Tiefgang. Wenn er seine Kanonen abfeuert, verliert er an Fahrt. Bring die Bukaniere in Stellung. Sobald wir auf achthundert Fuß an ihn herankommen, sollen sie auf alles feuern, was sich bewegt«, bemerkte Antoine.

L'Olonnais nickte zustimmend. »An die Gewehre!«, brüllte er über das Deck.

Sein Befehl wurde einem Echo gleich von Mann zu Mann weitergegeben. Antoine sah, wie die Bukaniere Deckung hinter der Reling suchten und ihre geladenen Musketen unter Tüchern verbargen, um das Pulver vor eindringender Feuchtigkeit zu schützen. Die Männer waren nervös. Jeder lauschte auf Schüsse des Feindes und die Anweisungen des Kapitäns. Noch war keine Kugel weit genug geflogen, um der *La Poudrière* Schaden zuzufügen.

»Kanonen klarmachen!« L'Olonnais beobachtete das feindliche Schiff. Seine Nasenflügel blähten sich wie die Nüstern eines gehetzten Pferdes, seine Hände umklammerten das Fernrohr.

»Er versucht abzudrehen!« Antoine bemerkte als Erster das Dichtholen der Segel.

»Hart backbord! Bringt mich an ihn heran, ihr Bilgenratten! Und ladet die verdammten Kanonen!« L'Olonnais' Stimme überschlug sich.

Antoine legte sich mit aller Kraft ins Ruder und riss die *La Poudrière* herum. Seine Muskeln spürten das Gewicht des Schiffes und genossen den Moment, in dem es sich beugte. Mit pfeifendem Geräusch durchschlug eine feindliche Kugel die Fockmars.

»Wir sind in Schussweite!« Er keuchte vor Anstrengung.

»Gewehre! Feuer!« Der Befehl des Kapitäns folgte augenblicklich.

Die Bukaniere legten an und feuerten ihre erste Salve ab. Der aufsteigende Rauch wurde vom Wind in die Segel gehoben und verblieb dort wie eine unheilvolle Gewitterwolke. Spanische Sprachfetzen durchdrangen kurz darauf den Nebel, gefolgt von Blitzen und Holzsplittern, die flinke Kugeln in die *La Poudrière* rissen. Antoine zog instinktiv den Kopf ein. Sein Herz zuckte, als ein Bukanier stumm hintenüberfiel. Er war getroffen worden. Das Blut aus seinem Hals vermischte sich mit dem schwarzen Pulver, das aus dem Behälter an seiner Hüfte rieselte.

»Feuer!« Die übrigen Bukaniere zielten unbeeindruckt und entließen ihre Ladung ohne langes Zögern. Schmerzensschreie zeugten davon, dass sie ihr Ziel nicht verfehlt hatten. Antoine glaubte, ein schadenfrohes Lächeln auf ihren Gesichtern zu erkennen.

»Feuer!« Erneut nahmen die Bukaniere das spanische Schiff unter Beschuss. Nun hieß es, die Musketen nachzuladen. Mit dem Rücken zur Reling entkorkten die Männer eilig ihre Pulverhörner, während ihnen die Schiffsjungen die Musketen reichten.

»Er fährt seine Kanonen aus!« L'Olonnais fluchte.

»Lass ihn feuern.« Antoine spürte den Schweiß auf seiner Stirn. Das Ruder vibrierte in seinen Händen. »Aus diesem Winkel vermag er uns kaum zu verwunden, und es wird ihn abbremsen. Das bringt uns nach vorne. Auf diese Weise können wir ihn vorschiffs abfangen und entern.«

»Alle Mann in Deckung!« L'Olonnais folgte dem Vorschlag.

Gleißende Funken aus dem Bauch des spanischen Schiffes kündigten den Angriff an. Ein dumpfes Grollen schloss sich an, bevor die dunkle Munition deutlich wahrnehmbar die Luft durchschnitt. Antoine verengte die Augen. Eine Kugel durchschlug in unmittelbarer Nähe die Reling des Poopdecks, drang jedoch nicht unter Deck vor, sondern schoss achtern über Bord. Die restlichen Kugeln erreichten die *La Poudrière* erst gar nicht und schlugen hohl auf dem bewegten Wasser auf. Die Männer rappelten sich wieder auf die Beine und johlten. Antoine griff hart ins Ruder und brachte die *La Poudrière* kurzfristig längsseits des Feindes.

»Gewehre! Feuer!« Die Bukaniere feuerten eine erneute Salve ab.

»Feindlicher Steuermann getroffen«, vermeldete der Schiffsjunge aus seinem Ausguck, und Antoine pfiff erfreut durch die Zähne.

»Kanonen! Feuer!«, rief l'Olonnais, und das Dröhnen der schweren Waffen erschütterte das Deck. Die Männer hatten Anweisung, die Geschütze in einem hohen Winkel abzufeuern, um Segel und Takelage zu treffen. Sie benutzten *chain shots,* zwei Kugeln, die mit einer Kette zusammengehalten wurden und eine tödliche Gefahr für die Masten darstellten. Das spanische Schiff drehte ab, und ein Teil der Munition durchschlug die Bordwand des Vorschiffs. Antoine steuerte hart backbord, und der Wind brachte die *La Poudrière* knapp vor den Feind.

»Feuer!«

Die Pulverratten hatten die Musketen der Bukaniere erneut geladen und krochen in Deckung, als diese ihre präzise Formation einnahmen. Die Luft war durchzogen von grauen Schwaden. Zwischen ihnen sah Antoine flüchtende Spanier, die über bereits toten Kameraden zusammenbrachen, als die Bukaniere ihren tödlichen Kugelschwarm freiließen.

Der sogleich eingeleitete spanische Gegenangriff holte zwei der Schiffsjungen aus der Takelage. Einer schrie im Fall, verstummte jedoch, als beide Körper fast zeitgleich auf das Mittelschiff klatschten.

Antoine hielt den Atem an. Das würden die Spanier büßen! Längst vergessen geglaubte Rachegefühle lasteten schwer auf seiner Brust.

»Bereit machen zum Entern!«, befahl l'Olonnais und drehte sich zu Antoine herum. »Die feigen Hunde verschanzen sich bereits. Gib Acht auf ihre *grenades lardées!*«

Antoine nickte ihm zu. Er wusste um die hölzernen Kisten, die mit Pulverkartuschen, Musketenkugeln und allerlei Metallresten gefüllt waren. Ihre Zündschnüre reichten bis hinter die Absperrungen und wurden in Brand gesteckt, wenn die Flibustier das Schiff einnahmen. Antoine schnaubte. Er hatte nicht vor, sich in die Luft jagen zu lassen! Geschickt manövrierte er die *La Poudrière* an den Spanier heran.

»Holt die Großbrassen ein«, rief er.

Das gegnerische Feuer riss Löcher in die Bordwand neben ihm. Er spürte das Zischen der Geschosse an seinem Ohr. Mit einem Stöhnen brach der hinter ihm stehende Mann zusammen. Antoine bewegte sich nicht und versuchte sich auf das bevorstehende Manöver zu konzentrieren. Er fixierte den Bug. Der Wind blies stetig, keine Böen, kein zu hoher Wellengang. Das Geschrei der Männer um ihn herum verblasste. Er führte das Ruder mit der Vertrautheit, die ihm nur dieses Schiff geben konnte. Er sah, dass die Mannschaft mit ihren Enterhaken in Position ging. Ein plötzlicher Schmerz ließ ihn zusammenzucken. Er war getroffen worden!

Antoine ignorierte das bekannte Ziehen, das sich heißem Magma gleich in seinem Oberarm ausbreitete. Ein letzter Schwung am Ruder, und die *La Poudrière* hatte den Feind vorschiffs bezwungen. Wie zwei streitlustige Eber verharrten die wuchtigen Schiffe im Wellengang, während das Geschrei der Mannschaften anschwoll.

»*Allons, enfants, à bord*! Lasst das Massaker beginnen!« L'Olonnais' Stimme erhob sich über den Tumult, und die ersten Männer schwangen sich auf den spanischen Handelsfahrer.

Binnen Kurzem überschwemmten sie das Vorschiff. Zeitgleich versuchten die Bukaniere, die Zündschnüre der *grenades lardées* mit gezielten Schüssen zu durchtrennen, um ihren Kameraden bei dem Angriff den Rücken freizuhalten. Die meisten Spanier hatten sich bereits unter Deck zurückgezogen oder auf dem Achterdeck verschanzt, wo sie hinter provisorischen Schießscharten ausharrten und das Feuer gegen die Angreifer eröffneten.

Vereinzelt gab es Zweikämpfe an Bord, die die Flibustier schnell für sich entschieden. Antoine überließ einem der abgestellten Männer das Ruder, zückte Messer und Säbel und rannte seinen Brüdern zu Hilfe. Das Blut pulsierte heftig durch seine Adern. Entschlossen griff er sich im Vorbeilaufen eine mit Schwarzpulver gefüllte Glasflasche, die die Pulverratten herbeischafften, entzündete sie an einem Brenneisen und warf sie in das gezackte Loch, das die Kanonenkugeln in den Bug des Handelsfahrers gerissen hatten. Kurz darauf schnellten Flammen empor und schwarzer Qualm hüllte die Angreifer ein.

Mit triumphierendem Lächeln folgte Antoine seinen Kameraden in den undurchsichtigen Nebel. Durch eilig gebohrte Öffnungen in den Planken schossen die Spanier aus der vermeintlichen Sicherheit unter Deck und verwundeten die ersten Flibustier. Antoine feuerte seine Pistolen ab und brachte einen Matrosen zur Strecke, der sich hinter die Absperrungen flüchten wollte. Er zog die Verletzten aus der Gefahrenzone, nahm seine Enteraxt an sich und hieb mit aller Kraft auf die soliden Planken des Mittelschiffs ein. Knirschend blieb die Axt im harten Holz stecken, doch Antoine kamen bereits weitere Männer zu Hilfe.

»Lasst uns die spanischen Hunde ausräuchern!«, brüllte er gegen den Lärm der Musketensalven an.

Unbarmherzig hackten sie große Teile aus dem Deck, spalteten die massiven Bohlen und legten den Weg in den Bauch des Schiffes Stück um Stück frei, während die Bukaniere alles um sie herum durchlöcherten, um die Spanier in Schach zu halten.

Dann krachte es ohrenbetäubend. Die Flibustier hatten eine geladene Kanone an Deck des Handelsfahrers entdeckt und sie gegen die Absperrungen des Achterdecks gerichtet. Holzsplitter flogen umher und zuckende Körper wurden durch die Luft gewirbelt.

Antoines Ohren summten, als hätte er einen Bienenstock befreit. Den Lauf der Pistole, die durch die Öffnung im Holz geschoben wurde, die er freigelegt hatte, sah er gerade noch rechtzeitig, bevor der Schuss fiel. Die Kugel zischte an seinem Gesicht vorbei und Antoine landete auf den Rücken. Die Bukaniere eröffneten erneut das Feuer auf die Angreifer unter Deck. Antoine sah die Einschläge, hörte sie jedoch nicht. Betäubt schüttelte er den Kopf.

Während er sich sammelte, erblickte er den Kapitän. L'Olonnais hatte sich dank des Kanonenbeschusses bis zum Achterdeck vorgekämpft. Sein blutiges Gesicht, das ein Streifschuss an der Stirn zierte, glänzte grausig in der Sonne. Er fletschte die Zähne wie ein wildes Tier und feuerte auf die schützenden Wände, die den vorangegangenen Angriff überlebt hatten. Die Spanier schossen aus jeder Ritze zurück. Ein Mann brach tödlich getroffen neben l'Olonnais zusammen, und Antoine sah den Kapitän voller Wut über die Absperrungen springen.

»Bringt die Granaten!«, schrie Antoine gegen sein lebloses Gehör an und kämpfte sich wieder auf die Beine.

Die ersten Pulverratten hatten ihren Weg auf das feindliche Schiff gefunden und versorgten die Männer mit Flaschengranaten und Zündeisen. Antoine ergriff eine Flasche und wartete, bis die Männer mit ihren Äxten zurücktraten. Dann hielt er die Zündschnur an das Eisen und warf die Granate in die Tiefe. Die anderen Männer folgten seinem Beispiel. Sie gingen in Deckung, bevor die Flammen aus dem Loch schlugen, und jubelten.

Es würde nicht lange dauern, bis der Rauch weitere Spanier nach oben trieb. Ihre Gegenwehr richtete nicht mehr viel gegen die Flibustier aus, die bereits das gesamte Deck unter ihre Kontrolle gebracht hatten. Vereinzelt fielen noch Schüsse aus versteckten Schießscharten, aber die Bukaniere verfügten über geübte Augen und setzten die Schützen schnell außer Gefecht.

Die Luft war erfüllt vom beißenden Gestank nach Pulver, in das sich langsam der üble Geruch von Blut und Innereien mischte. Antoine erhaschte einen kurzen Blick auf einen ausgeweideten Spanier, neben dem ein verkrümmter Kamerad lag, der seinen Mund zu einem stummen Schrei geöffnet hatte. Hellrote Flüssigkeit sprudelte zwischen seinen Zähnen hindurch und benetzte die Planken. L'Olonnais hatte ihm die Zunge herausgeschnitten. Antoine sah den Kapitän mit aufgerissenen Augen nach seinem nächsten Opfer greifen. Er gab den Männern ein Zeichen, die Luken zu beobachten, die die Verschanzten bald würden öffnen müssen, um aus ihrem tödlichen Gefängnis unter Deck zu entkommen, und eilte zu l'Olonnais.

Das Schreien der Gefolterten durchdrang Antoines taube Ohren, während er den Dunst durchschritt, der sich über das Kampfgeschehen gelegt hatte. Es waren unmenschliche Laute, getrieben von Furcht und Schmerz, teils Flehen, teils Fluch, die sich grauenvoll in die erschlafften Segel erhoben.

Antoine presste die Zähne aufeinander, um sich auf den Anblick vorzubereiten. Zuerst sah er l'Olonnais, der wie ein Dämon zwischen den windenden Leibern stand, sich das Blut seiner Opfer ins Gesicht rieb und mit weit aufgerissenen Augen das Leiden um sich herum verfolgte. Das Deck war glitschig, der Atem des Todes allgegenwärtig. Er bemühte sich, nicht auf die Verwundeten zu blicken, als er l'Olonnais gegenübertrat.

»Antoine, mein Racheengel«, wisperte l'Olonnais mit starren Gesichtszügen. »Ich habe dir Opfer gebracht.«

Antoine salutierte. »Das Schiff ist eingenommen, Kapitän. Der Großteil der Mannschaft versteckt sich noch. Wir räuchern sie aus. Wie gedenkt Ihr, weiter vorzugehen?«

»So förmlich?« L'Olonnais streichelte seine Wange, und Antoine spürte klebrige Feuchtigkeit auf seiner Haut. Er zwang sich, nicht zurückzuweichen.

»Ich gedenke«, l'Olonnais betonte jedes Wort, »dieses Schiff mit dem Saft elender Spanier zu weihen, bevor ich es dir überlasse!«

»Mir liegt nicht in gleichem Maß an spanischem Blut wie dir.« Eine Hand packte Antoines Fuß. Er starrte auf den flehenden Offizier herab, dessen Jacke zerschnitten war und aus dessen Bauchwunde glänzende Organe hervorquollen.

»Es ist mein Geschenk für dich.« L'Olonnais' Stimme veränderte sich und Antoine glaubte, einen bedrohlichen Unterton auszumachen.

»Verzeih, ich will nicht undankbar erscheinen, aber dieses Schiff ist deiner mehr würdig als mir. Bedenke, welch Ansehen es dir schenken wird, wenn du es in den Überfall gegen Maracaibo führst.«

Der Olonnaise legte den Kopf schief. »Eine wunderbare Idee.« Er kratzte sich den Bart, bevor er einem wimmernden Spanier den Stiefel in den Bauch stieß. Dessen Aufschrei erstickte er mit einem gezielten Dolchstoß. »*Va au diable*!« Er spuckte aus. Dann sah er Antoine an und sagte: »Abgemacht! Du erhältst die *La Poudrière*. Ich habe deinen Wunsch erhört.«

Antoine deutete eine Verbeugung an. »Wie lauten deine weiteren Befehle? Moïse Vauquelin und die übrigen Kapitäne warten bis morgen auf der Insel Saona. Eines unserer Schiffe sollte bis Sonnenuntergang dort eintreffen, um ihnen Bericht zu erstatten.«

L'Olonnais verzog wütend den Mund. »Ich mache dich zum Kapitän, und du hast nichts anderes im Sinn?«

»D'Ogeron wird es gutheißen, dass du bereits zu Beginn der Mission derart siegreich warst.«

L'Olonnais lächelte wachsam. »Belehrst du mich?«

Antoine schwieg, und l'Olonnais trat dicht an ihn heran. »Ich sage dir, was ich zu tun gedenke. Ich übernehme dieses Schiff, überprüfe, was es geladen hat, und segle es auf die Île de la Tortue, um seine Ladung zu löschen. D'Ogeron soll sehen, dass er einen Fehler begangen hat, indem er mir seinen Wachhund Vauquelin zur Seite stellte. Ich werde noch mehr Männer anheuern und den Rest der Flotte dann auf Saona treffen.« Er schlug Antoine auf die Schulter. »Hab ein Auge auf die Kapitäne. Wenn sie Segel setzen, bevor ich zurückkehre, wirst du dafür geradestehen! Und nun geh und sieh zu, dass die Spanier aus ihren Löchern kriechen, damit ich mich um sie kümmern kann. Anschließend schicke mir den Schiffszimmermann für die Reparaturen, nimm die Hälfte meiner Mannschaft und segle nach Saona!«

L'Olonnais trat zurück. Die Wunde auf seiner Stirn klaffte auseinander und geronnenes Blut umschloss in dicken Klumpen seine Haare. Es war schwer zu sagen, ob es sein eigenes war oder das der Feinde. Antoine wollte sich abwenden, als der Olonnaise ihn zurückhielt.

»Du kennst den Preis«, flüsterte er eindringlich, bevor er Antoine mit einer herrischen Geste entließ.

Auf Saona hielt Pierre derweil nach Segeln am Horizont Ausschau, während er unter einer Palme seine Waffen säuberte. Hinter den knorrigen, mannshohen Küstenpflanzen erstreckte sich feiner Sandstrand, den hohe Palmen säumten, die wohltuenden Schatten spendeten. Die Sonne hing schwer am Firmament, und obwohl der Tag bereits fortgeschritten war, brachte sie die Luft zum Flirren. Die Männer der sechs

Schiffe lungerten in der Umgebung herum und schossen wahllos auf Vögel und allerlei Kleingetier, um ihrem Frust über den unerwarteten Aufenthalt Luft zu verschaffen. Dumpf hallten die Schüsse an den ansonsten friedlichen Strand.

Die Schiffe ankerten verborgen in einer Bucht unweit von Pierres Ruheplatz. An den Felsen, die die Ausläufer der Mona Passage überblickten, waren Wachposten in Stellung gegangen, um rechtzeitig feindliche Annäherungen auszumachen. Braune Landkrabben spähten aus ihren Höhlen im Sand und liefen seitwärts in die bedächtig anrollenden Wellen. Pierre verfolgte ihr Spiel und sah erst auf, als sich die Tierchen mit einem Mal wieder in ihre unterirdische Welt zurückzogen. Eine massige Gestalt schob sich vor die tiefhängende Sonne. Pierre legte die Hand schützend vor seine Augen, um den Besucher zu erkennen.

»Picard! Erwartet Ihr die Rückkehr des Olonnaisen?« Der Baske sackte plump neben ihn.

»Aye! Ich hatte gehofft, dass er sich ein einziges Mal an unsere Abmachungen hält. Aber er bleibt unzuverlässig.«

Michel le Basque ließ ein tiefes Lachen vernehmen. »Ich wünschte, für d'Ogeron wäre dies ebenso offensichtlich.«

»D'Ogeron ist zu sehr Franzose und Geschäftsmann. Er dient dem König. L'Olonnais ist ein williger Spielball. Er ist kein Anführer. Ich hoffe, Ihr wisst das.«

Der Baske musterte Pierre. »Ihr denkt, er steht unter meinem Protektorat?«

»Tut er es nicht?«

»Auf keinen Fall!«

»Ihr habt ihm das Kommando der Schiffe auf See überlassen.« Pierre zuckte mit den Schultern. »Wer täte das freiwillig, wenn nicht ein Gönner?«

»Ein Mann, der dem anderen einen Gefallen schuldet.« Michel le Basque starrte ins Leere. In Ufernähe zogen Delfine vorüber. Ihre Flossen durchschnitten das tiefblaue Wasser, und die Sonne ließ ihre Wasserfontänen aufleuchten, die sie beim Auftauchen ausstießen. Pierre bemerkte sie als Einziger.

»Welchen Gefallen schuldet Ihr einem Mann wie l'Olonnais?«

Michel le Basque kniff die Augen zusammen. »Das liegt nicht in Eurem Interesse.«

»Ihr steht hinter dem Olonnaisen zurück. Was soll die Bruderschaft davon halten?«

»Die Bruderschaft? Ich erwarte keine Loyalität von Männern, die einem Olonnaisen folgen oder zu d'Ogeron aufblicken.«

»Ich tue keins von beidem.« Pierre drehte den Kopf und fixierte den bulligen Mann neben sich. Viele Jahre waren ins Land gegangen, aber die Stärke, die der Anführer noch immer ausstrahlte, beeindruckte ihn.

Michel le Basque schmunzelte. »Ihr seid ein guter Mann, Picard. Die Brüder schätzen Euch. Aber auch Ihr segelt zumeist allein.«

»In Ermangelung anderer Perspektiven.«

Der Baske betrachtete ihn eingehend, und Pierre senkte den Blick.

»Hört mir zu, Picard! Diese Inseln sind meine Heimat, die Bruderschaft meine Familie. Ich kämpfte mein ganzes Leben, um all das zu verteidigen, doch dann deckte ausgerechnet der Olonnaise eine Verschwörung gegen mich auf.«

Pierre runzelte fragend die Stirn.

»Zwei Brüder, die ich seit Langem kannte, lehnten sich gegen mich auf und versuchten meine Pläne zu untergraben. Sie machten gemeinsame Sache mit dem Feind. L'Olonnais fand das heraus und schickte sie gemäß dem Kodex in den Tod. Dafür schulde ich ihm etwas. Wenn es jedoch nach mir geht, ist dies die erste und letzte Fahrt, die er im Namen der Bruderschaft anführt.«

»Wer hat es gewagt, Euch zu verraten?«, wollte Pierre wissen, obwohl er es bereits ahnte. Doch er hoffte, dass der Baske ihm noch mehr von jener verhängnisvollen Nacht berichtete, in der Jacquotte in den Sturm gesegelt war.

Michel le Basque senkte den Kopf. »Ich vertraue Euch, deshalb werde ich Euch davon erzählen. Es begann mit Euren Worten, Picard. Ihr sagtet einst, man müsse sich diejenigen zu Verbündeten machen, die den Feind kennen. Daraus entwickelte sich mein Plan. Ich glaubte, die rote Jacquotte mithilfe des Totenkopfs in einen Hinterhalt locken zu können. Durch ihren Tod wollte ich ein Exempel statuieren und beweisen, dass der Kodex nach wie vor seine Berechtigung hat. Sie hat mich und die Bruderschaft getäuscht. Sie wurde zu meinem Feind.

Ihretwegen geriet alles außer Kontrolle und die Brüder lachten über mich. Doch ihre Freunde wurden nicht zu meinen Verbündeten. Ich gebe es nicht gerne zu, aber diese Frau war stärker als ich, Picard.«

Der Baske blickte gedankenverloren aufs Meer, während Pierre ihn beobachtete und darauf wartete, dass er fortfuhr.

»Leider beging ich durch meinen Hass auf sie den Fehler, l'Olonnais zu trauen. Er gab vor, mich zu unterstützen. Dabei wissen wir alle, dass er nur nach spanischem Blut giert.« Der Baske zerquetschte einen Sandfloh zwischen den Fingern und zog geräuschvoll die Nase hoch.

»Die Männer wollen an etwas glauben, Picard. Der Kodex einte sie lange Zeit, doch inzwischen interessiert er nur noch wenige. Für Männer wie l'Olonnais gibt es keine Ehre mehr. Sie segeln einzig zu ihrem eigenen Nutzen.« Er zerquetschte einen weiteren Floh. »Die rote Jacquotte wählte einen ehrenvollen Tod. Deshalb singen die Brüder bis heute ihre Lieder und hissen schwarze Flaggen. Die Bruderschaft braucht rechtschaffene Vorbilder, Picard.«

Pierre musterte ihn. »Was habt Ihr vor?«

Der Baske sah ihm offen ins Gesicht. »Es wird die Zeit kommen, in der ich Eure Hilfe benötige. Seid darauf vorbereitet! Ich habe die Bruderschaft noch nicht aufgegeben.«

Pierre nickte. Eine Weile hingen beide Männer ihren Gedanken nach, bevor Pierre etwas am Horizont entdeckte.

»Der Olonnaise kehrt zurück!« Er lenkte die Aufmerksamkeit des Basken auf das herannahende Schiff.

»Wenn er alleine segelt, war er nicht siegreich.« Michel le Basque stieß verächtlich die Luft aus. »Das dachte ich mir.«

Sie standen auf, um zu den anderen Kapitänen zu gehen. Von der versteckten Bucht aus warteten sie auf das verabredete Signal, dass das Schiff als eines der ihren auswies. Die wachhabende Mannschaft von Moïse Vauquelin hatte Anweisung erhalten, bei Annäherung eines Schiffes die Marssegel herunterzuholen und dann erneut zu hissen sowie das Focksegel im Wind flattern zu lassen. Näherte sich das fremde Schiff unter Vollbetakelung, so hatte es auf dieses Zeichen hin seine Flagge am vorderen Mast zu hissen. War es zu stürmisch für ein Herannahen unter vollen Segeln, so musste es ebenfalls sein Focksegel im Wind flattern lassen.

»Er hisst die *joli rouge* am vorderen Mast«, bemerkte Michel le Basque und fügte trocken hinzu: »Unser Anführer ist zurückgekehrt.«

Pierre biss sich auf die Zähne und versuchte, seine Unruhe zu unterdrücken. Mit der untergehenden Sonne frischte der Wind auf und brachte die aufgestellten Fackeln in Wallung. Überall am Strand waren Feuer zu sehen, über denen die Mannschaften ihre erbeuteten Tiere brieten. Pierre erblickte Remi, der sich zu ihm gesellte und ihm ein Stück Fleisch anbot. Pierre schüttelte dankend den Kopf und beobachtete das Herannahen der Boote. Die Männer begannen zu tuscheln.

»L'Olonnais ist nirgends zu sehen!«

»Antoine du Puits setzt alleine über!«

Pierre sah den kahlen Schädel auf einem der Boote aufleuchten und spürte augenblickliche Erleichterung. Ihr war nichts geschehen! Die Anspannung fiel von ihm ab. Er trat neben Moïse Vauquelin, um einen besseren Blick auf die Mannschaft der *La Poudrière* zu erhaschen.

Einige Männer schleppten sich verletzt an Land. Ihre Gesichter wirkten fahl im unsteten Schein der Fackeln, und blutige Verbände zierten ihre Körper. Gestützt von ihren Kameraden hielten sie auf die ersehnten Feuer zu, und bald drang barbarisches Gelächter an Pierres Ohren, als sie ihre Geschichten zum Besten gaben. Sehnsüchtig starrte er auf die Wellen, bis er endlich Antoines Gestalt ausmachte, die energisch auf den Strand zuhielt. Er hielt den Atem an.

»Antoine du Puits«, begrüßte Moïse Vauquelin ihn zurückhaltend. »Wo ist der Kapitän der *La Poudrière*?«

»Steht vor Euch, *monsieur*!« Antoine baute sich vor ihm auf und Pierre unterdrückte ein Lächeln. Gemurmel erhob sich.

»Wenn Ihr nun Kapitän dieses Schiffes seid, wo befindet sich Kapitän l'Olonnais? Klärt uns über den Überfall auf!« Moïse Vauquelin verschränkte die Arme vor der Brust.

Antoine verzog keine Miene. »Wir jagten den Spanier etwa drei Stunden, bis wir nahe genug zum Entern waren. Der Händler gab rasch auf. Es war ein einfacher Kampf, *monsieur*. Eine Handvoll Verwundete und acht Tote auf unserer Seite. Das Schiff war mit sechzehn Kanonen bestückt und hatte den Bauch voll mit Kakao, mehreren Tausend gemünzten Achterstücken und Juwelen. Für diese Prise hätte es sich zu kämpfen gelohnt! L'Olonnais überließ mir die *La Poudrière* und schickt mich, um Euch mitzuteilen, dass er nach Cayone segelt, um die Ladung zu löschen und frische Männer an Bord zu holen. Er wird die Fahrt nach Maracaibo mit dem neuen Schiff anführen.«

Die Kapitäne sahen einander an. Jan Willems lachte. »Ist es möglich, dass der Olonnaise zum ersten Mal mit einer beachtlichen Prise in Cayone einläuft?«, spottete er. Die Männer grinsten.

»Was ist mit der spanischen Mannschaft geschehen?«, fragte der Baske.

»Getötet.«

»Alle?«

»Aye! Alle fünfzig Mann.«

Die Kapitäne schwiegen. Sie wussten, welch bestialischen Tod die Besatzung hatte erleiden müssen.

»Er verlangt, dass wir hier auf ihn warten?«, fragte Moïse Vauquelin.

»Aye«, bestätigte Antoine mit festem Blick.

»Wer sagt, dass er zurückkehrt und nicht erneut einem spanischen Händler nachsetzt, um Blutgeld zu machen?«

»Ich sage Euch das, *monsieur*!« Antoine stemmte entschlossen die Hände in die Hüften.

Moïse Vauquelin rieb sich die Stirn. »Ich bin mir nicht sicher, was Euer Wort wert ist, Kapitän du Puits. Gouverneur d'Ogeron liegt viel an dieser Kaperfahrt.«

»Gouverneur d'Ogeron liegt gewiss auch viel an der Prise, die ihn in den nächsten Tagen erreicht. Und der Angriff auf Maracaibo ist mit acht Schiffen Erfolg versprechender als mit sieben. Seht Ihr das nicht ebenso?«

Moïse Vauquelin neigte den Kopf zur Seite. »Ihr seid ein Mann mit konkreten Vorstellungen. Verbürgt Ihr Euch für den Olonnaisen?«

Antoine starrte ihn an. »Ich handle nach dem Kodex. Die Brüder haben sich gegenseitig zu achten und sollen sich jederzeit zur Seite stehen. Ich habe l'Olonnais' Wort. Er kehrt zurück.«

Michel le Basque lachte. »Es fällt in meinen Bereich, die Brüder über den Kodex zu belehren, Kapitän du Puits! Aber es ist beruhigend zu hören, dass ein Mann Eurer Ideale für l'Olonnais eintritt.« Er tauschte einen Blick mit Moïse Vauquelin. »Wir warten zehn Tage. Trifft er nicht ein, segeln wir mit sieben Schiffen gen Maracaibo.«

Antoine nickte. »Aye, Kapitän le Basque. Ihr Wort gegen meins.« Sie fixierten sich kurz, bevor sich die Kapitäne zerstreuten.

Pierre blieb zurück. Wie in Trance starrte er auf Antoine, der sich mit dem Rest seiner Männer zu den Feuern begab. Zu spät bemerkte er Remis' forschenden Blick und wandte sich ab. Sollte nur ein einziger Mann Wind davon bekommen, wer Antoine du Puits in Wirklichkeit war, würde die Hölle losbrechen. Er wollte nicht dafür verantwortlich sein.

In seinem Kopf begannen sich die Einzelteile jener verhängnisvollen Nacht zusammenzusetzen, die Jacquotte eine Entscheidung hatten treffen lassen, die ihre Feinde verstummen ließ und ihr ein Leben in der Bruderschaft ermöglichte. Die Kreatur, die aus ihr geworden war, verabscheute er, aber dass sie es nun geschafft hatte, Kapitän eines Schiffes zu werden, freute ihn. Ein Lächeln schlich sich auf sein Gesicht.

Zehn

Laguna de Maracaibo, Sommer 1666

Weißer Küstennebel hüllte die bunten Häuser ein, die längs am Ufer des dunklen Sees aufragten. Die acht Schiffe näherten sich ihnen unheilvoll. Ihre dicken Bäuche hoben sich anmaßend aus dem Wasser, und außer dem Gluckern der Wellen und dem Schlagen der Ruder waren keinerlei Laute zu vernehmen.

Seit die Flibustier tags zuvor das Fort an der Meerenge eingenommen hatten, war der Wind versiegt und sie mussten sich durch die Nacht mit der Flut gen Maracaibo treiben lassen. Noch stand der Mond am verblassenden Nachthimmel und vereinzelte Wolken nutzten die Gelegenheit, sich zu sammeln, bevor die anschwellende Sonne sie wie jeden Tag versengen würde.

Die Männer schwiegen. Anspannung hatte sich in ihren Gesichtern festgesetzt. Stürmisches Wetter hatte die Überfahrt nach Nueva Venezuela geprägt und die Truppe der Flibustier beinahe auseinandergerissen. Doch die Kaperfahrt stand augenscheinlich unter einem guten Stern, denn die Schiffe trafen beinahe zeitgleich im Golf von Maracaibo ein, wo sie ankerten, bis die Nacht einsetzte.

Tags darauf segelten sie bis zu der Sandbank an der Meerenge und gingen dort erneut vor Anker. Michel le Basque und Moïse Vauquelin begaben sich mit ihren Mannschaften an Land, um das Fort zu erstürmen. Schneller als erwartet, schalteten sie die wachhabenden Soldaten aus. Nur wenigen glückte die Flucht und kein Einziger drang bis zur Festung durch, um die Männer zu warnen. Auf diese Weise gelang den Flibustier ein überraschender Angriff, und die spanischen Schützen waren innerhalb von nur drei Stunden geschlagen.

Nachdem die Brüder ihre Flagge auf dem Fort gehisst hatten, verbrachten sie den restlichen Tag damit, die Befestigungen niederzureißen und abzubrennen, ihre Toten zu begraben und

Verwundete sowie erbeutete Kanonen auf die Schiffe zu verladen. Anschließend brachen sie nach Maracaibo auf.

Jacquotte stand am Bug der *La Poudrière* und beobachtete den nahen Küstenstreifen. Sie vernahm die meckernden Laute der Ziegen, die auf der Isla Borica gehalten wurden, die sie gerade passiert hatten, und roch das Ufer mit seinem schlammigen Grund, der durch die Ebbe freigelegt wurde. Zum ersten Mal seit langer Zeit fühlte sie sich wieder wohl in ihrer Haut. François l'Olonnais befand sich auf seinem erbeuteten Schiff, und sie konnte nachts die Augen zumachen, auch wenn sie erst nach Tagen in der Lage gewesen war, ruhig zu schlafen. Zu tief saß ihre Wachsamkeit.

Allmählich bewegte sie sich entspannt, ohne dass sie ständig vorsichtige Blicke über ihre Schultern warf. Ihre Stimmung wurde mit jedem Tag befreiter und sie begriff, dass sie endlich am Ziel dessen war, wovon sie all die Jahre geträumt hatte. Beinahe zärtlich strich sie über das Holz der Reling und sah zur *Belle Rouge* hinüber, die sich wie stets backbord der *La Poudrière* befand. Nicht einmal im Sturm hatte Pierre den Anschluss verloren. Jacquotte wusste nicht, was sie davon halten sollte. Er hatte sie erkannt. Es war ihr unbegreiflich, wie ihm das gelungen war, denn sie vermochte sogar Jan zu täuschen. Die Einzige, die sie immer durchschauen würde, war Fayola, die von den Männern Morelle genannt wurde. Doch selbst sie hatte Zeit gebraucht, um zu erkennen, wer hinter der Verkleidung steckte.

Zu intensiv war Antoine du Puits zu einem Teil von Jacquottes Wesens geworden. Er bewegte sich anders, er sprach anders und dennoch atmete er ihre Persönlichkeit. Dank ihm war ihr ein Leben möglich, dessen Freiheiten einer Frau verwehrt blieben. Nur dank ihm konnte sie ein Bruder der Küste sein.

Jacquotte reckte ihr Kinn. Sie hatte viel geopfert, um unerkannt zu bleiben. Das Rasiermesser führte sie mittlerweile geschickter als jeder Barbier, ihre Notdurft bezwang sie bis zum Schutz der Dunkelheit, in der sie sich inzwischen wie ein Schatten bewegte, und den Druck ihrer eingeschnürten Brüste sowie den kratzenden Schmutz hatte sie über die Jahre zu ertragen gelernt. Selbst ihre Monatsblutungen schnürte sie mit Leinen ab, ganz so, wie Fayola es ihr gezeigt hatte. Ihr Wille war stark. Sie gab nicht vor, Antoine du Puits zu sein, sie war Antoine du Puits.

Andächtig berührte sie das goldene Kreuz mit der stürzenden Taube um ihren Hals, das ihr tagtäglich Kraft schenkte.

»Die Stadt ist wie ausgestorben«, flüsterte ein Schiffsjunge neben ihr.

»Aye! Entweder das oder die Einwohner lauern uns auf.« Sie reckte das Kinn, um den vorgelagerten Hafen zu erkennen. Zäher Nebel waberte über das Schilf, das die großzügigen Mauern umgab. Kein einziger Mast ragte aus dem Dunst.

»Es sind keine Barken oder Schiffe zu sehen.« Jacquotte runzelte die Stirn. »Es heißt, die Stadt beherbergt an die viertausend Seelen, die meisten davon Sklaven. Vielleicht wurden sie gewarnt.« Sie hob die Hand, um die Aufmerksamkeit ihrer Mannschaft zu erlangen. Das Schiff von l'Olonnais drehte bei und ging längsseits der Häuser in Stellung.

»Hart steuerbord! Segel einluven! Kanonen auf Backbordseite bereitmachen!«, befahl sie und schritt über das Deck in Richtung Heck, um den Steuermann zu überwachen.

Es kam Bewegung in die erstarrte Besatzung. Die Männer waren müde und hungrig. Jacquotte wusste um ihren Zustand. Sie hoffte, dass Maracaibo genug Schätze barg, an denen sich die ausgezehrte Mannschaft laben konnte. In der Stadt war es zu ruhig. Das bedeutete, dass ihnen entweder ein harter Kampf bevorstand oder die Einwohner alles aufgegeben hatten.

Letzteres würde l'Olonnais in Aufruhr versetzen und ihn augenblicklich ausschwärmen lassen, um die Flüchtigen niederzustrecken. Jacquotte wünschte sich, dass es dazu kam. L'Olonnais gegenüberzutreten, war etwas, das ihr beinahe die Sinne schwinden ließ. Aber es war nicht an der Zeit, unnötige Gedanken daran zu verschwenden. Sie übernahm das Ruder und richtete das Schiff zum Kampf aus.

»Kanonen bereit«, meldete der Maat.

Jacquotte nickte und blickte zum Olonnaisen hinüber. Trügerische Ruhe lag über der Flotte. Kein Windhauch zerrte an den Segeln und der Nebel legte sich schützend vor die Häuserfront von Maracaibo. Jacquotte starrte angestrengt durch ihr Fernrohr. Der Olonnaise hob die Hand.

»Feuer«, schrie sie, und mit kurzer Verzögerung vernahm sie das Krachen der Neunpfünder.

Das Deck erzitterte und die Masten knarrten. Wie ein Echo feuerten auch die anderen Schiffe ihre zerstörerische Ladung ab. Mit dumpfem Dröhnen schlugen die Kugeln in die Häuser jenseits des Hafens ein. Ein Dach knickte ein und riss das erste Stockwerk mit sich in die Tiefe. Jacquotte sah es im Nebel verschwinden und lauschte.

Fenster splitterten, Ziegelsteine stürzten ins Wasser. Staub vermischte sich mit dem Dunst und verstärkte die undurchsichtige Wand. Die Schiffe ihrerseits verschwanden unter einem Schleier aus Pulverdampf. Die Männer gingen in Deckung, aber der Gegenangriff blieb aus. Kein Kanonenschuss, keine Musketensalve waren zu hören. Maracaibo wartete stumm.

»Zum Teufel«, entfuhr es Jacquotte. Sie rannte über das Deck, um das Schiff des Olonnaisen auszumachen und weitere Anweisungen zu empfangen. Erstickte Stimmen drangen zu ihr durch, doch sie konnte lediglich die Umrisse des spanischen Handelsfahrers erkennen.

»An Land! Boote bereitmachen!«, erreichte sie schließlich der klare Befehl von l'Olonnais' Schiff.

»Boote bereit!«, rief sie ihrer Besatzung zu. »Wir setzen über. Die Männer an den Kanonen bleiben, wo sie sind!«

Jacquotte wusste, dass die Kanonen noch einmal feuern würden, wenn die Flibustier auf halbem Weg an die Küste waren. Das sollte ihr Herannahen vertuschen. Außerdem würden die Bukaniere in den Booten das Feuer auf das schützende Gebüsch der Uferböschung eröffnen, um lauernden Spaniern den Garaus zu machen, bevor auch nur ein Mann seinen Fuß in die Stadt setzte.

Sorgfältig verfolgte sie das Abfieren der Beiboote. Sie hatten genug Boote dabei, um die gesamte Mannschaft an Land zu bringen. Ein Umstand, der notwendig war, um Maracaibo zügig zu erstürmen. Jacquotte erteilte ihrem ersten Maat genaue Befehle über das weitere Vorgehen, bevor sie sich mit dem Großteil der Männer über Bord schwang, um in den Beibooten überzusetzen.

Kurze Zeit später durchzogen die Ruder das graue Wasser. Je näher sie der Stadt kamen, umso mehr streckte der feuchte Nebel seine düsteren Klauen nach ihnen aus. Die Augen der Brüder blickten krampfhaft in das bleiche Nichts, das langsam von der Flotte Besitz ergriff. Jacquotte erkannte die Schatten der anderen Boote, während sie wie eine Armee hungriger Ameisen auf das Festland zuhielten. Jeder Laut wurde von dem zähen Dunst geschluckt, der sie bedächtig einhüllte. Sie legte beide Hände an die Pistolen, die am schwarzen Seidentuch um ihren Hals baumelten.

»Seid unbesorgt, Brüder. Die Spanier sind nicht klug genug, um uns derart lange hinzuhalten«, flüsterte sie beruhigend. »Wenn ihr mich fragt, sind die feigen Hunde bereits auf und davon.«

Die Männer grinsten. Jacquotte sah jeden von ihnen kurz an. Sie wusste, dass das Vertrauen der Besatzung in sie wuchs. Hatte sie sie anfangs noch misstrauisch beäugt, fügte sie sich mittlerweile vertrauensvoll ihren Befehlen. Immer öfter kam es vor, dass die Schiffsjungen während der Arbeit Lieder anstimmten oder miteinander scherzten. Die Tyrannei, der sie unter l'Olonnais' Kommando ausgeliefert gewesen waren, verflog mit dem Wind, der sie vorantrieb.

»Denkt daran, die Kirche in der Stadtmitte wird unser Befehlslager. Was ihr in Maracaibo findet, schafft ihr dorthin«, sagte sie eindringlich. Die Männer nickten.

»Möge das Glück mit euch sein.« Jacquotte vernahm das Grollen der Kanonen und hörte die Kugeln bedrohlich über ihre Köpfe zischen. Die Schiffe hatten ihre zweite Ladung abgefeuert. Kreischend gingen Häuser im weißen Nichts zu Bruch, entließen ihre steinernen Wände ins Meer. Aufgewühlte Wellen prallten an den Beibooten ab und feiner Staub bedeckte die Haare der Männer, die sich in ihre Boote duckten, bereit, den Konter abzuwehren. Wieder blieb es ruhig.

»Feuer frei«, erscholl es aus den Tiefen des Nebels.

»Feuer frei«, wiederholte Jacquotte, und die Bukaniere legten ihre Musketen an. Mit knisterndem Funkenregen knallten die Schüsse und fanden ihren Weg in unwegsames Gebüsch. Blätter und Äste flogen umher, aber von Spaniern fehlte jede Spur. L'Olonnais ließ noch zwei weitere Salven abfeuern, doch die erwartete Reaktion blieb aus.

Wachsam begaben sich die Männer an Land. Leblos breitete sich die weitläufige Stadt vor ihnen aus. Die Flibustier warteten kurz, bevor sie Haustüren aufstießen und Fenster einschlugen. Schnell stellten sie fest, dass die Einwohner geflohen waren. Einzig Hühner und Schweine streiften verlassen durch die Straßen, und bald frönten die ersten Brüder der Völlerei.

Die entvölkerten Häuser boten eine reiche Auswahl an Wein, Selbstgebranntem, Brot, Kohl und Früchten. Die Bürger hatten Maracaibo anscheinend in großer Eile aufgegeben und lediglich mitgenommen, was von Wert war und sie zu tragen vermochten. Eine derart mühelose Inbesitznahme hatten sich die Flibustier nicht ausgemalt, und innerhalb einer Stunde herrschten Chaos und Verwüstung in der Stadt.

Der Baske übernahm das Kommando und entsandte Brüder in die entlegeneren Stadtteile. Auch Jacquotte drang mit einigen ihrer Männer bis in die hintersten Gassen vor, um sicherzustellen, dass sich niemand mehr verschanzte. Gerade als sie sich auf dem Rückzug befand, wurden zwei ihrer Schiffsjungen durch Schüsse aus dem Hinterhalt niedergestreckt. Eilig suchten die Übrigen Deckung hinter den provisorischen Holzhütten, deren Zahl zunahm, je weiter man sich vom Stadtkern entfernte.

»Eine große Gruppe Sklaven«, zischte Jacquotte und erspähte die Mohren durch eine Ritze in den grob zusammengezimmerten Wänden.

Ihr Pulsschlag beschleunigte sich. Die meisten trugen außer Waffen kaum etwas am Leib und zogen lärmend die Straße entlang. Offensichtlich hatte man sie zurückgelassen und sie nutzten die Gelegenheit, um zu vergelten, was man ihnen angetan hatte oder gedachte, ihnen erneut anzutun.

Jacquotte sondierte die Lage. Auf einen von ihren Männern kamen fünf Sklaven. Sie waren deutlich in der Überzahl und hielten zügig und mit grimmigen Mienen auf die Flibustier zu. Es gab keine Rückzugsmöglichkeit, sie mussten kämpfen! Eilig überprüfte sie ihren Vorrat an Pulver und Kugeln. Mit glänzenden Augen erwarteten die Männer ihre Befehle. Der Wein, den sie in den Häusern vorgefunden hatten, machte sie heißblütig.

»Eröffnet das Feuer und dann stürzt euch auf sie! Sie mögen schießen können, aber im Nahkampf sind wir ihnen überlegen.« Jacquotte nickte den Männern zu, umklammerte ihre Waffen und sprang vor das schützende Hauseck, die Brüder dicht hinter sich.

Ihre kurz hintereinander abgefeuerten Pistolen rissen eine Lücke in die vorderste Front und trieben den ebenholzfarbenen Männern ungezügelte Wut ins Gesicht. Bösartig zeigten sie ihre Zähne. Die

Sonne ließ den Schweiß auf ihrer nackten Haut angriffslustig aufleuchten, als sie in die Offensive gingen.

Einige feuerten ebenfalls ihre Pistolen ab, während andere wuchtige *navajas* schwangen und lärmend auf die Flibustier zurannten. Einer schwarzen Mauer gleich prallten sie gegen die zahlenmäßig unterlegenen Brüder und verkeilten sich ineinander.

Jacquotte stach, hieb und kämpfte wie besessen. Sie durchschnitt Fleisch, sah Blut spritzen und brüllte die dunklen Angreifer an, die mit dem Mut fochten, der nur Verzweifelten zu eigen war. Worte einer rätselhaften Sprache hingen in der Luft und vermischten sich mit den gequälten Schreien der Verwundeten.

Ein mächtiger Mohr, stämmig wie eine Palme und massig wie ein alter Eber, schlug ihr die Machete aus der Hand und brachte sie mit einem Stoß seines Ellbogens zu Fall. Jacquotte keuchte auf und drehte sich, um seinem drängenden Säbel auszuweichen, den er leidlich, aber mit großem Eifer führte. Wie ein hungriger Fregattvogel stieß er immer wieder hinab, um seine Beute aufzuspießen, doch Jacquotte wand sich geschickt zwischen den Beinen der Kämpfenden.

Erst als sie eingekeilt war und er seine Stichwaffe in ihre Hüfte bohrte, holte sie instinktiv aus und durchschnitt ihm mit ihrem Dolch die Wade. Wie ein gefällter Baum brach der Mohr zusammen und sie sprang auf die Füße. Ihre Wunde schmerzte, aber sie war gezwungen, den nächsten Angriff zu parieren. Sie konnte keinen ihrer Männer mehr ausmachen.

Panik erfasste sie, bevor sie sich im Kampf mit zwei weiteren Sklaven wiederfand. Erneut traf sie eine scharfe Klinge. Sie stöhnte auf und versuchte sich aus der Gefahrenzone zu bringen. Doch die Mohren hatten Blut gewittert. Wie Spürhunde setzten sie ihrem verwundeten Opfer nach.

Jacquotte blickte in ihre pechschwarzen Augen und wusste um ihr Schicksal. Sie würden sie in Stücke reißen, wenn sie sie zu fassen bekamen. Bedrohlich zog sie ihre Säbel durch die Luft, um sich Freiraum zu erkämpfen. Ein Stein traf ihre Schulter und ließ sie taumeln. Die Männer lachten höhnisch.

Jacquotte sah sich um. Sie war alleine. Ihr Magen zog sich zusammen. Sie hörte das Klicken eines Pistolenschlosses. Die Menge teilte sich und machte den Blick auf den großen Mohren frei, der in einer Blutlache am Boden saß, seinen zahnlosen Mund enthüllte und entschlossen auf sie zielte. Sie schluckte und ihre Gedanken überschlugen sich.

Aus den Augenwinkeln sah sie ein einsames Schwein an sich vorüberrennen, vernahm das gurgelnde Gelächter der Männer und spürte ihr Blut heiß aus mehreren Wunden ihren Körper verlassen. Sie sehnte sich nicht nach dem Tod, jetzt, wo er nahe war. Aber sie würde ihn mit hocherhobenem Haupt annehmen.

Ihre Lippen verzogen sich zu einem verächtlichen Grinsen. Sie hob die Arme und kreuzte die Säbel über ihrem Kopf. Der Mohr stutzte. In diesem Moment kam Bewegung in die Menge. Der Schuss krachte, doch er traf einen Sklaven, der sich ins Mündungsfeuer hatte drängen lassen. Die Kugel durchschlug ihm den Bauch und ließ ihn zusammensacken.

Jacquotte sah sich um und erblickte weitere Flibustier, die die Straße hinabstürmten. Pierre! Sie erkannte sein unnachgiebiges Gesicht, mit dem er die Männer anführte. Er warf ihr einen kurzen Blick zu, bevor er sich in die Menge stürzte. Sie folgte ihm. Seine Bewegungen waren ihr vertraut. Er kämpfte wie einst, auch wenn er grausamer geworden war. Besaß er früher noch die Gnade, seinen Gegnern einen raschen Tod zu bescheren, so verletzte er sie heute nur, bis sie wehrlos vor ihm am Boden lagen und ihn anflehten, sie zu töten.

Jacquotte beobachtete ihn gespannt und hielt ihm den Rücken frei. Überdeutlich spürte sie die Hitze seines Körpers. Vergessen geglaubte Gefühle stiegen in ihr auf, und das Blut trieb sie durch ihre Adern.

Die Flibustier bekamen Oberhand. Der große Mohr starb durch Pierres Säbel. Jacquotte sah das Licht in seinen Augen schwinden, als sein Leib hintenüberfiel. Sie starrte ihn an. Beinahe hätte er ihr das Leben genommen, doch nun hatte Pierre beglichen, was ihre Aufgabe gewesen wäre. Sie wehrte einen weiteren Angriff ab und sah endlich, dass die restlichen Sklaven die Flucht ergriffen. Einige Flibustier setzten ihnen nach, aber die meisten hielten inne, um Atem zu schöpfen.

Pierre drehte sich um. Ihre Blicke trafen sich. Jacquotte bemerkte Blut, das ihm von seiner aufgeplatzten Lippe über das markante Kinn lief. Seine Gesichtszüge entspannten sich für einen Moment, als er ihr die Machete reichte, die sie während des Kampfs verloren hatte. Sie nahm sie entgegen. Pierre fuhr sich mit dem Handrücken über den Mund. Ein letztes Mal studierte er ihr Gesicht, bevor er seinen Männern mit einer kurzen Drehung seines Kopfes zu verstehen gab, dass es an der Zeit war, sich zurückzuziehen.

Jacquotte blieb zurück. Ihre Männer waren tot. Sie stieg über ihre leblosen Körper und blickte in starre Augen. Schuldgefühle nagten an ihr, doch sie rang sie nieder. Das Leben der Flibustier war eine Reise mit dem Tod. Er erwartete einen jeden Tag, auf dem Meer ebenso wie an Land. Die Männer hatten ihn gekannt. Sie setzten ihre Reise nun in seiner Begleitung fort. Es war das alte Lied.

Sie beschloss, unverzüglich den Rest ihrer Mannschaft aufzusuchen und ihnen von dem Überfall zu berichten. Später würden sie gemeinsam zurückkehren, um ihre Brüder zu beerdigen. Energisch hob sie den Kopf und setzte hinter Pierre her.

Als sie Anschluss an seine Gruppe gefunden hatte, verlangsamte sie ihr Tempo. Ihre Wunden pochten, doch noch war es nicht an der Zeit, sich darum zu kümmern. Je näher sie dem Hafen kamen, desto größer wurde der Lärm. Plündernde Horden schleppten in Richtung Kirche, was sie tragen konnten. Mancher Flibustier wankte bereits unter dem Rausch des Alkohols. Einige hatten sich Frauenkleider angelegt und taumelten begleitet von Gelächter durch die Straßen, während andere sie aus den oberen Stockwerken mit faulem Obst bewarfen.

Jacquotte drängelte sich bis zur Kirche vor, in deren Innerem die eingesammelte Beute aufgeschichtet wurde. Feuer, über denen Hühner brieten, brannten vor dem Altar. Weinfässer waren vor die Sakristei gerollt worden und entzündeten die Kehlen und die Stimmung der Männer. Mittendrin hielt der Baske Hof, die Arme herrisch vor der kräftigen Brust verschränkt. Er starrte Jacquotte entgegen.

»Was habt Ihr zu vermelden, Antoine du Puits?«, rief er gegen den Lärm an, den die steinernen Wände zurückwarfen.

»Wir sind überfallen worden, großer Baske«, berichtete sie mit fester Stimme. »Marodierende Sklaven treiben am Stadtrand ihr Unwesen. Meine Männer wurden alle niedergemetzelt.«

Michel le Basque zog seine buschigen Augenbrauen hoch. »Wo steckt Kapitän l'Olonnais? Er sollte sich um diese Sklaven kümmern! Vielleicht berichten sie uns, wohin ihre Herren gezogen sind.«

»Ihr befehlt die Truppen an Land«, konterte Jacquotte. »Ihr solltet den Aufenthaltsort Eurer Männer besser kennen als meine Wenigkeit.« Sie wich zwei streitlustigen Raufbolden aus.

»Hah!« Der Baske warf seinen Kopf zurück. »Mäßigt Euch, Kapitän du Puits! Wart Ihr es nicht, der sich für den Olonnaisen verbürgt hat?«

»In der Tat. Aber ich bin nicht in der Lage, ihm Befehle zu erteilen!« Sie fixierten sich über das Getümmel hinweg. Ärgerlich langte der Baske nach einem der Schläger. Es sah aus, als wolle er eine lästige Fliege abwehren. Seine Faust traf den Mann versehentlich an der Schläfe und er ging zu Boden. Der Baske schnaubte und trat an Jacquotte heran.

»Wem folgt Ihr, du Puits? Mir oder dem Olonnaisen?« Er musterte sie eindringlich.

»Ich folge dem Kodex und mir selbst!« Sie sah ihm in die Augen.

»Findet den Olonnaisen für mich, und ich werde dafür sorgen, dass er seine Pflicht tut«, erwiderte der Baske mit unbewegtem Gesicht. Jacquotte nickte und wandte sich ab.

Während sie sich durch die Menge kämpfte, begegnete sie Pierres Blick. Sie hielt inne. Er war offenbar auf dem Weg zum Basken, doch er blieb stehen. Für einen flüchtigen Moment sahen sie sich an.

»Picard!« Die Stimme von Michel le Basque duldete keinen weiteren Aufschub. Pierre senkte den Blick und setzte seinen Weg fort. Sie sah ihm nicht nach.

Als sich die Nacht über die brodelnde Stadt senkte und das Grölen der betrunkenen Männer die Laute der Gefolterten übertönte, saß Jacquotte am Fenster eines verlassenen Hauses abseits der Prachtbauten. Brände, entzündet aus feinstem Mobiliar, erhellten die zerschundenen Fassaden. Zerbrochene Krüge pflasterten die Straßen, Milch und Mehl vermischten sich mit Blut, Federn und Innereien eilig geschlachteter Hühner. Die Schweine verschonte man für die Gelage der nächsten Tage und hatte sie in Pferchen um die Kirche zusammengetrieben. Ihr Grunzen hallte durch die Dunkelheit.

Die Flibustier schöpften aus dem Vollen, zerstörten spanischen Besitz und spuckten auf alles, was sich nicht zu Geld machen ließ.

Sie hatte sich dem Treiben lange genug hingegeben und war froh, den lüsternen Blicken des Olonnaisen entkommen zu sein, die sie bis in den letzten Winkel von Maracaibo verfolgten. Erst die gefangenen Sklaven lenkten seinen Zorn auf andere Dinge, und Jacquotte fühlte sich schuldig, dass deren Qual ihr zur Flucht verholfen hatte.

Ihre Männer waren begraben worden, der Rest ihrer Mannschaft hatte gute Beute gemacht und auf ihren ersten Maat war Verlass. Er überwachte alles in ihrem Sinne, sodass sie sich schließlich mit der Entschuldigung hatte zurückziehen können, ihre Wunden versorgen zu müssen. Der einzige Arzt, den sie ausfindig machen konnte, war jedoch zu betrunken gewesen, um seiner Aufgabe nachzukommen, und so hatte Jacquotte selbst Hand angelegt. Der spanische Wein beruhigte sie und das Alleinsein tat ihr gut.

Sie lehnte sich gegen das zertrümmerte Fenster und dachte an Pierre. Er hatte ihr am heutigen Tag das Leben gerettet. Es war sonderbar, nach so langer Zeit wieder an seiner Seite zu kämpfen. Das Wiedersehen mit ihm vor einigen Wochen war aufwühlend gewesen. Besonders, als er ihr versichert hatte, sie nicht verraten zu haben. Obwohl diesbezüglich noch Zweifel an ihr nagten, war sie mit einem Mal gewillter denn je, ihm zu glauben. Nervös über diese ungewohnten Gedanken, stützte sie ihre Stirn gegen das zersplitterte Holz. Ihre Gefühle spielten ihr offenbar einen Streich. Jacquotte rief sich zur Ruhe. Sie durfte nicht zulassen, dass er zerstörte, was sie sich mühsam aufgebaut hatte!

Eine knarrende Treppenstufe ließ sie herumfahren und Deckung hinter einem umgestürzten Schrank suchen. Sofort lud sie ihre Pistole. Die Flammen unter dem Fenster warfen tanzende Punkte an die massive Holzdecke. Jacquotte gab keinen Laut von sich. Wenn einer der Sklaven glaubte, sich in diesem Haus verstecken zu können, würde sie ihn töten und damit Rache für ihre gefallenen Brüder nehmen.

Die Geräusche verstummten und sie hielt den Atem an. Vorsichtig spähte sie in den dunklen Raum. Minuten vergingen. Dann bewegte sich ein Schatten in Richtung Fenster. Jacquotte spannte das Schloss und die Gestalt fuhr herum. Sie erkannte die Umrisse und fragte sich, ob es ihre Gedanken gewesen waren, die ihn angelockt hatten.

»Was willst du hier?«, brummte sie und legte das Schloss zurück.

»Ich wollte dir die Gelegenheit geben, dich zu bedanken«, erwiderte Pierre.

Sie steckte die Pistole weg und ging auf ihn zu. »Ich habe dich gerade verschont. Ist das nicht Dank genug?«

»Nur zu, die meisten Narben an meinem Körper sind ohnehin von dir.«

Er beobachtete sie aufmerksam und löste Unbehagen in ihr aus. Wachsam sah sie aus dem Fenster, aber außer dem üblichen Treiben war nichts Verdächtiges zu erkennen.

»Der Baske gab mir den Auftrag, dich auszuspionieren. Dein Auftreten missfällt ihm, und er fragt sich, warum er deine Vergangenheit nicht kennt«, erklärte Pierre ohne weitere Umschweife.

»Weshalb erzählst du mir das?«

»Nur weil wir Fremde sind, macht uns das nicht zu Feinden.« Er senkte seine Stimme. »Ich weiß inzwischen, dass der Baske den Plan hatte, dich zu töten. Er sagte es mir selbst vor unserer Abreise nach Maracaibo. Du hast eine mutige Entscheidung getroffen.«

Jacquotte warf den Kopf zurück. »Hör auf, Verständnis zu heucheln, Pierre! Es ist viel geschehen in den letzten Jahren. Ich fürchte mich nicht mehr vor dem Basken oder l'Olonnais! Ich habe endlich mein eigenes Schiff. Etwas anderes wollte ich nie.«

Pierre knirschte derart mit den Zähnen, dass sie es hörte. Er war wütend auf sie. Sie musste lächeln und war froh, dass die Dunkelheit ihr Gesicht verbarg. Sie sah den Jungen ihrer Kindheit vor sich, mit dem sie sich ebenfalls ständig gezankt hatte. Ohne es zu wollen, überflutete sie eine Welle der Erinnerungen. Émile, Manuel, ihre Siedlung unter den Limonenbäumen, ihre Höhle über dem Meer. Jacquotte schloss kurz die Augen, um mit den Bildern in ihrem Kopf zu verschmelzen.

»Als ich Tierra Grande verließ, tat ich es in dem Glauben, dass ich dir nichts bedeute.« Seine Stimme klang heiser.

»Sei still! Die Vergangenheit ist ist nicht mehr von Bedeutung.«

Pierre verstummte. Lange Zeit verharrten sie nebeneinander und blickten aus dem Fenster.

»Weißt du, woher mein Name stammt?« fragte sie endlich, um sich abzulenken. Seine Nähe war befremdlich.

Pierre sah auf und sie erkannte, dass er mit dem Jungen ihrer Kindheit nicht mehr viel gemein hatte. Sein Körper war angespannt, der Blick lauernd, eine Hand ruhte am Waffengürtel. Er war durch und durch ein Flibustier.

»Woher?«

»Antoine wählte ich nach deinem Vater. Du Puits nach dem Geburtsort von Émile, La Haye du Puits, einer Stadt in der Normandie. Als Antoine du Puits erzähle ich jedoch allen, dass ich aus Nantes stamme. Von dort kam der Arzt, der mich nach l'Olonnais' Überfall heilte.«

»Ein guter Name. Derart belanglos ist die Vergangenheit gar nicht.«

»Was will der Baske?« Sie wollte nicht auf die Anspielung eingehen.

»Der Baske sucht nach Verbündeten. Ich schätze, er braucht dich auf seiner Seite, um l'Olonnais auszuschalten. Verbünde dich mit dem, der den Feind am besten kennt. Diese Idee hat er von mir.« Pierre klang verbittert.

Jacquotte sah ihn an. Sie spürte, dass er sich für ihr Schicksal verantwortlich fühlte. Der Gedanke störte sie.

»Die *La Poudrière* bedeutet meine Freiheit. Ich werde der Bruderschaft den Rücken kehren.«

»Kehrst du zum Totenkopf zurück? Ich nehme an, er ist ebenso wenig ertrunken wie du.«

Es war ausgesprochen. Sie hörte seinen Ärger und sah, dass er sich versteifte. Sie wollte ihm sagen, dass sie ihm keine Rechenschaft schuldete, aber sie schluckte den Vorwurf hinunter.

»Wir verließen das Schiff noch vor seinem Untergang im Hafenbecken. Tête-de-Mort schwamm an Land und zog mich mit sich. Ohne seine Hilfe wäre ich gewiss ertrunken. Dann warteten wir das Ende des Sturms ab und setzten mit einem Fischer auf die Île de la Gonaïve über.«

»Niemand erkannte euch?«

»Keiner lebte lange genug, um von uns zu berichten. Wir verbargen uns mehr als ein Jahr auf der Nordseite der Insel.«

Sie sah, dass ihre Worte ihm missfielen. Aber er hatte gefragt und nun musste er mit der Antwort leben.

»Tête-de-Mort ermutigte mich zu meiner neuen Identität, lehrte mich, mich wie ein Mann zu bewegen und zu sprechen. Er rasierte mir den Schädel und brachte mir bei, wie man dies jeden Tag selber tat. Als er starb, war ich darauf vorbereitet, zurückzukehren.«

Ihre Blicke fanden sich, doch Pierres offensichtliche Erleichterung traf sie. Schnell wandte sie den Kopf ab und griff nach der Kette. Die Taube um ihren Hals erinnerte sie an den Mann, der ihr nicht den Tod, sondern das Leben geschenkt hatte. Ihre gemeinsame Zeit war ein Andenken, das sie nicht zu teilen bereit war. Jacquotte stieß sich vom Fenster ab und drehte Pierre den Rücken zu.

»Willst du keine Rache nehmen?«, hörte sie ihn fragen und war froh, dass er nicht weiter in sie drang.

»Hast du von Henry Morgan gehört, Pierre? Es heißt, er habe die Regeln des Kodex übernommen und nennt sie nun *articles of agreement*. Seine Zeit wird kommen, wenn es so weit ist. Das, was wir Rache nennen, wird sich dann von selbst erledigen.«

»Ich meinte nicht nur den Basken, sondern auch l'Olonnais. Was zum Teufel hat dich dazu bewogen, ihn zu unterstützen?«

Sie starrte sein verschwommenes Spiegelbild in einer der Glasscherben an. Wie sollte sie ihm erklären, was sie antrieb? Er hatte ihre Beweggründe nie verstanden.

»L'Olonnais ist sich selbst der größte Feind.«

Mit seinem Schulterzucken bestätigte er ihr sein Unverständnis. »Dann wirst du für den Rest deines Lebens Antoine du Puits bleiben?«

Sie drehte sich wieder zu ihm um und sagte: »Nur als Mann kann ich so leben, wie ich es mir vorstelle.«

Sie erwartete, dass er sich aufregte, wie es seine Art war, aber er schwieg. Das war ungewöhnlich, und sie ertappte sich bei dem Gedanken, dass ihr ein Streit mit ihm lieber gewesen wäre. So kämpfte sie wortlos gegen das verstörende Gefühl an, das sich seit seiner Ankunft in ihr ausbreitete.

Er brachte ihr zu Bewusstsein, wie sehr die letzten Jahre an ihr gezehrt hatten. Ständig kampfbereit, bemüht, ihre Verkleidung aufrechtzuerhalten, wachsam gegenüber l'Olonnais, begierig nach einem eigenen Schiff und getrieben von ihrer Suche nach Freiheit. Sie war müde und einsam. Ihr gewähltes Leben forderte seinen Preis.

»Du hast erreicht, was du dir immer gewünscht hast«, erwiderte Pierre schließlich. Jacquotte nickte. Mehr gab es nicht zu sagen.

Die Dämmerung brach an, und mit ihr breitete sich das Schweigen aus, erfasste sie beide und gewann an Intensität. Sie hatten die ganze Nacht in der anonymen Dunkelheit geredet, doch der anbrechende Tag brachte sie zurück in die Realität. Unsicher standen sie sich gegenüber, jeder mit seinen eigenen Gedanken beschäftigt. Jacquotte kam es vor, als würden Zeit und Raum ihre Bedeutung verlieren. Mit einem Mal fühlte sie sich wieder wie ein Kind, das von Pierre beschützt werden wollte. Eine gefährliche Empfindung.

»Wenn du schlafen willst, dann bleibe ich hier«, sagte Pierre in diesem Moment. Es war ein ernst gemeintes Angebot und sie nickte dankbar. Die Wunden raubten ihr die Kraft und sie rollte sich schläfrig auf ihrem Umhang zusammen, froh, ihren Gefühlen zu entkommen.

Die Sonne stand bereits hoch am Himmel, als l'Olonnais mit Steinen nach einigen Ratten warf, die sich an den Innereien der Hühner labten. Ausgelaugt hockte er zwischen seinen Männern vor einer Häuserwand und versuchte seinen Durst zu stillen. Gierig leerte er einen Becher Rum. Der braune Saft lief ihm aus den Mundwinkeln und tropfte auf das zerrissene Hemd, das seine von Schweiß und Blut glänzende Brust enthüllte. Alle Sklaven waren seiner Folter erlegen. Sie hatten eine bemerkenswert robuste Konstitution bewiesen, doch kurz bevor die Sonne über den Horizont schielte, war der Letzte der Mohren gestorben.

L'Olonnais war bester Stimmung, denn es war ihm gelungen, ihnen die Marschroute ihrer Herren zu entlocken. Er würde sich auf den Weg machen, sobald seine Männer ihren Rausch ausgeschlafen hatten. Ein Rülpsen entschlüpfte seiner Kehle, und er trank einen weiteren Schluck. Alkohol konnte ihm nichts anhaben. Sein Wille war stärker als jeder Rum.

L'Olonnais hielt mitten in der Bewegung inne. War das Antoine, der dort aus dem Haus trat? Er versuchte seine schweren Lider anzuheben. In der Tat! Sein feiner Maat hatte sich dünngemacht, kaum dass er ein eigenes Schiff besaß. Das würde er ihm nicht durchgehen lassen. Er knurrte. Picard! War es möglich? L'Olonnais riss die Augen auf. Was er sah, schürte seine Eifersucht. Nur mühsam gelang es ihm, sich zu beherrschen. Antoine und Picard in trauter Zweisamkeit. Sie sahen einander nicht an und gingen in verschiedene Richtungen davon. Dennoch war es diese Selbstverständlichkeit, die l'Olonnais vor Wut erzittern ließ.

Die Freude über die stundenlange Folter war wie fortgewischt. Er schlug einem seiner schnarchenden Männer kurzerhand die Nase blutig, doch in seiner Trunkenheit stöhnte dieser nur kurz auf. L'Olonnais sprang auf. Er musste Vorkehrungen treffen!

Zwei Wochen später brachen die Schiffe auf. Jacquotte atmete die kühle Luft ein, die aus den schneebedeckten Gipfeln zu ihnen hinüberwehte. Je weiter sie südwärts segelten, desto reizvoller wurde die Landschaft.

Der Maracaibo-See mit seinem schwarzen Wasser breitete sich vor der Flotte aus. Die Uferzone wechselte von trockenem Braun in ein intensives Grün, und man erkannte die hohen Berge, deren Spitzen in den Wolken verschwanden. Entlang der Küste siedelten Indianer, die ihre Häuser auf Bäumen errichteten. Sie hatten Kundschafter auf Piraguas zu den Schiffen der Flibustier entsandt und waren bereit, gemeinsam mit ihnen gegen die Spanier zu ziehen. Aus diesem Grund war die *La Poudrière* von zahlreichen Booten umzingelt, deren Marssegel sich im Wind blähten, und deren Besatzung aus dunkelhäutigen Männern mit fein geschliffenen Gesichtern bestand. Die Spanier nannten sie *indios bravos*, und Jacquotte fand den Namen treffend, denn in ihrer stolzen Körperhaltung lagen Mut und Unbeugsamkeit.

Es kam Jacquotte wie eine Ewigkeit vor, seit die Flibustier Maracaibo widerstandslos eingenommen hatten. In den vergangenen Wochen wurde geplündert und gebrandschatzt, was die Stadt an der Westküste des Sees herzugeben vermochte. Doch trotz Folterungen einiger festgenommener Bewohner war es ihnen nicht geglückt, weitere Schätze aufzuspüren.

Der Baske vermutete, dass es den meisten Einwohnern gelungen war, ihre Wertsachen rechtzeitig zu vergraben. Selbst l'Olonnais' Gabe, auf vielerlei Arten zu foltern, brachte sie nicht weiter. Als die Männer schließlich anfingen, sich zu langweilen, beschloss Michel le Basque, einzig eine Garnison von dreißig Mann in den Ruinen der Stadt zurückzulassen, sämtliche Beute sowie alle Gefangenen auf die Schiffe zu verfrachten und mit dem Rest der Brüder Segel gen Gibraltar zu setzen.

Eine Aufgabe, die er ursprünglich dem Olonnaisen hatte überlassen wollen. Doch einer der spanischen Verbündeten riet ihm dazu, so viele Brüder wie möglich mitzunehmen. Er war der Meinung, dass die Einwohner von Gibraltar längst Unterstützung bei Gabriel Guerrero de Sandoval, dem Gouverneur der Stadt Mérida, angefordert hatten. So kam es, dass die gesamte Flotte den See in Richtung Süden querte, um nach Gibraltar zu gelangen, welches sich vierzig Meilen südöstlich von Maracaibo befand.

Jacquotte beobachtete prüfend den Himmel. Sie war froh, wieder auf der *La Poudrière* zu sein. Das erste Mal seit dem Tod von Tête-de-Mort glaubte sie wieder so etwas wie Freude zu spüren. Ihr betäubtes Wesen, das sie die vergangenen Jahre durch die Inselwelt und schließlich auf das Schiff des Olonnaisen getrieben hatte, wich einem Hauch glücklicher Erwartung. Dies war ihre letzte Kaperfahrt im Zeichen der Bruderschaft.

Sie hoffte auf eine gewaltige Prise in Gibraltar, die ihr gemeinsam mit der bisher eingefahrenen zusätzliche Sicherheit schenken würde. Weder l'Olonnais noch der Baske oder Pierre sollten je wieder Macht über sie gewinnen.

Um sie zu meiden, hatte sie sich mit ihrer Mannschaft freiwillig zu einer Erkundung der Außenbezirke von Maracaibo gemeldet. Das gab ihr nicht nur Gelegenheit, unangenehme Begegnungen zu vermeiden, sondern auch mit den Männern ihres Schiffs zusammenzuwachsen. In Zukunft würde deren Loyalität über ihren Status als Kapitän entscheiden. Jacquotte war sich dessen bewusster als jemals zuvor.

L'Olonnais ließ die Flotte beidrehen. Es war zu gefährlich, näher an die Stadt heranzusegeln. Der Tag neigte sich seinem Ende entgegen, und man konnte bereits die Masten der Schiffe erkennen, die im Hafen von Gibraltar ankerten. Sie schimmerten im schwindenden Licht der untergehenden Sonne. Die Flibustier mussten unterhalb der Sichtweite zur Küste bleiben, um unentdeckt zu ankern und die Nacht abzuwarten.

Jacquotte erteilte ihrem Maat Befehle zur Nachtwache und ließ sich kurz nach Einbruch der Dunkelheit zum Schiff des Basken rudern.

Die Kapitäne hatten vor Aufbruch Anweisungen erhalten, sich auf der *La Providence* einzufinden, um den bevorstehenden Angriff zu besprechen. Kaum setzte sie jedoch ihren Fuß über die Reling der mit sechzehn Kanonen bestückten Fregatte, wurde sie auch schon brutal in eine dunkle Ecke gezerrt.

»Ist das deine Art, Dankbarkeit zu zeigen, Antoine?«, vernahm sie l'Olonnais' Stimme und blickte in sein vor Wut verzerrtes Gesicht. »Du versteckst dich vor mir!« Sein Atem legte sich heiß und faulig über sie, als er näher rückte.

»Mir kam es vor, als fehle dir meine Anwesenheit nicht im Geringsten. Ich hörte, du hacktest eine Mutter und deren beide Kinder in Stücke, um zu erfahren, wohin ihr Ehemann geflohen ist.«

»Planst du einen Hinterhalt, Antoine? Ich habe dich im vertrauten Gespräch mit Picard gesehen. Was verschweigst du mir? Sprich!« Ein Messer drückte sich gegen Jacquottes Kehle. Sie wich nicht zurück.

»Wenn du mir nicht vertraust, dann ist es wohl besser, du tötest mich«, flüsterte sie.

L'Olonnais' Hand bewegte sich etwas und sie spürte plötzliche Hitze an ihrem Hals, wo die Klinge sie geritzt hatte. Er berührte die Wunde. Jacquotte zwang sich, ruhig zu atmen.

»Du kennst keine Angst, nicht wahr, Antoine?«, zischte l'Olonnais und leckte sich das Blut vom Finger. Sie lächelte ihn an, während sie ihre Faust um den einsatzbereiten Dolch ballte. Es hätte nur eines gezielten Stoßes bedurft, um den Olonnaisen auszulöschen. Aber noch war nicht der richtige Zeitpunkt dafür.

»Mein Leben liegt in deiner Hand«, erwiderte sie ruhig. L'Olonnais erkannte Furcht wie kein anderer. Die Zeit an seiner Seite hatte sie gelehrt, sich zu kontrollieren.

»Du spielst mit mir, Antoine! Ich gab dir ein Schiff, ich gab dir mein Herz. Was forderst du noch?«

»Außer dem Schiff habe ich nie etwas gefordert. Mein Zusammentreffen mit Picard war rein geschäftlich. Als Kapitän bin ich nun ein wertvolles Mitglied für die Bruderschaft.«

L'Olonnais spuckte aus, dann steckte er sein Messer ein und nickte.

»Ich kenne deine Schwäche für den Kodex, doch du gehörst zu mir!« Er sagte es nebenbei, aber Jacquotte erkannte die Botschaft in seinen Augen. Verflucht wollte sie sein! Sie war zu unvorsichtig gewesen und hatte zugelassen, dass l'Olonnais sie gemeinsam mit Pierre sah. In jener Nacht war sie ihren Erinnerungen erlegen und hatte Pierres Gesellschaft genossen. Das durfte nie wieder passieren.

»Der Weg der Bruderschaft ist nicht der meine.«

»Ich erinnere dich nur noch dieses eine Mal daran, dass ich mein Versprechen erfüllt habe«, murmelte l'Olonnais, und sie ließ zu, dass er ihre Wange streichelte.

»Wenn wir siegreich aus dieser Kaperfahrt hervorgehen, dann werde ich darüber nachdenken, nicht nur meine Prise mit dir zu teilen.« Jacquotte sprach die Worte freimütig aus. Sie hatte nicht vor, lange genug in Cayone zu bleiben, damit es l'Olonnais gelang, seinen Preis einzufordern.

»Gibraltar ist nicht Maracaibo, Antoine. Hier werden wir kämpfen müssen.«

»Ich bin der Ansicht, dass nur ein Überraschungsangriff uns den Sieg über die Stadt bringen wird.«

»Bist du schon derart einflussreich, um die Kapitäne davon zu überzeugen?«

»Ich nicht. Aber du, großer Anführer.« Sie sahen einander an.

L'Olonnais verzog die Mundwinkel zu einem diabolischen Grinsen. »Mein verschlagener Antoine«, lobte er. »Verzeih mir, dass ich an dir zweifelte!«

»Lass uns zu den anderen Kapitänen gehen«, lenkte Jacquotte ein und führte ihn aus der verborgenen Ecke in den belebteren Teil des Schiffes. L'Olonnais folgte ihr.

Als die anderen Männer in Sicht kamen, hob sie stolz das Kinn und trat in den Schein der Öllampen, die eine große Landkarte erhellten. Die anwesenden Kapitäne studierten die feinen Linien, die sich über das grobe Leinen zogen und augenscheinlich die Küstenlinie von Gibraltar sowie die Stadt selbst darstellten.

Die beiden spanischen Verbündeten besprachen sich miteinander, während die drei abgesandten Indios sie mit ausdruckslosen Gesichtern beobachteten. Sie trugen lange Pfeile in ledernen Köchern nebst mannshohen Bögen bei sich und kauten etwas, das sie gelegentlich auf den Boden spuckten. Unter ihrer glatten, tiefbraunen Haut war das Spiel sehniger Muskeln zu erkennen, und ihre gutturale Sprache erinnerte Jacquotte an die Wörter, die sie einst gelernt hatte. Sie verstand, dass sie den See *conquibacao* nannten, wusste mit dem Begriff jedoch nichts anzufangen.

Als sie aufblickte, sah sie direkt in Pierres Augen und stellte fest, dass ihm ihre blutende Wunde nicht entgangen war.

Misstrauisch verengten sich seine Pupillen in der Art der Indios und Jacquotte erkannte, dass er mit ihnen verwandt war. Vielleicht nicht mit diesem Stamm, aber gewiss mit einem anderen. Er überragte die dunkelhäutigen Männer und wirkte in seiner Kleidung zivilisierter, doch dieses innere Glühen, das Jacquotte bei den Eingeborenen des Sees bemerkt hatte, war auch Pierres ständiger Begleiter. Sie kannte die Intensität, mit der er seit jeher nach seiner Herkunft suchte. Durch seinen Namen gab er vor, Franzose zu sein, wohl wissend, dass er der Bruderschaft damit etwas vormachte.

Darin sind wir uns ähnlich, dachte sie und wich seinem forschenden Blick aus. Sie hasste ihn dafür, dass er Zweifel in ihr gesät hatte. Seine Frage, ob sie auf ewig Antoine bleiben wollte, nagte an ihr. Doch wenn sie nicht Antoine sein wollte, wer wollte sie dann sein?

Bigford legte die Faust an seinen Mund und beobachtete die Kapitäne. Er hatte gesehen, dass sich l'Olonnais und du Puits zurückzogen hatten und du Puits später mit einer blutenden Wunde am Hals in den Kreis der Umstehenden getreten war. Bigfords Instinkte schlugen Alarm. Es lag etwas in der Luft, das er noch nicht verstand.

Erst kurz vor dem Auslaufen war er zufällig Zeuge eines Übergriffs geworden. Während er sich seinen Weg durch die mit Unrat verschmutzten Straßen von Maracaibo bahnte, hatte er Remi, den Gefolgsbruder von Pierre le Picard, mit heruntergelassenen Hosen an einer Straßenecke erblickt. Zuerst erschien ihm die Situation befremdlich, bis er l'Olonnais bemerkte, der sich in Hundemanier an dem Flibustier verging.

Bigfords erster Impuls war, sich angewidert abzuwenden, doch seine Neugier siegte. Das Feuer in seinen Lenden, das mit jedem

Tag, an dem er Frauen entbehren musste, leichter entflammbar war, schürte seine Aufgeschlossenheit. Aus sicherer Entfernung, versteckt hinter zertrümmerten Weinfässern, verfolgte er den Akt. Mit jedem Stoß schien der Olonnaise seinem Opfer Befehle zu erteilen, die dieses willig annahm.

Als l'Olonnais seinen Höhepunkt erreicht hatte, zückte er ein Messer, ritzte dem aufschreienden Remi die empfindsame Stelle hinter dem Ohr und saugte an der zugefügten Wunde, während sein Becken heftig erzitterte. Bigford verzog angeekelt den Mund, als l'Olonnais sich aufrichtete, Remi von sich stieß und seine blutverschmierten Zähne zu einem Lachen enthüllte. Er wagte kaum, sich zu bewegen, und sah zu, wie Remi dem Olonnaisen die Hose zuknöpfte und ihm in demütiger Haltung etwas zuflüsterte.

L'Olonnais streichelte den Unterwürfigen mit dem Messer und ließ ihn schließlich stehen. Diesen Moment nutzte Bigford, um sich davonzumachen. Die Schwellung in seiner Hose war noch präsent und er verdammte l'Olonnais, der es gewagt hatte, die einzigen weiblichen Gefangenen, derer sie in den zwei Wochen habhaft werden konnten, zu töten. Sie hätten anderweitig von Nutzen sein können. Aber das verstand ein Mann mit der Gesinnung eines l'Olonnais freilich nicht.

Bigford schnaubte und brachte sich in die Gegenwart zurück. Erst jetzt fiel ihm auf, dass Pierre le Picard den Olonnaisen hasserfüllt anstarrte. Wusste er etwa Bescheid?

Bigford gab vor, den Worten des Basken zu lauschen und schielte zu Antoine du Puits hinüber. Im Gegensatz zu Remi erschien er ihm in keiner Weise kriecherisch oder fügsam. Im Gegenteil, seine Körperhaltung war selbstbewusst, beinahe arrogant. Bigford konnte sich beim besten Willen nicht vorstellen, dass er l'Olonnais' Spielchen mitmachte. Er schien zu wissen, was er wollte. Dennoch war er l'Olonnais ergeben. Lag der Grund dafür einzig in seinem Ehrgeiz, ein Schiff anzuführen?

Heutzutage war es nicht einfach, Kapitän zu werden. Zu viele Männer strömten auf die Inseln, alle begierig darauf, Macht zu erlangen. Nur den wenigsten gelang es, ein Schiff zu übernehmen, und noch wenigeren, es anschließend zu halten. Bigford traute du Puits diese Herausforderung zu.

Er grübelte. Der Baske hatte Picard ausgesandt, um du Puits zu beschatten. Er wollte ihn für sich gewinnen, denn er erkannte die Stärke, die in du Puits schlummerte und die er lieber für sich und seine Angelegenheiten genutzt hätte, als sie dem Olonnaisen zu überlassen. Doch Picard kam mit seiner Mission nicht voran. Es hieß, du Puits sei ein misstrauischer Geselle.

Nicht zum ersten Mal hegte Bigford jedoch den Verdacht, dass Picard neuerdings Gefühle zuließ, die er lange Zeit tief in sich begraben trug und die ihn nun, da sie einen Weg an die Oberfläche gefunden hatten, daran hinderten, seiner Aufgabe zufriedenstellend nachzukommen. Der Wolf verfolgte eine Fährte, und Bigford konnte sich nicht erklären, was diese plötzliche Veränderung ausgelöst haben mochte.

»Den letzten Zählungen zufolge ist unsere Truppe dreihundertachtzig Mann stark«, resümierte der Baske in diesem Moment. »Wenn wir davon ausgehen, dass Gibraltar zwischenzeitlich Verstärkung aus Mérida erhalten hat, dann liegt die Zahl der wehrhaften Männer dort inzwischen über vierhundert. Wir müssen vorsichtig sein, Brüder! Die Bewohner hatten lange genug Zeit, sich auf den Überfall einzustellen. Leichtes Spiel wie in Maracaibo dürfen wir nicht erwarten!«

Die Kapitäne brummten.

»Wir werden sie niederrennen!«, zischte l'Olonnais und starrte die beiden spanischen Verbündeten verächtlich an.

Der Baske tat einen Schritt zwischen ihn und die schwarzhaarigen Männer. »Mit Wut allein ist die Stadt nicht einzunehmen. Wir brauchen etwas mehr, um die Brüder gegen eine Übermacht anzuführen.«

»Gibraltar scheint von Wert zu sein, wenn es sich lohnt, sie derart zu verteidigen«, gab Jan Willems zu bedenken.

»Aye! Es gibt dort reichlich Sklaven, die auf dem Markt in Port Royal gutes Geld bringen, wenn man sie nicht zu Tode foltert«, bestätigte Pierre. Bigford erlaubte sich ein Grinsen.

»Umso größere Beute haben wir zu erwarten«, entgegnete l'Olonnais kühl. »Wir lassen die Gefangenen Lösegeld zahlen und erpressen sie damit, ihre Stadt und ihre Plantagen niederzubrennen. Sie werden darauf eingehen, aber wir müssen unsere Forderungen vehement zum Ausdruck bringen.«

Die Kapitäne sahen überrascht auf. Derartige Worte waren sie von dem Olonnaisen nicht gewohnt. Selbst durch Picards Provokation ließ er sich nicht aus der Ruhe bringen. Der Baske zwinkerte unruhig.

»Ich stimme Kapitän l'Olonnais zu«, erklärte Moïse Vauquelin. »Wir müssen aggressiv vorgehen. Wir kennen die Wehranlagen nicht, die uns die Spanier entgegenzusetzen haben, daher sehe ich die einzige Chance darin, sie mit all unseren Männern anzugreifen und auf diese Weise zu überraschen.«

Bigford sah, wie der Baske zusammenzuckte. Als Anführer der Truppen an Land erwartete er, dass man ihn anhörte und ihm folgte. Doch offenkundig schätzten die Kapitäne das angriffslustige Vorgehen von l'Olonnais in diesem Fall mehr als das zurückhaltende Kalkül des Basken.

Bigford war hin- und hergerissen. Seine Gier nach Reichtum kämpfte mit seinem strategischen Denken, das er sich in der britischen Armee angeeignet hatte. Es erschien irrsinnig, mit knapp vierhundert Mann gegen eine vermutlich doppelt so große Gegenwehr, die sich hinter zuverlässigen Mauern verschanzen und Kanonen ihr Eigen nennen konnte, anzutreten.

»Aye!« Jan Willems nickte. »Wir müssen Druck machen. Ein gezielter Angriff lässt sie glauben, dass wir in der Überzahl sind. Diese Verunsicherung kann sich als Vorteil erweisen.«

»Auch ich stimme Kapitän l'Olonnais zu. Die zu erwartende Prise erhitzt die Gemüter der Männer. Sie werden über sich hinauswachsen«, äußerte sich Kapitän Aymé. Sein Gesicht zierte eine frische Narbe und er humpelte. Marodierende Sklaven hatten ihm zugesetzt.

»Kapitän l'Olonnais hat recht«, meldete sich nun auch Antoine du Puits zu Wort. »Wir sollten den Feind wie eine gewaltige Welle überrollen. Setzt er uns zu sehr zu, ziehen wir uns zurück, um ihn aus seinen Schlupflöchern zu locken. Ist er erst vor den Toren der Stadt, können wir ihn in die Knie zwingen!«

»Aye!« Pierre le Picard erhob seine Stimme. »Es ist besser, die Spanier in einem guten Kampf zu schlagen, als sie später auf die Folterbank zu legen, um die Verstecke ihrer Wertsachen zu erfahren. Wir sollten dieses Mal vermeiden, dass die Einwohner mit ihrem Hab und Gut fliehen. Das wird uns nur gelingen, wenn wir sie überraschen und die Stadt überrennen.«

Bigford glaubte seinen Ohren nicht zu trauen. Was brachte le Picard zu einer derartigen Aussage? Er hasste l'Olonnais und intrigierte mit dem Basken gegen ihn, und doch war er bereit, ihm zu folgen? Diesem Tatendrang hatte Bigford nichts entgegenzusetzen.

Er nickte spontan. »Aye! Ich unterstütze diesen Vorschlag.«

Der Baske senkte den Kopf. L'Olonnais' siegessicheres Grinsen, das sich allmählich auf sein Gesicht gestohlen hatte, vertiefte sich.

»Ich werde diesen Angriff anführen«, sprach er und versetzte dem Basken damit den Todesstoß. »Aber merkt Euch eins: Den Ersten, der sich im Gefecht nicht mutig zeigt, erschieße ich!« Er lachte, und Bigfords Magen zog sich unangenehm zusammen. Der Baske gab sich geschlagen und nickte. Es war besiegelt.

Bigford fing den Blick von Pierre le Picard auf und stutzte, als sich dessen Gesicht verfinsterte. Irritiert sah Bigford, dass er l'Olonnais und du Puits beobachtete, die zufriedene Worte miteinander wechselten. Die Erkenntnis überraschte ihn. Es ging Picard nicht um l'Olonnais! Er verabscheute ihn nach wie vor.

Bigford trat zurück, um Picard besser beobachten zu können. Es war Antoine du Puits, den er zu unterstützen gedachte. Aber weshalb? Bigford fand keine Erklärung. Er wusste nichts über die Beziehung zwischen Picard und Remi, doch soweit er es beurteilen konnte, war Picard Frauen mehr zugetan als Männern. Er lebte mit Jérômes Witwe unter einem Dach, und dabei hatte er vermutlich nicht nur ihren Schutz im Sinn. Was also zog Picard zu diesem widerwärtigen, ungepflegten Antoine du Puits? War es eine Verschwörung?

Bigford musterte den kahlen Schädel mit den hohen Wangenknochen. Du Puits war ungehobelt, gab sich abweisend und selbstgefällig, trug immerzu einen dunkelroten Umhang über seinen verschlissenen schwarzbraunen Gewändern und war bewaffnet wie eine Kriegsgaleone. Seine Augen blickten stechend, der Mund war hart, das Kinn fein, aber halsstarrig vorgeschoben.

Bigford hielt inne und ihm war, als ob er einer Spur folgte, von der er noch nicht wusste, wohin sie ihn führte. Das trotzige Kinn, Widerworte, ein unbezähmbarer Wille. Er wurde nervös. Es kam ihm vor, als wäre des Rätsels Lösung zum Greifen nahe, doch er kam nicht darauf. Ärgerlich versuchte er sich zu konzentrieren. Sein Blick flog zwischen Picard und du Puits hin und her.

Die übrigen Kapitäne zerstreuten sich und Bigford jonglierte mit seinen Erinnerungen. Pierre Hantot, Jérôme, das entstellte Kind. War es möglich, dass dieser du Puits Jacquottes Bruder war? Stand ihm Picard deshalb zur Seite? Unmöglich! Bigford verdrängte den Gedanken wieder. Niemals hätte der Zwerg eine derartige Entwicklung durchmachen können. Auch wenn du Puits Art bisweilen etwas von der Glut anhaftete, welche der roten Jacquotte zu eigen gewesen war.

Er stockte. Yanis le Jouteur. Sie hatte es bereits einmal getan! Wagte sie, sich ein zweites Mal als Mann auszugeben? Bigford erlaubte sich nicht, seine fixe Idee fortzuführen. Zu abwegig erschien ihm diese Möglichkeit. Es erforderte nicht allein Mut, die Bruderschaft erneut zu täuschen, sondern eine gewisse Besessenheit. Bigford wollte sich abwenden, doch die Gedanken ließen ihn nicht los. War es ihr tatsächlich gelungen, sämtlichen Brüdern den Blick für die Wahrheit zu verschleiern? War Antoine du Puits in Wirklichkeit die rote Jacquotte? Er schnappte aufgeregt nach Luft.

Zu dem Zeitpunkt, an dem sich am nächsten Morgen die Besatzungen der acht Schiffe bereits vor Sonnenaufgang an Land begaben, hatte Bigford seine Gedanken geordnet. Ohne Hast brachte er seine Männer in Position, bevor er unauffällig zu Pierre le Picard aufschloss.

Die Dunkelheit schirmte ihn vor neugierigen Blicken ab, was er sehr begrüßte. L'Olonnais führte den finsteren Trupp an, der sich beinahe lautlos durch das ufernahe Gebüsch kämpfte. Die beiden spanischen Verbündeten flankierten den Basken, der dem Olonnaisen auf dem Fuß folgte. Offensichtlich war ihr Vertrauen in den neuen Anführer nicht besonders groß.

Die Indianer begleiteten sie in weitläufigerem Abstand. Sie zogen ihre Kreise um die Männer und waren nur als flüchtige Schatten zu erkennen. Moïse Vauquelin bildete die Nachhut.

Bigford inhalierte die feuchte Luft. Er war angespannt wie vor jedem Kampf. Doch an diesem Tag hatte er noch eine weitere Aufgabe zu erfüllen. Unauffällig stahl er sich an die Seite von Pierre le Picard. Soweit es im aufkeimenden Licht auszumachen war, weilte Remi nicht in seiner Nähe. Bigford räusperte sich.

»Wer hätte gedacht, dass wir einmal dem Olonnaisen folgen werden?«, durchbrach er die Stille und übertönte mit seiner Stimme die saugenden Geräusche, die ihre Schritte im zähen Schlamm verursachten.

Pierre musterte Bigford. Das Misstrauen stand ihm ins Gesicht geschrieben.

»Es ist in der Tat ein denkwürdiger Tag«, erwiderte er in gedämpftem Tonfall. »Ich hoffe, unser Vertrauen in ihn bringt uns den erhofften Erfolg.«

»Ich habe den Verdacht, Ihr folgt ihm nicht aus freien Stücken«, brachte Bigford seine Bedenken zur Sprache. Als Pierre schwieg, fügte er hinzu: »Das tue ich ebenso wenig.«

»Welche Unterstellungen darf ich dieser Aussage entnehmen?«, fragte Pierre und sein Argwohn war nun deutlich spürbar.

»Verzeiht, falls ich Euch beleidigt habe«, erwiderte Bigford rasch. »Ich bin nicht Euer Feind. Ich wollte nur, dass Ihr das wisst.«

Pierre starrte ihn an. »Was sind Eure Absichten, Bigford, wollt Ihr mich für Eure Zwecke ködern? Dann pariere ich einzig mit Waffen. Worte sind nicht meine Welt.«

»Spart Eure Waffen für den Feind auf«, murmelte Bigford und rang mit sich selbst. Er wusste, dass er sich mit dem, was er zu sagen hatte, noch unbeliebter machen konnte.

»Hört mir zu, Picard«, raunte er schließlich. »Ich verstehe Eure Skepsis. Wir galten bisher nicht als Freunde. Dennoch glaube ich, wir sorgen uns um dieselbe Person.« Er hielt inne, als Pierre nach seinem Säbel griff.

»Haltet ein! Es besteht kein Grund, Eure Worte von vorhin zu untermauern.« Er beobachtete den Mann, der sich mit dem Scharfsinn eines Tieres seinen Weg durch das undurchdringliche Gestrüpp bahnte. Beruhigenderweise benutzte er seine Waffe nun dazu, den Pfad von störrischem Blattwerk zu befreien. Bigford atmete erleichtert auf.

»Ich weiß nicht, wovon Ihr sprecht«, sagte Picard und beschleunigte seine Schritte.

»Ihr wisst es, und ich verstehe, dass Ihr derart auf meine Worte reagiert. Doch wenn Euch etwas an der Unversehrtheit dieser

Person liegt, dann behaltet Euren Gefolgsbruder im Auge!« Bigford ließ sich zurückfallen.

Er hatte seinem Gewissen genüge getan. Es war nicht so, dass sein zunehmendes Alter ihn verweichlichte. Das Verlangen nach der roten Jacquotte erfüllte ihn so stark wie eh und je.

In der zurückliegenden Nacht hatte er jedoch entdeckt, dass es nicht mehr nur Begehren war, das ihn überkam, wenn er an sie dachte. Sie rang ihm Achtung ab. Diese für ihn unerwartete Empfindung hatte ihn zu Pierre le Picard getrieben. Zum ersten Mal war ihm nicht daran gelegen, sein Wissen zum eigenen Vorteil zu nutzen. Er wollte ihre Tarnung schützen, selbst wenn das bedeutete, dass er dem Mann zur Seite stehen musste, in dessen Armen sie am Ende liegen würde. Bigford schnaubte. Es war an der Zeit, dass der Kampf begann!

Keuchend drangen die Flibustier in Richtung Stadt vor. Der Weg, den die spanischen Verbündeten ihnen gezeigt hatten, war von den Einwohnern mit gefällten Bäumen unpassierbar gemacht worden, und dem Trupp blieb nichts anderes übrig, als durch den Morast vorzurücken.

Eifrig schlugen die Männer Äste von den umliegenden Sträuchern und legten sie auf den Schlamm, um nicht einzusinken und der Gruppe das Vorankommen zu erleichtern. Mit dem Anbruch des Tages wurden die Einwohner von Gibraltar jedoch der Streitmacht gewahr, die sich vor ihren Toren zusammenballte, und sie antworteten mit Kanonenfeuer.

»Es geht los, meine Brüder!«, schrie l'Olonnais, als die ersten Kugeln neben ihnen einschlugen. »Folgt mir, und seid bereit zu sterben! Kämpft, als säße euch der Teufel im Nacken!«

Die Flibustier fielen in sein Gebrüll ein, obwohl Rauch und Getöse ihnen die Sinne raubten. Tapfer rangen sie mit dem weichen Untergrund und arbeiteten sich voran, während die unberechenbaren Geschosse ihre Reihen lichteten und große Löcher in den wehrhaften Trupp rissen.

Jacquotte bemerkte Pierre, der sich zu ihr durchgekämpft hatte und neben ihr in Deckung ging. Er fluchte.

»Wenn er die Männer weiter derart vorantreibt, dann kann er die Stadt mit den Seelen der Gefallenen einnehmen.« Er zog den Kopf ein, als eine Kugel durch das Gebüsch pfiff und unmittelbar zu ihrer Rechten einschlug. Erde rieselte auf ihre Schultern.

»Er wird sich bald zurückziehen«, erwiderte sie und gab ihren Männern ein Zeichen, nicht weiterzugehen.

»Wer sagt das?«

»Ich sage das.« Sie warf ihm einen kurzen Blick zu. »Es ist mein Plan. Er kundschaftet die Kanonen aus. Wenn er weiß, wo sich die Schanzkörbe befinden, wird er den Trupp zurückrufen. Die Einwohner sollen denken, dass wir aufgeben. Sobald sie aus ihren Löchern kriechen, werden die Indianer ihnen mit einem Pfeilhagel in den Rücken fallen, der ihnen den Rückweg abschneidet. Dann schlagen wir erneut zu.«

»Wer sagt dir, dass er deinen Plan befolgen wird?«

Jacquotte lachte auf. »Keine Sorge, er wird es tun. Nur sein Wahnsinn wird uns in diese Stadt bringen, ohne dass wir alle unser Leben verlieren. Kein anderer wäre dazu fähig gewesen.«

»Findest du das etwa amüsant?«

»Du etwa nicht?« Jacquotte ließ ihn stehen. Die Prise war alles, was sie interessierte. Was sie interessieren musste.

»Es geht los!« Sie entdeckte vorsichtig zurückweichende Männer.

Noch immer feuerten die spanischen Kanonen ihre tödliche Mischung aus Schrot und Musketengeschossen ab, gefolgt von vereinzelten großkalibrigen Kugeln, die geräuschlos durch die Luft segelten, bevor ihr Gewicht sie mit zerstörerischer Wirkung der Erde entgegendrückte.

»Zurück! Zieht euch zurück«, wisperten die Männer ihren verstreuten Brüdern zu.

Ein Befehl, dem die meisten nur zu gerne nachkamen. Jacquotte folgte ihnen in gebückter Haltung. Je weiter sie den Abstand zur Stadt vergrößerten, desto mehr ließ der Beschuss nach. L'Olonnais versammelte die Kapitäne um sich.

»Die Bewohner halten sich hinter den gefällten Bäumen versteckt und feuern. Die Kanonen stehen geschützt hinter Erdwällen postiert. Ich kann nicht sagen, wie viele Spanier uns gegenüberstehen, aber wir müssen rasch handeln, um die Geschütze in unsere Gewalt zu bekommen«, erklärte er die Situation.

»Da wir die Nachhut gebildet haben, gab es in meiner Mannschaft bisher keine Verluste«, meldete sich Moïse Vauquelin zu Wort. »Ich werde den Stoßtrupp gerne anführen. Meine Männer sind ausgeruht und versessen auf die Reichtümer, die in Gibraltar auf sie warten.«

»Aye!« L'Olonnais fixierte Michel le Basque. »Wie ist es um Eure Männer bestellt?«

»Ich zählte zehn Tote.« Das Gesicht des Basken war bleich, der Atem ging stoßweise. Jacquotte beobachtete ihn aufmerksam.

»Dann begebt Euch auf Vauquelins Position!« L'Olonnais' Stimme war eindringlich. »Wenn wir die Spanier auseinandertreiben, müsst Ihr dafür sorgen, dass sie nicht in den Busch flüchten. Metzelt sie nieder. Jeden Einzelnen von ihnen. Wir werden in der Stadt noch genug Gefangene machen!«

Sein Blick suchte den ihren, als wollte er seine Befehle bestätigt bekommen, und sie bemühte sich um ein aufmunterndes Lächeln. Dabei war sie sich bewusst, dass Pierre sie beobachtete und drehte im demonstrativ den Rücken zu.

»Haltet euch im Schutz der Bäume verborgen! Die Indianer geben Signal, wenn die Spanier ihre Verstecke verlassen. Dann brecht los. Ich will keine Feiglinge sehen«, schwor l'Olonnais die Männer ein.

Die Kapitäne nickten und versammelten erneut ihre Mannschaften um sich. Die Schwerverletzten wurden zurückgelassen. Sie erhielten Befehl, erst zur Stadt vorzudringen, wenn die Lage unter Kontrolle war. Andernfalls hatten sie sich rechtzeitig zurück zu den Schiffen zu begeben.

Jacquotte folgte l'Olonnais, der in vorderster Front Stellung bezog. Der Qualm des abgefeuerten Pulvers verzog sich und ließ Sonnenstrahlen auf den feuchten Boden fallen, der in der Wärme zu dampfen begann. Morsche Bäume enthüllten ihre moosbedeckte Rinde, und bunte Vögel erfreuten sich mit glockenklaren Lauten am anbrechenden Tag. Die Ruhe war trügerisch.

Jacquotte zwang sich, ihre Gedanken auf das bevorstehende Unterfangen zu richten. Hinter grotesk in den Himmel ragenden, abgestorbenen Baumriesen hatten sich die Bukaniere aufgebaut, gefolgt von einigen Pulverratten, die weitere geladene Musketen bei sich trugen. So war ein schnell aufeinanderfolgender Beschuss garantiert.

Mit wachsender Ungeduld verharrten die Brüder in ihren Verstecken. Langsam erwärmte sich die Luft. Jacquotte spürte, wie ihr der Schweiß über den Rücken lief. In der Ferne waren die Stimmen der Spanier auszumachen. Sie spannte ihre Muskeln an. Die ersten Soldaten wagten sich aus den schützenden Wällen, um die Leichen der Angreifer zu begutachten. Weitere Minuten vergingen, bis endlich das Signal der Indianer zu ihnen vordrang.

Tierähnliche Laute brachten Bewegung in die Truppe. Aufgeregte Rufe und Schmerzensschreie der Spanier untermalten l'Olonnais' Handzeichen, mit dem er die Brüder aufforderte, ihm zu folgen. Das Vorankommen gestaltete sich bei Tageslicht einfacher, da die behelfsmäßigen Wegbefestigungen inzwischen festgetreten und besser zu erkennen waren. Flink drangen die Flibustier bis zu jenem Punkt vor, der ihnen noch vor einer Stunde beinahe zum Verhängnis geworden wäre.

Diesmal empfing sie kein Kanonenfeuer, sondern eine große Anzahl panisch umherlaufender Soldaten, die sich vor den Pfeilen zu verstecken suchten, die aus uneinsehbaren Winkeln des Waldes auf sie abgeschossen wurden. Mitten in dieses Chaos stürzten sich die brüllenden Flibustier.

Sie erschossen die Umherirrenden und gingen schließlich mit ihren Säbeln und Macheten auf diejenigen los, die sich hinter die Schutzwälle zurückziehen wollten. Es folgte ein unerbittlicher Kampf, der unzählige Tote auf der grünen Lichtung zurückließ. Die Strategie des Überraschungsangriffs versprach aufzugehen. Die Spanier fanden nicht mehr zu ihrer vorherigen Kampfformation zurück und flüchteten sich in den Wald, ihre gnadenlosen Verfolger dicht hinter sich. Kaum waren die Schutzwälle eingenommen, schwappte die Welle der Angreifer in die verheißungsvolle Stadt.

Gemeinsam mit l'Olonnais war Jacquotte eine der Ersten, die ins Innere von Gibraltar vordrangen, während sich die übrigen Brüder noch bemühten, die annektierten Kanonen umzudrehen und gegen die vorderste Häuserreihe zu richten.

Die Kirchenglocken schlugen Alarm. Der Tumult in den Straßen erreichte seinen Höhepunkt. Frauen und Kinder schrien und rannten mit quiekenden Mauleseln um die Wette, auf denen in aller Eile wertvoller Hausrat festgezurrt worden war. Sklaven nutzten das

Durcheinander und plünderten verlassene Häuser. Hunde hatten sich winselnd in Hausecken zurückgezogen und schnappten wütend nach den Flüchtenden. Hühner flatterten aufgeregt umher. Aus verbarrikadierten Fenstern wurde auf die Eindringlinge geschossen.

L'Olonnais und Jacquotte trennten sich, um die Männer anzuführen, die ihnen folgten. Noch war es nicht an der Zeit, Gefangene zu machen, und die Brüder meuchelten jeden Einwohner nieder, der ihren Weg kreuzte. Schnell war klar, dass die Bewohner durch das rückwärtige Stadttor zu fliehen versuchten, und Jacquotte schickte ihre Männer aus, um sie zurückzuholen.

Die weiß getünchte Kirche in der Stadtmitte wurde, wie bereits in Maracaibo, zum Stützpunkt der Flibustier ernannt. Kaum waren die Glocken verklungen, holte man die spanische Flagge herunter und verbrannte sie unter Jubelrufen auf dem Marktplatz, während immer mehr Einwohner von ihren unbarmherzigen Verfolgern in die Stadt zurückgetrieben wurden.

Jacquotte überblickte die Situation und zog erneut los, um dabei zu helfen, die Lage unter Kontrolle zu bringen. Ihre hitzköpfige Mannschaft war bereits ausgeschwärmt, um die Häuser zu plündern, und sie fand sich allein im Gemenge der Gassen wieder. Entschlossen kämpfte sie sich voran, schnitt Fliehenden den Weg ab, überwältigte zwei Scharfschützen in einem Eingang und gelangte schließlich zum Hafen, der verlassen dalag.

Das Geschrei, das die Übernahme einer Stadt mit sich brachte, verhallte an den Kaimauern, und die Wellen schluckten das Gewehr- und Kanonenfeuer. Jacquotte erlaubte sich, kurz innezuhalten, um Atem zu schöpfen. Die Anspannung machte ihre Sinne besonders empfindsam, daher hörte sie die herannahenden Schritte bereits, als sie noch weit entfernt waren.

Sie lauschte, spürte das rasche Näherkommen des Feindes und wirbelte entschlossen herum. Sie hatte ihre Machete über den Kopf erhoben, den Säbel im Anschlag, bereit, abzuwehren, wer immer sich ihr in den Weg stellen würde. Wütend fixierte sie ihren Angreifer. Pierre!

Er nutzte das Überraschungsmoment, packte ihren Arm und schob sie rückwärts. Brutal drückte er sie gegen eine Wand. Der Stoß presste ihr die Luft aus den Lungen. Sein Körper schirmte sie ab, bevor eine gewaltige Detonation den Hafen erschütterte. Das Haus hinter ihnen erzitterte. Trümmerteile regneten auf sie herab, eine Staubwolke hüllte sie ein. Jacquotte hustete. Pierres roher Griff schnürte ihr das Blut ab. Sie begriff nicht, was geschehen war. Pierres Gestalt nahm ihr den Blick auf die Umgebung. Ärgerlich wollte sie sich befreien, doch er ließ nicht locker. Herausfordernd sah er sie an.

Der Nebel war dabei, sich zu lichten, und man hörte Geräusche. Männer rannten in ihre Richtung. Jacquotte fluchte, als Pierre sie von sich stieß. Gemeinsam hielten sie den spanischen Kämpfern stand, die mit Messern und Knüppeln gegen sie vorgingen. Angelockt durch die Erschütterungen, strömten immer mehr Flibustier aus den Seitenstraßen herbei, während eine spanische Kriegsgaleone ihre Ladung auf die eigenen Leute abfeuerte, in der Hoffnung, dabei auch den Feind zu treffen.

Dröhnend fiel ein Warenlager in sich zusammen, und ein überspringender Funke entzündete mehrere Fässer mit Schießpulver, die in seinem Inneren lagerten. Die Warnrufe der Umstehenden kamen zu spät, als mit zitternder Explosion eine rotglühende Wolke in den blassblauen Himmel stieg.

Durch die Druckwelle wurde Jacquotte auf den Rücken geschleudert. Ihr Kopf dröhnte und sie spürte die Hitze, die in ihre Haut biss. Keuchend kroch sie rückwärts, während schreiende Männer wie lebende Fackeln an ihr vorüberrannten und ins rettende Wasser des Hafenbeckens sprangen, um die Flammen zu löschen. Ehe sie sich versah, packte Pierre sie am Kragen ihres Umhangs und zog sie hinter sich her. Sie ließ ihn gewähren. Die Explosion hatte sie geschwächt, das Atmen fiel ihr schwer. Erst in der Nähe der Kirche setzte er sie ab. Sein Gesicht war rußgeschwärzt.

»Du solltest vorsichtiger sein, sonst ist dein Spiel zu Ende, ehe es begonnen hat«, bemerkte er trocken.

»Was habe ich zu verlieren?«, krächzte sie und konnte nicht verhindern, dass sie lächelte.

Die Aufregung machte sie euphorisch. Hatte sie seine Gesellschaft vorhin noch als Belastung empfunden, wusste sie nun zu schätzen, dass er ihr gefolgt war. Er erwiderte ihr Lächeln, bevor sein Gesicht zu Stein erstarrte. Ratlos folgte sie seinem Blick und erkannte Remi, der sie aus einiger Entfernung beobachtete.

Ein boshafter Ausdruck lag in seinen Augen. Jacquotte versteifte sich und all ihre Sinne schlugen Alarm. Unschlüssig blickte sie zurück zu Pierre, der zornig schnaubte. Aus den Augenwinkeln sah sie, dass Remi kehrtmachte und davonrannte. Ehe sie reagieren konnte, setzte Pierre hinter ihm her. Sie fröstelte und sah sich beunruhigt um. Das war bereits das zweite Mal, dass sie nachlässig gewesen war! Sie schluckte verärgert und spürte mit einem Mal die verbrannten Stellen in ihrem Gesicht. Wachsam zog sie sich zurück.

Als die Dämmerung ihren feuchten Atem durch Gibraltar blies, war Pierre noch immer auf der Suche nach Remi. Fieberhaft durchkämmte er die Straßen, über die sich allmählich eine angespannte Ruhe legte.

Pierre wusste um die Brustwehre, die die Flibustier in weitläufigem Radius um die Kirche errichtet hatten und hinter denen er sich längst hätte einfinden müssen. L'Olonnais und Moïse Vauquelin befürchteten weitere Angriffe spanischer Soldaten. Es war nicht klar, wie vielen Einwohnern die Flucht gelungen war, und bisher war keine Zeit gewesen, die zahlreichen Toten zu zählen. Seinen letzten Informationen zufolge hatten die Flibustier beinahe fünfhundert Frauen, Kinder und Sklaven gefangen genommen sowie an die hundert Männer, die unter Anwendung von Folter vernommen wurden. Pierre konnte das entfernte Treiben hören, aber in der Enge der Gassen vermochte er nicht zu sagen, aus welcher Richtung die Schreie kamen.

Seine Schritte hallten unnatürlich laut von den eng beieinanderstehenden Häusern wieder. Er blieb stehen. Hatte er dort eine Bewegung gesehen? Er kniff seine Augen zusammen, doch das schwindende Licht spielte seinen Sinnen offenbar einen Streich. Konzentriert lauschte er in die dunklen Hauseingänge hinein, die ihn umgaben. Irgendwo tropfte Wasser auf Stein, und einige Hunde balgten sich in seiner Nähe um ein totes Huhn. Sonst war alles ruhig.

Er fluchte. Dass er seinen Gefolgsbruder aus den Augen verloren hatte, machte ihn wütend, denn Bigfords Worte wurden mit Remis überhastetem Verschwinden auf einmal übermächtig. Pierre ballte die Hände zu Fäusten. Er wollte sich nicht vorstellen, dass er Remi womöglich weniger trauen konnte als dem schmierigen Bigford, dessen Gesinnung sich ihm niemals offenbart hatte.

Was Pierre noch viel mehr beunruhigte, war die Tatsache, dass Bigford zu wissen schien, wer hinter Antoine du Puits steckte. Doch welche Pläne verfolgte der Engländer? Er musste Remi finden und ihn zur Rede stellen, vielleicht erfuhr er dann, was Bigford so vage angedeutet hatte.

Entschlossen setzte Pierre seinen Weg fort. Er wollte sich in der Nähe der Brustwehre auf die Lauer legen. Obwohl die Möglichkeit bestand, dass sich Remi längst im Lager der Flibustier aufhielt, glaubte er nicht daran. Was immer Remi dazu getrieben hatte, vor ihm zu flüchten, hielt ihn in seinem Versteck fest. Zumindest bis ihn der Hunger an die nächtlichen Feuer trieb. Pierre atmete tief durch. Er würde warten.

Die Nacht senkte sich über Gibraltar, während das Gegröle der betrunkenen Männer zunahm. Pierre kämpfte gegen die Müdigkeit an, die auf wohligen Wellen über ihn hereinzubrechen drohte. Der Schein der Feuer verschwamm vor seinen Augen und lockte ihn ein Mal mehr in die Welt der Träume.

Energisch setzte er sich auf. Seine Muskeln waren schwach, und die Kühle der zerborstenen Mauer, die ihn abschirmte, kroch ihm in die Glieder. Er sehnte sich nach einer Mahlzeit und einem kräftigen Schluck Rum, der ihm die Erschöpfung aus seinen geschundenen Knochen vertrieb. Sehnsuchtsvoll blickte er zu den Wachen hinüber, hinter denen sich das Lager seiner Mannschaft erstreckte. Vermutlich fragten sich die Männer bereits, was mit ihrem Kapitän geschehen war.

Pierre streckte die Beine aus. Seine Gedanken kamen zum Erliegen und vermischten sich mit unwirklichen Wahrnehmungen. Erneut wurden die Lider schwer, sein Kinn sackte auf die Brust. Er zuckte zusammen und blinzelte. Ärgerlich schüttelte er den Kopf, zog ein Messer und ritzte sich entschlossen den Arm. Der Schmerz durchzuckte ihn. Für einen Augenblick vertrieb er die Trägheit. Pierre setzte sich aufrecht hin.

In diesem Moment bemerkte er den Schatten, der behutsam um das Hauseck zu seiner Linken glitt. Mit einem Mal war er hellwach.

Seine Augen, bereits an die Dunkelheit gewöhnt, nahmen jede Bewegung sowie die Umrisse der Person wahr, die er kannte, seit er ein Junge war. Es bestand kein Zweifel, der Schatten war Remi!

Ohne ein Geräusch zu machen, sprang Pierre auf und drückte sich in das herausgesprengte Loch der Mauer. Sein Herz pochte. Remi war vorsichtig. Er bewegte sich wie ein scheues Tier, blieb regelmäßig stehen und sondierte die Umgebung. Erst als er beinahe an ihm vorübergegangen war, schlug Pierre zu. Wie eine Schlange schnellte er aus seinem Versteck, packte seinen Gefolgsbruder am Hals und zerrte ihn hinter das schützende Mauerwerk.

Remi rang erschrocken nach Luft, doch Pierres Anblick ließ ihn verstummen. Mit einer geschickten Bewegung durchtrennte Pierre den Waffengürtel. Er fing ihn auf und sorgte dafür, dass er geräuschlos zu Boden glitt. Dann legte er Remi das Messer an die Kehle.

»Kein Laut!«, zischte er.

Remi nickte. Das Weiß seiner Augen schimmerte in der Dunkelheit.

»Weshalb bist du davongelaufen?«

Remi schwieg und Pierre glaubte, sein Herz angsterfüllt schlagen zu hören.

»Noch zu Beginn dieser Fahrt hast du mir gesagt, dass du mir zur Seite stehst«, grollte er. »Was hat dein Verhalten zu bedeuten?«

Remi schloss die Augen. Sein Atem ging heftig. Pierre schubste ihn, doch der Freund reagierte nicht.

»Sprich«, herrschte er ihn mit gedämpfter Stimme an.

»Du hintergehst mich!« Remi öffnete die Augen und starrte ihn hasserfüllt an. »Ich dachte, sie sei tot!«

Seine Worte zogen Pierre den Boden unter den Füßen weg. »Was redest du da, Mann?«, versuchte er sich seine Überraschung nicht anmerken zu lassen.

»Als wüsstest du es nicht! Dabei hat dich dein Blick verraten, lange bevor es ihr kahler Schädel tat.«

Pierre stemmte die Hände gegen die Wand und sah seinem Gefolgsbruder ins Gesicht. »Du bist wohl nicht ganz bei Sinnen!«

»Oh, ich bin sehr wohl bei Sinnen. Doch du bist es nicht wegen diesem einfältigen Weib! Wie konnte sie überleben, obwohl ich dafür gesorgt habe, dass sie stirbt?«

Pierre stockte der Atem. »Sag das noch einmal«, raunte er.

»Ich wollte ihren Tod, verstehst du das? Du hast einst mich als Gefolgsbruder gewählt, nicht sie! Ich war all die Jahre für dich da, führte dein Schiff, stand dir zur Seite. Wir teilten uns Weiber, und wir teilten allein manch amüsante Stunde miteinander. Ich wollte all das für dich sein, was du nur in ihr gesehen hast«, stieß er stockend hervor. »Deshalb war mir ihr Tod eine verdammte Freude!«

Pierre trat einen Schritt zurück und rammte seine Faust in Remis Bauch. Dieser würgte heftig, bevor er trotzig sein Kinn hob. »Ich bin dein Gefolgsbruder, Pierre. Es kann dir nicht gleichgültig sein, was ich fühle!«

»Wenn du der Freund und Bruder gewesen wärst, den ich in dir gesehen habe, wie konntest du mir das dann antun? Wir standen uns nahe, Mann!«

»Sie stand dir immer näher als ich. Ich bereue es nicht.«

Pierres Hand umschloss seinen Säbel. Er kämpfte mit widersprüchlichen Gefühlen.

Remi sah ihn verzweifelt an. »Sie wollte dich nicht! Siehst du das denn gar nicht? Sie trieb dich in den *contrabando* Handel. Du hast dich lange Zeit nicht um deine Mannschaft gekümmert, Pierre! In diesen Stunden ergriff ich für dich das Wort. Die Männer standen kurz vor einer Meuterei. Ich allein habe sie besänftigt. Doch als wir endlich nach Cayone zurückkehrten, brachte dich einzig die Erwähnung ihres Namens um den Verstand. Ich musste etwas unternehmen!«

»Was hast du getan?«, fragte Pierre tonlos.

»Ich ging zu l'Olonnais.« Die Antwort schwebte wie eine unheilvolle Wolke zwischen ihnen.

»Ausgerechnet!«

Pierre dachte an Jacquotte zurück, die blutend in den Armen des Totenkopfs lag. An ihr Verschwinden in jener stürmischen Nacht und an Remis Gleichgültigkeit, als die Nachricht von Jérômes und Jacquottes Tod die Schankräume erfüllte. Endlich verstand er auch die Genugtuung in dessen Stimme, als er sagte, dass sie nicht mehr zwischen ihnen stand. Remi trug Mitschuld an Jacquottes Schicksal.

»Was weiß der Olonnaise?« Pierre zog den Säbel aus der Schärpe um seine Hüfte. Remi registrierte die Bewegung mit einem erstickten Aufschrei.

»Ich offenbarte ihm meine Gefühle für dich und er verstand. Deshalb forderte ich ihn auf, etwas zu unternehmen. Ich erzählte ihm, dass Jérôme der Gefolgsbruder von Jacquottes Vater war. Ich wollte, dass l'Olonnais ihn beobachtete, denn ich wusste, Jérôme würde ihn zu der roten Metze führen.« Remis Stimme überschlug sich.

»Hast du ihm von Manuel erzählt?«

»Nein!« Remi reagierte so schnell, dass Pierre ihm glaubte.

»Wie konntest du nur so dumm sein?« Er rieb sich die Stirn. Der Verrat seines Freundes setzte ihm zu. Er fühlte sich ausgelaugt.

»Ich wollte nicht, dass l'Olonnais Jérôme umbringt. Du musst mir glauben, Pierre, das wollte ich wirklich nicht!«

»Du hast eine Bestie beauftragt, Remi. War es die Sache wenigstens wert?« Er biss sich auf die Lippen. Verbitterung erfasste ihn.

Remi antwortete nicht.

»Hast du ihm bereits von Jacquottes neuer Identität berichtet?« Pierre gab nicht nach.

»L'Olonnais misstraut Antoine. Ich sollte euch beide beobachten und Meldung machen.«

»Das hattest du vor, als du vor mir weggelaufen bist.« Es war eine Feststellung. Pierre schluckte. Remis erneutes Schweigen bestätigte seine Ahnung. »Hat es dir nicht gereicht, ihr einmal den Tod zu bescheren?«

Remi lachte gequält. »Ein Weib ist kein ehrenwerter Bruder. Schon gar nicht, wenn es sich als Mann verkleidet. Ich habe ihretwegen kein schlechtes Gewissen. Selbst der Kodex kann mich nicht für diese Tat richten.«

Pierre überraschte sich selber mit der Schnelligkeit, mit der er den Säbel durch die Luft schwang. Als er die Klinge in Remis Oberkörper stieß, riss dieser den Mund zu einem stummen Schrei auf. Pierre taumelte zurück.

»Der Kodex kann dich nicht richten«, flüsterte er. »Aber ich kann es.«

Remi spuckte Blut. Mit zitternden Händen zog er den Säbel aus seiner Brust und starrte Pierre fassungslos an.

»L'Olonnais hatte recht«, röchelte er. »Nur selten gelingt es dem Menschen, sein Herz nicht an den falschen zu hängen.« Er rutschte an der Wand entlang zu Boden. Pierre wollte ihn auffangen, unterließ es aber.

»Ich habe ihm nichts gesagt.« Sein Freund rang nach Luft. Blutblasen quollen zwischen seinen Lippen hervor.

Pierre beugte sich zu ihm hinunter. »Gefolgsbrüder bis in den Tod«, murmelte er heiser. »Mach's gut, mein Freund.«

Ein Zucken ging durch Remis Körper und Pierre schloss ihm mit einer fahrigen Handbewegung die Augen. In ihm tobte ein Sturm. Er hatte Remi getötet. Einem Feuer gleich zerfraß die Schuld sein Innerstes und quälte ihn mit ihren schwarzen Flammen. Malträtiert hob er den Kopf und sah mit verschwommenem Blick zu den Brustwehren hinüber, hinter denen seine Mannschaft auf ihn wartete.

Einige Tage später schwärte Verwesung in der drückenden Luft. Die Flibustier waren mit ihren Schiffen in den verwüsteten Hafen gesegelt und schleppten die Toten herbei, die der Kampf um die Übermacht der Stadt gefordert hatte. Sie zählten über fünfhundert spanische Leichname, darunter sogar den Gouverneur von Mérida, Gabriel Guerrero de Sandoval.

Im Vergleich zu dieser immensen Zahl hatten die Brüder kaum Verluste zu beklagen. Vierzig Tote und dreißig Verwundete dezimierten ihre Truppe, die sich inzwischen in Sicherheit wähnte und plündernd durch Gibraltar zog. L'Olonnais überwachte das Treiben am Hafen und schritt nur zu gerne mit seiner Peitsche ein, wenn Gefangene in Tränen ausbrachen, die einen Angehörigen auf eine der beiden Barken trugen, die man später hinaus auf den See schleppen würde, um sie zu versenken.

Pierre beobachtete das Massenbegräbnis an der Seite des Basken. Bigford, der sich ein Tuch vor Mund und Nase presste, gesellte sich zu ihnen. Der Baske nickte ihm freundlich zu.

»Wie sehen die Verluste in Eurer Mannschaft aus, Engländer?« Der Blick des Basken war unstet und Bäche von Schweiß liefen über sein aufgedunsenes Gesicht, um im Gebüsch seines ungepflegten Barts zu versiegen.

»Ich habe lediglich fünf Männer zu beklagen, großer Baske«, erwiderte der Angesprochene gedämpft und würgte.

Pierre konnte Bigfords Leid nachvollziehen. Auch sein Magen revoltierte beim süßen Geruch des Verfalls um ihn herum, und er spürte seine Zunge dick und schwer in seinem Mund liegen. Er sehnte sich nach Wasser, aber die Flibustier hatten die meisten Kalebassen mit Frischwasser achtlos zerstört.

»Nennt mich nicht mehr groß«, polterte der Baske los. »Es ist offensichtlich, dass ich bei diesem Überfall den Kürzeren gezogen habe. Die Kapitäne folgen dem Olonnaisen. Welch Schmach, das mitansehen zu müssen!«

»Was sind Eure weiteren Pläne?« Pierre drehte den zahlreichen Toten, die auf einem Haufen am Kai in der Sonne dörrten, den Rücken zu. Seine Gedanken kreisten um Remi. Er brauchte Ablenkung.

Der Baske blähte die Nasenflügel. »Ihr fragt mich das? Ihr habt mich hintergangen wie alle anderen. Ich wüsste nicht, auf wen ich noch zählen könnte!«

»Ihr seid Major der Île de la Tortue«, gab Pierre zu bedenken.

»Aye! Und damit den Weisungen von d'Ogeron unterstellt!«

Pierre und Bigford wechselten einen Blick. Der Baske stapfte wütend mit dem Fuß auf.

»Was für einen Sinn hat dieses Amt, wenn mir die Brüder nicht mehr folgen?« Er schüttelte griesgrämig den Kopf und richtete seinen Blick auf Bigford. »Was wisst Ihr über Euren Landsmann, den Kapitän, den man Henry Morgan nennt?«

Bigford hob die Augenbrauen und nahm das schützende Tuch von seinem Gesicht. Ihm war anzusehen, dass er sich bei der Frage unwohl fühlte. »Nun, er ist Colonel der *Port Royal volunteer militia.* Er ist verantwortlich für den Ausbau der Verteidigungsanlagen rund um die Stadt. Eine verantwortungsvolle Aufgabe.«

Michel le Basque lachte. »Ihr braucht mich nicht zu schonen, Bruder. Ich weiß, dass er ein großer Kapitän ist. Seit Christopher Myngs hatte Jamaika keinen solchen Anführer mehr. Er vereint zahlreiche Männer unter sich und bedient sich gewisser Regeln, die unserem Kodex nicht unähnlich sind. Sprecht die Wahrheit, Bigford, was wisst Ihr?«

Bigford räusperte sich. »In der Tat, er ist ein großer Kapitän mit gleichsam großen Ambitionen. Ich hörte ebenfalls von den Regeln, die für jede seiner Kaperfahrten gelten. Obwohl im Dienste Modyfords, nutzt er dabei noch immer den Kaperbrief, den er einst von dessen Vorgänger, Lord Windsor, erhielt. Er ist sehr beharrlich und willensstark. Viele Männer wissen das zu schätzen.«

Der Baske spuckte aus. »Hört, hört«, murmelte er. »Ihr könnt nicht leugnen, dass Eurer Stimme die Bewunderung anzuhören ist!«

Bigford zog den Kopf ein und Pierre grinste.

»Wenn der Leitrüde in seinem Rudel eines Tages auf einen mächtigeren Rüden trifft, dann erkennt er entweder seine Unterlegenheit an und folgt dem Stärkeren oder er kämpft und wird aus dem Rudel vertrieben.« Michel le Basque fixierte die beiden Männer an seiner Seite. »Welches Verhalten ist das klügere, *messieurs*?«

Bigford starrte angestrengt zu Boden, während Pierre den Blick des Basken offen erwiderte.

»Es kommt darauf an, welche Stärke Ihr in Euch selbst tragt«, antwortete er.

Die Mundwinkel des Basken zuckten. »Das sehe ich ebenso, Picard.«

Er hieb ihm kräftig auf die Schulter und ging mit energischen Schritten davon. Bigford sah ihm nach. Er war kalkweiß im Gesicht.

»Was hatte das zu bedeuten?«, fragte er.

Pierre kratzte sich das Kinn. »Der Baske wird l'Olonnais folgen«, antwortete er und fügte auf Bigfords ratlosen Blick hinzu: »Ein schlauer Rüde folgt dem Stärkeren widerstandslos, um im Folgenden seine Schwächen herauszufinden und sie auszunutzen. Macht der neue Rüde einen Fehler, schwingt sich der alte wieder zum Leitrüden auf.«

Bigford sah ihn verwirrt an. »Ist das ein Gleichnis der Bukaniere? Was hat das mit Henry Morgan zu tun?«

»Wäre ich der Baske, wäre mir daran gelegen, dass die Brüder in Cayone bleiben und nicht nach Port Royal abwandern. Gleichgültig, wem sie folgen. Selbst wenn dieser neue Anführer l'Olonnais heißt. Nur so wird die Bruderschaft überleben.«

»Er schließt sich l'Olonnais an, um zu verhindern, dass Henry Morgan und damit die Engländer an Stärke gewinnen. Ein selbstloser Plan.« Bigford legte den Kopf schief. Er sah aus, als müsse er sich gleich übergeben.

Pierre trat einen Schritt zurück, doch der Engländer fing sich wieder. »Werdet Ihr l'Olonnais ebenfalls folgen?«

»Ich bin mir nicht sicher.« Pierres Blick wanderte zu Jacquotte, bevor er sich zwang, Bigford anzusehen.

Der Engländer rülpste. »Bisweilen befiehlt einem das Herz, wem man zu folgen hat.«

Pierre spannte die Muskeln, aber Bigford schüttelte kaum merklich den Kopf.

»Seid unbesorgt«, flüsterte er. »Dieses Geheimnis ist bei mir sicher.«

Als sich Männer aus Pierres Mannschaft näherten, wurde Bigfords Stimme lauter: »Mein Beileid zum Ableben Eures Gefolgsbruders!«

Ihre Blicke verhakten sich für den Bruchteil einer Sekunde, bevor Bigford davonging. Pierre runzelte die Stirn und verfolgte mit teilnahmslosem Gesichtsausdruck das Stapeln der Leichen auf den maroden Barken.

Mit Remis Tod hatte er die Welt verraten, die er kannte, und er fragte sich, ob er dafür büßen musste.

Elf

Bayahá, La Española, Herbst 1666

Der Abendwind wehte schwach aus östlicher Richtung und brachte den Geruch von verfaultem Fisch mit. Jacquotte ließ ihren Blick über den Hafen von Bayahá schweifen und zügelte ihre Ungeduld. Am liebsten wäre sie auf der Stelle davongesegelt, aber es fehlten noch einige Schiffe, die am Überfall auf Maracaibo und Gibraltar teilgenommen hatten.

Die Kapitäne wollten in geschlossener Formation die Île de la Tortue anlaufen, um Bertrand d'Ogeron zu beeindrucken. Es hieß, dass er bereits die nächste Kaperfahrt plante, die seine siegreichen Kapitäne nach Nicaragua führen sollte, um weitere Dörfer und Städte der Spanier zu plündern.

Wie vorherzusehen war, hatte der Sieg über Maracaibo die Gier in dem ansonsten so bedachten d'Ogeron geweckt. Die Nachricht, dass Silber und Juwelen im Wert von zweihundertsechzigtausend Achterstücken sowie noch einmal so viel an Leinwand, Seidenwaren, Kakao und Sklaven kurz davor waren, Cayone zu erreichen, war Argument genug für d'Ogeron, den nächsten Coup vorzubereiten.

Bislang war unklar, wen er für diese Mission als Anführer aufzustellen gedachte, aber Jacquotte glaubte, dass seine Wahl auf l'Olonnais fallen würde. Die Erstürmung von Gibraltar verbuchte man gemeinhin unter seinem zielstrebigen Vorgehen, und sie hoffte, dass sein neues Ansehen ihn davon ablenkte, ihr nachzustellen und seine Belohnung einzufordern. Zu lange hatte sie ihn bereits hingehalten. Sie kam nicht umhin, schnellstmöglich aufzubrechen, um sich ihm ein für alle Mal zu entziehen. Doch zuvor wollte sie sich noch von Fayola verabschieden, die sie für eine nicht absehbare Zeit verlassen musste. Jacquotte kehrte dem Hafen den Rücken und ging in die Stadt hinein.

Je näher sie dem Zentrum kam, desto entfesselter wurde das Treiben. Die Flibustier hatten bereits damit begonnen, ihre Prise unters

Volk zu bringen. Was mit der Flut gekommen ist, geht mit der Ebbe wieder dahin, sagte man, und dieser Spruch fand nach Monaten fern der Heimat ganz besonderen Zuspruch. Es gab keine Spelunke, kein Bordell und kein Gasthaus, welches nicht gleichermaßen von der Rückkehr der Brüder profitiert hätte.

Jacquotte sah sich vorsichtig um. Sie hatte das Schiff von l'Olonnais im Hafen liegen sehen und war wachsam. In den Stunden vor ihrem Aufbruch durfte ihr kein Fehler unterlaufen. Sie war nach Bayahá gekommen, um kein Aufsehen zu erregen, aber ihr Maat hatte bereits Anweisungen erhalten, das Schiff und die Besatzung auslaufbereit zu halten, sobald der letzte Kapitän der Mission eingetroffen war und er und seine Mannschaft sich zu den anderen in die Spelunken gesellten.

Auf diese Weise war es ihr möglich, unbeobachtet in Richtung Osten aufzubrechen. Ihr Ziel hieß Barbados. Von dort wollte sie zum Festland bis weit hinter die Grenze von Venezuela segeln. Sie fürchtete sich nicht vor dem Unbekannten. Die spanischen Ansiedlungen in dieser Region waren bisher kaum Opfer von Überfällen geworden. Sie hatte vor, die Gegend auszukundschaften. Wie es anschließend weiterging, würde sich zeigen. Zunächst musste sie sicherstellen, dass man ihr nicht folgte. Anders als auf dem offenen Meer, waren die Kapitäne nun stärker dem Einfluss von d'Orgeron ausgeliefert. Es war unwahrscheinlich, dass sie ihr eigenmächtig folgten. Auch wenn Jacquotte das zumindest im Hinblick auf Pierre nicht sagen konnte.

Es fiel ihr schwer, an den Freund ihrer Kindheit zu denken. In den vergangenen Wochen hatte sie ihre Vorbehalte von einst abgelegt. Seit ihrer Unterhaltung in Maracaibo redeten sie nicht mehr als nötig miteinander, aber sie spürte, dass ihr Misstrauen gegen ihn mit jedem Tag nachließ. Er brachte ihr Achtung entgegen und versuchte nicht länger, sie zu bevormunden. Das war ungewöhnlich und ließ Pierre in einem anderen Licht erscheinen.

Der Wunsch, in seiner Nähe zu sein, war inzwischen ebenso stark wie ihre über Jahre aufgebaute Vorsicht. Remis Tod nagte an ihr, doch fürchtete sie die Antworten darauf mehr als ihre unausgesprochenen Fragen. Aus diesem Grund ging sie Pierre aus dem Weg. Sie wollte nicht hören, was ihn bewegte, denn das hätte Gefühle heraufbeschworen, die ihrer Zukunft im Weg standen und die ihren sorgfältig ausgearbeiteten Plan nur unnötig gefährdeten. Und dieser schützte vor allem Manuel. Sie wünschte sich, ihn wiederzusehen, aber gleichzeitig kannte sie die Gefahr. Niemand, ganz besonders nicht l'Olonnais, durfte sie mit ihm in Verbindung bringen. Er war in Sicherheit. Deshalb musste sie gehen, ohne sich von Pierre zu verabschieden. Sie hoffte, die Wut über ihr wortloses Verschwinden würde ihn davon abhalten, sie zu suchen und ihn sein bisheriges Leben weiterführen lassen. Er sorgte für Manuel. Der Gedanke tröstete sie.

Fackeln flankierten die Häuser und erhellten die frenetisch feiernden Gesichter. Jacquotte ging zielstrebig durch die Straßen, schubste Betrunkene aus dem Weg und wies Streitlustige in ihre Grenzen. An diesem Abend war Bayahá ein Sündenpfuhl, und sie hatte keine Schwierigkeiten, Fayola ausfindig zu machen.

Ihre Freundin stand auf einem Stuhl, hatte ihr entblößtes Bein auf den Tisch gestellt und ließ Rum darüber laufen, welchen ihr zwei Freier vom Fußgelenk leckten. Weitere Mädchen tanzten auf den umstehenden Bänken und hoben ihre Röcke bereitwillig für diejenigen, die ihnen Münzen zuwarfen. Einige Männer prügelten sich bereits darum, zu den Dirnen vorgelassen zu werden, doch wie durch ein unsichtbares Zeichen fand Fayolas Blick den von Jacquotte, und sie drängte sich unnachgiebig zu ihr durch.

Jacquotte vertrieb Protestierende mit ihrer Machete und folgte Fayola. Durch die Hintertür der Taverne gelangten sie auf eine unbeleuchtete Gasse, schlängelten sich an dunklen Gebäuden vorbei, querten eine Viehweide und erreichten nach mehreren Minuten ein Haus, das wie eine Scheune anmutete. Jacquotte kannte es bereits. Hier lebte Fayola mit einigen anderen Mädchen. Um diese Uhrzeit waren alle ausgeflogen und kein Licht erhellte das Innere.

Fayola öffnete geräuschlos die Tür, glitt hinein und bewegte sich zielsicher zwischen den spärlichen Möbeln. Innerhalb kurzer Zeit brannten Petroleumlampen in dem schmalen Raum und machten den Blick frei auf verstreut umherliegende Kleider, prachtvolle Spiegel, Haarkämme, bunte Bänder und Fläschchen mit wohlriechendem Inhalt. Jacquotte beobachtete ihre Freundin, die sorgsam die Fenster verhängte und das Schloss vorlegte, bevor sie die Arme um sie legte.

»*Oiá*, Licht meiner Augen«, gurrte sie mit ihrer wohlklingenden Stimme und hielt Jacquotte eine Armlänge von sich entfernt, um sie zu mustern. »Du siehst verändert aus. Welches Glück ist dir widerfahren?«

Jacquotte lächelte. »Vor dir ist kein Geheimnis sicher, Fayola.«

»Du gehst fort«, stellte die dunkelhäutige Frau fest. »Dein Plan ist aufgegangen.«

Jacquotte schnalzte mit der Zunge. »Aye! Ich habe mein Schiff. Die Zeiten unter l'Olonnais' Kommando sind endlich vorbei. Ab sofort wird er mein Schicksal nicht mehr beeinflussen.«

»Sträube dich niemals gegen dein *orí*!« Fayolas Augen umwölkten sich, und ihre Worte klangen, als würden sie von den Wänden zurückgeworfen: »Es ist noch nicht vorüber.«

»Hör auf, Freundin! Du klingst wie die alten Sklavenweiblein, die einem die Zukunft prophezeien.«

Fayola richtete sich auf. »Bin ich etwas anderes als das?« Sie deutete unwirsch auf ihren gebrandmarkten Hals. »Ich erfülle mein *orí* und diene den Männern. Doch wenn du es zulässt, dann offenbare ich dir Dinge über deine Zukunft.«

Jacquotte zögerte und die Freundin bemerkte es sofort.

»Du zeigst Furcht. Ich glaube, dass du noch nicht bereit bist, dich deiner Zukunft zu stellen.«

»Flibustier denken nicht an die Zukunft. Sie denken einzig an den Tag, der vor ihnen liegt.«

Fayola lächelte. »Weiß Pierre, dass du fortgehst?«, wollte sie mit unschuldiger Miene wissen.

Jacquotte machte eine wegwerfende Handbewegung. »Er ist nicht von Bedeutung.«

»Ich glaube dir nicht.«

Jacquotte erwiderte den wissenden Blick. Zu unterschiedlich war ihre Herkunft, zu andersartig ihre Denkweise, und doch hatten sie sich vom ersten Augenblick an verbunden gefühlt. Sie wollten beide in der Welt der Männer überleben. Jede auf ihre Art.

»Nun gut«, gab Jacquotte nach. »Was willst du von mir?«

Fayolas Gesicht hellte sich auf. »Stelle dich dem Orakel«, wies sie ihre Freundin an, und Jacquotte nickte ergeben.

Das Klacken der braunen Nüsse, die Fayola *obì àbàtà* nannte, erinnerte sie an jenen Tag vor etlichen Jahren, als sie das Orakel zum ersten Mal befragt hatte. Damals war sie kämpferisch gewesen und hatte mit jeder Faser ihres Körpers danach gelechzt, sich bei dem Überfall auf San Jago Caballero zu beweisen. Vieles hatte sich seitdem verändert. Inzwischen war sie nicht mehr draufgängerisch, sondern einzig von dem Wunsch beseelt, endlich ihren Platz auf den Weiten des Meeres zu finden.

Sie beobachtete Fayolas Gestik, hörte das besänftigende Gemurmel ihrer Stimme und das Klicken der Nüsse, die mit stetigem Rhythmus in ihren Händen geschüttelt wurden. Erst als Fayola sie ansah, formulierte Jacquotte die erste Frage: »Wird Manuel für den Rest seines Lebens gut versorgt sein?«

Fayola warf die Nüsse, und Jacquotte verfolgte ihren Tanz über den gestampften Boden. Mit schimmernden Schalen kamen sie endlich zur Ruhe und Fayola rief: »*Ejife*! Das ist ein Ja.«

Jacquotte atmete erleichtert durch. Fayola klaubte die Nüsse auf und begann erneut, sie zu schütteln.

»Wird meine Mannschaft mich je als Kapitän absetzen?«, stellte Jacquotte ihre nächste Frage und hörte die Nüsse zu Boden fallen.

»*Oyeku*!«, flüsterte Fayola. »Die Antwort auf deine Frage ist Nein!«

»Gut.« Jacquotte lächelte. »Dann sag mir jetzt, ob ich stets mit günstigen Winden segeln werde.«

Fayola hob ärgerlich ihre Augenbrauen, murmelte etwas in einer fremden Sprache und ließ die Nüsse durch die Luft fliegen.

»*Ejife*!«, kam die Antwort.

Als sie aufsah, richtete sich ihr Blick anklagend auf Jacquotte.

»Deine Fragen waren schwach. Wo ist dein Mut hin, Freundin? Verspottest du etwa dein eigenes Schicksal?«

»Hast du nicht selbst gesagt, man solle sich niemals gegen sein *orí* sträuben? Was mir bestimmt ist, wird geschehen, aber ich bevorzuge, es nicht zu wissen. Du hast mir bereits einmal prophezeit, dass die Bruderschaft mich nicht als Frau akzeptieren wird. Doch hier stehe ich. Als Bruder der Küste, obwohl ich eine Frau bin. Sowohl das Orakel als auch die Männer sind blind für die Wahrheit.«

Die Freundinnen lachten und fielen sich in die Arme.

»Wir werden uns nicht wiedersehen«, erklärte Fayola nach einer Weile und wischte sich eine Träne aus dem Augenwinkel.

Jacquotte nickte. »Solange l'Olonnais in diesen Gewässern segelt, kann ich nicht zurückkehren.«

Fayola sah sie mit einem eigenartigen Gesichtsausdruck an. »Du hast so viel Kraft in dir! Verliere niemals deinen Glauben an dich selbst«, flüsterte sie, als sie sich erneut umarmten.

»Ohne dich wäre ich nicht so weit gekommen.« Jacquotte spürte Tränen in ihren Augen und riss sich eilig los. Schnell schob sie das Schloss zurück und verließ die Hütte. Sie stürmte durch die Nacht. Als sie sich noch einmal umdrehte, hatte sie die Stadt bereits erreicht. Ein schwaches Licht kündete davon, dass Fayola in ihrem Haus zurückgeblieben war.

L'Olonnais presste die Lippen aufeinander. Der Verrat hatte ihn durchlöchert wie eine Musketensalve. Er glaubte zu verbluten, so sehr zerfraß die Schmach seine Innereien. Antoine war nicht, was er zu sein vorgab!

Es hatte eine Weile gedauert, bis er das Gerede zwischen seinem ehemaligen Maat und der schwarzen Hure durchschaut hatte. Doch wenn er nun eins und eins zusammenzählte, dann gab es nur eine Frau, die zu dieser hinterhältigen Tat fähig war: die rote Jacquotte!

Bebend holte er Luft und spürte die Narbe an seinem Hals pochen, als würde sie durch die Erkenntnis nochmals zu bluten beginnen. Seine Beine waren schwach, seine Arme wie gelähmt. Unfähig, sich zu bewegen, lehnte er an der Hauswand, während ein Lichtstrahl auf seine zitternden Hände fiel. Vorsichtig sah er erneut durch den schmalen Riss im Holz. Die schwarze Hure saß auf ihrem Bett und murmelte vor sich hin.

Ihr Anblick machte ihn aggressiv. Die dunkle Haut und der geschmeidige Körper hatten bereits de l'Isle in Ekstase versetzt. Selbst Antoine hatte ihre Gesellschaft vorgezogen. Auch wenn l'Olonnais inzwischen verstand, warum. Niemals zuvor war es jemandem gelungen, ihn derart hinters Licht zu führen. Schneidende Wut erfüllte ihn. Antoine würde dafür büßen!

Sein Atem ging schneller und er ballte die Hände zu Fäusten. Doch bevor er sich Antoine widmete, sollte die schwarze Dirne erfahren, was es hieß, sich gegen einen François l'Olonnais zu stellen! Er knurrte unheilvoll und schritt zur Tür. Als er sie aufstieß, sah ihm Fayola ohne jede Furcht entgegen. L'Olonnais zog einen Dolch.

»Werft Euer Orakel!«, forderte er. »Ich bin mir sicher, es wird von Eurem Tod künden.«

Fayola blickte auf das Messer und lehnte sich zurück.

»Ich brauche kein Orakel, um mein *orí* zu erkennen«, entgegnete sie ruhig.

L'Olonnais sprang sie aufgebracht an. Ihre Gelassenheit reizte ihn. Mit einem raschen Hieb stach er in ihren Unterleib, bevor er ihr die Hände um den schlanken Hals legte. Ein grauer Schleier zog sich durch sein Blickfeld. So erging es ihm stets, wenn er Spanier folterte.

Das Blut rauschte in seinen Ohren, und die Schmerzensschreie erfüllten ihn mit süßer Genugtuung. Es war besser, als sich mit einem Mann zu vereinigen. Besser, als zu segeln oder trinken. Den Tod zu bringen, war ein inneres Feuer, dessen Flammen ihn in einen wunderbaren Rauschzustand versetzten. L'Olonnais stöhnte verzückt auf. Er besaß Macht über sie.

Ihre dunklen Augen verdrehten sich, und sie röchelte unter dem Druck seiner Hände. L'Olonnais ließ von ihr ab. Helles Blut hatte bereits ihr Kleid durchtränkt und sich über die Laken des Bettes ausgebreitet. Roh zerschnitt er ihr Gewand. Die Wunde, die er ihr zugefügt hatte, pulsierte heftig. Er lachte.

»Sie hat mich hintergangen, und du hast davon gewusst«, flüsterte er fanatisch. »Nun sieh dich an. Die angeblich so weise Morelle hat ihren eigenen Tod nicht kommen sehen.« Er fletschte die Zähne. »Du bist eine wertlose Metze. Ich werde dein Herz herausschneiden und es deiner feinen Freundin unter die Nase halten, wenn ihre Zeit gekommen ist.«

Fayola spuckte ihn an. »Dein Ende ist nah, Olonnaise, und ich werde dabei zusehen und lachen!«

»Vielleicht.« L'Olonnais stach ihr in die Seite, und Fayola wimmerte leise. »Aber ich werde dafür sorgen, dass das rote Weib dann bereits neben dir in der Hölle schmort!«

Fayolas Augenlider begannen zu flattern. L'Olonnais schlug ihr brutal ins Gesicht.

»Wage es nicht zu sterben, bevor ich mit dir fertig bin«, schrie er und stach noch einmal zu. Fayolas Beine zuckten.

»Verflucht!« L'Olonnais hob das Messer über den Kopf und rammte es in Fayolas Brust. »Ich bin dein Schicksal!«, brüllte er, während sich die braunen Nüsse unter Fayolas Bett langsam rot verfärbten.

Begleitet von einem ähnlichen Morgenrot ging die Sonne am nächsten Tag über Bayahá auf. Jacquotte stand am Hafen und beobachtete das Anlegen des letzten Schiffes. Es war das von Jan. Sie erkannte seinen blonden Haarschopf, als die Besatzung in den kleinen Booten übersetzte. Das bedeutete, dass sich die Kapitäne in den kommenden Stunden zusammensetzen würden, um ihr glorreiches Eintreffen in Cayone zu planen.

Sie verschränkte die Arme vor der Brust. Die Zeit war gekommen. Sie musste aufbrechen. Seufzend drehte sie sich um, um sich auf die Suche nach ihrem Maat zu machen, als Bigford ihr entgegenkam. Jacquotte senkte den Kopf und brummte verdrießlich. Um diese Zeit war es in den Straßen von Bayahá ruhig. Das ausgelassene Feiern forderte seinen Tribut. Sie hoffte, dass Bigford anderes im Sinn hatte, als sie in ein Gespräch zu verwickeln. Doch er blieb vor ihr stehen.

»Erlaubt mir, Euch in einer dringenden Angelegenheit zu sprechen!« Seine Stimme klang gehetzt, und er warf einen Blick über seine Schulter. Jacquotte wurde augenblicklich misstrauisch. Aufmerksam beobachtete sie ihr Umfeld und nickte ihm zu.

»Ich kenne Euch«, flüsterte er. Hitze breitete sich in ihr aus. Sie spannte ihre Muskeln an.

»Ich kenne Euch ebenso«, entgegnete sie in der Hoffnung, dass er etwas anderes meinte als die grausame Wahrheit, der sie nun so lange entgangen war. Nicht jetzt, flehte sie, nicht so kurz vor meinem Aufbruch!

Plötzlich erstarrte Bigford und knickte ein. Ein Messer steckte in seinem Oberschenkel. Jacquotte zog ihre Pistole. Was zum Teufel ging hier vor?

Sie sah Pierre aus dem Schatten eines Hauses treten und mit unbewegtem Gesicht auf sie zuhalten. Bigford humpelte erschrocken los und versuchte sich hinter ihr zu verstecken. Das Messer hatte er herausgezogen und blutete nun aus der ihm zugefügten Wunde.

»Hört mich an! Ihr seid in Gefahr«, stieß er hervor und zerrte an ihrem Arm. Ihr Blick flog zwischen ihm und Pierre hin und her.

Jacquotte bemühte sich, die Panik niederzukämpfen, die sie erfasste. Gerade eben noch war sie kurz davor gewesen, in ihre Freiheit zu segeln, und jetzt stand sie wie ein Schutzschild zwischen zwei Männern. Unschlüssig zielte sie mit der Waffe auf Pierre. Dieser blieb stehen.

»Was soll das?«, fragte er. »Schützt du ihn etwa vor mir?«

Jacquotte sprang zur Seite und zog mit der anderen Hand ihre Machete, die sie augenblicklich gegen Bigford richtete.

»In diesem Moment traue ich keinem von euch!« Sie deutete mit dem Kinn auf den Freund ihrer Kindheit. »Was führst du im Schilde?«

Pierre hob eine Augenbraue. »Bigford und ich haben noch eine Rechnung zu begleichen.«

»Ich sagte Euch bereits, dass sie nichts zu befürchten hat«, winselte der Engländer.

Jacquotte schluckte. Er wusste es. Die Erkenntnis ließ sie beinahe zu Boden sinken. Sie wechselte einen schnellen Blick mit Pierre. Dann senkte sie ihre Pistole.

»Hört mich an, hört mich an!« Bigford stolperte rückwärts, als er die Entschlossenheit in Pierres Augen erkannte. »Sie ist in Gefahr! Wenn Ihr mich tötet, ohne mich anzuhören, wird sie ebenfalls sterben!«

Jacquotte gab Pierre mit einer Geste zu verstehen, dass er stehenbleiben sollte.

»Sprecht, Bigford! Und seid dieses eine Mal wenigstens ehrlich.«

»Es geht um Morelle. Sie ist tot.« Bigfords Bein gab nach und er sackte zu Boden. Jacquotte war blitzschnell bei ihm.

»Ihr wagt es? Nach all den Jahren der Spitzfindigkeiten und der Unwahrheiten wagt Ihr es, mich erneut anzulügen?« Sie war außer sich, erschrak jedoch im selben Augenblick über den entsetzten Ausdruck im Gesicht des Engländers.

»Es ist wahr. Sie ist tot. Eine der Dirnen, mit denen ich mich stets zu vergnügen pflege, sagte es mir selbst. Sie lag auf ihrem Bett, ausgeweidet wie ein erlegtes Rind.« Bigford zögerte. »Ihr wisst, wer das war. Kein anderer tötet auf diese Weise.«

Jacquotte fiel die Machete aus der Hand. Bigfords Worte raubten ihr jegliche Kraft. Ehe sie sich versah, war Pierre bei ihr, zog seinen Säbel und drückte die Klinge gegen Bigfords Hals.

»Nein!« Sie legte die Hand auf seinen Arm. Einen kurzen Moment kämpfte sie gegen aufsteigende Übelkeit an.

»Ich helfe Euch«, murmelte sie dann, hob ihre Machete auf und hockte sich neben Bigford.

Geschickt schnitt sie einen Streifen aus seinem Hemd und wickelte ihn straff über die Wunde. Bigford stöhnte gequält auf.

»Ihr seid jedem Mann ebenbürtig«, presste er hervor.

Sie verknotete den Verband fester als nötig und Bigford verzog den Mund.

»Das habe ich verdient«, flüsterte er.

Ihre Blicke trafen sich und Jacquotte dachte an den Vorfall vor vielen Jahren zurück, bei dem Bigford auf Manuel geschossen und sie beinahe gegen ihren Willen genommen hatte. Jahrelang hatte sie ihn dafür verachtet. In diesem Moment fühlte sie gar nichts mehr.

»Was wollt Ihr dieses Mal für die Gunst, Euer Wissen für Euch zu behalten?«, wollte sie wissen.

Bigford warf Pierre einen ängstlichen Blick zu, der ihn noch immer mit dem Säbel in Schach hielt.

»Mein Leben wäre genug.« Er wandte sich wieder Jacquotte zu. »Ich dachte nicht, dass ich es Euch einmal persönlich sagen könnte, aber Ihr nötigt mir Respekt ab!«

Sie erhob sich. »Ich danke Euch.«

Pierre zog den Säbel zurück. Mit hängenden Armen wartete er auf eine weitere Reaktion, doch Jacquotte schwieg. Eine Zeit lang starrte sie auf ihr Schiff, als ob sie sich von dort eine Antwort erhoffte. Aber ihr Plan floss mit der Ebbe aus dem Hafenbecken.

»Ihr solltet Euch schleunigst davonmachen«, riet Bigford und beobachtete mit Unmut, wie sich sein provisorischer Verband mit Blut vollsog. Seine Worte verhallten ungehört, und er zuckte hilflos mit den Schultern.

Jacquotte spielte mit der Machete in ihrer Hand. Sie ließ die Waffe locker kreisen, zog sie einige Male durch die Luft und rammte sie schließlich in den Boden. Entschlossen spannte sie ihre Muskeln.

»Ich werde nicht davonsegeln«, verkündete sie. »L'Olonnais weiß nun, wer ich bin, und ich kenne ihn gut genug, um zu wissen, dass er nicht ruhen wird, bis er mich auf dieselbe Weise gefoltert und hingerichtet hat wie Fayola. Egal, wohin ich gehe, ich werde immer auf der Flucht vor ihm sein. Das ist nicht das Leben, das ich mir gewünscht habe. Deshalb werde ich mich nicht verstecken. Wenn er mein Schicksal ist …«, sie stockte und dachte an die Worte ihrer Freundin, »… dann muss ich mich ihm stellen.«

»Das ist Wahnsinn!«

»Dieses Mal sehe ich nicht dabei zu, wie du in deinen sicheren Tod rennst!«

Bigford und Pierre begannen gleichzeitig zu protestieren, doch Jacquotte unterbrach sie.

»Ihr solltet selber auf der Hut sein«, sagte sie. »L'Olonnais hat seine Augen überall. Es würde mich nicht wundern, wenn er uns bereits beobachtet. Er ist hinterhältig und unberechenbar, doch er kostet den Tod gerne in aller Ruhe aus, und er wird dafür sorgen, dass ich von seinen Plänen erfahre.«

»Lass ihn nach Nicaragua aufbrechen. Ich bin davon überzeugt, dass d'Ogeron ihm das Kommando gibt. Während er fort ist, hast du nichts zu befürchten. Ich erledige den Rest!« Pierre baute sich aufgebracht vor ihr auf und Bigford nickte zustimmend.

»Du kennst l'Olonnais nicht.« Jacquotte straffte ihre Schultern. Pierre schnaubte, doch sie gab ihm zu verstehen, ihr zuzuhören. »Es ist nicht dein Kampf. Ich wollte als Bruder der Küste segeln und das habe ich geschafft. Ich ging an Bord von l'Olonnais, weil mir bewusst war, dass er am einfachsten zu täuschen ist. Sein Hass untergräbt seinen Verstand. Aber es war von Anfang an ein gefährliches Spiel und ich ließ mich nur darauf ein, weil ich nichts zu verlieren hatte. Mittlerweile trage ich jedoch die Verantwortung für meine Mannschaft. Es war riskant, l'Olonnais den Rücken zu kehren, bevor er wusste, wer ich in Wahrheit bin. Doch nun wird jeder des Todes sein, der an meiner Seite bleibt. Deshalb darf ich mich nicht länger verstecken.«

Bigford starrte sie an. »Ihr schützt niemanden, wenn Ihr Euch von dem verfluchten Olonnaisen aufschlitzen lasst.«

»Ihr solltet am besten wissen, dass ich nicht kampflos aufgebe.« Jacquotte erlaubte sich ein kurzes Lächeln. »Meine Entscheidung steht fest: Ich werde l'Olonnais nach Nicaragua folgen. Soll das Schicksal befinden, welches Ende ihm bestimmt ist.«

»Ich bin verdammt«, murmelte Bigford, bevor er aufstand und Jacquotte ins Gesicht sah. »Ihr könnt auf mich zählen. Die Vorstellung, Eure Eingeweide vom Deck eines Schiffes zu kratzen, widerstrebt mir.« Er nickte Jacquotte zu. Sie senkte leicht den Kopf, während ihr Blick weiter zu Pierre wanderte. Die steile Falte auf seiner Stirn zeugte davon, dass er ihre Entscheidung missbilligte.

»Wir werden es dem Olonnaisen nicht einfach machen!« Pierre stemmte die Hände in die Hüften. »Lasst uns gemeinsam zur Versammlung der Kapitäne erscheinen. Jeder deckt den Rücken des anderen.«

Jacquotte wollte ihm danken, doch er ließ sie einfach stehen. Langsam zog sie ihre Machete aus dem sandigen Boden, befestigte sie an ihrem Gürtel und folgte Pierre an der Seite von Bigford.

Acht Wochen später wurden die sechs Schiffe der neuen Mission von d'Ogeron gemächlich in den Golf von Honduras hineingezogen. Jacquotte starrte die Wolken an, die glutrot vom Beginn des Tages zeugten, und ahnte, dass diese Kaperfahrt ihnen kein Glück bringen würde.

Wie vorherzusehen war, hatte d'Ogeron das Kommando an l'Olonnais übergeben. Von allen Kapitänen hatte einzig Jan den Mumm besessen, sich nicht für die Mission zu verbürgen. Von den restlichen Männern forderte d'Ogeron eine rasche Wiederholung des vorangegangenen Erfolgs. Diese Eile ließ kaum Zeit für Vorbereitungen, was Jacquotte sehr gelegen kam. Gemeinsam mit Pierre und Bigford legte sie bereits früher ab und erwartete l'Olonnais bei Matamano, einer Ansiedlung am Südende Kubas.

Hier plünderte l'Olonnais zunächst in nie gekanntem Ausmaß und raubte den Einwohnern ihr gesamtes Hab und Gut, bevor er viele von ihnen tötete und einen Teil als zusätzliche Späher mitschleppte. Derart angestachelt, ließ er die Schiffe anschließend Kurs auf Cabo Gracias á Dios nehmen. Dabei gerieten sie jedoch in eine verheerende Windstille, in der sie seitdem verharrten und in nordwestlicher Richtung auf die Isla de los Pinos zutrieben.

Die Festlandküste erstreckte sich wie ein helles Band vor ihnen und war gesäumt von dürren Bäumen, die ihre Äste in den Himmel reckten. Jacquotte schritt unruhig über das Deck. Die Männer wurden aufsässig, sehnten sie sich doch nach den angekündigten Plünderungen. Erst gestern hatte Jacquotte die Vorräte überprüft und festgestellt, dass sie zur Neige gingen.

Das Schiff von l'Olonnais befand sich beinahe außer Sichtweite, während die vier anderen leichteren Schiffe im Umkreis der *La Poudrière* dümpelten. Jacquotte behielt sie im Auge, aber offensichtlich waren die übrigen Kapitäne ratlos wie sie selbst. Von l'Olonnais konnte man über die Entfernung keine Befehle mehr erhalten, was bedeutete, dass die Zeit gekommen war, selbstständig zu handeln.

Sie fuhr herum. Die Männer hatten eine der Pulverratten an Deck gezerrt und sie in ihre Mitte genommen.

»Biste jungfräulich?«, wollten sie wissen.

Der Junge schüttelte verschämt den Kopf, während die Umstehenden in Gelächter ausbrachen.

»Beim Barte Neptuns, wir haben keinen jungfräulichen Seemann an Bord!« Sie stießen den Burschen zurück unter Deck.

Als Jacquotte in den Pulk trat, zogen die Männer eilig ihre Köpfe ein. »Was geht hier vor?«

»Kapitän«, erklärte einer der Bukaniere aus Bayahá. »Ihr wisst sicher, dass ein jungfräulich reiner Seemann dreimal am Besanmast kratzen muss, damit der richtige Wind geflogen kommt.«

Jacquotte grinste. »Ich bin mir dessen bewusst. Aber Wunder helfen uns nicht mehr weiter.«

Sie sah in die ausgemergelten Gesichter ihrer Mannschaft. »Wenn der Wind nicht zu uns kommt, dann gehen wir auf die Suche nach ihm. Allerdings steuern wir zuerst die Küste an, um uns Nahrung zu beschaffen. An die Ruder, Männer!«

Ein Teil der Besatzung verschwand unter Deck, während Jacquotte Zeichen zur *Belle Rouge* geben ließ. Bereits kurze Zeit später legten sich die Männer der vier Schiffe in die Riemen. Trotz aller Bemühungen dauerte es noch bis in den Nachmittag, bis sie endlich Anker warfen und die Brüder eifrig mit den Beibooten ausrückten. Das große Flussdelta, das sie angesteuert hatten, würde die Mannschaften landeinwärts bringen, wo für gewöhnlich Eingeborenendörfer ihren Hunger zu stillen vermochten.

Jacquotte überwachte das Ausschwärmen der Männer und hielt die Stellung. L'Olonnais' Schiff war nirgends zu entdecken, und sie konnte nicht behaupten, dass sie unglücklich darüber war. Der Olonnaise war ihr seit ihrem Auslaufen aus dem Hafen von Bayahá nicht mehr begegnet, aber der Blick, den er ihr auf der Versammlung der Kapitäne zugeworfen hatte, ging ihr nicht aus dem Kopf. Sie wusste, was ihr drohte, wenn der Tag der Abrechnung gekommen war.

Erschöpft gesellte sie sich zu Moïse Vauquelin, Michel le Basque, Bigford und Pierre. Ihre Gesichter waren verbrannt von den langen Tagen auf See und spiegelten die Anstrengungen wider.

»Habt Dank für Eure eigenmächtige Entscheidung, du Puits«, empfing sie der Baske.

»Aye! Meine Männer sind inzwischen mehr als lästig. Ich hoffe, sie finden vor der Dämmerung ausreichend Vorräte. Nur Gott allein weiß, was den Olonnaisen antreibt«, sagte Moïse Vauquelin und überging bewusst die Ironie des Basken. »Er scheint von Sinnen. Erst die zeitraubende Meuchelei auf Kuba, dann sein Ausharren in der Windstille. Was hat er vor?«

»Er hat wieder einmal Blut geleckt.« Michel le Basque schirmte die Augen ab, um den Küstenabschnitt zu überblicken, an dem sie an Land gegangen waren. »Wir können nicht länger auf seine Befehle warten. Wenn die Männer bei Kräften sind, sollten wir die Küste plündern. Die Strömung ist auf unserer Seite und wird uns direkt in den Golf von Honduras treiben. Was haben wir zu verlieren? Vielleicht gelingt uns dort die eine oder andere Prise.«

Die Kapitäne überlegten. Jacquottes Blick fand den von Pierre. Sie stellte fest, dass sie ihn vermisst hatte.

»Es gibt einen Hafen im Golf, Puerto Caballo. Die Spanier deponieren in den dortigen Lagerhäusern ihre Waren vom Binnenland, bis sie abgeholt werden«, sagte er.

»Seht her! Pierre le Picard, der Kenner der Spanier. Vortrefflich.« Der Baske nickte und wandte sich an Jacquotte. »Was meint Ihr dazu, du Puits? Folgt Ihr Kapitän l'Olonnais so ergeben wie einst, oder hat das eigene Schiff Eure Treue geschmälert?«

Sie sah ihn herausfordernd an, ohne etwas zu erwidern.

»D'Ogeron erwartet von uns, dass wir reichlich Beute machen. Wir gaben ihm alle unser Wort für diese Fahrt«, versuchte Moïse Vauquelin zu vermitteln. »Solange wir außer Sichtweite von l'Olonnais sind, entscheiden wir gemeinsam, was zu tun ist. Doch wenn wir auf unseren Anführer treffen, stehen wir unter seinem Kommando.«

Die Männer nickten, und der Baske warf sich in die Brust. Jacquotte erkannte, dass er nur darauf lauerte, die Fehler des Olonnaisen zu seinem Vorteil zu nutzen. Aber niemandem war die Gefahr, in der sie sich alle befanden, deutlicher bewusst als ihr.

L'Olonnais war außer Kontrolle. Sie war sich sicher, dass er bereits von ihrem Tod träumte. Trotzdem war sie noch immer davon überzeugt, dass sie ihren Feind auf dieser Kaperfahrt am besten im Auge behalten konnte. Die Anwesenheit der anderen Kapitäne bot ihr einen gewissen Schutz, auch wenn sie selber nur zu gut wusste, wie trügerisch er war.

Als die Dämmerung hereinbrach, kehrten die ersten Männer mit Unmengen an spanischem Weizen, Schweinen und Truthähnen zurück. Sie hatten Indianerbehausungen geplündert und alles mitgehen lassen, dessen sie habhaft werden konnten. Im Dunkel der Nacht labten sich die ausgezehrten Mannschaften an den erbeuteten Nahrungsmitteln und schafften die Überreste auf die Schiffe. Jacquotte beobachtete sie dabei, während sie an einen Baum gelehnt die Reste eines gebratenen Hühnerflügels verspeiste.

»Denkst du immer noch, du tust das Richtige?«, fragte Pierre.

Sie drehte sich nicht zu ihm um. Er hatte sich auf der gegenüberliegenden Seite des Baumstammes niedergelassen. Sie hatte seine Schritte gehört.

»Ich mag vieles getan haben, was dir töricht vorkommt, doch die Zeiten des Versteckspiels sind vorüber.«

»Ist das der Grund, weshalb du deine Haare wachsen lässt?«

Jacquotte lächelte. Pierre war der Einzige, dem es aufgefallen war. Noch erkannte man das charakteristische Rot nicht, weil die Sonne die kurzen Härchen bleichte, aber bald würden sich vermutlich auch andere fragen, welche Veränderung bei Antoine du Puits eingesetzt hatte.

»Bevor mich Bigford fand, war ich gerade dabei, Vorbereitungen für meinen Aufbruch zu treffen. Ich wollte mich vor dem Auslaufen nach Tortue davonmachen.«

»Du hattest nicht vor, dich zu verabschieden.« Es war eine Feststellung.

»Nein.« Sie schüttelte den Kopf, obwohl er es nicht sehen konnte. »Ich glaubte, es sei besser so.«

Pierre erwiderte nichts, aber Jacquotte spürte seine Enttäuschung.

»Seit ich Tierra Grande verlassen habe, habe ich mich vor meinen Feinden versteckt. Erst als Yanis le Jouteur, später als rote Peitsche unter dem Schutz von Tête-de-Mort und schließlich als Antoine du Puits. Ich habe kein weiteres Mal die Kraft, mir einen neuen Namen zu geben.«

»Dann willst du tatsächlich sterben?«

»Ich bin bereits einmal gestorben, und ich kann dir versichern, es war …« Sie kam nicht dazu, weiterzusprechen, denn Pierre war mit einem Satz bei ihr und packte ihre Schultern.

»Bei den Hörnern des Teufels! Die Jacquotte, die ich kannte, hätte gekämpft. Sie hätte nicht einfach aufgegeben und sich in ihr Schicksal gefügt. Sie hätte …« Er zögerte kurz, bevor er sie küsste und in ihren Mund murmelte: »… mich aufgespießt, wenn ich das gewagt hätte.«

Jacquotte stieß ihn von sich. Trotz der hereinbrechenden Dunkelheit konnte sie sehen, dass sich ein Grinsen auf seinem Gesicht ausbreitete.

»Du solltest dich nicht mit Gegnern anlegen, denen du nicht gewachsen bist«, sagte sie in Erinnerung an ihre gemeinsame Kindheit.

»Aye. Das sollte l'Olonnais ebenso wenig.« Pierre warf ihr einen intensiven Blick zu, bevor er sich umdrehte und zu seiner Mannschaft ging.

Die nachfolgenden Tage waren geprägt von unerträglicher Schwüle. Kein Windhauch blähte die Segel der Schiffe, die schwerfällig die Küste entlangtrieben. Keine Siedlung erregte die Aufmerksamkeit der Flibustier, und die Aussicht auf Beute war so weit entfernt wie ihre Heimat.

Erst eine Woche später traf die Gruppe der Kapitäne zufällig wieder auf l'Olonnais, der sich gerade auf Landgang befand. Durst, Hunger und Hitze setzten auch seiner Mannschaft zu, und die vielen geschossenen Affen legten Zeugnis davon ab, dass l'Olonnais alle Hände voll zu tun hatte, um die dreihundert Männer seines Verladeschiffs satt zu bekommen.

Als die Kapitäne zu ihrem Anführer traten, waren seine Augen eingefallen und die Kleidung hing locker um seinen abgemagerten Körper. Er starrte Jacquotte an und ihr Magen zog sich zusammen. Niemals zuvor hatte er seine Feindseligkeit derart offen gezeigt. Selbst den anderen entging die Spannung nicht, die in der Luft lag, während Moïse Vauquelin seine Sicht der Dinge schilderte und l'Olonnais von den Lagerhäusern in Puerto Caballo erzählte.

»Nach eingehenden Beratungen sind wir zu dem Schluss gekommen, dass wir dort gute Prise machen könnten«, schloss Moïse Vauquelin.

L'Olonnais spuckte aus. »Seid ihr gemeinsam an Land gegangen, um euch gegen mich zu verschwören?«, fragte er. Sein Blick blieb erneut an Jacquotte hängen.

»Wir gingen an Land, um Proviant zu sichern.«

»Ihr habt Euren Anführer im Stich gelassen!«

Moïse Vauquelin zuckte zusammen. »Das war nicht unsere Absicht«, erwiderte er eilig.

L'Olonnais trat an den Mann heran, der auch dieses Mal von d'Ogeron zum Vizeadmiral ernannt worden war. »Ihr werdet dafür sorgen, dass sich niemand mehr meinen Anweisungen widersetzt!

Schickt Eure Mannschaft aus. Sie sollen sich mit meinen Männern um ausreichend Proviant kümmern. Ich sage Euch, diese verdammte Küste ist so leer wie der Bauch meines Schiffes. Nur Indianer.« Er zog die Luft scharf durch seine Vorderzähne ein. »Wir müssen den Männern geben, wonach sie verlangen. Der Rum wird knapp und die Seelen werden ungeduldig.«

Er trat vor Bigford. »Besorgt den Besatzungen indianische Frauen! Aber schneidet denen die Kehle durch, die alle durch ihr Geschrei erzürnen.«

L'Olonnais ging weiter zu Pierre. »Geht mit Bigford und sorgt dafür, dass die indianischen Krieger uns nicht in die Quere kommen!«

Jacquotte sah die Halsschlagader an Pierres Hals pochen, als l'Olonnais ihn listig anlächelte. Doch ihr Freund wusste sich zu beherrschen und tat einen Schritt zurück.

»Und Ihr …« L'Olonnais trat vor den Basken und zückte sein Messer. »… werdet Euch zurücknehmen! Dies ist meine Kaperfahrt. Eure Zeit ist vorbei, Baske. Ihr habt mich oft genug vor allen belehrt, drum seht Euch vor. Wenn ich höre, dass Ihr gegen mich intrigiert, schneide ich Euer falsches Herz heraus.«

Michel le Basque verzog keine Miene, selbst dann nicht, als l'Olonnais mit einer Bewegung andeutete, wo er vorhatte, ihm das Messer ins Brustbein zu rammen.

»So sei es«, durchbrach die Stimme von Moïse Vauquelin die angespannte Situation. »Schickt die Männer aus!«

L'Olonnais verengte seine Augen und griff so plötzlich nach Jacquotte, dass sie nicht zurückweichen konnte.

»Ich rieche den Tod, Antoine.« Er zog sie zu sich heran. »Zuerst werde ich die Spanier auslöschen und anschließend alle meine Feinde. Ich werde ihre falschen Zungen essen und ihnen ihre verkommenen Gedärme in den Mund stopfen.«

»Daran hege ich keinen Zweifel.«

»Sieh dich vor, Antoine, ich kenne dich!« L'Olonnais stieß sie von sich und Jacquotte atmete tief durch. Die Jagd hatte begonnen.

Bereits am nächsten Tag stachen die Schiffe erneut in See. Jacquotte blickte auf die Rauchschwaden, die aus den Wäldern traten, und dachte an die Indianer mit der bronzefarbenen Haut, deren Lebensgrundlage sie gerade vollständig zerstört hatten. Die Flibustier hatten die Frauen geschändet, die Hütten verbrannt und alle Waffen vernichtet. Sie hatten Kinder ohne Familie zurückgelassen, Frauen ohne Ehemänner, ein ganzes Volk ohne Nahrung. Sie wusste, dass dem Treiben von l'Olonnais ein Ende gesetzt werden musste, aber sie fragte sich auch, ob er ihr die Möglichkeit geben würde, ihn zum Kampf herauszufordern.

Schon im Golf von Honduras gab es die erste Bewährungsprobe. Die Mannschaften kämpften sich mitten in der Nacht durch das Unterholz. Affen schrien über ihren Köpfen und verrieten jedem, der aufmerksam genug war, dass sich eine feindliche Truppe im Anmarsch befand.

Jacquotte war nicht wohl in ihrer Haut, obwohl sie wusste, dass sich Pierre und Bigford in ihrer Nähe aufhielten. Doch l'Olonnais wurde immer unberechenbarer und war mit seinem schweren Verladeschiff direkt in den Kampf gesegelt. Der heftige Beschuss, der über sie hineinbrach, kaum dass die Flotte in Sichtweite von Puerto Caballo kam, hatte alle unvorbereitet getroffen. Durch den mangelnden Wind in ihrer Manövrierfähigkeit eingeschränkt, waren sie den angreifenden Spaniern und ihren im Hafen liegenden Schiffen wehrlos ausgeliefert gewesen.

Erst nach Stunden war es ihnen gelungen, die Spanier gefechtsunfähig zu machen. L'Olonnais ließ die Kapitäne an ihren Positionen im offenen Wasser verharren, während er die spanischen Soldaten, die er aus dem Hafenbecken fischen konnte, einzeln hinrichtete. Erst danach gab l'Olonnais den Befehl, an Land zu gehen und alles zu plündern. Doch außer Rinderhäuten fand sich nichts von Wert, weshalb er die Lagerhäuser niederbrannte und sofort beschloss, in die nächste Stadt zu marschieren.

Während sie der Dämmerung entgegengingen und Jacquotte das geordnete Vorgehen vermisste, das sie noch zu Zeiten de l'Isles erlebt hatte, pirschte sich der Baske an ihre Seite. Jacquotte hörte seinen rasselnden Atem und wusste, dass ihn die Neugierde zu ihr trieb.

»Was hat es mit der plötzlichen Feindschaft zwischen Euch und l'Olonnais auf sich, du Puits?«, fragte er unumwunden.

»Das ist nicht Eure Angelegenheit.«

»Hah! Der Olonnaise meuchelt in einem fort und bringt uns alle in Gefahr. Dennoch hüllt Ihr Euch in Schweigen.«

»Ihr habt ein Schiff, und Ihr habt gesunde Männer. Ihr könnt jederzeit in die Heimat segeln. Ist es nicht eher so, dass Euer Ehrgeiz Euch hier hält?«

Der Baske lachte überrascht auf. »Meinen Ehrgeiz habe ich an dieser Küste verloren, du Puits. Mein Schiff wurde im heutigen Gefecht schwer getroffen und auch ich selbst blieb nicht verschont.«

Er hob den Arm und offenbarte einen blutigen Verband, der sich quer über seine Brust zog. Jacquotte hielt den Atem an. Die Macht des Basken hatte ihr gesamtes Leben geprägt. Doch an diesem Tag bemühte er sich, mit ihr Schritt zu halten.

»Ihr solltet zurückbleiben und Euch schonen.«

»Um dann wegen Verrats durch das Messer von l'Olonnais zu sterben? Da sterbe ich lieber in einem guten Kampf.« Er hustete. »Ich segelte einst mit Männern, die meiner würdig waren. Männer, die für mich in den Tod gegangen wären. Brüder des Teufels, Brüder der Küste. Ich war skrupellos, aber bei Gott, das waren wir alle. Wir überfielen mit List und nicht im Blutrausch. Einmal ließ ich einen meiner Männer mit einem Hebeleisen ein Loch in unser Boot schlagen, um es zum Sinken zu bringen. Damit gab es für niemanden mehr ein Zurück und wir mussten um unser Überleben kämpfen. Ein kleiner Haufen Männer bemächtigte sich einer schwer bewaffneten Silbergaleone. Das waren gute Zeiten.«

Jacquotte lächelte. In ihrer Kindheit hatte sie die Geschichte Dutzende Male gehört. Die Tatsache, dass Michel le Basque das Boot eigenhändig versenken ließ, war ihr neu.

»Ihr habt eine starke Vergangenheit.« Mit einem Mal fühlte sich Jacquotte dazugehörig. Émile, Jérôme, Tête-de-Mort, sie alle waren Teil ihres Lebens. Die Bruderschaft war Teil ihres Lebens.

In diesem Moment brachen die Spanier aus einem Versteck zu ihrer Rechten hervor. Jacquotte sah einige Flibustier davonstürmen, während andere von dem einsetzenden Kugelhagel durchsiebt wurden.

Sie duckte sich, um Deckung zu suchen, doch der Mangel an vorausschauender Führung ließ die Männer von l'Olonnais kopflos reagieren. Ehe sie sich versah, wurde sie zu Boden gestoßen. Panisch Flüchtende überrannten sie, drückten ihr die Luft aus den Lungen und nahmen ihr die Orientierung. Nur mit Mühe gelang es Jacquotte, sich wieder auf die Beine zu kämpfen. Um sie herum waren die Flibustier bereits ineinander verkeilt. Für ihre Pistolen gab es kaum Verwendung, daher griff Jacquotte gleich zu Machete und Säbel.

Mit unsicheren Schritten parierte sie eine Angriffswelle, bevor sie an Boden gewann. Alles verschwand im weißen Nebel des Pulverdampfs. Die angreifenden Spanier verschwammen zu einer gesichtslosen Masse. Wer die Arme gegen sie hob, musste sterben. Keuchend hielt Jacquotte die Stellung. Die Spanier schienen überall zu sein. Eingeklemmt zwischen Körpern, hieb und schlug sie sich ihr Blickfeld frei. Der Boden war bereits übersät mit Verwundeten, und sie wusste, dass es ihr Tod war, sollte sie fallen.

Instinktiv zog sie den Kopf zurück und spürte eine Klinge ihren Hals streifen. L'Olonnais' hasserfüllte Augen blitzen sie an, bevor sie gegen den nächsten Spanier antreten musste. Sie fuhr herum und bemerkte Pierre, der in ihrer Nähe kämpfte. Sie arbeitete sich zu ihm vor und gab Acht, dass er sie nicht versehentlich traf, bevor sie sich gegenseitig Deckung gaben. Rücken an Rücken hielten sie dem Ansturm stand.

Als die Angriffe abebbten und die Spanier sich zurückzogen, offenbarte sich ihnen das wahre Ausmaß des Verlustes. Im Sterben Liegende wanden sich zwischen Toten und Verstümmelten. Jacquotte und Pierre stiegen über ihre Männer, suchten verzweifelt nach Überlebenden und zogen Verwundete an den Rand des Schlachtfeldes. Gerade als Jacquotte innehielt, um nach weiteren Männern Ausschau zu halten, die Hilfe benötigten, bemerkte sie l'Olonnais. Er stand inmitten der Opfer und starrte sie an. Langsam zog er seinen Daumen von der einen Seite seiner Kehle zur anderen. Jacquotte griff an ihren Hals und spürte das warme Blut. L'Olonnais lächelte.

»*Mordieu! Les bougres d'espagnols me le payeront*!«, schrie er dann. »Bringt mir die spanischen Überlebenden!«

»Nicht nur die Spanier werden für diese Tat büßen, wir ebenso.« Pierre stellte sich neben Jacquotte.

Sie wandte den Kopf und betrachtete sein Profil. Es gab nicht viel, was ihr geblieben war, und die Hartnäckigkeit, mit der er ihr zur Seite stand, rührte sie. Es hatte Zeiten gegeben, da hatte sie sich für ihre Gefühle geschämt, doch je näher ihr Aufeinandertreffen mit l'Olonnais rückte, desto mehr besaß sie den Mut, sie zuzulassen.

Die nächsten Tage durchlebte Jacquotte wie in Trance. Die Erstürmung der Stadt San Pedro, die blutigen Kämpfe und die Plünderungen zogen an ihr vorüber, denn sie hatte alles bereits viele Male zuvor erlebt. Der erbitterte Widerstand der Spanier, ihr nicht enden wollender Kanonenbeschuss, das Geschrei der Verwundeten.

Sie stellte sich jeder Herausforderung und wartete im Inneren nur auf das eine Zusammentreffen, das ihr Schicksal besiegeln sollte. Aber l'Olonnais hielt sich von ihr fern.

Wie auch in Maracaibo, beugten sich die Spanier schließlich dem grimmigen Ansturm der Flibustier und ließen das Unheil in ihre Stadt. Doch diese barg zur großen Enttäuschung aller kaum Reichtümer, und so entlud sich l'Olonnais' Wut anderweitig. Nur wenige Bewohner entkamen Gewalt, Folter und Tod, und nach einer Woche der Ausbeutung brannte l'Olonnais die gesamte Stadt nieder und zog mit seinen verbliebenen Männern ab.

Als sie die Küste erreichten, fühlte sich Jacquotte so ausgezehrt wie niemals zuvor in ihrem Leben. Die Gefechte und die stete Vorsicht raubten ihr den Schlaf und zermürbten sie. Sie wünschte sich, l'Olonnais öffentlich zum Kampf herausfordern zu können, aber das hätte nicht nur die Kapitäne, sondern auch die Männer der Mannschaften gegeneinander aufgebracht. Es hatte bereits zu viele Tote gegeben, sie wollte nicht verantwortlich für weitere sein.

Erst als l'Olonnais befahl, die lädierten Schiffe auf den Inseln im Westen des Hondurasgolfes instandzusetzen, sah sie ihre Chance gekommen, ihm alleine gegenüberzutreten.

Kaum auf den Inseln angekommen, zerstreuten sich die Mannschaften, knüpften Netze aus dem Bast der Bäume, um auf Schildkrötenfang zu gehen, und sammelten das *ambra de gris* ein, jenes

Pech, welches sich zum Dichten der Schiffe eignete, wenn man es mit Haifischtran weich machte. Nur die Ältesten unter ihnen kannten die Plätze, an denen das begehrte Pech vom Meer in derart großen Mengen angespült wurde, dass es ganze Teppiche vor der Küste bildete.

Jacquotte verbrachte die ersten Tage damit, sich am Honig der Waldbienen zu stärken und Unmengen an Quellwasser zu trinken. Ihre Rastlosigkeit konnte sie damit jedoch nicht lindern. Bald schon dehnte sie ihre Streifzüge aus, gefolgt von Pierre und Bigford, die ihre Versprechen hielten und ihr selbst dann folgten, wenn die Hitze des Tages jeden Schritt zu einer Tortur werden ließ. Doch von l'Olonnais fehlte jede Spur. Die Arbeiten an seinem Schiff gingen voran, aber der Anführer blieb verschwunden.

Es dauerte nicht lange, bis die Sehnsucht der Männer nach ihrer Heimat wuchs. Ihre Lieder wurden leidenschaftlicher, ihre aufsässigen Stimmen lauter. Streitereien waren an der Tagesordnung, und Jacquotte wusste, dass es zu Meutereien kommen würde, wenn nicht bald etwas geschah. Bisher war die versprochene Prise ausgeblieben, die viele Brüder auf das Schiff von l'Olonnais getrieben hatte, und den Kapitänen fiel es mit jedem Tag schwerer, ihre Mannschaften zur Ordnung zu rufen. Eines Nachts verschwanden mindestens fünfzig Männer auf den Beibooten und tauchten nicht wieder auf. Eine derartige Desertion hatte Jacquotte noch niemals zuvor erlebt.

»Wenn l'Olonnais nicht bald auftaucht, werden die Kapitäne Segel setzen«, bemerkte Pierre.

Er saß neben Jacquotte am Feuer und sah zu den Männern hinüber, die faul unter den Bäumen lagen. Das Schildkrötenfleisch saß ihnen fett in den Knochen, und ihr Tatendrang war Gleichgültigkeit gewichen. Nicht einmal Lieder erschollen über den nächtlichen Strand.

»Wenn sie abziehen, wird es für mich einfacher.«

Pierre stocherte im Feuer. Funken flogen auf und legten sich auf Bigford, der daraufhin im Schlaf grunzte.

»Ich werde mein Schiff meinem ersten Maat überlassen, damit er es in die Heimat segeln kann. Erlaubst du, dass ich bei dir anheuere?«

Jacquotte sah überrascht auf. »Du bist jederzeit willkommen auf der *La Poudrière*.« Sie zögerte. »Aber du weißt, dass du das nicht zu tun brauchst.«

Pierre nickte abwesend. »Meine Mutter gab dir einst den Namen *nanichi*. Es bedeutet ‚mein Herz'. Genau das warst du für sie. Deshalb sollte ich immer auf dich achtgeben. Du hast mir meine Aufgabe nicht leicht gemacht. Doch dass es so schwer wird, hätte ich nicht geglaubt.«

Sie tauschten ein Lächeln, bevor Jacquotte wieder in die Flammen starrte.

»Ich bereue nicht, was ich getan habe. Jedes andere Leben hätte mich eher zugrunde gerichtet. Aber ich denke viel an Manuel.«

Einem Impuls folgend, griff sie nach Pierres Hand und sie sahen einander in die Augen.

»Wenn es zum Äußersten kommt, dann bitte ich dich, zurückzustehen. Manuel muss versorgt sein. Er ist meine Familie.«

Pierre wandte den Blick ab, und Jacquotte erkannte, dass er dieser Bitte nicht nachkommen wollte.

»Versprich es mir!«

»Aye! Aber das ist das letzte verdammte Versprechen, das ich dir gebe.«

Er zog seine Hand zurück und drehte ihr den Rücken zu, als er sich zum Schlafen niederlegte.

In der Morgendämmerung fielen Schüsse. Jacquotte fuhr hoch. Sie war eingenickt und schalt sich einen Dummkopf, während sie versuchte, sich zu orientieren. Pierre und Bigford waren bereits aufgesprungen. Männer schrien und zwei weitere Schüsse hallten über den Strand.

»Wer ist der Nächste, der mir entgegentreten will?« Jacquotte erkannte l'Olonnais' Stimme und blinzelte sich den Schlaf aus den Augen.

»Ihr macht die Schiffe seeklar. Hattet Ihr vor, ohne meinen Befehl davonzusegeln?« Er hieb mit dem Säbel nach Moïse Vauquelin, der rasch zurückwich.

Männer drängten heran und sahen, dass fünf ihrer Brüder blutüberströmt im Sand lagen. Stimmengewirr erhob sich.

Michel le Basque stellte sich Moïse Vauquelin zur Seite.

»Was geht nun schon wieder in Eurem kranken Kopf vor sich? Seit beinahe drei Monaten kreuzen wir im Golf. Eure Kaperfahrt ist eine *farce*! Jeder, der Verstand hat, sieht das. Wollt Ihr uns alle wegen Befehlsverweigerung erschießen, weil es uns zurück in die Heimat zieht?«

Er parierte einen Schlag des Olonnaisen und stieß ihn von sich. Bigford, Pierre und Jacquotte liefen herbei. L'Olonnais musterte jeden Einzelnen und spuckte verächtlich aus.

»Ihr seid feiger als die Spanier!«

»Es ist vorbei, l'Olonnais. Ich nehme Kurs auf die Île de la Tortue«, sagte Moïse Vauquelin.

»Ich werde Euch in die Heimat folgen.« Der Baske hielt seinen Säbel immer noch gegen l'Olonnais gerichtet.

»Ich ebenso«, erklärte Bigford rasch und warf Jacquotte einen Seitenblick zu. Die Erleichterung stand ihm ins Gesicht geschrieben. Erste beschwingte Rufe machten sich unter den Besatzungen breit.

L'Olonnais' Blick heftete sich auf Pierre. »Was ist mich Euch, Picard?«

»Wie der Baske bereits sagte. Es ist vorüber, l'Olonnais!«

»Nun denn!« Ganz offensichtlich genoss er die Situation und trat zu Jacquotte. »Dann machen wir es unter uns aus, nicht wahr, Antoine?«

Jacquotte roch das verdorbene Wesen von l'Olonnais. Es war, als ströme er den Verfall seiner Seele aus, die Schlechtigkeit seiner Gedanken und die Grausamkeit, die seine Hände tagtäglich verübten. Er war ihr Feind, ihr größter Widersacher und vielleicht ihr Tod. Sie begegnete dem Blick des Basken und dachte an seine Worte.

»Ich gebe Euch wegen Eures schweren Schiffes einen Vorsprung, l'Olonnais. Aber seid gewiss, dass ich Euch einholen werde.« Ihre Stimme klang fest und sie war verwundert, dass sie keine Angst verspürte.

Ungläubiges Gemurmel ging durch die Reihen der Flibustier. Beschwichtigend hob Jacquotte die Hände. »Ich entbinde jeden meiner Männer von seinem Eid, mir auf dieser Kaperfahrt zur Seite zu stehen. Wer die *La Poudrière* verlassen möchte, um auf einem der anderen Schiffe in die Heimat zu segeln, dem steht diese Entscheidung frei«, rief sie in das Durcheinander.

L'Olonnais verzog sein Gesicht zu einer grausamen Fratze. »Du segelst in den Tod«, flüsterte er.

»Du ebenso!«

Zwölf

Golf von Darién, Frühling 1668

Das Schiff des Olonnaisen lag leckgeschlagen in der Brandung. Die Wellen schlugen schwerfällig gegen den Rumpf, und die eingerollten Segel hingen wie verwundete Vögel in den Tauen.

Jacquotte beobachtete die verlassene Küste. Dichte Wolken hinderten die tief stehende Sonne daran, ihre letzten Strahlen im Meer zu versenken und schickten sie stattdessen in den schwefelgelben Himmel, während sich das Wasser eisgrau verfärbte. Die tiefgrüne Vegetation am Rande der Lagune sah bedrohlich aus und bewegte sich im böigen Wind.

Tagelang war sie dem unsteten Kurs von l'Olonnais gefolgt und hatte ihn schließlich aus den Augen verloren, nur um das Wrack seines Schiffes nach ermüdender Suche an diesem unwirklichen Küstenabschnitt wiederzufinden. Er hatte das Spiel zu gerne aufgenommen und ihr das Gefühl gegeben, die Jägerin zu sein, doch Jacquotte wusste, dass er nur darauf gewartet hatte, sie hochzunehmen.

Sie lächelte. Ihr Einfallsreichtum war ihm zum Verhängnis geworden. Es grenzte an Ironie, dass ausgerechnet der Baske sie dazu inspiriert hatte. Seine Geschichte über die Silbergaleone war der Anreiz gewesen, um ihre eigene List zu spinnen. Sie konnte sich nicht erlauben, dass l'Olonnais sie auf hoher See mürbe machte. Einem offenen Kampf gegen sein schwer bewaffnetes Schiff hätte die *La Poudrière* nicht standgehalten. Nicht mit der kümmerlichen Besatzung, die ihr noch zur Seite stand.

Deshalb hatte sie einen ihrer treuesten Männer damit beauftragt, einige Löcher in den Rumpf des Verladeschiffes zu bohren. Diese Mission war nicht ungefährlich, denn es erforderte, dass der Beauftragte an Bord des Olonnaisen ging und gemeinsam mit ihm ablegte. Lange Zeit hatte Jacquotte nicht gewusst, ob ihre Idee von Erfolg gekrönt war, doch mit einem Mal war der Olonnaise verschwunden gewesen.

Vor ihrem Aufbruch hatten ihr die Kapitäne den Untergang prophezeit. Zwar ließ es sich keiner nehmen, vor ihr zu salutieren und sie mit einem »*Vive les gens de la côte*!« ziehen zu lassen, aber in ihren Gesichtern hatten sich die Zweifel widergespiegelt.

Sie glaubten nicht daran, Antoine du Puits jemals wiederzusehen. Eine Tatsache, die Jacquotte mit ihnen teilte. Sie fuhr sich mit der Hand durch die kurzen Haare und wartete darauf, dass ihre Männer den Anker warfen. Ihr Erscheinungsbild hatte sich verändert. Der jahrelang gepflegte Schmutz war verschwunden und das Leintuch, das ihre Brüste abgeschnürt hatte, durchschnitten. Sie brauchte niemandem mehr etwas vorzumachen.

Die Ahnung, dass ihr Kapitän eine Frau war, hatte sich langsam, aber beständig in der inzwischen nur noch zwanzig Mann starken Mannschaft herumgesprochen, gefolgt von ersten Vermutungen, dass die rote Jacquotte dem Tod entronnen sei. Ihr treuer Gefährte Pierre le Picard stand ihr als Maat zur Seite und die Brüder waren seitdem guten Mutes, dass sie nicht in den Untergang segelten. Wer, wenn nicht die rote Jacquotte, konnte sie vor dem sicheren Tod bewahren?

»Ich denke, er hat bemerkt, dass ihm der Rumpf voll Wasser läuft, und wollte hier Schutz suchen. Offensichtlich war er derart unvorbereitet, dass ihm entgangen ist, welchen Tiefgang sein Schiff hat. Ansonsten wäre er wohl kaum auf das Riff gelaufen. Ich frage mich, ob er sich noch in der Nähe aufhält.« Pierre suchte die Küste mit dem Fernrohr ab.

»Sehen wir nach!« Jacquotte stemmte die Hände in die Hüften.

»Aye! Du wirst diesen Kampf jetzt zu Ende bringen, denn ich werde keinen Tag länger unter deinem Kommando segeln!« Seine Stimme klang ernster, als seine Worte vermuten ließen. Sie warf ihm einen Blick zu.

»Du erinnerst dich an dein Versprechen?«

Pierre nickte. »Aye. Doch wenn wir das überleben, dann schuldest du mir etwas.«

Sie lächelte und fragte sich, ob sie dasselbe meinten.

Als die Beiboote auf das Festland zuhielten, zückten alle Männer ihre Pistolen. Keinem war klar, welchen Empfang l'Olonnais ihnen bereiten würde. Misstrauisch versuchten sie, durch das uneinsehbare Dickicht der Pflanzen zu spähen, die mit ihren ledrigen Blättern und langen Wurzeln eine Barriere ins Landesinnere darstellten.

Einige Flibustier glitten ins Wasser, um mit ihren Macheten den Weg für die Boote freizuschlagen, während die anderen auf unsichtbare Feinde zielten. Als sie sich endlich an die stark bewaldete Küste durchgekämpft hatten, waren blutrünstige Moskitos die Einzigen, die ihre Ankunft feierten.

Pierre spuckte aus. »Es sieht nicht danach aus, als ob in den letzten Tagen jemand einen Fuß an diesen Teil des Ufers gesetzt hätte!«

Sie sahen sich um. Hohe Tierstimmen kreischten in den Baumwipfeln, und huschende Schatten kündeten von einem reichen Leben in den Wäldern dieser unbekannten Küste. Jacquotte wischte sich den Schweiß von der Stirn.

»*Alors*!«, rief sie. »Ziehen wir los und kundschaften die Gegend aus! Vor Einbruch der Nacht treffen wir uns an dieser Stelle wieder.«

Widerspruchslos zerstreuten sich die Männer. Während sich Jacquotte und Pierre entlang der Sümpfe davonmachten, schwärmte der Rest der Mannschaft in nördlicher und östlicher Richtung aus. Innerhalb kurzer Zeit wurden ihre Stimmen von den Lauten des Waldes verschluckt. Es drang kaum Licht durch die Baumkronen, und man musste sich vor dem stark bewurzelten Boden hüten.

Seltsame Tiere mit dichtem Fell, endlosen Armen und langen Krallen hingen in den Baumriesen und beobachteten die Fremden mit schwarzen Knopfaugen, während unter Strauchgewächsen und in morschen Stämmen unbekanntes Getier ruhte, das aussah, als würden es einen grauen Panzer tragen.

Jacquotte lauschte auf jedes Geräusch, registrierte jede Erschütterung und bewegte sich beinahe lautlos durch den lebendigen Wald. Immer weiter entfernten sie sich vom Meer und tauchten in die fremdartige Welt ein, die sich ihnen offenbarte, verfolgt von neugierigen Äffchen mit rotbrauner Brust, weißen Gliedmaßen und langen schwarzen Schwänzen, die über ihren Köpfen von Ast zu Ast sprangen.

»Fußspuren«, flüsterte Jacquotte nach einer Weile und drehte sich zu Pierre um, der ihr in einigem Abstand folgte.

Er hielt inne, seine Nasenflügel blähten sich. Sachte hob er einen Finger an die Lippen und bedeutete ihr, sich ruhig zu verhalten. Ein Knacken im Unterholz ließ sie zu den Waffen greifen, und sie verharrten reglos. Fliegen tanzten in den Sonnenstrahlen, die es durch das Blätterdach schafften.

Jacquotte lauschte. Nach kurzer Zeit nickte sie Pierre zu. Stimmen! Sie gaben sich Handzeichen und pirschten an die Geräuschquelle heran. Es dauerte nicht lange und sie sahen zwei Männer in zerlumpter Kleidung auf einer Lichtung stehen, die ein erlegtes Tier ausweideten und sich dabei unterhielten. Jacquotte und Pierre trennten sich, um die Jäger einzukreisen. Erst als sie sichergestellt hatten, dass die Männer alleine waren, verständigten sie sich mit Blicken und schlugen zu.

»Ein Schrei und es wird euer letzter sein!«, rief Jacquotte und sprang behände aus dem Gebüsch.

Beim Anblick ihrer beiden Pistolen wichen die Männer augenblicklich zurück. Doch in ihrem Rücken näherte sich bereits Pierre und hielt die offensichtlich Verängstigten in Schach. Mit großen Augen starrten sie die Frau an, die ihnen entgegentrat.

»Crochu! Du hast es geschafft.« Sie nickte dem Mann zu, den sie beauftragt hatte, l'Olonnais' Schiff anzubohren.

»Du Puits? Ich will verflucht sein!« Er musterte sie ungläubig. »Die ganze Zeit lang bin ich mit der roten Peitsche gesegelt.« Lachend schlug er sich auf den Oberschenkel, während sein Gegenüber aussah, als hätte er einen Geist gesehen.

»Die rote Peitsche, sagst du?« Dessen Mund formte sich zu einem erstaunten O.

Jacquotte machte eine ungeduldige Bewegung mit ihrem Kinn.

»Sprich, Crochu! Wo ist der Olonnaise?«

»Er überwacht den Bau eines Langbootes. Wir lagern nicht weit von hier.« Er blinzelte. »Wie kommt es, dass du lebst? Alle glaubten, du seist mit Tête-de-Mort zur Hölle gefahren.«

»Dort wollte man mich nicht haben!«

»Zurück von den Toten«, murmelte Crochus Kumpan bewundernd. »Die untote Rote!«

Crochu spuckte aus. »Verdammt noch eins, der magere Furz hat recht. Nur der Teufel selbst vermag der Hölle zu entkommen!«

»Lass gut sein, Crochu. Sag mir lieber, was mich in eurem Lager erwartet.« Die Anspannung, den Olonnaisen endlich ausfindig gemacht zu haben, ließ sie ungehalten werden.

»L'Olonnais ist von Sinnen. Er schießt den ganzen Tag Indianer und schlachtet ihre Weiber und Kinder ab. So geht das, seit wir an Land gegangen sind. Die Mannschaft hält sich von ihm fern. Ich habe keine Ahnung, ob er überhaupt etwas zu sich nimmt, aber wir jagen alle auf eigene Faust. Das feuchte Klima kriecht uns in die Knochen. Einige sind bereits gestorben. Was für eine Verschwendung!« Crochu rümpfte die Nase.

Jacquotte sah sich aufmerksam um. »Bringt mich zu ihm. Es ist an der Zeit, dass ich ihm gegenübertrete.«

Crochu zeigte eine Reihe schwarzer Zähne. »Aye-aye, Kapitän! Ihr erweist vielen Männern einen Gefallen, wenn Ihr l'Olonnais zurück an den Ort schickt, von dem Ihr gekommen seid.« Er machte eine kurze Pause. »Hütet euch vor den Eingeborenen! Sie haben lange Speere, an deren Enden Haifischzähne befestigt sind und die sie lautlos aus ihren Verstecken schleudern.«

Er schritt voran, während sein Kumpan Jacquotte nicht aus den Augen ließ.

»Der Olonnaise hat uns verboten, die Lieder über Euch zu singen, aber wir taten es trotzdem!« Er lachte. »Euer Erscheinen ist ein gutes Omen. Ich glaubte, an dieser verfluchten Küste zu sterben, doch jetzt weiß ich, dass ich die Heimat wiedersehen werde.«

Jacquotte und Pierre wechselten einen Blick. Die Zusammenkunft war nahe und ihr Herz schlug schneller. All die Wochen auf See hatte sie darauf gewartet, l'Olonnais gegenüberzutreten. Der Moment stand kurz bevor und sie wusste, dass der Wahnsinn ihn zu einem unberechenbaren Gegner machte.

»Wir sind da!« Crochu blieb stehen und deutete auf eine gerodete Fläche, auf der Feuer brannten und provisorische Lager errichtet worden waren.

»Warnt die anderen Männer«, befahl Jacquotte ihm. »Sag ihnen, dass mein Schiff vor der Küste ankert. Wer in die Heimat will, soll sich dort einfinden.«

Crochu und sein Kumpel verharrten mit ehrfürchtigem Blick.

»Es war mir eine Ehre, mit Euch zu segeln.« Crochu deutete eine Verbeugung an.

»Ich würde Euch jederzeit zu meinem Kapitän wählen«, fügte der dünne Kamerad hinzu.

Jacquotte nickte und scheuchte beide davon. Ihre Ungeduld wuchs. Es gab kein Zurück mehr. Sie wollte gerade losmarschieren, als Pierre sie zurückhielt.

»Was ist?«, fuhr sie ihn an, doch ehe sie sich versah, küsste er sie.

Jacquotte stemmte ihre Hände gegen seine Brust, aber er war unnachgiebig.

»Ich lasse dich nicht gehen, bevor ich nicht ein einziges Mal bekommen habe, was ich mir schon als Junge stehlen wollte«, flüsterte er und fügte knurrend hinzu: »Dieses Mal dulde ich keine Gegenwehr.«

Es war einfach. Er schmeckte nach Tierra Grande. Jacquotte ließ die Hände sinken und hörte das Rauschen des Blutes in ihren Ohren.

»Dafür werde ich dich umbringen«, sagte sie, als er von ihr abließ.

»Das ist gut. Denn das bedeutet, dass du überlebst.« Er grinste, während er seine Waffen überprüfte.

Jacquotte tat es ihm gleich und pirschte sich an das Lager heran. L'Olonnais war schnell auszumachen. Er schritt unruhig zwischen seinen Männern umher, fuhr sich durch seine strähnigen Haare und kratzte seinen wuchernden Bart. Er sah aus wie ein gefangenes Tier, für das es kein Entrinnen aus seinem Käfig gab und das immer wieder gehetzt um sich blickte.

An einen breiten Baumstamm in der Mitte des Platzes waren zwei schwarzhaarige Frauen gebunden, die stumm jede seiner Bewegungen verfolgten. Pierre bemerkte sie ebenfalls und blieb wie angewurzelt stehen. Jacquotte warf ihm einen kurzen Seitenblick zu, bevor sie mit zusammengekniffenen Augen den Olonnaisen fixierte.

Als hätte sie ihn angesprochen, fuhr l'Olonnais plötzlich herum. Sein Körper war angespannt, sein Gesicht verzog sich zu einer bösartigen Grimasse. Einige Herzschläge starrten sie einander an.

»Antoine«, rief er endlich und näherte sich.

Mehrere Männer, die offensichtlich nicht gewarnt wurden, gaben Fersengeld und verschwanden im Unterholz. Jacquotte zog ihre Pistole und l'Olonnais lachte höhnisch.

»Du willst mich erschießen? Wie erbärmlich, Antoine! Oder sollte ich gar vor der roten Peitsche salutieren?« Er spuckte angewidert aus, während sein Blick an Pierre hängen blieb.

»Ich hätte Euch vor langer Zeit töten sollen, Picard! Ist das rote Weib nicht Manns genug, um alleine gegen mich anzutreten?«

L'Olonnais vollführte eine flinke Drehung und warf sich ins Gebüsch. Ein Knall zerriss die Luft. Pierre wurde zurückgeschleudert. Jacquotte fluchte und trat zu ihrem Freund, der sich den rechten Arm hielt. In ihrem Rücken hörte sie Gekicher.

»Er spielt mit uns.« Pierre schubste sie von sich. »Kümmer dich nicht um mich. Es ist dein verdammter Kampf, bring ihn endlich zu Ende!«

Jacquotte beobachtete, wie er ebenfalls in Deckung ging. Sie straffte die Schultern. Solange sie ihre Aufmerksamkeit Pierre zuwandte, war sie leichte Beute für den Olonnaisen. Sie kreuzte ihre Arme und zog Säbel und Machete. Das Gekicher verstummte.

»Zeig dich, l'Olonnais!«

Bedächtig setzte sie einen Fuß vor den anderen. Sie hörte das aufgeregte Geflüster der Männer und trat auf die Lichtung. Aus den Augenwinkeln sah sie, dass Pierre ihr im nahen Dickicht folgte. Sie wusste, er wollte zu den beiden Indianerfrauen und sah zu dem Baumstamm hinüber.

Die hohen Wangenknochen der Frauen waren bemalt, ihre Brüste hingen schwer herunter und ihre Bäuche sahen aus, als ob sie bereits viele Kinder bekommen hatten oder erneut welche in sich trugen. Sie beschleunigte ihre Schritte, lief nun seitwärts, Säbel und Machete drohend erhoben.

Zu spät bemerkte sie den entsetzten Ausdruck in den Gesichtern der Indianerinnen. L'Olonnais! Sie fuhr herum und die Frauen schrien auf. Der Säbel in seiner rechten Hand verfehlte Jacquotte nur um Haaresbreite. Er holte mit der Linken aus und die Klingen der Waffen prallten aufeinander. Zorn und hemmungsloser Hass gaben seinem Angriff ungeahnte Kraft.

Jacquotte stolperte. L'Olonnais sprang rückwärts und drehte sich um die eigene Achse, um erneut Schwung zu holen. Sie duckte sich eilig, hieb mit ihrer Rechten nach seinen Beinen, während sie mit der Linken den nächsten Schlag parierte. Doch die Wucht zwang sie in die

Knie. Verschwommen erkannte sie, dass Pierre das Seil durchtrennte, das die Frauen an den Baum fesselte. L'Olonnais schrie wütend auf.

Jacquotte registrierte das Aufblitzen seines Säbels und vernahm das Reißen von Stoff, als er ihre Schulter traf. Hitze durchschoss ihren Körper. Instinktiv sprang sie rückwärts. Mit zwei zügigen Schlägen ihrer Machete hielt sie ihn auf Abstand. L'Olonnais war kurzfristig abgelenkt, als die befreiten Indianerfrauen davonliefen, doch dann begann er über den Platz zu tänzeln. Sein Blick heftete sich auf ihren verletzten Arm, der kraftlos herunterhing.

»Ich werde dich schlitzen wie die schwarze Metze und später in dein totes Gesicht spucken, wie ich es bei Jérôme getan habe. Du bekommst das Beste von allem, Antoine!«

Sie umkreisten sich und Jacquotte zwang sich zur Ruhe. Er versuchte sie zu reizen. Das durfte sie nicht zulassen.

»Mir scheint, die Toten interessieren dich nicht!« Um seine Mundwinkel zuckte es.

Sie beobachtete ihn argwöhnisch. Wie eine Schlange wand er sich vor ihren Augen, sprang mal hierhin, mal dorthin. Seine wiegenden Bewegungen waren beinahe einschläfernd, aber mit einem Mal blieb l'Olonnais abrupt stehen, verlagerte sein Gewicht und trat mit dem Fuß nach ihr.

Sand flog auf und Jacquotte hob intuitiv den Arm, um ihr Gesicht zu schützen. Ehe sie sich versah, hatte l'Olonnais eine Pistole gezogen. Sie warf sich augenblicklich zur Seite. Doch zu ihrem großen Erstaunen wandte er sich von ihr ab, zielte und schoss. Jacquotte schrie auf und sah Blut spritzen, bevor Pierre in sich zusammensackte.

»Nein!« Sie rollte sich geschickt ab, schnellte sofort wieder in die Höhe und sprang l'Olonnais mit einem gewaltigen Satz an, der beide zu Fall brachte und sie ihre Waffen verlieren ließ.

Unkontrolliert hieb sie auf ihn ein, blind vor Wut und Sorge, bis sein hinterhältiger Dolch traf und sie dadurch in die Gegenwart zurückbrachte. Der Schmerz übermannte sie und sie warf sich zur Seite. L'Olonnais hatte sie beinahe an derselben Stelle getroffen, an der er ihr bereits vor vielen Jahren eine beinahe tödliche Wunde zugefügt hatte. Jacquotte presste die Zähne aufeinander, als die altbekannten Flammen ihren Leib durchzuckten. Sie musste bei Bewusstsein bleiben, sonst hatte sie verloren!

Benommen schüttelte sie den Kopf. Ihre Kräfte schwanden, doch es gelang ihr, einen zweiten Stich abzuwehren. Der Dolch streifte lediglich ihre Haut. Mit einem erneuten Schrei bäumte sie sich auf und rammte l'Olonnais ihren Ellbogen ins Gesicht. Knirschend brach seine Nase unter der Wucht des Schlags. Jacquotte registrierte es mit Genugtuung und hustete. Sie spürte, dass ihr schwindelte, und krabbelte eilig zu ihrer Machete. Das Blut lief ihr bereits die Beine hinab.

Sie verlor das Zeitgefühl und vermochte nicht zu sagen, ob l'Olonnais schon hinter ihr her war. Ihr Blick suchte nach Pierre, doch sie konnte ihn nirgends sehen. Alles verschwamm vor ihren Augen. Verzweifelt riss sie ihre Waffe an sich und warf sich herum. L'Olonnais setzte ihr nach. Sein Gesicht war blutverschmiert. Jacquotte rappelte sich auf, schwankte und taumelte. Mit beiden Händen hielt sie die Machete und wartete, bis l'Olonnais nahe genug heran war. Erst dann holte sie aus.

Der Schlag besaß keine Kraft, aber er war sicher genug, um dem Olonnaisen den Arm aufzureißen. Er schrie auf und schwang seinen Säbel. Jacquotte war zu schwach, um ihn aufzuhalten. Siegessicher lachte er ihr ins Gesicht, bevor er sie mit wuchtigen Schlägen vor sich her trieb. Sie versuchte etwas dagegenzusetzen, doch ihre Arme vermochten die Gewalt des Angriffs kaum abzufedern.

Tapfer parierte sie seinen Säbel, wich seinen Stößen aus und rang nach Luft, wenn er seine Offensive kurz unterbrach, um sie dann umso vehementer in Bedrängnis zu bringen. In ihre diffusen Gedanken mischten sich Erinnerungen an Émile, Jérôme und Tête-de-Mort, und sie fragte sich, ob sie zu ihr kommen würden, um sie in Empfang zu nehmen.

Das Klirren der Waffen klang unnatürlich laut in ihren Ohren, und ein grauer Schleier legte sich über das Geschehen. L'Olonnais erschien ihr wie ein Geist. Seine Zähne traten aus seinem Gesicht, seine Augen waren schwarze Höhlen und sein Säbel wirkte übernatürlich groß, als er zum vernichtenden Schlag ausholte.

»Mögest du in der Hölle schmoren!«, stieß er hervor.

»Es wird kaum schlimmer sein, als die Zeit an deiner Seite!« Sie spannte ihre Muskeln an, doch es half nichts.

Er schlug ihr die Machete aus der Hand. Schwer atmend ließ sie ihre Arme sinken.

»Antoine, der Verräter. Nun bist du mir ausgeliefert. Seit Wochen habe ich davon geträumt.«

L'Olonnais warf den Säbel weg und zog seinen Dolch. Sein Kichern ging ihr unter die Haut. Er hatte gewonnen. Sie überließ sich dem Schmerz, in der Hoffnung, er werde sie davontragen. Was nun folgen würde, hatte sie bereits zu oft gesehen.

Ihre Lider wurden schwer, jeder Atemzug kostete sie Kraft. Beinahe erleichtert nahm sie das ruckartige Vorschnellen seines Armes wahr und erwartete stoisch das Auflodern eines weiteren Feuers, das sie ihrem Ende entgegentrug. Doch l'Olonnais erstarrte mitten in der Bewegung.

Seine Augen weiteten sich. Ein unmenschliches Gurgeln entrang sich seiner Kehle. Erstaunt griff er nach ihr, aber seine Hand glitt an ihrer Schulter ab und er sank auf die Knie. Jacquotte starrte ihn verwirrt an. Der Schleier lichtete sich für einen kurzen Moment, und sie erkannte einen langen Speer, der l'Olonnais seitlich durchbohrt hatte. Er sah aus wie ein Schwein am Spieß. Blut tropfte aus seinem Mund und vermischte sich mit dem bereits angetrockneten in seinem Gesicht. Er röchelte.

Jacquotte machte zwei Schritte rückwärts, bevor sie hinfiel und auf dem Boden aufschlug. Sie vernahm das Herannahen von Menschen. Es waren viele. So viele. Bronzefarbene Indios stürmten auf die Lichtung. Sie spürte Hände, die an ihr zerrten, sah fremde Gesichter und hörte eine gutturale Sprache. Aber sie war müde. Wie ein Rudel Hunde stürzten sich die Krieger auf l'Olonnais und hieben mit Äxten auf seinen Kopf ein. Sein Blut benetzte die Bemalungen auf ihren Körpern und wurde zu einer schwarzen Masse, die Jacquotte mit sich zog. Der Kampf war vorüber. Sie war frei.

Epilog

Der Duft der Limonenbäume erfüllte die Luft, als Pierre von der Jagd zurückkehrte. Ein fuchsfarbenes Pferd schritt an seiner Seite und trug die zerlegte Beute, während zwei schwarze Hunde voraustrabten und wachsam ihre Ohren aufstellten. Obwohl er sich bereits seit drei Monaten auf Tierra Grande aufhielt, erschien es ihm unwirklich, wieder in der Heimat zu sein. Vieles hatte sich verändert und doch kam es ihm vor, als wäre er nie fortgewesen.

Die Bukaniere lebten nach wie vor in versteckten Siedlungen. Sie jagten Schweine und Rinder, aber die Zeiten des Überflusses waren vorüber. Die Bestände schrumpften, und die Bukaniere verlegten sich vermehrt auf die Holzfällerei. Die Blutholzbäume brachten gute Preise, wenn man sie nach Port de Paix transportierte, um sie dort an die Engländer zu verkaufen. Breite Pfade zeugten von den stark frequentierten Transportwegen, und Pferde waren zu begehrten Fortbewegungsmitteln geworden. Pierre mied die Gegenden der Baumfäller. Ihn zog es ins Herz der Insel, zu jenem Ort, den er seit seiner Kindheit liebte.

Er querte einen Bachlauf, zog mit lässigem Gruß an den stetig wachsenden Feldern der Pflanzer vorbei, bis ihn seine verheilenden Narben zwangen, auf einer Anhöhe zu verschnaufen. Er lächelte, als sein Blick über die schlanken Palmen schweifte, die zwischen gewaltigen Acajou- und Mapou-Bäumen hervorlugten und ein Stück Küstenlinie freilegten.

All die Jahre war er Tierra Grande ferngeblieben, und erst in diesem Moment drang die Erkenntnis in sein Bewusstsein, dass er die Schönheit der Insel stets in seinem Inneren bei sich getragen hatte.

Gemächlich setzte er seinen Weg fort, bis er an die abfallenden Felsen gelangte, deren Anblick ihm so vertraut war. Dünne Rauchschwaden kündeten davon, dass der *boucan* bereit war, um das Fleisch zu räuchern. Die Hunde bellten und Pierre begann, das Pferd von seiner Last zu befreien. Ein frischer Wind wehte von der Küste herüber und trieb den Rauch landeinwärts.

»Du warst lange unterwegs!«, hörte er ihre Stimme. Lachend drehte er sich um und zog sie in seine Arme.

Es war ein Wunder, dass sie zu ihm zurückgekehrt war. Als die Indianer ihr zu Hilfe eilten, war sie dem Tod bereits näher gewesen als dem Leben.

Er hielt sie eine Armlänge von sich entfernt und beobachtete das Spiel der Sonne in ihren halblangen dunkelroten Haaren.

»Die Schweine waren heute schwer zu finden«, gab er zu und strich ihr über die Wange.

Jacquotte betrachtete prüfend das Fleisch. »Mir scheint, du hast die Ferkel verfehlt und mit deinen schwachen Augen nur die betagte Muttersau getroffen!« Sie zog die Nase kraus.

Pierre grinste. »Halte deine Zunge im Zaum und verrichte die Frauenarbeit, die dir zusteht«, neckte er sie.

Jacquotte schnitt ihm eine Grimasse und warf die mitgebrachten Knochen ins Feuer.

Später am Tag saßen sie in einen Umhang gehüllt auf dem Vorsprung ihrer Höhle und blickten wie in alten Tagen zur Île de la Tortue hinüber. Jacquotte genoss den Druck seiner fordernden Arme und das sanfte Ziehen, das sie noch von ihrer leidenschaftlichen Vereinigung erfüllte. Manuels Muscheln, die sie unverändert in der Höhle vorgefunden hatten, als sie zurückgekehrt waren, ruhten in ihrer Hand. Eine ungeahnte Zufriedenheit lähmte ihre Glieder. Bald würde sie Manuel wiedersehen. Es war lange her.

»Wir müssen morgen zeitig aufbrechen«, sagte Pierre.

Jacquotte nickte und wandte ihm das Gesicht zu. »Versprich mir, dass wir zurückkehren. Mit Manuel.«

»Wir werden immer zurückkehren, *nanichi*.« Er drückte sie an sich.

Behutsam fuhr sie über die feine Narbe an seiner Brust, die ebenso verblasste wie die Vergangenheit, für die sie stand. Jacquotte legte ihren Kopf an Pierres Schulter und hatte zum ersten Mal keine Zweifel mehr. Es war, als hätte ihre Zeit bei den Eingeborenen sie zurück zu ihren Wurzeln geführt.

Während sie selbst aufgrund der schmerzvollen Dämmerzustände kaum Erinnerungen an die endlosen Wochen hatte, die sie am Golf von Darién zugebracht hatten, war Pierre regelrecht aufgeblüht. Die Wunden, die ihm l'Olonnais zugefügt hatte, waren nicht lebensbedrohlich gewesen, und in ihren wenigen klaren Momenten hatte Jacquotte ihn oft im Gespräch mit den bronzefarbenen Menschen gesehen, die ihnen das Leben gerettet hatten. Es war, als hätten sie am Ende doch noch das Volk ihrer Mütter gefunden, obwohl sich natürlich niemand an die Frauen erinnern konnte, die einst Anani und Mencia genannt wurden.

Sie hätten dort bleiben können, aber wie sich herausstellte, war die Welt der Bruderschaft stärker. Aus diesem Grund würden sie morgen auch mit der *La Poudrière* nach Cayone übersetzen. Jacquotte seufzte. Wenn es nach ihr gegangen wäre, hätten sie noch weitere Monate auf Tierra Grande zubringen können, doch die Inselwelt befand sich wieder einmal in Aufruhr.

D'Ogeron war mit ehrgeizigen Plänen nach Frankreich aufgebrochen. Er spielte mit dem Gedanken, Teile der Halbinsel La Florida unter französische Herrschaft zu bringen und ersuchte für dieses Unterfangen die Gunst des Königs. Kaum war das Segel seines Schiffes am Horizont verschwunden, nutzten die Einwohner der Île de la Tortue die Gelegenheit, um gegen die lange verhasste französische Handelskompanie zu rebellieren, die ihnen Steuern aufzwang und mit ihren Restriktionen die gewohnten Lebensweisen einschränkte.

Ihnen zur Seite stellte sich mit englischem Scharfsinn sogleich ein Mann namens Henry Morgan, dem die Abwesenheit von d'Ogeron gerade recht kam, um den Flibustier der Insel einen Besuch abzustatten. Neugierig und ohne Führung folgten sie seinem Ruf und lauschten seinen Versprechungen.

Jacquotte musste lachen, wenn sie daran dachte. Die Welt der Bruderschaft, wie sie sie kannten, mochte es nicht mehr geben, doch Henry Morgan arbeitete daran, eine neue zu schaffen!

Mit bebenden Nasenflügeln beobachtete Jacquotte am anderen Tag das Näherkommen des Hafens von Cayone. Es war beinahe ein Jahr her, dass sie und vier weitere Kapitäne dem Olonnaisen auf seiner letzten Kaperfahrt gefolgt waren. Damals war sie noch unter dem Namen Antoine du Puits bekannt gewesen. Ihr Herz klopfte. Von Crochu wusste sie bereits, dass sich die Rückkehr der roten Jacquotte, der untoten Roten, wie man sie inzwischen nannte, längst bis an die Grenzen des spanischen Meeres herumgesprochen hatte. Doch Jacquotte vermochte sich nicht vorzustellen, wie man sie empfangen würde. Besonders der Baske, der einst ihren Tod gefordert hatte, weilte wieder unter den Brüdern und sie fragte sich, welchen Einfluss er noch hatte.

Mit erhobenem Kinn betrat Jacquotte einige Zeit später den Hafen. Cayone breitete sich immer weiter aus, inzwischen erreichten seine Ausläufer schon die schroffen Felsen, die den Hafen auf natürliche Weise begrenzten. Sie richtete sorgsam ihre Waffen und zupfte an den Ärmeln ihres Hemdes. Der Wind fuhr durch ihre Haare, und mehrere Männer zeigten bereits mit den Fingern auf sie. Gemeinsam mit Pierre ging sie durch die bekannten Gassen, bis sie vor der Tür des ›Antre Bourgne‹ standen. Pierre sah sie an.

»Bist du bereit?«, fragte er.

»Aye!« Sie holte Atem. »Ich bin der Hölle entkommen. Wie viel schlimmer kann es werden?«

Als sie den niedrigen Raum mit der abgestandenen Luft betraten, verstummten augenblicklich alle Gespräche. Jacquotte stemmte die Hände in die Hüften und ließ ihren Blick über die anwesenden Männer schweifen.

»Was ist?«, rief sie herausfordernd. »Noch nie eine Frau gesehen, die es selbst mit dem Tod aufnimmt und die Geißel der Spanier stellt?«

Einzelnes Gelächter war zu hören, bis schließlich einer brüllte: »Ein Hoch auf die untote Rote!«

Die Männer standen auf, erhoben ihre Becher und kippten Rum, bevor sie alle durcheinanderredeten. Jacquotte wurde in den Tumult hineingezogen. Unzählige Hände schlugen ihr auf die Schulter. Sie sah in Bigfords aufmunternd nickendes Gesicht, bemerkte Moïse Vauquelins wohlwollenden Gruß und blieb schließlich vor Jan Willems stehen, der grinsend den Kopf schüttelte.

»Ich hab immer gewusst, dass du nicht den Tod gefunden hast«, sagte er und fuhr sich mit vertrauter Geste durch die gebleichten Haare. »Tête-de-Mort hätt's nicht zugelassen.«

Sie boxten sich kameradschaftlich in die Oberarme und teilten ein paar Erinnerungen, die sie auf dem Schiff des Totenkopfs erlebt hatten. Als er in der Menge untertauchte, drängte der Baske an ihre Seite.

»Sieh an!« Er kniff die Augen zusammen. »Ihr seid unverwüstlich. Als ich hörte, dass die rote Jacquotte zurückgekehrt ist, konnte ich es nicht glauben. Ich musste es selbst sehen.«

»Und was seht Ihr?«, fragte sie.

Der Baske lachte schallend. »Das verschlagenste Weibsstück, das mir je untergekommen ist. Nicht einmal beim Tod des Olonnaisen habt ihr zugelassen, dass der Kodex über Euch richten kann. Im Herzen seid Ihr ein wahrer Bruder der Küste und Euch gebührt mein Respekt.« Er schlug ihr auf die Schulter. »Es wäre mir eine Ehre gewesen, mit Eurem Vater zu segeln. Schade, dass ich ihn nie kennengelernt habe.«

Jacquotte unterdrückte ein Lachen. »Seid versichert, dass sowohl mein Vater als auch meine Mutter auf Eurem Schiff waren.«

Dem Basken fiel vor Verwunderung der Unterkiefer herunter, doch bevor er fragen konnte, drängte Jacquotte sich zwischen die Anwesenden.

Angestrengt hielt sie Ausschau nach Pierre und fand ihn schließlich in einem Gespräch mit Henry Morgan. Der junge Mann war von resoluter Natur, seine Stimme übertönte ohne Mühe die seiner Männer. Mit seiner breiten Brust, dem weichen Kinn und dem krausen Haar sah er eher wie ein Edelmann aus, als der mutige Soldat, der er war.

Jacquotte stellte sich neben Pierre, und die Konversation verstummte. Henry Morgan musterte sie interessiert von unten bis oben, hob eine Augenbraue und sagte freundlich: »Es ist mir ein Vergnügen, Madame. Hatte ich bereits die Freude einer Bekanntschaft mit Ihnen?«

Jacquotte lächelte. Ihr Blick fand den von Pierre. Sie sahen sich an und es war, als erinnerte er sie stumm daran, was sie auf sich genommen hatte, um zu der Frau zu werden, die sie nun war. Sie hob ihr Kinn und nickte Henry Morgan zu.

»Mein Name ist Jacquotte Delahaye!«, antwortete sie mit fester Stimme.

Protagonisten

Jacquotte Delahaye:
Tochter von Émile Delahaye und der Eingeborenen Anani. Weiterhin bekannt als die rote Peitsche und die untote Rote sowie unter diversen Männernamen, wie z.B. Yanis le Jouteur.

Émile Delahaye:
Vater von Jacquotte. Geboren als Émile Vigot kam er aus dem Ort La Haye du Puits (Normandie) in die Karibik. Unter den Brüdern der Küste lebte er als als Émile Delahaye und war der Gefolgsbruder von Jérôme.

Pierre Hantot:
Sohn von Antoine Hantot und der Eingeborenen Mencia. Gefolgsbruder von Remi und später als Pierre le Picard bekannt.

Manuel:
Geistig behinderter, älterer Bruder von Jacquotte.

Anani:
Mutter von Jacquotte, starb bei ihrer Geburt. Schwester von Mencia.

Mencia:
Mutter von Pierre. Sie zog Jacquotte groß, starb aber selbst sehr früh. Schwester von Anani.

Jérôme:
Gefolgsbruder von Jacquottes Vater Émile. Später verheiratet mit Cajaya.

Antoine Hantot:
Vater von Pierre. Kam ursprünglich aus dem Picardie, einer Region im Norden Frankreichs.

Michel le Basque:
Geboren als Michel Etchegorria (auch Michel d'Artigny genannt), kam aus dem Südosten Frankreichs in die Karibik und wurde das Oberhaupt der Bruderschaft der Küste. Er erlangte als »Der große Baske« Berühmtheit.

Remi:
Gefolgsbruder von Pierre Hantot

Adam Bigford:
Kam als Leutnant der englischen Royal Navy in die Karibik, um Jamaika zu erobern. Schloss sich später den Brüdern der Küste an und legte seinen Vornamen ab.

Jan:
Geboren als Jan Willems in Holland. Wurde von seinen Eltern als Schiffsjunge an einen Ostindienfahrer verkauft. Nach seiner Flucht wurde er Schiffsjunge bei Tête-de-Mort, später ein angesehener Flibustier.

Tête-de-Mort:
Geboren als Nicolas Lormel in Paris. Kam bereits als Jugendlicher mit seinem Bruder Philippe in die Karibik und schloss sich Michel le Basque an. Er erhielt aufgrund eines Geschwürs den Namen Tête-de-Mort (Totenkopf).

Fayola:
Unter den Brüdern der Küste als Morelle bekannt. Stammt aus Afrika und arbeitete als Sklavin auf einer Plantage auf Barbados. Nach ihrer missglückten Flucht wurde sie zur Dirne.

François l'Olonnais:
Geboren als Jean-David Nau in Les Sables-d'Olonne (daher sein späterer Name). Galt als einer der grausamsten Piraten seiner Zeit.

Jaque de l'Isle:
Gefolgsbruder, Mentor und Liebhaber von François l'Olonnais.

Philippe Lormel:
Bruder von Tête-de-Mort, starb beim Untergang seines Schiffes.

Jean Lescouble:
Freibeuter und Komplize von Jaque de l'Isle

Cajaya:
Ehefrau von Jérôme, lebte mit ihm auf Tortuga und schenkte ihm zwei Söhne, Arijua und Bajacu.

Moïse Vauquelin:
Geboren in der Normandie, kam um 1650 in die Karibik und wurde ein Freund von Pierre Hantot (Pierre le Picard). Er nahm an diversen Überfallen auf spanische Siedlungen unter dem Kommando von François l'Olonnais teil.

Historische Personen

JEAN LE VASSEUR:
Erster französischer Gouverneur von Tortuga, Erbauer des Fort de Rocher.

CHEVALIER DE FONTENAY:
Zweiter französischer Gouverneur von Tortuga unter dessen Regentschaft die Insel wieder an die Spanier fiel.

Oliver Cromwell:
Staatsoberhaupt von England, Schottland und Irland (1653 – 1658).

EDWARD D'OYLEY:
Ursprünglich Colonel der lokalen Miliz auf Jamaika, später der erste englische Gouverneur von Jamaika.

ELIAS WATTS:
Abgesandter der englischen Krone, der eine Zeitlang als Gouverneur der Insel Tortuga fungierte.

JÉRÉMIE DESCHAMPS DU RAUSSET:
Abgesandter des französischen Königs Louis XIV., der mithilfe der Bruderschaft der Küste Gouverneur und Generalleutnant von Tortuga wurde.

FRÉDÉRIC DESCHAMPS DE LA PLACE:
Neffe von Jérémie Deschamps du Rausset, kurzzeitig Gouverneur von Tortuga während der Abwesenheit seines Onkels.

Christoper Myngs:
Vize-Admiral der englischen Royal Navy, plünderte ohne Kaperbrief einige Teile der spanischen Küste von Südamerika und wurde daraufhin von Edward D'Oyley der Piraterie beschuldigt.

Lord Thomas Windsor:
Englischer Gouverneur von Jamaika im Jahr 1662.

Bertrand d'Ogeron:
Französischer Gouverneur von Tortuga (1665 – 1673).

Sir Thomas Modyford:
Englischer Gouverneur von Jamaika (1664 -1671).

Edward Mansfield:
Geboren als Eduard Mansvelt auf Curaçao, englischer Freibeuter.

Don Gabriel Guerrero de Sandoval:
Spanischer Gouverneur der Stadt Mérida (1664 – 1666).

Yo ho ho & Danke...

... an meine Leser – ihr erweckt die Geschichte in euren Köpfen erst zum Leben!

... an Karl und Christina – ohne euch wäre ich heute keine »Wortfischerin« und dieser Roman wäre vermutlich nie geschrieben worden!

... an Rainer Wekwerth, der eine Art Hebamme für dieses Buch war!

... an Claudia Pietschmann, die meiner Jacquotte das erste Lektorat verpasste und mir den Mut zur Selbstveröffentlichung gab!

... an Astrid, die beste Verlegerin der Welt, die meiner Piratin einen Heimathafen schenkte, als ich schon nicht mehr daran glauben wollte!

... an Marie Grasshoff, die dieses wunderschöne Cover zauberte und mich damit verzauberte!

... an Sandra Sassie, die den Kontakt zum Drachenmond-Verlag geknüpft hat – eigentlich mit einer anderen Geschichte als dieser (aber dann erwähne ich dich eben zweimal)!

... an meinen Onkel Matthias, der die Illustrationen zu diesem Roman gemacht hat und sich geduldig anhörte, wie ich mir meine Protagonisten vorstelle!

... an meine Familie und Freunde, die an mich glauben, mich trösten und bestärken und sich meine manchmal ziemlich verrückten Ideen geduldig anhören!

... an meinen Mann, der mich unterstützt und sich damit abgefunden hat, dass ich »in der Matrix« lebe – du bist mein größter Piratenschatz!!!

... an die Heldin dieses Romans, Jacquotte Delahaye, die wirklich einmal gelebt hat, mich inspirierte und begeisterte – ich hoffe, ich wurde deinem Leben mit meiner Geschichte gerecht!

Über die Autorin

An einem goldenen Herbsttag in den wilden Siebzigern erblickte Alexandra Fischer das Licht der Welt. Schon früh begann sie, Geschichten zu schreiben, auch gerne mal mit Filzstift auf eines ihrer Kleidungsstücke. In der Schule war sie vernarrt in Reizwort-Aufsätze und trieb ihre Mathe-Lehrer in den Wahnsinn, weil sie die Textaufgaben zu ganzen Romanen ausweitete. Irgendwann wurde das Leben dann so aufregend, dass das Schreiben immer weniger wurde, aber vor nicht allzu langer Zeit spielte eine böse Heuschrecke Schicksal und führte Alexandra zurück zu ihren Wurzeln und zu ihrem Traum. Sie fing wieder mit dem Schreiben an und hört seitdem nicht mehr damit auf. Vermutlich sitzt sie auch jetzt gerade mitten im schönen Bayern auf einem Bauernhof, den sie sich mit Mann, Hund, Katzen, Kaninchen, Hühnern und Enten teilt, und haut in die Tasten.

Mehr über die Autorin gibt es unter
www.wortfischerin.com
www.facebook.com/wortfischerin
www.instagram.com/wortfischerin210

»Träumt nicht jeder von uns vom Horizont? Davon, dass es dort anders ist, womöglich gar besser? Ich tat es«, flüsterte Rosa von Bahlow und dachte daran, dass jede ihrer drei Töchter einen Mann liebte. In Anbetracht der Umstände jedoch jede von ihnen den falschen.

Apia, 1902: Die adelige Familie von Bahlow kommt aus Potsdam in die Kolonie Deutsch-Samoa, um dort einen Neuanfang zu wagen. Während der ehrgeizige Karl von Bahlow davon besessen ist, sich als Pflanzer einen Namen in der Kolonie zu machen, erleben seine Frau Rosa und die drei Töchter Grethe, Helene und Martha den Umzug in die neue Heimat auf ihre ganz eigene Weise. Die fremdartige Kultur der Südsee verändert jede der vier Frauen, beschwört schicksalhafte Begegnungen herauf und zeigt ihnen den Zauber der Liebe, während sich die Ereignisse schließlich überstürzen und im Ausbruch des ersten Weltkrieges gipfeln, der alles auseinanderzureißen droht.

Lassen Sie sich in die exotische Welt von Samoa entführen und erleben Sie eine Familiensaga vor dem Hintergrund der deutschen Kolonien in der Südsee und in Ostafrika!

Prolog

»In all den Jahren und nach all den Schicksalsschlägen hat mein dummes Herz nichts dazu gelernt.«

Der Satz hämmerte in ihrem Kopf und katapultierte Helene zurück in die Gegenwart. Sie zitterte. Erst langsam hoben sich die Schatten der Vergangenheit und ließen sie blinzeln. *Samoa war unser aller Schicksal.* Der unsägliche Schmerz einer nie verwundenen Liebe durchflutete Helene mit ganzer Kraft und ließ sie schwanken. Hilflos hielt sie sich am Fenstersims fest und starrte auf die Schlieren, die das Wasser auf den Sprossenfenstern hinterließ.

Der seit Tagen andauernde Herbstregen des Jahres 1920 prasselte auf das Dach des schmalen Backsteinhauses nieder, während ein böiger Wind an den alten Dachschindeln rüttelte. Der Rhein, der nur wenige Straßen entfernt lag, war durch die Niederschläge bereits angestiegen und die Bewohner von Königswinter beobachteten den Wasserstand mit besorgten Blicken.

Helene kümmerte sich nicht darum, denn das Warten nahm kein Ende und begann, sie zu zermürben.

Warum tust du mir das an?

Seit den Morgenstunden schon verharrte sie im düsteren Wohnzimmer, dessen spartanische Einrichtung noch von den vergangenen Kriegsjahren zeugte. Dabei behielt sie die Straße stets im Blick. Die aufkeimende Nervosität fühlte sich wie ein Stein an, der auf ihrer Brust lag und ihr das Atmen erschwerte.

Zum wiederholten Male betrachtete sich Helene im Spiegel und strich das schlichte, schwarze Kleid glatt, das ihre dünnen Gliedmaßen kaum zu verbergen vermochte. Ihre mattblonden Haare waren ordentlich hochgesteckt und sie trug ein neues Paar Schuhe. Das erste, das es seit Kriegsende zu kaufen gegeben hatte und das ihre dürftige Garderobe ein wenig aufwertete. Sie wollte ordentlich aussehen, wenn sie ihrer Schwester gegenübertrat.

Martha.

Ängstlich blickte Helene ihrem Spiegelbild in die grauen Augen und stellte fest, dass sich um Mund und Lider harte Linien gebildet hatten, die sich abmilderten, wenn sie lächelte. Doch das tat Helene viel zu selten. Selbst in diesem Moment kam sie sich bei dem Versuch, einen glücklichen Ausdruck aufzusetzen, albern vor und straffte die Schultern. Ihre Wangenknochen ragten spitz aus dem schmalen Gesicht. Einzig ihre Lippen waren voll und leuchteten übertrieben rosig in der fahlen Blässe. Auf ihrer Stirn pulsierte eine Ader, das einzige Anzeichen, das verriet, unter welch enormer Anspannung Helene stand.

Rasch trat sie einen Schritt zurück und wandte sich wieder dem Fenster zu. Draußen hatten sich bereits große Pfützen auf dem ausgefahrenen Weg gebildet, der am Haus der Familie vorbeiführte. Noch immer war die Droschke nicht in Sicht. Fröstelnd rieb sich Helene die Oberarme.

In ihrem Rücken schwollen die Stimmen ihrer vier Kinder an. Sie wandte sich ihnen zu und beobachtete das lebhafte Treiben. Der neunjährige Hans mit seinen hellbraunen, korrekt gescheitelten Haaren verteidigte das Schaukelpferd vor den Übergriffen seiner siebenjährigen Schwester Gertrud und denen der fünfjährigen Emilie, die wütend mit dem Fuß aufstampfte. Daraufhin begann der sechs Monate alte Ernst, der bäuchlings auf einer Decke am Fußboden lag, erfreut zu krähen und langte nach dem abgegriffenen Ball, der vor ihm lag. Dabei spreizte er seine dicken Fingerchen und blubberte Unverständliches.

Helene ließ ein beruhigendes Summen hören. Sie genoss es, wenn ihre Kinder sorglos spielten. Zu lange hatten sie Not und die Sorgen der Erwachsenen ertragen müssen, als dass Helene es nun über sich gebracht hätte, sie zu maßregeln. Auch wenn sie wusste, dass ihr Mann sich gerade hingelegt hatte, um seine tägliche Mittagsruhe zu halten, auf die er bestand, seit er aus der Kriegsgefangenschaft zurückgekehrt war.

Der Lärm machte Helene nichts aus. Es war eher so, dass er sie beruhigte, während Stille sie ängstigte und ihr das Gefühl gab, alleine zu sein. In ihrem Elternhaus war es stets totenstill gewesen. Kein Lachen, keine lauten Konversationen oder Schritte hatte ihr Vater zugelassen. Helene holte tief Luft und kämpfte gegen alte Erinnerungen an. Es hatte eine Zeit gegeben, in der es ihr gelungen war, viele Details ihrer Kindheit zu verdrängen, ebenso wie manch andere Erlebnisse. Doch mit dem angekündigten Besuch ihrer Schwester Martha kam alles schmerzhaft zurück an die Oberfläche.

Helene legte die Hand an die Fensterscheibe und dachte an ihre Mutter, die sie ihr ganzes Leben hauptsächlich in dieser Stellung gesehen hatte: Gedankenverloren am Fenster stehend, als wollte sie die Welt dort draußen um Hilfe anflehen.

Samoa hat meiner Familie kein Glück gebracht.

Einzig die jüngste Schwester hatte gemeinsam mit Helene die Auswanderung in die Südsee-Kolonie überlebt. Helene sah sie vor ihrem inneren

Auge. Als Kind hatte Martha wilde, hellblonde Locken gehabt, die keine Haarspange zu zähmen vermochte. Ebenso unbändig wie ihre Haare war auch die Schwester selbst. Nicht zum ersten Mal erlebte Helene dieses Temperament in ihrer Tochter Emilie und konnte nur darüber staunen, dass sie eine derartige kleine Rebellin in die Welt gesetzt hatte.

Ihre Meinung über sich selbst war nicht besonders hoch. Helene hatte leidvoll erfahren müssen, dass sie eine Frau war, die man ständig übersah. Sie galt als schweigsam und verschlossen. Die wenigen Bekannten, die ihr vergönnt waren, lebten nicht in ihrer Nähe, und es fiel ihr schwer, neue Freundschaften zu schließen. Sie ging nicht gerne auf Fremde zu. Zu sehr fürchtete sie sich davor, verletzt zu werden, zu oft hatte sie in ihrem Leben Zurückweisung erlebt.

Einzig ihren Kindern fühlte sie sich nahe. Von ihnen drohten ihr keine Ablehnung, keine Unaufrichtigkeit und keine Missachtung.

Helene schluckte die Tränen herunter. Sie war verärgert, dass der Besuch ihrer Schwester sie derart aus der Fassung brachte und all diese Emotionen in ihr hervorrief. Sie schätzte ihr Leben in Deutschland, auch wenn es die letzten Jahre alles andere als angenehm gewesen war. Noch bis vor kurzem hatte sie geglaubt, gestärkt aus dem zermürbenden Krieg hervorgegangen zu sein, doch die trügerische Selbstsicherheit hatte sich mit nur einem Telegramm in ein Sammelsurium aus Empfindungen verwandelt. Mit einem Mal fühlte sie sich wieder in ihre Jugend zurückversetzt, die sie in der Kolonie Deutsch-Samoa verbracht hatte, und die sie aus mannigfaltigen Gründen lieber vergessen wollte.

Aber es lässt mich nicht los. Welch schmaler Grat doch zwischen Liebe und Leid liegt.

Gedankenverloren knetete sie die vertrocknete Palmnuss in ihrer Tasche, die all die dunklen Geheimnisse ihrer Familie barg. Diese Nuss war ein besonderes Erbstück ihrer Mutter und Helene hatte sich vorgenommen, die Nuss Martha zu geben, wenn sie sich sahen. Vielleicht würde es Martha helfen, zu verstehen, was Helene seit langem als Last mit sich herumtrug. Vielleicht.

Als Helene das Klatschen von Hufen auf dem morastigen Weg hörte, schrak sie zusammen und ihr Herz tat einen Sprung. Sie erkannte eine herannahende Droschke und ermahnte ihre Kinder zur Ruhe. Dann zupfte sie hektisch an ihrem Kleid und eilte in den Flur. Kurz bevor sie die Haustür öffnete, legte sie die Hand auf ihre Brust, um sich zu beruhigen.

Haben wir uns tatsächlich elf Jahre nicht mehr gesehen?

Ihre Finger zitterten. Sie griff nach der Klinke, holte tief Luft und setzte jenen maskenhaften Ausdruck auf, mit dem sie sich in der Öffentlichkeit zu schützen suchte.

Die schwüle Luft traf sie wie ein Schlag und benetzte ihre Haut augenblicklich mit Feuchtigkeit.

Beinahe wie in Apia.

Der Kutscher nickte ihr zu, hob eine Reisetruhe hinunter und bot der Frau in der Droschke die Hand. Helene erbebte innerlich, als sie die hellblonden Haare ihrer Schwester sah, die weder ein Hut noch ein Kopftuch schützten. Noch aufreizender als früher bauschten sich die Locken um ihr Gesicht, denn inzwischen reichten sie Martha nur noch bis zum Kinn. Das war ein gewagter Schnitt. Typisch für ihre Schwester, die sich noch nie in eine Norm hatte zwängen lassen.

Mit eingezogenem Kopf wartete Martha im Regen, bis auch ihre zwei Söhne die Droschke verlassen hatten, dann eilten sie gemeinsam in Richtung Haus. Mit je einem Jungen an der Hand sprang Martha wenig damenhaft die drei Stufen zum Eingang hinauf und blieb mit geröteten Wangen vor Helene stehen. Diese hielt den Atem an. Sie wusste nicht, was sie erwartet hatte, aber ein wenig hatte sie gehofft, dass die vergangenen Jahre nicht spurlos an ihrer Schwester vorübergegangen waren.

Ein Blick in die tiefblauen Augen Marthas genügten ihr jedoch, um zu erkennen, dass diese nicht zerbrochen war. Weder am Krieg, noch an ihrem Schicksalsschlag. Helene spürte den Kloß in ihrem Hals und bemühte sich, zu lächeln.

»Willkommen!« Ihre Stimme klang brüchig.

Martha nickte. Entgegen ihrer Ausstrahlung gab sie sich ungewohnt zurückhaltend, was Helene nur begrüßte. Zu groß war ihre Angst gewesen, in den Armen der Schwester endgültig die Beherrschung zu verlieren.

»Kommt bitte herein!« Helene machte den Weg frei und ließ ihre Schwester und die Neffen eintreten. Der Kutscher folgte mit dem Gepäck.

Martha bezahlte den Mann und verabschiedete sich freundlich, dann wartete sie, bis Helene die Tür geschlossen hatte. Reglos standen sich die Schwestern gegenüber und Helene hatte das Gefühl, als würde der Flur um sie herum immer enger. Die beiden Jungen hielten die Köpfe gesenkt und beobachteten die ihnen fremde Tante unter ihren dichten Haarschöpfen hervor.

»Das sind Robert und Paul«, stellte Martha ihre Söhne vor.

Helene ergriff nacheinander die feuchten Hände der Kinder und zwinkerte nervös, als sie die dunkle Hautfarbe des Älteren bemerkte.

Du kannst unmöglich Berts Sohn sein!

»Ich habe einen Kuchen gebacken«, sagte sie schnell, um sich ihre Verunsicherung nicht anmerken zu lassen. »Leider ist er nicht richtig aufgegangen. Es fehlt noch an den Zutaten.«

Martha lächelte und Helene fühlte sich der Situation nicht mehr gewachsen.

»Ich gehe ihn holen«, schloss sie, froh, der Schwester, wenn auch nur für kurze Zeit, zu entkommen.

»Das Wohnzimmer ist den Flur hinunter«, rief sie Martha im Davoneilen zu. »Geht einfach hinein, die Kinder erwarten euch schon.«

Die Antwort wartete Helene nicht ab, sondern hastete über den Gang in die großzügige Küche. Erschöpft stützte sie sich dort am Fenstersims ab. Sie hörte, wie sich die Tür zum Wohnzimmer öffnete und wieder schloss und sich kurz darauf die Stimmen ihrer Kinder vor Aufregung überschlugen.

Wie unschuldig sie sind!

Helene wünschte sich für einen kurzen Moment dieselbe Sorglosigkeit. Dann nahm sie sich wieder zusammen und überprüfte ihre Haare auf den richtigen Sitz hin.

Ihr Blick streifte den Kuchen und sie schämte sich, weil er so unvollkommen aussah. In den Läden herrschte noch immer Angebotsmangel und selbst die schöne, goldbraune Farbe konnte nicht über die hässliche Mulde hinwegtäuschen, die sich in der Mitte des Kuchens gebildet hatte. Helene hob ihn hoch und drehte ihn unschlüssig in den Händen, während ihr ein gewagter Gedanke durch den Kopf schoss.

Wenn dein Sohn nicht von Bert ist, von wem ist er dann?

Sie wehrte ein Aufwallen von Gefühlen ab und lief in gewohnt aufrechter Haltung über den Flur. Vor dem Wohnzimmer blieb sie wie angewurzelt stehen. Diese Stimmen. Stimmen aus der Vergangenheit. Einer Vergangenheit, in der sie schon einmal mit einem selbstgebackenen Kuchen in einen Salon geschwebt war. Damals war sie voller Hoffnung gewesen. Eine Hoffnung, die ihre Schwester mit nur einem einzigen Lächeln zerstört hatte. Helenes alte Angst kehrte zurück. Leise öffnete sie die Tür und betrachtete das Bild, das sich ihr bot.

Völlig ungeniert kniete Martha am Boden und alberte mit dem kleinen Ernst herum, während Hans seinen beiden Cousins erklärte, wie sie sein

Schaukelpferd zu behandeln hatten. Helene war erleichtert. Es war alles in Ordnung. Sie schüttelte den Kopf und glaubte allmählich, vor lauter Erinnerungen den Verstand zu verlieren. Sachte stellte sie den Kuchen auf eine kleine Anrichte und öffnete den Buffetschrank, um Geschirr und Gabeln herauszuholen. Dabei bemerkte sie Marthas Blick.

»Du siehst gut aus.« Ihre Schwester lächelte und Helene zog sich der Magen zusammen, weil sie wusste, dass das nicht stimmte. Sie besaß einige Attribute, doch Schönheit gehörte gewiss nicht dazu.

Martha hingegen sah in ihrem marineblauen Kostüm elegant und bezaubernd aus, genau wie damals, als sie Apia verlassen hatte. Helene schluckte den Geschmack der Eifersucht hinunter, den sie schon seit Kindheitstagen nur allzu gut kannte.

Sie registrierte, dass sich Martha erhob, um ihr zur Hand zu gehen.

»Danke«, erwiderte sie mechanisch. »Ich habe noch etwas Milch für die Kinder. Möchtest du auch?«

Die Schwester nickte und Helene lief zurück in die Küche. Dort nahm sie die Karaffe vom Tisch, die sie bis kurz vor Marthas Ankunft im Keller aufbewahrt hatte, um den Inhalt kühl zu halten.

Zurück im Wohnzimmer goss sie Martha und den Kindern ein. Sie selbst sei nicht durstig, erklärte sie. Ihr Gatte trank seine Milch nach der Mittagsruhe gerne warm mit etwas Zucker. Helene wollte nicht, dass er wegen des Besuchs darauf verzichten musste.

Während sie den Kuchen in exakt gleiche Stücke teilte, beobachtete sie ihre Neffen aus den Augenwinkeln.

»Robert wird in vier Monaten elf, Paul ist acht.« Marthas Stimme ermahnte sie, dass ihre Neugier zu offensichtlich war. Als sie ihrer Schwester ein Stück Kuchen reichte, spürte sie erneut deren Blick. Sie wagte nicht, ihn zu erwidern.

Zum Glück drängten die Kinder nun lautstark heran und gaben Helene die Möglichkeit, sich abzulenken. Erst als sie alle um einen kleinen Tisch gruppiert und Ernst in seinen Laufstall gesetzt hatte, kehrte sie zu Martha zurück und nickte ihr auffordernd zu.

»Iss nur! Ich musste im letzten Kriegswinter beinahe unser gesamtes Mobiliar verheizen. Seitdem essen nur die Kinder im Sitzen.«

Martha legte ihr beruhigend eine Hand auf die Schulter. »Es macht mir nichts aus, im Stehen zu essen. Der Krieg muss hart für dich gewesen sein, aber jetzt ist es überstanden. Ich bin so froh, dass wir uns endlich wiedersehen!«

Helene hatte plötzlich den Eindruck, ihre Haut müsse in Flammen stehen und sie wandte den Kopf ab, um die Röte zu verbergen, die ihr Gesicht überzog. Sie schämte sich dafür, nicht die gleiche Freude über das Wiedersehen zu empfinden wie ihre Schwester.

Nach einem Moment des Schweigens stellte sie erleichtert fest, dass Martha keine weiteren Versuche machte, sie zu berühren und stattdessen die Kinder beobachtete. Helene folgte ihrem Blick und fühlte sich gleich sicherer. Bis zu dem Moment, als sie ihren Neffen Robert genauer ansah, dessen Hautfarbe im Vergleich zu ihren eigenen Kindern noch dunkler anmutete als zuvor.

Was hast du nur getan, Martha?

»Er sieht so anders aus als sein Vater«, bemerkte sie und war überrascht über ihre Kühnheit.

Martha zuckte zusammen. »Ist das so offensichtlich?«

Helene wagte nicht, ihrer Schwester zu antworten. Sie wollte nicht noch tiefer in die Vergangenheit eintauchen.

Doch in diesem Moment setzte sich der kleine Robert auf das Schaukelpferd seines Cousins Hans, was diesen dazu veranlasste, den Jungen zu schubsen. Der empörte Blick Roberts und sein unverkennbarer Stolz ließen vor Helenes geistigem Auge Bilder über jenen Mann entstehen, der es nicht nur gewagt hatte, dem Gouverneur von Deutsch-Samoa, sondern auch ihrem eigenen Vater die Stirn zu bieten. Die Ähnlichkeit war nicht mehr zu übersehen und erübrigte weitere neugierige Fragen. Tanielu! Entsetzt schlug sich Helene die Hand vor den Mund.

»Ich hatte ja keine Ahnung…«, stammelte sie.

Du hast gesellschaftliche Grenzen überschritten, Martha! Mein Gott …!

»Wie hättest du es auch wissen sollen? Ich habe niemandem davon erzählt.«

Aufgewühlt wandte Helene den Blick von ihrem Neffen ab. Die Erkenntnis stellte die Ereignisse der Vergangenheit in einem anderen Licht dar und ließ Helene schwanken.

»Ich hätte Apia niemals freiwillig verlassen«, fuhr Martha fort und senkte die Stimme, um zu verhindern, dass die Kinder sie hörten. »Ich tat es einzig für das Wohl meines Sohnes.«

»Ich verstehe.«

»Hätte ich gewusst, welche Gefühle du…« Martha brach ab, als Helene sie warnend ansah.

»Das ist Vergangenheit! Lassen wir sie ruhen. Wie alle unsere Liebsten. Die Kolonie Deutsch-Samoa gibt es nicht mehr und wir sollten dieses Kapitel unseres Lebens endlich abschließen.«

Unwillkürlich war sie lauter geworden und die Kinder sahen jetzt zu den Schwestern herüber. Martha schenkte ihnen ein beruhigendes Lächeln.

»Hast du dich hier gut eingelebt?«, fragte sie und Helene sah ihr an, dass sie nur ungern über belanglosere Dinge sprach.

»Ja, es ist sehr schön hier. Den Kindern gefällt der Garten. Sie haben viel Platz zum Spielen.«

»Das glaube ich gerne. Wie geht es deinem Mann? Ist er unversehrt aus der Gefangenschaft zurückgekehrt?«

»Es geht ihm den Umständen entsprechend gut. Er redet nicht viel. Wie Männer eben so sind.«

Martha nickte, dann räusperte sie sich. »Ich hatte Angst«, sagte sie. »Ich hatte schreckliche Angst vor Vaters Reaktion.«

Helene war verärgert, weil die Schwester das unangenehme Thema erneut anschnitt. »Du kennst keine Angst«, erwiderte sie.

»Aber gewiss! Ich hatte damals Angst und ich hatte heute ebenso Angst, in dein Haus zu kommen.« Martha zögerte. »Du musst mich hassen.«

»Wie könnte ich dich nach all dem, was du mir gerade erzählt hast, hassen?«, erwiderte Helene tonlos, wohl wissend, dass ihr diese Regung nicht fremd war.

Ich war alleine, von allen verlassen und Vaters Willkür ausgesetzt!

»Ich war dir niemals eine gute Schwester.« Marthas Stimme bebte. »Ich war egoistisch und habe den Mann geheiratet, in den du verliebt gewesen bist. Ich war feige und egoistisch!«

Helene rang um Fassung. Es war einfacher gewesen, zu schweigen. Der unerwarteten Wendung des Gesprächs fühlte sich Helene nicht gewachsen.

Doch Martha ließ nicht locker. »Ich wusste damals weder ein noch aus. Ich war verzweifelt, wollte das Kind bekommen, aber Vater… Du weißt, wie er war! Es tut mir so leid, was ich getan habe!«

Helene starrte ins Leere. *Ich will mich nicht erinnern!*

Die Schwester fuhr fort: »Ich habe Schuld auf mich geladen. Deshalb bin ich gekommen. Ich möchte dich um Vergebung bitten.«

»Das ist nicht nötig. Du hast vollkommen recht. Vater hätte dich und das Kind getötet.« Helene begann, die Krümel von den Tellern auf die Kuchenplatte zu kehren und stapelte das Geschirr übereinander.

Martha unterbrach sie dabei, indem sie nach ihren Händen griff. »Bitte ignorier mich nicht, Helene! Du solltest eines wissen: Ich habe ihn dir nie weggenommen, denn das war gar nicht möglich. All die Zeit über hat er nur dich geliebt.«

»Was?« Helene sah erschrocken zu den Kindern hinüber, weil sie fürchtete, sie könnten etwas von dem Gespräch mitbekommen. »Was redest du da?«

»Es ist die Wahrheit! Unsere Ehe entstand aus Verzweiflung und unsere Herzen hingen all die Jahre über an einem anderen Menschen. Wäre ich dir eine bessere Schwester gewesen, hätte ich es sehen müssen. Das ist die Schuld, mit der ich für immer werde leben müssen. Aber zweifle nicht an ihm! Er war dein.«

»Nein!« Energisch zog Helene die Schwester mit sich, um sie vor den Kindern abzuschirmen. »Wage es nicht, derartige Worte in meinem Haus zu äußern.«

»Dann lies es selbst! Ich habe hier einen Brief. Er ist an dich gerichtet.«

Helene wagte kaum zu atmen. Verunsichert beobachtete sie Martha, die einen zerknitterten Umschlag aus der Tasche ihres Kostüms zog und ihn ihr hinhielt. Helene zögerte. Sie hatte seine Handschrift nur einmal zuvor gesehen, und als sie nun ihren Namen auf der Vorderseite las, war es, als würde eine alte Narbe aufgerissen.

Bert hat mir geschrieben! Endlich!

Wie versteinert starrte sie den Brief an und war doch unfähig, ihn zu ergreifen.

Zum ersten Mal bewies Martha ungewohntes Einfühlungsvermögen. Sie nahm Helene sanft bei den Schultern, drehte sie um und führte sie aus dem Raum.

»Ich gehe eurer Tante ein wenig in der Küche zur Hand!«, rief Martha den Kindern im Hinausgehen zu und schloss die Tür.

Helene schien es, als sähe sie den Flur ihres Hauses zum ersten Mal. Bemerkte die grüne, abblätternde Farbe an den Wänden, die ausgetretenen Dielen und den Riss in der ersten Stufe, die ins Obergeschoss führte. Sie roch das Bohnerwachs und das verglühende Feuer im Herd ebenso wie Marthas zartes Parfüm, das sie an die Blumen im Garten von Apia erinnerte. Die Tränen drängten heran, doch noch war Helene stark genug, um sie zurück zu halten.

In der Küche angekommen, legte Martha den Brief vorsichtig auf das Fenstersims. Dann drehte sie sich um, um ihre Schwester alleine zu lassen.

»Warte!« Helene hielt sie zurück. »Bleibst du bei mir? Bitte!«

Marthas Augen weiteten sich vor Erstaunen. »Natürlich«, sagte sie leise.

Unschlüssig trat Helene an das Fenstersims heran. Ein kleiner Sonnenstrahl, der erste seit Tagen, brach durch die Wolken und warf sein goldenes

Licht auf den vergilbten Umschlag. Helenes Lippen bebten. Behutsam strich sie über das Papier und fuhr mit dem Zeigefinger ihren Namen nach. Nach einer Weile ergriff sie den Brief, drückte ihn an ihr Herz und öffnete ihn. Bevor sie zu lesen begann, warf sie Martha einen Blick über die Schulter zu. Die Schwester nickte aufmunternd.

Helene überwand sich und vertiefte sich in das Schreiben. Es dauerte nicht lange, bis das geschriebene Wort seinen Weg in ihr Innerstes fand, ihr Herz und ihre Seele erreichte und ihre Selbstbeherrschung zu Fall brachte. Wieder und wieder flogen ihre Augen über die Zeilen.

Helene bemerkte ihre Tränen zunächst nicht, die immer stetiger auf das Papier tropften und die Tinte verschmierten. Erst als Martha von hinten an sie herantrat, ließ Helene den Brief langsam zu Boden gleiten. Ihre Schultern begannen unkontrolliert zu zucken und ein klagender Laut, der tief aus ihrer Kehle kam, erfüllte den Raum. Helene ließ zu, dass Martha sie in die Arme nahm und spürte deren eigene Tränen an ihrer Wange. Die Berührung war ihr nicht länger unangenehm. Endlich waren sie nichts weiter als Schwestern, die ihren Verlust miteinander teilten. Helene nahm Marthas Hand und legte die Palmnuss hinein.

Das ist die Geschichte unserer Familie, Martha. Wir träumten alle vom Horizont.